清詩話全編

嘉慶期一

張寅彭 編纂　姚蓉 點校

国家出版基金项目
NATIONAL PUBLICATION FOUNDATION

上海古籍出版社

圖書在版編目(CIP)數據

清詩話全編・嘉慶期 / 張寅彭編纂;姚蓉點校. —上海：上海古籍出版社，2021.11
ISBN 978-7-5732-0167-6

Ⅰ.①清… Ⅱ.①張… ②姚… Ⅲ.①詩話—中國—清代 Ⅳ.①I207.22

中國版本圖書館 CIP 數據核字(2021)第 239154 號

清詩話全編・嘉慶期

（全八册）

張寅彭　編纂

姚　蓉　點校

上海古籍出版社出版發行
（上海市閔行區號景路 159 弄 A 座 5F　郵政編碼 201101）
（1）網址：www.guji.com.cn
（2）E-mail：guji1@guji.com.cn
（3）易文網網址：www.ewen.co
安徽新華印刷股份有限公司印刷
開本 850×1168　1/32　印張 158.625　插頁 41　字數 3,411,000
2021 年 11 月第 1 版　2021 年 11 月第 1 次印刷
印數：1—1,020
ISBN 978-7-5732-0167-6
I・3599　定價：1280.00 元

國家出版基金資助項目
二〇一二年國家社科基金重大項目（編號 12&ZD160）

封面題簽　集翁方綱字
執行編輯　戎　默
責任編輯　（以姓氏筆畫爲序）
戎　默　袁嘯波　黄亞卓　常德榮
章　行　彭　華
校對人員　羅思遠　陳　穎　王怡瑋　魯雨桐　等
美術編輯　嚴克勤
技術編輯　隗婷婷

清詩話全編總目

全編序

清代詩學文獻的整理，民國初即有丁福保首輯《清詩話》，此後郭紹虞等多人迭有續輯，相繼選編了《清詩話續編》、《三編》及《訪佚初編》等，學術遺澤甚厚。今《清詩話全編》受此學澤，又得國家之力相助，寅彭遂敢承乏，以六十之年，與一班同道，賈餘勇完成此一極大之書。至於以「詩話」爲題，而盡收詩評、詩法、摘句圖、本事詩、論詩詩、點將録等各體勒爲成書之作，非僅詩話一體之專輯，此乃從何文焕《歷代詩話》以來之老例，以方便叢書之命名，固非用其體例之本義也。

有清一代文化繁盛，乾嘉學術臻于傳統學術的高峰，詩學自是其中的一部分。又由於時間距今最近，保留較歷代爲完整。據各家書目著録，幾達一千數百種之多，雖不無亡佚或有目無書，但數量仍極可觀。今《全編》遍訪海内外藏書單位，所獲將近千種，亦庶幾可謂備矣。全書編輯兼採傳統之「編年」與「分類」兩法，相輔而行：先以分類劃出内、外兩大編，内編置自撰之著，外編置彙輯之著。而内編採編年法，以順遂十帝三百年間詩學生成發展之自然之勢；外編下復分「斷代」、「地域」、「詩法」三類，俾其體例與題旨之繁複多樣稍得各愜其當。其詳可參凡例，此處不贅。

清代詩學留存下如此鉅量的文獻材料，這爲今人解讀清人之詩觀、詩法、詩情乃至詩生活，提供了在它之前任何一個朝代的詩學之於當代都未曾有過的充裕條件（應與同樣鉅量的詩人詩集合觀）。

我們可以具體地讀到，詩觀、詩法是如何集歷代之大成而又推陳出新的，詩情是如何四處溢出而導向平民化的，尤其社會日常生活是如何普泛地詩化的。總之，在經歷了唐宋詩的輝煌及元明詩的學唐後，清人在詩學、詩藝方面繼續前行的同時，更在生活方面日常地踐行着「詩言志」、「不學詩無以言」、「詩可以興觀群怨」的聖人古訓。而其前所未有的具體可感的程度，最是令人感覺新鮮。毋庸諱言，此種體認效果也是閲讀上述幾種局部選輯性質的清詩話叢書難以達成的。

清代詩學的學術屬性，余嘗援《四庫全書總目》集部詩文評類小序「五例」之概括，進而約爲詩評、詩法、詩話三大體例，及各從其體例的三種屬性，以爲非藉此不能從容把握其總量之鉅，不能認清其體例繁複之實質。

如清人詩評、詩觀集成與創新的情形，二十世紀以來學界已有比較充分的研究，歸結爲所謂「神韵」、「格調」、「性靈」、「肌理」四大説。當然現在統觀全部材料之後，還可以補充更多的内容。例如康熙時吴喬倡言、趙執信弘揚的「詩中有人」説，中經乾、嘉時發展爲「詩中有我」説，迄於道光初落實於潘德輿的「質實」説，實是足與四説的「文飾」性質平行分立的另一條詩學的主流脈絡。故余嘗謂潘德輿「質實」説乃是清人詩觀的第五説，其義切「今」，匡扶本朝詩風之功，不在四説下也。而即就四説本身言，也有了較之二十世紀學界更進一步的認識。如「格調」説旨在承舊，「性靈」説易發寫詩之興，前者温厚無偏頗，宜作初學之教科書，後者則在當年鼓蕩起一場盛大的詩潮，兩説之長皆不在詩理之新創也。惟王漁洋之「神韵」説與翁覃溪之「肌理」説，一前一後，最具論學之質，王説立足五言而盡出其妙緒，翁説著意長篇而暢通其文、理之脈，有清一代詩學之學理，端賴此兩家之實質性推動，而進於一新境界也。

昔者孟子説《春秋》云：「其事則齊桓、晉文，其文則史。孔子曰：其義則丘竊取之矣。」（《孟子·離婁》）此言何嘗不可看作是聖人在爲史著定義，即析出了事、文與義三種成分，缺一不可。此言又何嘗不可借用於清人詩學：詩中有「人」、「事」，其「文」則詩，其「義」則詩評發之也。若以上述五論分疏之，吴修齡、趙秋谷之「詩中有人」説稍重於詩中之「人」、「事」，王漁洋「神韵説」、沈歸愚「格調説」、翁覃溪「肌理説」稍重於「文」之表達，而袁隨園「性靈」、養一齋「質實」之説，則有人有文，意主融通平衡，此各家「義」之稍别也。清人詩評的此種「義」旨，如果擴大至學術全體來看，與乾嘉學者中章學誠「六經皆史」、「文史通義」，姚鼐「義理、考據、辭章」等名論，亦屬同路，是完全可以打通互參的。

再如詩法類，清人此類著作最盛，大抵一爲童蒙初學而作，一爲士子考試而作。此時古、近體詩的一般法則格式，在理論上已經基本没有新義，剩義可供探究了，所以此類著作多爲歸納、總結前人成法，用來教授初學。至於應試之作，乾隆二十二年科舉恢復試詩以後，大量直接供作參考之用的韵書、事典類書、試帖作法書等充斥市面，如徐文弼《彙纂詩法度鍼》、鄭錫瀛《分體利試詩法入門》之類，篇幅宏大，格式全備，雖也可屬廣義的詩法性質，但均係工具書，不在「詩學」的範疇之内，今皆不予收録。

詩法多須附麗於體式方可著論。吾國詩體至清代，各體雖都不乏好詩，但若就「體」而論，似只有七律與七古歌行兩體尚有一些變化發展。如七古歌行有「梅村體」，七律有袁枚的所謂「第四變」（舒位《瓶水齋詩話》）。尤其是前者，乾嘉時又有楊芳燦、陳文述等，直至清末民初樊增祥、楊圻，都被公認爲此體的大家，其成就甚是可觀。若非白話詩體代興，此體幾可直入現代矣。故清人於七古歌行一體，既有創作實績，又有詩理探討，大爲開抉了明人何大復《明月篇序》之説，其新創的成分最可引人關注。其他如古體詩探究其聲調之秘，亦是一個熱門的話題，自清初王士禛、趙執信等發其端，引來宋弼、翁方綱衆家之回應，一直持續到同、光間，還出現有董文涣的《聲調四譜圖説》等作，以爲總結。又有周春的《杜詩雙聲疊韵譜括略》，亦是聲韵研究方面的專門之著。所以「聲調譜」著作也自成詩法類中的一類，是超越了實用性而具有學理性質的題目之一。

清人説詩法表現得最爲充分的場合，乃在别集、總集的作品評説之中，往往精心選録某家、某體、某代之作，編爲選本，然後一首一首詳加分析，就詩説法，不欲徒托空言。此種選詩説法的形式雖然由來已久，不自清人始，但清人則將説辭部分大爲擴充，甚至多有徑直題爲「論」、「説」、「法」者，如徐增《説唐詩》、吴淇《六朝選詩定論》、屈復《唐詩成法》等。此類著作一般仍被視作總集、别集，如《四庫全書總目》，今亦從之。其中有選詩與説法原即分開者，如清初馬上巘《詩法火傳》分左右兩編，右編録詩，左編則採衆家之言説法辨體；王士禛《五七言古詩選》、姚鼐《今體詩鈔》，道光中方東樹以桐城文法批點之，復將批校語彙輯爲《昭昧詹言》，則《火傳》左編與《詹言》自是現成之詩法之作也。亦有將總集的可剥離部分抽出單行者，如徐增《説唐詩》卷首《與同學論詩》一篇，即曾被張潮改題《而庵詩話》，收入其《昭代叢書》。拙《三編》也曾將康熙中徐錫我《我儂説詩》的樂府、古詩、律詩三體三篇「總説」，輯爲一卷收入，蓋其説法務求詳盡，頗有可採者也。乾隆中李懷民《中晚唐詩主客圖》亦同此例，今亦抽出其卷首之《圖説》一卷入《全編》。又如紀昀《玉溪生詩説》亦爲一異例，既選一百六十餘首，儼然義山詩選本，却又爲不選之三百六十餘首逐一説明理由，則又破從來選本之例矣，亦不容不收入。故清人詩法之作往往需要逐種甄別，視其選詩數量多寡（數十首以下者多非選本）、説之輕重詳略、詩録出與否（僅列詩題者自非選本）等因素，而定其説法爲主抑或選詩爲主，非可一概而論也。總之，清人之選詩説法遠較歷代細密，遂大破「金鍼不度人」之古箴，已孕有民國現代學術的旨趣了。

又如以記事録詩爲主旨的詩話之作，其體例也在清代發生了一次躍進，即由康熙中《漁洋詩話》之以本人視聽爲中心的傳統寫法，發展爲乾隆中由《隨園詩話》爲代表的四方廣爲徵詩作話的新寫法。此種長篇詩話在乾嘉以後幾乎成爲寫作的常態，篇幅動輒在十卷以上，記録功能亦非同昔比。此是由其所處的疆域遼闊、民族衆多、生活五花八門的大國新時代使然也。蓋清詩除鐘鼎廟堂、漁樵僧道、山川草木、鳥獸魚蟲等傳統題材外，又極力著墨於較新的題材，諸如十八行省、藩部四陲，士農工商、閨閣布衣，乃至怪行醜物、洋人夷器等，鉅細靡遺，無一不能吟咏入詩，轉化成極爲可觀的當代詩學甚或社會學的史料。「詩話」作爲一種主要「通於史」（章學誠語）的詩學體例，其從北宋《六一詩話》始，至此殆可謂完成。若以現代術語名之，或可稱之爲「歷史詩學」。「此時的詩話，在平靜地記録當下歷史的過程中，順帶也呈現出作者的詩學趣尚。换言之，清人詩學的理論思維，此時已是自然無痕地融入歷史記録的取捨褒貶之中了。現成的詩學原理與規則都已爛熟於詩人内心，作詩的主要趣味只在表現性情與生活，相信只要真實地表現即可自具面目而達於獨創」（《清詩話三編》拙序）。詩被生活日常化了，而與此同時生活也被詩形式化了。此種曾經存在過的詩性的生活方式，在清人詩話的記録之中，被空前絶後地、完整地呈現出來了。

詩話的史的旨趣，除了記録當代詩壇外，前人還曾嘗試運用此體彙纂一代詩史與一地詩史，如宋人托名尤袤的《全宋詩話》，係奪胎於計有功《唐詩紀事》；明人郭子章輯撰《豫章詩話》等。但宋代與明代都只此一部，尚屬偶見。斷代詩話與地域詩話都是在清人手上纔被激發出生機的，並蔚成大觀，各自形成了相當完備的系列。

以上即是清代詩學的主要内容及其特徵。其他如論詩詩之連章體亦有較大的發展，又新創「點將録」一體等，則皆可歸入詩評類。三大例要而言之，詩評、詩法自具美學的性質，詩話則偏於歷史的性質，合而爲一亦詩亦史的整體，雖是最近的形態，也正未出儒家詩學言志言情、興觀群怨的規範也。

清代距今已踰百年。二十世紀初清亡不久，陳寅恪先生即曾就治中國古代史，對現代學人提出過一個「應具瞭解之同情」的要求。余以爲這是一個高懸於其他任何治學方法之上的原則，當然也不妨視之爲底線。陳先生並進而指出：

蓋古人著書立説，皆有所爲而發。故其所處之環境，所受之背景，非完全明瞭，則其學説不易評論，而古代哲學家去今數千年，其時代之真相，極難推知。吾人今日可依據之材料，僅爲當時所遺存最小之一部，欲藉此殘餘斷片，以窺測其全部結構，必須備藝術家欣賞古代繪畫雕刻之眼光及精神，然後古人立説之用意與對象，始可以真瞭解。所謂真瞭解者，必神遊冥想，與立説之古人，處於同一境界，而對於其持論所以不得不如是之苦心孤詣，表一種之同情，始能批評其學説之是非得失，而無隔閡膚廓之論。否則數千年前之陳言舊説，與今日之情勢迥殊，何一不可以可笑可怪目之乎？（《金明館叢稿二編・馮友蘭中國哲學史上册審查報告》）

陳先生此言寫於民國二十年，針對一部學術著作，自是一個學術的立場。但是否也是對於剛過去的「五四」運動中的反孔之舉，作出的一個極早、極敏鋭的反思呢？

在走完了敵視祖宗文化的幾乎整個二十世紀之後，刻下回味陳先生此言，纔驀然驚覺其言之善。二十一世紀中華文化的復興之業，不得不需要從接續上世紀被鑿出的文化斷層開始，不得不需要從頭再培養起此種「瞭解之同情」的正常心態。余與同仁此番編輯《清詩話全編》，不避瑣屑而務求其「全」，即秉持此種同情之心態，欲爲古人續命也。蓋清後之百年，或罪其以少數族入主中土，或罪其挫於中、西交涉之際，更有罪其爲「封建專制」而全盤抹煞者，影響流傳所及，已全然不知康、乾盛世之得中華文化之正，即如詩話也幾成絶學了。在此謹冀望《全編》的出版，能够促進清詩的整理、閲讀、研究之業，推動評定其作爲繼唐詩、宋詩之後第三個高峰（汪辟疆語）的歷史位置。詩與文，本是最能代表中華文化的權威兩體，其中如唐詩的價值，乃是在宋人手上評定的；宋詩的價值，更在歷經元、明兩代，在清人手上纔得以評定，其獲定評都費去了數百年的漫長時間。如此則清詩距今尚不算遥遠，又有汪辟疆、錢仲聯、錢鍾書等前輩學者開導在先，正是今後大可用武之地，吾儕豈能不努力乎。

這一套大叢書的編輯，余雖忝列首席，實賴同道團隊之合作： 内編順治、康熙、雍正三期之點校由楊君担任，乾隆期由劉奕担任，嘉慶期由姚蓉担任，道光期由朱洪舉、張宇超担任，咸豐、同治期由鄭幸担任，光緒、宣統期由王培軍担任； 外編斷代類由鄔國平担任，地域類由蔡錦芳担任，詩法類由嚴明担任。 此外如李德强、李清華、竇瑞敏、郭星明、楊曦等同學，亦曾先後參與其間。 付梓階段，又與上海古籍出版社奚彤雲、劉賽、戎默等往復切磋，郭時羽亦參與了前期的工作，書名題簽由虞桑玲集翁方綱字而成。 十數年中我們相會同行於清人詩話之字裏行間，甘苦與共，炎凉同嘗，有得於學術之餘，亦可謂不負歲月人生也。

張寅彭識於丁酉臘月

全編凡例

一、清人説詩風氣繁盛，各家書目、各級地志著録的詩評、詩法、詩話類著作，不下一千數百種，惟有目無書及散佚者不在少數。今借國家之力，得以遍訪海内外藏書單位，所收亦有近千種之鉅，雖仍不免掛漏，亦可云備矣。

一、「詩話」本是傳統詩學諸種體例中的一種，其他尚有詩評、詩格詩式、摘句圖、論詩詩、選本等，至清人又新創一「點將録」體，不一而足。然明清人編叢書，好泛用「詩話」之名，以概其餘，後遂相沿成習。清人詩學叢書，前即已用此名，輯有《清詩話》、《續編》、《三編》等。今《全編》亦從此例，而非用「詩話」之本義也。

一、所收各書，自以成於有清一代爲限。人入清而其書成於前明者，如錢謙益《讀杜小箋》有崇禎六年序，盧世㴶《讀杜私言》、馮舒《詩紀匡謬》有崇禎間刊本，方以智《通雅説詩》末有崇禎壬午之署年，張次仲《瀾堂夕話》，《昭代叢書》本楊復吉跋謂乃其少作，皆未入清，則錢、盧、馮、方、張人雖入清，而書仍不收。又清人入民國者，其作於民國之詩話，自亦不宜闌入，以清兩朝之時限。

一、全書編輯兼採「編年」與「分類」兩法。首據「自撰」與「彙輯」之不同，分爲内編、外編兩大類。内編自撰之著，按順治、康熙、雍正、乾隆、嘉慶、道光、咸豐、同治、光緒、宣統十朝之時序排列，俾三百年之進程得以次第呈現之。外編彙輯之著，則按題旨内容分爲斷代、地域與詩法三類，其下又各分小類若干，較内編多一層次。此是全書之體例框架也。

一、内編各期按十帝次第劃分命名，稱「期」不稱「朝」者，以所輯非史著也。各期内之排列，略按成書之先後，如毛先舒《詩辯坻》成書於順治九年，即列於順治初；葉之溶《小石林文外》有乾隆元年張雲錦序，林昌彝《射鷹樓詩話》有咸豐元年家刻本及温訓序，即據以分别列爲乾隆、咸豐朝之首。又如阮元《定香亭筆談》成於嘉慶三年戊午，轉較趙翼《甌北詩話》之成於嘉慶九年前後爲早，則阮元歲齒雖較趙翼晚三十餘年，其書仍得置趙書前。如此排列，可復當年諸書次第面世、讀者先後接閱之實情，亦即叢書以「書」爲第一輯旨之謂也。

一、成書、刊刻年份無考者，則據撰者生卒年、科第先後等酌定。如宋顧樂壽短，逝於雍正元年，其《夢曉樓隨筆記》未明寫作時間，即置为康熙朝殿軍。馬魯，乾隆二十五年舉人，其《南苑一知集》有論詩二卷，未知作於何年，即按其科名年份置於乾隆二三十年間。成書於同一年者，亦據撰者生平先後排列。一無可據者，則列於相應各期乃至全書之末。

一、一人有一種以上著作者，按最早之一種排列，其餘接排於其下，不復按時序，俾便睹其著述之全。如周春（一七二九—一八一五）享壽長，其《杜詩雙聲疊韵譜括略》作於乾隆二十年至四十六年，《耄餘詩話》作於八十一歲之嘉慶十四年，即據前一種置於乾隆期，不復分置兩期。然若或自撰或彙輯，則不能不分隸内、外編矣。仍以周春爲例，其《遼詩話》一種屬彙輯而非自撰，即另入外編之「斷代類」。他皆倣此。

一、彙輯之著偶有内容不盡合於上述外編三大類者，如徐釚輯《本事詩》屬徵事性質，張宗柟輯《帶經堂詩話》屬專家性質，石林鳳輯《閨閣詩話》屬閨秀性質等，其數量尚不足以别成一類。又有王毓芝《詩剩》、張道《蘇亭詩話》、鍾秀《陶靖節紀事詩品》之類，半屬彙輯半屬自撰。凡此皆不再另立類目，以避枝蔓，而改入内編相應各期，非自亂體例也。

一、清人説詩好操選政，遂與别集、總集無分。如徐增《説唐詩》、吴喬《西崑發微》等，《四庫全書總目》概不入詩（文）評類。本叢書亦略倣此，如吴瞻泰《杜詩提要》、屈復《唐詩成法》、吴淇《六朝選詩定論》等，雖各有主旨，今皆視同選本，不予收録。惟此類著述之可單獨抽離部分，如徐增《説唐詩》卷首之《與同學論詩》一卷，李懷民《重訂中晚唐詩主客圖》卷首之《圖説》一卷等，前者即曾被張潮改題《而庵詩話》，收入其《昭代叢書》，則後者亦不妨抽出，收入《全編》。又如紀昀《玉溪生詩説》既選一百六十餘首，儼然義山詩選本，却又爲不選之三百六十餘首逐一説明理由，則又破從來選本之例矣，亦不容不收入。故此種界劃需要隨書逐一審慎甄别，非可一概而論。

一、説《三百篇》者例屬經部，自在不收之列。偶有稍近詩話旨趣者，如王夫之《詩譯》、勞孝輿《春秋詩話》等，前人已收入詩話叢書，今亦酌予採録。

一、版本必據最善者。其「善」有二義，即最接近於原貌者與最全者。前者如王士禛《詩問》取康熙刻本，方薰《山静居詩話》取管庭芬《花近樓叢書》本；後者如蘇一圻《詩法問津》取乾隆壬午静遠堂刻本，嚴首昇《瀨園集》「三十四年十五刻」，《詩話》三續之，即取其最終所續之全本。惟每種擇一本收入，不作彙校之工作。

一、一種之稿本、鈔本、刻本並存，亦就其善者擇一本收入，如《皃亭詩話》、《梧門詩話》取定稿本捨鈔本，《養一齋詩話》取刻本捨稿本等，亦不作彙校之工作。然若刻本與稿本差異較大而各著影響，則一併收入。如吴喬之《逃禪詩話》、《與萬季野書》與《圍爐詩話》三種併收，田雯之《山薑詩話》與《古歡堂雜著詩話》兩種併收等。此亦庶幾「全」之謂也。又有原刻本與改訂本形成差異，其異稍大者亦併録，如《西河詩話》之八卷本與一卷本等；改訂轉不如原撰者，則取一捨一，不併録，如順治間葉弘勳《詩法初津》與乾隆間錢思敏《增訂詩法》，錢氏雖云增訂，實僅減損而已，故不復收録。而併録與否，又嚴於乾隆以後，乾隆以前則稍寬。

一、清人詩話稿本、鈔本保存至今者甚夥，自當一一辨析整理而寶重之。然亦頗有率爾抄撮、不成著述者。如上海圖書館藏佚名鈔本《詩話》一卷，乃摘抄袁枚《隨園詩話》若干則而成；南京圖書館藏鈔本《槐堂詩話》一卷，乃摘抄宋長白《柳亭詩話》若干則；復旦大學圖書館藏《涵暉書屋詩話》一卷，乃摘抄《堅瓠志》若干則。諸如此類，略無價值，一般皆予删汰，以免蕪雜。其抄撮成帙、稍有輯旨者，如方起英《古今詩塵》等，則酌予收録。凡條删者擬倣《四庫總目》「存目」之例，容於稍後之《清詩話總目》中著録之。存其目而不録其文，或爲兩宜。此則非《全編》之不「全」也。

一、整理以存舊爲上。書名、序跋題辭、撰人署名款式、卷次、分則等，皆從原版式；引詩、引文文字與今傳本有異者，一般不予校改。蓋求整理本之忠實程度，達於「下影印一等」之水準。其他如古今字、異體字、避諱字等酌情改爲通行字，俗字歸雅，闕字用□標識；少數顯誤之字，或逕改，或據別本及相關文獻校改，並出簡明校記。

一、叢書名「清詩話全編」五字，乃集翁方綱法書。翁先生一代書法大家，又兼詩學大家，足膺此任。

一、各種前弁以提要，略述撰者生平、所據版本、成書始末等。撰人入《清史稿》者則予著明，以示身份。版本述其刊刻流傳有關者，不復一一羅列，以與書目相區別。每種又務求闡明其詩學旨趣及體例特徵，疏通其與前後上下各家之相互發明者，此乃提要之「要」義所在，故雖限於學識，而不能不著力於此也。文字用淺近文言，半文不白，期以銜接古今。此在白話通行百年後之古籍整理場域，勢或不得不然：純用文言不通於今，純用白話不通於古，不古不今，豈稍得「中」之謂乎。

嘉慶期目次

第一册

第二册

第三册

第四册

第七冊

第八冊

第一册目次

拜經樓詩話

拜經樓詩話提要

《拜經樓詩話》四卷，據《愚谷叢書》本點校。撰者吴騫（一七三三—一八一三），字槎客，又字葵里，晚號兔床山人，浙江海寧人。諸生。有《愚谷文存》、《拜經樓詩集》等。此書有嘉慶二年秦瀛序，言槎客自序云云，而吴序署三年，知書應成於二年前。吴氏自謂「詩話非胸具良史才不易爲」，洵爲有識，故其書頗記前明之舊聞軼詩，大有補《明詩綜》未備之意。又拳拳於忠烈，所録于謙諫景帝易儲三疏事，及楊繼盛遺書等，均從鄉賢罕傳之文獻得之，雖未知確否，然皆涉明史關節，又輾轉及詩，而不逾詩話之體。又全録蔣山傭《詩律蒙告》，猶史著之例也。至其自謙不能詩而有獨嗜，然觀所録明人曾異撰《與趙十五論詩書》、何白與人論詩語，如趙謂「古詩難於律詩，五律難於七律」，何謂「王孟之五言、杜之七言，皆以古詩爲律詩者也；少陵五律、王孟七律，則以律詩爲律詩矣」；「佳詩必先尋佳韵」，「七言歌行用韵頓挫處尤宜吃緊」，言者、録者皆屬有識。又兩作所謂「七字謡」句圖，補箋陶淵明《蜡日》詩意，稍後陶澍注《靖節先生集》即採其説。評騭近人亦中肯，如謂樊榭詩不如漁洋之風華典麗而波瀾洪闊，楊謙注《曝書亭詩集》以博洽勝江浩亭等。全書所録類此者尚多。吴氏拜經樓富藏書，其中如宋建本《王梅溪集百家注東坡詩集》，即較宋犖新刊施注「多什三四」，分類及卷數「俱敻然不同」，蓋新刊所據非原本也。又嘗親見汲古閣舊藏趙孟奎《分類唐歌詩》宋刊十册，知不足齋藏李壁注王安石詩宋刻半部、施注東坡集宋刻半部等。所見既精，識亦不容不審，固是學人之詩話也。此書上海圖書館藏有稿本三卷，較刊本互有出入，自應以刊本爲定本。

序

世之爲詩話者，一二才人，侈聲氣之廣，往往摭拾公卿貴游之名以爲重。而羼其間者，降至市井富人，優伶賤卒，靡不攔入。其人不必果能詩，其詩不必皆可采。故其爲言也，蕪而雜，踳而鄙，去古人風雅之道或遠矣。吴君槎客則不然。槎客居海昌之新倉里，早棄舉業，荒江墟市，專事著述。瀏覽諸子百家之言，爲之考其得失而訂其譌謬。所已刊行諸書，余極賞其校正精當。今復見所著《拜經樓詩話》，無俚辭，無躗言，有倫有要，足爲儒者揚抆之資，要非琴歌酒座，僅供才人之談噱，名士相標榜之比。王新城尚書《漁洋詩話》、朱竹垞檢討《静志居詩話》而後，此其尤雅歟！槎客自序謂詩話非胸具良史才不易爲。余觀是書所引，淄澠黑白，較然不淆，且有可與史學相發明者。又惜其才與命妨，不克登著作之廬，而徒老於荒江墟市也。嘉慶二年六月朔日，無錫秦瀛序。

自序

著述之道，蓋難言矣。昔人論詩話一家，非胸具良史才不易爲。何則？其間商榷源流，揚扢風雅，如披沙簡金，正須明眼者決擇之。予於有韵之語，初未能研其得失，諳其良苦，又烏足以操三寸不律，而雌黄、而陽秋哉？顧己雖不能詩，乃心有獨嗜，遇朋箋酒座，聞人談藝，亹亹忘倦，輒或樹齒牙其間，暇且筆而識之，殊不自悟其弗可已也。間復以史喻之：夫學通古今、識究天人之際者，固推南、董、遷、固之才，亦有爲别史，爲稗史，爲蕪史，爲穢史，下至巵言謏説，巷議街談，苟稍足以資記注而廣多聞，要未必爲三長之士所盡斥。然則是編也，姑存之以備詩話之稗乘，或庶幾焉。至書中先後，緣隨得隨筆，故不類不次，亦略仿宋、元人詩話之例。超覽君子，或弗以叢雜爲嫌，而更匡其所不逮，尤厚幸云。嘉慶三年歲次戊午秋七月，吴騫識。

拜經樓詩話卷一

海寧吴騫槎客輯

蕺山先生嘗著《大學古文參疑》及《古記》、《雜言》諸書，其意頗尊信豐氏石經古文。吾鄉前輩陳乾初先生，山陰高弟也，晚著《大學辨》一書，同時若桐鄉張考夫、山陰劉伯繩、海鹽吴仲木、仁和沈甸華諸君，交遺書争之，而乾初殊不顧，蓋自謂實有所承也。乾初晚家泥橋，流離坎壈中，論著不輟。每有所就，即設山陰先生位，爲詩文而祭告之。其集中載《告山陰先生文》曰：「明明我師，雖死猶生。我呼我號，在天之靈。《葬書》非古，《大學》非經。某也闢之，不遑敢寧。」又曰：「上咨先聖，下質朱程。是耶非耶，昭然甚明。某之誣妄，是殛是懲。如其未謬，寧弗我矜。」蓋其篤守而不移如此。大抵二公皆參用姚江之學。

陳爰立先生枚，乾初從子也。少工詩，與龍山祝眉老洵文、角里蔡養吾遵等十餘人，結省過之社，日相唱和。爰立行尤高，少補諸生，旋棄去。窗前植蟠柏一，晨夕吟哦其下，自號霜柏子。卒年四十餘。遺詩多散失，存者僅三數十篇。其論詩云：「以温厚藴藉爲體，以風雅鼓盪爲用。思入深沈，調出俊爽。宏麗詩不落濃俗，幽静詩不落枯淡。雄句宜渾不宜粗，婉句宜細不宜巧。一觀意思，二觀體裁，三觀句調，四觀神韵，四者皆得，方爲全詩。四者中，更以意思、神韵爲主。」觀此可以覘其詩學之造詣矣。

朱茂才亦大，名淳，别字曉亭。祖嘉徵，父爾邁，母葛氏宜，並以詩鳴，故亦大少工吟咏。所著《曉亭詩鈔》，氣格清淳，時造晚唐佳境。所作不輕示人，故罕知者。予既録數篇入《湖海詩存》，頃復讀其《楚游偶咏》，隨筆於此：「寒沙淼淼挂輕帆，釃酒離亭有阿咸。白雁聲中辭故國，黄花節裹换征衫。風迴江閣星初亂，樹倚秋城月半銜。此去湘湖清似鏡，且須放眼滌塵函。」《酬别芸軀素培兩姪》「想汝幽棲迴出塵，竹亭花塢合長貧。僻知古道終嫌拙，老覺人情始念真。棋落枰邊難了局，波迎井底又翻新。薄游不止憐分袂，耿耿雄心按劍頻。」《臨川未及走别星垣卻寄》「素影斜臨紫塞寒，天涯懶向九秋看。幾時回首腸堪斷，夜笛初高曉角殘。」《秋月》「蕭瑟商聲入夜長，亂縈殘葉下金塘。無端吹斷還家夢，散作征人滿鬢霜。」《秋風》「四野微吟聽未終，夜深斷續遠含風。可堪切切凄凄意，多在月斜烟淡中。」《秋蛩》摘句，五言云：「雨長深水腹，雲斷鎖山腰。」《貴溪道中》「沙虚寒集雁，風急健呼鷹。」《市汊即事》「衝風横斷影，帶水咽離聲。」《咏驚雁》七言云：「夕陽水碓鳴孤溆，遠樹秋蟬咽斷風。」《桐廬道中》「别浦草長封斷鏃，荒原風急嘯枯髏。」《寄懷陳梅窗先生》「暮江風急雁初度，旅榜月明人未歸。」《旅夜懷二兄》「殘旗捲霧迷寒草，故壘連雲鎖夕陽。」《再渡鄱陽湖》「夜暝重林烏未返，寒生孤枕客先知。」《旅夜感懷》「殘月棲巖沈桂魄，嚴霜壓樹結冰花。」《苦寒偶述》

馬寒中上舍居插花山中，擁書萬卷，築道中樓，與婦查氏惜，日唱和其中，世望之若神仙中人。《寒雁樓詩》自序云：「予年十六，曾入是樓，忽忽四五年，便有生死之隔，聊賦短章，心正惻惻未已也。」「不堪往事話零星，寒雁樓頭初定情。記得夜來風雨亂，幽花强力到三更。」「月暗高樓人定時，挑燈學我細吟詩。偶然七字粗能律，便道從今弟勝師。」「香犀滿泛玉浮梁，妾手擎來夜勸郎。郎自無端推酒立，泥人一笑卸殘妝。」「問年十五小於我，並立花前如我長。究竟性情孩子樣，笑啼作戲慣無常。」「草龍帳底坐新涼，葵扇輕摇話正長。話到後緣難的的，低頭不語去思量。」「别來好夢已無因，死後書來重苦辛。自是少君難再得，縷金裙子最傷神。」寒雁樓今不可考。又嘗游吴氏，經時始歸，查謔以詩云：「楊花豈向一人開，此去吴家笑幾回？惆悵西山歸棹後，問他可有阿誰來？」寒中和答曰：「楊花原是路旁開，且愛柔條看一回。假使春風戀個煞，可知今夜未歸來。」其風情如此。

漁洋詩：「殘月曉風仙掌路，何人爲弔柳屯田？」查堯卿上舍謂：「《分甘餘話》稱儀徵西地名仙人掌，有柳耆卿墓。攷今儀徵並無其地，不知漁洋何所據？」故其《真州雜咏》云：「古墓已迷仙掌路，昏雅尚弔柳屯田。」騫案：《獨醒雜志》：「耆卿死，葬棗陽縣之花山。每歲清明，詞人集其下，爲弔柳會。」則真州之有柳墓，或傳聞之謡也。

宋王仲甫，字明之，岐公猶子也，翰墨著於一時。客吴時，有所愛，至京師，爲岐公强留，逾時不返，因作詩曰：「黄金零落大刀頭，玉筯歸期劃到秋。紅錦寄魚風逆浪，碧簫吹鳳月當樓。伯勞知我經春别，香蠟窺人一夜愁。好去渡江千里夢，滿天梅雨是蘇州。」龔明之《中吴紀聞》謂此詩用古樂府「稿砧今何在」體，人皆愛其巧。

海鹽胡宣子《谷水談林》：「杜工部《贈李八祕書别》云：『一戎纔汗馬。』劉須溪以『一戎』爲不成語。余案：高宗伐高麗，克之，制《一戎大定樂》。習用既久，想不爲破句耳。」騫攷梁元帝《答群下勸進令》云：「庶一戎既定，罪人斯得。」蓋六朝人已有此語，非唐人創爲之矣。

《文選》張茂先《贈答何劭詩》云：「道長苦志短，責重困才輕。周任有遺規，其言明且清。負乘爲我戒，夕惕坐自驚。」李善《注》：「《論語》，孔子曰：『周任有言曰：陳力就列，不能者止。』」蓋詩意力小圖大，恐違周任「陳力就列，不能者止」之戒。而《容齋三筆》云：「《禮・緇衣篇》、《詩》云：『昔我有先正，其言明且清。』」引《文選》此詩，以爲詩乃周任所作。此殆所謂不觀上下文之過與？

韓致光《香奩詩》：「蜂偷崖蜜初嘗處，鶯啄含桃欲咽時。」竊謂上句蓋即古樂府「寧斷嬌兒乳，不斷郎殷勤」意，故下聯云：「酒蕩襟懷微駊騀，春牽情緒更融怡。」亦各承一句。駊騀，馬摇頭貌。而「初嘗」、「欲咽」，「駊騀」、「融怡」，安雙聲、叠韵於四句中，彌見晚唐人詩律之工細。

毘陵唐孔明孝廉宇昭，號半園外史。家富藏書，工吟咏，有《擬故宫詞》四十首，雖不及仲初、花蕊，間有可補蘆城所未備者。「三宫列坐御筵旁，戲謔詼諧總不妨。獨有儀文難假借，謝恩一次一持觴。」「香湯百種蚤澄清，任取金盆次第傾。伺得内家剛浴起，一杯古刺水先呈。」「聞道君王宴月樓，諸宫絡繹進珍羞。偶然醉裏龍袍污，薄浣宜頒獅子油。」「龍樓夜炙百餘盤，錦被依牀丈六寬。女侍一時齊出閣，至尊已進保和丸。」「朝罷回鑾燕豫時，愛抽古史徹宵披。丹鉛每到芳規處，傳勅中宫召主兒。」

唐茂業《興元沈氏莊》云：「江繞武侯籌筆地，雨昏張載勒銘山。」又《蒲津河亭》云：「烟横博望乘槎水，日上文王避雨陵。」世爲名句。同時鄭都官《蜀中》詩，亦有「雪下文君沽酒市，雲藏李白讀書山」之句，然氣象殊不逮爾。

桃溪在宜興縣西南六十里，又名張溪，南唐門下侍郎張居詠居此，子孫因家焉。宋建炎中，岳侯曾館於張大年家，有題屏書，詳《雲麓漫鈔》。又有《贈張完》詩一絶云：「無心買酒謁青春，對鏡空嗟白髮新。花下少年應笑我，垂垂羸馬訪高人。」張後人并完和詩刻石於其家祠中。《詞海遺珠》又載武穆逸詩，有「潭水寒生月，松風夜帶秋」之句。今世刻《武穆集》皆未見，知其不傳者多矣。

《東家雜記》載：「夫子車從出國東門，因觀杏壇，歷級而上，顧弟子曰：『茲非臧文仲誓將之壇乎？』睹物思人，命琴而歌。歌曰：『暑往寒來春復秋，夕陽西下水東流。將軍戰馬今何在？野草閒花滿地愁。』」又《衝波傳》云：「孔子去衛適陳，途中見二女採桑。子曰：『南枝窈窕北枝長。』答曰：『夫子游陳必絶糧。九曲明珠穿不得，著來問我採桑娘。』夫子至陳，大夫發兵圍之，令穿九曲珠，乃釋其圍。夫子不能，使回、賜返問之。其家謬言女出外，以一瓜獻二子。子貢曰：『瓜，子在内也。』女乃出，曰：『用蜜塗蛛絲，將繫蟻，蟻將繫絲，如不肯過，用烟熏之。』子依其言，乃能穿之，於是絶糧七日矣。」按：前歌諸家琴譜皆不録，竟似一首七言絶句；後四句并開聯句之濫觴，而荒謬無理，尤足噴飯。

馬雞出秦州，大倍於常雞，形如馬，偏體蒼翠，耳毛植竪，面足赤若塗朱。宋荔裳觀察在北平時，署中嘗蓄之。荔裳爲之賦詩，錢塘李考叔和作云：「珍禽元不産龍城，隴右攜來司五更。種並岐陽丹鳳出，名同天廐血駒生。耳毛削竹青驄立，距汗夭桃赤兔行。我亦不甘終伏櫪，披星擁劍待伊鳴。披星，一作幾回。」考叔名潁，錢塘人，諸生。毛文龍守皮島時，潁常在其幕中。

錢塘莫如京，字雲卿。文雅好事，毛稚黄謂與明華亭莫是龍可相伯仲。家於東園，有高雲閣，疏泉列石，頗極清曠。毘陵惲壽平與相友善，至杭，必寓閣上。間多題咏，如「露蔓平窺石，烟蘿半浸池」、「薜荔愁中鬼，桃花劫外身」、「舊雨青氈在，新愁白髮知」、「無山多怨鶴，得樹亦棲鸞」等句，皆可想見當日風概。餘詳《東城雜記》。

杜常《華清宮》詩：「行盡江南數十程，曉風殘月入華清。朝元閣上西風急，多入長楊作雨聲。」「曉風」字重下句「西風」字，或改作「曉乘」，亦未佳。楊升菴云：「見宋敏求《長安志》，乃是『星』字。敏求又云：『長楊』非宫名，朝元閣去長楊五百里，此乃風入長楊樹，葉作雨聲也。」温陵黄俞邰云：「考前説，今本《長安志》乃無之，後説，則李好文《志圖》中語，而升菴以爲敏求，似誤。」右見俞邰《長安志跋》。元吴師道《詩話》亦有此論，蓋升菴所祖也。

虹橋板出武夷山中，傳爲仙物，在高峰之巔，人跡不能到，嘗因風飄墮谿磵間，爲樵牧所得，稍不謹，則凌空飛去。張芑堂燕昌嘗見一片於杭吴達夫家，爲之題識。越十年餘，竟爲芑堂所得。板長尺餘，廣二寸，厚三分，色如楠木。其質堅細而有文，一角微白。賞玩家多著於吟咏。梁山舟太史詩云：「虹橋之板才徑尺，付與幽人鎮玉格。延陵寶藏東海題，題處天然一角白。書不可信事可傳，非楠非柏無人識。即今散落市廛中，君獨何緣收拾得？當年吹墮武夷峰，仙凡惝怳將毋同。須防一夜風雨疾，飛去天邊化斷虹。」此詩可追響竹垞。予嘗見沈椒園廉訪舊藏唐劉蜕硯，以虹橋板爲匣。硯石紫色，長不及三寸，廣寸餘，厚四分，旁有蜕字篆書。按：唐詩人尚有陳蜕，肅、代間人，見《唐詩紀事》，此不知何以定爲劉蜕也？硯今歸陳仲魚孝廉。

穆陵關壁間有人題詩云：「獨上亭臺耳目新，情懷何異葛天民。江山寄跡原非我，天地爲廬亦借人。收盡尊前千里目，流空衣上十年塵。有詩不寫酬佳景，卻恐風塵笑客貧。」詩極蕭爽，或傳呂純陽所作。義興盧九台先生過其下，讀而善之，嘗和其韵。

陸東陸，初名董志，字倩迂，江陰人。嘗爲《非錢詩》百五十種，蓋實非錢而以錢名者。又取錢之確見經傳而無疑者，各系之以五言律，凡若干首，分類爲小序。予疑今世所傳松塔藕心梳錢及臨安府錡牌等，皆可入非錢類，惜乎陸詩不得見。

查東山先生遇吴順恪事，世皆艷稱。予觀東山所作《敬修堂同學出處偶記》，有似出於傳聞之過者，豈當日以其既貴而故爲之諱耶？《記》云：「己亥，余客長樂潮鎮，吴葛如以厚幣邀余至其軍，爲語南鄙夙昔艱難諸狀。方在席，無所指顧，而境内不軌猝縛至階下。告余曰：『吾徵發而彼遁矣，吾密行内間，不失一矢。』未幾而不軌之所恃豪爲戢，他不靖幾圍，奉飛符報命。葛如曰：『是又内間之轉行也，吾左右尚不聞之。』葛如能詩，自比武侯，故以六奇爲名。大率用兵以計勝，顧名知之矣。時令其長君啓晉、晉弟啓豐偕侍余座。晉字長源，啓豐字文源。長源已登丁酉賢書，生而韶秀玉立，工詩，所至輒流連，興懷古昔，疾行五指，篇什繁富，不勝舉也。余嘗叙其爲文有關戢安之大者。嗣余《詩可》之選，凡仕宦游歷所賦，無不及之專帙，東粤遂入葛如《湞陽峽》一詩。别久之，投余遠問，則葛如病而長君晉已脩文去矣。葛如隨物故。世相傳余初有一飯之德，葛如方布衣野走，懷之而思厚報，其實無是事也。文源乃邀卹，蒙殊格得襲。古句稱三十登壇，而文源齒弱未及，初晤余時，去總角無幾，便以能屬文廩膠庠，不意其投筆指顧風雲，用儒柔奠南服也。」

宋南渡時，宣尼嫡孫隨國南遷，占籍浙之衢州。至元，孔洙以曲阜守墓，奏讓公爵，世祖允其讓而嘉之，以洙爲祭酒。厥後遂爲布衣。明正德間，海寧董淞特言於衢守沈熹，奏保孔子五十七世孫彦繩襲五經博士。衢之有博士，蓋自此始。方彦繩北上時，淞爲祖道於衢之萬松書院，董蘿石先生有長歌紀其事。

海鹽錢東圩，其先本何姓，明初隸戍籍，以稚子鞠於錢氏，因蒙其姓。至東圩，始訪獲何氏遺壟而祀之。從吾道人嘗爲賦《河源復古詩》云：「遺志傳來事可知，不同鴻漸《易》中推。提攜道遠嬰難保，寄養恩深氏可移。河脈已窮星宿海，梧巢今見鳳皇枝。荒村墓道無寒食，又見焚黄酹酒時。」至商隱先生汝霖復姓何氏，而竟無後。人謂由復姓之故，然其理亦不可解也。

蔣山傭《詩律蒙告》云：「律詩如岑嘉州『嬌歌急管雜清絲』，止是不拈，不可謂之拗。如子美云：『去年登高郪縣北』，乃是拗也。拗非律之正體，中唐始有之。拗須拗到底。」「古詩尤忌湊韵，有一句湊韵，即是懈處，通篇格律都減。」「律詩中八句，其流動處，轉一句，深一層，乃爲合格。若上深下淺，上紆下直，便是不稱。」「上兩句對立，若上比下賦，上賦下比，皆詩格所無。是知作近體者，亦不可不知六義。」「詩家於叙事之中，有一句二句用譬喻或故事，俗謂之襯貼，則古人未嘗不用，但或在叙事前，或在轉折處，或正意已足，須得引證。若於賦中突出一句，此便是湊句。」「凡律中二聯，用字稍有雕刻不妨；首末二聯，須老成渾脱。首聯如春，中聯如夏秋，末聯如冬，八句中具四時之氣，方爲合格。」「詩避三巧：巧句、巧意、巧對。三者大家所忌也。」「律詩中有活對者，有不對者，必其用意處也。意活則詩亦從之，小有參差，不害。然其上下文必有整齊之句，無通篇活對者。」「律詩中二聯，往往一聯寫情，一聯即景。情聯多活，活則神氣生動；景聯多板，板則格法端詳。此一定之法，亦自然之文也。」「律詩下四字押韵，大率半虚半實。其有四虚四實，四板四活，最難用，惟有大筆力者能之。」「啞韵能響者，其人必貴；險韵能穩者，其人必安。子曰：『知者樂，仁者壽。』吾於詩見之。」「學詩不可但學句法，須以一氣渾成爲上。若逐句作去者，不足言詩。」「學詩不可先學律詩。」右見《菰中隨筆》。

陳乾初先生《黄楝頭歌》：「三月風吹黄楝茶，低枝肥白長新芽。蓬松滿野無須買，採取盈筐不厭奢。小曝庭中勿過乾，晶鹽細拌上新罈。少虚罈口毋封裹，一寸翻將浸水盤。浸水盤，日一易，兼旬出之美無敵。福州橄欖旨不如，洞水岕茶香未及。千古只有淵明詩，風韵清遥神似之。」自注曰：「詩中無淵明比，食味中無黄楝比。嚼水黄楝四五莖，以陶詩百篇下之，庶稱元賞。」黄楝頭至今吾鄉猶尚之。

長洲韓其武騏著《補瓢存稾》，歸愚先生序之。《嫁女詩》云：「鼓吹迎門燭焰紅，悲啼聲雜笑言中。乘龍但願逢佳壻，賣犬何妨作乃翁。舊服盡搜慈母篋，新妝旋换别家風。梁家眉案張家黛，莫負當年育汝功。」亦可謂善寫物情者矣。其武没後，嘗託夢家人，言錢塘吴主事一騏是其後身。子某特至杭訪之，時吴已登賢書，避不肯見。未幾亦卒，年二十有八。

《抱朴子》謂竈之神，每月晦日，輒上天言人罪狀，大者奪紀，小者奪算。今俗以臘月二十四日爲竈神上天，北方有以二十三日者。案范石湖《祀竈詞》：「古傳臘月二十四，竈君朝天欲言事。」是古用二十四日也。是日多設酒果祭送，或用膠牙餳。四川《綿州志》：「俗謂粘竈神牙，使不得言。」尤無稽。竹垞《醉司命辭》：「餳糕粉荔，雜遝上陳。藉糟漉滓，塗之竈門。司命入覲，行步偶旅。覩覷兩目，醉不能語。」亦屬文人託興。予友周勤補孝廉廣業嘗有詩云：「膠糖祀竈潔春盤，歸到天庭夜未闌。持奏玉皇無好事，且將過惡替人瞞。」措詞極爲婉妙。

明明秀上人號雪江，嗣法於海鹽天寧寺。天機静慧，前挹梵公之清芬，後啓湛師之駿逸。嘗與朱西村、陳句溪諸老結社唱和。其《送陽明謫龍場驛丞》詩「蠻烟瘦馬經山驛，瘴雨寒雞夢早朝」之句，尤爲時誦。予嘗得其手蹟《蘿壁山房圖詩并記》，云：《蘿壁山房圖》，迺香光居士爲元津濟公所繪，筆法精妙，真天奇也。國初諸老宿皆賦咏之。若干年爲西宗意公所得，亦有紀識。意之没復若干年，傳於大雲慶公。三十年前，余在南屏，始獲一睹。今又歸我東啓昕公，昕因號之曰蘿壁，蓋有慕於昔人者也。嗚呼！未百五十年，此卷不知幾易主。慨時易世殊，而人生猶夢幻也。然則此卷閱人，誠一傳舍耳。東啓聊亦坐香光之境，觀諸老之言，而進於清净法性中，則斯卷之功不爲少矣。遂紀世次於末，并賦以詩。白雲半畝小蘭若，垂老安心心自安。春泉引夢松花净，月色侵門山翠寒。茶杯采掇細烟雨，禪牀映帶青琅玕。栖息此中同傳舍，不知坐破幾蒲團？」末署「石門山人明秀，嘉靖七年春三月朏日在嘉會堂記」。按：記中所謂香光居士者，王叔明也。雪江後居錢塘聖果寺，更號石門山人。有

《雪江集》，今不傳。此跡今歸芑堂明經。

檇李諸襄七太史《謝友人寄參》詩云：「虎穴探深得，羊頭絶頂劚。異名傳鬼蓋，上藥合人銜。有客憐多病，輕郵致密緘。文埸遲䟫䟴，明日好抽帆。」皮襲美聯句：「䟫䟴松形矮，般跚檜樾矬。」又詩：「䙰褷風聲疣，䟫䟴地力痑。」「般跚」、「䙰褷」與「䟫䟴」，俱叠韵對格。按：䟫音部下切，䟴音苦下切。《玉篇》云：「䟫䟴，行不肯前也。」李建勳有「䟫䟴爲詩䟫䟴書」之句。

明侯官曾弗人先生異撰，所著《紡授堂集》詩，立意求新，未免稍流於詭。其《與趙十五論詩書》云：「弟嘗謂古詩難於律詩，五言律難於七言律。杜詩七律，罕不奇妙者，至五言，平率、高古遂已參半。惟王、孟五律妙於七言，殆有天授。譬則陶令爲五言古神品，時固未有七言之體，即有，而陶爲之，亦未必不亞於五言，要未可謂五言之較易也。七言律渾堅沈鷙中，易暢易動。纔縮二字，暢則不堅，動斯未沈，不動不暢，又涉平板。今使縮長句爲短句難，展短句爲長句易，是以從後人而觀，則歐、蘇流暢於韓、柳，韓、柳流暢於《史》、《漢》，《史》、《漢》流暢於《左氏》，《左氏》流暢於《尚書》。然而《尚書》、《左傳》，短節中未嘗不暢不動，秦、漢而後，遂以漸加，斯則句從古短，字以世增。以此思五七言難易，便自了然。且作詩者從古體入手，雖律詩亦有空曠之妙，王、孟之五言，杜之七言，皆以古詩爲律詩者也。少陵五律，王、孟七律，則以律詩爲律詩矣。今之學詩者，從律詩入，以其有占有儷，易於取偶成篇，其律又從五言入。正如里塾小兒學作對句，以字多者爲能，盲師矜喝，瞽子哃疑，宜其謂七言最難合作，甚於五律也。至謂律詩難於古體，則又護短欺人，譬之習應制義者，謂時義難於古文，爲左、馬、韓、蘇易，爲王、唐、瞿、薛難，更無是理，可以無辨者。」弗人之論，多中時病，蓋亦未嘗無心得者。

趙孟奎《分類唐歌詩》一百卷，昔人未見著録，收藏家亦絶少。明葉文莊《涇東稾》中，有《書唐歌詩殘本後》云：「僅得實存二十七卷，蓋已不及三之一矣。」文莊自言從雷景陽侍郎借鈔。往予在吴門書肆，見不全宋槧十册，後有毛扆手跋，蓋汲古舊藏也。楮墨極精好。此書分門纂類，趙孟奎序言：「凡一千三百五十三家，四萬七百九十一首。」可謂廣矣。孟奎字文耀，號香谷，寄貫蘇州，太祖十一世孫。寶祐四年文天祥榜進士，忠惠公與籌子也。官至祕閣修撰。

宋施德初父子及顧景蕃注東坡詩甚詳，較王龜齡集百家注勝之遠矣。如《赤壁賦》吹洞簫之客，爲綿州武都山道士楊世昌，亦見《施注》，《次孔毅父詩》注。而王不及也。宋牧仲在吴中得宋刻《施注》，蓋是琴川毛氏藏本，中缺數卷，屬邵長蘅補注而刊之。人頗譏邵之妄，朱竹垞有「上客爲補由儀詞」之句，亦微詞也。當時惟琴川錢氏有足本，毛子晉每欲借鈔補全，靳而不予，後遂付之祝融，世間竟不聞有全本矣。然宋所刻宋板《施注》，亦非原本。嘗見知不足齋有宋板半部，其注較近刻尚多什三四。即世所傳《王注》亦然。予家有宋建本《王梅溪集百家注東坡詩集》，楮墨極精，視近刻之注，亦多什三四，而分門别類及卷數俱夐然不同。《和陶詩》本不在内，而今强爲附入。以是知古來書籍，爲後之庸妄人删并錯亂，多失本來面目，又豈特二一書爲然哉？

常熟毛斧季，嗜古不減其父。嘗讀手跋趙孟奎《分類唐歌詩》殘本，自言展轉訪購，幾於心力俱殫。因摘其大略，以見前輩求書之篤，非後人所能及云。趙氏《分類唐歌詩》，乃鄉前輩藏本，後以售於先君者。先君見背後，先達爲予言此書世間已無第二本。予急歸撿之，按照目録，僅存十一，爲惋悵久之。因思以天下之大，好事者之衆，豈遂無全書？傳聞武進唐孝廉孔明宇昭有之，託王石谷翬往問，無有也。先是，託王子良善長訪於金壇。甲辰二月，子良從金壇來，述于子荆之言曰：「唐氏舊有其書，須價百金。」因思于與唐姻婭也，果能得之，鳩工付梓，不過傾家之半，遂可公之天下，俾讀其書者，如入建章而睹千門萬户之富，此生樂事，孰踰於此矣！盍再訪諸？即欲鼓棹。内兄嚴拱侯垣曰：「此韵事，亦勝事也，吾當往。」次日即行。道經丹陽，宿旅店樓中。中夜聞户樞聲。雞初鳴，鄰壁大呼失金，諸商旅皆起，將啓行，户皆扃鐍不得出。天明，伍伯來，追宿店者二十三人，拱侯居首，爲與失金者比屋也。匍匐見縣令，命各出囊中金，召失金者驗之。布金滿堂下，多者數百，最少者拱侯也。及驗畢，皆非，遂出。拱侯曰：「可以行矣。」曰：「未也，令不能決，當質之於神。」舁神像坐廣庭，庭中架熾炭，上置巨鍋，傾桐油於中，火炎炎從油上出。向拱侯曰：「請浴。」拱侯歎曰：「毛斧季書癖害人，一至於此乎！趙孟奎之《唐詩》，其有無未可知，令予死於沸油，何也？」一老人曰：「若無恐。苟盜金，必糜爛。不然，無傷也。」試以手探之，痛不甚劇，遂醮油塗體，果無損。遂以次二十二人，盡無恙。拱侯曰：「人謀鬼謀，鑊湯爐炭，盡嘗之，今可行矣。」又一人亦去。其二十一人者方與旅店鬨，及事白，盜金者店家也。拱侯抵金壇，促于子荆寓書唐孔明。答曰：「無之。」竟不得書以歸。予趨迎問《唐歌詩》，拱侯曰：「焉得歌？不哭幸矣！」予驚叩之，備述前事。既悵怏，復跼蹐焉。

查韜荒晚歲游茶陵，頗有所眷，遂死於其家。朱曉亭悼韜荒詩云：「路旁香草露中花，采采其如秋望賒。哀些欲招無處所，不知雲雨散誰家。」「三間死後屬青蓮，之子高名亦與傳。自古才人多好色，才人未有不神仙。」朱與查爲中表兄弟，詩蓋閔之，亦諷之也。

世傳天竺中秋夕，往往有月中桂子飄落。惟至正壬辰，落在九月十五夜半。陳敬初爲賦《桂林謡》云：「廣寒宫前秋色老，桫欏子結虬枝杪。自注：一名桫欏子。剛風吹顫玉蟾蜍，丹桂經霜香似掃。雪䗖提杵敲丁東，驚落璸璣銀闕空。羿妻孀居不遑惜，蚌胎撒下塵寰中。」云云。

錢塘陸麗京晚歲祝髪爲僧，雲遊四方，初猶暫歸，後遂棄家長往，不知所終。有女名莘行，字纘任，七歲即能詩文，常念其父，作《雲游始末紀》。歸袁花祝龍自翼栞。纘任詩多散佚不傳，七歲《同父母兄姊送吴公錦雯司李吴郡》一絶云：「自憐嬌小不知詩，執手臨行强置詞。盼煞歸鴻傳錦字，吴江楓落正愁時。」見《尊前話舊》。

魏舒者，桐鄉人。少學浮屠氏法，名荇舫。工詩嗜酒，不安浄業。邑令吴某逮繫於獄，將嚴治之。會移他邑，代之者爲滿洲舒瞻。偶録囚入獄，見壁間詩，詢知爲魏作，大喜，立出之，而加冠巾焉。魏感其德，更名舒，字曰更生。嘗以詩謝吴令云：「鍛得頑金能繞指，不知何以謝良工。」蓋吴性嚴酷，時有吴鐵匠之目云。

陳世大，字敬微，海寧人。詩工咏物，嘗作《百花詩》，極爲同邑查求雯太守克建所賞。如「偶尋香去二三里，忽見梢開六七花」《梅花》、「行過小橋香忽送，吹殘短笛月微昏」同上、「一庭遲日黄鸝囀，十里香泥紫燕飛」《杏花》、「誰將帝女江邊淚，染作漁郎洞裏春」《夾竹桃》諸聯，亦仿佛茗齋之遺也。

明西昌鄒青士萬選，少日負其才氣，目空一世。詩歌賦咏，自總角至弱冠之歲，已不下數十萬言。後遭流寇之難，家爲之破。無何，又遇事訟繫者累年，久之得釋。所存有《燹賸編》、《圜扉屬稿》、《攖寧集》等。其詩頗近《香奩》，自謂皆有所寄託。今録數首於此：「笑語歡從陌上來，懸知鬭草賭釵回。柔風護得香羅穩，不許游人亂著猜。」《踏青》「幾度驚魂夢好風，無聊卻當是真逢。偏教異日真逢處，倒要翻疑作夢中。」《無題》又《秦鏡》詩云：「寶鏡如銀解照妖，肺腸私曲總難逃。阿房複道都懸徧，何不當初照趙高？」

「渺渺孤城白水環，舳艫人語夕霏間。林梢一抹青如畫，知是淮流轉處山。」此秦少游《泗州東城晚望》詩也，見《淮海集》中，而沈歸愚入之《別裁集》。

閨秀鄒氏若瑗，梁溪人，適太學生朱汝綸。若瑗少工吟事，旨格清遠，不慕華貴，在東吴仿佛有陸卿子之風。其尤雋警者，如：「一村通略彴，欲往翠微重。茅屋蘿全補，竹籬雲半封。溪聲咽殘月，山色破寒鐘。早有鳥驚起，幽人策短笻。」《曉起舟行村塢中》「落日照離顔，看君辭舊山。琴書元不賤，菽水故應艱。匹馬齊烟裏，荒原魯樹間。殘秋一聲雁，何處穆陵關？」《送女夫秦凌滄游山左》「乍寒乍煖落花天，好景全消又一年。蝶影飄殘桃底露，鶯聲啼破柳梢烟。休彈錦瑟傷青鬢，誰向紅樓惜翠鈿。惆悵王孫歸路杳，任他芳草自芊眠。」《送春》「盤螺漸上碧雲梯，萬木森森寺逕迷。古渡遥連瓜步暝，危崖横壓海門低。屐粘石磴蒼苔滑，杖挂烟蘿濕翠齊。欲問華陽真逸事，江流又擁夕陽西。」《登焦山頂》「落日挂江樹，蓬窗四月秋。夜潮回客夢，何處是揚州？」《夜泊丹徒》「虚緑摇窗鏡影空，庭梧瑟瑟翦秋風。水晶簾外朦朧月，人在秋江碧練中。」《延清閣夜坐》若瑗性至孝，在室時，刲股和藥，療母疾者再。没後，秦小峴觀察梓其遺集，曰《亦南廬小稾》。女配觀察，亦能詩。觀察嘗咏其《潞河南還舟中作》，有「千里歸帆渾是夢，緑楊影裏畫橋西」之句。

《青梅軒詩話》：徐凝絶句殊有佳者，不盡惡詩也。如「娟娟水宿初三夜，曾伴愁蛾到語兒」，及「不寒不暖看明月，況是從來少睡人」，極似香山。其《留辭川守侍郎》云：「一生所遇惟元白，天下無人重布衣。欲到朱門淚先盡，白頭游子白身歸。」

又云：元稹《水上寄樂天》云：「眼前明月水，先入漢江流。漢水流江海，西江過庾樓。庾樓今夜月，君豈在樓頭？萬一樓頭望，還應望我愁。」此格古今絶少。

又云：長水《鴛湖櫂歌》百首，一時寄興之言，補綴舊文，以資驅使，古人所謂有一不可有二也。後之效者，《南宋雜事詩》遂得七百首，紙札無情，任其摇擘，果何取乎？《青梅軒詩話》，陽羨史位存承謙著。位存與弟衎存承豫並以詩鳴荆南。位存有《秋琴集》、《小眠齋詞》，衎存有《蒼雪齋集》。

拜經樓詩話卷二

海寧吴騫槎客輯

元錢惟善試《羅刹江賦》，以《七發》之曲江爲即浙江，楊廉夫韙之。說者皆謂廣陵江無濤，而錢塘江有濤也。國朝朱竹垞復以錢塘江干有廣陵侯廟，賦詩以證之。近人頗有疑錢說之不然者，韓江汪容甫中及吾友俞君秉淵思謙皆爲之論辨。余閒攷王充《論衡・書虚篇》之論三江云：「有丹徒大江，有錢塘浙江，有吴通陵江。」此明錢塘江與廣陵江，判爲二江矣。又曰：「廣陵曲江有濤，文人賦之。」蓋即指乘之《七發》。又曰：「曲江有濤，竟以隘狹也。」然則舊曲江本有濤，由當時江面隘狹之故。後來江面寬平，故遂無濤。錢塘江面始終隘狹，故至今尚有濤。仲任去枚乘未遠，所見相同。惟善生後千餘年，輒欲奪廣陵之濤與浙江，豈其然乎？又按：廣陵侯廟，未見於《咸淳臨安志》。考《西湖游覽志》：「廣陵侯廟在石塚，本名協順廟。其神陸圭，昭慶軍人也。宋宣和中，引兵攻方臘，敗之，没而爲神，嘗與三女效靈江岸。淳祐中，賜廟號協順，封神爲廣陵侯。」是宋之神號，與漢之疆畛，初無相涉。竹垞偶見廣陵侯廟，遂爾賦詩，以證錢之曲說，殆未之深攷與？元宣城貢奎亦封廣陵郡侯。

鄞縣全吉士祖望，相傳爲同邑錢忠介公肅樂後身，人未之信。後吉士舉子，初墮地，而錢公後人來賀者已在門。訝其知之速，曰：「夜來聞影堂中人言：謝山舉子，可喜可喜！」謝山，吉士號也。故吉士有《五月十三日舉子》詩云：「釋氏語輪迴，聞之輒加嗔。有客强傅會，謂我具夙根。琅江老督師，於我實前身。一笑姑應之，燕説漫云云。昨聞正氣堂，預告將雛辰。在我終弗信，傳之頗驚人。聊以充談助，用怡湯餅賓。」先是，謝山有兒，生而穎悟，六歲而殤，母哭之慟，忽張目曰：「無哀，當再來補之。」後十年而謝山生，故小字補兒。然謝山所舉子亦蚤夭，無後。豈絶續之理，雖鬼神亦不能爲之主耶？

宋荔裳先生自浙西觀察移官四川。康熙壬子，蜀中寇亂，荔裳方入都，聞家人盡被難，憂憤而卒。有女才及笄，流落至滇中，爲王某室。踰年而寡，遂祝髮投中山爲尼，名道啓。有侍婢王氏亦相隨入道，名慶光。至壬戌五月，二人避兵入山，突遇悍卒，悦其姿，强之東下，且逼令蓄髮。宋以死自誓，且以匕首戡胸，幾殞。卒度其志終不可奪，行至偏橋，委之而去。二人計無所歸，憶有舊侶海成者，結庵省溪江口，欲往依之，而又不諳道路。偶遇浙西商人董某，相約而行。抵銅仁，爲邏卒所疑，送於官。太守葉滋齊，廉得其實，閔其名家女，欲送還鄉里。女泣曰：「妾生不辰，横罹顛躓。聞父母並下世，藐焉此身，縱不能死，亦復何顔對桑梓？苟得一茅庵寄跡，懺除夙孽，私願足矣。」時吾邑楊自西少司馬方撫黔，飭所屬從其請。查悔餘内翰適在楊幕中，賦《中山尼》一篇以紀其事。盛百二《柚堂筆談》載濟南教授萊陽周某言：「玉叔女實未遭辱，有侍女挺身代之。」然此事查内翰在楊幕所目擊而紀之，姑識於此，以俟知者論焉。

石獱生江南山谷，蓋蛙之美者。四足尤長，皮若蟾蜍，而色紫多疱。聲類犬吠，故獱字從犬旁。昔人所謂「紫色蛙聲」者，殆指此與？義興諸山尤多。陳迦陵《竹枝詞》云：「紅糟薄醉蒸山獱，銀縷如絲切柿狐。」攷穆希文《蟫史》：「山蛤一曰南風蛤，又曰石蛝，生山谷中，遇南風則出。背黑色痱磊，兩股甚長，孝豐人珍之爲上品。連皮蒸熟，味在於皮也。」鶱按：左思《蜀都賦》：「蟞蛦山棲，黿龜水處。」劉逵注：「蟞蛦，鳥名也，今所謂山雞。」何義門謂蟞蛦乃蛙類而大，俗名山雞，所糾良是。猶今吴、越間呼青蛙爲田雞也。劉氏誤認禽中有山雞，遂指蟞蛦爲鳥名，足證《選》注之失。

唐李郢《浙河館》詩，有「青蛇上竹一種色」句，何義門詆爲外道。鶱按：吴、越山間有蛇，形類蜥蜴，四足，身長尺餘，色青如蛙，土人呼爲竹葉青。又《異苑》：「汝南人入山伐竹，見一竹，枝葉已生，而蛇體未變。」相傳蛇可化竹，竹復化雉。唐人詩似未可輕議。

宋李雁湖箋注王半山詩集，海鹽張氏所雕者，乃元劉辰翁節本，失雁湖本來面目。曾見知不足齋所藏宋刻半部，箋注並全。每卷後又有庚寅補注，不知出自誰手，晁氏《讀書志》亦未之及，或疑即雁湖所補。考壁以寧宗開禧丁卯出居臨川，箋注詩集，當在是時。其卒於嘉定壬午，至理宗紹定庚寅，雁湖没已八載，安得復出其手？或其門人如魏鶴山序中所謂李四美之流爲之，則未可知耳。

唐人咏息夫人云：「看花滿眼淚，不共楚王言。」息嬀事始著於《左氏》，而《國語》及《公》、《穀》並不言之。劉向《列女傳》：「息夫人者，息君之夫人也。楚伐息，破之，虜其君，使守門。將妻其夫人，而納之於宫。王出遊，夫人遂出見息君，曰：『人生要一死，何自苦？妾無須臾而忘君也，終不以身更二醮。』乃作詩曰：『穀則異室，死則同穴。有如不信，視於皦日。』遂自殺。息君同日俱死。楚王賢夫人之守節而死，乃以諸侯之禮，合而葬之。」則息夫人初未嘗失節，烏有所謂生子而未言者？中壘父子皆明《左氏》，簒頌此書，獨不取其説，當必有據。予疑楚王當日或因夫人不從而死，别取夫人娣姪之媵息者充之，亦號之曰息夫人，是生堵敖及成王者。則未可知。正如蜀之有兩花蕊夫人也。

《渡海輿記》一卷，不著撰人名氏。自述往臺灣，歷諸番社，採買硫觔，記海外諸國風土。其書與《稗海紀游》大略相似。末附《臺郡番境歌》，今録數首於左：「鐵板沙連到七鯤，安平城傍，自一鯤身至七鯤身皆沙岡，性堅如石，舟犯之立碎。鯤身作浪海天昏。任教巨舶難輕犯，天險生成鹿耳門。」「雪浪排空小艇橫，渡船皆小。紅毛城勢獨峥嶸。即安平城。渡頭更上牛車坐，沙堅水淺，小舟不能達岸，必藉牛車挽之。日暮還過赤嵌城。」「編草爲牆取次登，衙齋清暇冷如冰。風聲捍醒三更夢，帳底斜穿遠浦燈。無牆故也。」「男兒待字早離娘，有子成童任遠颺。不重生男重生女，家園原不與兒郎。番俗以壻爲嗣，有子不承業，故不知名。」「番兒大耳是奇觀，少小都將兩耳鑽。截竹塞輪輪漸大，如錢如盌復如盤。番兒以耳大者爲豪，立則垂肩，行則撞胸。」「輕身捷足似猨猱，編竹爲箍束細腰。番以射獵爲生，腹大則走不疾，故爲箍束之。等得吹簫尋鳳侶，從今割斷伴妖嬈。結褵之夕斷之。」「深山負險類麀屯，一種名爲傀儡番。博得頭顱當門户，髑髏多處是豪門。番種實繁，舉傀儡以概其餘。」觀數詩，臺郡風土之異，已約略可見。此書雍正十年知將樂縣事蜀安岳周于仁嘗爲之序。

宋曾達臣《獨醒雜志》：「江州德化縣楚城鄉，乃淵明所居之地，詩中所謂柴桑者。宣和初，刺史即地立淵明祠，洪芻駒父爲之記。祠前橫小溪，溪中盤屹一石，人謂淵明醉石。土俗遇重九節，攜酒擷菊，酹奠祠下，歲以爲常。」按靖節祠及醉石，今不知猶在否。唐陳光有《題淵明醉石》詩曰：「片石霞寒色，先生遺素風。醉眠芳草合，吟起白雲空。道出乾坤外，聲齊日月中。我知彭澤後，千載與誰同?」又王貞白詩曰:「片石陶真性,非爲麴蘖昏。争如累月醉,不笑獨醒人。積疊莓苔色,交加薜荔根。至今重九日,猶待白衣魂。」二首見《分類唐詩》。

「藕花多處別開門,牛帶斜陽過遠村。不爲籬疏增日及,祇因人看煮黄昏。」此西湖僧篆玉《山居雜興》詩也。按:牡蒙一名黄昏,見《急就章注》。陳后山詩有「黄昏湯」,王厚齋謂即此。

何無忌與人論詩云:「欲作佳詩,必先尋佳韵,未有佳詩而無佳韵者也。韵有宜於甲而不宜於乙,宜於乙而不宜於甲者。題韵適宜,若合函蓋,惟在構思之初,善巧揀擇而已。若七言歌行,抑揚轉换,用韵頓挫處,尤宜喫緊。理會此處,最能見人平日學力淺深,工夫疏密。乃至排律長選,亦宜斟酌,韵脚穩妥,庶無牽强搭湊之失。」可見工詩者未有不留意於韵。今人銜口吟哦,但求叶韵,甚則次韵疊韵,連篇累牘,徒使脣焦腕脱,令人生厭。無忌名白,温州人。少爲郡小史,司李龍君御異其才,爲加冠,集諸名士賦詩以醮之,且延譽於海内,遂有盛名。崇禎初,以老壽終於梅嶼山中。有《汲古堂集》。

宋林同子真,福唐人。父遇,號寒齋,有隱操,同見《宋史》。《忠義傳》失其名,稱林空齋。查初白先生爲考證,載之《福建統志》中。子真嘗採古今人物之孝於父母者,爲《孝詩》三百首。劉克莊序謂其事陳而意新,詞約而義博。予讀其咏《茅容殺雞奉母》云:「雞乃爲母設,蔬惟與客同。賢哉茅季偉,誤矣郭林宗。」《范滂》云:「寧將身塞禍,不忍母流離。我自不爲惡,黄泉今有辭。」《徐季登》云:「南州徐高士,姓字滿東都。有子篤孝行,終喪竟隱居。」《王脩》云:「去年今社日,撫事倍酸辛。罷社爲兒泣，鄉鄰定可人。」《鶴》云：「好是鶴鳴陰，居然子和聲。休云氣所感，自是物之情。」《猨》云：「不忍身逃箭，知爲母塞瘡。人心有如此，獸面亦何嘗？」皆直書其事，不假文飾，而理自見，宜爲後邨所推許焉。

唐周曇作咏史詩數百首，都乏精警。唯咏《君王后》一首云：「連環要解解非難，忽碎瑶階一旦間。兩國相持兵不解，會應俱碎似連環。」殊有意致。

「簇簇魚鹽喧古市，聲聲絃誦徧儒家。」此宋姚述堯《過青田》句也，見《方輿勝覽》。按：述堯字進道，錢唐人。紹興二十四年進士。所著有《簫臺公餘詞》一卷。生平與張無垢、施彦執諸公友善，《横浦集》中有《和進道詩》，彦執《北窗炙輠録》述進道語尤多。《炙輠録》謂進道華亭人，豈其祖貫與？竹坨選《詞綜》，直以進道爲名，而所載「三年枕上吴中」一首，又見於《東坡集》，不可解也。

周松靄大令，夙精華嚴字母之學，嘗著《悉曇奥論》，又輯《杜詩雙聲叠韵括略》。以爲音聲之道，本乎天籟，若夫雙聲叠韵，則《三百篇》已肇其權輿。漢、魏洎晉、宋以前，大都闇與理合。齊、梁而降，風氣尚屬初開。唐賢明此者多，而少陵更擅勝場，惜自來讀杜者，無慮千百家，從未有論及於此。其體例有雙聲正格、叠韵正格、雙聲同音通用格、叠韵平上去三聲通用格、雙聲借用格、叠韵借用格、雙聲廣通格、叠韵廣通格、雙聲對變格、叠韵對變格、散句不單用格、古詩四句内照應格，凡十二類。所摘古近體詩句，自杜外，附漢、魏、六朝至唐、宋諸家。自謂凡數易稿，閲二十餘年而後成，其致力可謂勤矣。此書實發千古之祕要，非深通音韵者，不能知其妙也。

李之佳品，莫過於檇李，生青熟赤，其甘美多津，真不減玉乳之梨。每顆必有一爪痕，相傳以爲西子曾掐之。造物之奇，殊有不可理詰者。竹垞《檇李賦》，謂惟嘉興縣東浄相寺有之，寺僧恒苦官吏之擾而伐其樹。今此種流傳尚不絶。予兒時嘗過尊聞查丈於橫漲橋，在初白先生敬業堂側見一樹，乃始得嘗，歎爲獨絶。未幾，樹死。近日邵灣諸山往往有之，雖亦有爪痕，而味遠遜，殆如踰淮之枳矣。

唐李蠙詩，世不多見。宜興善卷寺有題石壁一首曰：「四周寒暑鎮湖關，三卧漳濱帶病顏。報國雖當存死節，解龜終得遂生還。容華漸改心徒壯，志氣無成鬢蚤斑。從此便歸林藪去，更將餘俸買南山。」蓋蠙大和時嘗見白龍於此，其詩尚有元和遺音。蠙本名虬，將赴舉，夢名上添一畫成虱字，及寤，曰：「虱者，蠙也。」乃更名，果登第。皆可補《唐詩紀事》之遺。

昔范攄《和南越》詩有云：「曉廚烹淡菜，春杼織橦花。」嘗爲牛翰林所哂。然淡菜亦見《昌黎集》中，《孔戣墓志》。長吉詩亦云：「淡菜生寒日。」近有杭士酷喜吟詩，專咏俗物，如等子、鈔馬之類。《淡菜》一聯云：「性善多裨益，形羞有比倫。」上句蓋用《唐本草》也，見者無不絶倒。

唐人賦馬嵬詩者，動輒歸咎太真，惟徐寅一首云：「二百年來事遠聞，從龍惟解盡如雲。張均兄弟今何在，卻是楊妃死報君。」足爲此娃吐氣。

少陵《戲作花卿歌》曰：「成都猛將有花卿，學語小兒知姓名。」按：花卿即花驚定，爲成都尹崔光遠部將。《舊唐書·高適傳》云：「西川牙將花驚定者，恃勇既誅子璋，大掠東蜀。天子怒光遠不能戢軍，乃罷之。」而《崔光遠傳》謂花驚定將士肆其剽掠，婦女有金銀釧者，多斷腕以取之。蓋其暴如此。

今丹陵縣有花卿塚，過者多題詩，黄魯直所謂「至有英氣，血食其鄉」者。按：孛蘭肹《元一統志》云：「花驚定入蜀充牙將。先討叛將段子璋，有功。後征南蠻，又有功。唐封嘉祥縣公。後又平寇，單騎鏖戰，已喪其元，尚騎馬荷戈至鎮，下馬沃盥。適有浣紗女在旁，謂曰：『將軍無頭，何以盥爲？』遂僵仆。居民神之，葬溪上。因植戈於塚，祝曰：『戈若發生，當爲立廟。』已而戈果生，遂立廟。歷代封贈，廟食至今。杜甫詩云云。」據此則花卿爲牙將時，雖縱暴掠，厥後忠烈，實有過人者，轉惜少陵不及見之耳。

蜀僧居簡，號北礀，能詩。葉水心有《奉酬北礀》詩，後題云：「新詩尤佳，三復愧歎。然有一説，不得不告：林下名作，將以垂遠，不使千載之後，集中有上生日詩，此意幸入思慮。何時共語，少慰孤寂。」簡遂録此語於詩集之端。前輩相與之情類如此。

石鼓文：「遬車既孜好，遬馬既駘音寶，君子鼎鼎，𤞷𤞷鼎斿。」諸家釋鼎爲員，𤞷爲獵。或云：員員，言從獵諸臣衆多而有禮儀。獵獵，旌旗摇動貌。斿，旌上綴旒。然於讀法究不成句。惟馬氏《繹史》謂員古與爰通，斿即游，「君子員員，獵獵員斿」，當爲「君子爰獵，爰獵爰游」，句調始叶。然馬氏以員爲爰，非是。按：員即云也，《漢書》韋孟《諫詩》，顔籀《注》引《秦誓》：「雖則員然。」周益公謂云乃員之省文。詳《困學紀聞》。

唐李山甫《陰地關崇徽公主手痕靈石》詩云：「一拓纖痕更不收，翠微蒼蘚幾經秋。誰陳帝子和戎策，我是男兒爲國羞。寒雨洗來香已盡，淡烟籠處恨常留。可憐汾水知人意，旁與吞聲未忍休。」又有《代崇徽公主意》云：「金釵墮地鬢堆雲，自别昭陽帝豈聞。遣妾一身安社稷，不知何處用將軍？」山甫此詩，盛有名於時。然音調則佳，而前首三四一聯，於崇徽事實頗未合。按《新唐書》：崇徽公主本僕固懷恩少女。懷恩叛，降於回紇，及兵敗死，徙其家屬於京師。大曆四年，封其女爲崇徽公主，以嫁回紇。是公主本罪人之女，例當輸之織室，代宗特沛殊恩，而封爲公主，在崇徽當感激國恩，而朝廷亦未足以爲羞也。嘗謂二作若移咏烏孫公主及明妃乃合。蓋唐屢以帝女和親，故山甫假崇徽事以託諷耳。

錢塘王昭平職方，以乙酉閏六月殉節，遺囑後書一絶云：「身是歸家魂不歸，更無一語到香帷。自憐節義於今盡，略趁清風伴採薇。」讀其詩，想見從容就義之概。即未能直繼採薇，亦文山《正氣》之亞與！真跡今藏三橋蔣氏。

古樂府《敕勒歌》，《樂府廣題》云：「北齊神武攻周玉壁，士卒多死。神武恚甚，勉引諸貴，使斛律金唱此歌，神武自和之。」予按：史言金不知文字，改名曰「金」，猶苦難署，至以屋山爲識。則金焉能爲此歌？故梅鼎祚疑古有此歌，神武當時或令金唱之，以安衆心耳。沈歸愚選《古詩源》，直以爲斛律金作，雖仍《碧雞漫志》等之譌，而引《北史》云云，《北史》實無是語也。

嘗得宋陳居中《嬰戲貨郎圖》，設色極有法。明嚴氏籍録簿，有蘇漢臣《嬰戲貨郎》八軸。《貨郎圖》不知所自始，或謂與張擇端之《上河圖》，皆追想東京舊事而作。考漢臣在宣和時已入畫院，南渡後復官，《貨郎圖》蓋其晚年之筆。居中生後漢臣又數十年，其爲斯圖，豈猶不能忘情於故國故都者耶？因係一絶云：「路近叢臺酒易賒，花邊柳外足生涯。兒童未省承平事，只道丹青是夢華。」

白樂天母看花墮井事，見陳直齋所作《香山年譜》。陳本於高彦休《唐闕史》，其載《闕史》之言曰：唐憲宗元和十四年六月，盜殺宰相武元衡。公首上疏，請急捕賊以雪國耻。宰相以非諫職言事惡之。會有忮公者，言其母看花墮井死，而作《賞花詩》及《新井詩》，貶江州刺史。中書舍人王涯言其新犯不可復理郡，又改司馬。宰相，韋貫之、張弘靖也。新井之事，世莫知其實，史氏亦不辨其有無，獨高彦休《闕史》言甚詳。公母有心疾，因悍妒得之。及嫠，家苦貧，公與弟不獲安居，常索米丐衣於鄰郡，母晝夜念之，疾益甚。公隨計宣州，母因憂憤發狂，以葦刀自剄，人救之得免。後徧訪醫藥，或發或瘳。常侍二壯婢，厚給衣食，俾扶衛之。一旦稍怠，斃於坎井。時裴晉公爲三晉本廳對客，京兆府申堂狀至，四座驚悵。薛給事存誠曰：「某所居與白鄰，聞其母久苦心疾，叫呼往往達於鄰里。」客意稍釋。他日，晉公謂夕拜之言，實存朝廷大體。凡曰看花，必怡暢也，閑適也。安有怡暢閑適之際，遽至顛隕廢墜之事？樂天長於言恨也，隕穫也。凡曰墮井，必恚情，無一春無咏花之什，因欲黻藻其罪。又驗《新井篇》，是尉盩厔時作，隔官三政，不同時矣。直齋所記彦休之語如此。今鮑氏所刻《唐闕史》，不載此事，蓋非全本也。

海昌閨秀朱静庵，在明成、弘間以詩名於時，前此未聞也。有《自怡集》十卷，今不傳。《咏虞美人》及《梅花燈籠》詩，尤爲時膾炙。又《染甲》一絶云：「金盤和露搗晴霞，紅透纖纖玉笋芽。翠袖籠香理瑶瑟，緑陰新綻海棠花。」予按：楊鐵崖亦有此題云：「夜搗守宫金鳳蕊，十尖盡换紅鴉觜。閒來一曲鼓瑶琴，數點桃花泛流水。」朱詩似奪胎於此，而有出藍之妙。静庵名妙端，適同邑周汝航濟。汝航爲光澤教諭，頗得倡隨之樂，而好事者摘其《籬落見梅》詩，至儕於《漱玉》、《斷腸》之流，過矣。

舍利庵在宜興西門外里許，明天啓間尼寂禪所建。寂禪少失怙恃，長而姿首明艷，墮籍爲女伶，色藝雙擅，每登場舉喉，涼曉哀囀，聆者無不爲之銷魂欲絶也。偶至宜，演劇吴氏宅，纔踏氍毹，忽若有省，次日即薙髮受戒。精修數十年，趺坐而寂。今庵尚在，文人過者多留題咏。史衎存承豫一律云：「湘裙幾摺號留仙，縹緲芳蹤逝百年。斷鼓寒鐘傳梵課，奢雲艷雨説塵緣。心娘不作三生夢，謇姐能參一味禪。拂罷殘碑重惆悵，黄花香滿浄居天。」儲克莊元臨云：「紅閨小妹散花仙，謫落塵寰二十年。荳蔻春深猶有主，鴛鴦夢好竟無緣。舞衫歌扇生前業，細草長松悟後禪。清磬一聲溪月上，泠泠梵唄響諸天。」寂禪本姓王氏，小字非心，楚之武陵人。

王昭平先生遺集久失傳，嘗從三橋蔣氏所藏真蹟卷中得數首。《登武彝接筍峰》云：「摩空抽碧爲蓋軨，懸木飛巖如道引。凹處惟聞練作橋，脊行□□蟹勝蚓。刺膚荆棘護痛忘，塞面烟巒語言盡。見説破網取珊瑚，我今拚命探接筍。」《樓前桂》云：「妾有樓前桂，花開子亦結。不鬥繁華春，高寄清秋潔。閲年同十三，半遭風雨折。反似朝露草，淚痕隨芽茁。轉羡夜合花，空名猶暖熱。衹此瑣碎姿，能供幾盼悦？君若再棄捐，轉眼悲枯節。」《秋杪攬勝報恩寺即用支字韵》云：「載酒溪邊問者誰？山行得伴且猶夷。竹林翠擁同前日，楓岫紅稀自一時。龍缽有蓮新紺宇，雞冠似草夢靈芝。歸途落照頻蒸□，何事秋吟冷□悲？」《庚午九月北上無錫途中别送者》云：「爲名驅我北，無計共君東。血淚孤燈下，家鄉一夢中。」又寄内書云：「深秋離家，今又入夏。京中酷暑，五月如伏。每出門，灰汗相併，兩鼻如烟，糊塗滿面。冷官苦守，殊可歎，殊可笑。屈指歸期，尚須半載。日望一日，月望一月，身則北地，夢則家鄉，言之則又可悲也。你第二封書久已收，第一封目下纔到。寄物尚未收。每欲寄你書，動筆增凄楚，勉强數字，真不知愁腸幾迴，故不多寄，非忙也，非忘也。你當家辛苦不必言，況未足支費，我一日未歸，遺你一日焦心耳。新兒安否？善視之，計我歸已周歲，可想離别之感。老娘常接過，庶慰我念，袛簡慢不安。夜間失被，且念及新兒之母，何況於兒？不能相顧，奈何！我自拜客應酬，强親書籍之外，惟有對天凝思，仰屋浩歎而已。近來索書者甚多，案頭堆積，總心事不舒，皆成煩擾。幸我身如舊，不必念我。惟願你善攝平安，勝於念我。八姑好否？常隨你身畔，勿嘻笑無度，勿看無益唱本。」先生少俶儻不羈，攻詩古文，能書好詞曲。舉天啓辛酉經魁，榜發，方雜梨園演《會真記·草橋驚夢》，齣未竟，促者至再，遂服其衣冠歌《鹿鳴》焉。時目爲狂。文才尤爲主司某所賞識。妾某氏，出身樂籍，亦隨公赴義，見查東山《浙語》。

《芝蘭室集》，明邢慈静著。才思敏贍，頗脱脂粉纖媚之氣。《静坐》云：「百年身世水流東，萬古乾坤亦夢中。大道本空今始信，試從無象看鴻濛。」「天上吹簫事有真，獨憐墮落幾千春。從今苦海翻觔斗，追訪秦臺弄月人。」《咏風》云：「響敲檐馬蝦須颭，花氣輕飄入户清。坐久博山香散去，一輪明月竹枝聲。」《紅指甲》云：「指如玉筍甲如銀，巧染鮮紅真可羨。閒撥瑶琴向繡窗，綵絃亂落桃花片。」《孤雁》云：「凌寒片影下龍荒，豈爲奔波覓稻粱？欲借秋風雙繫帛，蘆花明月滿天霜。」慈静爲太僕子愿女弟，書法酷似其兄。母萬夫人極愛憐之，必欲字貴人。後適大同守馬拯，年已二十八矣。觀慈靜諸作，其才華當在香茗之亞，竹垞《明詩綜》搜采極博，獨遺慈靜，不可解也。

張誠之明經，少日詩多不自收拾。後見杭堇浦先生，謂宜隨時存稿，他日可以自驗其進學之境。間於所著《蟲獲軒筆記》中見之。如《咏冰花》云：「殘月曉風憐薄媚，空山流水任橫斜。」「玉痕零亂釵枝墮，風葉參差竹个橫。」「肯憑羯鼓催來發？多恐薤賓暗裏殘。」「乍見定應傷歲暮，遲開翻喜借春寒。」又《同人分咏室中物得燈花限講韵》：「蘭室閉重扃，松枝輟宵講。離離觀玉蟲，輝輝奪珠蚌。半吐或垂跗，微殘猶拗項。明發故人來，扁舟泝前港。」俱佳。

萬蒼山在永安湖之濱，明錢魯南先生葬於其麓，雲耜先生汝霖，後復何姓。之祖塋也。墓旁有祠，祠中有樓，雲耜常爲之經營焉。祠墓並據湖山之勝，而樓尤軒爽。登之南望，大海如杯，風帆沙鳥，與越中諸山相出没，歷歷如繪。陳乾初先生與雲耜交尤莫逆，每偕諸遺老爲文酒之會於樓上，留連嘯咏，蕭寥有世外想。其《寄題萬蒼山樓》詩曰：「不願蓬萊居，願作錢墳守。高樓俛大江，萬松蔭其右。坐收湖田租，精製磵泉酒。塵囂隔人寰，烟波渺漁艘。」汝典書來云：「今冬湖水甚高，較往年絕勝。不覺神與俱馳。」樓至今尚在，名曰湖天海月。葎石少宗伯每來省墓，必憩息於此。予以丙辰春薄營蟄室於樓之西偏，宰樹與錢墳相鄰。旁有巨石，友朋來遊者，間題名其上。自謂雖不能如陳則梁之海月庵，若乾初先生所云「錢墳守」者，或庶幾焉。

丹陽賀黄公裳作《載酒園詩話》，爲陳迦陵所稱，世亦不甚傳之。其論香山云：「白傅清綺之才，其病有二：一在務多，一在强學少陵，率爾下筆。秦武王與烏獲當作孟説。争雄，一舉鼎而絶臏矣。」又云：「選白詩者，從無精識。喜恬淡者，兼收鄙俚；尚氣節者，并削風藻。此子瞻所云『不與飯俱咽，即與飯俱吐』者也。」

又云：「人各有能有不能。李獻吉一代大手筆，輕艷非其所長，效李義山《無題》云：『班女愁來賦興豪。』豪字戇甚。」

墨麟詩卷《梅花》諸作，予尤愛其一聯云：「雅值心知原欲笑，澹無人賞亦終開。」視青丘「雪滿山中」、「月明林下」句，奚翅雅俗之分？

拜經樓詩話卷三

海寧吴騫槎客輯

《蟲獲軒筆記》：「平子《同聲歌》：『思爲莞蒻席，在下蔽匡牀。』按《詩》：『下莞上簟。』鄭《箋》：『小蒲之席也。』《周禮》：『司几筵：設莞筵紛純，加繅席畫純。』鄭《注》：『繅席，削蒲蒻展之，編以五采，若今合歡矣。』可引爲平子此詩之證。昌黎《晚秋郾城夜會聯句》云：『安行庇松篁，高卧枕莞蒻。』正用此詩中二字也。『灑掃清枕席，鞮芬以狄香。』《王制》：『西方曰狄鞮。』古詩中所謂迷迭、兜納諸香，大都出於西域，故曰『鞮芬』、『狄香』。鞮芬即狄香，重言之者，古人常有此文法，如隱侯所舉阮步兵『多言焉所告?繁憂將訴誰』之例也。『素女爲我師，儀態刑萬方。衆夫所希見，天姥教軒皇。』『刑』今本作『盈』，『姥』今本作『老』，皆非。《抱朴子》：『黄帝論導養而質玄、素二女。』徐孝穆文：『優游俯仰，極素女之經文；升降盈虚，盡軒皇之圖藝。』與此詩意同。言素女儀容，人世罕有，昔者曾爲黄帝之師，而我今日亦師其態也。詞意質直，不當攙入他解。世所謂素女祕戲之詞，乃起於唐、宋以後道士家言，漢、魏以前之書，無此論也。」按：誠之論詩義甚詳，第以「鞮芬」、「狄香」爲重言之如阮詩云云者，恐未然。竊意詩蓋謂鞮之芬由狄之香，即昔人「芝焚蕙歎」、「松茂柏悦」之意，與「同聲」義亦協，而「以」字方有著。若楊升庵「以香熏履」之解，尤足噴飯。

玉溪生「賈氏窺簾韓掾少」，或謂通韓壽者陳騫女，非賈氏，此蓋援《世説注》也。按《晉書·賈充傳》云：「女既與壽通，充覺其女悅暢異常日。時西域有貢奇香，一著人則經月不歇，帝甚貴之，惟以賜充及大司馬陳騫。其女密盜以遺壽。充寮屬與壽燕處，聞其芬馥，稱之於充。自是充知女與壽通，考問女左右，具以狀對。充祕之，遂以女妻壽。」史書之章明如是，而《世說注》乃曰：「《郭子》謂與韓壽通者乃陳騫女，即以妻壽，未婚而女亡，壽因娶賈氏，故世因傳是充女。」攷《隋書・經籍志》，東晉中郎郭澄之撰《郭子》三卷，其書久不傳，劉所引豈即此乎？然不若從正史之爲得也。

影戲或謂昉漢武時李夫人事。吾州長安鎮多此戲，查巖門岐昌《古鹽官曲》：「艷説長安佳子弟，熏衣高唱弋陽腔。」蓋緣繪革爲之，熏以辟蠹也。《歲寒堂詩話》摘張文潛《中興碑》「郭公凜凜英雄才，金戈鐵馬從西來」四句爲弄影戲詩，仿佛類是。

黄文獻公《筆記》：「陶公詩：『昔在黄子廉，彈冠佐名州。』湯伯紀注云：『《三國志・黄蓋傳注》：南陽太守黄子廉之後。』劉潛夫《詩話》亦云：『子廉之名，僅見蓋傳。』按：後漢尚書黄香之孫守亮，字子廉，爲南陽太守。《注》及《詩話》，舉其孫而遺其祖，豈弗深攷與？子廉乃守亮之字，亦非名也。」騫按：守亮爲南陽太守，未審見於何書。攷黄香及子瓊、瓊孫琬，並著於范《史》，而守亮獨未見。且後漢人雙名絶少，昔人論之詳矣。竊疑自唐以後，各姓譜系多傳會杜撰，不可盡信，黄公豈亦據其家譜牒而云然耶？

沈約撰《四聲韵譜》，書久不傳。今人或指隋陸法言《切韵》二百六部，以爲即約所定，非也。王山史《山志》載：郭美命刻《韵經》，云有約故本《四聲韵譜》，其上平有九哈、十八痕，下平有二十九凡，今

《廣韵》同。上有十六混、十九鎌，去有八祭、十代、十七焮，入有十六昔，以駁居緯真之失。案：竹垞序《廣韵》，謂近嶺外有妄人僞撰《四聲韵譜》以欺世。山史所云，其果可信乎？

《説苑・君道篇》引孔子曰：「文王似元年，武王似春王，周公似正月。」竊亦曰：《十九首》似元年，「河梁」似春王，子建似正月。

陸放翁前室改適趙某事，載《後村詩話》及《齊東野語》，殆好事者因其詩詞而傅會之。《野語》所叙歲月先後，尤多參錯。且玩詩詞中語意，陸或别有所屬，未必曾爲伉儷者。正如「玉階蟋蟀鬧清夜」四句，本七律，明載《劍南集》，而《隨隱漫録》翦去前四句，以爲驛卒女題壁，放翁見之，遂納爲妾云云。皆不足信。

《爾雅》：「唐蒙，女蘿；女蘿，菟絲。」郭云：「别四名。」《小雅・頍弁》云：「蔦與女蘿。」《毛傳》：「女蘿，菟絲松蘿也。」毛、郭皆以女蘿、菟絲爲一物。按古樂府：「南山羃羃菟絲花，北陵青青女蘿樹。由來花葉同一根，今日枝條分兩處。」似菟絲、女蘿一本可以分栽。至太白詩云：「菟絲故無情，隨風任傾倒。誰使女蘿枝，而來强縈抱？兩草猶一心，人心不如草。」則是截然兩物矣。陸璣《疏》云：「菟絲蔓連草上生，黄赤如金，今合藥菟絲子是也。非松蘿。松蘿自蔓松上生，枝正青，與菟絲殊異。」騫按：今有藤蔓，喜縈附松柏上，葉青而圓，不開花，不結子，當即松蘿。其開花結子者，蓋即藥中菟絲子。菟絲與女蘿，判然二物。然《淮南・説山訓》云：「千年之松，下有茯苓，上有菟絲。」《説林訓》曰：「茯苓掘，菟絲死。」今何其菟絲子之多耶？

東坡《新城道中詩》二首，初白翁《補注》，依《瀛奎律髓》，以第二首爲新城令晁端友和作。予觀詩有云：「細雨足時茶户喜，亂山深處長官清。」端友豈自譽乃爾乎？下又云：「人間歧路知多少，試向桑田問耦耕。」亦自行役而非作令者口吻，疑東坡用前韻以贈晁令耳。故當從舊本爲當。

桐鄉嚴石帆光禄刻意吟咏。晚年手録所著《石帆稿》方竟，夢一人自稱孔延之，爲作序，凡數百言。夢中歷歷，及覺，初不知孔延之何人。後叩之友，方知爲宋會稽郡守。按：延之字長源，宣聖四十七世孫。慶曆間舉進士，累至司封郎中。與曾子固、周濂溪友善。守紹興，嘗輯《會稽掇英集》，詳《書録解題》。此外詩文不多見。延之没迄今七百餘年，而猶託夢爲人作序，文人結習，真不可解也。

洪覺範嘗作《漁父詞》，詠萬回云：「玉帶雲袍童頂露，一生笑傲知何故？萬里歸來方旦暮。休疑慮，大千捏在毫端聚。　不解犂田分畝步，却能對客鳴花鼓。忽共老安相耳語。還推去，莫來攔我毬門路。」右見《石門文字禪》。今人畫此像，不知者第目之爲和合耳。

論史者每以于忠肅不諫景帝易儲一事。鄉前輩張待軒先生《跋仁和阮泰元氏讀于公旌功録志感詩序》云：「斯録在壬午夏，嘉靖元年。先祖檜屏公永訣時，手授泰元云：『予供事實録，獲覩諫易儲一疏，憲宗簡及，爲之流涕。又有請復儲二疏，英宗未及簡發。爲人臣者，當以肅愍爲法，公初謚肅愍。爾其志之云云。』按阮氏所云三疏，人鮮有知者。公嘗撫膺曰：一腔熱血，灑於何地？意惟易儲未慊於懷爾。王弇州謂監國而即真而易儲，情勢所必然，此子房不能得之於漢高，公安能得之於景帝哉？弇州止以當日情勢原公之心，未嘗見公疏也。今觀阮氏詩序，始知有諫易儲、請復儲三疏，公真無負於二帝矣。獨恨阮氏不即以三疏載公集後，公絶口不言，固不求知於天下，後世不可以不知公也。」海寧張次仲自大興朱石君中丞篋中檢得此跋，題詩其後云：「少保功烈在中葉，手補天缺日再中。有貞睚眦挾宿忌，原繁死矣冤塡胸。世儒多口得公鎛，頗疑首鼠類韓公。再安社稷動震主，汾陽豈與山人同？嬰鱗造膝事茫昧，論世未遽關汙隆。竊謂公功在社稷，即不諫易儲，亦無損于公。阮君闡幽意更厚，三疏亹亹宣純忠。嗚呼大賢信無間，碧血一灑銀河紅。昔編明紀未博攷，志此逸事傳無窮。某昔與脩《明紀綱目》，時未曾見此。」昔天台齊次風侍郎未第時，讀書萬松書院，嘗夢于公來謁，與之抗禮，謂曰：「昔英廟易儲，某實有疏諫，留中不發，君他日幸物色之。」後次風預脩《明紀》，入皇史宬，徧檢三日不可得，嘗有詩紀其事。合二事觀之，益可見忠肅之冤矣。

宋人小説每多不可盡信。王銍《默記》：「宋平江南，大將得李後主寵姬，夜見然燈，輒閉目云『烟氣』；易以燭，云『烟氣愈甚』。問：『宮中不然燈耶？』曰：『宮中每夕懸大寶珠，光照一室如晝日。』」漁洋作《南唐宮詞》用之。案《賢愚因緣經》：「王昇七寶殿，彌離夫人在其殿上。所坐之牀，用紺流離。王令坐，彌離夫人言：『王來大善，但王衣服有微烟氣，令我淚出。』王因問：『汝家不然火耶？冥暮何以爲明？』答言：『用摩尼珠。』即便閉户出珠，明逾晝日。」《默記》似從此傅會，要皆無稽之談也。

曹石帆司馬身處流離顛躓之際，詩多蒼涼抑塞，讀之可想見其大概。《星軺》、《客影》、《北江》、《南征》諸集，皆其從子正則度手定，而《梧江唱和詩》，則丙戌夏司馬督狼兵時，與瞿公稼軒唱酬之什也。附録數首於左：「閒來不是會冠裳，御史邀同司馬觴。山列星文驚倒出，寺鄰水次覺幽藏。穿將石窟人忘暑，步過荷池衣自香。遊興未酣天入暮，誰言日晷夏偏長。」《同稼軒遊七星岩》「循波曾未用蹇裳，蘭若相從許泛觴。白羽檄邊憐去住，青蓮座底話行藏。周尋目飽諸名勝，真覺心空有異香。雅會快尋難遽別，徘徊盡日不知長。」《叠前韵》「披將白葛短衣裳，岸幘臨流夜引觴。燈下影來飢鼠出，舟邊水響逝魚藏。火明沙浦依高岸，風動蘅洲送遠香。最喜新秋還得月，涼生歸夢定須長。」《和稼軒夜坐》「戎衣猶未訖垂裳，且自隨時寄咏觴。烽火初傳千騎退，蒲帆好趁五湖藏。閑思吏隱追前輩，静學禪那覓定香。理亂不關非性懶，堯天須得許由長。」《再和稼軒遺懷》司馬産於歙，長於浙，弱冠從父遊大梁，占籍，補開封郡諸生。少慷慨，懷古有「横江浪滚似山移」之句，識者謂是高子業一流人。

曹正則號越北退夫，亦曰壘耻民，嘗自作《壘耻民傳》。僑居語水。少從禹航俞嘉言游，學詩古文，有南村、栗里之風。五言風骨尤高。如：「燈昏風上下，窗罅雨微茫。對影清於夢，離聲斷盡腸。暗蟲通夕響，濕雁片雲藏。轉入深更坐，悠然夜路長。」《雨中夜坐》「含涕凝芳樹，悲風惜去帷。同心不待結，交頸更分飛。鏡在憐空影，香殘落故衣。年年花發處，情至忍多違？」《無題》「終歲邊聲動，流光滿地埃。干戈燭影裏，日月戰塵來。身逐馬蹄下，春隨戍鼓回。燈前千古涕，心事問西臺。」《己丑除日追和謝皋羽原韵》七言有《和項易菴畫明妃夢回漢宫圖用武塘相國牀字韵》云：「徘徊却立殿中央，猶見寒鴉帶夕陽。奉帚長思依日月，控鞍何意踐冰霜。星河路隔鴛鴦闕，毳帳香生蝴蝶牀。千里岧嶢魂不惜，五更環珮夜深長。」《和陸麗京送遠曲》云：「仙居縹緲隔蓬萊，乍去人間事可哀。青鳥未回誰作使，斑騅欲駕竟無媒。毫濡緑鬢迎桃葉，壺貯紅冰泣夜來。總是恩情難久繫，綵雲飛向集靈臺。」正則所著《帶存堂詩文集》若干卷，橫山葉燮爲之序。

《珊瑚鉤詩話》：「武侯八陣圖與木牛流馬法，後人俱不能得。故余《八陣圖》詩云：『八陣功成妙用藏，木牛流馬法俱亡。後來識得常山勢，縱有桓温恐未詳。』」案：八陣圖有三，其在沔陽之高平者，酈道元已言傾褫難識；在廣都之八陣鄉及魚復永安宫南者，雖江水濆湧，而小石之堆，行列依然，初不紊亂，昔人言之詳矣。至木牛流馬法，見杜氏《通典》十卷，後人亦有仿造者，似未可盡云亡也。

海寧鍾彝叙性穎敏，多智巧。初究天文象緯之學，嘗累几至十餘，獨坐其上，仰觀天星，間道機祥，多驗。又欲求諸葛木牛流馬遺制，遂自運斤爲小木牛，高二尺餘。初未能行，殫思又二年，忽悟其機在舌，更稍斲削，果能動，且躍過檻。見《蟲獲軒筆記》。彝叙名調，邑諸生。蓋實一奇士，惜張表臣未之見也。

竹垞賦《風懷詩》二百韵，爲時傳誦。晚年刻集，屢欲汰之，終未能割愛。諸草廬云：「古人稱惜墨如金，竹垞之作《風懷》也，殆不然。」亡友秀水楊君子讓謙嘗爲予述之如此。子讓注釋《曝書亭詩集》，人稱其博，過江浩亭遠甚。於《風懷詩》攷證尤詳，幾欲顯其姓氏，既而復自裁節，蓋猶之乎草廬之意也。

劉貢父《詩話》：「太宗晚年燒煉丹藥，潘閬嘗獻丹書。及帝升遐，閬逃匿舒州灊山寺爲行者，題鐘樓云：『遶寺千千萬萬峰，次句逸。頑童趁煖貪春睡，忘却登樓打曉鐘。』孫瑾爲郡官，見詩曰：『此潘逍遥也。』告寺僧呼行者，潘已亡去。」案：詩末二句與東坡「報道先生春睡美，道人輕打五更鐘」意略相似，而坡公筆何等婉致。《咸淳臨安志》載閬靈隱寺詩，首句恰與此同。閬集今不傳，疑劉所云，或出於附託。

明錢塘李子陽先生旻，成化甲辰大魁，入翰苑，累晉少宰，未任卒。其事蹟見於鄭曉、王世貞等所紀載，《明史》無傳。當時吟咏，多與王德輝華、吴原博寬、王濟之鏊、白秉直鉞、程克勤敏政諸公唱酬。其《東厓集》世頗罕傳，予從鮑渌飲廷博所收遺蹟卷中，得詩數首：「六安新茗出旗槍，仿佛猶存官焙香。賴有玉堂交誼好，每分春露潤枯腸。」「諫議高情今古稀，肯將書信寄茅茨。蒼生蘇息誰能問，兩腋清風且自知。」《紫厓學士惠茗》「五十五年如夢中，生兒幾度轉頭空。常思老去身填壑，陡覺朝來氣吐虹。慈母喜歡知有後，舊家詩禮未應窮。商瞿可信吾何德，且説如今尚可同。」《臘月八日志喜》先生晚始得子，同朝諸公賀詩尚存。所居在潘閬巷，故篁墩有「忽驚巷額題潘閬，愧我無詩紀勝遊」之句。潘閬巷今屬駐防營。

二十二史中，《宋》、《遼》、《金》、《元》四史，《宋》失之蕪，三史失之略，而《遼史》尤爲簡率。錢塘厲太鴻嘗作《遼史拾遺》以補其闕，近予友吴江楊列歐進士又作《遼史拾遺補》。周芚兮大令少日著《遼詩話》，深爲歸愚先生所稱賞，其序略云：「宋、元、明俱有詩話，爲風雅故實，惟五代與遼未備，士林有餘憾焉。王新城作《五代詩話》，以授黄崑圃先生，爲綴遺補漏，纂輯刊行，而遼猶闕如。芚兮是編，博採群編，以正史爲宗，以志乘、説類爲佐，上自宫廷，下及謡諺，事典而核，語贍而雅。白蕭后、文妃之誣，著張孝傑、趙良嗣之姦，可備勸懲，可昭法戒。洵一代風雅之故實，輔張舜民《使遼録》、許亢宗《使遼行程記》、史愿《亡遼録》之略。昔吾鄉顧太史秀野刻《元百家詩》成，夢元人之徒，俛拜牀下。芚兮《詩話》之成，吾知遼代君臣，必有感謝入夢者。」南康謝蘊山方伯讀松靄《遼詩話》，題絶句二十四首，予尤愛其「四時捺鉢振天威，殪虎秋山漫賦詩。五個翁翁多瞌睡，林牙憂國淚空垂。」「洗妝樓傍舊蓮池，金縷香殘補十眉。諫獵一書陳永巷，霜飛白練結相思。」「瑟瑟傷時憫直臣，燕雲夕枕暗紅塵。白頭宮監談遺事，芳草萋萋廢苑春。」「水濱脩禊興超超，援筆詩成壓衆僚。遷客得霑天雨露，安傳閟事紀焚椒。」「獵取西樓並轡馳，故宮禾黍不生悲。釀成邊釁傾宗社，枉咎降人郭藥師。」殆不在漁洋《論詩絶句》之亞。

陶靖節詩，大率和平沖淡，無艱深難讀者。惟《述酒》一篇，從來多不得其解，或疑有舛譌。至宋韓子蒼始決爲哀零陵王而作，以時不可顯言，故多爲廋辭隱語以亂之。湯文清漢復推究而細釋之，陶公之隱衷，始曉然表白於世。其《蜡日》詩，舊亦編次《述酒》之後，而文清未注。予細讀之，蓋猶之乎《述酒》意也。爰爲補釋於左，俟考古者論定焉。「風雪送餘運，無妨時已和。此感蜡爲歲之終，喻典午運已告訖，而宋祚方隆，臣民已多附從，不必更滋防忌，故曰無妨也。梅柳夾門植，一條有佳花。梅喻君子，柳比小人。夾門植，謂參錯朝宁，君子不能厲冰霜之操，小人則但知趨炎附時，望風而靡。一條有佳花，有者猶言無有乎爾。我唱爾言得，酒中適何多？裕以毒酒一罌，命張偉鴆帝，偉自飲之而卒，又命兵進藥而害之。下句言酒中之陰計何多耶？我唱爾言得，謂裕倡其謀，而附姦黨惡者衆也。未能明多少，章山有奇歌。《山海經》：「鮮山又東三十里有章山。」《地理志》：「章山在江夏竟陵縣東北，古文以爲内方山。」按竟陵、零陵皆楚地，故假竟陵之山以寓意，猶《述酒》詩之用舜冢事也。淵明爲桓公曾孫，昔侃鎮荆楚，屢平寇難，勳在社稷。未能明多少，謂若曹勿謂陰計之多，以時無英雄耳，使我祖若在，豈遂致神州陸沈乎？有奇歌，蓋欲效採薇之意也。」

宮詞始著於唐王仲初，繼之者不一而足，如三家、五家、十家之刻，昔人論之詳矣。宋岳倦翁有宮詞百首，曰《棠湖詩稿》，世頗罕傳，亦未載於《玉楮集》。其自叙略云：「詩發乎情，止乎禮義，當有以寓諷諫而美音容。若王建世託近倖，花蕊身處宮闈，言多涉於褻俚。適猶子規從軍自汴歸，述宮殿鐘簴，儼然猶在。慨想東都盛時文物典章之美，因效其體，以示黍離之未忘也云云。」未知真出倦翁與否？兹擇其尤警策而可與記傳相發明者録於左：「雉扇纔分識聖顔，紫宸上閤正催班。退朝花底紛歸騎，春在金門萬柳間。」「太液沈雲冷浸菰，宮簾捲月挂珊瑚。插天樓殿涼如洗，好是承平七夕圖。」「銀罌翠管怯冬時，臘近金門賜口脂。無數槐龍擎積雪，日華漸上萬年枝。」「夜深雪壓内門前，一榻還驚四壁天。上相傳觴妻擁炭，歸來鼾息頓安眠。」「騄駬雙馳挽六鈞，一枝花蕊委紅塵。相輝樓下空排馬，徒見寧王奉太真。」「尚方絶製别精謬，寶帶親傳鎮庫收。二十八條真紫磨，人間那識紫雲樓？」「十里金明貫寶津，鴨頭新緑水粼粼。玉巵齊獻堯階壽，柳色花光一樣春。」「五原塞下款呼韓，春草新迷拜將壇。從此車書三萬里，邊臣日日報平安。」「屬車望幸溢東方，朱帢金吾夾道傍。却笑盰黎驚鹵簿，始知官是緑衣郎。」「駐輦衣冠聽九臚，周家王會拜新圖。儀鸞扇筤瞻朝退，掃得金蓮撒殿珠。」「宮簾匝地晝陰移，紅拂金壺殿脚隨。玉鳳墜釵心暗卜，聖情有喜近臣知。」「昭陽殿裏兩枝春，萼萼曾承雨露恩。自是百王無聖斷，氈車雙出内西門。」「轔轔翟輅八鸞鳴，佐餕瑶池奉玉觥。一事百王元未有，聖人仍是聖人甥。」「宫樣新裝錦纈鮮，都人争服孟家蟬。天心誰識符真瑞，待見中興第十傳。」

《文獻通攷》載《侍兒小名録》一卷、續一卷，引陳氏《書録解題》曰：「序題朋溪居士，而不著名氏，或云董彦遠家子弟所爲。」騫按：彦遠名逌，朋溪居士蓋即其子弅也，字令升。朋溪在宜興縣東北五里，弅嘗僑居於此，自謂與溪爲朋，故號曰朋溪，孫覿爲之記。又建楚頌亭於溪側。《侍兒小名録》，明人刻入《稗海》，題曰《侍兒小名録拾遺》，共祇一卷，似已非董氏之舊。弅所著《閒燕常談》、《廣川家學》、《新定志》等書，並見於《書録解題》，獨此書《稗海》又妄題張邦幾，而次諸張邦基《墨莊漫録》之後。邦幾、邦基，一人耶？兩人耶？錢希言《戲瑕》引之，又作張邦畿，蓋愈傳而愈譌矣。傳疑六七百年，而今始得作者名氏，亦一快事。令升詩集今亦失傳。朱翌有《陪董令升西湖觀競渡》詩，載《灊山集》，蓋弅守新定時也。

骨牌之製，未詳所始。陳乾初先生嘗作《骨牌頌》云：「千古奇文，河圖洛書。兩儀四象，八卦是殊。因而重之，以成變化。遂申羲畫，以教天下。死生有命，富貴在天。先師成訓，疇曰不然？委心任運，四分有截。其成其敗，孰能懸決？大以成大，小以成小。物各有則，安用智巧？理以制欲，私不勝公。展兮君子，和而不同。不同之同，是爲大同。不成之成，是爲大成。相得而合，無往不利。人和之功，以參天地。」此雖涉於游戲，然出諸儒者之筆，故自有理解。

《鶴林玉露》載：「周益公、洪容齋嘗侍壽皇宴，因談肴核。上問容齋，卿鄉里所産。容齋鄱陽人也，對曰：『沙地馬蹄鼈，雪天牛尾狸。』問益公，公廬陵人也，對曰：『金柑玉板筍，銀杏水精葱。』又問一侍從，浙人也，對曰：『螺頭新婦臂，龜脚老婆牙。』上爲一笑。」羅以爲四者皆海鮮也。予亦浙人，生長海濱，初未曉四者爲何物，當俟博聞者諗之。

舜江盧紹弓學士，性敏達而好學，一生手不停披。凡經史百家之書，無不句讐字勘，丹黄粲然，且無一懈筆。校刊漢、魏諸儒書，皆有功學者。其詩以餘事爲之，然亦不落輓近。少日尤爲外祖馮山公、外舅桑弢甫二公所賞識。其父敬甫先生《示子》詩曰：「外祖馮山公，文章驚在宥。衣鉢無後人，瓣香落汝手。」山公没數十年，遺集以被火未刻，錢塘仇荔亭廣文詩有「忘却山公一卷書」之句，學士聞之，即日鳩工開梓。其樂於聞善如此。

皖上方素北中履，少罹患難，著《汗青閣詩集》，多危苦之調，大半爲其父辯誣訴屈，不獨《自述詩》一卷而已。故陳迦陵謂：「情深君父，齊種白楊；身歷興衰，曲多紅豆。蕭大圜書牘，頗聞辛惋爲宗；劉越石詩章，惟以悲涼爲主。」其《四時宫詞》云：「宫中春到早，嫩緑囀黄鶯。惟有昭陽殿，難容青草生。」「三十六宫人，齊到黄金殿。君王無特恩，各賜端陽扇。」「露白琉璃瓦，居然入禁中。君恩如白露，應亦到西宫。」「雪夜至尊前，無風動燈影。侍宴下珠簾，不知簾外冷。」頗得唐人遺意。

「曉星正寥落，晨光復泱漭。猶沾餘露溥，稍見朝霞上。」此謝玄暉《京路夜發》詩也。元文宗自集慶路入正大統，途中作詩，有云：「二三點露滴如雨，六七個星猶在天。」《二初齋讀書記》亟推之，以爲後來居上。不知小謝詩繪晨光之熹微，真所謂霏藍翕黛中時有爽氣。文宗語絶無藴蓄，而陰懷嫉忮之心，已昭然若揭。使明宗蚤覺，何至墮其術中？倪氏之言，未免唐突西子，亦失知人論世之意。

明姚江王德輝先生，文成公父也。成化辛丑，賜進士第一，累官南京吏部尚書。性至孝，母壽逾百歲卒，公亦七十餘，猶寢苫蔬食，士論多之。錢唐李東匡少宰，晚始得子，同朝多賀以詩，公詩曰：「夢羊吉兆果如期，未必他時不白眉。抱送曾聞來釋氏，試啼定識是英兒。生涯莫笑中年遂，餘慶偏於積善私。百世箕裘今有託，眼前何止慰萱慈？」公有《垣南草堂》及《龍山》等稾，見《千頃堂書目》。此詩墨蹟，今藏予家，款署「東匡先生年契」，而自稱「年生」云。

《詩品》曰：「輕薄之士，笑曹、劉爲古拙，謂鮑照羲皇上人，謝朓古今獨步。而師鮑照不及『日中市朝滿』，學謝朓劣得『黃鳥度青枝』，自棄於高聽，無涉於文流矣。」案：「日中市朝滿」，明遠《代結客少年場行》語。「黃鳥」句未見於謝集，不知出何詩也。陳直齋云：《宣城集》本十卷，紹興中，樓炤知宣州，止以上五卷賦與詩刊之，下五卷皆當時應用文字，衰世之事可采者，已見本傳及《文選》，餘視詩劣焉，以爲雖無傳可也。今世傳《宣城集》，止上五卷，然則下五卷皆文字而無詩。嶸與朓論詩相善，所見故當不止此十卷耳。

楊義承孝廉學易少攻科舉之業，爲邑中所推。初不以詩名，然偶一舉筆，殊有見解，惜多散佚不傳。身後，門人俞上舍思謙刻其遺詩一卷，曰《抑隅堂集》。中如《顧俠君選元百家詩以元遺山先生冠其首因題於後》云：「古人立身有終始，《麥秀歌》殘肯再仕？選詩莫作文藝看，是中微具《春秋》旨。《箕山》《琴臺》誰所作，神童合數元才子。天興初年知制誥，九天珠玉隨風起。拖雷車聲動地來，如帶黃河何足恃？紅燈火滅紙鳶斷，金字樓邊龍失水。三十七軍走北地，五百餘人僇東市。孤臣虎口拔身去，野史亭前日延俟。空山遺稿天留在，欲訴愁襟憑寸紙。先生構野史亭於家，寸紙細字，輒爲收録。古來期頤最誤人，每恨賢豪不能死。天公欲使名德昌，早遣先生騎箕尾。先生國亡不仕，元世祖聞其名，將以館閣處之，聞其卒而止。生前不作莽大夫，死後應書前進士。誰將詩集冠蒙古，想見九原自猶視。淵明豈肯臣寄奴，我欲揮毫删宋史。若將公集殿中州，完顔一代成起止。維持風教勿墜地，豈獨先生堪雪耻。嗚呼丈夫國亡多變節，編入興朝亦宜耳。憑誰寄語馮瀛王，畢竟置身何代是？」羲承久困棘闈，至乾隆壬午，年已五旬，因發憤禱於漢前將軍，願減算以博一第，祈得「五十功名心已灰」籤。迨秋試，首題爲「加我數年」二句，是科遂獲雋。明年春，偕計吏北上，復叩前門關帝祠，得「我曾許汝事和諧」一籤，怵然有省，且憶劉忠定言《魯論》「五十」爲「卒」之語，即束裝南還，至家而卒。

拜經樓詩話卷四

海寧吴騫槎客輯

昔人多爲口語，凡七字中兩協韵，此體殆始於漢，盛於東京，沿及兩晉、六朝，至隋、唐以後不多見。聊書所記憶者：「焦頭爛額爲上客。」《前漢・霍光傳》「關中大豪戴子高。」《後漢・戴良傳》「五經紛綸井大春。」《後漢・井丹傳》「殿中無雙丁孝公。」《後漢・丁鴻傳》「關東觥觥郭子横。」《後漢・郭憲傳》「解經不窮戴侍中。」《後漢・戴憑傳》「萬事不理問伯始，天下中庸有胡公。」《後漢・胡廣傳》「關西夫子楊伯起。」《後漢・楊廣傳》「問字不休賈長頭。」《後漢・賈逵傳》「道德彬彬馮仲文。」《後漢・馮豹傳》「五經無雙許叔重。」《後漢・許慎傳》「甑中生塵范史雲，釜中生魚范萊蕪。」《後漢・范丹傳》「仕宦不止車生耳。」漢諺「重親致歡曹景桓。」《曹全碑》「一馬兩車茨子河。」《東觀漢記・茨充傳》「説經鏗鏗楊子行，論難傛傛祁聖元。」《東觀漢記・楊政傳》「德行恂恂召伯春。」《東觀漢記・召馴傳》「五經復興魯叔陵。」《東觀漢記・魯丕傳》「五經縱横周宣光。」《東觀漢記・周舉傳》「關東説詩陳君期。」《東觀漢記・陳囂傳》「不畏彊禦陳仲舉。」「九卿直言有陳蕃。」「天下模楷李元禮。」「天下好交荀伯條。」「天下冰楞丁秀陵。」「天下忠平魏少英。」「天下稽古劉伯祖。」「天下良輔杜周甫。」「天下英靈趙仲經。」袁山松《後漢書》「厥德神明郭喬卿。」《華陽國志》「仕進不止執虎子。」《魏略・蘇則傳》「州中曄曄賈叔業，辨論洶洶敬文通。」《魏略・賈洪傳》「德行堂堂邢子昂。」《魏志・邢顒傳》「以官易富鄧元茂。」《魏書・鄧颺傳》「京都三明各有名。」《晉中興傳》「草木萌芽殺長沙。」《晉・長沙王乂傳》「嶷然稀言江應元。」《晉・江統傳》「盛德絶倫郗嘉賓，江東獨步王文度。」《晉・王坦之傳》。《世説》作：「揚州獨步王文度，後來出人郗嘉賓。」「洛中雅雅有三嘏。」《晉・劉惔傳》「涼州鴟苕寇賊消。」《晉・張軌傳》「鳳凰鳳凰止阿房。」《苻堅載紀》「阿堅牽連三十年。」同上「戎馬悠悠會隴頭。」《姚興載紀》「皇亡皇亡敗趙昌。」《劉曜載紀》「人中爽爽何子朗。」《梁書・何思澄傳》「登車不落爲著作，體中何如作祕書。」《南史》「學行可師賀德基，文質彬彬賀德仁。」《舊唐書・賀德基傳》「逢儒則肉師必覆。」《唐書・黄巢傳》「以時及澤爲上策。」《齊民要術》此體雖半出俗諺，蓋亦體源于《三百篇》「君子陽陽左執簧」等句法，袁崧又謂之七字謡。

沈耿巖太史珩，生平以談經講學爲務。所輯《十三經文鈔》，不無挂漏。詩不多作，予見其《南還》古詩及《樂府古詩集略》所載，雖乏精警，亦不落小家，非特《瀛臺紀恩》一首爲西堂、羨門所推許而已。今録數篇於左。《咏梨》云：「空懷蔆芡肥，誰嘗秋盤果？何意花淡柔，就此員絜顆。團雪非團沙，沙中隨摘墮。霜刀判若飛，玉泉沈似朵。解醒伴翠觴，清肺救炙輠。那必待哀家，風味儘亦可。」《淮流》云：「淮流蕩無際，大地劃若經。群峰仍襟衛，勢建高屋瓴。自昔豪傑魁，崛發當天廷。一人威略定，壯士銜聲靈。王侯皆故舊，川岳氣所亭。末造嘗失圖，割裂憑神扃。嫋嫋謝家軍，熛炭承滄溟。咄嗟百萬衆，掃散如飄萍。兵以弱覆强，窾郤同庖丁。安石雖雅量，制勝固有形。不伐由仁人，委國在獨聽。讒盗實傾邦，設險詎外寧？茫茫空復覩，霾斷山河青。」

嘗見《日觀山人文集》書前朝遺事：三十年前，過衡陽，寧將軍五峰言：「太祖既定天下，欲子孫遞知稼穡艱難，每早晚進膳，必列豆腐，示不敢奢也。其後不知何代，竟以百鳥腦釀成代之，計一器需鳥腦盈千不止，率以爲常。太平既久，百僚中惟翰林最居清要，朝廷或赴他宴，所餘膳獨翰林得向光禄寺索嘗焉。一日，偶值之，衆競往，最後一少年，僅得豆腐歸，怒其褻而擲之。適有老詞林過其寓，曰：『可持酒來。』大噉，留其少少而去，不言其故。少年竊怪，知非真腐也，悔之已無及矣。」頃嘉定王鳳喈光禄作《豆腐詩》，和者甚衆，惜未有引此故實者，漫記之以發一笑。

宋藝祖以顯德七年受周禪，時恭帝方八歲。至德祐元年失國，少帝僅四歲。周有太后在上，而宋亦有太后在上。元人詩云：「傾國無勞動地師，秋風只待雁來時。旁人笑指降王道，好似周家八歲兒。」載《百家詩選》。

張元著先生詩，傳者頗寥寥。嘗有扇頭書《江上聞笛》一首，自署年家子張某，未審書與何人者。其詩曰：「江濤日夜堆雲屋，有酒難向江岸漉。忽聞笛韵横江來，金山數峰愛青簇。笛聲不似水聲幽，聲慘潮生響飛瀑。月痕淡洗天爲空，一曲《瀟湘》醒倦目。亦有羈人青雀舫，穩載客愁愁千斛。起舞鸜鵒江影低，四顧蒼茫復慟哭。獨汲江心水一盂，活火烹來滌煩燠。餘情嫋嫋笛轉清，拍手長吟和孤竹。歌者有意吹無心，嘈然那分竹與肉？嗟嗟江上聽笛人，猶抱琵琶就人宿。知音若我世所稀，鄰舟逋客眠初熟。」此詩似已亥歲旅寓江上時所作，墨跡今藏四明范莪亭孝廉家。

閨秀印白蘭，號幽谷，嘉定人也。適同邑李寶函。家貧，僑居虎丘，開館授徒，以給饘粥。暇輒事咏吟，有《嘯餘草》。詩多清警，不落纖佻軟媚之習。《咏菊》云：「插過茱萸日漸涼，柴桑佳種又含香。週圍籬落半弓地，消受人間九月霜。傲性原爲高士伴，殘花肯助美人妝？衰年對爾情無限，細拾金英入錦囊。」《秋柳》云：「長條憔悴短條殘，紅粉樓頭怯影單。怕摸鬢絲愁絡索，懶圍腰帶病闌珊。珠璣白馬三春夢，玉露金風五夜寒。誰識空閨思婦苦，橫波滿眼不能看。」《菊》云：「籬下寒花黄白兼，千秋知己一陶潛。同余消瘦緣何事，盡日西風怕捲簾。」《柳絮》云：「抱質輕盈是處宜，隨風飄泊下清溪。日斜漁父朦朧看，庾嶺梅花略過期。」《題畫牡丹》云：「花花葉葉綵毫神，窈窕行雲縹渺春。怪得紅顔齊俯首，天風吹下衛夫人。」《小桃》云：「低亞牆陰一小桃，兩年已見拂雲高。也知爾亦傷心樹，長得嬌枝恐不牢。」《初夏》云：「乳燕飛飛纔出堂，恰當芒種肯偷忙。田家戽水趁明月，跳出鱸魚尺半長。」《柳》云：「商庚語碎柳差池，攀折愁聞玉笛詞。只有九華春殿裏，人間離別不曾知。」句如《春雨曉晴》云：「花邊風送春儺鼓，松下人擕野祭筒。」《姑蘇懷古》云：「九曲春風人獨往，五湖秋祭事堪哀。」《落花》云：「塵埃南陌愁蜂蝶，風雨西園老燕鶯。」《黄牡丹》云：「蜂臺有使通金屋，雞樹分陰護御裳。」皆可誦。賓函仿濮仲謙作雕竹器，隱於市，價不二。老而無子，今與幽谷仍歸故鄉，不復入吴矣。

梅村五律《課女》一首，寫老年襟抱，一語是喜，一語是悲，間入八句中。其實喜中亦有悲，悲中亦有喜，令人纏綿悱惻，不能自已，覺左家《嬌女》，遜此情至。

明金陵馬守真故居在板橋西，今爲佛廬，名孔雀庵。宜興史元穎過之，賦詩云：「長板橋西路，名藍俯碧流。垂楊明落照，清磬散芳洲。爲憶南朝事，因尋北里游。望中何歷歷，依約舊紅樓。」元穎字穎川，少受業於舅氏儲寬夫編修。有《秋樹軒稿》，詩不滿百篇，風骨亭亭，不落輓近。《梁武帝讀書堂》云：「筍輿出林際，指點讀書堂。北府兵鋒勁，南朝伯業荒。江豚翻濁浪，山鬼嘯幽篁。不盡登臨意，前峰淡夕陽。」《無題》云：「永安宫裏放秋燈，猶見前朝説法僧。頭白内官親指點，柘黄帕蓋萬年藤。」《蘆溝橋》云：「三輔晨光摇使節，九衢風色偃征衣。」《雨花臺》云：「空臺石甃裝金粟，野店梅花薦玉盤。」《與宗室莽公論邊事》云：「十年作客驚秋雁，萬里新霜起暮鵰。」《孝陵》云：「曾聞後主歌瓊樹，猶見高皇戴籜冠。」《秦淮秋望》云：「桃葉人歸秋水渡，瓜皮艇翦大江潮。」

明蔡官治衡文楚中，都不洽士論，時人爲詩以譏之曰：「案首一枝花，遺才四十八。」嘉魚四五等，喬梓一時發。」蓋楚士以領批得雋者，僅江陵王泰徵一人，嘉魚任宏震及其子喬年皆置劣等，赴愬，蔡仍扑責之。是科黄公景昉主試，任父子同榜。宏震嘗以詩投黄公云：「點參有道皆宗孔，洵軾何緣得遇歐！」公亟稱之。

陽羨汪宇珍玉珩嘗輯《朱梅舫詩話》，大都本其師史蒙溪承豫之説，所采近時人作爲多。其論律詩云：「律詩必先得句，一句之中，意欲醒露，色欲鮮華，又須有情有韵。意逕露而無情，如大堤諸女，捲幔邀郎，非不茜袖低徊，終屬憐錢故態。有色而無韵，如新婦廟見，艷服凝妝，而舉止矜持，却少倩盼宜人之致。頃見近人詩：『斜陽千古色，芳草一春情。』又：『水連鐵甕無邊白，山到金陵不斷青。』人競賞之，余謂空滑之調，了無情寄，不可謂之詩也。又一友吟卷中：『覓路險於登蜀棧，干人難似借荆州。』感喟頗真，然絶無韵致，又減色澤，亦不得謂之佳也。此當與二三吟友，對牀風雨，細細辯之。」所論亦時有中肯。至極賞黄唐堂集唐詩，摘録五七言凡百餘聯，除「却嫌脂粉污顔色，何必珍珠慰寂寥」

外，其餘都乏精警。

查悔餘内翰，晚號初白老人，蓋取東坡「僧卧一庵初白頭」句也。既得隙地於所居之西，謀築初白庵，未果。又欲築於妙果山，見許冠妻《東垞詩注》。然訖於不成。

吴喬作《圍爐詩話》，於雙聲、叠韻，尤多强解。如「月影侵簪冷，江光逼屐清」，謂侵簪、江光爲叠韻，不知月影、江光並雙聲，侵簪、逼屐並叠韻也。又不知懸瓠礆碻之語，而以重翻爲雙聲，重切爲叠韻，尤爲夢囈。

昔人論詩，有用巧不如用拙之語。然詩有用巧而見工，亦有用拙而逾勝者。同一咏楊妃事，玉溪云：「夜半燕歸宫漏永，薛王沈醉壽王醒。」此用巧而見工也。馬君輝云：「養子早知能背國，宫中不賜洗兒錢。」此用拙而逾勝也。然皆得言外不傳之妙。君輝名玉，紹興人。明末爲三韓令。有《來鵲軒集》。

馮定遠云：「多讀書則胸次自高，出語多與古人相應，一也；博識多智，文章有根據，二也；所見既多，自知得失，下筆知取舍，三也。」斯言實得學人三昧。

古來文章，雖不無一日之短長，然口述傳聞，亦多有紕繆，不足盡信者。《誠齋詩話》載：人有從秦少游許來見東坡。坡問：「少游近有何言句？」客舉秦燕子樓詞云：「小樓連遠横空，下臨繡轂雕鞍驟。」坡笑曰：「又連遠，又横空，又繡轂，又雕鞍，也勞擾。某亦有此詞云：『燕子樓中，佳人何在，空鎖樓中燕。』」按《高齋詩話》云：「少游在蔡州，有營妓婁婉字東玉者甚密，少游贈以詞云：『小樓連苑横空，下窺繡轂雕鞍驟。』云云。」此詞今見《淮海集》，竝非題燕子樓，《誠齋詩話》豈得諸傳聞？又謂

「連苑」作「連遠」，「下窺」作「下臨」，而假東坡云云，大抵皆好事者之所爲耳。

淵明《贈長沙公詩序》曰：「長沙公於予爲族，句。祖同出大司馬。」或以「族祖」二字連讀，并於題下妄添「族祖」二字，致啓疑者紛紜論辯。按：淵明爲士行曾孫，見《晉書》本傳。侃封長沙公，卒，子夏襲爵。卒，兄瞻子宏嗣。卒，子綽之嗣。卒，子延壽嗣；宋受禪，降吴昌侯。亦具侃本傳。以《年譜》攷之：夏襲爵時，淵明尚未生，宏時，靖節尚少，詩中又有「在長忘同」語，意所贈者乃延壽耳。史言：侃諸子多相仇害。是其家世相傳，於親親之誼殊薄，故曰：「昭穆既遠，以爲路人。」而長沙公猶敦族好，經過尋陽謁祖居，故曰：「於穆令族，允構斯堂。至實崇之光。」當時或更加葺治，故以肯構美之。淵明之於延壽，實從父行，末路多勖勉之詞，固其所也。湯文清《注陶集序》，亦於「族」字句，而宋刊本題下已出「族祖」二字，蓋爲人妄加久矣。

少陵詩多用雙聲叠韵，人皆知之。又往往嵌雜於五七言中，使人乍讀之不覺，細玩乃知其下字之妙。《文心雕龍・聲律篇》云：「雙聲隔字而每舛；叠字雜句而必暌。」夫音韵之學，莫盛於齊、梁，而彦和之言猶若是，所以「老去漸於詩律細」，洵非此老不能也。

俗以桂花初放者，滷汁浸之，出以點茶，清芬可愛。亦有取露者，如燒春酒法。又有用木威子者。並見前人題咏。韓致堯云：「蜀紙麝煤添筆潤，越甌犀液發茶香。」犀液蓋即桂露也。貢玩齋云：「海風船守檳榔信，溪雨茶煎橄欖香。」此以木威子入茶也。

葉子之戲，相傳起於南唐周后，然唐已有之。鄭谷有《龍州韋郎中先夢六赤後因打葉子》詩云：

「紅蠟香烟撲畫楹，梅花落盡庾樓清。光輝圓魄銜山冷，彩縷方牙著腕輕。寶帖牽來獅子鎮，金盆引出鳳凰傾。微黄喜兆莊周夢，六赤重新擲印成。」「寶帖」一聯，直似今之馬弔。按：《品外録》據鄭氏書目，有南唐周后所編《葉子格》一卷。此戲今少傳，大抵古人葉子戲亦非一格矣。

海島有蟹，其匡宛具一人面，蠶眉鳳目，隆準豐頤，酷類世畫漢前將軍，海濱之人呼爲關王蟹，見李頴《續南華》。此亦可補《蟹志》之未備。

同邑陳散貞上舍，詩文清綺，爲厲樊榭、杭堇浦諸前輩所知。施蘭垞作《浣紗圖》，蓋以姓自寓也，散貞題云：「清溪一曲苧蘿濱，誰把夷光爲寫真？歲歲浣紗猶未嫁，翻教不及效顰人。」蘭垞甚悦。又有《送吴樵石歸硤川》云：「顧況臺邊有故居，騷人此日賦歸與。四朝文獻詩無敵，兩硤溪山畫不如。著述選幽藏副本，功名投老脱徵書。西來爽氣知無限，時與瑶編共卷舒。」樵石名嗣廣，亦硤川詩人，早受知於查初白先生，所著有《樵石山人集》。散貞少有功名念，晚歲志節忼慨，年六十，自作《辭壽文》，累數千言。嘗夢宋柳仲塗持刺來謁，相與論文，終夕而去。周松靄聞而憂之，俄疽發背而卒。蓋開亦以是病死，殊可異也。散貞壯歲尤工長短句，有云：「見他竹影篩窗，疏疏密密，總寫著个人兩字。」爲堇浦擊賞，目爲「竹影詞人」云。

吴興沈芝光侍御懋華，輯《復社紀事》八卷，可與梅村相表裏。其《題紀事絶句》云：「不是秦淮即虎丘，文章烟月一床收。我生不作繁華夢，説起茸坡也淚流。」「雄雌蜂蝶雙投老，啼笑鶯花兩下場。最是東塘新樂府，西風紈扇斷人腸。」

《左傳》：「女贄不過榛栗棗脩。」《正義》曰：「先儒以爲栗取其戰慄，棗取其早起，脩取其自脩也。」《疏》釋云：「惟榛無説，蓋以榛聲近虔，取其虔於事也。」按：司馬相如《弔二世賦》：「汨淢靸以永遊兮，注平皋之廣衍。觀衆樹之蓊薆兮，覽竹林之榛榛。」衍，平聲；榛，渠年切，與《疏》意合。

虞姬墓在靈璧縣。有草紅色，見人輒舞，俗名虞美人草。西河于清端公成龍《過虞姬墓次前人韵》云：「陰陵古道照殘陽，策蹇荒塋弔楚亡。血灑西風猨嘯月，氣吞白帝劍生霜。貞魂傍逐烏騅逝，烈骨長凝碧草香。行客莫知悲舞意，春來疑作妒新妝。」「破秦當日衂咸陽，及敗誰嗔困北邙？玉玦無謀定天下，青鋒有意謝君王。八千歌散腸應斷，九里烟銷骨尚香。悔比樊姬差一諫，空令怨血舞紅妝。」案：楚莊王納樊姬之諫，用孫叔敖而霸，羽以不聽范增而亡，以楚證楚，議論卓然。清端雖不藉詩傳，然此詩自來咏虞姬者所未及也。

杜牧之作《李飛墓誌》云：「詩者可以歌，可以流於竹，鼓於絲，婦人小兒，皆欲諷誦。國俗薄厚，扇之於詩，如風之疾速。嘗痛自元和以來有元、白詩者，纖艷不逞，非莊士雅人，多爲其所破壞。流於民間，疏於屏壁，子父女母，交口教授，淫言媟語，冬寒夏熱，入人肌骨，不可除去。吾無位，不得用法治之。欲使後代知有發憤者，因集國朝已來類於古詩，得若干首，編爲三卷，目爲《唐詩》，爲序以導其志。」飛又名戡，字定臣，渤海敬王奉慈七世孫。年三十，本傳作二十。盡通六經。定臣詩今頗罕見，未知果視元、白何如也？《荆溪外紀》載其《陪侍相公叔遊善權》一絶，尤爲荒誕，辯詳予《桃溪客語》。

劉後村云：「詩至三謝，如玉人之攻玉，錦上之機錦，極天下之工巧組麗，而去建安、黄初遠矣。」

少陵「水流心不競，雲在意俱遲」一聯，古今以爲名句。明人云：「鴻雁幾時到，江湖秋水多。」却有自然之妙。

張靈《對酒歌》曰：「隱隱江城玉漏催，勸君須盡掌中杯。高樓明月清歌夜，知是人生第幾回？」金風亭長以爲絶唱。

查孝廉晚益耽聲伎之樂，家蓄女伶，並一時妙選。嘗自製《鳴鴻度》等新樂府，登場搬演，視湯玉茗所云「傷心拍遍無人會，自掐檀痕教小伶」者，未免生党姬之妒矣。厲樊榭云：「查家旦色，皆以些爲名，故毛西河有『衹有柔些頻顧影，猜人不欲近闌干』之句。」

《後村詩話》：汴都角伎郜六、李師師，多見前輩雜記。郜即蔡奴也，元豐中，命待詔崔白圖其貌入禁中。師師著名宣和，入至掖庭。劉屏山詩云：「輦轂繁華事可傷，師師垂老過湖湘。縷衣檀板無顔色，一曲當年動帝王。」又載尹少稷《靖康元夕》詩云：「景龍祇是當時路，不見金錢打著人。」劉屏山亦云：「凄涼但有雲頭月，曾照當年步輦歸。」夢華之感，依稀可想。

又曰：黄天谷名春伯，白玉蟾姓葛名長庚，皆自言得道。後死，乃無他異。二人頗涉文墨，所至牆壁，淋漓揮掃，能聳動人。谷有詩云：「半篙春水一蓑烟，抱月懷中枕斗眠。説與時人休問我，英雄回首即神仙。」嘗訪蟾，值其出，題壁云：「怪訪怪，怪不在。茅君山，來相待。」案：今白玉蟾有集傳世，而黄詩無聞。人家扶鸞者，往往自言玉蟾降壇，所爲詩亦多與春伯相類。鄰家有乩，主壇者自云白玉蟾，道科名頗驗。

梅村《題買臣墓》詩云：「小吏張湯看踞傲，故交嚴助歎沈淪。」按《漢書·買臣傳》：嚴助時方貴幸，買臣與之同以《春秋》、《楚詞》侍中。後助爲張湯按淮南獄致死，買臣怨之，既而發其陰事，湯自殺，買臣亦被誅。是助之貴幸，先於買臣。而買臣之仇湯，雖以其陵折，大半由助而死，其待故交亦不薄矣。「歎沈淪」之語，要無所當也。

吴脩齡論七子云：「所謂才子者，須是王子安弱冠之年，學問文章，如江如海，乃可稱之。《滕王閣序》：『王將軍之武庫。』古今惟楊升庵知是王僧辯。釋迦佛成道，貫串釋典，高僧爲之挂線注釋，受年非多，不知何以能爾？明之才子，拔茅連茹，止可其黨自稱耳。年至四十，須作學者。若稱才子，是四十而稱娘子，祖珽所以取誚也。」吴論詩雖好詆李、何，然所評老大而自稱才子者，其論亦足以砭俗也。

數十年來，吾浙稱詩，皆推樊榭。然樊榭之作，雖長於用書，愼於選句，終不若漁洋之風華典麗而波瀾洪闊，使人讀之，皆能稱快。嘗見錢塘汪韓門跋《樊榭集》云：「先生之詩，搜討精博，蹊徑幽微。取材新，則有獨得之奇；使事切，則無寡情之采。自成情理之高，不關身世之感。至若典僻而意或晦；藻密而氣爲傷。一丘一壑之勝，登臨少助於江山；一觴一詠之情，懷抱勿觀於今古。以云追漢、魏而近《風》、《騷》，豈其薄而不爲？夫亦所謂幽人之貞，獨行其願者邪！然先生全集，要無一字一句，不自讀書創獲，所以雄視一時。後人效之者，不效其讀書，而惟是割掇詩詞内新異之字，以供臨文之攢湊，望之眩目，按之枵腹。昔人云：所作不可盡難，難便不知所出。是又不得以學者之不根，而并咎作者之非法也。」韓門此跋，頗得樊榭之概。然所云：「後人效者，不效其讀書，而惟是割綴詩詞内新異之字，以供臨文攢湊，望之眩目，按之枵腹。」尤痛切學者之病。噫！又豈特學厲詩者爲然哉？

海鹽馬墨麟觀察自云是李空同再世，并於夢中常見之。其孫青上少府嘗爲予言。青上工詞，有《蓬萊閣吏詩餘》。婦陳筠，字翠君，亦善吟咏。予最賞其「郎似東風儂似絮，天涯辛苦相隨處」之句。

寄笠道人者，姓盛氏，名蘊貞，字静維，華亭人。爲練川侯納言峒曾第三子所聘，未婚，公父子皆殉節，静維誓不改適，薙髮入空門，自號寄笠道人。讀書能吟咏。嘗題納言春草堂詩云：「謝公遊眺地，春草已無根。夕巷牛羊下，空簷鳥鵲喧。可憐盱眕盡，徒有簡編存。淚灑西州路，何人酹一樽？」「十載重游地，孤城帶落暉。西園連舊迹，北渚長新磯。玉樹人俱盡，金庭事已非。何須聞短笛，獨立自沾衣。」身世之感，不堪多讀。《明詩綜》載静維詩而不甚悉，此亦可補《静志居詩話》所未備者。

明季東吴徐氏，號多才女。徐媛字小淑，爲范長倩先生之室，所著《絡緯吟》盛稱於時。無何而湘蘋繼起。湘蘋名燦，實小淑從孫。尤工長短句，間亦爲詩，人以方阮氏之有仲容。然小淑詩以綺麗勝，故姚園客以爲才情不及陸卿子。湘蘋則盡洗鉛華，獨標清韵，又多歷患難，憂愁拂鬱之思，時時流露楮墨間，恐卿子亦當避之三舍。惜詩稿散佚，予重梓《拙政園詩餘》，復得五七言二首，附録於左，俾世之論湘蘋者，不得僅以詞人目之。「西去窮荒恨，東來故國愁。一心懸兩地，雙淚落分流。羽檄秋偏急，戎車夜不休。壯夫輕出塞，未到隴山頭。」《隴頭水》「帝苑芳春鳳吹諧，看花曾遍洛陽街。行吟緩控青絲轡，擊節頻抽白玉釵。共挽鹿車歸舊隱，幾浮魚艇散秋懷。霜風掃盡烟霞況，愁見龍城葉滿

階。」《秋日漫興》

前載七字口謡盛於東漢，兹復從《聖賢群輔録》續得數事云：「天下忠誠竇游平。」竇武「天下義府陳仲舉。」陳蕃。袁山松《後漢書》作「不畏强禦陳仲舉」。「天下德宏劉仲承。」劉淑「天下冰凌疑作稜。朱季陵。」朱寓。袁山松《後漢書》作「天下冰楞丁秀陵」，疑譌。「天下才英趙仲經。」趙典。袁山松《後漢書》作「天下英靈趙仲經」。「天下和雍郭林宗。」郭泰「天下慕恃夏子治。」夏馥「天下英藩尹伯元。」尹勳「天下清苦羊嗣祖。」羊陟「天下⿰王舌金劉叔林。」劉儒「天下雅志蔡孟喜。」蔡衍「天下卧虎巴恭祖。」巴肅「天下通儒宗孝初。」宗慈「海内貴珍陳子鱗。」陳翔「海内忠烈張元節。」張儉「海内謇諤范孟博。」范滂「海内通士檀文有。」檀敷「海内才珍孔世元。」孔昱「海内彬彬范仲真。」范康「海内珍好岑公孝。」岑晊「海内所稱劉景升。」劉表「海内賢智王伯義。」王商「海内修整蕃嘉景。」蕃嚮「海内貞良秦平王。」秦周「海内光光劉子相。」劉翊「海内依怙王文祖。」王考「海内嚴恪張孟卓。」張邈「海内清明度博平。」度尚以上並見《聖賢群輔録》。按范《史》云：「桓帝之初，擢用周福、房植，鄉人爲之語曰：『天下規矩房伯武，因師獲印周仲進。』二家各樹門徒，漸成尤隙。至海内希風之流，共相標榜，指天下名士爲之稱號。於是有三君、八俊、八顧、八及等稱，而甘陵南北部之黨禍自此始矣。」

楊忠愍公以劾分宜父子，下詔獄，嚴刑拷掠，死而復蘇。於獄中作書寄海鹽鄭端簡，屬以南都後事。端簡方爲南光禄卿，有應天府吏林某攜此書至，端簡跋而藏之。時虐焰方張。閲十年，世蕃既誅，嵩已死，端簡子叔平始出而題其後，斯迹乃顯於世。其所屬南都事，殆即如《年譜》所謂興學校，開荒田，緝武備，繕城池等，皆平日欲爲而未得者。惜端簡已没，不復能知其詳耳。叔平跋又云：「丁巳四月，三殿災，人皆見公青巾素服，雙眸炯炯，憑午門西角檻，若指麾撲滅狀，逾時方隱。因憶天順丁丑承天門災，于肅愍見形烈焰上，感帝心，還其孤子。而公之見形也，人皆緘口結舌，莫敢一言，即憐公者亦竊竊私歎而已云云。」觀此二事，忠愍真可謂死不忘君者。公就義時，詩曰：「生前未了事，留與後人補。」殆南都後事之謂與？曰：「平生未報恩，留作忠魂補。」殆撲火見形之謂與？嗚呼，何其烈也！真迹予以壬寅歲得之。閲十有二年，癸丑復以還鄭氏。詳《涉園脩禊集》。今附録原書并端簡跋於左：「别後一路日食。奏稿成，日夜奔趨至京師。十八日到任，日食。次日，齎本至端門，聞拏内靈臺打一百，知題目不合，即趨出，連日怏怏。至十八日，故又有此奏。二王事本後原有一段，大意謂賊臣之得專權，皆原於皇上父子之不相見。後俱削去，止存此二句，猶有此禍。打後兩腿出血膿約四五十碗，肉潰幾見骨。今幸將平復，逐日心亦坦然，略無懼懆意。南都之事，主張贊成，專望老先生。言不盡意，統惟鑒諒。初會湖翁，有欲老先生還朝之意，並報。二月十一日，頓首具左地。」「癸丑三月五日，應天府當該林居龍從京回，附此信至，得見椒山先生手書，始知天相正人無恙，喜甚喜甚。海上大笠生曉謹識。」

晁以道嘗以所著《易解》示謝顯道。他日，顯道還其書，因批其後云：「事忙不及相難。」出吕紫薇《詩話》，亦見至誠忠愛之意。

《顔氏家訓》：「莊生有乘時鵲起之説，故謝朓詩曰：『鵲起登吴臺。』吾有一親表，作《七夕》詩云：『今夜吴臺鵲，亦往共填河。』」按：此朓《和伏武昌登孫權故城》詩。「吴臺」，《宣城集》及《文選》皆作「吴山」。黄門所見，蓋是朓原本如此。何義門謂吴臺即姑蘇臺。予重刊《宣城集》，特爲更正。

張誠之先生長於經學。所著《蟲獲軒筆記》中，論詩之佳者，多未見其至當。惟論竹垞選《明詩綜》喜删改前人句，如亭林《禹陵》二十韵，删去中間「往者三光降」十六句，尤大失作者本旨，并結俱落空。則其言殊允。

初白庵主云：高郵露筋祠，本名鹿筋梁。相傳有鹿至此，一夕爲白鳥所嘬，至曉見筋，故名。事見《酉陽雜俎》及江德藻《聘北道記》，不知何時始譌爲女郎祠也。初白詩曰：「古驛碑殘幼婦詞，飛蚊爭聚水邊祠。人間多少傳譌事，河伯年年娶拾遺。」詩見《敬業手稿》。

（劉奕點校）

拜經樓詩話續編

拜經樓詩話續編提要

《拜經樓詩話續編》二卷，據美國柏克萊大學藏原稿本點校。吴騫生平見《拜經樓詩話》提要。此書既云續編，故所記頗承前編，如復作七字謡句一篇；録于謙托夢夫人事有異説；同邑周蓮、周春兄弟，前編贊周春《杜詩雙聲疊韻譜括略》發千古之秘，此編則云周蓮輯《舊五代史》在邵晉涵之前，且有邵輯挂漏者。而録前明人詩以補竹垞《明詩綜》，亦與前編同旨。考辨前人得失，如以雙聲疊韻求詩之宫聲，似較李東陽之説爲優。又以袁簡齋古文出入於六朝唐宋而爲其辯護，識亦通達。此編未刊，稿本原藏劉承幹嘉業堂，由程宗伊校訂，後流傳海外。今存世間鈔本多出自此本，如南京圖書館藏程宗伊鈔本、臺灣「中央」圖書館藏鈔本（廣文書局《古今詩話叢編》影印）、復旦大學藏王欣夫鈔本等。此本爲吴氏手定，其中頗有删改者，如卷一「汪鈍翁《世祖章皇帝輓詩》五律」一則，卷二「竹垞《明詩綜》録（錢）開少詩僅《歸田》一首」，作者皆鈎乙去，注云「不必存」、「删」。而各家鈔本或全存，如南京圖書館藏本；或存一删一，如臺灣「中央」圖書館藏本存「竹垞《明詩綜》」一則，删汪鈍翁五律一則，似皆不合吴氏原意。然而鈔本亦頗有補正原稿本者，如卷一「余昔嘗咏海昌土風」一則，録盧文弨序中「蠡塘欸乃」，「欸」原誤作「漁」，

「裁長言於短述」「裁」前原衍一「情」字，「于是語□」「□」原未空出；「荆南閨秀」一則，「其女香冰」「其」字前衍一「湘」字；卷二「馬純子約《陶朱新録》載」一則，「黄紬被裹貪酣睡」、「以詩達時相」二句「酣」、「相」原闕等，酌據鈔本改正。

拜經樓詩話續編卷一

海寧吴騫槎客

會稽窆石在今禹廟東南，高五尺，相傳千夫不能撼。乙酉歲，有力士拔之，石中斷。部下健兒迭相助，乃拔，陷地財扶寸爾。士人塗之以漆，仍立故處。石本無字，迨漢永建元年五月，始有題字，刻于石。王厚之《復齋碑録》定以爲漢刻。右見竹垞題跋。仁和杭堇浦先生頗不以朱説爲然。其《窆石亭》詩云：「寂寥古殿魚膏昏，豐碑轟轟光絪緼。神風颯爽渺何許，亂山合沓空招魂。此石一丈勢斜衺，其廣半之穿有痕。形模豐下而鋭首，仿佛□綴螭虎文。皇朝乙酉正龍戰，江頭士馬方雲屯。健兒角伎互嬉戲，雙手拔斷山靈根。秀水朱氏之説。我觀此石逾萬鈞，一夫之力何能云？蛟龍蟠屈霹靂護，雖有千指其敢捫？摩抄三數發憬歎，傳疑傳信非所論。」堇浦此詩蓋有裨于考古者。按永建爲漢順帝紀年。近孫淵如掌教蕺山，親拓窆石文而細驗之，以爲迹與《天發神讖》及國山刻石極相似，疑爲東吴刻石。然則謂爲永建者，又何説邪？

前編載古來七字謡，今復得未及者，續録于左。「五侯治喪樓君卿。」《前漢·樓護傳》「桴鼓不鳴董少平。」《後漢·董宣傳》。《滄浪詩話》謂之一句之歌。「忠正朝廷上下平。」《後漢·郭賀傳》「欲知仲桓問任安。」「居今行古任定祖。」《後漢·任安傳》「避世牆東王君公。」《後漢·逢萌傳》「素車白馬繆文雅。」繆裴，見皇甫謐《達士傳》。「海内通士檀文有。」檀，見惠棟《後漢書補注》。「殿上成群許偉君。」許晏，見《陳留風俗傳》。「以計代戰一當萬。」《晉書・杜預傳》「後進領袖有裴秀。」《晉書・裴秀傳》「洛中英英荀道明。」《晉書・荀闓傳》「洛中錚錚馮惠卿。」《世説新語》「蘆生漫漫竟天半。」《晉・五行志》「天下英秀王叔茂。」王暢，見《聖賢群輔録》。「欲求貴職依刀敕，須得富豪事御刀。」《南史・茹法珍傳》「上殿不下有賀雅。」《南史・賀琛傳》「決定嫌疑蘇珍之，視表見裏宋世軌。」《北史・宋世軌傳》「京師楚楚袁與祖，洛陽翩翩祖與袁。」《北史・祖瑩傳》「出麤入細李普濟。」《北史・李裔傳》「劍戟森森李義深。」《北史・李義深傳》「黑牛出圈棕繩斷。」薛《五代史・劉知俊傳》「天下昇平四民清。」宋仁宗飛白書又有「欲求封過張伯松」《漢書・王莽傳》，韵在第三字，似又體之小變者。

離合扇出硤石，有何姓始爲之。其式以兩骨糊一面，面若瓜剖，骨若枝交，右展則并，左展則分。澉水吴應和寧爲製此名，而系以詩曰：「翻新巧製觸愁端，似妬家家有合歡。撲得簾前雙蛺蝶，夜來應共月團團。」「月面相當映比肩，與郎持去兩心憐。他時見已羞憔悴，忍説秋風有棄捐？」應和，秋圃先生六世孫，其詩早歲已挂諸人口。如「溪魚挂網船依樹，野屋延賓飯倚牀」、「麯生期我晚涼至，脉望笑人清晝眠」、「蔽野雲稠連樹黑，侵簾寒重壓燈明」、「石鼎煮泉清勝酒，紙窗當暑破宜風」，皆有清永之致。

予昔嘗咏海昌土風，得斷句百六十首，頗爲同輩所許。而姚江盧學士弓父先生尤賞焉，爰爲之序曰：「《竹枝》以咏土風，起于巴渝，而其流漸廣，有《江南竹枝》、《漁歌竹枝》之殊稱。其體質而不俚，新而不佻，其意主于咏歌太平，表章往哲，而凡遺聞墜事，與夫風俗之轉移，園囿之盛衰，以及禽魚草木之可紀，隨所見聞，即成口號。蓋風人之流響，而史氏之外篇也。故采風者恒于斯，録史者亦恒于斯。海昌在元時爲州，後改爲縣，近年又復爲州。國朝以來，理學節義之儒，肩相並，趾相錯，其以文學著者，殆數之更僕未易竟也。邑乘之修屢矣，無論不能盡括，即已大書特書，而究不若取舉棹相和之遺音，播叩舷抗聲之絶調，童孺皆知，頑艷均感。悵古人之不見，撫陳迹以如新。知音者譜以宫商，數典者徵爲故實。故吟歈之體雖多，而節韵之美斯最矣。余手槎客吴子《蠡塘欸乃》一編，而歎其緯舊曲以新聲，裁長言于短述，網羅宏富，吐屬淵雋，足以導揚清淑，闡發幽潛。性情所流，品誼亦見。魚莊蟹舍，狎鷺盟鷗，寓意于漁，翛然自得。鳴榔鼓楫，逸興横生，山水清音，若相酬答。『細雨東風』之句，何減『桃花流水』之詞耶？而此編之作，俾式示後賢，優游夷愉，春容淡宕，實可登之樂府，推爲雅材。然而搢紳先生，辭鄉入仕，朝暮槐棘之中，轉有不識枌榆之里者。吴子雖以《欸乃》鳴，謙乎！究其實，則此事自非朝賢賡颺之暇所能兼及者矣。他日余訪吴子于桐溪之上，垂竿舉網，鱖美鱸肥，命彼樵青，爲歌一曲，于是語□，于是道古，豈與菱哥蓮倡之徒爲遊衍者比乎？」序未載《抱經堂集》，聊附于此。

徐楚金作《許氏説文繫傳》，人最稱之。其《祛妄篇》云：「《顔氏家訓》譏《説文》以『導』爲禾名，『導』當作『擇』解。」引相如《封禪書》曰：「導一莖六穟于庖，犧雙觡共抵之獸。」其糾之推則當矣。至末復引《封禪書》，下文當云：「獲周餘放龜于岐，招翠黄乘龍于沼。」句法方合。乃跳出「獲周」一句，而反引下一句云：「鬼神接靈圉，賓于閑館。」未免莽鹵。

明末太監王承恩亦能詩，而人罕有知之者。嘗見其《暮秋訪隱農不值》一律云：「振衣撥刺入幽林，黃葉飛飛秋草深。老榦摇風驚卧犬，嬌聲應客落佳禽。茆茨冷倚斜陽醉，花木香含處士心。正欲與翁談稼穡，誰知特地只空尋。」隱農不知何人，後署「奠山王某」。此迹今藏予家，書瀍亦頗有士人氣。

荆南閨秀，知名者頗少。予友黃處士湘雲，其女香冰能詩及畫，書法亦娟秀，蓋皆其父之授也。香冰有和予《姑嫂餅》詩元韵云：「味擅當湖第一家，燈前擕餉説周遮。光分瑶屑重羅麪，樣比緗梅五出花。層疊堆盤疑薦玉，芳香入頰勝餐霞。陸姑邱嫂多風調，巧製爐頭記歲華。」香冰名蘭雪。

或問昌黎齒數，答以「三十有三」。于何知之？按《落齒》詩云：「去年落一牙，今年落一齒。俄然落六七，落勢殊未已。」此已落九齒矣。又曰：「餘存二十餘，次第知落矣。儻常歲落一，自足支兩紀。」則尚餘二十四，合前九齒，是爲三十三齒也。聊發一笑。

沈秋畦大令詩筆清逸，惜遺集不傳。嘗得其《寄懷陳牧初廣文》二律云：「頻年苦憶孝廉船，忽枉文鱗自日邊。准擬官閑同嘯咏，誰知官拙早迍邅。園荒空羨千頭橘，身退難留二頃田。兒女潞河輕艇去，秋風旅枕淚潸然。」「浮生真似白駒過，日下知君感慨多。大阮竹林今已矣，謂刺史公。惠連池草奈愁何。謂宗岱表弟。傷心怕讀《錢神論》，掩袂嗟逢宦海波。已悔出山原左計，赭龜只合老漁蓑。」秋畦名嵩士，字岱瞻，康熙癸未進士，除寶坻令，耿巘先生子也。

東坡云：「予家有數妾，四五年來皆相繼辭去，獨朝雲隨予南遷。因讀樂天詩，戲作此贈之。」有云：「伯仁絡秀不同老。」近刻坡集，皆作「阿奴絡秀不同老」，惟《冷齋夜話》作「伯仁」。惠洪去坡未遠，當必不謬也。

老杜《草閣》詩云：「泛舟慚小婦，飄泊損紅顔。」二句舊多無注。仇滄柱《詳注》謂因見舟婦，而自慚飄泊之損紅顔。殊無意味。友人俞秉淵云：「玩此二句，疑子美在夔州時曾娶妾，不知後終如何。」予謂此説似勝仇注，惜未使魯訔、黄鶴之流聞之。若元稹之作墓誌，則容有不及詳與。

荆溪潘夢吉兆熊，性耽吟咏而好客，予每至陽羡，必留過其家，招集朋輩，觴詠款洽，樂數晨夕。其人殊有雋才，詩多清警可喜，然賦性儉朴而高介，非其人則不與接洽，故頗爲流俗所忌。嘗以書寄予云：「蛟橋分袂，倏已望舒再圓，時序催人，有同矢疾。企想斗儀，雖屋梁落月之語，不足以喻其忱也。某本樗柳庸材，從禮堂齋頭得讀《愚谷八種》，此生方知有學問一道，所謂『八股之外，大有事在』者。往年辱大君子不棄，玉趾賁臨，賜以瑶章，不特賤名得通絶域，即世守之時少山茗壺、姜氏薰爐，亦得遍傳于箕子國中。淮南拔宅，雞犬皆仙，何修而致之邪？《蛟橋折柳圖》既成，適届寒食良辰，復携尊招諸友集澹和堂，共觴先生于圖畫中。自静齋至菊畦以次，奉春酒而介眉壽，蓉庭詩所云『酌以大斗介翁壽，翁當一笑紅其顔』是也。于時齋畔桃花大放，海棠亦開十之三四，殿珩詞云『情款洽、桃花紅綻』，静齋詩云『海棠花下又逢君』是也。坐間聽禮堂誦大集中佳句，如飲醇醪，如行山陰道上，南舟詞云『珠玉爲心，珊瑚作架，我拜低頭那敢辭』是也。玉容温克，顧盼有珠玉光，菊畦詞云『丹青愧我非能事，難傳逸少情懷』，雖屬謙辭，然亦可見太丘道廣，大陸才多，殊難傾瀉一二也。誦禮堂詞至『畫圖相對，唤我春風裏』數句，覺難傳真個傳之，且并聲音笑貌、腎肝心腑，無一不傳之矣。香南結云：『門前試囑，有一道官河。伊人想像，宛在水之澳。』則曲終不見，江上峰青矣。酒既醉，社友各向先生辭去，禮堂代爲答揖，藕塘詞云『爲深情把情描就，何又匆匆分手』是也。所嗛者，某筆墨潦倒，濫竽諸君子間，未免爲斯集之累，如何！他日裝衍既成，當代燕、許若述庵、山舟、竹汀、小峴諸先生，當一一有題詞。昔人云：『牽連附書，必有傳者。』殆今日之謂矣。」夢吉，邑諸生，自號璜溪。觀此書，其風懷跌宕，而好事亦略可想見。

迦陵《紫雲研銘》云：「不見紫雲，重見紫雲。摩挲久之，蘭麝氤氳。噫！捧持何必石榴裙？」彝尊書。

「自别後遥山隱隱，更那堪江水粼粼。見楊柳飛綿滚滚，共桃花醉眼矄矄。」論者以爲絶調，蓋以脱去前人窠臼也。然亦頗近于詩餘。

謝蘇潭中丞挽袁簡齋云：「平章花月稱前輩，輕薄文章誤後生。」此蓋指隨園所著小説而言。若其古文，出入于六朝、唐、宋諸家，實爲近時一作者，恐未可以「輕薄」槩之。然亦可見著述之不可不慎矣。

園花祝莆田太史有僕孫馥，善吟咏，嘗有「蟲聲沙際雨，雲影樹頭山」之句。

予至吴門，恒與書林錢景開相周旋。景開往來維揚，遊于玲瓏山館馬氏，多識古今書籍。予嘗擬之宋之陳起。其卒也，黄蕘圃挽詩有云：「《天禄琳琅》傳姓氏，虎丘風月孰平章？」蓋實録也。

同里徐蘭圃詩，少學何、李，不屑爲近人語。爲諸生，有聲膠序間。家貧，喜浪遊，必至五茸，爲吴白華總憲所知。《寄懷楊松坪陳半圭查梅史》云：「男兒負奇氣，不死已蹉跎。縱有篇章在，其如寂寞何。風霜雙鬢改，江海一身多。獻賦今休問，空懷載酒過。」《歲暮有作》云：「持杯不飲問蒼天，酒後狂歌氣浩然。富貴尚餘詩卷在，英雄何取俗人憐。憑教鄉曲輕周處，未合諸生老服虔。取次唾壺敲又缺，只愁負郭少良田。」《歲暮懷馮躍龍》云：「不見當湖日暮雲，青衫狂煞小馮君。樓頭思婦愁多夢，繡被香爐獨自熏。」《懷吴禺人》云：「挾策亡羊事有無，十年故態尚狂奴。白衣□坐何曾歇，使酒將軍老灌夫。」七言警句，如「飢來驅我寧論命，壯不如人且讀書」《送孫桐峰》、「千年鞭石終沈海，八月乘槎不到天」《觀潮》、「失路易多知己感，憐才終是古人風」《書院雜興懷白華總憲》。蘭圃尤工長短句，不具録。

《拜經樓詩話》四卷，中載海鹽鄭叔平《跋楊忠愍赤牘》謂：「嘉靖丁巳，三殿災，人皆見公現形，在午門西角，若指麾撲滅狀，逾時方隱。因憶天順丁丑承天門災，于肅愍見形烈焰上，感帝心，還其妻子。」錢唐桑典林孝廉云：「案于公集及行狀，夫人董氏前數年卒，别無姬媵坐遣戍者，惟子某及一養子、一壻。此云妻，蓋誤。」按：明人小説載于公託夢夫人，自言兩目失明，借夫人之目以救火，殆亦好事者爲之與？

林艾軒以理學著聞，卓然爲一代之儒，其詩則韵雅可誦。如《答仁者安仁》曰：「千年古樹萬年堤，老枯循循不解迷。牧子不知何處在，亂山荒草鷓鴣啼。」《自論》有曰：「修水佳人白玉蘭，花前何似妾容顏。從來未省傷春意，猶自樓頭畫遠山。」又曰：「莫怪騷人太頡頏，曾聞阿女語劉郎。神仙本自無言説，户解從來最下方。」《隱居通議》嘗稱之。

海鹽張螺浮給諫惟赤，嘗夢中得「十年霜雪老黄門」之句。同時和者甚衆，螺浮亦自足成二首。今元唱頗少流傳，惟和作有刊行本。

白樂天云：「詩有隱字而意自見者。『糾糾葛屨，可以履霜』，言不可也；『海水知天寒』，言不知也。皆隱一『不』字在。」按此詩上解則可，若謂海水不知天寒，恐未必然。凡海潮，冬月較三時常縮，俗稱曰「凍煞潮」。蓋樂天非生長海濱，故言海潮多不確。如云：「從今潮上君須上，一月須看六十回。」不知海潮遇大盡祇五十八回，小盡祇五十六回，而無六十回也。

郭溪在海寧城北十里，一曰蘇溪，蓋以蘇雪溪兄弟居此得名。雪溪在明□□間，與弟正直並以詩鳴，而雪溪尤以《詠繡鞋》得名，時號「蘇繡鞋」。其後人至今猶聚族而居。予兄女所適士樞，雪溪裔也，少擅吟咏。《春草》云：「春色相依到野門，新翻妙曲怨王孫。千絲碧柳資濃蔭，一髮青山上緑痕。路絶裙腰迷蝶夢，香沾屐齒弔花魂。東風却有回生術，野火燒餘不斷根。」「到處羅生不用删，吟情旅恨兩相關。勾將南浦離思起，引得西堂好夢還。閑襯花容深淺裏，遥尋人迹有無間。一痕蒨練年年好，祇我青袍染淚斑。」「金粉飄零土亦香，六朝遺迹掩蒼茫。鈴聲古岸客盤馬，鞭影平沙童牧羊。自有柔心宜細雨，也因淑氣戀斜陽。不堪河畔尋詩路，依舊烟籠十里塘。」《稻花》云：「雁來時候見婀娜，取次芒穙壠畔過。種稻原于肥水好，看花偏讓老農多。遥籠秀色來千里，分占秋光到九阿。剩有涼螢聊點綴，夜殘擺亞景如何。」《槎客先生以平湖姑嫂餅分嘗并示舊作即和原韵》：「嘗來珍餌勝餐霞，聽説當湖有麗華。撒米麻姑新試爪，調羹薛嫂舊名家。指端技妙搓銀綫，舌底香回嚥乳花。乞與東牀聊寄語，王郎空腹不須遮。」《落葉》云：「蘢葱轉眼悵難同，生意蕭條逐斷蓬。深院烏啼寒雨後，空山人影夕陽中。一番解脱知禪理，幾度飄零識化工。安得閒愁隨爾去，一齊分散向秋風。」《養疴憶昔樓》云：「虚牖穿明月，相邀睡作媒。花于燈上吐，潮自夢中來。多恙停詩筆，無蛇誤酒杯。倉公多妙手，指下卜春回。」《芍藥》云：「鼠姑風信一番收，暗贈春光到畫樓。日午闌干花韵動，一簾香霧夢揚州。」《題踏雪尋梅圖》云：「停車閒愛水雲鄉，鏡海冰天引興長。一幅分明摩詰畫，梅花殘雪夢襄陽。」《題兔牀先生可懷續録》云：「香爐峰下舊吾廬，香爐在齊雲山。杖策重經廿載餘。領取故鄉風味好，桃花水暖資童魚。」《西溪棹歌》云：「幾夜楊柳傍清渠，聚秀橋西是妾居。持贈情人無別物，滿籃新捉菜花魚。」他若「一綫晷移銷夏館，三竿影動曝衣樓」《咏新秋日》、「半行斷雁三更月，一笛哀蟬萬里秋」《後落葉》、「垂淚似嫌秋漸老，低頭如怕夜多寒」《秋海棠》等句，多清警可誦。

吴玉球，字夔鳴，家小桐溪，不事舉業，專攻吟咏。《客窗雨夕》云：「江雲濃似墨，書館暗窗紗。晚酒和詩味，春燈對雨花。風塵方日逼，昆弟又天涯。犬子誇知識，頻言好是家。」《秋燕》云：「韶光易過世情非，多少高門難久依。秋社争如春社好，庭花猶帶雨花飛。留將故壘明年住，引著諸雛一路歸。終日呢喃緣底事，可憐意况惜毛衣。」《朱藤花》云：「三月殘春緑樹高，藤牽香透葉週遭。火珠顆顆來林邑，仙珮垂垂解漢皋。露下猜疑紅荳蔻，月中想像紫葡萄。待看結實薰□裏，翠莢齊懸百鍊刀。」《嘉禾道中》云：「迴首青山隔□湖，秋風送入小長蘆。曝書亭有新修客，道得《風懷》隻字無？」

予于荊南詩社中，交萬子瑱爲最早，而契亦最深。瑱爲得詩法于史蒙溪衍存，早年即有出藍之譽。所刊行《小蘭山房稿》，多清綺之作。如《静室》云：「斗室羅清光，檐畔幽泉注。山僧候不來，且向前溪去。竹木蕭蕭寒，巖雲白于絮。」《水榭》云：「君章國岳雲蓬蓬，釣舸一具凌清風。紫薇仙人好山水，築成水榭溪之東。朱藤花開光照屋，罨畫粼粼碧于玉。風烟一羽故依然，吟魂知傍闌干曲。」《白雁》云：「長空一碧秋無際，素影斜飛夕照邊。爲怯黄沙辭北地，獨尋紅葉向南天。微霜霑壑寒林□，曉雪留痕古驛前。愛煞如羅湘水色，蘆花夜月去年年。」《塞下曲》云：「秋風羽獵珥金貂，莽蒼平蕪塞馬驕。五尺弓開飛電影，黑雲如席落盤鵰。」《槜李道中即事》云：「欲作錢唐汗漫遊，風餐水宿幾淹留。雲濃似有催詩意，低壓南湖烟雨樓。」瑱爲名之蘅，別字香南，荊溪諸生。性恬退，而有盧、陸之癖，日坐茶肆中，故人罕見其面。武進湯緯堂大奎《炙研瑣談》最賞香南「風色聚寒雅」之句，嘗贈以詩云：「荊南詩老各天涯，楚塞梁園滯歲華。後起忽驚鱗角異，猶傳風色聚寒雅。」「荊南詩老」，蓋謂史蒙溪、汪書田；「風色聚寒雅」，亦瑱爲少作也。

盛百堂灝元，華亭人，少攻舉子業，屢不得志，遂爲幕遊。足迹所至，輒有吟咏。所著《宜齋詩抄》，多清麗可誦。《春夜》云：「紙帳寒輕春漸和，酒醒燭影映簾波。宵難熟睡偏宜短，夢易還家不厭多。玉笛高樓傳遠恨，金燈小院憶新歌。三年不踏江南路，花月光陰老薜蘿。」《追和王如舫戲倣王次回》云：「曾點蓬萊玉女班，偶圖薄遺落人間。門前溪納龍潭水，舍北橋通鶴頸灣。窈窕三分開秀靨，玲瓏八字寫春山。楊家《外傳》從頭省，盛鬋豐容近阿鬟。」百堂于近代詩家，尤心契高蘇門，往往得其神解。檜陽李元滬廣文序其詩，云：「爾李嘗爲群噪所困，百堂戲作《春禽》詩爲之解紛，云：『春温入被寒始輕，南窗鼻鼾如雷鳴。春禽底事腦□□，百種嘈嘈來平明。禽言不解解禽意，似雜嘲笑兼誇矜。啞咤黃鶯兒，自詡歌喉清。東家西家好花枝，隨花高下相逢迎。豈若先生但高卧，如鴻鎩羽鶴翦翎。百舌亦儇巧，滑稽最堪聽。如簧試一鼓，倏忽移人情。豈若先生空守嘿，三寸舌本不解憑。百勞飛飛集枯藤，似矜嘴爪能横行。叢篁苦竹萬麻雀，食肉飲血靡遺生。布穀穀穀催春耕，鳴鳩差喜知陰晴。齊笑先生百無用，黃薺但飽腹彭亨。其餘啁啾尚無數，大約一概難深評。先生有口置不争，床頭百壺還獨傾。興酣忽作蘇門嘯，別是人間鸞鳳聲。』」此詩雖似脱胎于六一先生《百鳥》詩，然亦可謂善于滑稽者。

瑞安縣江心寺側有樓名浩然，秦小峴觀察以乾隆甲寅遊而樂之，爲更名曰「孟樓」，蓋以襄陽曾遊此，有「衆山對酒」、「孤嶼題詩」諸咏也。邑人趙漢踪謂樓故在文文山祠前，自緣《正氣歌》取義。盛百堂嘗爲詩以解之，曰：「自把樓名屬孟公，題詩對酒興何窮。文山定不争閑氣，爲語譊譊罷趙聾。」

馮爾修茂才，詩多警策，而五言學唐，尤有大曆、開元之意。近以《江州紀遊草》寄眎，其《曉發長江》一律云：「浴日蕩銀灣，雲帆出没間。白連三楚水，青送六朝山。空闊迷今古，浮生自往還。大江流不盡，祇讓野鷗閒。」

剃髮者陳文，青浦人也。家貧親老，甘爲賤業，以養父母。好爲詩。陽羨任茂才安上嘗過文于肆中，見四壁皆詩，讀而善之。詢知皆文作，遂大喜，命拜己爲師，即踞坐而談詩。旁觀目笑之，自若也。文詩尤工近體，如《漁唱》云：「烟波浩淼白萍秋，釣罷歸來不繫舟。一曲《滄浪》斜月上，數聲欸乃夕陽收。總然名利都無與，且向江村得自由。浦口一燈鐘又起，恰教酬唱兩悠悠。」《不寐》云：「蘭膏燈盡月溶溶，重起披衣坐晚風。底事寒蛩吟不歇，似研好句未曾工。」《七夕》云：「畫閣良宵色盡愉，銀河浪起鵲争扶。年年來乞天孫巧，到底看來巧絶無。」《口占》云：「東風輕拂緑楊絲，罨畫溪邊引步遲。最是吴淞三月景，泥人都是晚唐詩。」俱佳。文詩號《菊潭集》。

史閶如《春浮閣集詩》，有《咏天竹子》一絶云：「夕照影離離，天寒見一枝。多情漫憐惜，渾不解相思。」極咏物之妙。然閶如不及中壽而卒，殆亦所謂詩讖與？

宋末諶自求，詩攻唐律，都自出機杼，不落蹈襲。《隱居通議》嘗摘警句，今録數聯于左。「動地百年無桀跖，後天一壽有顔曾。」《自歎》「百年窗下棊千著，萬事燈前酒一斟。」《詠古》「白髮古今天北極，黄華宇宙客西風。」《淵明》「西風木葉吹秦晉，春雨桃花送古今。」《避秦》「爲想舊時慈母綫，寧甘今夜隔簾霜。」《寒夜思親》「風雨晝酣秦地闊，關河春夢楚雲低。」《春日次韵》「一帆秋水漁歌遠，半塔斜陽雁影高。」《古渡晚眺》「赤幟露光王漢地，錦帆風蕩帝隋舟。」《即事》「術豈有靈能起死，夢從何處忍忘歸。」《悼亡》「花柳晴光新態度，江湖春夢老英雄。」《自寬》自求名祐，號桂舟，南豐人。隱居不仕。少從贛詩人曾益之原一學，擅出藍之目。著有《三傳朝宗》、《史漢韵紀》等書。

桂舟又嘗有《勸農》詩，曰：「山花笑人人似醉，勸農文似天花墜。農今一杯回勸官，吏瘠民肥官有利。官休休，民休休，勸農文在牆壁頭。官此日，民此日，官酒三行官事畢。」《羯鼓催花曲》曰：「一聲金殿玉闌干，一曲馬嵬坡下土。夕陽空照古今愁，年年醉醒桃花雨。」《觀梅》曰：「屈原《離騷》芳草□，《召南》治世梅先見。皎如佩玉上清來，不敢班渠《國風》變。」劉起潛謂諸作皆能發前人所未言，信然。

宋湯清伯有《咏夾竹桃》云：「芳姿勁節本來同，緑映紅妝一樣濃。我若化龍君作浪，信知何處不相逢。」《月中蒲萄》云：「春藤上架翠成窠，顆顆光凝兔景多。疑是蕊宫開夕燕，結成珠帳待嫦娥。」又曾蒼山《咏楊妃襪》云：「萬騎西行過馬嵬，凌波曾此墮塵埃。莫言一曲香灣小，蹋轉開元宇宙來。」並載《隱居通議》。讀至末句，雖梨花帶雨，亦當破涕一笑。

顔延之作《秋胡妻》詩，古今所艷稱。劉起潛獨不之信，以爲胡既婚五日而别，二五年而歸，寧有彼此絶不相識若路人者？其言甚辨。予憶往年鸚湖一伶人新婚而别，逐梨園游食江湖，踰數年不歸，音問闊絶。同部一色貌頗相似，習知其婦有姿，乃詭托其姓名還家。家人初不辨，伉儷甚洽，居旬日而去。婦稍有所疑，而又難以語人。後年餘，此人復來，婦之父母詰其非真，執送于官，始得實，即令追還其伶，薄責而遣之。蓋秋胡事亦有相類者。

拜經樓詩話續編卷二

海寧吴騫槎客

王摩詰送人之安西詩「西出陽關無故人」之句，雖婦豎莫不能誦之，而陽關之近遠，儒者或不究知。《隱居通議》據五代晉高居誨《奉使于闐記》曰：「自靈州過黄河，行三十里，始涉沙入党項界。行四百餘里，至黑堡沙，沙尤廣，遂登沙嶺，即党項牙也。渡白亭河，至涼州。又西行五百里，至甘州，即回鶻牙也。自甘州西始涉磧，磧無水，載水以行。甘人教晉使者作馬蹏、木澀，木澀四竅，馬蹏亦鑿四竅，綴之乃可行。西北五百里至肅州，渡金河，西百里出天門關，又西百里出玉門關。經吐蕃界，西至瓜州、沙州，二州多中國人。瓜州南十里有鳴沙山，云冬夏殷殷有聲如雷，云《禹貢》『流沙』也。又東南十里，云三危山，三苗所竄也。其西渡都鄉河，曰陽關云。由是觀之，則玉關距□州近二千里。又歷瓜州、沙州西後至陽關渡，又遠數百里矣。安西在陽關之外，不知又幾里。」騫按：《通議》「陽關渡」之語，蓋陽關近水，豈亦如今南中「水關」之類乎？

同邑周予桐舍人蓮，嘗惜《舊五代史》不傳，因從各書中搜輯成若干卷，當日未知《永樂大典》中有此書也。繼是姚江邵與桐學士晉涵復從《永樂大典》纂輯，仍還一百五十卷之數，今有刊本流行。間取周輯校之，頗多挂漏，惜周本又遭火，佚其下半。今舍人下世已三十餘年，無從補録，其弟松靄大令間出相視，因題詩其後云：「辛苦遺珠碧海探，劫灰底事到枯蟫。而今恰似歐陽稿，好配廷珪墨半函。」

「溝里沙陁戰血腥，水天閑話散如星。阿誰爲報青門客，補史元來別有亭。熊方事。」「一局殘棋送曉昏，卅年春夢感前塵。南朝若問傷心史，龍衮亡來半不真。」

同里陳近勇，字健行，早棄舉子業，以研田自給。詩擅吟荃一派，而不流于纖膩。其和予《檇李》詩云：「碧蕁柈中細細嘗，共傳西子臏餘芳。眉嚬嬌態今何在，指掐纖痕尚未亡。色似冰桃輕帶紫，味同玉蕊薄含香。遥憐醉舞蘇臺日，可供吴王佐酒漿。」《落花》云：「緑陰如幄草如茵，巷陌紛飛又暮春。直似馬嵬悽絶處，一彎錦韈落紅塵。」《無題》絶句云：「淡拖脂粉自輕勻，雲髻初翻燕尾新。萬種風情誰付汝，宜嗔宜笑復宜嚬。」「徐卸釵鈿挽緑雲，燈前背立解羅裙。殘妝今夜初看見，更較嚴妝勝幾分。」「微息停勻遞暗香，燭光暗淡照容光。若教鏡裏圖君貌，薄霧輕籠睡海棠。」又七律云：「半簾花月影珊珊，龍腦香消冷博山。啓户怕鳴金屈戍，愛郎私贈玉連環。微醺嬌靨三分醉，淡畫修眉兩筆彎。今夕相逢疑夢裏，春風細認舊時顔。」又《七夕詞》云：「仙家豈是好參商，天上人間有斷腸。假使逋錢千百萬，相將耕織已清償。」亦有思致。

武進洪稚存編修，以言事謫伊犂，抵戍三月放還。有《更生齋集》詩文，道述途中經歷艱危險阨之地，幾于九死一生。《伊犂紀事》云：「鑿得冰梯向北開，陰厓白晝鬼徘徊。萬叢燐火思偷渡，盡附牛羊角上來。冰山爲伊犂適葉爾羌要道，常撥回户二十人，日鑿冰梯，以通行人。」「幽絶城西半畝宫，古垣迤北盡長松。危樓不用枯僧上，罔兩時時代打鐘。西城外有古廟，常白晝見有罔兩迷人，人無敢入廟者。」「生羌一月病彌留，夜半魂歸户不收。忽變驢鳴出門去，郭橋何似板橋頭。二月中，有生羌居北關外，將死，忽變爲驢，惟一足未化，人皆見之。」「達板偷從宵半過，箏琶絲竹響偏多。不知百尺冰山底，誰唱齊梁《子夜歌》？夜過冰山者，每聞下有絲竹之聲，又聞有唱《子夜歌》者，莫測其奇也。」《論詩絶句》云：「偶然落墨並天真，前有寧人後野人。金石氣同薑桂氣，始知天壤兩遺民。」「早年壇坫各相期，江左三家識力齊。山上蘼蕪時感泣，息夫人勝夏王姬。吴祭酒偉業，爲『江左三家』之一。」「晚宗北宋幼初唐，不及詞名獨擅場。辛苦謝家雙燕子，一生何事傍門牆？朱檢討彝尊。」「四十九年前一日，世間原未有斯人。二句阿文成桂《五十自壽》詩。相公奇句誰能敵，祇覺英雄面目真。」「游戲詩應歸苦海，性靈句實逼香山。同時老輩尤難及，只許錢程伯仲間。袁大令枚、錢侍郎載、程編修晉芳。」稚存論詩頗不愜于初白老人，同郡趙兵備翼輯唐宋金七家詩話，欲添初白爲八家，稚存固止之。其跋《七家詩話》云：「一事皆須持論平，古人非重我非輕。編成七輩三朝集，好到千秋萬世名。未免尊唐祧魏晉，欲將自鄶例元明。塵羹土飣真抛却，獨向毫端抉性情。」「名流少壯氣難馴，老去應知識力真。七十五年裁定論，一千餘載幾傳人？殺青自可緣疑「援」。成例，初白羌難踵後塵。只我更饒懷古癖，溯源先欲到周秦。予時亦有《北江詩話》第一卷泛論，自屈、宋起。」第二首不録。兵備和云：「詞客低昂本不平，品題閑弄腐毫輕。但消白晝無聊日，豈阻青靈不朽名。老始識途輪早見，貧堪鑿壁借餘明。洪厓拍手從旁笑，猶是燈窗未了情。」「晚知甘苦擇言馴，一代風騷自有真。耄學我悲垂盡歲，大名君已作傳人。幸同禪窟參三昧，不笑元關隔一塵。從此國門縣《呂覽》，聽他辨舌騁儀秦。」

火浣布自古以爲難得，今蜀越嶲廳嘗有之。昔姚一如觀察曾遺予數片，色白而有毬，狀類今羊絨，每片長尺二寸，闊七寸。按晉殷臣《奇布賦》曰：「森森風林，在海之洲。烟烟烈火，焚焉靡休。」又曰：「乃采乃析，是紡是績。每以爲布，不盈數尺。以爲布巴，服之無斁。既垢既污，以火爲瀊。投之朱爐，載燃載赫。停而冷之，皎然凝白。」以此觀之，仿佛得其槩云。

陶公《讀山海經》詩：「形夭無千歲。」宋人據《山海經》，疑爲「刑天舞干戚」，五字皆校改。錢曉徵少詹嘗辨以爲「形夭」二字非譌，宋本由《山海經》自譌耳。顔師古《等慈寺碑》以「刑夭」對「貳負」，今石刻尚存，字畫分明。「刑」、「形」古文相通，「夭」轉爲「天」則大謬矣。予重刻湯文清注陶詩，此詩及注並作「形夭舞干戚」，可見湯公讀書之審也。

武進諸生張漢賓，原名蘭詔，家貧而攻詩。餘姚盧〔紹〕弓文學主龍城書院時，漢賓嘗以詩受賞識。著有《圯軒詩》及《江湖行地》等集。《暮雨登東皋紀事》云：「輕衫已拂麥秋風，花事銜杯酹碧叢。開遍滿城紅躑躅，春光猶在畫屏中。」《柳枝詞》：「柔條含雨遍春城，好躍青驄陌上迎。行過畫樓簾不捲，唤人午夢是流鶯。」「蜻蜓艇子泛晴波，處處猶聞《金縷歌》。二月江南新緑遍，畫橋流水夕陽多。」「寒盡征衣漸覺輕，燕山山下月輪明。東風笛裏吹春色，緑傍榆關一路生。」「草滿平堤水拍湖，鵓鴣啼處曉模糊。千條萬縷含春雨，都是紅樓別恨無？」《題東軒師小照》：「壯遊萬里記當年，華髮歸耕負郭田。秦館燕臺曾策杖，吴山越水遍題箋。茗爐夜月棋三百，花市春風酒十千。縱飲於今豪興健，浮家魯望泛湖船。」《荆溪》：「舟出荆溪道，滄波浩淼分。亂峰晴映雪，深樹曉開雲。橋凍餘人迹，沙寒集雁群。上春村郭路，絃管聽紛紛。」《早起聞蟬》：「萬壑一聲起，平林散素光。村墟流露泫，深樹曉雲涼。心静清堪飲，身高氣自揚。□□長遠志，亦願集朝陽。」《喜陶膺之自蜀回南賦贈》：「少年喜結士，白日相經過。皋蘭與汀蕊，氣味交以和。趹馬君出門，三上瞿塘路。蜀道峙青天，誰云不可度？五色浣花箋，題盡魚鳧句。日月弄雙丸，故心我自酸。美人在何許，遥隔白雲端。相思鳴緑綺，掩抑五言彈。君作依劉客，迢迢故鄉陌。撫劍忽思歸，南風催挂席。楊柳舊門前，復喜經行迹。一笑開金甌，香醪恣拍浮。山川吟興足，呼嘯動高秋。神駿那能紲，角鷹不可韝。風雲横意氣，蒼莽大江流。」以上《圯山集》。《送弟之平陵》：「汝奉高堂使，河梁語夜闌。名微爲客早，年少别親難。萬木□□□，千山壓雪寒。尚疑征袖薄，忍淚更頻看。」《采蓮曲》：「若耶溪頭冉冉香，吴姬越女鬥新妝。朝動蘭橈暮乘月，花中笑語雙鴛鴦。」「銀塘水静鴛鴦浴，荷葉青青漾波緑。蕩舟不見采蓮人，隔浦猶聞《采蓮曲》。」《春曉》：「客枕春寒淺，簾垂月墮烟。鶯聲催曉夢，□斷落花前。」《班婕妤》：「夜輦昭陽殿，秋燈長信宫。含情團扇掩，留得待春風。」《長門怨》：「賦買相如枉費才，長門燈暗漏聲催。開簾獨坐金階月，風送昭陽歌舞來。」以上《江湖行地集》。皆不失唐音。

明潤州錢開少邦芑，北都失後，削髮入浮屠，自號大錯。永曆屢召之，皆爲孫可望所格。著有《十年堂詩選》。樂府歌詩，多憫時自悼之作。録之如左。「上陽宫深花寂寂，看朱成碧無顔色。石榴裙在屢開箱，憔悴支離淚霑臆。唐改爲周誰作主，周家天子身是女。八十老嫗上陽宫，唐兮周兮何所取。唐宗幾滅唐祚移，唐家君臣知不知。不誅罪人告九廟，猶率群臣上尊號，韋氏再亂何足悼。」《上陽宫》「秋雲壓山山夜雨，爐香自消茶自煮，抱琴不彈人太古。」《琴》「月色濛濛桂花白，暗香深處幽人宅，黄葉青苔無行迹。」《桂》「蘭芽侵階掩竹扉，秋田雨過藥苗肥，花徑鹿眠人未歸。」《蘭》「破衲蒲團伴此身，相逢誰不訊孤臣。也知官爵多榮顯，只恐田横客笑人。」《寓山寺答野老見訊》「修史居然筆削餘，帝星井度竟成虚。秦宫火後收圖籍，猶見君家勸進書。」《聞孫可望敗逃寄方于宣方爲可望僞翰林嘗謂帝星明于井度可望當有天下》

雙聲之學，莫精于六朝，雖婦人女子皆知之。《洛陽伽藍記》：「隴西李元謙能雙聲語。嘗經冠軍將軍郭文遠宅，問曰：『是誰宅第？』婢春風曰：『郭冠軍家。』元謙曰：『此婢雙聲。』春風曰：『獰奴嫚罵。』」予嘗疑「此婢」是疊韵，而非雙聲，見何義門批唐詩，有「凡婢雙聲」之語，始歎前輩讀書之精細。蓋《洛陽記》爲不諳雙聲者妄改，「凡婢」、「獰奴」非特聲諧，而屬對亦精絶，確不可易也。近見錢曉徵宫詹《養新録》第十六卷中仍作「此婢」，故論及之。

昔梁周興嗣奉勅韵次王右軍千字，既成，被武帝所賞。後人每析其文而重次之，如侍其良器之流，雖競出新意，然有數字勉强，而文體亦不能暢，不無捉襟肘見之病。同里陳茂才敬璋，嘗重次《千字文》爲《勵志篇》及《論詩約言》二篇，頗多警句。《勵志篇》發首云：「大化廣運，曰慎與盟。動植紛聚，盡荷陶鈞。理以爲質，氣亦成形。獸禽率屬，惟人最靈。」又云：「嘉慶丙辰，帝陟寶位。朗鑒平衡，露騰雨沛。煌煒垂裳，燭照罔外。伏聞親政，俯聽丹陛。賞善誅惡，嚴別涇渭。邇言招納，簡牒盈箱。日昃心勞，御膳在房。官僚箴勸，隸妾悚惶。羊絲競讃，羔雁貌莊。枇新去垢，令宰美棠。」末云：「密約審幾，本乎謹獨。仰答慈暉，舍劍愛犢。茂才有《耕養圖》。堂廉地遠，並資亭育。皇極拱承，克綏多福。」餘不能悉載。即以起結而論，何等矜莊！彼興嗣之作，未免所謂「虎頭蛇尾」矣。

藥名入詩，多新奇可喜，如鼓子花、白芨花之類。宋徽宗詩云：「茸母花開認禁烟。」人皆不悉「茸母」之名。按《綱目》：「茸母即鼠麴草。」又曰：「米麴曰鼠耳，曰佛耳草，曰無心草。」《荆楚歲時記》：「三月三日，取鼠麴汁蜜和爲粉，謂之龍古料，以壓時氣。」料音板，米餅也。邵桂子《甕天語》云：「北方寒食，采茸母草和粉食。」故阜陵詩云然。

「麤」，《説文》訓「行超遠也」。又《字統》云：「警防也。鹿之性相背而食，慮人獸之害也。故從三鹿。」又「麄」，《廣韻》云：「疏也，大也，物不精也。」《北史・李䜅傳》：「出麤入細李普濟。」俗以語不擇爲「出麄」。「麄」字當即「麤」之俗體。然「麤」字詩中亦罕用者。《平康巷陌記》有《題王福娘宜之紅牆》云：「試共卿卿戲語麤，畫堂連遣侍兒呼。寒肌不耐黄如意，白獺爲膏郎有無？」押「麤」字甚新而愜。又《中州集》云：「石鼎夜吟詩句健，奚囊春醉酒錢麤。」亦佳。

吴梅村居太倉之鹿樵溪舍，嘗著《鹿樵紀聞》一十五卷。康熙中，其書始刊行，更名《綏寇紀略》，僅一十二卷，至《虞淵沈》之上卷□，而中、下兩卷及附録一卷未刻。蓋《綏寇紀略》乃婁東不全之書，故以「略」字名之與？或疑《鹿樵紀聞》爲别一書，非也。觀唐實君《讀梅村先生鹿樵紀聞》七律六首，而知其即此書無疑也。詩載《東江詩鈔》第三卷。

嘗見唐子畏《題畫》一絶云：「騎驢八月下藍關，借宿南州白塔灣。壁上寒燈千里夢，月中飛葉四更山。」此詩音調清逸，可與「杜曲梨花」一聯競爽也。

予家有明王文肅公手書《聞召偶成》一律，云：「鳳書遥下五雲衢，題柱當年事已徂。頓使秋螢生腐草，虚疑老馬識長途。皇情自解求遺履，身計惟憑據槁梧。争得黄粱炊罷後，扁舟江上隱菰蘆。」此詩可想見公忼慨直亮之意。按談孺木《棗林雜俎》云：「丁未，復召太倉王相國錫爵。王即家疏規時政，刻切言路，蓋華亭陳繼儒代草者。陳過示王吏部士騏，吏部遽郵之言路諸公，競謂其沮抑，群詆之。太倉遂不果召。蓋繼儒本傾險之人，而太倉以心腹待之，誤矣。」

東坡《韓幹十四馬》詩，爲古今所推。詩「二馬並驅攢八蹄，二馬宛頸騣尾齊。一馬任前雙舉後，一馬却避長鳴嘶。老髯奚官騎且顧，前身作馬通馬語」云云；「後有八匹飲且行，微流赴吻若有聲」；又云「後有一匹馬中龍，不嘶不動尾摇風」，如其所數，則竟似十五馬，而非十四矣。

李賓之論詩，舉潘禎之説，以爲「詩，宫聲也」。又曰：「詩有五音，全備者少，惟得宫聲爲最優，蓋可以兼衆聲也。李太白、杜子美之詩爲宫聲，韓退之之詩爲角聲。以此例之，雖百家可知。」自以爲漏泄天機，然終不能透徹言之。騫疑所謂「宫聲」，蓋當即于雙聲、叠韵中求之。試觀李、杜之詩，合于雙聲、叠韵者恒多，而昌黎頗少，斯所以有宫、角之分。書此以俟知者辨焉。

金壽門農徵士，詩多學盛唐，而五言規模王、孟，絶有神似者。如：「匠里聚村落，高春湛露晞。溪清鑒堯韭，山野賸周薇。風以淳初古，人多道勝肥。耦耕今不廢，椒酒共春祈。」《匠車》「訪道通幽象，仙山視聽殊。鶴鳴知子午，松吹叶笙竽。香霧迷三里，天漿散百觚。肯教容易别，瓊月閉金鋪。」《聖王坪》「遺蜕懷仙史，翠微通草堂。何時安藥臼，于此置繩床。叩玉陰泉出，如人雙樹長。嗒然白雲外，巾舄得清源。」《尋孟師草堂》「公子美無度，讀書吴郡間。門留鬱林石，床對小雞山。終歲淹秋駕，何時綴玉班？殷勤通旅夢，細雨穆陵關。」《懷吴門陸嶠》書此以見大凡。朱桐川炎云：「近人作律詩，專攻對仗，不知古人沈鬱頓挫之法，不獨用于古詩也。」司農詩句中有景，句外有意，正從沈鬱頓挫中來耳。

節孝先生徐仲車積，嘗有《項羽垓下别虞兮歌》及《虞答項羽歌》二作，予曾見于宋槧《徐節孝集》。今《知不足齋叢書》廿二集《畫墁録》後附載二詩，并述張知甫云：「曾見白雲寺壁張舜民有此二詩，再過則壁已壞。」豈未考《節孝集》邪？

馬純子約《陶朱新録》載：「文潞公爲越之諸暨宰，鼓樓新成，書一絶于上曰：『挂向樓頭一任撾，多撾少儘從他。黄紬被裏貪酣睡，舒出頭來道放衙。』有不相喜者，以詩達時相，吕文穆見詩曰：『此人有宰相氣。』榜客次云：『候越州諸暨知縣文彦博到，即時轉報。』文公罷官歸銓曹，有人告之，公不肯往見，或者再三勉之而往。文穆一見大喜，出諸子拜之，曰：『他日皆出陶鑄。』又出文靖見之，曰：『此子他日與君同秉政。』後皆然。」按潞公此詩似涉游戲筆墨，他人見之，鮮不以爲訕笑，而文穆獨能預識之，可謂相賞于牝牡驪黄之外者矣。

論史者每訾承祚志三國以魏爲統，此所謂皮相之論，而不揆當日之事勢者也。承祚身爲晉臣，晉受魏禪而繼其統，承命修史，安得不與魏以統？試取三國之志反覆諦觀，則其不得已陽尊魏而陰躋蜀以繼漢之意可見。嘗讀何義門先生《樓桑村》詩自注云：「承祚身入晉室，奉命爲史，以魏爲正。《蜀書》之末，乃託楊戲《季漢輔臣贊》，假託網羅散佚，陰著中漢季統緒斯在，躋蜀于魏之上。大書贊昭烈皇帝，則已之述曰『先主』者，明不得已而遜辭矣。千載而下，微意可窺。帝崩在章武三年癸卯，年六十三歲，上推至桓帝延熹四年，歲在辛丑。相傳桑木爲箕星之精。」其詩有云：「苞桑長祚德，羽葆衆歸仁。係贊知躋蜀，尋村感降辛。空桐天極斗，析木漢垂津。助轉炎精昧，深培箕宿屯。一家三受命，碩茂後誰倫。」義門學問深邃，詩不多作，自與世之枵腹空談者異矣。

鮑明遠本名照，唐人避武曌諱，作詩竟叶入平韵，如韋莊之「欲將張翰松江雨，畫作屏風寄鮑昭」。亦有不避者，玉溪之「園烹鮑照葵」是也。

范起鳳，字瘦生，嘉定人。諸生，工詩。《題桃源圖》云：「草木自生無稅地，子孫嘗讀未燒書。」《畫牡丹》云：「泥他富貴原奇福，似此文章亦大家。」瘦生嘗三至荆溪，與任安上、周之冕諸人唱和尤密。

詩家貴于奪胎，亦有點染舊句而愈工者。歐公《大行皇帝挽歌詞》云：「忽見九門陳羽衛，猶疑五載欲時巡。」最爲時所傳誦。其實出于玉谿生《肅皇帝挽詩》：「小臣觀吉從，猶誤欲東封。」歐公演爲七言，則尤覺意味深長耳。王禹玉「鎬京春酒霑周燕」一聯，亦本于宋之問《奉和幸昆明池應制》詩「鎬飲周文樂，汾歌漢武才」。

閔驌，華亭人，嘗遊虎丘，買得玉龍一于淘人，甚奇。驌有《玉龍歌》曰：「人生無定窮與通，春風秋雨感不同。愧我年華一周甲，寂寥況味羈吴中。不得金，不得銀，不得銅，偏得蒼古夭矯活潑之玉龍。前代何人施妙手，琢成此器奪鬼工。不知是秦是漢末，潛伏悠悠千載無形踪。不愛御行南海住，獨于一丘名虎卧其東。聖朝喜起休徵見，假手淘人遂識面。我欲求君何處求，君來招我神通便。如識老夫興獨豪，尋山問水心無倦。不爲雲從飛上天，蒙身垢面隨貧賤。日下人看燦若鱗，水中口吐沙如霰。自注：沙出便能行動，或起或伏，形色各殊，見者人莫能解。炯炯雙眸對阿誰，莫思野戰心腸變。且借乘將千里行，十洲三島遨遊遍。」驌號歗軒，爲吴稷堂司空外甥。持玉龍欲求善值，歌雖近於稚滑，其自注，則此龍亦異物矣。

偶見有《題曹南道中聒關壯繆祠書事》云：「傳聞哨馬下江陵，青草湖南已受兵。關羽祠前重回首，荆州底事到今争？」「白汗翻瓶馬不前，緑陰還得解鞍眠。塵容突兀祇何事，六月長途又一年。」二詩不知作者姓氏，當是昔一長年枕戈汗馬之人。讀之，殊有《小雅》風人之感也。

洋鼠者，不知産自何地，身僅徑寸，毛細，而花文極可玩。亦有純白似碩鼠者，目如丹砂。吴人以籠畜之，飼以粟粒、水果，作雙環使踏之，圜轉如鞦韆，日夜不休。陳半圭詩云：「洋鼠來何處，芸窗結静緣。性還耽坐卧，技自擅鞦韆。有體纔盈掬，無牙未解穿。饑應餐玉粒，冷欲藉花毡。穴處偏離垢，樓居不在田。夜猴行蜿蟺，家鹿舞便環。色白堪憑卜，身輕或可仙。雕籠眠正穩，休使聘銜蟬。」

善化唐陶山明府，詩才宏贍，頃刻數千言，可倚馬而待。其《蘭征集》尤多傑作。如《望少華》一起云：「千丈一落直到地，四時之氣長爲秋。」氣勢排奡，亦非少華不能當也。又《古詩爲亳州某新婦作》云：「夜雨聞鵂鶹，春陰啼謝豹。行人走亳州，觀獄城隍廟。云有州民病，將娶不能療。阿母與舅氏，聞婦頗有貌。子死不發喪，婦至可再醮。奇貨此可居，遠迎新婦轎。入門廢合巹，蒙汗誠驚覺。是日當出殃，俗忌骨肉譙。阿母及小姑，扃户如避盜。新婦故不知，伴郎卧室奥。死者忽呻吟，新婦起問勞。啓被索羹湯，洗手入厨竈。頗訝室無人，倉卒未能料。鄰人疑炊烟，奔爲阿母道。阿母及小姑，歸家視薪燎。子見阿母來，投懷忽言笑。阿母駴殃鬼，驚絶乃大叫。新婦尚在厨，小姑亦驚倒。移時小姑蘇，救母竟無效。新婦故不知，夫愈母亡暴。未得奉姑嫜，匍匐增慘悼。舅氏闖然來，登堂肆訶譟。阿母死有由，新婦大不孝。幸有小姑良，對簿以情告。州牧斷斯獄，以神道設教。此獄真奇冤，神明當嘿照。」

海鹽陳雲巖方伯孝昇，著《約經堂詩稿》，詩學老杜，不染纖媚一路。《石龍關即事》云：「乘軺又度石龍關，鎮石攀躋積翠間。晚宿常投林際驛，曉行時失雨中山。敢因王事辭勞瘁，徒遣苗民病往還。鴻爪雪泥成底事，十年鳥道老塵顔。」《都門秋夜不寐》云：「娟娟涼露夜如年，倦客終宵思惘然。孤館月來蟲語細，九門風静柝聲圓。秋殘鴻雁鄉書斷，難後妻帑絶塞懸。一錯至今誰鑄得，故山空負薜蘿烟。」雲巖詩多壯朗，晚以事頌繫，猶不廢吟咏，竟卒于請室。

仁和魏玉衡琇《西湖竹枝》云：「新婦磯邊水磨頭，上河水向下河流。上河船載歌舞樂，下河船載别離愁。」奚鐵生岡極賞歎之，每飲醉輒拍案而歌，旁若無人。

《世説》謂「劉真長茗柯有實理」，後人不解「茗柯」之義，至作「茶樹」解。予疑「柯」乃「朾」之訛。按「朾」一音頂，「茗朾」當即「酩酊」，又作「茗艼」。昌黎詩云：「茗艼馬上無所知。」王漁洋嘗得茶晶一方，鎸此五字爲印章。見《古夫于亭雜録》。惜未有以此語質之者。

自來咏景陽鐘者，劉彦沖一首最佳。詩云：「景陽鐘動曉寒清，度柳穿花隱隱聲。三十六宫梳洗罷，自吹殘燭到天明。」讀至末句，耳邊猶若有鐘聲在，而正意却含蓄不露。

明單宇，南昌人，進士。正統中，嘗爲嵊縣令，有循聲。工詩，著有《菊坡叢話》。見《嵊縣志・名宦傳》。按宇正統己未進士，竹垞《明詩綜》搜羅甚廣，不及宇詩。偶閲《菊坡叢話》云：「正統己未，予以進士觀政刑部，廣東清吏司與貴州司同一堂主事。吉水王佐能詩，一日，自書古回文詩一首，謂吕洞賓作。詩曰：『潮回暗浪雪山傾，遠浦漁舟釣月明。橋對寺門松徑小，檻當泉眼石波清。迢迢緑樹江天曉，靄靄紅霞海上晴。遥望四邊雲接水，碧峰千點數鷗輕。』强予和之。予依韵和曰：『潮平繫纜把盃傾，舉火漁家幾處明。橋小隔邨孤寺遠，館幽通徑一池清。迢迢野色秋雲淡，漠漠汀烟晚樹晴。遥望别峰仙迹古，蕭蕭荻岸釣絲輕。』當時趁韵而和，後見别集，前詩乃宋人周明老題龜山之詩，非吕洞賓作也。」騫謂即此詩，可以補《明詩綜》之遺。

朝鮮出臺笠，蓋以臺須草爲之，色光澤如漆，細若絲，輕凉精巧，非中土所能仿也。昔年貢使朴貞蕤嘗携至京，以一贈仲魚，仲魚轉遺予，予復以貽秦小峴方伯。按元陳衆仲旅詩集有《蘇伯脩往上京王君實以高麗笠贈之且有詩伯脩徵和章因述》云：「往年飲馬灤河秋，灤水斜抱石城流。青城上人來水上，揭謝蘇王曼碩、敬德、伯脩、君實皆與遊。顧予濫倚橋門席，日斜去坐鰲峰石。夜凉共飲明月尊，醉眠更聽高樓笛。灤河九曲流濺濺，自我不見今三年。蘇郎又扈屬車去，佇望弗及心茫然。龍門峽中雲氣濕，山雨定洒高麗笠。別意遥憐柳色深，歸心莫爲鵑聲急。龍門道中，夏月多鵑聲。不才未許收詞垣，賦成何日奏《甘泉》？人言凡骨難變化，爲我致意青城仙。旅時已注爲史官，復勒留助教。」貞蕤名齊家，以内閣掌書充貢使，工詩，書法晉、唐，著《貞蕤稿》，仲魚爲刻于都門，自云新羅王孫之後也。

陶山詩喜學眉山、劍南，《蘭征》一集，弔古之作尤氣骨高渾，有北地、信陽之風槩。如《咸陽》云：「高城百仞烏呼風，飛絮遊絲引客驄。豐水浮梁通渭水，漢宫荒草入秦宫。靈臺鐘鼓傳矇叟，原廟衣冠問牧童。旅館南柯伴孤枕，驛前有古槐。滿樓惟見夕陽紅。」「麥氣浮郊出故都，咸陽橋外接平蕪。輪臺頓寤車丞相，玄塚應稱莽大夫。楊柳春風吹去騎，松楸暮雨亂栖烏。《渭城》莫聽歌三疊，村郭相招酒一壺。」又《登少華》發首云：「千丈一落直到地，四時之氣常爲秋。」極雄奇，非少華不足以當之。

《幽閑鼓吹》載：「唐禮部侍郎李潘，嘗綴李賀歌詩爲之集。序未成，知賀有表兄，與賀筆硯之交。召之見，託以搜訪所遺。其人敬謝，且請曰：『某蓋記其所爲，亦常見其多點竄者，請得所緝者視之，當爲更正。』潘喜，併付之，彌年絶迹。復召詰之，其人曰：『某與賀中表，自少多同處，恨其傲忽，嘗思報之。所得歌詩兼舊有者，一時投溷中矣。』潘大怒，叱出之，嗟恨良久。故賀歌什流傳者寡也。」觀此，則士之恃才傲物者，可以鑒矣。

王新城尚書，生平宏奬風流，爲物望所歸。同時之人，有片言隻韵之佳者，無不歎賞，爲之延譽，不遺餘力，獨于丹陽賀黄公裳殊多不滿。黄公著《載酒園詩話》，文簡極詆之。豈其竟無可取邪？此或别有他故，不得而知矣。

獻吉有《限韵贈黄子》一律云：「禁垣春日紫烟重，我昔爲雲子作龍。有酒每邀東省月，退朝曾對掖門松。十年放逐同梁苑，中夜悲歌從孝宗。老體幸强黄犢健，柳吟花醉莫辭從。」王元美亟推之，謂李本少陵而得青蓮長篇法，當爲本朝七律之冠，而諸家選本多未及。騫謂此作固佳，微嫌其第七「强」、「健」二字併入一句，有碍高格，且「黄子」、「黄犢」，若今人亦未免以爲少檢矣。

東坡《定惠院東海棠》詩：「自然富貴出天姿，不待金盤薦華屋。」宋刻王狀元注本次公曰：「言不待金盤盛之而薦于華屋之下。」今世行王注皆後人删本，故注多不全，而諸家注並不引。昔桐鄉馮星實太史補注蘇詩，屬其戚轉借予宋録，爲其戚中閣，馮竟不得一見，未幾而没，此亦憾事。

從來作秋柳詩，多寫顦顇荒索之態，海虞陳見復祖范二首，頗能脱去窠臼。云：「瘦損腰支泥醉酣，舞翻晴雪落鬖鬖。春風不復相臺舉，冷帶疏星浸夜潭。」「遠渚疏疏望若空，年年遭雨又遭風。人情若解相憐愛，何必春三二月中。」

沈石田先生世居相城，姚廣孝亦相城産，此如一薰一蕕，不可同年而語。陳見復《過相城》詩云：「雲水和烟淺作春，微風棹破碧粼粼。彌天險手高人筆，如此邨墟大有人。」將二人紐作一串，亦足覘其手筆之辣。

陳椿，天台人，元元統中，爲下砂場司鹽。嘗作《熬波圖》，而各係之題咏。圖凡四十餘，今不傳。其題《熬波圖》云：「錢塘江水限吴越，三十四場分兩浙。五十萬引課重難，九千六百户優劣。火伏上中下三則，煎連春夏秋九月。程嚴富足在恤民，鹽是土人口下血。」餘四十餘篇，多有關勸誡。其通識明練，當不在宋姚寬之下。

《陶靖節集》以宋本爲貴。明何孟春《餘冬序録》云：「吴仁傑斗南作《靖節年譜》，張演季長辨證之，又雜記晉賢論靖節語。陳氏《書録》謂此蜀本也。卷末有陽休之、宋庠序録私記，又有治平三年思悦題，稱永嘉，不知何人。春按：思悦，曾季貍《詩話》載，是虎丘寺僧，治平中嘗編《淵明集》。其吴《年譜》、張《辨證》及《雜記》，今不見其書。」騫按：家有明翻宋刻《淵明集》，今江西翻刻宋板靖節詩似從此出。後思悦跋云「近永嘉周仲章太守□駕東嶺，以宋朝宋丞相刊本見示」云云。蓋實仲章所示本，而謂永嘉未知何人，豈二公皆未見此本邪？又騫藏萬曆己未楊時偉刻《淵明集》，後附吴《年譜》一卷，而《雜記》亦見翻宋板中。

書學臨摹久則神肖，惟詩亦然，談藝家謂之奪胎。李空同《限韵贈黄子》詩一律已見前，盛爲時人所推。王漁洋《送鄭郎赴粤西幕府》云：「當年紅旆向西川，水部風流似鄭虔。被酒共眠金雁驛，分題多在浣花箋。故人一别成千載，公子重逢又十年。去謁征南年正少，牂柯春盡水如烟。」在漁洋集中，亦爲絶唱也。

梁溪堵牧遊先生詩，多散佚不傳，邵青門《篋稿》舉其散句，俱佳。生平與魯釗桐聲等交，號十鈍，或曰才遁。公死後，釗獨走蒼梧覓骸骨，不得，得其像而歸，時多其義。予嘗讀公《耐可吟》，前有釗序，蓋亦能文之士。今録于左：「余與堵子交，垂二十年矣。生平見其詩文，輒落落思有得，下上其音，沾沾喜也。夫言之怡悦于吾心者，必有一種與物即離之致，逐物引喻，託志遥深，與夫詞澀意陋，不足給賞周玩者，俱見咥于風雅焉。堵子獨以其衆性發之，晤言莊謔，都有異于俗，故每成一語，必相叫笑，勞以卮酒。然而于中所歷，大都窮苦無聊之境，强畫一須眉，如戟之影。癸酉幸登賢書，余以塾地稍隔，聲氣闊略，時取其詩諷咏之，以爲堵子素所蓄積，或當以此。及既成進士，請假廬墓，乃輯哀吟若干首走余。余讀之，慘廢彌日，矛攢于心，蓋同爲鮮民，啜泣于立身成名之日，此真其所蓄積也。夫士之窮達不齊，要無異轍，當其悶影孤對，守章句之殘，目不識異書，交不遇異人，一旦倖售，必齷齪闒茸，肩高于頂，心逃于胸，又況其内行之不可問者哉？今堵子爲天子司榷，俗士謂可漸飾寒陋，而旁午之餘，商隲素業，篤于儒生，屬余簡其笥稿，哀以成集，雖軼者居半，而前此之叫笑相勞者，固宛然在也。因從臾堵子，梓而存之，以誌其半生哀樂之感槩。堵子曰：『余言不能佳，且不欲佳，何足存？』余應之曰：『子惟不欲佳，故行乎所行，止乎所止，籟本于天，無遲聲取媚之態。苟自以爲佳，必將有爲覆瓿之用者矣。』乃相視而笑。余浮數大白，而叙言于端，蓋快前此之叫笑相勞者，可以恒于斯也。若夫堵子蓄積之素，固自有在，豈耑以此哉。」

《漁隱叢話》：「有以行卷就正于老宿者，略一展，見有『十月寒』三字，曰：詩貴簡潔而忌冗泛，十月故當寒矣。若少陵之『草閣寒』，妙在上有『五月江深』四字，此一『寒』字便有千鈞之力也。」按此亦爲破的之論。如秦少游詞：「小樓連苑横空，下窺綉轂雕鞍驟。」東坡笑曰：「可惜十三個字中，只説得一人騎馬從樓下過耳。」或問坡近作，舉咏燕子樓云：「燕子樓中，佳人何在，空鎖樓中燕。」亦十三字，又重七字，所作者僅六字，而令人有低徊不盡之思。此雖一時諧謔，亦可悟詩法也。

王述庵司寇，一生文章事業，多有足稱。其詩雄渾高雅，興寄蒼凉，讀之可想見其爲人。《蜀徼參軍時寄松茂觀察查儉堂禮》四律云：「烽火頻年歷瘴鄉，又隨定遠過華陽。陌刀二百軍鋒鋭，組甲三千殺氣揚。星拂旌旗開北路，地窮井絡入西羌。書生參佐真何補，聚米憑君指戰場。」「決策凌冬鏟賊濠，木坪瓦寺陣雲高。么麽何敢思蠶食，上將重煩運豹韜。羽檄徵兵三道集，繩橋輓粟萬夫號。熏香畫省南吴客，袀服頻憐壓孟勞。」「東華游燕昔時同，獞語猺刀識語中。擁傳君先辭薊北，從軍我亦度岡東。緬人稱老官屯爲岡東。梅花人日勞相憶，杜宇春山望不窮。何意天涯雙鬢白，雄關冰雪並臨戎。」「杜陸清才萬古傳，敢誇詩筆鬥前賢。江山摇落身將老，戎馬間關病未捐。遠道驚心悲陟岵，餘生回首念歸田。祇應共醉郫筒酒，欲訴愁牢更惘然。」司寇出塞諸詩，極規橅少陵夔州以後之作，即四詩已足覘其忼慨臨戎，有據鞍横槊之槩。

《震青子羅浮集》二卷，明崑山朱公天麟著，凡古近體詩四百二十餘首。詩多佶屈聱牙，而抑鬱不平之氣，亦可想見，遭時坎壈，流離患難，以終其身也。兹録其平正可傳者數首如左。「憶君閒咏《落花》詩，今日花逢未落時。春夢妃驚邊馬歗，寒叢蝶怕亂兵窺。故含香瓣啼清露，勝逐狂風點軟泥。回首飄娟肥緑底，重拈佳韵措何辭。」《汪長源詒落花詩志感》「墳典堆中坐素妝，隔紗繙影動斜陽。歸家古禮槐陰舊，教子嘉謨梧邑芳。春水恩波流玉瓚，寒雲謝擁溢華香。勞勞遊子懷明發，來倚南山舞綵裳。」《左蘿石母陳宜人七十》「寂寂山扉古木秋，臨高日暮瞰溪流。亂雲吹去天南北，獨坐無心問馬牛。」《題吴駿公畫》「昔日燕飛桃葉渡，梨園燕子却題箋。烏衣巷裏尋元老，悄扮乘槎太乙蓮。」《哀江南》「奕奕簪纓視蔭長，卜年二百正當陽。烟狼闖入糊塗得，誰是南朝李侍郎？」「江皋暮色動啼鴉，若個書生敢再誇。白髮倦飛無那老，青春何處討烏紗？」

蔡文姬《悲憤詩》二首，見《後漢·列女傳》，而《胡笳十八拍》獨不載。按范史云：文姬初適衛仲道，夫死無子。漢末喪亂，文姬没入于南匈奴右賢王，在胡中十二年，生二子。曹操痛邕無嗣，使以金璧贖歸。重嫁董祀。追傷往事，作《悲憤詩》二首。並不及《十八拍》。後祀以罪當死，文姬哀泣求救于操，得免。蓋實一多才智而有情人也。予觀《十八拍》中，叙述喪亂流離情事，惟眷眷于二子，而於其伉儷不復道一字，且文姬胡中十二年，匪朝伊夕矣。鳥獸猶知有雄雌之愛，文姬豈若是之恝乎？唐劉商謂董生以琴寫胡笳聲爲十八拍，殆亦因其無一字念及故夫而云然歟？至若《藝苑卮言》謂似《木蘭》，差近。又舉「殺氣朝朝衝塞門，胡風夜夜吹邊月」之句，以爲全是唐律，則《樂府廣序》已辨之矣。

（王培軍、王天覺點校）

拜經樓詩話餘編

拜經樓詩話餘編提要

《拜經樓詩話餘編》一卷，據上海圖書館藏稿本點校。按此稿僅十三則，佚題，亦未署撰者名。然内有「騫按」、「《敬業堂詩集》賦中山尼事，予嘗載之《拜經樓詩話》」等語，知爲吴騫作，亦《詩話》之續補者也。如查初白《中山尼》詩賦宋荔裳女一事，此篇即録翁方綱語，辨正無此事，亦自糾也。又如録陳仲魚見宋刻本王右丞詩《送梓州李使君》有異文，據以駁漁洋《古夫于亭雜録》之説；録俞潛山咏楊妃詩，以糾《隨園詩話》録周青原詩有違史實；又補録同邑詩人數家，皆吴氏故技也，《詩話》自序「良史才」云云，信非虚語。吴氏另有《小桐溪隨筆》一種，此十三則及《續編》過半文字皆收在其内，又有其他考辯文字，則不涉詩，故合而題爲隨筆矣。

拜經樓詩話餘編

陸冰脩先生詩氣調高渾，步驟李、何，仿佛嘉隆七子之遺。《賀沈橫槎納姬》云：「謠詠東方日，千金又聘姬。誰能堪失意，且復重新知。明鏡春雲薄，高樓曉日窺。知君才富艷，日日譜蛾眉。」「調笑防人見，殷勤儘婦疑。意消殘夢後，香辣換衣時。不信巫山賦，空傳神女詞。十年南國恨，真許一朝移。」辛齋酷耽吟詠，少日常效梅聖俞日課一詩，晚境遇壈坷，遺稿散佚。生平與王新城交最莫逆，《感舊集》中不録一首，尤不可解。近硤石王仲言簡可搜羅裒輯，得古近體詩三千餘首及詩餘、雜著共二十卷，爲《辛齋遺集》；又詳考其出處事實，作《年譜》二卷，可謂陸氏之功臣矣。予嘗爲撰序。

宋時祕閣每歲必作曝書會。錢穆父《和閣老舍人曝書會》詩：「天禄閣書府，蕓籤歲曝頻。緇經窮藏室，賜會集儒紳。顧陸高標好，鍾王妙入神。司無槧疑塵俗吏，來預石渠賓。」穆父，錢塘人。弟龢，字邑父，居九里松。好藏書，東坡爲榜曰「錢氏書藏」，見《武林紀事》。竊謂此殆今靈隱書藏之權輿歟。予嘗勸寺僧每歲秋設道場數日，爲曝書會。凡四方藏書家胥集西湖，循覽卷帙，極爲雅事，惜未有應之者。

同邑陳寄齋性好吟詠，家蓄聲伎。查伊璜家伎多以「些」名，寄齋多以「郎」名。有昭郎、慶郎、六郎者，色藝并擅。陸辛齋嘗贈以詩云：「昭君光艷漢宫驚，吴苑昭郎更擅名。試語畫工同寫就，蛾眉誰定許傾城。」《昭郎》「尊前妖冶好腰支，腸斷梅村懊惱詩。暫見慶郎低舞袖，不須重讀慶娘詩。」《慶郎》「簾外行雲斷不流，略教絲管襯清喉。金輪天子尋常見，第一應披集翠裘。」《六郎》寄齋名奮永，字撝謙，一品蔭生。有《寄齋集》。

紅綫者，唐潞州節度使薛嵩家青衣。善彈阮咸，通經史，爲嵩掌書記。又有異術，不踰時能往返七百里以解嵩憂難。後辭嵩而去，蓋劍俠之流也。嵩不能留，開燕餞别，悉集賓客，爲歌詩以送之。《冷朝陽》一絶云：「采菱歌怨木蘭舟，送客魂銷百尺樓。還似洛妃乘霧去，碧天無際水空一作東流。」袁郊《甘澤謡》敘紅綫事，文筆絶奇妙，非尋常小説家所及。計敏中《唐詩紀事》謂紅綫掌中有文，湧起如綫，故以命名，亦可以補袁傳所未及。

海鹽彭觀民太僕，明末備兵湖西，殉節。公子孫貽間關冒亂離至虔中，求歸骨不得，遂招魂以葬。既而有義士曾堯昶，負遺骸來海上，蓋距殉節時已二十年矣。時人莫不重其義，留彭氏數月而去。孫貽嘗贈之詩曰：「金風浄掃草堂塵，絮酒重來感故人。帳下義兒星散盡，天涯歸旐雪中新。精靈驚見如生面，涕淚空霑未死身。拜起相看轉嗚咽，鷓鴣啼煞贛江春。」「墓田禾黍枕南皋，流水廉貞鎖石濠。杜宇歸心江月小，楊花故國海天高。寒瓊自冷亡臣燼，戰血猶埋殉主刀。欲訪西昌諸義士，魚梁城下滿蓬蒿。」堯昶字日永，萬安人。

《隨園詩話》載周青原少司空《詠楊妃》詩云：「綵輿花下禄兒狂，此説終疑是渺茫。惟小劉郎曾愛惜，坐懷親爲畫眉長。」蓋用《太真外傳》語也。俞潛山云：攷新舊《唐書》，劉晏卒於建中元年庚申，年六十五，是生開元四年丙辰；楊妃卒於天寶十五載丙申，年三十八，生於開元七年己未。晏獻頌時年止八歲，妃時僅五歲，尚未入宫。妃進宫後，亦從未聞曾召晏入見，何緣有「坐懷畫眉」之事？此小説之所以不足信也。潛山嘗作詩以糾之曰：「伯勞東去燕西飛，終始劉郎未識妃。空裏造成千載謗，何人一證此言非。」予嘗戲語潛山，君詩非特雪劉晏身後之誣，即令玉環有知，能無效啣環之報耶？相與一笑。

《古夫于亭雜録》：「右丞詩『萬壑樹參天，千山響杜鵑。山中一夜雨，樹杪百重泉』，興來神至，天然入妙，不可湊泊。而《詩林振秀》改爲『山中一丈雨』，《潼川志》作『春山響杜鵑』，《方輿勝覽》作『鄉音響杜鵑』，此何異點金成鐵，故古人詩句不可妄改。」云云。騫按：友人陳仲魚嘗見宋槧本右丞詩作「萬壑樹參天，鄉音聽杜鵑。山中一半雨，樹杪百重泉」。蓋宋本如此，卻被後人改壞，而「半」字尤佳，意想所不到，此真羚羊掛角之謂乎？

《敬業堂詩集》賦中山尼事，予嘗載之《拜經樓詩話》，附注《柚堂筆談》等辨説於下。頃復見北平翁覃溪閣學《書查初白中山尼詩後》云：「予昔嘗與上海陸耳山論及此詩，耳山亦以爲此詩不作可也。然予雖心識之，而未有以實證。今來山東詳攷之，乃知其非實也。漁洋集中有《不得宋荔裳妻帑消息》詩，在康熙十九年庚申之春，而荔裳殁於京師，在十三年甲寅。吾鄉王侍郎景曾爲宋公撰墓誌云：『公北上時，眷屬數十口在蜀中，瀕於死者屢矣。卒獲保全得歸，無一散失者。』蓋在公殁八年之後，而漁洋作此詩時，尚未之知也。初白此詩乃作於二十一年壬戌，則正是宋公家屬甫北歸時。而宋公行略云『一女適王成命』，皆其全家歸後之事，與初白所敘不相應矣。惜耳山已逝，不及聞此語。」云云。據覃溪此記，則自當以墓誌爲正也。

鄒續《霏雪録》：「虞文靖公在宜黄，嘗倚樓吟詩，有『五更鼓角吹殘雪』之句，忽隔溪一童揖而言曰：『角可吹，鼓不可吹。』公亟命召之，已失所在，蓋詩鬼也。」續歷舉李、杜、宋玉等詩文爲之辯，要詩須活參，即謂五更鼓角動時，而風吹殘雪，亦無不可。固哉！鬼卒真所謂兒童之見也。

士生不遇，流離坎坷，一旦得有吹噓而振拂焉，其感恩知己，誠足以没齒而不能忘者。唐末羅隱十上不中第，歷遊湖南，皆不得志。後乃歸錢武肅，盛見禮重。隱嘗寢疾，武肅親臨撫問，因題其壁云：「黄河信有澄清日，後世應難繼此才。」隱起而續其末曰：「門外旌旗屯虎豹，壁間佳句動風雷。」由是以紅紗罩覆其上。武肅詩蓋謂隱之才空前絶後，難乎其爲繼者。嘗見明人選閏唐詩，謂隱子塞翁不能顯達，似誤會《吴越備史》「其後無文嗣」之語。「後無文嗣」者，即所云「鼉江秀氣盡，無人能繼隱之文、杜建徽之武也」。若隱子塞翁，曾爲吴中從事，善畫羊。《宣和畫譜》稱塞翁寓意於丹青，文人墨客之所致思，亦可謂不墜其素風清節者矣。

陸魯望《笠澤叢書》有《記錦裾》一篇。予見本凡幾，皆譌「裾」作「裙」，惟舊鈔蜀本爲「裾」。蜀人樊開所刊爲蜀本，凡七卷。既覩唐《吴融集》有《和陸處士古錦裾》長律一首，益信蜀本之善，良由讀記者不審之故耳。按魯望記云：「趙郡李君言上元瓦官寺陳後主羊車一輪，天后武氏羅裙、佛幡，皆組繡奇妙。李君乃出古錦裾一幅視余。」云云。是瓦官寺者天后之羅裙，而李侍御所藏乃古錦裾，各一物。後人以

「裙」、「裾」字形相類，往往牽混爲一。細觀吴融詩云「映襟知惹淚」及「掣曳無由覩」、「牽挽幾當春」句，與魯望記所云「曳此裾者誰與」之語都相吻合，其非「裙」又的然無疑矣。

王蘭泉司寇輯《湖海詩傳》，每人列小傳，又附《蒲褐山房詩話》。晚始刊成，惜雙目已失明，校者多不精審，譌誤不勝數。即如選予《龍門山晚眺》頸聯云：「事往湖樓歌管歇，秋來野寺佛鐘涼。」誤「涼」爲「長」。「長」與「涼」一字之異，優劣判殊。其餘類此者當不少矣。

瓦官寺舊有三寶，一爲獅子國所進三尺玉如來像，一爲顧長康所繪維摩詰天女，一爲戴御名所捐臂胛塑像，見《霏雪録》。此三寶當又在陸魯望所記羊車、羅裙、佛幡之前，惜無魯望之筆牽連而記之耳。

（王天覺點校）

聲調譜説

篡例

蠡説

聲調譜説　篹例　蠡説提要

《聲調譜説》一卷、《篹例》一卷、《蠡説》一卷，據嘉慶刊本點校。撰者吴紹澯（一七四四—一七九八），字澄野，一字蘇泉，安徽歙縣人。乾隆四十年進士，成翰林院庶吉士，散館授編修，歷任四庫全書薈要處總校官、三通館編修官。有《金薤集》。其《金薤集》乃乾隆六十年輯古今詩四千餘篇而成，未及刊刻。吴錫麒《吴蘇泉傳》謂「《金薤集》僅刻二卷」，當即此《纂例》一卷與《蠡説》一卷。《聲調譜説》分卷上、卷下，卷上即此一種，爲自撰，卷下則爲宋弼之《通韵譜説》（已另入乾隆期）。蓋吴氏於宋弼頗爲推崇，譜中亦多録其説。有嘉慶二年自序。吴氏此譜乃取趙執信舊譜，大幅增補其詩例，五古增至四十七首，七古增至四十四首，拗體律、絶二十餘首。其於秋谷之説無所發明，惟所選詩例及解説頗充分，幾可視爲《金薤集》選詩之精縮版也。吴氏嘗謂《金薤集》「持此一編，翫而老焉可也」。此數種殆亦差同，多爲習見之論，自娱及有益初學也。

聲調譜説序

聲調之爲譜，古無有也，自王漁洋、趙秋谷兩先生發之。愚幼聞諸故老，其説蓋得之常熟馮氏，而馮氏所由來不可知矣。譜中謂以其説按諸中唐以後作者，無不吻合。夫五七言之詩始于漢、魏，而極其盛于開元、天寶，中唐以後漸以少衰。今其説乃不衷裁于極盛之時，而使學者斤斤焉奉中唐以後爲軌式，宜乎訾議者衆也。故世之不能入乎繩尺者，心是而口詆其非，以掩蓋其空疎無據、不能範圍馳驅之失。而自負材力聰明之過者，又以爲不屑屑于章句間，思欲追新逐異、獨成一家之調法。此其意非不高且遠，其究也不至于奸聲詖律盡裂乎。詩人之閑檢不止而拘攣墨守者，則又譬諸笵土以爲偶、鏤木之成花，形模肖而生氣尠焉。之數者均之失也。今夫聲，莫大于大塊之噫氣。方其未發也，纖草不爲之動。劃然而雷驚谷應，日晦星冥，林木震撼以倒折，江湖洶湧以矗立。當是時，見者慘慴慫慄而無以自主。及徐而察之，則其澎湃奔駭迅厲之中莫不有高下、抑揚、疾徐之節。而微飈之所激，喬松之謖然，修竹之泠然，中商而中吕，蓋聲之大小不同而其有節同也。夫詩豈異于是乎？今夫「薰風」、「慶雲」肇美于前，「猗那」、「清廟」宏聲于後，以逮文人學士之謳吟，固無論矣。乃至夷阮羌弦，非律不定； 狪唱巴謡，非節不應； 盲歌俚曲，非韵不稱。況乎吾徒之所爲將以贈答、頌揚而攄寫其情性？故吾謂聲調之説不可泥亦必不可廢也。秋谷一《譜》舊有刊本，德州盧運使見曾爲之重訂而益完善。又有宋臬使弼《彙説》，菏澤劉制軍藻《指南》，大都悉本秋谷，而譜中所列之詩不必盡合人意。因復更爲芟益，而于諸君子未盡宣露之旨，復增一二，附諸《金薤集》末。此如射者之引弓注矢，全體畢見，不僅中道之躍如也。若夫神明變化以成一代作者，則固視乎其人所稟之庸儁、學殖之淹陋，非言辭所能喻焉矣。宋氏又有《通韵譜説》一卷，亦有裨于斯道者，并以附刊焉。嘉慶二年丁巳二月蘇泉吴紹澯書。

聲調譜説

歙吴紹澯蘇泉纂訂

凡平聲俱用○，仄聲俱用●，雙聲叠韵俱用△。與律句同者不著筆，近體中不拗者亦不著筆。

五言古詩（平韵二十二首，仄韵十七首，轉韵四首，齊梁體四首。）

樂府《雞鳴》：（以下平韵）「雞鳴高樹巔，四平句第四字仄。○平韵古詩上句末一字宜用仄，唐以前人却不拘。狗吠深宫中。押韵句末三字必三平。蕩子何所之，古句正調，律詩拗句。天下方太平。押韵句平仄平亦是正調。刑法非有貸，二、四仄。柔協正亂名。二平夾三仄句。黄金爲君門，五平。璧玉爲軒堂。三平。上有雙樽酒，作使邯鄲倡。劉王碧青甓，古句，即仄韵詩押韵句正調。後出郭門王。舍後有方池，池中雙鴛鴦。五平。鴛鴦七十二，三仄亦仄韵古詩押韵句正調。羅列自成行。平仄與律句同，音節仍是古詩。鳴聲何啾啾，五平。聞我殿東箱。律句平仄，古詩音節。兄弟四五人，二平三仄句。皆爲中侍郎。四平。五日一時來，觀者滿路旁。皆古句。黄金絡馬頭，平仄同律句。熲熲何煌煌。桃生露井上，李樹生桃旁。蟲來齧桃根，李樹代桃殭。樹木身相代，兄弟還相忘。」

古樂府有自然之音節，今已不可考。録此篇與魏武《苦寒行》，以著五古句法所自出。

趙云：欲知樂府源流，非讀郭茂倩《樂府》不可。又云：樂府惟漢魏著解者多。一解猶《三百篇》之一章耳。不著解者通爲一章，句意不復重複；著解者辭意必相生也。

曹操《苦寒行》：「北上太行山，平韻古句。艱哉何巍巍。三平脚。五平句。羊腸坂詰曲，上二平下三仄。此仄韻古句，亦拗律上句。車輪爲之摧。五平。樹木何蕭蕭，上二仄下三平。古句正格，亦拗律句。北風聲正悲。熊羆對我蹲，古句律調。虎豹夾路啼。四仄句，第五字平。谿谷少人民，雪落何霏霏。延頸長太息，古句。遠行多所懷。古句。○拗律句。我行何怫鬱，思欲一東歸。水深橋梁絶，二仄夾三平句。中道正徘徊。律句平仄。迷惑失徑路，四仄句，第一字平。暝無所宿棲。拗律句。行行日已遠，人馬同時飢。三平脚。四平句，第二字仄。儋囊行取薪，四平。斧冰持作糜。悲彼《東山》詩，四平。悠悠使我哀。」

平韻五古，押韻句宜三平，其出句末一字必當用仄，乃爲合格。漢、魏、晉、宋人本不拘定，唐、宋大家亦有不拘者。然古、近體既分以後，則句法不得不從其嚴。學者入手定當先守正格，無得輕言變通，以致失調也。

五言句法或五平五仄，或四平四仄，總不與律詩相混。若平仄與律詩同，而讀之仍是古詩音節，只在用字中音韻求之。此二篇法已大備矣。

薛稷《秋日還京陝西十里作》：「驅車入陝郊，律句平脚。北顧臨大二、四仄。河。隔河望鄉二、四平。邑，秋風水增波。四平句，第三字仄。西登咸陽途，平脚。○五平。日暮憂思多。三平脚。傅巖既紆二、四平。鬱，首山亦嵯二、四平。峨。操築無昔二、四仄。老，採薇有遺二、四平。歌。客遊節回二、四平。換，人生知幾何。四平。」

除首句入律外，餘皆古句。篇幅短而氣象壯闊，音節嘹亮。

王維《崔濮陽兄季重前山興》：「秋色有佳興，況君池上閒。二句拗律。悠悠西林下，上四平。自識門前山。千里横黛色，二、四仄。數峰此字必平，不平則律。○二、四平。出雲間。嵯峨對秦國，拗律句。合沓藏荆關。殘雨斜日照，夕嵐飛鳥還。拗律句。故人今尚爾，歎息此頹顔。上下句粘，合拗律詩句調也。」

昔人謂平韵五古中偶入律句猶可，一聯則斷不可。若此首末二句入律，盛唐詩人亦時有之。

王昌齡《齋心》：「女蘿覆石壁，三仄脚。四仄句。谿水幽濛朧。三平脚。四平句。紫葛蔓黄花，平脚。娟娟寒露中。四平。朝飲花上二、四仄。露，夜卧松下二、四仄。風。雲英化爲二、四平。水，光采與我二、四仄。同。拗律句。日月蕩精魄，四仄句，第四字平。寥寥天宇空。四平。」

《江中聞笛》：「横笛怨江月，扁舟何處尋。四平。聲長楚山外，曲遶胡關深。三平脚。相去萬餘里，遥傳此夜心。律句。寥寥浦溆寒，律句平脚。響盡惟幽林。不知誰家子，復奏邯鄲音。水客皆擁棹，四仄句，第三字平。空霜遂盈襟。四平句，第三字仄。羸馬望北走，四仄。遷人悲越吟。四平。何當邊草白，旌節隴城陰。二句律。」

劉昚虚《暮秋揚子江寄孟浩然》：「木葉紛紛下，律句。東日凝烟霜。山林相晚暮，天海空青蒼。四平。暝色況復久，五仄。秋聲亦何長。四平。孤舟兼微月，四平句，第五字仄。獨夜仍越二、四仄。鄉。寒笛對京口，故人在襄陽。詠思勞今夕，江漢遥相望。」

陶翰《宿天竺寺》：「松柏亂巖口，山西微徑通。天開一峰見，宫闕生虚空。正殿倚霞壁，四仄。千樓標石叢。四平。夜來猿鳥静，律句。鐘梵寒雲中。四平。峰翠映湖月，泉聲亂溪風。四平。心超諸境外，律句。了與懸解同。拗律句。明發氣候改，起視長崖東。湖色濃蕩漾，拗律句。海光漸曈曨。拗律句。葛仙跡尚在，許氏道猶崇。律句。獨往古來事，幽期懷二公。四平。」

岑参《暮秋山行》：「疲馬卧長坂，夕陽下通津。拗律句。山風吹空林，五平。颯颯如有人。拗律句。蒼旻霽涼雨，石路無飛塵。千念集暮節，四仄。萬籟悲蕭晨。鶗鴂昨夜鳴，拗律句。〇「鳴」字用平。蕙草色已深。拗律句。〇此等句法易啞，故上句末一字必平。况在遠行客，自然多苦辛。拗律句。」

《與高適薛據同登慈恩寺塔》：「塔勢如湧出，四仄，亦拗律句。孤高聳天宫。四平。登臨出世界，磴道盤虚空。突兀壓神州，律句。峥嶸如鬼工。四平。四角礙白日，五仄。七層摩蒼穹。四平句，第一字仄。下窺指高鳥，俯聽聞驚風。連山若波濤，四平。奔走争朝東。青槐夾馳道，拗律句。宫觀何玲瓏。秋色從西來，蒼然滿關中。四平。五陵北原上，萬古青濛濛。净理了可悟，五仄。勝此字仄，在律則爲失調。因夙所宗。拗律句。誓將挂冠去，覺道資無窮。趙云：結四句《文選》體。宋云：《選》詩自成風格，非熟於《選》者不知也。」

宋云：單句圈句處可以意通之。要緊只在雙句。

李白《下終南山過斛斯山人宿置酒》：「暮從碧山下，山月隨人歸。四平。却顧所來徑，四仄。蒼蒼横翠微。四平。相攜及田家，落字用平。〇四平句。童稚開荆扉。四平。緑竹入幽樱，四仄。青蘿拂行衣。

四平。歡言得所憩，美酒聊共揮。拗律句。長歌吟松風，五平。曲盡河星稀。我醉君復樂，拗律句。○四仄。陶然共忘機。四平。」

《安陸白兆山桃花巖寄劉侍御綰》：「雲卧三十年，首句入韵。○拗律句法。好閒復愛仙。蓬壺雖冥絶，四平仄脚。鸞鶴心悠然。四平。歸來桃花巖，五平。得憩雲窗眠。對嶺人共語，四仄。飲潭猨相連。四平。時昇翠微上，邈若羅浮巔。兩峰抱東壑，此律中單拗句。一嶂横西天。樹雜日易隱，五仄。崖傾月難圓。四平。芳草換野色，四仄。飛蘿摇春烟。五平。入遠構石室，五仄。選幽開山田。四平。獨此林下意，四仄。杳無區中緣。四平。永辭霜臺客，千載方來旋。四平。」

此詩多用五平、五仄、四平、四仄，句法極爲變化。通體不雜入律詩一句，爲平韵五古正宗。

《獨不見》：「白馬誰家子，律句。黄龍邊塞兒。四平。天山三丈雪，豈是遠行時。二句律。春蕙忽用仄字則非律。秋草，莎雞鳴曲池。拗律句。風催寒梭響，四平。月入霜閨悲。憶與君別年，平。種桃齊蛾眉。四平。桃今百餘尺，花落成枯枝。四平。終然獨不見，流淚空自知。」

兩句一聯，中不得與律詩混，此正格也。此篇首四句平仄相粘合，無害其爲古體。録之以著其變。○此詩兼用齊梁體製。

杜甫《同諸公登慈恩寺塔》：「高標跨蒼穹，四平。烈風無時休。四平。自仄。非曠士懷，平。登兹翻此字必平。百憂。方知象教力，宜三仄。足可追冥搜。三平。仰穿龍蛇平，以別於律。窟，始出枝撑幽。三平。七星在北户，三仄。河漢聲西流。三平。羲和鞭白日，律句。少昊行清秋。三平。「行」字最要緊，若易一仄字，則爲失調矣。秦山忽破碎，三仄。涇渭不可三仄。求。俯視但一氣，五仄。焉能辨皇州。四平。回首叫虞舜，蒼梧雲正愁。四平。惜哉瑶池三平。飲，日晏崑崙丘。黄鵠去不息，四仄。哀鳴何所投。君看隨陽雁，各有稻粱謀。煞用律句。」

劉云：必如此乃爲古詩，則知律詩中有雜入此等句者，即不可言律也。

《水會渡》：「山行有常程，四平句。「程」字平。中夜尚未安。微月没已久，四仄。崖傾路何難。四平。大江動我前，律句。洶若溟渤寬。篙師暗理楫，歌笑輕波瀾。霜濃木石滑，風急手足寒。入舟已千憂，平陟巘仍萬盤。迴眺積水外，四仄。始知衆星乾。遠遊令人瘦，衰疾慚加餐。」

《桔柏渡》：「青冥寒江渡，四平。駕竹爲長橋。竿濕烟漠漠，江永風蕭蕭。四平。連笮動嫋娜，四仄。征衣颯此字用仄，妙。飄飖。四平。急流鴇鷁散，四仄句，第二字平。絶岸黿鼉驕。西轅自兹異，東逝不可要。高通荆必平。門路，四平。闊會滄海潮。二、四仄。孤光隱顧眄，遊子悵寂寥。因上句「孤光」二字是平，故此句調亦響。無以洗心胸，律詩句法，古詩音調。但登前山椒。」

須玩其每句用字、聲調之妙。

《同郭給事湯東靈湫作》：「東山氣鴻濛，四平。宫殿居必平。上頭。君來必十月，三仄。樹羽臨必平。九州。陰火煮玉泉，平脚。下句是律，宜用之。噴薄漲巖幽。律句。有時浴赤日，三仄。光抱空中樓。三平。閬風入轍迹，曠原延冥搜。四平。沸天萬乘動，觀水百丈湫。幽靈斯可怪，王命官屬休。初聞龍用壯，擘石摧林丘。中夜窟宅改，四仄。移因風雨秋。四平。倒懸瑶池飲，屈注滄江流。味如甘露漿，揮弄滑且柔。上注言「下句是律」。上句末字宜平，亦可變通。如此句亦非律也。翠旗澹偃蹇，四仄。雲車紛少留。四平。簫鼓蕩四溟，異香泱漭浮。此律中拗句，拗在第一字仄、第三字必平。鮫人獻微綃，四平。曾祝沈豪牛。四平。百祥奔盛明，古先莫能儔。坡陀金蝦蟆，五平。出見蓋有四仄。由。至尊顧之笑，王母不遺收。復歸虛無底，化作長黄虬。飄飄青瑣郎，四平。文采珊瑚鈎。四平。浩歌淥水曲，四仄。清絶聽者愁。」

劉云：押韵句三四五用三平，古詩正調也。即或變通，第三字斷無不平者，如「宮殿居上頭」、「樹羽臨九州」是也。再押韵用律句，上句第五字宜平，如「噴薄漲巖幽」上句第五用「泉」字是也。

韋應物《送令狐岫宰恩陽》：「大雪天地閉，四仄。群山夜來晴。四平。居家猶苦寒，四平句。平脚。子有千里行。行行安得辭，四平句。平脚。荷此蒲璧榮。賢豪争追攀，五平。飲餞出西京。律句。樽酒豈不歡，暮春自有程。近律而拗。離人起視日，僕御促前征。律句。逶遲歲已窮，律句。當造巴子城。和氣被草木，四仄。江水日夜清。從來知善政，律句。離别慰友生。」

于鵠《秦越人洞中詠》：「扁鵲得仙處，傳是西南峰。年年山下人，平脚。長見騎白龍。洞門黑無底，日夜惟雷風。清齋將入時，平。戴星兼抱松。石徑陰且寒，平。地響知遠鐘。古句。似行山林三平。外，聞葉屐聲重。律句。〇上句不律，下句可律。底礙更俯身，漸遠晝夜同。四仄。時時白蝙蝠，律句。飛入茅衣中。行久路轉窄，四仄。静聞水淙平。淙。但願逢一人，平。自得朝天宫。」

劉云：「聞葉」句是律。上句「外」字不用平音者，以「行山林」三字已決不是律。而上句第五字用平音，如「時」字、「寒」字、「身」字，又接連上下之間也。

羊士諤《息舟荆溪入陽羡南山遊善卷寺呈李功曹》：「結纜蘭渚曉，(三)(二)、四仄。紫崮上仄。連岡。(三)(二)、四平。晏温值初霽，(三)(二)、四平。起句二、四仄，得此句調甚協。去繞山河長。獻歲冰雪盡，細泉在路傍。行披松杉四平。入，激澗横石梁。拗律句。層閣表精廬，律句。飛甍切雲翔。四平。沖襟得高步，清眺極遠三仄。方。潭嶂積仄。佳氣，荑英多平。早芳。二句在律爲雙拗正法。且觀澤仄。國秀，重使春心傷。念遵煩平。促塗，拗律句，與上「澤國」句同。榮利騖隙光。勉君脱冠意，共匿無何鄉。」

原譜首列此二作，蓋取其句法變化，故以爲式。

蘇軾《開先漱玉亭》：「高巖下赤日，深谷來悲風。劈開青玉峽，律句。飛出兩白龍。亂沫散霜雪，四仄。古潭摇青空。四平。餘流滑無聲，四平。快瀉雙石谼。我來不忍去，四仄。月出飛橋東。蕩蕩白銀闕，四仄。沈沈水精宫。四平。願隨琴高生，四平。脚踏赤鯶公。四仄。手持白芙蕖，跳下清泠中。」《峽山寺》：「天開清遠峽，地轉凝碧灣。我行無遲速，攝衣步孱顔。山僧本幽獨，乞食況未還。四仄。雲碓水自春，松門風爲關。五平。石泉解娱客，琴筑鳴空山。四平。佳人劍翁孫，遊戲暫人間。律句。忽憶嘯雲侣，四仄。賦詩留玉環。古句。林深不可見，霧雨霾髻鬟。」

古詩句法，本無定格。恐其平也，故不可入以律句。欲其古也，故必出以拗峭。然有通體盡拗而讀之全不似古詩者，此其故難以言喻。學者當細參也。

謝靈運《遊赤石進帆海》：（以下仄韻）「夏首猶清和，芳草亦未歇。三仄。水宿淹晨暮，仄。雲霞屢興没。「興」字用平，亦猶平韻五古之用平仄平。周覽倦瀛壖，況乃淩窮髮。二句律。川后時安流，天吴静不發。揚帆采石華，挂席拾海月。五仄。溟漲無端倪，虚舟有超越。仲連輕齊組，仄。子牟眷魏闕。四仄。矜名道不足，仄。適已物可忽。五仄。請附任公言，終然謝天伐。」

仄韵五古，押韵句宜三仄，變通之則用仄平仄，上句落末字宜平仄相間，前輩之論如此。然押韵句專用三仄，音調必啞，宜仄平仄、平平仄、平仄仄酌用。録謝詩以見著論所由始。

《從斤竹嶺越澗溪行》：「猿鳴誠知曙，四平。谷幽光未顯。巖下雲方合，仄。花上露猶泫。逶迤傍隈隩，仄。迢遞陟陘峴。過平聲。澗既厲疾，四仄。登棧亦陵緬。川渚屢徑複，四仄。乘流翫回轉。蘋萍泛深沈，四平。菰蒲冒清淺。企石挹飛泉，攀林摘葉卷。想見山阿人，薜蘿若在眼。握蘭勤徒結，仄。折麻心莫展。情用賞爲美，仄。事昧竟誰辨。四仄。觀此遺物慮，仄。一悟得所遣。五仄。」

前人論仄韵五古，一聯入律則可，若一聯四句則必不可，以其混入仄律也。愚謂對句太多亦滯於氣，不獨乖於音調。大謝詩多用對偶，既無一聯入律而調協氣旺。讀者當細參之。

王維《青谿》：「言入黄花川，每逐青谿水。律句。隨山將萬轉，律句。趣途不黏。無百里。律句。聲喧亂石中，色静深松裏。二句律。黏。漾漾汎菱荇，拗律句。澄澄映葭葦。律中單拗句法，仄韵古詩下句之正調。我心素已閒，清川澹如此。請留盤石上，律句。○上字仄，合下句便非律體。垂釣將已矣。」

趙云：近體有用仄韵者，仄韵古詩却自不同。只在黏聯及上句落字中細翫之。宋云：唐人仄韵律詩全不叶調，則此説亦未的，然自以叶爲正。

孟浩然《秋登蘭山寄張五》：「北山白雲裏，「我心素已間」并此，俱天然古句。隱者自怡悦。拗律句。相望始登高，律句。心隨鳥飛滅。拗律句。愁因薄暮起，仄。○落字用仄，合下律句仍是古調。興是清秋發。律句。時見歸村人，平沙渡頭歇。拗律句。天邊樹若薺，仄字。○第三字用仄，亦拗律調也。上「薄暮」句同。江畔洲如月。律句。正以上句第三字、第五字用仄而調協。「清秋」句同。何當載酒來，共醉重陽節。末二句入律。」

趙云：平平仄平仄爲律中單拗句法，乃仄韵古詩下句正調也。宋云：按此如平韵雙句，第三字用平。《夏日南亭懷辛大》：「山光忽西落，第五字仄。池月漸東上。散髮乘夕涼，開軒卧閒敞。同起句，俱拗律句。荷風送香氣，第五仄，拗律句。竹露滴清響。第三仄，拗律句。欲取鳴琴彈，恨無知音賞。感此懷故人，中宵勞夢想。」

趙云：開元、天寶之間，鉅公大手，頗不尚循沈宋之格。至中唐以後，詩賦試帖日嚴，古近體遂判不相入。然盛唐諸公詩亦無四句純律者，今人不得藉口也。

宋云：古、律未判之前，原有天然諧調。魏晋已有之，至於齊梁有四韵悉調者矣，初唐沿此也。古、律既判，則以漸而嚴。開、寶諸公去初唐未遠，以今視之，固不得以後繩前。若講析體製，則當辨其音節，判其畛域。《譜》所以列王、孟諸作而備論之歟？

王昌齡《聽彈風入松闋贈楊補闕》：「商風入我弦，律句。夜竹深有露。弦悲與林寂，清景不可度。四仄句。三仄脚。寥落幽居心，四平。颼飀青松樹。四平。松風吹草白，律句。谿水寒日暮。聲意去復還，九變待一顧。五仄。空山多雨雪，律句。獨立君始悟。四仄。」

《同從弟銷南齋翫月憶山陰崔少府》：「高卧南齋時，四平。開帷月初吐。清輝澹水木，律句。演漾在窻户。四仄。冉冉幾盈虚，律句。澄澄變今古。美人清江畔，是夜越吟苦。四仄。千里其如何，四平。微風吹蘭杜。四平。」

常建《西山》：「一身爲輕舟，落日西山際。律句。常隨去帆影，仄。遠接長天勢。律句。物象歸餘清，林巒分夕麗。律句。亭亭碧流暗，仄。日入孤霞繼。律句。洲渚遠陰映，仄。湖雲尚明霽。林昏楚色來，岸遠荆門閉。二句律。至夜轉清迥，仄。蕭蕭北風厲。沙邊雁鷺泊，仄。宿處蒹葭蔽。律句。圓月逗前浦，仄。孤琴又摇曳。泠然夜遂深，白露霑人袂。二句入律。」

綦毋潛《春泛若耶溪》：「幽意無斷絶，此去隨所偶。四仄。好風吹行舟，四平。花落入谿口。際夜轉西壑，四仄。隔山望南斗。潭烟飛溶溶，五平。林月低向後。生事且彌漫，願爲持竿叟。」

杜甫《玉華宫》：「谿迴松風長，五平。蒼鼠竄古瓦。三仄脚。不知何王殿，遺構絶壁下。陰房鬼火青，壞道哀湍瀉。二句律。萬籟真笙竽，秋色正蕭灑。美人爲黄土，拗律句。況乃粉黛假。當時侍金輿，四平。故物獨石馬。五仄。憂來藉草坐，浩歌淚盈把。冉冉征途間，誰是長年者？律句。」

字字從脣齒中稱量而出，音調極響。

《萬丈潭》：「青谿合冥漠，神物有顯晦。三仄脚。四仄句。龍依積水蟠，律句。窟壓萬丈内。五仄。跼步淩垠堮，側身下烟靄。前臨洪濤寬，五平。却立蒼石大。四仄。山危一徑盡，崖絶兩壁對。四仄。削成根虚無，四平間得恰合。倒影垂澹瀩。四仄。有上句，此句聲調更合。黑如灣環底，清見光炯碎。孤雲倒來深，四平。飛鳥不在外。四仄。高蘿成帷幄，四平。寒木壘旌旆。拗律句。遠川曲通流，嵌竇潛洩瀨。

造幽無人境，發興自我輩。五仄。上有三平，此處不妨五仄。律句。告歸遺恨多，將老斯遊最。律句。閉藏修鱗蟄，出入巨石礙。五仄。何當炎天過，四平。快意風雨會。四仄。」

《青陽峽》：「塞外苦厭山，四仄。南行道彌惡。岡巒相經亘，拗律句。「亘」字仄。雲水氣參錯。林迴峽角來，拗律句。天窄壁面削。四仄。磎西五里石，仄。奮怒向我落。五仄。仰看日車側，仄。〇四仄。俯恐坤軸弱。拗律句。〇四仄。魑魅嘯有風，拗律句。霜霰浩漠漠。四仄。憶昨踰隴坂，拗律句。「坂」字仄。高秋視吴嶽。東笑蓮花卑，四平。北知崆峒薄。拗律句。超然侔壯觀，律句。已謂殷寥廓。突兀猶趁人，拗律句。及兹歎冥漠。」

《鐵堂峽》：「山風吹遊子，四平。縹緲路險絶。上有四平，此句五仄方合。峽形藏堂隍，四平。壁色立積鐵。五仄，叶四平。與上二句同法。徑摩蒼穹蟠，四平。石與厚地裂。五仄。與上同。修纖無垠竹，四平。嵌空上聲太始雪。五仄。威遲哀壑底，徒旅慘不悦。四仄。水寒長冰横，四平。我馬骨正折。五仄。生涯抵弧矢，盜賊殊未滅。四仄。飄蓬踰三年，五平。回首肺肝熱。」

諸篇看其句法、字法、音韵相間之妙。仄韵五古至老杜而法始嚴密，故録此數篇以爲程式。

《佳人》：「絶代有佳人，律句。幽居在空谷。自云良家子，仄。零落依草木。關中昔喪敗，仄。兄弟遭殺戮。官高何足論，不得收骨肉。世情惡衰歇，仄萬事隨轉燭。夫壻輕薄兒，新人美如玉。合婚尚知時，鴛鴦不獨宿。但見新人笑，律句。那聞舊人哭？在山泉水清，出山泉水濁。律句。侍女賣珠迴，律句。牽蘿補茅屋。摘花不插髮，仄。采柏動盈掬。天寒翠袖薄，仄。日暮倚修竹。」

韓愈《秋懷》：「離離挂空悲，四平。慼慼抱虛警。四仄。露泫秋樹高，蟲弔寒夜永。斂退就新儒，趨營悼前猛。歸愚識夷塗，四平。汲古得修綆。四仄。名浮猶有恥，味薄真自幸。四仄。庶幾遺悔尤，即此是幽屏。」

蘇軾《棲賢三峽橋》：「吾聞泰山石，積日穿綫溜。四仄。況此百雷霆，萬世與石鬭。五仄。深行九地底，嶮出三峽右。四仄。長輸不盡谿，律句。欲滿無底竇。四仄。跳波翻潛魚，五平。震響落飛狖。四仄。清寒入山骨，草木盡堅瘦。四仄。空濛烟靄間，四平。澒洞金石奏。四仄。彎彎飛橋出，四平。瀲瀲半月彀。五仄。玉淵神龍近，雨雹亂晴晝。四仄。垂瓶得清甘，四平。可嚥不可漱。五仄。」

黄庭堅《過家》：「絡緯聲轉急，四仄。田車寒不運。兒時手種柳，上與雲雨近。四仄。舍傍舊傭保，少換老欲盡。五仄。宰木鬱蒼蒼，律句。田園變畦畛。招延屈父黨，勞問走婚親。四仄。歸來翻作客，律句。顧影良自哂。四仄。一生萍託水，律句。萬事雪侵鬢。四仄。夜闌風隕霜，乾葉落成陣。拗句。燈花何故喜，律句。大是報書信。四仄。親年當喜懼，律句。兒齒欲毁齔。四仄。繫船三百里，律句。去夢無一寸。四仄。」

蔡邕《飲馬長城窟行》：（以下轉韻）「青青河邊草，四平。綿綿思遠道。遠道不可思，轉。○四仄。宿昔夢見之。四仄。夢見在我旁，轉。○四仄。忽覺在他鄉。他鄉各異縣，轉。展轉不可見。五仄。枯桑知天風，轉。不入韻。五平。海水知天寒。此聯多用平聲字，以救上聯仄聲字多。此處平聲既多，故下句亦多用仄。入門各自媚，四仄。誰肯相爲言？四平。客從遠方來，轉。亦不入韻。遺我雙鯉魚。呼兒烹鯉魚，四平。

中有尺素書。長跪讀素書，書中竟何如？四平。上有加餐食，轉下有長相憶。」

轉韻宜四句一轉。此篇起八句皆二韻一轉，中間二韻三韻相間，末仍用二句一韻作收。謀篇變化，音調諧暢。

繁欽《定情詩》：「我出東門遊，邂逅承清塵。思君即幽房，侍寢執衣巾。時無桑中契，迫此路側人。四仄。我即媚君姿，君亦悦我顔。何以致拳拳，綰臂雙金環。何以致殷勤，約指一雙銀。何以致區區，耳中雙明珠。四平。何以致叩叩，四仄。香囊繫肘後。何以致契闊，四仄。繞腕雙跳脱。律句。何以結恩情，珮玉綴羅纓。何以結中心，素縷連雙鍼。何以結相於，金薄畫搔頭。何以慰別離，耳後瑇瑁釵。四仄。何以慰歡悦，紈素三條裾。何以結愁悲，白絹雙中衣。與我期何所，乃期東山隅。四平。日旰兮不來，谷風吹我襦。四平。遠望無所見，涕泣起踟躕。與我期何所，乃期山南陽。四平。日中兮不來，四平。飄風吹我裳。四平。逍遥莫誰覩，望君愁我腸。與我期何所，乃期西山側。日夕兮不來，躑躅長歎息。四仄。遠望涼風至，俯仰正衣服。四仄。與我期何所，乃期山北岑。日暮兮不來，凄風吹我襟。四平。望君不能坐，悲苦愁我心。愛身以何爲，惜我華色時。中情既款款，然後尅密期。褰裳躡茂草，謂君不我欺。廁此醜陋質，徙倚無所之。自傷失所欲，淚下如連絲。」

甄后《塘上行》：「蒲生我池中，四平。不用韻起。其葉何離離。四平。傍能行仁義，四平。莫若妾自知。四仄。衆口鑠黄金，使君生別離。律句。念君去我時，獨愁常苦悲。想見君顔色，律句。感結傷心脾。念君常苦悲，轉。不用韻。夜夜不能寐。四仄。莫以賢豪故，棄捐素所愛。莫以魚肉賤，四仄。棄捐蔥與薤。莫以麻枲賤，四仄。棄捐菅與蒯。出亦復苦愁，轉。音調恰合。○四仄。入亦復苦愁。邊地多悲風，四平。樹木何翛翛。今日樂獨樂，四仄。延年壽千秋。四平。」

李白《長干行》：「妾髮初覆額，四仄。折花門前劇。郎騎竹馬來，轉。用韻。○律句。遶牀弄青梅。同居長干里，四平。兩小無嫌猜。十四爲君婦，羞顏未嘗開。四平。低頭向暗壁，千喚不一回。十五始展眉，叠一韻。○四仄。願同塵與灰。常存抱柱信，豈上望夫臺。律句。十六君遠行，瞿唐灩澦堆。律句。五月不可觸，五仄。猿聲天上哀。四平。門前遲去聲。行跡，一一生緑苔。苔深不能掃，轉。用韻。落葉秋風早。律句。八月蝴蝶來，雙飛西園草。四平。感此傷妾心，坐見紅顏老。律句。早晚下三巴，轉。用韻。預將書報家。相迎不道遠，律句。直至長風沙。」

音節婉眇。○押韻亦不拘於平平平、平仄平者。

沈佺期《和杜麟臺元志言情》：（以下齊梁體）「嘉樹滿中園，氛氳羅秀色。二句入律。不見不黏上句。仙山雲，倚琴空太息。沈思若在夢，緘愁似無憶。青春不黏上句。坐南移，白日忽西匿。蛾眉不黏上句。返清鏡，閨中不相識。末二句古體，亦與古詩相入。」

劉云：齊梁體有通首對待者，有兩句中平仄俱諧者，然上下必不黏，必間以拗句。

李商隱《晴雲》：「緩逐烟波起，如妒不黏。柳綿飄。次句已是律。因上下句皆不黏，故是齊梁句。故臨飛閣度，欲入回波銷。三平。縈歌憐畫扇，敞景弄柔條。二句律。更奈天南位，牛渚宿殘宵。末句不黏，與次句同。」

白居易《宿東亭曉興》：「温温土爐火，耿耿紗籠燭。獨把一張琴，夜入東齋宿。折腰。窗聲度殘漏，此句却黏。不折腰正調。簾影浮初旭。頭癢曉梳多，眼昏春睡足。負暄簷宇下，第五字用仄。散步池塘曲。南雁去未迴，東風來何速。雪依瓦溝白，第五字仄。草繞牆根緑。何言不黏上句。萬户州，太守常幽獨。」

趙云：若上句末字平，及下聯與上聯相黏，便是仄韵律詩。

温庭筠《邊笳曲》：「朔吹迎秋動，末字仄。雕陰雁來早。上郡不黏。隱黄雲，天山吹白草。嘶馬不黏。渡寒磧，末字仄。朝陽照雪堡。江南戍客心，門外芙蓉老。」

齊梁體，由古而漸變爲律者也。不熟此，不能知聲病。《譜》中所採者作法。至聲病，須熟復齊梁諸家本集也。

原《譜》載有半格詩，録白香山一首爲式，謂半用古體半用齊梁也。按：白集半格詩一卷，古近體并載。余以秋谷之説較之，殊不盡合。或謂因各體同載，故名。説亦未的。今不録。原《譜》又載有五七言樂詞以備句法，今諸詩句法已具，故亦不録。

七言古詩（平韵十四首，仄韵六首，轉韵十三首，雜言九首，柏梁體二首。）

杜甫《哀王孫》：（以下平韵）「長安城頭頭白烏，首句用韵，是正格。○六平句。夜飛延秋門上呼。五平。又向人家啄大屋，五仄。上聯平聲字多，此句多用仄聲字方合拍。○此句末一字不可輕用平。屋底達官走避胡。此句平仄均匀以叶音節。金鞭斷折九馬死，五仄。下句三平脚，此句多用仄聲字，甚叶。骨肉不得同馳驅。此三字平，第四字必仄。如第四字平，則第六字必仄以濟之。蓋要處只在第五字，而以第四、第六字相叶也。腰下寶玦青珊瑚，叠一韵節奏好。○長篇平韵中間以叠韵之句，則化板爲活。可憐王孫泣路隅。問之不肯道姓名，用平脚變格。但道困苦乞爲奴。已經百日竄荆棘，五仄。○上句雖不論，亦宜少拗乃健。○此謂第五字宜用仄。身上無有完肌膚。高帝提筆。子孫盡隆準，龍種自與常人殊。豺狼在邑龍在野，王孫善保千金軀。不敢長語臨交衢，叠韵妙。且爲王孫立斯須。昨夜以追叙爲拓筆。東風吹血腥，平。東來槖駞滿舊都。押韵不用三平脚，必無礙於音節乃可。朔方健兒好身手，昔何勇鋭今何愚。竊聞太子二字史筆，蓋靈武即位非玄宗命也。已傳位，聖德北服南單于。花門剺面請雪耻，慎勿出口他人狙。哀哉王孫慎勿疎，叠一韵。五陵佳氣無時無。」

劉云：七言古只於五言上加兩字耳，其押韵法與五古同。平韵中不可參入律句，拗處總在第五、第六字上。七言之五、六字，即五言之三、四字，可以類推。

又云：平韵七古上句第七字必仄，不可用平。若用平，須審其音節作叠韵，亦會其文理如何。或有不叠韵而用韵外之平聲字者，必大手筆方能合節，初學不可輕效也。

昔人論七言古詩，謂汎汎若水中之鳧，昂昂若千里之駒，以爲妙於形容。不知此指齊梁詩體言之也。唐初尚沿此習。至李、杜出而翕張變化，涵蓋萬有，此二語豈足以盡之。舊《譜》但標句法，於通篇提頓即離之處，概未之及。今特略爲標舉，在好學深思者自得之耳。

《瘦馬行》：「東郊瘦馬使我傷，骨骼叠韵。硉兀雙聲。如堵平仄叠韵。牆。絆之欲動轉攲隔字雙聲。

側，此豈疊韻。有意與上疊韻。仍騰驤。細看六印帶官隔字雙聲。字，衆道三軍棄道旁。皮乾剥落疊韻。雜泥與「皮」字隔字疊韻。滓，與「泥」字平仄疊韻。毛暗蕭條雙聲。連雪霜。去歲奔波逐餘寇，驊騮不慣不得將。士卒多騎内廄馬，惆悵恐是病乘疊韻。黄。與「悵」字隔字平仄疊韻。當時歷塊誤一蹶，委棄匪汝能周防。見人慘澹疊韻。若哀訴，失主錯莫雙聲。無晶光。疊韻。天寒遠放雁爲伴，與「雁」字疊韻，又與「寒」字平仄疊。日暮不收烏啄瘡。誰家且養願終惠，更試明年春草長。」

音節之妙全在善用雙聲、疊韻。此法自齊梁來，人多不講。《寄韓諫議汯》：「今我不樂思岳陽，身欲奮飛病在牀。美人娟娟隔秋水，濯足洞庭望八荒。鴻飛冥冥日月白，青楓葉赤天雨霜。玉京群帝朝北斗，或騎騏驎翳鳳凰。芙蓉旌旗烟霧樂，影動倒景摇瀟湘。星宫之君醉瓊漿，疊韻换氣，音節宜參。〇六平句。羽人稀少不在旁。似聞昨者赤松子，拗律句。恐是漢代韓張良。昔隨劉氏定長安，落字用平。律句。帷幄未改神慘傷。國家成敗吾豈敢，色難腥腐餐風香。周南留滯古所惜，南極老人應壽昌。美人胡爲平聲。隔秋水，焉得置之貢玉堂？通篇比興。」《歲晏行》：「歲云暮矣多北風，瀟湘洞庭白雪中。漁父天寒網罟凍，莫徭射雁鳴桑弓。去年米貴闕軍食，今年米賤大傷農。高馬達官厭酒肉，此輩杼軸茅茨空。楚人重魚不重鳥，汝休枉殺南飛鴻。況聞處處鬻男女，割恩忍愛還租庸。往日用錢捉私鑄，今許鉛鐵和青銅。刻泥爲之最易得，好惡不合長相蒙。萬國城頭吹畫角，此曲哀怨何時終？」

此篇音節，詩家舊所推許，熟讀自悟也。

韓愈《謁衡嶽廟遂宿嶽寺門樓》:「五嶽祭秩皆三公,四方環鎮嵩當中。火維地荒足妖怪,天假神柄專其雄。噴雲泄霧藏半腹,雖有絶頂誰能窮?我來正逢秋雨節,陰氣晦昧無清風。潛心默禱若有應,五仄。豈非正直能感通?須臾静掃衆峰出,仰見突兀撑青空。紫蓋連延接天柱,石廪騰擲堆祝融。森然動魄下馬拜,五仄。松柏一逕趨靈宫。粉牆丹柱動光彩,鬼物圖畫填青紅。「東」、「青」,古韻通。升階傴僂薦脯酒,五仄。欲以菲薄明其衷。「東」、「庚」,古韻通。廟令老人識神意,睢盱偵伺能鞠躬。手持杯珓導我擲,云此最吉餘難同。竄逐蠻荒幸不死,衣食纔足甘長終。侯王將相望久絶,神縱欲福難爲功。夜投佛寺上高閣,星月掩映雲朣朧。猿鳴鐘動不知曙,杲杲寒日生於東。」

此篇押韵用字以及句法節奏,可謂毫髮無遺憾矣。

《山石》:「山石犖确行徑微,黄昏到寺蝙蝠四仄。飛。升堂坐階新雨足,四與六一顛倒便是律句。芭蕉葉大支子肥。僧言古壁佛畫好,五仄。以火來照所見稀。鋪牀拂席置羹飯,粗糲亦足飽我五仄。飢。夜深静卧百必仄。蟲絶,清月出嶺光必宜平。入扉。天明獨去無道路,出入高下窮烟霏。山紅澗碧紛爛漫,時見松櫪皆十圍。當流赤足踏澗石,三仄。水聲激激風吹衣。三平。人生如此自可樂,三仄。豈必局束爲人鞿。三平。嗟哉吾黨二三子,安得至老不更六仄。歸?」

《雪後寄崔二十六丞公》:「藍田十月雪塞四仄。關,我興南望愁群山。三平。攢天嵬嵬凍相映,君乃寄命於其間。三平。秩卑俸薄食口衆,六仄。豈有酒食開容顔?三平。殿前群公賜食罷,驊騮踏路驕且閑。三平。稱多量少鑒裁密,豈有幽桂遺榛菅?三平。幾欲犯嚴出薦口,第四字平,近律而拗。氣象硉兀未可攀。六仄。歸來殞涕掩關臥，拗律句。心之紛亂誰能删？六平。詩翁憔悴劚荒棘，拗律句。清玉刻珮聯玦環。腦脂遮眼臥壯士，大弨挂壁無由彎。三平。乾坤惠施萬物遂，三仄。獨於數子懷偏慳。三平。朝晞暮嗜不可解，我心安得如石頑？」

趙云：押韵强穩處，開宋人法門。

《石鼓歌》：「張生二字平，便非律。手持石鼓文，起句押韵，正調也。此不押而仍用平音稍變。勸我試作石鼓歌。六仄。少陵無人謫仙死，二、四、六皆平。才薄將奈石鼓何？二、四、六皆仄。周綱淩遲四海沸，宣王憤起揮天戈。三平。大開明堂受朝賀，諸侯劍佩鳴相磨。蒐於岐陽上四平。騁雄俊，萬里禽獸皆遮羅。鐫功勒成告萬世，鑿石作鼓上四仄。隳嵯峨。從臣才藝咸第一，揀選撰刻上四仄。留山阿。雨淋日炙野火燎，六仄。鬼物守護上四仄。煩撝呵。公從何處得紙本，毫髮盡備無差訛。辭嚴義密讀難曉，拗律句。字體不類隸與科。六仄。年深豈免有缺畫，五仄。快劍斫斷上四仄。生蛟鼉。鸞翔鳳翥衆仙下，拗律句。珊瑚碧樹交枝柯。金繩鐵索鎖紐壯，古鼎躍水上四仄。龍騰梭。陋儒編詩不收入，二雅褊迫上四仄。無委蛇。孔子西行不到秦，平脚律句。掎摭星宿遺羲娥。嗟余好古生苦晚，對此涕淚上四仄。雙滂沱。憶昔初蒙博士徵，平脚律句。其年始改稱元和。故人從軍在右輔，爲我量度掘臼科。六仄。濯官沐浴告祭酒，六仄。如此至寶存豈多？氈包席裹可立致，十鼓祇載數橐駝。六仄。薦諸太廟比郜鼎，六仄。光價豈止百倍過。聖恩若許留太學，諸生講解得切磋。連用四仄、五仄，句法變化。觀經鴻都尚填咽，坐見舉國上四仄。來奔波。剜苔剔蘚露節角，安置妥帖平不頗。大廈深簷與蓋覆，律句少拗。經歷久遠期無他。

中朝大官老於事，詎肯感激上四仄。徒婞婟？牧童敲火牛礪角，誰復著手必宜仄。爲摩挲？日銷月鑠就埋沒，拗律句。六年西顧空吟哦。羲之俗書趁姿媚，數紙尚可博白鵞。繼周八代爭戰罷，無人收拾理則那。方今太平日無事，柄任儒術崇丘軻。安能以此上論列，願借辯口上四仄。如懸河。石鼓之歌止於此，拗律句。嗚呼吾意其蹉跎。六平。」

劉云：看其錯落轉換之妙，雖轉換，而究無一聯是律也。

《華山女》：「街東街西講佛經，撞鐘吹螺鬧宮庭。廣張罪福恣誘脅，聽衆狎恰如浮萍。黄衣道士亦講說，座下寥落如明星。華山女兒家奉道，欲驅異教歸仙靈。洗粧拭面著冠帔，白咽紅頰長眉青。遂來陞座演真訣，觀門不許人開扃。不知誰人暗相報，訇然振動如雷霆。掃除衆寺人跡絶，驊騮塞路連輜軿。觀中人滿坐觀外，後至無地無由聽。抽簪脱釧解環珮，堆金疊玉光青熒。天門貴人傳詔召，六宮願識師顔形。玉皇頷首許歸去，乘龍駕鶴來青冥。豪家少年豈知道，來繞百匝脚不停。雲窗霧閣事恍惚，重重翠幕深金屏。仙梯難攀俗緣重，浪憑青鳥通丁寧。」

唐人七古句法之嚴，無過於昌黎。讀此數篇可見。

李商隱《韓碑》：「元和天子神平武姿，彼何人哉軒平。與羲。誓將上雪列聖耻，六仄。坐法宮中朝平。四夷。律句少拗。淮西有賊五十載，五仄。封狼生貙貙生羆。七平。不據山河據平地，拗律句。長戈利矛日可麾。帝得聖相相曰度，七仄。賊斫不死神扶持。三平。腰懸相印作都統，拗律句。陰風慘澹天王旗。三平。愬武古通作牙爪，拗律句。儀郎外曹載筆隨。行軍司馬智且勇，十四萬衆猶虎貔。入蔡縛賊獻太廟，七仄。功無與讓恩不訾。帝曰汝度功第一，六仄。汝從事愈宜爲辭。愈拜稽上聲。首蹈且舞，七仄。金石刻畫臣能爲。古者世稱平。大手筆，近律而拗。此事不繫於職司。當仁自古有不讓，五仄。言訖屢頷天子頤。拗律句。公退齋戒坐小閣，三仄。濡染大筆何淋漓。三平。點竄《堯典》《舜典》字，三仄。塗改《清廟》《生民》詩。三平。文成破體書在紙，清晨再拜鋪丹墀。表曰臣愈昧死上，六仄。詠神聖功書之碑。下四平句。○宋云：原《譜》論下四平、五平之句祇宜用於柏梁，至於尋常古詩斷不可用。考之唐、宋作者非絶無有。竊謂此二種句法音調低啞，曉音節者不必禁而自少。如謂必不可用，反非確論。碑高三丈字如手，拗律句。負以靈鰲蟠以螭。二句拗律相儷。○宋云：律中之雙拗，古詩之正調。句奇語重喻者少，讒之天子言其私。六平。長繩百尺拽碑倒，拗律句。麤沙大石相磨治。公之斯文若元氣，先時已入人肝脾。湯盤孔鼎有述作，今無其器存其辭。嗚呼聖皇及聖相，相與烜赫此字必仄。流淳熙。此處注明第四字必仄，以前句調同者可推。公之斯文不示後，曷與三五相攀追？願書萬本誦萬遍，口角流沫右手胝。傳之七十有三代，以爲封禪玉檢明堂基。」

趙云：細玩此詩，不轉韵平聲格已盡矣。

蘇軾《司竹監燒葦園因召都巡檢柴貽勖左藏以其徒會獵園下》：「官園刈葦歲留槎，深冬放火如紅霞。枯槎燒盡有根在，春雨一洗皆萌芽。黄狐老兔最狡捷，賣侮百獸常矜誇。年年此厄竟不悟，但愛蒙密争來家。風迴焰卷毛尾熱，欲出已被蒼鷹遮。野人來言此最樂，徒手曉出歸滿車。巡邊將士在近邑，呼來颯颯從矛叉。戍兵久閑可小試，戰鼓雖凍猶堪撾。雄心欲搏南澗虎，陣勢頗學常山蛇。

霜乾火烈聲爆野，飛走無路號且呀。迎人截來砉逢箭，避犬逸去窮投罝。擊鮮走馬殊未厭，但恐落日催棲鴉。弊旗仆鼓坐數獲，鞍挂雉兔肩分麚。主人置酒聚狂客，紛紛醉語晚更譁。燎毛燔肉不暇割，飲啗直欲追羲媧。青丘雲夢古所吒，與此何啻百倍加。苦遭諫疏説夷羿，又被賦客嘲淫哇。豈如閑官走山邑，放曠不與趨朝衙。農工已畢歲云暮，車騎雖少賓殊佳。酒酣上馬去不告，獵獵霜風吹帽斜。」

謹守聲調，不踰一字。

《武昌西山》：「春江渌漲蒲萄醅，武昌官柳知誰栽。憶從樊口載春酒，步上西山尋野梅。西山一上十五里，風駕兩腋飛崔嵬。同遊困卧九曲嶺，褰衣獨到吴王臺。偶句。中原北望在何許，但見落日低黄埃。歸來解劍亭前路，蒼崖半入雲濤堆。浪翁醉處今尚在，石臼抔飲無尊罍。爾來古意誰復嗣，公有妙語留山隈。至今好事除草棘，常恐野火燒蒼苔。當時相望不可見，玉堂正對金鑾開。豈知白首同夜直，卧看椽燭高花摧。江邊曉夢忽驚斷，銅鐶玉鎖鳴春雷。山人帳空猿鶴怨，江湖水生鴻雁來。偶句。請公作詩寄父老，往和萬壑松風哀。」

平韵七古中偶句易與律混，故古人多以拗體行之。

《百步洪》：「長洪斗落生跳波，輕舟南下如飛梭。六平。水師叫絶鳧雁起，亂石一線争嗟磨。有如兔走鷹隼落，一句二喻。駿馬下注千丈坡。一句一喻。斷弦離柱箭脱手，一句二喻。飛電過隙珠翻荷。一句二喻。四山眩轉風掠耳，但見流沫生千渦。險中得樂唯一快，何異水伯夸秋河。我生乘化日夜逝，坐覺一念愈新羅。紛紛争奪醉夢裏，豈信荆棘埋銅駝。覺來俯仰失千劫，回視此水徒委蛇。君看岸邊蒼石上，古來篙眼如蜂窠。但應此心無所住，造物雖駛如余何？回船上馬各歸去，多言譊譊師所訶。六平。」

《舟中夜起》：「微風蕭蕭吹菰蒲，開門看雨月滿湖。舟人水鳥兩同夢，大魚驚竄如奔狐。夜深人物不相管，我獨形影相嬉娱。暗潮生渚弔寒蚓，落月挂柳看懸珠。此生忽忽憂患裏，清境過眼能須臾。雞鳴鐘動百鳥散，船頭擊鼓還相呼。」

杜甫《憶昔行》：（以下仄韵）「憶昔開元全盛日，小邑猶藏萬家室。稻米流脂粟米白，公私倉廩俱豐實。九州道路無豺虎，遠行不勞吉日出。齊紈魯縞車班班，男耕女桑不相失。宫中聖人奏雲門，天下朋友皆膠漆。百餘年間未災變，叔孫禮樂蕭何律。豈聞一絹直萬錢，有田種穀今流血。洛陽宫殿燒焚盡，宗廟新除狐兔穴。傷心不忍問耆舊，復恐初從亂離説。小臣魯鈍無所能，朝廷記識蒙禄秩。周宣中興望我皇，灑血江漢身衰疾。」

仄韵七古句法與五古同，説已見前。然押韵句却不必盡拘三仄，讀杜、韓諸公詩可見。總之以避音調之啞也。

《醉爲馬墜諸公攜酒相看》：「甫也諸侯老賓客，罷酒酣歌拓金戟。騎馬忽憶少年時，散蹄迸落瞿唐石。白帝城門水雲外，低身直下八千尺。粉堞電轉紫遊韁，東得平岡出天壁。江村野塘争入眼，垂鞭嚲鞚淩紫陌。向來皓首驚萬人，自倚紅顔能騎射。安知決臆追風足，朱汗驂驔猶噴玉。不虞一蹶終損傷，人生快意多所辱。職當憂戚伏衾枕，況乃遲暮加煩促。朋知來問腆我顏，杖藜强起依僮僕。語盡還成開口笑，提攜別掃清谿曲。酒肉如山又一時，律句。初筵哀絲動豪竹。共指西日不相貸，喧呼且覆杯中淥。何必走馬來相問，君不見嵇康養生遭殺戮？」

韓愈《寒食日出遊》：「李花初發君始病，我往看君花轉盛。走馬城西惆悵歸，律句。不忍千株雪相映。邇來又見桃與梨，交開紅白如争競。可憐物色阻攜手，空展霜縑吟九詠。紛紛落盡泥與塵，不共新粧比端正。桐花最晚今已繁，君不强起時難更。關山遠別固其理，寸步難見始知命。憶昔與君同貶官，夜渡洞庭看斗柄。豈料生還得一處，引袖拭淚悲且慶。各言生死兩追隨，律句。直置心親無貌敬。念君又署南荒吏，律句。路指鬼門幽且敻。三公盡是知音人，曷不薦賢陛下聖。囊空甑倒誰救之，我今一食日還併。自然憂氣損天和，安得康强保真性？斷鶴兩翅鳴何哀，縶驥四足氣空橫。今朝寒食行野外，緑楊匝岸蒲生迸。宋玉庭前不見人，律句。輕浪參差魚動鏡。自嗟衰賤足瑕疵，特見放縱荷寬政。飲酒寧嫌醆底深，律句。題詩尚擬筆鋒勁。明宵故欲相就醉，有月莫愁當火令。」

押韻句或三仄、二仄、一仄，讀之音韻極諧。可知一定中有不定者在。神而明之，全在乎人也。

《遊青龍寺贈崔大補闕》：「秋灰初吹季月管，日出卯南暉景短。友生招我佛寺行，正值萬株紅葉滿。光華閃壁見神鬼，赫赫炎官張火傘。然雲燒樹火實駢，金烏下啄赬虬卵。魂翻眼倒忘處所，赤氣沖融無間斷。有如流傳上古時，九龍燭照乾坤旱。二三道士席其間，靈液屢進頗黎盌。忽驚顏色變韶稚，却信靈仙非怪誕。桃源迷路竟茫茫，棗下悲歌徒纂纂。前年嶺隅鄉思發，躑躅成山開不筭。去歲羈帆湘水側，霜楓千里隨歸伴。猿呼鼯嘯鷓鴣啼，惻耳酸腸難濯澣。思君攜手安能得，今者相從敢辭懶？由來鈍騃寡參尋，況是儒官飽閒散。惟君與我同懷抱，鉏去崖谷置平坦。年少得途未要忙，時清諫疏尤宜罕。何人有酒身無事，誰家多竹門可款？須知節候即風寒，幸及亭午猶妍暖。南山逼冬轉清瘦，刻畫圭角出崖竅。當憂復被冰雪埋，汲汲來窺戒遲緩。」

蘇軾《石鼓歌》：「冬十二月歲四仄。辛丑，我初從政見魯叟。三仄。舊聞石鼓今見之，文字鬱律蛟蛇走。細觀初以指畫肚，欲讀嗟如箝在口。律句。韓公好古生已遲，我今況又百年後。强尋偏旁推點畫，時得一二遺八九。我車既攻馬亦同，其魚維鱮貫之柳。古器縱橫猶識鼎，衆星錯落僅名斗。糢糊半已似瘢胝，律句。詰曲猶能辨跟肘。娟娟缺月隱雲霧，濯濯嘉禾秀良莠。漂流百戰偶然存，獨立千載誰與友？上追軒頡相唯諾，下揖冰斯同鷇㝅。憶昔周宣歌鴻雁，當時籀史變蝌蚪。厭亂人方思聖賢，中興天爲生耆耉。東征徐夷闞虓虎，北伐犬戎隨指嗾。象胥雜還貢狼鹿，方召聯翩賜圭卣。遂因鼓鼙思將帥，豈爲考擊煩矇瞍。何人作頌比崧高，萬古斯文齊岣嶁。勳勞至大不矜伐，文武未遠猶忠厚。欲尋年歲無甲乙，豈有名字記誰某？自從周衰更七國，竟使秦人有九有。掃除詩書誦法律，投棄俎豆陳鞭杻。當年何人佐祖龍，上蔡公子牽黄狗。登山刻石頌功烈，後者無繼前無偶。皆云皇帝巡四國，烹滅强暴救黔首。六經既已委灰塵，此鼓亦當遭擊剖。二句入律。傳聞九鼎淪泗上，欲令萬夫沈水取。暴君縱欲窮人力，神物義不汚秦垢。是時石鼓何處避，無乃天工令鬼守。興亡百變物自閒，富貴一朝名不朽。細思物理坐歎息，人生安得如汝壽。」

劉云：仄韵七古中兩句全律不妨，然長篇須多用拗句以振之，如此詩是也。出句末一字不可全用平，宜平仄相間。用仄聲字不宜與韵脚同聲。

《送陳睦知潭州》：「華清縹緲浮高棟，上有纈林藏石甕。一杯此地初識君，千巖夜上同飛鞚。君時年少面如玉，一飲百觚嫌未痛。白鹿原頭山月出，寒光潑眼如流汞。朝元閣上酒醒時，卧聽風鸞鳴鐵鳳。足二句以蓄勢。舊遊「空」接，絶妙音節。空在人何處，二十三年如一夢。我得生還雪髯滿，君亦老嫌金帶重。有如社燕與秋鴻，相逢未穩還相送。洞庭青草入送行，亦不平。渺無際，天柱紫蓋森欲動。湖南萬古一長嗟，付與騷人發嘲弄。」

以轉韵音節作通篇一韵到底詩，讀之抑揚應節，真如一片宫商也。

高適《古大梁行》：（以下轉韵）「古城莽蒼饒荆榛，驅馬荒城愁殺人。起得蒼莽高闊。魏王宫觀盡禾黍，信陵賓客隨灰塵。拗律句。憶昔提。雄都舊朝市，軒車照耀歌鐘起。軍容帶甲三十萬，國步連衡一千里。全盛須臾那可論，是平接却又是提，所以爲妙。高臺曲池無復存。遺墟但有狐狸，迹古地空餘草木根。二句入律。暮天摇落傷懷抱，又提起。倚劍悲歌對秋草。俠客猶傳朱亥名，行人尚識夷門道。二句律。白璧黄金萬户侯，此接又厲。○律句。寶刀駿馬填山丘。拗律句。年代凄涼不可問，往來惟見水東流。」

轉韵詩四句一轉，或六句、或八句轉。平韵接仄、仄韵接平，是爲正格。此體自齊梁已然，至盛唐而其體大備。達夫二首音節壯健，用字、用韵均調諧適允，宜推爲正宗。

宋云：換韵以平仄相間爲正格。若以平換平，以仄換仄，必叶於調、不乖音節乃可。○又云：

凡換韵多用對仗，間以律調無妨。若平韵到底者，斷不可用。

《燕歌行》：「漢家烟塵在東北，漢將辭家破殘賊。男兒本自重横行，天子非常賜顔色。摐金伐鼓下榆關，旌旆逶迤碣石間。接亦不平。校衛羽書飛瀚海，單于獵火照狼山。四句律。山川蕭條極邊土，胡騎憑陵雜風雨。此接亦如滿紙風雨雜沓而至。戰士軍前半死生，美人帳下猶歌舞。二句律。大漠窮秋草木腓，接得闊。○律句。孤城落日鬭兵稀。身當恩遇常輕敵，力盡關山未解圍。都用律句。鐵衣遠戍辛勤久，直接。健。玉筯應啼别離後。少婦城南欲斷腸，征人塞北空回首。律句。邊庭飄飄那可度，絶域蒼茫何所有。殺氣三時作陣雲，寒聲一夜傳刁斗。此轉再足上文。全用律句。相看白刃雪紛紛，平接。律句。死節從來豈顧勳。又陡起一句。○亦用律調。君不見推開作結。沙場征戰苦，至今猶憶李將軍。」

通體多用律句，看其何以不礙古詩聲調。此中消息宜參。

杜甫《高都護驄馬行》：「安西都護胡青驄，六平。聲價欻然來向東。此馬臨陣久無敵，與人一心成大功。功成惠養隨所致，仄换平。飄飄遠自流沙至。雄姿未受伏櫪恩，猛氣猶思戰場利。用偶句束。腕促蹄高如踣鐵，仄换仄。交河幾蹴層冰裂。五花散作雲滿身，萬里方看汗流血。偶句束。長安壯兒不敢騎，平换仄。走過掣電傾城知。前皆四句一轉，此處用二句法變。青絲絡頭爲君老，何由却出横門道？一結借馬致慨於都護之廢棄也。」

轉韵詩押韵句雖不拘定三平三仄，然自是正格。唐宋以來諸公，未敢盡廢也。

《天育驃騎歌》：「吾聞天子之馬走千里，今之畫圖無乃是。起得陡健。是何意態雄且傑，駿尾蕭梢朔風起。毛爲緑縹兩耳黄，眼有紫焰雙瞳方。矯矯龍性合變化，卓立天骨森開張。伊昔提。太僕張景順，監牧攻駒閲清峻。遂令順接。大奴字天育，别養驥子憐神駿。當時又提，無一筆平。四十萬匹馬，張公歎其材盡下。故獨順接，頓挫。寫真傳世人，見之座右久更新。年多物化詠歎接。空形影，嗚乎健步無由騁。如今推開。詠歎作結。筆健，韵味不盡。豈無腰裹與驊騮，時無伯樂王良死即休。」

後半提起二句必順接二句，順接二句後又必提起，其順接處正以蓄提起之勢也。頓挫淋漓，少陵獨步。

《驄馬行》：「鄧公馬癖人共知，初得花驄大宛種。夙昔傳聞思一見，牽來左右神皆竦。雄姿逸態何崷崒，顧影驕嘶自矜寵。隅目青熒夾鏡懸，肉騣碨礧連錢動。參偶句。朝來少試華軒下，未覺千金滿高價。赤汗微生白雪毛，銀鞍却覆香羅帕。卿家舊賜公取之，天廄真龍此其亞。晝洗須騰涇渭深，夕趨可刷幽并夜。參偶句。吾聞以詠歎作提筆。良驥老始成，此馬數年人更驚。豈有順筆反接。四蹄疾於鳥，不與八駿俱先鳴。時俗順接。造次那得致，雲霧晦冥方降精。四句皆用流水對偶，極頓挫抑揚之玅。用意全在數虚字。近聞下詔通都邑，肯使騏驎地上行？推開。人馬同結。」

《渼陂行》：「岑參兄弟皆好奇，二字一篇之根。攜我遠來遊渼陂。拗律句。天地黤慘忽異色，六仄。波濤萬頃堆琉璃。琉璃汗漫汎舟入，仄换平。◯拗律。事殊興極憂思仄聲。集。鼉作鯨吞不復知，惡風白浪何嗟及。二句律。主人錦帆相爲開，平换仄。舟子喜甚無氛埃。鳧鷖散亂棹歌發，絲管啁啾空翠來。二句拗律調。沈竿續蔓深莫測，菱葉荷花净如拭。拗律句。宛在中流渤海清，下歸無極終南黑。二句律詩調。半陂已南純浸山，平换仄。動影窈窕沖融間。船舷暝戛雲際寺，水面月出藍田關。住而不住，以起下段。法宜參。此時驪龍亦吐珠，平换平，音節入妙。法宜參玩。馮夷擊鼓群龍趨。湘妃漢女出歌舞，拗律句。金支翠旗光有無。極迷離恍惚之妙，從《騷》得來。咫尺上文變幻已極，一句勒轉方不太放。唐人所以妙於含蓄也。但愁雷雨至，拗律句。蒼茫不曉神靈意。少壯幾時奈老何，向來哀樂何其多。「哀樂」二字收盡通篇，含蘊無窮。」

趙云：此篇已盡轉韵之能事矣。

不過晴而雨、雨而復晴耳，寫來變化，使人不測。

《韋諷録事宅觀曹將軍畫馬圖引》：「國初以來畫鞍馬，神妙獨數江都王。平起陪筆。將軍得名三十載，人間又見真乘黄。曾貌提起。先帝照夜白，五仄。龍池十日飛霹靂。内府殷紅馬腦盌，婕妤傳詔才人索。盌賜將軍拜舞歸，輕紈細綺相追飛。貴戚權門得筆跡，始覺屏障生光輝。先將聲價寫足。昔日又提起。太宗拳毛騧，近時郭家師子花。此等提筆，人不能到。今之新圖有二馬，復令識者久歎六仄。嗟。此皆騎戰一敵萬，縞素漠漠開風沙。其餘七匹亦殊絶，迥若寒空動烟雪。霜蹄蹴踏長楸間，馬官廝養森成列。可憐平接出以唱歎。九馬争神駿，顧視清高氣深穩。借問苦心愛者誰，後有韋諷前支遁。此四句詠歎，所以蓄勢。憶昔以追溯盛時，作提筆。巡幸新豐宫，翠華拂天來向東。騰驤磊落三萬匹，皆與此圖勒轉。筋骨同。自從以追溯衰時作提筆。獻寶朝河宗，無復射蛟江水中。君不見金粟堆前又以推筆作提筆。松柏裏，龍媒去盡鳥呼風。自「憶昔」以下如累九層之臺，一層陡於一層，化工之筆也。」

《丹青引》：「將軍魏武之子孫，於今爲庶爲清門。英雄割據雖已矣，文采風流今平尚存。律句少拗。學書多學衛夫人，疊一韻。○律句。○以書陪畫，所謂推波助瀾也。但恨無過王平右軍。丹青不知老將至，富貴於我如浮雲。開元之中提起突兀。常引見，轉。○一段畫人。承恩數上南薰殿。律句。淩烟功臣少顔色，將軍下筆開生面。律句。良相頭上進賢冠，猛士腰間大羽箭。褒公鄂公毛髮動，英姿颯爽來酣戰。律句。先帝又提起。天馬玉花驄，轉。○一段畫馬。畫工如山貌不同。以俗手作陪，七字妙於形容。是日牽來赤墀下，拗律句。迥立閶闔生長風。詔謂將軍拂絹素，意匠慘澹經營中。斯須九重真龍出，一洗萬古凡馬空。有聲有色。玉花却在御榻上，妙接。○轉韻，要緊。○六仄。榻上庭前屹相向。拗律句。至尊含笑催賜金，圉人太僕皆惆悵。數語添毫之筆。○半律句，以第一字、第三字皆仄也。弟子韓幹早入室，此一段放平以舒其氣。○上文用俗手陪，此處又以名手作陪，層層陪墊，總不使有一筆直致也。○六仄。亦能畫馬窮殊相。半律句。幹惟畫肉不畫骨，六仄。忍使驊騮氣凋喪。拗律句。將軍又提出以唱歎。盡善蓋有神，必逢佳士亦寫真。即今漂泊干戈際，律句。屢貌尋常行路人。「行」字平，最要緊。此字用平乃好。途窮反遭俗眼白，世上未有如公貧。但看古來盛名下，拗律句。終日坎壈纏其身。」

論門第則昔時割據，今作清門。論際遇則昔邀賜金，今遭白眼。前後對照，無限感慨。篇法變化如龍，後人難以措手。

劉云：長篇轉韵中固可多參律句，然此首無一聯純律者，古人於此蓋謹之。

《洗兵馬》：「中興諸將收山東，捷書夜報清晝同。河廣傳聞一葦過，胡危命在破竹中。祇殘鄴城不日得，獨任朔方無限功。京師皆騎汗血馬，回紇餵肉蒲桃宫。已喜皇威清海岱，常思仙仗過崆峒。三年笛裏關山月，萬國兵前草木風。平韻七古中參以律句，法所忌也。此段平韻乃用二聯作束，而音節彌覺其紗。成王功大心轉小，郭相謀深古來少。司徒清鑒懸明鏡，尚書氣與秋天杳。二三豪俊爲時出，整頓乾坤濟時了。東走無復憶鱸魚，南飛覺有安巢鳥。青春復隨冠冕入，紫禁正耐烟花繞。鶴駕通宵鳳輦備，雞鳴問寢龍樓曉。此段多用偶句。攀龍附鳳勢莫當，天下盡化爲侯王。汝等豈知蒙帝力，時來不得誇身强。關中既留蕭丞相，幕下復用張子房。張公一生江海客，身長九尺鬚眉蒼。徵起適遇風雲會，扶顛始知籌策良。青袍白馬竟何有，後漢今周喜再昌。此一段疎落以舒其氣，惟一束用偶句以蓄下文怒發之勢。寸地尺天皆入貢，陡起，翔舞而下。奇祥異瑞争來送。律句。不知何國致白環，復道諸山出銀甕。隱士休歌紫芝曲，詞人角撰清河頌。田家望望惜雨乾，布穀處處催春種。淇上健兒歸莫嬾，城南思婦愁多夢。安得壯士挽天河，洗浄甲兵長不用。」

此齊梁舊格也。少陵爲之，其氣骨總非長慶諸公所及。

《古柏行》：「孔明廟前有老柏，柯如青銅根如石。霜皮溜雨四十圍，黛色參天二千尺。君臣已與時際會，樹木猶爲人愛惜。雲來氣接巫峽長，月出寒通雪山白。憶昨路繞錦城東，先主武侯同閟宫。崔嵬枝榦郊原古，窈窕丹青户牖空。落落蟠踞雖得地，冥冥孤高多烈風。扶持自是神明力，正直原因造化功。大廈如傾要梁棟，萬牛回首丘山重。不露文章世已驚，未辭翦伐誰能送？苦心豈免容螻蟻，香葉終經宿鸞鳳。志士幽人莫怨嗟，古來才大難爲用。」

《哀江頭》：「少陵野老吞聲哭，春日潛行曲江曲。江頭宮殿鎖千門，律句。細柳新蒲爲誰緑？憶昔提。霓旌下南苑，轉不用韵，變格。苑中萬物生顔色。律句。朝陽殿裏第一人，律句。同輦隨君侍君側。輦前才人帶弓箭，白馬嚼齧黄金勒。翻身向天仰射雲，一笑正墜雙飛翼。明眸皓齒今何在，律句。血污遊魂歸不得。律句。清渭東流劍閣深，轉接處法宜玩。去住彼此無消息。人生有情淚霑臆，江水江花豈終極。黄昏胡騎塵滿城，欲往城南忘城北。」

《觀公孫大娘弟子舞劍器行》：「昔有佳人公孫氏，首句不用韵，變格。一舞劍器動四方。觀者如山色阻喪，天地爲之久低昂。㸌如羿射九日落，矯如群帝驂龍翔。來如雷霆收震怒，罷如江海凝清光。四「如」字句自成章法。絳脣珠袖兩寂寞，晚有弟子傳芬芳。臨潁美人在白帝，妙舞此曲神揚揚。弟子之舞，一句了却，蓋詩中正意不在此也。與余問答既有以，感時撫事增惋傷。入正意。先帝一句提起後半。侍女八千人，轉不用韵，變格。公孫劍器初第一。五十年間似反掌，以下一片神行。風塵澒洞昏王室。梨園弟子散如烟，女樂餘姿映寒日。金粟堆南木已拱，瞿唐石城草蕭瑟。玳筵急管曲復終，樂極哀來月東出。老夫不知其所往，足繭荒山轉愁疾。一連六句對偶，勢如萬馬奔赴，不可止遏，忽然二句收住，神化之筆。」

因公孫而及先帝，無限悲涼感慨并集腕下。讀之如急管繁弦，音響彌哀。

韓愈《記夢》：「夜夢神官與我言，羅縷道妙角與根。挈攜陬維口瀾翻，百二十刻須臾間。我聽其言未云足，轉。捨我先度横山腹。我徒三人共追之，轉。一人前度安不危。我亦平行蹋䟾䟫，轉。神完骨蹻脚不掉。側身下視谿谷盲，轉。杖撞玉版聲彭觥。神官見我開顔笑，轉。前對一人壯非少。石壇陂陀可坐卧，轉。我手承頦肘拄座。龍樓傑閣崔嵬高，天風飄飄吹我過。壯非少者哦七言，轉。六字常語一字難。我以指撮白玉丹，行且咀嚼行詰盤。口前截斷第二句，綽虐顧我顔不歡。乃知仙人未賢聖，轉。護短憑愚邀我敬。我能屈曲自世間，轉。安能從汝巢神山。」

齊梁人始講聲病，於是有雙聲、疊韵之説。唐人只於律詩用之。惟杜、韓二公，參入古詩，蓋欲其句法古奥，不與律詩相混也。此篇專意用之，而音節高下抑揚無不恰合，可爲獨絶。

李白《夢遊天姥吟留别》：（以下雜言）「海客談瀛州，三平。烟濤微茫信難求。六平。越人語天姥，雲霓明滅如可覩。觀此可知凡轉韵之詩無定格也。天姥連天向天横，勢拔五嶽掩赤城。六仄。天台四萬八千丈，拗律句。對此欲倒東南傾。三平。我欲因之夢吴越，突接。○拗律句。一夜飛度仄。鏡湖月。湖月照我影，四仄。○上四句突兀，平接以舒其氣。送我至剡溪，四仄。謝公宿處今尚在，渌水蕩漾清猿啼。脚著謝公屐，拗律句。四仄。身登青雲梯，五平。半壁見海日，五仄。空中聞天雞。五平。千巖萬轉路不定，迷花倚石忽已暝。熊咆龍吟殷巖泉，六平。○又突接。此下如神靈百怪，恍惚畢現，句法錯綜，不可方物，藝至此止矣。慄深林兮驚層巔。六平。雲青青兮欲雨，水澹澹兮生烟。列缺霹靂，四仄。丘巒崩摧。四平。洞天石扇，訇然中開。四平。○四字、六字句法，宜參。青冥浩蕩不見底，六仄。日月照耀金銀臺。三平。霓爲衣兮風爲馬，雲之君兮紛紛而來下。八平。虎鼓瑟兮鸞迴車，仙之人兮列如麻。六平。忽魂悸以魄動，五仄。怳驚起而長嗟。惟覺時之枕席，失向來之烟霞。此四句皆六言，若非下三字用三平，則失調矣。世間行樂亦如此，詠歎作接筆即以束上。○拗律句。古來萬事東流水。律句。别君去兮何時還？轉入留别。且放白鹿青崖間，須行即騎此四字句法、字法俱入玅。訪名山。疊一句宕甚、玅甚，宜參之。安能摧眉折腰事權貴，使我不得開心顔。用長句方能收足此大篇。」

劉云：太白仙才。其七言歌行如天馬行空，不可羈絏。此首亦已神變超脱之至矣。而細按格調，字斟句酌，無一聯入律詩者，則知古人凡雜言諸詩，皆分刌節度，毫髮無差。今人率意爲之，徒野戰耳。

凡雜言，九字以下皆以下七字爲主。

《蜀道難》：「噫吁嚱，危乎高哉！蜀道之難，難於上青天。十六字中十三平聲。蠶叢及魚鳧，四平。開國何茫然。四平。爾來四萬八千歲，不與秦塞通人烟。西當太白有鳥道，何以横絶峨嵋巔。地崩山摧壯士死，然後天梯石棧相鈎連。上有六龍迴日之高標，下有衝波逆折之迴川。黄鶴之飛尚不得過，猿猱欲度愁攀援。青泥何盤盤，五平。百步九折縈巖巒。捫參歷井仰脅息，以手撫膺坐長歎。問君西遊何當還，畏途巉巗不可攀。但見悲鳥號古木，雄飛雌呼繞林間。六平。又聞子規啼夜月，愁空山。蜀道之難，難於上青天，使人聽此凋朱顔。連峰去天不盈尺，枯松倒挂倚絶壁。飛湍瀑流争喧豗，六平。砯崖轉石萬壑雷。其險也如此，嗟爾遠道之人胡爲乎來哉！十一字句，八平。劍閣峥嶸而崔嵬，五平。一夫當關，四言合拍。萬夫莫開。所守或匪親，四仄。化爲狼與豺。朝避猛虎，夕避長蛇。磨牙吮血，殺人如麻。錦城雖云樂，不如早還家。蜀道之難，難於上青天，側身西望長咨嗟！」

可謂窮極騷雅之變矣。過此將爲無節制之師，不可不慎。

《遠别離》：「遠别離，古有皇英之二女，乃在洞庭之南，瀟湘之浦。海水直下萬里深，誰人不言此離苦。日慘慘兮雲冥冥，猩猩啼烟兮鬼嘯雨。皇穹竊恐不照余之精誠，雷憑憑兮欲吼怒。堯舜當之亦禪禹。君失臣兮龍爲魚，權歸臣兮鼠變虎。或言堯幽囚，舜野死。九疑連綿皆相似，重瞳孤墳竟何是？帝子泣兮緑雲間，隨風波兮去無還。慟哭兮遠望，見蒼梧之深山。蒼梧山崩湘水絶，竹上之淚乃可滅。六仄。」

太白樂府或擬古詞，或借古題詠近事，如此等篇是也。唐人去古未遠，其所作樂府，自可被之管弦。惜乎今失其傳，而後代雜言盛行，宜奉此種爲式。◯句法既長短相間，安得有一定之譜。但當於李、杜二公所作求之。後人得其祕者，惟高青丘、李空同耳。

《北風行》：「燭龍棲寒門，四平。光耀猶旦開。日月照之何不及此？惟有北風號怒天上來。燕山雪花大如席，片片吹落軒轅臺。幽州突接紗。思婦十二月，停歌罷笑雙蛾摧。倚門望行人，用五字單句接，音節入紗。宜參。念君長城苦寒良可哀。九字句與上五字句長短相配。别時提劍救邊去，遺此虎紋金鞞釵。中有一雙白羽箭，蜘蛛結網生塵埃。箭空在，用三言單句接，音節合拍之至。人今戰死不復回。不忍見此物，五仄。焚之已成灰。五言二句亦合拍。◯四平。黄河捧土尚可塞，北風雨雪恨難裁。」

杜甫《兵車行》：「車轔轔，馬蕭蕭，行人弓箭各在腰。耶孃妻子走相送，音節古甚。塵埃不見咸陽橋。三平。牽衣頓足攔道哭，哭聲直上干雲霄。三平。如古謡諺。道旁過者問行人，轉。行人但云點行頻。或從十五北防河，便至四十西營田。古韻「真」與「先」通，此處蓋用古韻。去時里正與裹頭，歸來頭白還戍邊。邊亭流血成海水，承上起下轉關之句必當用韵。武皇開邊意未已。君不聞前後以「君不聞」、「君不見」作章法。漢家山東二百州，千村萬落生荆杞。縱有健婦把鋤犁，轉。○上用「四寘」，換韵用「八齊」，音響成爲一片。禾生隴畝無東西。況復秦兵耐苦戰，被驅不異犬與雞。長者雖有問，必當用仄韵轉。用五字句接上，聲調極合。役夫敢申恨？且如今年冬，必平。未休關西卒。換一韵，音節古。縣官急索租，租税從何出？信知生男惡，反是生女好。轉。○上二韵用闔口、撮口聲，此處必當用開口聲以濟之。生女猶是嫁比鄰，生男埋没隨荒草。君不見，應。青海頭，必當用平韵收。古來白骨無人收。新鬼煩寃舊鬼哭，天陰雨濕聲啾啾！」

直道當時事，所謂言之者無罪，聞之者足戒。此等詩直接變風、變雅。白香山新題樂府原本于此，未免熟滑矣。

《桃竹杖引》：「江心蟠石生桃竹，蒼波噴浸尺度足。斬根削皮如紫玉，江妃水仙惜不得。臨潼使君開一束，滿堂動色皆歎息。六句六用韵。憐我老病贈兩莖，轉。出入爪甲鏗有聲。老夫復欲東南征，乘濤鼓枻白帝城。路幽必爲鬼神奪，拔劍或與蛟龍争。六句五用韵。重爲告曰：以文法入詩，奇絶。蓋從曹子建《靈芝篇》篇末得來。竗能變化。杖兮杖兮，四字句。爾之生也甚正直，七字句。慎勿見水踴躍學變化爲龍。十一字句。九仄。使我不得爾之扶持，八字句。滅跡於湖上君山之青峰。十字句。七平。噫！一字句。風塵澒洞兮豺虎嚙人，九字句。忽失雙杖兮吾將曷從？九字句。○後半九句三用韵。○詩分三段，用韵踈密、句法長短相間，各極其竗。」

《奉先劉少府新畫山水障歌》：「堂上不合生楓樹，怪底江山起烟霧。破空而至，開後人無限法門。聞君掃却赤縣圖，以地圖作陪，與《丹青引》同法。乘興遺畫滄洲趣。畫師亦無數，起勢過急，用五言二韵承接以舒其氣，恰合。好手不可遇。對此融心神，知君重豪素。豈但祁岳與鄭虔，轉。筆迹遠過楊契丹。得非元圃裂，突接。無乃宕漾。瀟湘翻？悄然坐我天姥下，耳邊已似聞清猿。二句放平蓄勢。反思此接更極矯變，以前路養足，故一句警於一句。前夜風雨急，轉。疑是蒲城鬼神入。元氣淋漓障猶濕，叠一韵，節更緊。真宰上訴天應泣。十分滿足。野亭春還雜花遠，不得不接以澹遠之筆，此一定之節奏也。宜參。漁翁暝蹋孤舟立。不見湘妃鼓瑟時，律句。至今斑竹臨江活。事外遠致。劉侯天機精，寫畫已足，自當入劉少府。愛畫入骨髓。轉。自有兩兒郎，揮灑亦莫比。大兒聰明到，能添老樹巔崖裏。小兒心孔開，貌得山僧及童子。若耶溪，雲門寺，吾獨何爲在泥滓，青鞋布襪從此始。」空接收入，自己作結，三字句妙。

《冬狩行》：「君不見東川節度兵馬雄，校獵亦似字法。觀成功。夜發猛士三千人，平脚。清晨合圍步驟同。禽獸已斃十七八，六仄。殺聲落日迴蒼穹。幕前生致九青兕，馲駝嵩峞垂元熊。六平。東西南北百里間，髣髴蹴踏寒山空。有烏名鸜鵒，接法絶妙。力不能高飛逐走蓬。肉味不足登鼎俎，何爲見羈虞羅中？春蒐冬狩侯得同，叠一韵，音節好。使君五馬一馬驄。況今攝行大將權，號令頗有前賢風。飄然時危一老翁，突接。十年厭見旌旗紅。喜君士卒甚整肅，爲我迴旆擒西戎。直刺心腹之筆。草中狐兔盡何益，天子不在咸陽宮。驚心動魄。朝廷雖無幽王禍，得不哀痛塵再蒙。此豈校獵取樂之時耶？嗚呼！得不哀痛塵再蒙。叠一句，沈痛之至。前人叠句用在中間，或作下章起句。用以作結，少陵創格也。」

蘇軾《書王定國所藏烟江叠嶂圖》：「江上愁心千叠山，浮空積翠如雲烟。山耶雲耶遠莫知，烟空雲散山依然。但見兩崖蒼蒼暗絶谷，中有百道飛來泉。縈林絡石隱復見，下赴谷口爲奔川。川平山開林麓斷，小橋野店依山前。行人稍度喬木外，漁舟一葉江吞天。使君何從得此本，點綴毫末分清妍。不知人間何處有此境，徑欲往置二頃田。君不見武昌樊口幽絶處，東坡先生留五年。六平。春風搖江天漠漠，暮雲卷雨山娟娟。丹楓翻鴉伴水宿，長松落雪驚醉眠。桃花流水在人世，武陵豈必皆神仙。江山清空我塵土，雖有去路尋無緣。還君此畫三歎息，山中故人應有招我歸來篇。」

王昌齡《箜篌引》：（以下柏梁體）「盧溪郡南夜泊舟，夜聞兩岸羌戎謳。其時月黑猿啾啾，微雨沾衣令人愁。有一遷客登高樓，不言不寐彈箜篌。彈作薊門桑葉秋，拗律句。風沙颯颯青塚頭。將軍鐵驄汗血流，深入匈奴戰未休。律句。黄旗一點兵馬收，亂殺胡人積如丘。瘡病驅來役邊州，仍披漠北羔羊裘。顔色飢枯掩面羞，律句。眼眶淚滴深兩眸。思還本鄉食犛牛，欲語不得指咽喉。或有强壯能咿嚘，意説被他邊將讐。拗律句。五世屬番漢主留，碧毛氊帳河曲遊。橐駞五萬部落稠，敕賜飛鳥金兜鍪。爲君百戰如過籌，静掃陰山無鳥投。律句少拗。家藏鐵券特承優，律句。黄金十斤不稱求。九族分離作楚囚，深溪寂寞弦苦幽。草木悲感聲颼颼，僕本山東爲國憂。律句。明光殿前論九疇，麄讀兵書盡冥搜。爲君掌上施權謀，洞曉山川無與儔。律句少拗。紫宸發詔遠懷柔，律句。搖筆飛霜如奪鈎。律句少拗。鬼神不得知其由，憐愛蒼生比蚍蜉。朔河屯兵須漸抽，盡遺降來拜御溝。律句。便令海内休戈矛，何用班超定遠侯。律句。史臣書之得已不？」

韓愈《陸渾山火和皇甫湜用其韻》：「皇甫補官古賁渾，時當玄冬澤乾源。山狂谷狠相吐吞，風怒不休何軒軒，擺磨山火以自燔。有聲夜中驚莫原，天跳地踔顛乾坤。赫赤上照窮厓垠，截然高周燒四垣。神焦鬼爛無逃門，三光弛隳不復暾。虎熊麋猪逮猴猿，水龍鼉龜魚與黿，鴉鴟鵰鷹雉鵠鶤，燖炰煨爊孰飛奔。祝融告休酌卑尊，錯陳齊去聲玫闢華園，芙蓉披猖塞鮮繁。千鐘萬鼓咽耳喧，攢雜啾嚄沸篪塤。彤幢絳旃紫纛旛，炎官熱屬朱冠褌，髹其肉皮通髀臀，頹胸垤腹車掀轅，緹顏靺股豹兩鞬。霞車紅靷日轂轓，丹蕤縓蓋緋繙帑。紅帷赤幕羅脤膰，衁池波風肉陵屯，谽谺巨壑頗黎盆，豆登五山瀛四罇。熙熙釂醻笑語言，雷公擘山海水翻，齒牙嚼齧舌腭反，電光䃯磹頳目暖。頊冥收威避玄根，斥棄輿馬背厥孫，縮身潛喘拳肩跟，君臣相憐加愛恩。命黑螭偵焚其元，天闕悠悠不可援，夢通上帝血面論，側身欲進叱於閽。律句。帝賜九河湔涕痕，拗律句。又詔巫陽反其魂，徐命之前問何冤。火行於冬古所存，我如禁之絶其飧，女丁婦壬傳世婚，一朝結讐奈後昆。時行當反慎藏存，律句。視桃著花可小騫，月及申酉利復怨，助汝五龍及九鶤，溺厥邑囚之崑崙。上三下四句法本於漢人樂府之「山無陵，江水爲竭」。皇甫作詩止睡昏，辭誇出真遂上焚。要予和增怪又煩，雖欲悔舌不可捫。上三下四句。○五仄。」

趙云：古詩平韵句法，盡於此二篇中。柏梁句句用韵，雜律句其中，猶不用韵之句偶入律調，下句救之也。

又云：此篇各種句法俱備。然中有數句，雖是古體，止可用於柏梁，至尋常古詩斷不可用，轉韵尤不可用，用之則失調。當細辨之。如仄仄平平平平平，及仄仄仄平平平平是也。又如平平平平仄平平平，亦當酌用，轉韵中不宜，以其乖於聲調也。

五言律詩（以下專録拗體）

孟浩然《晚泊尋陽望廬山》：「挂席幾千里，名山都未逢。泊舟尋陽郡，始見香爐峰。嘗讀遠公傳，永懷塵外蹤。東林精舍近，日暮空聞鐘。」

通首皆古句而平仄黏合，用筆如龍如象，不可方物。

近人論律詩平仄，輒曰：「一三五不論。」試看此篇拗處多在第一、第三字，可知不論一三五者，必乖於律也。

《與諸子登峴山》：「人事有代謝，四仄。往來成平古今。江山留勝跡，我輩復登臨。水落魚梁淺，天寒夢澤深。羊公碑尚在，讀罷淚沾襟。後六句諧。」

王維《登裴迪秀才小臺》：「端居不出户，滿目望雲山。落日鳥邊下，秋原人外閒。遥知遠林際，不見此簷間。好客多乘月，應平聲。門莫上關。末二句諧。」

杜甫《春宿左省》：「花隱掖拗字。垣平。暮，啾啾棲平救上。鳥過。星臨萬此字可仄，單句惟此可通。户動，月傍九霄多。不寢聽金鑰，因風想玉珂。明朝有封事，單拗。數問夜如何。」

《送遠》：「帶甲滿天地，拗句。胡爲君平遠行。親朋盡可仄。一哭，鞍馬去孤城。四句與前首起四句同調。草木歲月晚，五仄字。〇「木」、「月」二字入聲，玅。五仄無一入聲者，依然無調也。關河霜必平。雪清。别離已昨日，拗句。中唐後無。因見古人情。」

《銅瓶》：「亂後碧井廢，五仄。時清瑶殿秋。四平。銅瓶未失水，百丈有哀音。側想美人意，應悲寒甃沈。蛟龍半缺落，猶得折黄金。末二句諧。」

李商隱《落花》：「高閣客竟去，四仄古句起。小園花必平，此字拗救。亂飛。參差連曲陌，迢遞送斜暉。宋云：三、四入律是正法。腸斷未忍掃，同起句。眼此字仄，妙。穿仍欲歸。同次句。芳心向春盡，所得是沾衣。」

杜牧《句溪夏日送盧霈秀才歸王屋山將欲赴舉》：「野店正宜平而仄。分泊，繭蠶初宜仄而平。○第一字仄，第三字必平。○第三字救上句亦救本句。○亦可不救。引絲。二句律句中拗。○宋云：拗在第三字，下句救上句曰「雙拗」。行人碧宜平而仄。溪宜仄而平。渡，拗句。○第四字拗，第三字斷斷用仄。今人云不論者，非。○宋云：此是單拗句，下句可不救。繫馬緑楊枝。不對而實對。苒苒跡始去，五字俱仄，以古句入律。○中有入聲之字，故妙。悠悠心此字必平，救上句。所期。此必不可不救，因上第三、第四字皆當平而仄，仄必以此第三字平聲救之，否則落調矣。上句仄仄平仄仄同。秋山念君别，拗同第三句。惆悵桂花時。」

宋云：律詩之拗句即古詩之正調。其曰「單拗」、「雙拗」、「古句拗」并各救法，此首備矣。愚按：一句拗曰「單拗」。上句拗，下句亦拗以濟之，曰「雙拗」。

趙云：拗體必有宜拗仄而平、拗平而仄者，乃爲拗律。不然則雜矣。

又云：平平仄仄仄下句仄仄仄平平，律詩常用。若仄平仄仄仄，則爲落調矣。蓋下有三仄，上必二平也。

又云：律詩平平仄仄平，第二句之正格。若仄平平仄平，變而仍律者也。即是拗句。仄平仄仄平，則古詩句矣。此格人多不知者，由「一三五不論」二語誤之也。

又云：起句第二字仄、第四字平者，如仄仄平平仄，或平仄平平仄，或平仄仄平平俱可。若平仄平仄仄，則古詩句矣。

又云：起句仄仄仄平仄，或平仄仄平仄，唐人亦有此調。但下句必須用三平或四平。如仄平平仄平，平平平仄平是也。

又云：上句第三字平，下句第三字可仄。若上句第三字仄，下句第三字斷宜平。此在首聯，唐人亦有不拘者，第二聯則必不容不嚴矣。

又云：凡拗律詩無八句純拗者，其中必有諧句。如上四拗下四諧，上六拗下二諧，或中間拗前後諧。若通首不粘不諧，定是古詩。○七言可以類推。

劉云：凡應制詩無用拗體者，在唐人已然。故學者作五言律，宜講第三字。此字不講，遂入拗體矣。

七言律詩

杜甫《白帝城最高樓》：「城尖徑仄旌旆愁，獨立縹緲之飛樓。峽坼雲埋龍虎卧，江清日抱黿鼉遊。扶桑西枝對斷石，弱水東影隨長流。杖藜歎世者誰子，泣血迸空迴白頭。」

宋云：此全首拗體，所謂蒼茫歷落中自成音節者，非尋常學人所易步趨。故原《譜》謂拗律詩其中必有諧句，此正論也。第謂不黏不諧定是古詩，亦使人得以藉口。學者須知前輩苦心之言，防其流弊，故補入此篇而論之。又有所云吴體、俳體者，遊戲之餘，不爲正法也。

《所思》：「苦憶荆州醉司馬，單拗。謫官樽俎定常開。九江日落醒何處，一柱觀頭眠幾回。雙拗。○「觀」字仄，「眠」字必平，救上句亦救本句。可憐不黏。懷抱向人盡，欲問平安無使來。雙拗。故憑錦水將雙淚，好過瞿唐灩澦堆。第七句本是正黏，因第五不黏，故亦不黏。」

趙云：此種詩不可不學，不可專學。不學則無格，專學則滑矣。

宋云：後四句不黏，盛唐多有之。且有四聯不黏者，其原本於齊梁。學者以黏爲正，專學則誤矣。

《望嶽》：「西嶽崚嶒聳處尊，諸峰羅立如兒孫。三平。拗句。安得仙人九節杖，「安得」二字不黏。拄到玉女洗頭盆。拗句，亦古句。車箱入谷無歸路，箭括通天有一門。稍待西風涼冷後，高尋白帝問真源。」

趙云：前四句拗，後四句諧，正體也。○拗律上下句亦須帶黏。

《小寒食舟中作》：「佳辰小飲食猶寒，隱几蕭條帶鶡冠。春水船如天上坐，老年花似霧中看。娟娟戲蝶過閒幔，片片輕鷗下急湍。雲白山青萬此字可仄。○第五字仄，上三字必平。若第三字仄，則落調矣。○

五、六亦然。餘里，愁看直北是長安。」

劉云：此詩七句俱諧，只一句拗，亦稱拗體。然唐賢律詩如此者往往有之，無害其爲律也。

《和裴迪登蜀州東亭送客逢早梅相憶見寄》：「東閣官梅動詩興，起句即拗。今俗云必拗第三句乃可，誤也。還如何遜在揚州。此時對雪遥相憶，送客逢春可自由。幸不折來傷歲暮，若爲看去亂鄉愁。江邊一樹垂垂發，朝夕催人自白頭。」

上篇拗在末，此篇拗在起處。

《題張氏隱居》：「青山無伴獨相求，伐木丁丁山更單仄。仄可單行。幽。磵道餘寒歷宜平而仄。冰宜仄而平。單拗法第三字必平，仄則失調。雪，石門斜日到林丘。不貪夜識金銀氣，遠害朝看麋鹿遊。乘興杳然迷出處，對君疑是泛虚舟。」

宋云：此首單拗正法。

許渾《咸陽城東樓》：「獨上高樓萬里愁，蒹葭楊柳似汀洲。谿雲初起日宜平而仄。沈單平。閣，山雨欲來風宜仄而平。滿單仄。樓。二句第五字平仄相拗，曰「雙拗」。鳥下緑蕪秦苑夕，蟬鳴黄葉漢宫秋。行人莫問當年事，故國東來渭水流。」

宋云：此首雙拗正法。所謂單句拗第幾字，雙句亦拗第幾字，抑揚抗墜，讀之如一片宫商者是也。

五言絶句

孟郊《古怨》：「試妾與君淚，兩處滴池水。看取芙蓉花，今年爲誰死？齊梁體。」《送别》：「丈夫未得意，行行且低眉。素琴彈復彈，會有知音知。此古絶句。」趙云：兩句爲聯，四句爲絶，始於六朝，元非近體。後人誤絶句爲絶律詩，故致多此一門。

七言絶句

李白《横江詞》：「横江館前津吏迎，向余東指海雲生。郎今欲渡緣何事，如此風波不可行。樂府也。」《山中問答》：「問余何事棲碧山，笑而不答心自閒。桃花流水杳然去，别有天地非人間。古詩也。」王昌齡《送狄宗亨》：「秋在水清山暮蟬，洛陽樹色鳴皋烟。送君歸去愁不盡，又惜空度涼風天。」杜甫《夔州歌》：「中巴之東巴東山，江水開闢流其間。白帝高爲三峽鎮，夔州險過百牢關。二句諧。」《春水生二絶》（録一）：「二月六夜春水生，門前小灘渾欲平。鸕鷀鸂鶒莫漫喜，吾與汝曹俱眼明。」

《漫成》：「江月去人只數尺，風燈照夜欲三更。沙頭宿鷺聯拳静，船尾跳魚撥剌鳴。二句諧。」

劉禹錫《竹枝詞》：「白帝城頭春草生，白鹽山下蜀江清。二句諧。南人上來歌一曲，北人不黏。莫上動鄉情。」「山桃紅花滿上頭，蜀江春水拍山流。此句諧。花紅易衰似郎意，水流不黏。無限似儂愁。」「城西門前灩澦堆，年年不黏。波浪不能摧。懊恨不黏。人心不如石，少時東去復西來。次句與末句諧。」「瞿唐嘈嘈十二灘，此中道路古來難。長恨不黏。人心不如水，等閒平地起波瀾。末句諧。」

篹例十五則

編詩分代不分體，爲例最善。古本、唐宋人文集及歷朝選本之善者，皆用此例。然如唐人選唐，或但取古詩，或專收近體，亦各從其所尚。可知分體録選未爲盡失，且風、雅、頌體用不同，《三百篇》已分之於前矣。今余所鈔用此例云。

編次先四言，次五古，次七古，次五七言律詩，次長律，次絶句。樂府編入各體，雜言入于七古，六言絶句附于五絶，不欲分門瑣屑也。詩次首樂府，存古製也；《鐃歌》、《相和》、《雜曲》等皆以類附入。先正統，次諸國，明紀也；先帝王，次宫壼，次宗室，尊尊也；次諸家，次閨閣，男先乎女也；次道釋，游方之外者也；次謡諺，兼采輿人之誦也；次伎女，穢其行也；次外國，略荒服也。求精不求博，有格不必盡存。如「建除」、「藥名」、「轆轤」、「進退」之類。以詩不以人，諸家無庸悉備。

古詩有樂府、歌行、引、曲諸名，解者紛如，迄無定論。惟《文心雕龍》及《樂府解題》所分近古可信，然不如李善注《飲馬長城窟行》一語足破群疑。注引《音義》云：「行，曲也。」可知「引」字亦當如是解。其詩句長短相間者，古人謂之雜體、雜言，至「長短句」則詞曲之名，後人目雜言爲長短句，誤矣。五七言律詩，五韵外至數十百韵者，古人謂之長律、大律，未有排律之名也。自元、明人設爲此名，貽誤至今。又有小律、半律，乃律詩三韵者。二句一聯，一作「連」。四句一絶，古人説絶句明甚。或謂絶句乃截律詩之半，故謂之截句，豈知律詩在絶句數百年後乎？今悉正之。

漢以後四言詩，不能上比《三百篇》，固矣。然比興蘊含，不逮古人，而賦事直指其源，亦出於《雅》、《頌》，多有可取，今亦采摭入鈔。宋以後作者雖多，去漢、魏、晉、唐，抑又遠矣，故入鈔者甚少。

樂府古辭，本無一定時代。馮氏《詩紀》列之於漢，至今讀者鮮不以爲漢人作矣。不知古詩蘇、李諸篇，陳王令仲宣諸人擬作者爲多。而《文心雕龍》亦云：「成帝品録，莫見五言。」又云：「古詩佳麗，或稱枚叔，其『孤竹』一篇，傅毅之辭。比采而推，其兩漢之作乎？」可知自梁以來皆不能定作者爲何人也。馮已蒼以爲當倣《宋書·樂志》别立「樂府古辭」一門，持論甚允。今特從之。既已詞兼二代，故以冠諸漢、魏云。

齊、梁至隋五言詩，去古日遠，去律日近。後人因太白有「綺麗不足珍」、昌黎有「衆作等蟬噪」之語，共相訾議，幾至等諸自鄶無譏。究之太白何嘗不低首宣城，老杜何嘗不推重庾信、陰何？宋以後詩人不復致力於此，故工夫未能細密。今集中五古采擇綦嚴，本太白、昌黎之志也。至其謹守聲病者，實爲律詩權輿，故采之附於律詩之前。

古人連章之詩，如顔光禄《秋胡行》、老杜前後《出塞》諸篇，章法完密，不可增減者也。若阮嗣宗《詠懷》、陳伯玉《感遇》、李太白《古風》等類，皆非一時所作，不妨去取，然選録亦須機軸渾成。至有一時所作，或傷冗蔓，一經去取，焕然改觀，固賴選詩者具有别裁。如《古詩十九首》本非一人之作；阮公《詠懷》，昭明太子入選，亦盡更其次第。迄今讀之，幾于融成一片，斯爲善矣。曾見選家于《秋胡行》、前後《出塞》諸篇，或專取數章，或僅存一首，更有删截六朝詩及李杜長篇古詩、杜五言長律以合己意，全不顧其血脈者，直謂之不知而作可也。葉石林欲删《八哀詩》，劉須溪欲顛倒《古柏行》語句，蓋自宋以來不免此弊矣。

歷代諸詩間亦采用後人改本，然必其參酌盡善者，大都止在詞句之間。惟沈佺期《獨不見》七言一篇，本用齊梁舊體，後人改爲七律。較之作七古爲佳，今特從之，固不以變其體製爲嫌也。若常建《題破山寺後禪院》五言亦齊梁舊格，改爲五律，意致頓減，自當仍從其舊。蓋論詩與考訂古書不同，聖賢經傳不可移易一字，校正必追其朔；詩以工雅爲主，固不妨兼采後人也。

歷代選家以建安七子入魏，江揔持入陳，蓋以七子多曹氏之客，而江揔持仕隋無聞故也。然七子皆身没漢世，安可以其詩同體陳思、紊其世次，且又何以稱建安七子也？作史之例，凡歷仕數朝者，皆列于所終仕之朝，今編録俱從此例。

漢魏六朝詩自《文選》、《玉臺新詠》、《古文苑》外，《藝文類聚》、《初學記》所載多非全篇。惟馮惟訥《詩紀》蒐輯略備，而考訂頗疎。如漢詩《橘柚垂華實》一篇、李陵《别詩》「紅塵蔽天地」一篇，皆楊升庵集成。龐德公之《於忽操》乃宋王令詩，見《宋文鑑》。傅玄之《擬盤中詩》，見宋古本《玉臺新詠》，竟以爲蘇伯玉妻作。此皆馮已蒼校正者。已蒼著有《詩紀匡謬》。鈔中多採已蒼與其弟定遠之説。《步出城東門》四句乃元揭傒斯《晚出順城門有懷太虛》絶句，見本集，《詩紀》增四句作漢人詩，不知何本。孔融失題四句乃太白詩。此種紕誤之處甚多，今集中雖不盡入鈔，略識於此。

漢、魏迄宋人文字，多爲明人刊刻者以意改易，往往失其旨趣。曩年鈔録時皆假馬氏叢書樓所藏善本，未及備載異同。今馬氏書皆已星散，無從是正矣。閲者勿守習見俗本，轉疑定正者誤也。

古人詩賴注而明。然生于千載以後，安能盡識古人之意？必欲徵實，轉致臆説横生，《錦瑟》、《無題》所以至今無定案也。可信者莫如自注。然如東坡《常潤道中有懷錢唐寄述古五首》，其第二首詩末本用「開籠欲放雪衣女，常念觀音般若經」之事，而自晦其旨，注曰：「杭人以放鴿爲太守壽。」自注尚不足信，況他人乎？故鈔中諸篇凡自注外，必其可信因某事作者，始識數語，否則寧從闕如。

古人所使之事，與今日所傳諸書多有不同，非誤也。古書之存者希矣。其所使事出處，今人不見其書，何可妄斷？即如乘查「槎」同。一事，《博物志》與《東方朔外傳》互異。杜詩作「張騫」，本之《方朔外傳》也。《方朔外傳》所載，今見《太平御覽》。焦竑不知，以爲杜撰，未免厚誣古人。故鈔中所載詩話，凡訂正詩題及詩中故實者，必確鑿無疑議，始爲采録。至詩評，各有好尚不同，不必盡確，概不闌入。

詩人各載小傳，將以考其生平，亦讀詩之一助也。選本所載多訛，甚至光禄、祕監、右丞、左司等類，皆津津在人口者，而傳中不一及之，疎漏甚矣。今悉本之正史及各家文集訂正。

蠡説二十二則

五言興而四言廢，七言盛而五言微，近體争鳴而古調輟響，風會所趨，必然之勢。故五古、五律、五絶，門徑至唐已備，七古、七言律詩必兼取宋、明，七言絶惟唐人最工，宋人次之。

詩至有唐諸家，各成一體，各不相襲，洵爲大備。宋、金、元稱大家者不過數人，然諸體不能兼善也。其餘率多粗厲之音。明詩人學唐者多，譬之唐臨晉帖，形模逼肖，但深厚之處遠遜前人，是則運會使然。故唐詩選不盡，宋、金、元詩選不出，明人詩選得出，亦選得盡。世有知者，當可余此論也。

司空表聖論詩曰：「妙在酸鹹之外。」嚴滄浪曰：「羚羊挂角，無迹可求。」二公之論，蓋深得此中三昧者。漁洋山人終身服膺是言。而近人又執嚴滄浪「不落言筌」、「不涉理路」二語竭力排抵，固堪爲襲貌者箴砭，然必落言筌、必涉理路，而詩之妙境不出矣。

温柔敦厚，詩教也，此千古不易之旨。自宋人專尚議論，遂發露無餘味。試觀漢、魏、晉、宋及有唐大家，深厚醇雅，何其奈人涵詠，曾有粗俚、生硬、叫囂習氣否？

言者，心之聲也。其人君子，言必爾雅。但詩之爲道，不忌説理，而不可迂腐；不嫌言情，而不可淫褻；不廢議論，而要有涵藴；不禁生新，而不可纖俗、怪僻；不妨用事，而不可雜拉、填砌。此中具有別裁，解者解之。

漢、魏、晉、宋而後，至李、杜大矣，至矣。其外如伯玉、子壽、高岑、常李王儲、王孟、韋柳、文房、昌黎、夢得以及大曆十子、牧之、義山、端己諸人，宋之歐、王、蘇、陸，明之青丘、何李，雖各自成家，故是正宗。他如東野、長吉、元相、白傅，已不可專學。至山谷之詩，所謂不可無一、不能有二者；楊誠齋、楊鐵厓則所謂不必無一、不可無二者，後人於此問津，吾未見其得也。

五言肇於蘇、李，東坡疑爲擬作，蓋謂其時未應有是也。《文心雕龍》亦曰李陵、班婕妤見疑于後代。不知《十九首》多枚叔之作，不又在蘇、李前乎？要之《十九首》、蘇李諸詩，如衆山之有崑侖、諸水之有星宿，千派萬源皆從此出，後有作者蔑以加矣。一到建安後，便有門徑可入。

樂府一體，前人率多擬作，意若謂集中無是即有媿於詩人者。不知漢人樂府皆襲秦舊，又雜以曼聲，麗而不經，靡而非典，古樂果如是乎？少陵無擬古之什，而前後《出塞》、「三别」、「三吏」等篇，深得風人之旨，其識高越千古矣。

五言古詩宗唐以前，以其氣格獨全也。宋人如東坡、山谷諸人亦各有傑構，惜不多見。明則高青丘不愧醇雅，而徐昌穀要爲特出，外此則薛君采、華子潛、高考功、皇甫兄弟尚堪繼武，然皆在唐人模範中，若律以《十九首》之天衣無縫、蘇李之忼慨情深、陳思王之敦厚綿邈、阮嗣宗之豪宕絶塵、左太沖之卓犖不羈、劉越石之聲情激越、陶元亮之天機洋溢、謝康樂之獨開生面、鮑明遠之俊逸爽亮，恐相去不能以道里計矣。故曰五言古詩至唐而止也。

七言古詩，馮已蒼謂「至李杜而變盡，亦至李杜而變成」，可謂知言。余謂必合昌黎、歐、王、蘇、黄、放翁、青丘、空同、大復數家，乃爲盡致。他如張王樂府、元白轉韻、長吉鬼才、飛卿綺麗，雖各造絶詣，學之不善，已多流弊。若任華、盧仝、劉叉、貫休之險怪，馴而至於楊誠齋，思雖奇、筆雖健，未免風雅之魔。元遺山當金、元之際，洵爲雞群一鶴，惜雜以曲子調。至如劉無黨、劉静修、吴淵穎諸人，漁洋山人雖加意表章，終嫌粗直。鐵崖又入於牛鬼蛇神。故鈔中於此數家不盡取也。

長句至唐末衰薾極矣。歐公起而取法太白、昌黎，王半山繼之，至東坡出而成有宋一大宗，山谷以别派輔之，終宋之世不能越蘇、黄門户也。然山谷之詩，東坡雖爲心折，已謂其如江鰩河魨，多食令人發氣矣。觀此而誠齋、鐵崖家法可染指乎？放翁長句足冠南宋，恢復之志時見於詩，其所以不及老杜何也？蓋杜陵忠愛之思根諸性而流露於無心，自然變化不測；放翁則一搦筆即欲歸宿於此，成心預設，故蹊徑多同耳。元人則虞伯生外，少堪諷味。高青丘天姿極高，又陶鎔於李、杜、韓、蘇諸家，故其詩揮灑豪邁，足以跨淩一代。青田雖曰方駕，尚有元季餘習。吾不能不更推何、李也。

五言律詩齊梁已肇其端，要之至唐而其體始備。善乎馮已蒼之論，曰：「王、楊四子，匀匀叙去，自然富麗，自然起結，無構造之煩。至沈、宋則宏麗爲阿房、建章，銖兩爲淩雲，巧密爲迷樓，門户房櫳，别爲谿徑矣。太白則仙山樓閣，望而難即。少陵則道君之艮嶽，非國力不辦；然西風忽起，鳥獸哀鳴，不無喪亂之氣。錢郎已還，則知詩守禮之搢紳，或束脩自好之雅士，即家爲丘壑，清流活目，碧樹拂衣，蕭灑無俗韵；然未可語馬家奉誠、裴家緑野，無論石家金谷也。」此論差等不失纍黍。然曲江、摩詰、襄陽、嘉州、隨州，不一齒及，何也？宋、金、元五律幾無可採。明人斷推昌穀、子業，若空同、北地、薛君采、華子潛、邊華泉、李于鱗、王弇州、眇目山人，亦皆表表。然其境地，唐人備之矣。

七言律詩，初唐氣體渾成，蓋開先之作每如此。盛唐則推王、李、高、岑，少陵出而始極海涵地負之奇。中唐情深而文明，區分之，其派有三：大曆諸子皆出于王右丞、劉文房，爲一派，蓋專以情韻勝者；武相、楊司業、昌黎、柳州、夢得諸公爲一派，氣骨視大曆健舉矣；元、白、張、王爲一派。中唐七律無能出此數派者。晚唐則樊川、義山、飛卿、丁卯、端己、昭諫六家外，子華、致堯亦堪踵步。《松陵唱和集》取材極爲新博，然纖弱絶少生氣也。南宋迄元，多學晚唐，元遺山之選、《唐詩鼓吹》可證。而近人轉加排擊，究之，其於晚唐諸家未盡發篋究心也。此一體不兼晚唐，能盡其變乎？

宋初七律皆效義山，不獨西崑諸子也。大小宋公、胡文恭、文潞公、余襄公、晏元獻、趙清獻亦皆是則。雖工拙不同，自是雅音。至劉幾輩競趨僻澀，遂遭歐公之黜。宋人文體於此一變，而詩亦自是變爲質直一派，七言律遂不足觀矣。東坡天才，揮灑自如，稍入流易，山谷以拗峭矯之。放翁語句多同，朱竹垞擊之乃無完膚。然平心而論，貪多之過，「六十年間萬首詩」，欲不雷同，得乎？今試取其七言律詩一二篇，雜入南宋人集中，必其詩超然拔俗，故是一大宗也。

明人七律專法唐人，所以無傖父面目。於此見林子羽、高彦恢倡始之功不小。青丘秀發矜貴，海叟師法少陵，佳者亦稱具體。何李、王李出，而聲調之能事盡矣。故王李、高岑、老杜七律雖冠絶千古，亦以何李四家紹述之，乃相得而益彰。奈何因後之人僅襲皮毛，遂並諸人抹煞乎？

五言長律，王、楊、盧、駱爲一派，燕公、曲江足稱朝廟巨手，陳、杜、沈、宋爲一派。太白天才超逸，不可方物，當另爲一派。老杜則包籠宇宙，精深博大，獨爲長律宗主。摩詰、文房爲一派，大曆後學之，然不能浩瀚矯健矣。元、白、夢得爲一派，其定勢麗辭，亦殊稱穩洽，而昔人已議其嘽緩。晚唐義山爲一派。皮陸矜新，氣格又減，未堪宗傚也。宋、元詩人不專師法少陵，獨於長律一體謹守不踰，故多可採。明人則漸弱矣，不逮宋、元也。

七言長律，翕張變化，尤爲不易。宋、元作者頗多，其佳者僅到元、白耳。此一體自唐至明，皆未見造極也。

絶句五言尤難，要以語簡韵長、不可增減爲主。六朝以前殊有古趣，即《吴歌》、《子夜》等作，亦咸有意致。唐則太白、摩詰、崔司勳俱造微玅，劉文房、韋蘇州等亦自成家。他如金昌緒《春怨》、孟山人《春曉》、元相《行宫》、張處士《宫詞》等作，昔人稱爲絶唱者，鈔中略備；宋以後僅存而已。

七言絶句，龍標、太白兩雄並峙，後人殆難著筆。然唐人工此者爲多，幾於採掇不盡。北宋氣體尚存，南宋專工小景，或傷味短。金、元自遺山、鐵崖外，作手寥寥。明人步趨唐音，不失尺寸，轉以太肖爲嫌，不及七古、七律有獨造之境矣。

詩有昔人不以爲佳而非後人可企者，如少陵《八哀》諸詩是也。若所云《連昌宫詞》優於《長恨歌》，老杜《和賈舍人早朝大明宫》之作必高於岑、王，此等議論，則徒勞軒輊矣。至有詩雖擅名一時，如雍陶之《鷺鷥》、李洞之《終南》、王建之《贈索暹將軍》非俗則惡，宛陵《河豚》佳只前半，大復《鰣魚》竟同謗訕，皆所不録。又如「春色緣何入得來」、「如何人不看芙蓉」、「異日誰知與仲多」、「劉項原來不讀書」、「只換雷塘數畝田」之類，或傷於粗俗，或流於輕薄，不可枚舉，不願以耳爲目，同人去取也。

詩有人品極高、持論極正而不入鈔者，有詞涉冶艷而入鈔者，匪曰誨淫，存之亦可作戒，《株林》《桑中》之得廁于《國風》，蓋亦此旨。世之就面目言詩者，見夫詞涉男女之際，在所必斥，不知古人寄託遥深，或歎遇合，或傷身世，不盡狎邪之作也。通乎香草美人之思，以意逆志，則古人之受屈者少矣。

「詩不必人人皆作」，此語極玅。宇宙中好景新意，千餘年來古人搜抉殆盡，乃欲別開一境，恐不易言。必也綜覽古今，融貫入化，有感於中，不得已而發於言；或流連光景，即目會心，偶然寄諸篇什，如此之作，定見語近情遥，言之短長與聲之高下皆宜矣。若乃捉題足卷，甲所作者不妨移諸乙集，甚且求新奇而入於鄙倍，不作可也。然不作可，不讀不可。興、觀、群、怨，事父、事君，獨《三百篇》然乎？獨於論詩然乎？因其所作而論其世，興衰治亂、人品風化於此悉見，可即此而推其治亂之由，並可即此而求移易之方。且觀其選言必當，則謝幼度帬屐之置，無不宜也；方言俗語盡入鎔裁，則淮陰侯之驅市人就伍也；格律之整齊堅密，則程將軍之刁斗森嚴；鴻篇巨製經營結構，則趙營平之統全算、武鄉侯之策萬全也。通乎此旨，庶幾可與言詩矣。

（姚蓉點校）

護花鈴語

護花鈴語提要

《護花鈴語》四卷，據嘉慶刊本點校。撰者賈季超，字亦群，號春午主人，江蘇無錫人。入贅江陰。乾隆五十一年曾入開封司理喻端士幕。此書有嘉慶三年施晉序，然卷四末有記嘉慶六年事，成書刊刻當在此年或後。賈氏以《聊齋》筆法寫詩話，記事録詩，多藉幽冥鬼神以爲渲染。卷首開篇即記嘉慶元年春與友人賞梅觴詠，友人托夢，得護花之謝，由是成書。卷四稍後一則又記托夢於無錫新建花神廟，賞花護花外復聞鈴聲，題名之義始全。所録閨閣中人詩甚多，此亦「花」之一義，惟多所謂「妾命今朝似屈原」之殉情女也，故全書「護花」之趣味尚能不俗。所録名士詩亦多與閨秀伎樂有關，如吴嵩梁詠桃花詩，妻有和作，又爲吴中女史繡上手帕；楊芳燦五言古《小當子》，詠一寧夏歌兒，爲《芙蓉山館詩鈔》所未收。賈氏又曾與張問陶堂兄海客（問簪）交，記其流寓錫山，設帳畢沅家等佚事，因録及船山（問陶）七古長篇《壬子神女廟同兄祭詩》。惟此詩原題與亥白兄同祭，今略去亥白，則易啓人誤會，以爲船山與海客同祭也。又録黄仲則前後《觀潮行》，亦七古長篇；又記童鈺雋語，以爲「惟以七言古歌爲足狀其（梅）奇横之氣」，蓋二樹（童鈺）嗜畫梅，遂由畫及詩也。凡此皆大溢出其書「護花」之旨矣。

叙

桃梨百樹，指爲庾信之園；楊柳一株，下有嵇康之竈。梅拈金葉，疏牖燈紅；歌唱銅鞮，晴簷花笑。羊裙謝屐，坐中客盡風流；儀筆威詩，社裏人踈月旦。我友春午賈君襟思瑰奇，胸懷磊落。劉毅樗蒲百萬，曾無擔石之儲；王陽裘服鮮華，豈有化金之術？泉明松菊，早就荒蕪；子敬篔簹，新成蒼翠。唾壺擊缺，撫青棠而聊以蠲憂；銅鉢吟殘，對碧桃而豈真消恨？於是九春鶯早，三秋雁初，攜來翡翠筆林，詞名漱玉；贈以琉璃硯匣，句盡敲金。濁酒全紅，時傳壇塢桐郎之事；青燈半灺，更徵秋墳鬼唱之詩。拾以錦囊，積成縹帙，比祖台之之誌怪，絶少幽奇；較鍾仲偉之評詩，不加軒輊。嗟乎，丘靈鞠宦途不達，才退何疑；劉孝標率性被嫌，書淫徒苦。遂乃束書仰屋，卷舌息談，逍遥漁父之遊，偃息衡門之下。偶焉捃摭，著此業殘，敝帚千金，燕石什襲，豈尚欲馳名藝圃、角勝文壇者乎？噫！人奇是書，吾悲其志矣。嘉慶三年六月上浣愚弟施晉。

護花鈴語卷一

無錫雲裝賈季超亦群氏

丙辰春，園梅盛開，馬雲題、程韵篁、余及姪又山花下集飲分詠。又山項聯云：「山川秀氣鍾名士，天地文章付早梅。」雲題極爲稱賞。詩成，漏三下始散。越日，雲題謂余曰：「夜歸卧後，夢一人，縞衣翩翻，揖而謝曰：『昨蒙愛護，花暖香濃。公等固秀氣所鍾，而天地文章，萬紫千紅，無邊絢爛，一枝一葉，具賴扶持。花裏題辭，花間佚事，煩君檢點，無使遺忘，人與花俱幸甚也。』我謝不敏，且告之曰：『此事何不與春午主人言之？』其人唯唯而退。不識夜來君亦同夢否？」余曰：「足下遇事謙退，不期夢中猶爾爾也。」相與大笑。

夜集談詩，友人謂曰：「摩詰詩中有畫，畫中有詩。詩話者亦詩中有話，話中有詩也。」言未畢，忽窗外朗聲曰：「詩無新意休常作，話不驚人莫浪傳。」一座駭然，疑有客竊聽，吟此以相嘲耳。出户周視，絶無一人，唯風響簷鈴、月篩花影而已。

余壬子秋都門南返，闢小圃蒔花木。錢塘蔣石溪過訪，問近狀。余口占一絶云：「問我閑居作何事，兩般勳業媲前賢。談天夜跋三條燭，賭墅朝輪萬貫錢。」客不解。余曰：「不過閑磕牙、鬥葉戲耳。」客曰：「夜談何久？」余曰：「杖頭無物，無從得蘭膏以唱喏，燭三枝跋白耳。」客曰：「『萬貫錢』亦有説乎？」余曰：「近與二三不速客以大籌馬打小馬吊，唯以馬計，則一搏不下萬貫錢也。」客拍案狂笑，驚籬犬，奔吠不絶。

時娘者，某公子所嬖歌妓也。病瞽，然媚態如美人春睡，色技稱盛一時。壬子余在京師，人傳公子詩云：「床頭閑煞紫檀槽，更有誰人慰寂寥。獨擁輕寒眠不得，夜窗燒盡燭三條。」是年余歸，友人華桂山招飲。邀時娘至，彈琵琶唱《滿江紅》詞「白傅青衫，幾回淚濕」，余低吟「獨擁輕寒」二句，時娘停撥悵然。續彈云：「昔年燒盡燭三條，今夕誰知我寂寥？君是何人不相識，薄情詩句又重挑。」唱罷潸然泣下。舉座爲之不歡。不數月，病卒，年僅二十有五。葬惠山六朝松下。馬雲題爲之傳。

癸卯春夜，集飲吴雲士齋中。茂才韓景圖談二泉亭上女郎題詩遺事。余口占一絶，有「風懷好是韓新柳，細雨挑燈説謝娘」之句。景圖有《新柳》詩四首，傳誦一時。得余詩，人皆稱其爲「新柳詩人」云。

閨秀某有《送妹于歸》詩云：「井臼親操爾莫辭，梁家風味自堪師。久研《三百篇》中義，第一無忘戒旦詩。」可謂得風人之旨。

訪程韵篁，路經西溪，前二人毡笠褐衣，語帶齊魯音，艷誦春草詩。聽之，起結不甚了了，中二句云：「只可小添花徑色，未堪輕受馬蹄痕。」真佳句也。趨視其人，面黑虬髯，兩目灼灼如魅，幾令人駭走。

游惠山晚歸，舟過寶善橋。月光波影，清澈於底，得「橋影落波圓」之句，久無以對。

庚寅歲，余借讀惠山忍草庵。其地在九龍第一峰下，山徑欹窄，遊跡罕到。三月十二日，有肩輿至寺。一女年四十許，舉止嚴肅，詣蓮座禮拜畢，至貫花閣，憑欄遠眺，索紙筆題七律一首，中二句云：「千樹皈依參碧漢，萬峰羅列拜空王。」惜起結不稱。詢從人，知爲太倉王夫人也。

丁生，忘其名，年十七，美丰姿。中秋前一日，解塾至惠山。見遊女色甚冶，目送之。月出，始躑躅歸。復于友人家小飲，薄醉，漏已三下。路經黌宮前，見一女郎，隨一婢。生尾之。女顧謂婢曰：「是生似曾相識，得毋爲丁氏外兄乎？」生趨揖，語甚洽，因款生歸。門庭堂宇甚宏麗。生疑此處巨室屈指可數，從未知此爲誰氏。詰女，笑不答。拉登樓，憑窗玩月。女曰：「郎君讀書，才必富，亦解吟否？良辰良會，不可無紀也。」因吟曰：「樓高秋迥夜光闌，簷鐵吟風響珮環。斜捲竹簾西向立，憑肩看煞月中山。」促生録和。生思窘澀，女笑曰：「窗下咿唔，無非笨伯，可慨也。」聞雞鳴，婢曰：「天將曙矣。」女曰：「再煩君録一詩，别未晚。」又吟曰：「一片團團月，啣山月痕缺。山形九曲龍，一珠嵌龍脊。」生録畢，女忽不見，乃知在尊經閣上。頃官吏拈香，知閣上有人，啓鑰，生猶握秃筆一枝，破紙半幅，二詩在紙背。

余年十八，甥館江陰，卧病累月。夜常不寐，得詩十餘首。有「燈殘鼠下梁」句，爲同人稱賞。後十餘載，遊魯，幕兖州官署。與楊月軒談詩，誦「殘燈」句，月軒曰：「子何竊吾舊句耶？」出其稿相示，果有是句。月軒爲成都人，當得此句時，路距萬里，時隔十年，何五字吻合乃爾？

丙午春，開封司李喻二疇招余赴豫。路經盱眙，二疇有端木業在是邑。余至，居停旬日。第二山麓有詩妓馨馨者，知余能蘭石，投詩索畫，有「空谷白雲影，湘潭碧水烟」之句，余亦有詩題畫以答。

余姪又山第四子名棣，乳名科郎。七歲時，每日能讀書二百餘行。年十二，弄筆學詩，有「竹聲雖好不如静，花放終殘竟莫開」二句，余見之愀然，恐其年之不永也。一日，由洛社舅氏歸，忽亡去，遍訪不得。越五載，有寺僧尚智者送一緘至，知其出門時逕往崑山曇華寺披剃，法名三聚，近爲常熟維摩山之方丈。書尾附七律一首云：「此生休問去來因，只向曇華認假真。鶴啄餘糧松落子，虎聽説法草鋪茵。譯經八百原忠孝，化劫三千乃聖神。心累兩般除不得，深恩未報是君親。」後在曇華寺化去。

余題蔡文姬傳詩，三易稿而未善。鮑若洲師改末二語云：「胡笳十八從頭按，可似琵琶出塞聲？」意甚藴蓄。

癸卯冬，馬雲題、吴雲士、韓景圖、陳亦雲過訪。即景分詠，各就案頭捉筆。景圖獨倚屏側，苦吟「風外應餘我」五字，聲微韵咽，時日已薄暮，燈火未來，落葉寒風，颯然階砌，覺其詩句大有鬼氣。雲題乃疾書《放歌行》一章，氣勢滂薄，高吟狂笑，燈燭四照，杯酒歡呼，滿座氣暖如春矣。

程韵篁開泰性慷爽，詩文雄傑，有《客杭》、《攬雲》諸集。與余交最深。一日，同馬雲題飲攬雲樓，過醉宿焉。曉啓西窗望遠，韵篁口占云：「山漬露華烟帶白，楓酣霜色樹搏紅。」雲題擊節嘆賞。其《詠懷》云：「青山只恨無知己，白雪何嘗不媚人。」《蠟燭》云：「若嫌話短更還短，只爲心多淚愈多。」《江行》云：「潮落船耕地，江清人上天。」《岳王墓》云：「偏師已奪金人魄，全力當回趙氏天。」《無題》云：「醉淺詩猶斂，香多夢未寬。」皆佳句。

余在歸德工次，沿堤以席篷圍作公廨，外則避水人民露處。夜静聞吟聲，異之。尋聲出視，見草篷中席地坐一人，年二十餘。詢其姓氏，曰：「余考城秀才李澐也。田廬被水沖没，避難來此。」余聞之惻然。叩所吟，出詩稿一本，乃其妻孟氏所作。云前一年卒，未葬，柩爲河水所漂，悼之，因讀其遺詩耳。余假歸館閲之，雖不甚佳，然每首中必有一二好句。五言詩如「人去鳥空啼，雨過沙粘砌」，「行人愁落日，飛鳥怯回風」，「近水翻波白，遥山入夢青」。七言如「最是年荒村婦苦，攜筐尋遍馬蘭頭」。越日以詩還之，贈以數金。開壩期近，乃攜裝徙去。

河南遂平縣署西齋，舊傳有鬼爲祟。丁未，喻二疇調任是邑，幕友邵某無故縊死。戊申春，余初至，即有爲余言者。住十餘夜，無所見聞。一日，宴同鄉華三英明府公館中，席散夜歸，童子方啓鑰，室中如人趨避聲，觸椅桌兀兀作響。余雖心異之，而詭稱奔鼠，斥童子勿懼也。是夜微雨。晨起，童子白堂屋壁間隱有字跡。余就視，如以手爪劃草書，字體多有不完者。摹擬讀之，乃是五絶一首：「夜雨泣孤魂，難認歸家路。夢繞大江南，秋烟冷瓜步。」「瓜步」二字尤草率。余方疑擬，適二疇至，視之曰：「無疑也，此邵公所作。邵公，襄城人，曾作瓜步司巡檢，罷官來此。」余聞之愕然，是日即移榻他室。二疇因延僧衆作佛事，余爲文以祭之。

茂才全某善屬文，詩不多作。《秋山登眺》有「黄葉江南餉我愁」之句。七字可傳，即謂之詩人可，即呼之爲「全黄葉」可。

「桐陰見落花」句，以「見」字易「遍」字、「散」字，俱覺未妥。王堅齋曰：「何不用『聚』字？諸花質輕，因風即颺。桐花質重，落依其根也。」此亦一字之師。

《乩仙》詩起句云「雲落壓花影」，五字具有仙意。又：「種樹溪水邊，水清見樹影。鳥巢溪水中，魚戲樹之頂。魚鳥不相涉，毋乃是幻境？」其出筆洵非凡品。

周掄仙暻遊楚，書寄韵篁，歷叙旅中況味，兼詩數章。其《夢中得句》云：「歲暮親朋都到眼，天涯風雪最關心。」亦佳句也。

馬逢伯瀛家貧，性曠達。年五十，猶應童子試。邑侯甄輔廷賞其才，拔置第一，始遊庠。送學時，人皆謂「龍頭屬老成」也。余畫扇題句嘲之云：「馬龍頭，炯炯光兩眸。面如赭，髯如虬。金煌煌，鼓鏜鏜，青旗皂蓋列兩行，行人笑叟今爲郎。昔馬頭，今龍頭，龍頭變鹿明年秋。」又絶句一首：「只識驪黄不識牛，蠢牛春午象形否？君須逢伯余名季，相遇桃林各掉頭。」人蠢如牛，方可作守錢虜。余號「春午」，以其形似「蠢牛」，亦執鞭求富之意也。

高生名環，年十一能詩文，父母鍾愛之。訂婚于南鄉倪氏，女亦慧，工詩。倪既悦生才，生亦慕女通文墨，兩心竊喜，謂才子佳人信有之也。年十八，婚有期矣。生忽患失血症，父母議緩婚期。拂生意，病加劇。私告母曰：「兒合眼便至一處，門庭堂室，歷歷可記。後一小樓，見美女，或憑欄長嘆，或倚幌凝思。鏡奩旁有詩一帖，題曰『緑苔詩草』。其最後一首云：『百花開後春將去，我欲留春春且住。春光抵死不肯留，憐我尋春向何處。』」語畢，昏眊中猶吟此詩，未幾卒。女聞訃自縊。父詣高氏弔，詢知生夢中所到，宛是其家，詩則其女所作也。嗟歎久之。

吴松崖賓書，逸泉先生楙之孫也。工詩古文詞，善畫梅，以秀韵勝，而尤長於小竹。余仿馬湘蘭法寫蘭，題句以贈：「湘蘭妙筆絶無塵，粉黛英雄各有真。愛煞吴郎工畫竹，豐神也似管夫人。」庚子春，余之豫，松崖亦將北行，爲余寫春郊飲馬圖照，題詞有「細草平蕪，垂楊暮雨，各自别江南」之句。余客蘭陽，松崖適至宋州，因招致敘晤。彌月後，余將南歸。值天寒風雪，松崖把盞臨岐，贈詩云：「飄零書劍計全非，倦客經冬又憶歸。詩稿半添遊篋重，雪花遍向敝裘飛。波濤九曲黄河險，鼓角三更白雁稀。嗟我風沙滯行跡，憑君傳語寄寒衣。」迄今交二十餘年。每見集中佳句甚多。五古如《子夜歌》云：「憶君君不來，留君君不住。妾夢出門時，君夢歸來路。」五律如《甘露寺》云：「斷崖蒼蘚路，畫意有無間。薄暮客停棹，亂雲僧閉關。鷗心四時静，草色六朝間。誰與話招隱，沿江漁父還。」《題自畫梅花》末句云：「今朝圖畫裏，聚得美人魂。」《春雨樓》中聯云：「緑雲都化水，紅雨欲遮樓。」《自秣陵至揚州》起句云：「細雨畫船停，春山聞曉鶯。來從桃葉渡，去住緑楊城。」七言《宿靈巖》云：「古寺秋從黄葉老，隔溪人帶斷霞來。」《山塘》云：「柳外飛花輕似夢，亂隨紅雨過長亭。」名篇絡繹，美不勝收。

吾邑填詞家，自秋水、梁汾兩先生後，絶響久矣。近日惟吴松崖致功最深。松崖之論詞也，謂秦七黄九固稱詞場妙手，但秦則太熟，山谷非無好詞，而體類排優，亦覺不雅。柳屯田調最諧叶，未免酬應作多。若「楊柳」、「曉風」之句，集中亦屬僅見。惟美成之深厚精緻，白石之清脆雅潔，殆爲詞家冠冕。又云手眼不妨過高，自待不妨過刻，總以古大家爲歸，方有進境。余深服膺其言。記其《臨江仙》詞云：「芭蕉葉上雨三更。也將離别淚，滴作玉階聲。」《清平樂》云：「留春不住，春與郎同去。愁裹送郎無一語，花落滿身如雨。」《青玉案》云：「花憐小劫，人憐薄命，一樣銷魂處。香銷被冷，燈深漏斷，想著閒言語。」幽香妍膩，一字一珠。

某村張某，妻早卒，無子，一女名銀姑，年十八，能詩，善畫菊。里中有豪族某，謀女父産，以他事嗚諸官。陷囹圄中，一載始出。女已積恨，誓必報。後又因牛踐某豪墓，糾衆將女父縛去。女聞趨至，突掣刃欲刺，某懼走匿，衆亦散。女解父縛歸。後許字李生，以父病，請緩婚期。越五載，父殁。葬後，召媒至，曰：「我以父病，故遲嫁。今若待終喪，則止知有父而無夫也。語我翁姑，擇日我歸矣。」遂嫁。余感其事，得絶句一首云：「恩仇何暇計安危，獵獵寒風撲面吹。我亦生平愛遊俠，低頭從此拜蛾眉。」

秀才陳瀚號叶雲，馬雲題妹倩也。美豐儀，詩亦婉麗。嘗記其《秋螢》五律云：「爾亦飄零慣，年光惜逝流。燈殘吴苑雨，星落洞庭秋。明滅虚今夕，高低颺舊愁。竹亭人遠望，何處動簾鈎？」《春陰》七絶云：「三春好夢滯江花，雲影還垂一幙紗。盼到亭前無箇伴，緑楊枝上冷雙雅。」《落花》云：「金谷繁華付曉霜，馬嵬泥土剩空囊。殷勤早進巴陵酒，回首東風已斷腸。」《秋杪登龍山絶頂》云：「湖山影裏共憑闌，一片秋心萬里寒。多少天風吹不盡，蕭蕭木葉雁聲乾。」風調絶佳，惜多衰颯氣。年二十有二，遽赴修文之召。雲題嘗於秋夜夢見叶雲，欲即之，則卻立窗外，吟絶句一首，後二句云：「卻怪雨絲無氣力，隨風吹過白蘋西。」逼真鬼詩也。

閨秀馬香田，叶雲室人也。幼即能詩。一日觀六朝史，欲質疑于兄。適兄晝寢，乃口占嘲之曰：

「欲問六朝興廢事，何人扶起睡魔頭？」兄曰：「六朝人，無一人不在睡夢中者，阿兄安得不高卧？」香田又隨應曰：「若羨六朝人夢夢，阿兄何事睡還醒？」其機敏如此。有《眉痕詩草》一卷，余因叶雲得見之。記其《惜春》一絶云：「東風一夜剪紅綃，深院誰人唱緑腰？二十四番花信裏，教人一度一魂消。」叶雲殁後，遂不甚有作，作則多淒婉之音。近見《鏡空小草》，有《秋夜感懷》云：「今夜名花總覺空，和雲冷落五更風。侍兒不省愁多少，尚説年時燭影紅。」《自題小影》云：「白鶴招來駐歲華，雲山深處是吾家。四圍只愛松陰滿，懶去瑶臺掃落花。」「深林一片翠雲流，底處裝成十二樓。且坐石牀閒點筆，任憑松子落高秋。」又于貞孝女唐素畫卷内見其題二絶云：「久識山中處女賢，蓬廬過訪到今年。一牀絮被渾身布，都是三春賣畫錢。」「古今節孝亦陳陳，豈獨宣州葛妙真。他日香花橋畔石，阿儂也是勒名人。」慧麓香花橋有貞節坊，故云。

陸士英者，南鄉老塾師。館某家。夜歸，經古墓側，見兩女郎坐樹下。陸心異之，不敢逼視。又自念年已過六旬，當毋避男女嫌，因就問氏族。二女初不答，繼乃私語曰：「此某先生也。」一女曰：「余姓卞，今夕同鄰家妹在此玩月。偶得一律，先生勿吝教。」乃吟曰：「密樹圍寒色，微風葉底生。山容描月影，石齒漱泉聲。獨處誰爲伴，千秋空復情。一抔黄土在……」吟未畢，有路人突至，二女忽不見。按邑乘，祇陀寺旁乃卞玉京墓。陸所遇，爲玉京無疑。第鄰女又未知爲誰耳。

辛卯春，鮑若洲師、邵星城訪徐墅陳君，集亦園中。星城誦其《登金山》詩，中二句云：「新月眉邊過，低帆足下飛。」若洲師疵其「新月」、「足下」太似現成，先改「足」字爲「脚」字，欲改「新」字，沉吟未得。座中有新貴某，驟曰：「『新』字有何難改，何不易『皓』字耶？」舉座啞然。

鮑若洲師江行得句「潮漱樹根虚」，未得對偶。和陽返棹，夜泊江干，夢中聞朗吟云「篙攢山脚空」五字。推枕起視，舟子未寢，一燈猶熒熒未滅也。

若洲師名汀，工詩，善畫山水。與俞是齋堤齊名。著有《讀畫山房詩稿》。其《易簀》詩云：「赤脚紅塵六十春，梅花又見一番新。西山猿鶴休相笑，鍊石何如養性真？」亦可以見師之去來有自也。

公子某偕友二人赴金陵，巨艦湘簾，僕從甚盛。至丹陽驛見鄰舟中一生，衣履樸陋，而意象閒雅。隨一老僕，狀類郭橐駝，於破蓬底捫虱。公子慨然曰：「如此求名，令人起敬。」揖生，語移時，强欲邀過大舫同行。生固辭，各放櫂去。生舟駛先出京口，阻風，因登金山，遊眺久之。公子二客亦至，攜榼提壺，拉生同飲。公子曰：「此會不可無詩，請以山字爲韵，各賦一律。」公子先得山字韵一聯，二客極口稱賞，謂無出其上者。生援筆立成，項聯云：「江臨大地原無地，寺裹名山不見山。」公子駭然曰：「不料君具此美才。」因問姓氏，始知爲澄江黄茂墅也。茂墅，名駿飛，與余善。

茂才黄念峰進，工詩，脱口新穎。一日集洛社楊氏園，見案上有錢二十二文，余姪又山戲謂曰：「君詩穎捷，請試之。」因指錢爲題。應聲曰：「看來高一寸，數去過三分。」座客皆嘆其工。吴中以七文錢爲一分。

又山姪遊皖江歸。邵星城索觀遊草，至《玻璃泉》一律中有「潮平塔影浮」之句，星城推案下拜，座客皆驚。星城曰：「余曾遊其地，『潮平』句真入神之筆，不得不下拜也。」玻璃泉在盱眙第一山，山下爲洪澤湖之尾，俗名「頭鋪河」。水中孤塔獨聳，即東坡禱風處僧伽塔也。近爲水所衝塌。十年前尚留其半，今止存其址矣。

宜興陳求夏檢討子工詩，記其《度紫荆關》二律云：「匹馬萬重山，山泉響玦環。曉寒今日甚，野燒此間繁。雲氣時離合，嵐光倏往還。居人爲遥指，嶺上紫荆關。」「鎖鑰憑天險，城高鳥不飛。時平荒斥堠，客久綻征衣。萬馬奔泉闊，千盤險路微。山村早投宿，黍飯足充飢。」

沈畹蘭，詩妓也。年二十有五，誦白香山《琵琶行》，至「老大嫁作商人婦」句，嘆曰：「嫁不可遲也。」有某公子者，美於才，家貧，性豪邁。姬斂金嫁之。其定情詩云：「寧斷紅絲不斷情，此生情重此身輕。當壚雪得文君耻，只要郎才似長卿。」謂公子曰：「君望族，我只可備小星，當爲娶夫人也。」請于姑，聘儒家女。自行聘及親迎，皆姬力。合巹之夕，作《花燭詞》，中二首云：「爐香裊裊漏遲遲，天上雙星欲渡時。曉起笑依花細認，春風開到幾枝枝。」「詩客從來愛好詩，名花端的愛花枝。來朝儂代張京兆，深淺眉痕畫入時。」姬執婢子禮甚恭，女自知才貌不及姬，有妬意。後見詩，恚曰：「何訕我！並欲導我畫長眉誘客耶？」獅吼日逼，姬皆曲順之。年餘，女舉一子，因産殁。姬事姑孝，撫子如己出。

楊篔谷棻，少有文名，工詩詞。其和張莒亭觀察《題蟂磯靈澤夫人》詩云：「兩國姻盟一戰寒，椒房慟哭殉江干。手文定有夫人魯，心旨難傳太子丹。怨魄化龍騰寶劍，隕星如雨没珠冠。只今祠廟猶西望，長見愁磯鎖急湍。」雄健之作也。

篔谷爲靈武山長，集飲陸蘭村觀察家紅藥花下，即席口占云：「爛熳石榴前，遲卿富貴年。」觀察拍案云：「此纔是芍藥本相，非借影牡丹者。」

古人即景作詩，對句有天然湊泊者。吾邑擅九龍、二泉之勝，一水一山皆供詩料。曾見友人《懷友》詩云：「夜月漁榔鷲子岸，春風鶴夢鴨城橋。」可稱佳對。他如俞是齋詩：「梨花酒熟雙溪店，春雨人歸八字橋。」顧響泉先生云：「人去專諸塔，春深泰伯祠。」俱極天成。若洲師《竹枝》云：「阿儂家住雙河口，不許郎君上獨山。」尤巧合。

顧謂齋名斗光，有《秋庭雜詠》一卷，和者甚多。其《題藍菊》一首，末句云：「簪上雲鬟看不厭，遠山一角夕陽時。」其姪笠舫名敏恒，有《貞娘墓》詩，末句云：「年年寒食山塘路，拈取飛花認美人。」俱風調絶佳。

丙午春，嵇蘭谷先生于京邸列盆梅，同官俱賦詩。秦司業有「直疑名士過江來」之句，見者無不敬服。

嵇蕚峰齋中集飲，賞菊分韵。吴半舫中二句云：「老去詩腸真隔膜，燈前醉眼似籠紗。」座客俱遜，亦可云壓倒元白。

嵇晴軒太史招鮑若洲師、楊笠湖先生、張仲雅孝廉、吴崑如、嵇静園、鄒氏昆仲與予共十餘人集絢秋書屋，作《仲弓問子桑伯子》題文一首。脱稿，晴軒評楊笠湖先生作爲第一，中有四語云：「使伯子而生三代，可巢可由；使伯子而遊聖門，非狂即狷。」深爲嘆賞。夜設筵爲文讌，各賦七律二首，限即席成韵。一時傳盞歡呼。仲雅不能飲，詩中有「西風冷到酒邊人」之句，其風骨高騫，亦可想見。

先君子官宛溪時，與湯武伊、梅舜諮、詹玉亭、湯萊園諸前輩，爲南樓詩社。萊園家近敬亭山，有園林之勝。先君子題詩齋壁，有「茶熟鳥從花裏喚，酒香人隔沚中居」之句，同社皆稱爲沚香先生。甲申春，萊園没，先君子解組將歸，留别同社云：「聚散渾如夢，晨星幾個明。存亡方隕涕，離别又關情。疊嶂春常在，南樓月自横。從兹詩酒社，孰繼謝宣城？」

楊春帆湘工詩，善書，得二王法。一日過訪，余適他出，案頭有爲李侍齋蘭石畫一幅，春帆題詩其上云：「昨宵夢到湘江上，葉葉春風夾岸香。曉起踏霞尋賈島，墨花飛滿讀書堂。」侍齋得之大喜。

辛亥冬，雪中集飲唐湘橋花圃中，分韵詠雪花。華桂山、秦玉林諸同人尚未脱稿，座中惟華滙川年最少，詩獨先成，中二句云：「緣知天女空中散，會向將軍甲上飛。」誠佳句也。

茂才徐執存希亮，工詩，所著有《銀蠣集》。與吴門姬善。余曾見其贈徐生金扇一柄，上題云：「真金扇，真金厚。出儂袖，入君手。莫待秋風扇始開，若遇秋風開不久。」大有樂府遺意。字體亦嫵媚，如美女簪花。惜未見其人也。

嵇曼叔承樸，文恭公第五子。慷爽多才，工詩，受業鮑若洲師。年十二，即與俞是齋、張仲雅相倡和。詩格近六朝，惜多散佚。記其《本事詩》云：「秀秀冬冬盡解愁，商量無計得勾留。儅他望眼重臨鏡，拚卻銷魂更上樓。鄭重後期空屈指，零星陳事説從頭。離情不及隨風絮，遠送春江九曲流。」「浮生無分學吹簫，來往曾經廿四橋。多恐花飛春易減，誰憐人去酒難消？緘愁除是同功繭，寄淚惟憑一線潮。波上彩雲留不住，教儂錯恨木蘭橈。」

魏秀才騰萬，固始南鄉貧士也。授徒鄰寺。一日晚歸，路經小土地祠，内塑土地神及夫人像。生心念屋小如斗，出入由竇，何以棲靈。歸至夜半，妻忽自床起，笑語失常，曰：「蒙郎顧盼，有詩求和。」吟曰：「何曾金屋只荒祠，窄窄心魂怯怯支。蜥蜴燈明涼雨夜，蜘蛛簾捲曉風時。低沾草汁添眉黛，寒落松針刷鬢絲。最是傷心聞野哭，鵂鶹啼上白楊枝。」又言：「我鄰村李氏女魂，今爲土地所娶。郎如不棄，後夜當復來。」生駭避，妻仆地醒。生懼其復至，令傭者以穢物實其竇，遂無他異。

俞雪屋年伯鴻慶之三媳某氏，工詩，早卒。嵇曼叔曾見其遺草，記其《詠盆梅》末句云：「一種幽香深護惜，待他和靖倦遊時。」

吾邑五六十年來，談詩者首推吴一峰。一峰諱峻，丁卯副榜。余年伯容齋先生鼒長子。少讀書，日記千言。其詩學少陵、義山。子培輯《尋樂軒詩稿》十二本藏於家，所梓《冷遊草》、《寄淮草》二種，全豹一斑耳。其《入蜀詩鈔》二卷，風力尤高。如《温泉懷古》云：「飲鹿槽邊野鹿過，鬥雞坊下曉雞訛。名香氣與邊烽接，碎錦浮如戰艦多。已聽讙聲來少海，從教愁緒隔横河。朝元閣上懷仙曲，未抵滄浪孺子歌。」「夜雨淋鈴還向秦，咸池猶在費逡巡。紅牙豈是歌成拍，金線何曾繡得真？月似波横龍尾道，山如浪撲馬頭塵。當時門外抄名入，豈要尋常來往人。」《渡孟津》云：「天從西北神州去，水自東南大幹來。」《過百牢關》云：「馬頭尚掛秦時月，牛後曾通蜀國山。」又五言云：「嶺色横天碧，河身接海黄。」「春光辭古道，岳色覆行人。」警句不可勝收。

吾邑顧海門先生龍光繼室王夫人，能詩，尤工舉子業。憑文決科，無不中者。雍正庚戌，先生應京兆試，郵寄闈中作歸。夫人閲之，寄詩入都，有「龍門定識君當躍，此日猶須點額還」之句。榜發，果下第。及壬子，覽試作，復寄詩云：「爲燒絳燭深更坐，好待泥金帖子來。」是秋，遂領鄉薦。己未會試卷，夫人復許可，遂捷南宫。海門《贈内》詩有「菱鏡照時花及第，玉釵横處尺量才」之句。

過鶴，字飛卿。少即能文。年二十七卒，無子。一女歸顧湘舟。湘舟彙其殘稿示余，摘録其佳句。《夜泊山塘》云：「燈火光連千市月，笙歌聲接五更鐘。」《秋日山行》有：「鳥歸紅樹暮，葉落碧山秋。」古體《憶昔行》有：「奪得臙脂山，早晚好歸里。開邊非聖心，功名自足紀。」稿中絶筆有「歸夢還家三百里，斷魂遂浪一千重」二句，其時客江北，夢與家人别，醒而作此。歸即病卒。

湘舟館某家。一日有客驀至，敝衣垢面，乞助資斧。旋索紙筆，録其《夜宿古廟近作》云：「蓉湖排柳掛斜曛，山色溪光契夙欣。窺影月明憐獨宿，夢回身被半天雲。」書宗歐陽率更，蒼勁可觀。聳然異之，詢知爲浙之茂才，路經此，窮於逆旅者也。

由蘭陽工次至卞，與張鹿園同車。午後風雪大作，積地寸許，雪俱成黄色。余異之，以問僕夫，答曰：「雨後下雪，塵土已濕，雪積則色白。若雪前無雨壓塵土，風捲沙和雪色黄。北地與南方不同，其理如此。」余方然其言，鹿園驟曰：「好詩句。」余不解，鹿園曰：「僕夫所云，乃七言古詩，盤空生硬之句。」誦曰：「雪前無雨壓塵土，風捲沙和雪色黄。」相與狂笑不止。而僕夫不知所吟何語、所笑何因，唯揚鞭呵斥而已。

顧秀才達夫蕃，梁汾舍人玄孫。嘗爲予誦梁汾《滸溪行》，詩云：「溪口白雲晴不歸，溪邊紅雨沾人衣。老漁收罾坐釣磯，人家賣酒開雙扉。艖頭鯿老鱖魚肥，短蓑藉草争相依。欲醉不醉烟霏霏，去與亂鴉投落暉。」因言梁汾吟此詩，鄰舟漁人聞之驚喜，邀坐釣磯，煮酒相待，談詩竟日。惜不傳其名，殆畸士也。又言梁汾未舉京兆時，入都，題詩寺壁。龔端毅見之，至「落葉滿天聲似雨，關卿何事不成眠」句，大爲延譽，名益騰起。

吾邑鄉城間多寶坊。歲逢四月八日，設啓壽筵最盛。有女僧《詠浴佛》詩云：「一絲不掛絶塵埃，跳出無邊苦海來。傳語世間諸弟子，三層高閣是蓬萊。」尼號曇華，著有《曇花小草》。其《自題小影》云：「剪下雲鬟脱翠鈿，天花飛遍鏡臺前。憶從歷劫秋風裏，小住人間十八年。」

壬子春，同沈少盧、吴曉堤雇吴江船北上。每夜聽舟子山歌，俚鄙中俱有意趣。因憶吴一峰先生稿中有《吴江山歌》，中一首云：「吴山脚下唱山歌，山似彎彎雙黛蛾。天上月兒糖餅大，此中不信有嫦娥。」以語舟子。大喜，請復誦數過，即能高唱入調。明夜余解衣將卧，舟子請曰：「既喜山歌，儂有一曲請教。」唱曰：「春宵月亮似秋霜，船門不閉滿艙光。吴儂船小載得重，狀元榜眼探花郎。」少盧、曉堤笑謂余曰：「此舟子可云世外賞音。」余曰：「舟子熟於此，即能作歌，無怪世間讀唐宋詩數百首即能湊合五七字，自詡能詩也。」

龔静照字鵑紅，龔佩潛先生女。工詩畫，著有《永愁人集》。佩潛殉節秦淮河。鵑紅以尊君有懷沙之痛，又自抱天壤王郎之感，故詩情凄斷，以「永愁」名其篇。《清明病中作》云：「桃花春水漾零紅，作意新苔繞畫櫳。酒覺多情同入夢，花憐有劫尚隨風。難消蠹癖依千帙，未了蠶絲結一叢。幾念先人青塚路，紙錢飛蝶滿墻東。」長洲閨秀吴琪，字蕊仙，號佛眉，常以詩詞問答。其《寄懷》詩云：「詩狂生性與卿同，遺世搜奇興不窮。見説緑窗嫻劍術，白雲深處禮猿公。」

閨秀黄之柔，字静宜，吴藺次配，有《和鵑紅韵》詩云：「簾捲飛花落硯池，掃眉才子坐題詩。兩山烟雨青無際，猶是雙蛾半蹙時。」

閨秀張雅宜，字静山，性端謹，解音韵。年二十歸王栻，食貧勤作，得堂上歡。有《緑窗遺草》。《商綉》云：「初晴天氣自清佳，芍藥階前長紫釵。閑與小姑商綉作，就中先做踏青鞋。」年三十卒。王栻《悼亡》詩云：「豐神恬淡出天然，氣似幽蘭品似蓮。生性不容輕見客，影形未倩畫師傳。」

王朗字仲瑛，金壇王彦泓之女。能詩善畫，自號無生子，又號羼提道人。歸秦氏，二十而寡，三十餘而卒。著有《斷腸草》。其《寒詞十絶》中二首云：「小窗風捲夕陽烟，吹送花香拂鬢邊。聞道隴頭煩驛使，折梅和淚寄妝前。」「女牆東角吐銀蟾，一院凄清鎖暮烟。幸有孤鴻似儂伴，也批霜月唳遥天。」無子。葬於龍山之麓。以秦對嵒松齡爲嗣。

婁巷内樓房五間，有鬼爲祟，無人賃居。一日有句容人賣雞者，欲租房暫住。鄰人戲之曰：「此樓五間，每日只須錢三文。」客大悦，交鑰啓户。鄰人竊笑之。至夜，客未寢，樓上似有人行坐聲。頃下樓一美女，欲撲滅燈狀。客駭，長跪告曰：「異鄉孤客，與汝無冤，勿殃我。」女忽止立，凝思曰：「汝能爲我白冤，不惟不仇，併有厚謝。」客請所以。曰：「我姓姜，小字福姐。父母住東門。前十八年，有福建緞客劉明如在錫娶我，賃此樓以居。年餘，明如欲歸，約二年中來挈我歸去。後歷三年不至，父母欲我再嫁，我誓不負約，愁病以死。死後如劉郎果來，則彼不負心，我死無恨。孰知竟不再至。渠負我，死不瞑矣。君能挈我赴閩尋其人，我當奉報。」客曰：「幽明路隔，如何便能挈帶？」曰：「是不難。逢關津橋閘，呼我名三聲，並燒錢紙，則無阻。此地第七方磚下，有銅脚爐一個，中貯金鐲一雙，珠簪一對，白金五十兩。此劉所留，父母不知，藏之久矣。詩稿一本，亦在其中。君取出作路費。到閩後，仍來此，向鄰里備述今夕之遇，以明我心。詩稿交東鄰李母可也。」客力任之，女再拜登樓。天明，客啓磚，如其言。至閩，賃居劉家左近。聞七日内其家連死數人。客仍來錫，如女言告鄰右，并詩交李母。其稿友人曾見之。其《題畫月粉花》云：「瞥見翻疑假是真，寫生妙筆絶無塵。那能摘向妝臺畔，一朵輕盈壓鬢雲。」《自嘆》云：「聞見無非俗，門庭未免荒。塵封牆紙裂，屋古瓦松長。客思三秋暮，西風九月涼。誰家搗衣者，砧杵夜來忙。」《喜團圓》詞：「阿嬌愁損雙蛾蹙，瘦得腰肢一束。爲望檀郎歸速，暗把金錢卜。　他鄉行樂因忘蜀，不念繡幃蕭索。秋草黄兮春草緑，一載人居獨。」詩詞佳者甚多，不勝收録。

秦曇字曇筠，觀察卞公側室。有《友梅齋剩稿》。其《題楊妃春睡圖》云：「玉人午倦背花眠，鬆盡雲鬟墮鬢蟬。侍女也知春夢好，不教鸚鵡近窗前。」

陳其年《婦人集》内，有周炤字賓鐙，江夏四子，湘楚中人。傳其丰神纖媚，姣好如仙，敏給知詩。

歸漢陽李生名以篤，字雲田，别號老蕩子，與國初諸大老善。家先有大婦，炤眉黛間恒有楚色。李愛客遊，嘗攜炤殘牋數幅，示友人，無不色飛者。龔静照《題賓鐙詩》云：「藥房新詠氣如芬，柳絮名高自不群。握管獨吟詩博士，畫眉争識女參軍。嬌藏金屋音猶遠，步出香塵色轉殷。祇爲天涯消息杳，幾番愁摺石榴裙。」

閨媛避秦人，不知其名，有詩箋存漱雲堂。其《寒詞》云：「小屏人静玉笙寒，一穗殘燈伴漏闌。爲愛焚香消夜永，滿庭明月不曾看。」

孫旭暎字曉霞，孫雲朝之女。家住婁巷。雲朝爲監生，刻苦讀書，無子。旭暎矢志不嫁，傭書養親，嘗有「巾幗而今有腐儒」之句，故蔣湘帆以「巾幗腐儒」署其横卷，且爲之作傳。一時題詠甚衆。其自作詩名《峽猿吟》。同邑汪芬木嘗稱其句云：「行藏自昔輕三窟，趨避於今鄙六爻。」

朱夢梨字蘊素，戴禮之妻，著有《蘭膏賸草》。其《示妹》云：「我生命不辰，垂髫失阿母。煢煢影伶仃，依倚惟慈父。妹時才五齡，嬌癡未絶乳。依稀夢寐間，猶作唤娘語。我時心痛傷，涕泗每如雨。恐傷老親懷，吞聲起抱汝。及今妹長成，盈盈年十五。不學時世妝，行動中規矩。針綉既能工，柔翰亦楚楚。差慰慈父心，姊妹無或忤。不期薄命兒，愁病日爲伍。五載一病身，展轉無時愈。寒暑氣非常，藥餌那能主？孱骨瘦於梅，傾側總成楚。回思七載前，顔色如花娬。對鏡理晨妝，嘖嘖羡鄰姥。邇來愁病煎，形容竟如許。盛衰固物情，梨花夢何處？未知有生安，焉知鬼籙苦？」

倪素玉字無瑕，鄒亦樓雲城之妻。能詩，有《冰壺小草》。其《暮春》詩云：「片片殘紅樣碧溪，捲簾人立小窗西。無情最是枝頭鳥，落盡春花只管啼。」

閨秀秦清芬有《江南好》閨情詞：「人静也，獨自怯憑欄。戲剥瓜仁排卍字，閒將㲹底印連環。無事上眉彎。」瓜仁，瓜子仁也。

顧氏，侯麟勳母，有《南鄉子》詞和秦表妹王仲瑛云：「雨歇滯江城，歸夢初醒向水程。畫舫自維衰柳下，堪憎。幾樹啼鴉不住聲。　極目亂雲横，恰是離愁次第生。才到故鄉悲作客，松陵。歲暮棲遲人再經。」

秦夫人王仲瑛《浪淘沙》詞云：「幾日病淹煎，昨夜遲眠。强移心緒鏡臺前。雙鬢澹烟低髻滑，自也生憐。　不貼翠花鈿，懶易衣鮮。碧油衫子褪紅邊。爲怯遊人如蟻擁，故揀陰天。」又：「疎雨滴青簽，花壓重簷。綉幃人倦思厭厭。昨夜春寒眠不足，莫捲湘簾。　羅袖護纖纖，怕拂香奩。香爐香倩侍兒添。爲甚雙蛾長翠鎖，自也憎嫌。」

丐者，餘杭人，無姓氏，年約三十餘。攜紙筆，出賣詩文。人給錢數枚，命題令作破承起講，或作詩詞，援筆立就。在市十數日，人争傳説，並有好事者隨行記其所作。一日在鳳凰橋，余見之，破衣敗履而神色迥異。先有一人向其買詩，以「鳳凰橋」爲題，即限題字。丐者席地坐，捉筆書絶句一首，云：「也不飛來也不啼，讓他野鶩與山雞。自從五色填成後，要待才人綵筆題。」適有童攜豆腐一筐過其側，其人又給錢數枚，以「豆腐」爲題，限「斑」字。丐書云：「可知佳種在南山，煮即然萁任世間。磨已去磷淄不涅，麻姑長爪莫成斑。」又以老少年一枝索詠，書曰：「霜前雪後見丰姿，小圃秋容又一時。

似爾無情能不老，阿儂怎免鬢添絲。」突有二人破圍入，其一人欲給錢數十文買詩，其一人曰：「此輩無恥，假以詩文自炫，賺人財鈔。既有薄才，何不自謀，乃向街頭乞食爾。」我爲友人約在某家博，待久矣，拉之去。丐者慨然曰：「紈絝不餓死，儒冠多誤身。若輩將來似我，并無詩可賣也。」捲紙筆去。

徐鐵海挺，華亭人。英年卓犖，學有本源。與余訂交于徐二華鈺署中。其《招飲》詩云：「一歲看將盡，寒更興不豪。可憐霜上月，猶照客中袍。壯志依長劍，歸心逐大刀。邀君來痛飲，昨夜貰芳醪。」

朱配霞，江陰上舍朱惠安季女也。性穎悟，年十二即能詩。六年積詩若干卷，喟然曰：「吟詠非女子事。」遂不復作。題其集曰「甲辰」，以誌歲也。年二十適邑庠生趙曰成，十載而寡。又四年，以哀毁成疾卒。稿散失。其師張澹苑先生聞氏歿，檢遺詩若干首，存篋中。氏子湘，字雲驤，穎悟能詩文。年十九以冠軍入邑庠，未逾年夭。疾中以母遺集，哀囑同學友茂才汪韜之徵，代爲刊刻。韜之有文行，不負友囑，並檢其佳者，付楊仲威先生，刊入《江陰詩存》。見其《塔燈》云：「元夜江雲墨色鋪，半空誰又見浮圖？牟尼現出光明相，七級層懸串串珠。」其《七夕憂旱》云：「紅雲繚繞鵲橋邊，離恨難將石補天。我拜雙星非乞巧，願揮别淚潤瓜田。」

錢唐田穮，字可田，進士，工詩。其《題百花圖》云：「馬蹄竟出長安道，羞向人前説看花。」又《贈徐鐵海》云：「有花可看須沽酒，無地容耕且讀書。」時人稱之爲「田看花」。

吕梅坡卿雲，婺源人，寄居華亭。性豪邁，敦氣誼，工詩詞。與徐鐵海交善。鐵海嘗誦其句云：

「恐勞親戚貧常諱，强順人情累轉多。」其事親涉世，可見一斑。

唐淩洲步瀛，石埭人，讀書工詩。宦遊吴下，多善政。與徐二華交善。詩稿中記其《畫梅》云：「淡墨抹殘林際雨，霜毫寄到龍頭春。」《和友》云：「詞客閒尋紅雨歇，詩魂秋被緑雲銷。」

護花鈴語卷二

無錫雲裝賈季超亦群氏

靈璧虞姬墓旁有美人草。其形如帶，十步之外幽香襲人，聞歌聲，不風自舞。墓左殿屋三楹，中塑項王、虞姬像。庚子春，余赴豫，過靈璧，拜姬墓，題五古一首：「驅車出虹州，弔古空山隈。白楊聲蕭蕭，古墓烟塵堆。英雄雖不逝，玉骨黄泉埋。時去誓以死，寧曰非英才？請看戚夫人，人彘貽禍胎。捐軀苦不早，致使形骸摧。諮嗟我下拜，落日空徘徊。風吹美人草，颯颯魂其來。」是夜，宿南關。夢兩青衣，引至一處，宫殿宏敞，一女環珮璆然南面坐。余欲拜，命止之。曰：「頃覽佳章，令人生感。墓爲樵牧所侵，異日煩君築墻以衛。我爲此地土神，民人入廟禱問，憑筶訣，句多俚，願君作六十四筶詩。」余正欲有所請，僕夫飼馬呵斥聲驚寤。後至蘭陽，作五言詩六十四首，書寄靈璧幕友徐笠塘，囑懸廟壁。第垣墻之築，未知在何時也。

姚江茂才蔣佇輝炘有異才，試不售，遂賈于楚中。庚戌，與俞漪緑登黄鶴樓，分韵賦詩，云：「勝地登臨不厭三，喜逢名士韵初探。城淩北斗諸天近，江控南條萬派涵。積氣蒸雲籠巨鎮，連檣避浪泊澄潭。神仙不耐人間劇，鐵笛無聲睡正酣。」

袁阮山宫桂，性至孝。工詩古文詞，精篆法，善鐵筆。嗜酒，家極貧，傾壺絶餘瀝，窺竈不見烟，宴如也。嘗示余《步月》詩云：「如此清光裏，寒村只獨行。疏星八九點，征雁兩三聲。烟外峰猶影，籬邊露漸明。悠悠思故侣，今夜不勝情。」其稿中佳句，如《避暑廣福寺》云：「斜日雲間樹，微風竹外蟬。」《秋夜》云：「清簫風欲斷，長劍斗初横。」《登望湖亭》云：「松古欲飛雨，鷹高始著霜。」皆蒼秀可誦。

蘇合尊珩館殷墅趙氏，書室中唯生一人下榻。門户輒自啓閉，地上時印足跡，横斜宛如蓮瓣，生甚厭之。一日晨起，忽失一履，遍索，於櫟間得之。中有紙條，書法秀勁，云：「昔蔡中郎倒屣迎賓，今動以怪異見疑，姑以一履示慢客之戒。」又忽於案上得詩一幅云：「偶來柳巷聽流鶯，爲愛閑齋花生盈。非是春風吹骨軟，只因新月掃眉横。世間未識黄粱味，夢裏誰憐粉蝶情？若得詩人長悟此，年年桃李笑清明。」後題「包山女史題」。又常評改生詩，有「梳殘日影花千縷，唤住春光鳥數聲。眼前得意香嫌淡，别後相逢情最真」等句。鄰塾張若顛者，至生館叩問行藏。至夜，案上有題帖云：「君不見柳花飄，飄東飄西，飄得艷陽人大笑，飄得艷陽天大惱，弄恁麼巧。若然飄到硯池中，一身都墨了。爾問我，我不曉，何不向緑水青山看人老？」由是遠近相傳，謂生遇仙云。

洛社楊亦廬秉淵，豪於詩酒。開利寺滌硯池，王右軍觀鵞亭遺址也。池中盛植蓮花，亦廬集社友觴詠其中，有「從今丈室應開社，杯茗爐烟聽《法華》」之句。每歲花時，同人集詠，稱爲蓮社。

吴映山兆鼎，工詩文，久困場屋，著有《脩齊堂集》。癸卯赴京兆試，寓水月庵。夢至一處，見一老僧趺坐，謂曰：「子昧夙因，今將夢醒，我有詩二句記之：『若將面目從今看，爾我居然各一天。』速歸，毋滯留也」。以麈尾拂面，驚醒。試罷南歸，在途追憶夢境，惝恍不能去懷，有「未摧白骨心先死，卻比黄花影可憐」，又「蹇足倒騎歸去也，滿山黄葉到江南」之句。過毘陵，遊天寧寺。後圃有聖僧像，宛然夢中所見也。至家未久，遂卒。子曉題雲鴨與余善，爲余言。

丙午秋試，顧湘舟紹棠入號，即上科所坐重字六號也。事之偶然，未免太巧。其題號壁詩有「眉樣好描新婦黛，蘚痕怕認昔年青」之句。

顧耘蕚應泰，工詩文，善繪事。娶黄醇儒先生孫女，名誼，字希淑，能詩，有集。其《詠虞美人花》云：「楚宫香軟醉朝霞，夢到江東認妾家。千古美人情不死，虞兮魂寄一枝花。」集中佳者甚多，不可勝録。結褵未久，病卒，年僅二十有二。耘蕚繪小影，爲文以悼之。

沈香亭樹，固始人。翩翩公子也。贅光山李氏。合巹未幾，偶夜坐書室，聞窗外兩女私語曰：「今夜三姑約彩姑姊妹在後園作詩會，又一夜不得眠也。」生潛至園，隱竹樹間。月影花陰，溶溶相映，亭上燃雙炬。一女郎艷冶絶倫，憑欄玩月，若有所待。頃婢報曰：「彩姑爲郎君所阻，不至矣。」女悵然久之。婢請歸寢，女曰：「如此良夜何？天邊新月，我當詠之。」因就案拈毫，繼而喜曰：「詞成矣。明夜當泥彩姑和。」生屏息注視已久，忽氣逆作咳，女忽不見。生趨至亭，見牋上《詠新月·蝶戀花》詞一闋，云：「似眼如眉新月影。掛向天邊，作箇離愁引。翠竹風摇香霧隱，緑窗燈暈人初静。　寂寂溶溶良夜永。纔近三更，落去情何忍。露濕海棠花睡穩，欄杆倚遍蒼苔冷。」生視筆硯牋紙，皆書室中物。妻因生不歸内，遣婢跡之。見蠟臺，曰：「此新房前夜失去，今乃在此。」

秦楞香大光，年十四，即有文名。詩才華贍，兼工詞賦，善書。壬子與余都門握别，贈余詩云：

「鈎月空江枉問濱，鳩媒未許目成親。穿楊技拙輸蹲甲，焚硯詞慚學受辛。燕市舊憐彈鋏客，平陽新寵賜袍人。蹇驢破帽長安道，每爲嘶風一愴神。」甲寅余築小圃，楞香題壁云：「園林生計問嵇含，新試鴉鋤闢舍南。橘隱棋枰忘甲子，桃源花逕課丁男。座邀華月成三影，夢與香風共一龕。仲蔚蓬蒿爲客剪，可容攜酒辟雙柑？」一時和者甚衆。余亦次韻：「樹遮簾影翠光含，寄傲窗開喜近南。君子竹邊栽益母，女兒花好問宜男。拋閒覓句邀仙侣，帶笑拈香供佛龕。名宦祇愁多未副，其中敗絮恐同柑。」

谷鳳子，字夢香，故荆州良家女。才貌絶倫，誤入青樓，心弗善也。其所居曰「素雲樓」，不輕見客。歲戊申，吾邑岳鶴立鶴遊楚中。一見，夢香以身許之。贈詩云：「意中蘇小葬情田，松柏幽衷每自憐。零落藏鴉門外客，青春愧負四三年。」「柳青不比槿花紅，好向章臺問始終。欲寄春心千萬縷，曉風殘月大江東。」鶴立次韻云：「破研終輸磽确田，難將心事語憐憐。此生願結鴛鴦社，誰擣玄霜與駐年？」「綺筵尊酒燭花紅，檀板輕敲曲未終。共向蒼苔拜牛女，月光雲影桂堂東。」是秋岳以試事歸，未幾病卒。「玄霜」一語，已豫爲之讖也。

嵇導崑承濬，善屬文，致功考訂之學，精鐵筆。詩不多作，間得一二首，皆精粹渾雅。爲人尚意氣，善詰辯。馬雲題贈詩云：「理應辯處何妨戇，情到真時不避嫌。」可以得其梗概。

周掄仙暻，性撲直。博聞强識，工詩。歲辛亥，歸自漢陽。示予稿一卷，其中佳句，五言如：「亂蟬兼落木，一路送斜陽。」「名山多近水，好鳥不離花。」七言如：「上水船盤天際路，采山人踏鳥邊雲。」

《潯江即事》云：「黑減貂裘知客久，青歸荑柳覺春多。」《漢口後湖》云：「雲陰低護黃花地，嵐翠遥粘卵色天。」

孫亮疇，山傳先生子，工詩詞。嘗有「美人臨鏡月嫦娥」之句，莫得對偶。其子明遠，著《山溪偶筆》二卷，中載章千總女，嫁績溪程文學正，四年夫歿，氏不食十日死。曹于道先生弔之以詩，有「寧伴荒山一抔土，不甘常作未亡人」之句。

王莎村芝林與蔣望庭錫孫，年少才華，交契甚深。莎村嘗夢望庭自都門歸，謂曰：「君知我寄懷詩否？」莎村曰：「未知。」即誦曰：「青山影外人千里，黃葉聲中酒一尊。」醒後異之。不旬日，望庭緘至，並七律一首，中一聯即夢中句也。又嘗夢與望庭訪崇安方丈可庵上人，得「柏古千年碧，楓多一院紅」之句。可庵工詩善書，即書此二句爲聯，標之齋柱。

北里諸某，業堪輿。嘗晦夜自城中籠燭歸，途遇一叟，自言葛姓，知君精地理，乞過草舍。遂攜手，行甚捷，覺足下漸輕，耳畔如風雨聲，手中燈已失，而明朗如行月中。頃至一處，柴扉曲逕，草堂上燃燭列筵，如待客至者。叟呼阿紅，屏後一垂髫者出見。叟曰：「某生一子一女，女名緑姑，稍長。此阿紅，頑劣難侍尊客也。」坐飲歡洽。夜半，紅引至一室寢。燭未滅，有女郎悄至，貌甚都，謂曰：「老父知與郎有夙緣，因留宿。但君何不讀書，乃樂爲此？」曰：「此術蓋有原本，其書讀亦難盡。」女曰：「不識人心，焉知地脈？不合天心，何言地理？有詩奉贈。」吟曰：「擇土須交五患除，撥沙之術果然歟？而今恨殺秦王火，未燬青囊赤雹書。」諸雖覺其語意不浹，而其貌自是動人，以手捉女袖，女忽面赤聲厲，如雲中鶴唳，魄奪魂駭，諸不覺仆地昏暈。稍蘇，汗流浹背，身卧北塘驛路樹下。强起歸家，卧病數月。

施雪帆晉，少有文名，工詩詞，慷爽達變。嘗北遊燕晉，南至粤中。余亦浪跡天涯，間隔十載。余憶舊詩有「帆影江淮河北海，馬蹄齊魯楚西秦」之句。壬子南歸，家居酬應頗繁，雪帆寄詩微示規諫，云：「豪氣眉間剩一痕，衆中冠珮自軒軒。不妨窮巷門多轍，正樂幽居客入禪。補履劍鋩成底用，投膠河曲恐同渾。治安有策須珍重，容易逢人莫較論。」

蕭亦橋景雲，壽州人。詩文古茂，善書，媲美梁文山先生。癸丑遊浙，過吾邑，居停楊寰亭家。與金匱學博彭吾岡藴琨、顧晴芬皋、馬雲題及余相友善。余贈詩二首：「佳士最難得，古人言果然。路窮千萬里，齒冷十三年。而我初歸日，逢君豈夙緣？東山狂太白，低首謝公前。」「口吸長虹斷，心雄古劍知。從來敦氣誼，初不在文詞。淪落青衫濕，行藏黑鬢絲。天涯何落落，相識悔教遲。」

茂才邵星城辰焕，工詩善書。遷居江陰虹橋。其詩云：「賃居虹橋邊，塵世紛於絮。暮從橋上歸，朝從橋上去。」又：「溪名玉帶河，狹不通舟楫。時照艷妝人，春風倚花立。」又：「古寺一杵鐘，樹下三聲應。以余爲荒唐，遲君夜來聽。」考邑志，虹橋有聽鐘樹，樹下聽觀音寺鐘聲，每一聲必應以三也。

江西羅焕文，賣藥於山東兖州，積二十餘載。州有天醫廟，係前明魯王世子禱天求療母病，夢天醫星降，治疾愈，因建廟。民人求藥，汲井水一盂，供神前。少頃，即有赤色藥丸如粟粒，在水中。如無藥，病不起。一郡香火特甚。庚子八月十五夜，焕文夢兩宫人邀至廟，見神非廟中所塑像，謂曰：「余魯王世子也。上帝以我孝思感格，即命在此爲神。若以藥療病，乃僧人漁利，非真有其事也。汝習醫，果欲濟人利物，抑第爲糊口計耶？」對曰：「濟人之念固殷，而家貧實藉此爲活。」神笑曰：「耽於利耳。不識其病，因利其財，投藥塞責，其病雖非由汝而死，而所得之財能爲汝福乎？」焕文無以對。神曰：「欲求無過，唯在存心耳。柱上聯句，汝記之。」焕文起視，云：「未必活人焉活己，不能醫病莫醫貧。」醒，大懼。嗣後遇不能灼見之病，即力辭，并返其馬錢云。

和州林簡生仲，工詩，善蘭竹，爲和楊八家之一。乙巳春，與余訂交於張少尹南麓署中。同馬雲題、秦梧園夜飲碧桃花下聯句，雲題得句云：「風勁星光裂。」簡生應聲曰：「墩高月影遲。」蓋園東有墩如山，尚未見月也。

遂寧張海客問簪，設帳吴閶畢尚書秋帆家，因流寓錫山。海客不喜交遊，作古文詞自娱。簞瓢屢空，晏如也。丙辰將應試京兆，予畫蘭贈詩云：「濯錦江邊客，來尋第二泉。我曹天作合，握手悟前緣。得見又言别，斯行亦灑然。勳名與身世，珍重此華年。」海客答云：「相逢傾蓋是前緣，况許同參詩話禪。賈島身後原是佛，張顛浪跡豈成仙？琴書活計皆關命，風月平章也自賢。手把一編欹午枕，閒聽鶯語送流年。」謂余箋杜詩也。其二曰：「晉公當日午橋莊，松影猶餘拂面凉。花壓竹籬喧小犬，燕迎風幔入雕梁。客來唯向徵詩課，家計先應料鶴糧。掃盡瀟湘三十幅，紙端齊綻墨花香。」

懷慶李副榜愚亭赴蘭陽，途遇雨，宿婁莊旅店。上房門扃，遂下榻耳房。簷溜淙淙，擁衾不寐。

忽聞窗外有操南音者，喁喁不休，心異之。呼僕起，視見一衣裘，一衣葛，促膝對坐，乃兩好女子，倏忽不見。急叩主人，云：「去年夏月，杞縣尹某挈眷來，其女忽病殁。主人赴汴，眷口居此。數月後妾復死。其子同僕尋其父，至今未來。壁間字，皆其妾所題也。」天明啓户，見兩櫬塵封，壁上詩詞款書「女史張鶴雲」。其《如夢令》詞云：「夢好終歸無用，萬事總如一夢。唯有别離人，慣與夢相迎送。誰共？誰共？雪夜孤衾獨擁。」七絶云：「笑儂何事滯天涯，孤負江南萬樹花。最是芳心羈不住，夢魂無夜不歸家。」

女史蔡如玉，字亦環，工墨蘭，師俞是齋。其《種菊》詩云：「百卉芳菲鬥紫朱，荒畦種菊未爲迂。晚香占斷三秋候，回首春花剩得無？」適過補堂錦，年三十餘卒。

南昌喻柘南端士，工詩善書。遊豫，與余訂交於遂平署中。未幾，余南返，柘南以詩贈行：「十年雲際仰雲裝，此日名花接座香。江左仙才異時輩，洛中游藉拜兄行。啼鶯别樹思歸客，疋馬秋風約渡黄。相對青青一雙眼，嵯峨山色倒離觴。」

吴雲士瑗詩文雄健，工書，風骨峻挺。敦氣誼，與余交最久。乙卯應試入都，余《送别》詩云：「都門待君君不至，我始歸來君又去。去年我去君送行，今我留君不肯住。問君何如還，答以春月暮。其時花正開，訪我花深處。歸期已訂莫愆期，堂上二老送别時依依。」

華雲驤聲雷，少從其族南陽先生遊，負笈鄒氏。書室後樓三間，常見奇怪。師解塾歸，雲驤欲覘其異，約窗友於樓。默坐二更月上，聞樓下窗開，移動桌椅，有圍棋聲，落子錚然。弈罷，斂子入筒，歷歷可聽。旋聞蓮步纖纖，見兩女上樓，嬌好如畫，似不知有人竊窺者。逕開窗，坐檻上，各翹一足，吟曰：「彈罷不知明月上，蒲樓花影欲三更。」雲驤同友高呼突出，二女奔下，及梯而没。然燈四照，見梯旁墻磚損壞，掘之，中砌惠山街所賣泥美人，翹足坐紗窗，作對弈狀，窗上斗方詩字，即所吟句也。雲驤子岵梅名封，有文行，館石庵劉相國味經書屋。余在都，常過從，爲余言之。岵梅能詩。一日見墻外兩桑樹，風墮雨葉，岵梅得聯句云：「霜降降霜，霜打雙桑桑葉落。」皆不能對。

欒州崔觀成，少時在書塾中，見一女垂髫，娟秀可愛，徑向架上取書竊讀，聲細莫辨。語同塾諸生，皆不之見，以爲妄。崔亦喜人不見，遂與女言笑，女每向生質疑義。積四載，崔年已十五。女常避嫌自遠，不復如向之依依矣。女謂曰：「君帖括大佳，但詩不稱，風簷中恐不能獲售也。」崔曰：「我正恨此。卿能教我，幸甚。」女曰：「君性本慧，能相唱和，自有進境。」自此酬詠往還。半載後，崔果能詩。方春杏花盛開，女忽自樹上冉冉而下。崔駭愕，女曰：「實告君，我即此花也。與君聚數歲，今緣盡，且別矣。」遂吟云：「紛紛蜂蝶鬧紅香，春色空教斷客腸。亭午銀魚風細細，玉人殘醉倚東墻。」隨縱身上樹，不見。風吹落花，紛紛如雨。

高鵬九駿烈，晚號亦翁，著有《客娱軒詩詞合集》五卷。余求之不可得。曾見其《自題蘆塘把釣圖》二首，云：「溪通曲曲橋，岸擁蕭蕭樹。秋風吹白蘋，人來夕陽渡。」「手持竹一竿，旁立童兩箇。日暮卻回船，不待潮聲大。」

朱春谷晨，精岐黄，善鐵筆，尤工小詩。嘗與余同行六合道中，其詩云：「帽影鞭絲夕照斜，平蕪春草點昏鴉。匆匆驢背一回首，山坳亂落紅桃花。」頗似北宋人作。

馬西泉楚，别字懲齋。妙解文翰，尤工考訂之學。著有《百花詩抄》、《分省人物考》二種。窮年矻矻，丹鉛不倦。採擇精博，今人展卷有望洋之嘆。余曾見其《綺霞樓詩稿》，沈鬱抗壯。如《越王臺》云：「宫中自昔遊麋鹿，臺上於今飛鷓鴣。」《思鄉橋》云：「籌邊真悔封童貫，建國何時任李綱。」《中秋》云：「不知明月爲誰好，只覺清光到處同。」嘗與諸同人集春午齋，分詠諸玩具，西泉得淡巴菰管，即席成詠云：「生小偏憐骨節勻，相攜隨處鎮相親。結來香火盟常在，餐到雲霞味更真。舊字偶呼烟小婢，嘉名應贈管夫人。半生已藉吹嘘力，直欲從君過此身。」早年饒於資，今以硯田糊口。近見其《感懷》詩云：「庭集新巢燕，園栽異性花。」寒齋蕭瑟，著作等身，惜不能付梓傳世。秋士多愁，世無九方皋，爲之悵觸。

倪氏子，忘其名，居花渡里。幼孤，饒於財。偶隨母入城，至静音庵禮佛。有幼尼名聽蓮，姿態艷冶，當壇讀疏。生素有玉人之稱，眉目如畫。跪拜之際，相視色飛。懺悔既畢，隨訊年齒。嫣然笑曰：「自惟薄命，亦與檀越同庚。」生聞益私喜，因就案戲作詞挑之。尼覽而不答。越日，生獨至庵，遂訂盟好。生工筆札，尼亦解文翰。既驚奇遇，共騁冶詞。誓日盟星，飛毫叠素。其定情詩有「此夜萬金酬一刻，他年兩意共千秋」之句。生家本庵中檀施，老尼雖知之，亦不能禁也。既而老尼將爲聽蓮祝髮，生百計沮之。聽蓮感而贈生詩，有云：「多君憐我雙青鬢，留取今生共白頭。」聽蓮既長，生跡益頻。老尼迫於物議，遂遣聽蓮歸母家。其兄，伍伯也。貧而狡，貪番禺賈人金，謀鬻聽蓮。生聞不暇啓鑰，引刀劃笥，囊金珠白鑼至。而番禺人已挈聽蓮解維矣。生蹤跡至錢塘，解帶上寶珠賣之，極意窮追，直抵粵東。足繭千街，而鬟影釵聲如石沉海。因改裝爲丐，遍覓累月。一日至深巷中，見一婦人倚門，迫視之，真聽蓮也。駭問生何從來，生備述艱苦，相對泣下。謂生曰：「妾在此度日如歲，思君未嘗去懷。今君來矣，請與偕遁。過此入後巷第三小曲門，君於五更待我於此，妾當攜資出，從君歸也。」生狂喜，不及返寓，徑至後巷曲門俟之，蹲霜雪中。及朝日杲杲，聽蓮不出。復往前門伺之，見凶肆人擁楷而入，云：「新姨不知何故，囊首飾置牀頭，縊死矣。」生聞大駭，急走曠野，一慟幾絶。斧資既匱，行乞以歸。抵家，母子相見，如獲異寶，不暇究其從來，爲之拂榻安寢。入室，則聽蓮宛然在床矣。喁喁私語，舉家盡聞。生自此得羸疾，其母延術士驅之，終不能去。生不久遂卒。其唱酬甚多，惜不盡傳。嘗記聽蓮詩云：「何事儂懊惱，檀郎苦憶家。吟魂驚夜雨，歡夢隔梨花。紫鴨鑪烟冷，紅香枕影斜。莫言良會乍，小别已天涯。」又有云：「妾本如蓮潔，郎還比蔗甘。」

澄江戚蓮塘先生昂館東溪時，有二童子扶乩，詩詞多佳者，不能盡記。一日雨後，簷前蛛網粘雨，蓮塘得句云：「雨罥蛛絲珠結網。」因請仙對句。乩盤旋久之，竟未能對。

南昌喻雪樓燮，能詩善書。己亥，爲山東滋陽丞。將抵署，寓一古寺，有「一聲清磬落松花」之句。張觀察大爲稱賞，常以「喻松花」呼之。

辛亥歲，唐湘橋附海艘遊遼東，阻風泊大鐵山下。絶壁千仞，下有巨石，方廣容萬人。泛小艇登岸，見翠壁上字大於斗，如以松枝做筆所劃。逼視之，乃詩一首，云：「空山樵嶢墮斜日，鐵苗一聲崖石裂。解囊出劍囊歸雲，乖龍沉波不敢出。」方注視間，見一人頎而虬髯，手攜一物，若鐵椎，行疾於鳥。欲追問之，其人忽在前，振衣一嘯，松巔鸛鴿，驚飛繞樹，因禁不敢發。既登舟，舟子云頃見一人淩空掠舟而過，方共驚駭。此殆古劍仙流與？

校書金霞秋，字環玉，維揚人也，寄籍池之萬柳堤。壬寅春，湘橋道出懷遠。耳其名，詣訪。見其自題小照，於中好詞云：「緣柳橋西杜若洲，玲瓏雲護十三樓。花枝照鏡明於繪，人影淩波艷欲流。鶯作侶，燕嗔儔。生來嬌小未禁愁。瑣窗寂寞閒風雨，贏得年年怨女牛。」席間按板，又自歌云：「獨倚欄杆訴琵琶，幽情空自嘆匏瓜。拚君此夜青衫濕，唱徹當筵玉樹花。」湘橋贈詩云：「雲山層叠水迢遥，垂柳千條復萬條。欲贈春光何處攬，從教離恨未全消。東君有意留青眼，南國誰人好細腰？我亦年來嗟梗泛，那堪沉醉聽吹簫。」

嵇青雨言在京邸見楚南《南荳塍》詩：「佛地不埋唯愛種，罡風難斷是情腸。早知春色如流水，三月何須放海棠。」蔓峰近日《南溪返棹》云：「一葉舟行溪路長，東風吹送雨絲香。無言桃李多情柳，未識儂心憶海棠。」

張海客應京口太守李煦齋之聘，舟抵丹陽，作詩寄余云：「蕭然一棹破寥空，醒耳俄聞到寺鐘。客共寒潮來夜半，詩成涼月正中天。三更病骨蘇霜氣，一笑駝顔發酒紅。爲報故人豪興在，莫從湖海念元龍。」和者甚衆，其最佳者如清江楊桐石懋珩「夢裏星河燦碧空，夢醒剛打五更鐘。先生自謂羲皇上，名士誰憐道路中？半世江關雙眼白，孤舟風雨一燈紅。江東藉甚懷人句，參佐橋西陸士龍」。

固始縣丞署中花廳前有桂花樹。相傳前數十年，某丞妾縊其下。每夜分，屢出爲祟，時暗泣，時微吟，或影懸樹間，或見人作相撲勢，人莫敢居者。湯敏軒瑗遊豫，就丞署課讀。知其異，月夜設香茗於庭，祝曰：「卿歿數十年，芳魂不泯，殆中有鬱結耶？余亦磊落士，知卿能吟詠，當非相禍者。幸不以幽明間隔，卿吐中懷，我舒閒悶，敬秉燭以待。」祝後十數夕，終無所見。月餘，居停主人誕日，演劇客散，時四鼓，湯醉歸寢，僕已熟睡，一燈熒熒如豆。床上坐一艷裝女，湯心知其異，卻立牖間。女徐起立，曰：「何望之殷，而遇之疏也？」湯曰：「若果樹下人，余所禱祀而顧見者？」女曰：「此來遲遲，實畏君耳。日來探君意頗善，風雅士，又何可覿面失之。」湯曰：「僕憐卿孤絶，非有他意，毋近暱邪。」女斂容曰：「君誠長者，謹受教。」詢其在生始末。云：「妾梁氏，遇人不淑，自怨其生，死時年十八。冥冥長夜，迄無知音。今遇君，妾志酬矣。少時學爲詩，有小集，身後爲人焚去。每遇風凄月白，積習難忘，頗恨無從題寫。今與君有相聚緣，幸爲我録之。」湯曰：「善。」迨雞鳴，即隱去。明夜淡妝而來，挑燈對坐，吟其所作數十首，湯隨録之。如「點點寒星點點愁，凄涼落月帶星流。五更細雨和濃露，濕透花間小鳳頭」，真佳什。詢其何所憑依。女曰：「在樹上第三枝。君去之日，以鋸取樹枝，得長隨君也。」後湯歸，竟取枝去。署中遂無異。

《淮南子》謂「遺腹子不思其父，無貌於心也」。天倫之變，遂使人子忘情。然其思母，較常人必尤摯。余友盧湛雲父亡數月而生，母時年二十四，撫遺孤，備嘗艱苦。湛雲《哭母忌日》詩云：「種稻期收穀，穀熟稻已枯。養兒爲養親，兒大親先殂。生兒人所喜，我生哭聲裏。兒未出母胎，父已别母死。

死豈母所難，母死而難存。强歡慰舅姑，無子幸有孫。誰知眼中血，滴滴腸中吞。抱兒折母膝，哺兒嚙母舌。夏簟扇兒眠，冬衾覆兒額。自有慈母心，天地寒暄奪。寒暄易推遷，勉兒少壯年。紡車伴宵讀，貿布購青編。兒志未得伸，母壽已不延。養兒食心肝，養親藜藿餐。藜藿更不逮，此淚何時乾？反哺有孝烏，我被慈烏惱。草木庇其根，我作無根草。哀哀罔極恩，痛苦青天老。」又《題陳珩母苦節圖》云：「陳珩繪母苦節圖，逢人丐作苦節吟。母劉夫死撫兩孤，貞松慈竹蔭鬱森。自注：圖中繪松竹。披圖今我體投地，請珩聽我嗷嗷音。我母廿四父見背，一姊在抱吾方姙。可憐呱呱聲墮地，襁褓便裹麻衣襟。哺兒瀝盡心頭血，課兒趕盡墻頭陰。上堂歡喜奉舅姑，下堂悲咽勤織紝。更遭大父病不諱，呼天不應痛入心。爲子爲婦爲父母，一身伶仃擔四任。悽悽惻惻五十載，一朝棄我我孽深。爾今有母白髮侵，往事縱苦休披尋。爾母我母節共欽，封人在側悲難禁。勖哉陳珩色養盡厥忱，反哺安得人如禽？嗚呼！反哺安得人如禽，酸風終古號枯林。」

茂才唐駿川英，别字再山，工制舉業，於詩尤有獨造。十歲侍其尊人蘭亭先生遊惠山寄暢園，云：「魚戲半池水，鳥鳴千尺松。」壯客豫章，以病歸。屢遇歉歲，益無聊賴。卒年僅四十二。其弟湘橋出其遺稿見示，抑鬱纏綿。其不永年，亦兆於詩矣。録其五七言古各一首。《冬日眺望》云：「結廬窮巷中，不得曠心目。開門當落日，餘暉半平屋。雪消山容静，芙蓉映天緑。遠樹起孤烟，歸鳥行相逐。忽聞行路言，始悟歲已促。惆悵掩松扉，徘徊倚脩竹。」《中秋》云：「人道中秋好，我作中秋行。明月爾何意，人世相看今古情。孤懸一片瑶臺鏡，廣寒宫門浄如銀。廣寒虚無竟何有，霓裳之曲杳莫聞。望中隱隱婆娑千尺樹，樹下勤勤搗藥兔。小時父老爲我言，云有嫦娥廣寒住。嫦娥竊藥入廣寒，還將搗藥度人間。可憐藥未成，英雄鬢已斑。幾許玉顔歸荒山，荒山蕭條壯士苦，高墳月明坐猛虎。妖狐拜月髑髏寒，特立如人作人語。吾聞羲和湎酒作日馭，嫦娥有窮妻，亦復久瑶宇。日月乃作逋逃藪，豪傑聖賢三尺土。世事茫茫兮今古同然，嗟余薄命兮空自憐。擬與青雲問青天，天翁醉兮怒余言。君不見滿堂笙磬雜管絃，玉壺金斝，高張玳筵。紗窗明燭空如烟，蛾眉長袖香且妍。自謂千秋長此相留連，忽聽哀猿一聲山寂寂，青春白日不可延。欷歔命盡黄金賤，同向鴛鴦塚上眠。月兮惟爾自年年，嗚呼！月兮惟爾自年年。」

吟紅，東海婢也，已許字城東某。父嗜利，逼改適爲商人妾。不從，裁髮自誓，且謂母曰：「父如終見逼，請繼以死。」沈芷生清瑞，作《哀吟紅》二解：「朝采山上葵，葵根不可移。莫汲谿中流，谿水清無泥。兒身自有婿，耶命不敢知。兒心知有婿，耶乃不知兒。脱我羅綺裳，何用生光輝。佩我簪與珥，此是婿所貽。慷慨願一死，出門竟言辭。回頭謝阿娘，兒志娘知之。南山有貞木，百尺高無枝。斵爲離鸞琴，弦以寡女絲。一彈復三唱，行路有餘哀。」「金錯刀，皎如雪。不須裁妾嫁衣裳，留取風前截妾髮。截髮還故人，不受新人恩。妾心不可折，視此金刀決。」

偶於城西古寺中見壁間題句云：「貧賤文章問世難，祇今誰復重方干。吐花妙舌生花筆，卻被時人冷笑看。」書法遒勁，墨氣猶新，惜無款識。物色之，人無知者。殆孤寒之士，不得意者之所爲耳。

毘陵女子某，巨族也。父早卒，依母以居。雅擅辭華，兼工藻繪。床頭繡篋，半貯管城。墨韵脂香，驚奇絶艷。短章尺幅，得者珍之。然非其至親，莫能覯也。及笄疾作，嘆曰：「人生固泡影耳。塵緣已斷，詎復令殘膏剩粉，累吾身後耶？」集其生平所作，盡畀之火。既卒，母痛惜焉。會里中有扶乩者，叩之，書曰：「浩浩恒河水，冥冥兜率天。萬花吹欲散，又墮北堂前。」其母適在側，曰：「玩此情辭，諒非仙佛。果吾弱息，願更明言。」又書曰：「惻惻那堪説，霜鐘慘别愁。惟餘深夜月，猶掛舊簾鈎。兒以弱質，久謫人間。幸藉夙根，未遭沉劫。比以芙蓉觀主，倩題九叠錦屏，又因左右需人，俾司箋奏，始知天上修文，樓中赴召，古人記載不盡虚無。然而生前慧業，死後因緣，文債詩魔，糾纏未了。每當染翰，顧影自憐。嗟乎，嗟乎！文章倚馬，製作汗牛。從古才人，非無傑構。生不過姓名爵里，傾動塵寰；死不過斷簡殘編，留貽齒頰。千秋錦緲，七尺安歸？達者觀之，僅供一哂。兒今以後，誓將消除結習，刊落浮華，遠托逍遥，近希解脱。庶得佛座司香，天壇掃葉，蘭因絮果，從此長辭。但不知悠悠寸心，畢此何時耳。」遂留句囑别，曰：「疏簾清簟夕陽天，慈竹森森護晚烟。此去愁雲湘女淚，靈根移種白雲邊。」未逾年，母亦卒。迨詩讖也。

宜興女子湯蕉筠，工詞藻，適沈山人子慕。山人固杭産而僑寓者，雅負詩名。閨中唱酬，互爲師友。蕉筠没，山人瘞其詩墓側，築亭於上，曰「埋詩亭」，可想見其風趣矣。傳其《前溪春泛》云：「景物依稀似若耶，鱗鱗水閣趁溪斜。東風一夜將春釀，開遍門前無數花。」「蜻蜓舟子麯塵波，雁齒橋邊曲折過。卻怪長安春水上，白蘋青鳥爲誰多？」

南里惠文齋江行阻風，泊舟黄鶴樓下。九月既望，涼飆肅然，月影浮空，江波叠縐。四顧蒼茫，因朗誦崔顥題詩，不覺有飄飄出世之想。俄一衣冠少年，翩然而至。文齋抗手迎之，少年曰：「君亦知夫仙者乎？真靈秘譎，蹤跡無常。崔子謂鶴去樓存，悠悠千載。而不知遼東歸日，城郭依然；緱嶺重來，笙簫宛在。正恐人間歲月，世外滄桑，鶴有時而飛來，人變遷而難待耳。」乃扣舷歌曰：「烟月靜兮人間，禦清風兮往還。悵故國兮渺河山，弔英雄兮不可攀。銅人泣兮淚丸瀾，霜露溥兮芳草殘。我西望兮愁無端，江水沉沉兮日夜寒。」歌竟長嘯，雲起風動，江波陡興，魚龍洶湧，文齋大驚。一轉瞬間，忽失所在。或疑爲禰生精魄云。

潮州舟妓白小小，程鄉良家女，誤入狹斜。性慧，色技稱盛一時。餘杭姚蒼虬遊海陽，與小訂盟好，小以身許之。謀脱阱計，而鴇母甚厭之。一日姚至，先見鴇，傲不爲禮。小亟出，呼婢治具。坐飲間，謂姚曰：「母以妾居奇，妾願不償矣。今生已矣，請俟他生。」泣下如雨。時夜色昏黄，聞船尾母詬誶無休。姚顔同槁木，伏几假寐。小旋將紙一幅，納姚袖而去。少頃，舟人聲沸，知小已自溺矣。瀑漲韓江，東通於海，無從蹤跡。鴇肆咆哮，誣姚威逼。百計始脱，展袖中紙幅，見筆畫濃淡，字勢横斜，絶句云：「妾名千載同蘇小，妾命今朝似屈原。洵是情人情不死，何須灑淚賦招魂。」姚爲之立傳。一時以詩詞弔之者甚衆。

次山詩全講格律，斷句可摘者絶少。《春夜寄友》云：「匝地烟花江上雨，半宵燈火客中樓。」《嵩山寺》云：「英雄偃蹇争依佛，山水精華尚屬僧。」《項王廟》云：「誰教赤帝全收蜀，何事烏騅不渡江？」《張良傳》云：「橋邊有幸逢黄石，海上無緣拜赤松。」《贈友》云：「一鞭雨雪林中騎，兩袖烟花月下樓。」五言如《禰衡傳》云：「世人皆欲殺，國士獨無雙。」《秣陵雜詠》云：「山容依郭峭，雨氣隔江昏。」

晉周覬有三反，東坡言徐孝節亦有三反，其一云：「身似枯木竹石，而吟詩如春鶯囀簧，鬆脆俊爽。」今吾於張海客亦云然矣。其人古衣冠，淡泊如佛子，終日不苟言笑。而其《無題》之作，使人蕩氣迴腸，不數黄九小令。云：「楚女纖腰住隔墻，攀花撲蝶趁春陽。映門小識宜春面，頭上釵叢金鳳凰。」「映臉芙蓉薄粉輕，斷腸全是未分明。雲英見面無多子，認得紅窗唤婢聲。」「銅鑪隔夜火猶温，細爇沉香徹體薰。愛著鞠塵衫子嫩，倩人爲束石榴裙。」「選花間過宋家東，撲面時迎習習風。影入紅窗芳樹動，玉纖親折亞枝紅。」「翠裙低簇繡鴛鴦，步障遮將緩不妨。窈窕最宜看側面，動摇明月耳邊璫。」「偶攜女伴下閒階，花底回來汗未揩。逢著石闌堪小坐，香肩斜倚自兜鞋。」

海客在京口時，偶偕友遊一破刹。無可消遣，因共聯句。一友曰：「風風雨雨送春歸。」忽寺樓有人高詠云：「無雨無風春亦歸。」意似相駁，而音義絶佳。寺本無人居，疑必仙鬼。聳聽之，後賡云：「蜀鳥啼殘花影瘦，吴蠶食罷柘陰稀。喙邊黄淺鶯見嫩，頷下紅深燕子肌。獨有道人歸不得，杖頭常掛一簑衣。」詩之妙倩非人工能到。上樓蹤跡之，積灰數寸而已。

海客之弟船山檢討問陶，久著詩名。其《壬子神女廟同兄祭詩》長句云：「黑夜提詩入破廟，一衲驚呼千鬼笑。秉燭方知神女祠，風裳水佩殊清妙。神女佐禹成大功，功與童律庚辰同。不知宋玉是何物，敢造夢讕汙天宫。楚人妄語蜀人闢，二蘇兄弟真英雄。我輩能知神，必爲神所福。況有奇詩神可讀，祭詩敬借神前燭。神女奇詩共一燈，靈光萬丈騰山谷。兄詩一百九，弟詩一百五。開卷古墨香，獻神神不吐。一年心血嘔可憐，疏鑿還同禹功苦。丹書玉笈争千古，神目盼兮喜欲舞。己酉祭詩張果洞，仙人乍來白雲重。庚戌祭詩椒山祠，忠魂颯颯撚吟髭。天遣今年到巫峽，兩枝筆健千山雜。不抄古人書，我自用我法。狂吟忘朝飢，冥想驚夢魔。恨詩不來手批頰，眉毛脱盡心愈狹。只鏤肝腸不報功，人間何必生鵞鴨。白魚朱橘次第陳，一盃慰勞吾精神。蜀酒禁愁利胸膈，來年口腹重清新。今夕已除夕，行樂當及辰。眼前亭亭立監史，雲華上宫之夫人。我醉猖狂神不怒，人能痛飲詩方真。弟勸兄酬爵無算，奇峰十萬争來看。明日開船去不辭，好風送出巫山縣。」

丹徒之綃山，本第八天，山川秀麗，人士每工吟詠。閨秀雙卿小史，其《自述》詩尤可誦。詩曰：「月魄滴艷綃山側，細切霞膏噏冰臆。紅粉蒸爲窈窕雲，青天盡變芙蓉色。家住華陽第八天，舍西流水舍南田。手撚香絲嫩如雨，欲擊鴛鴦得可憐。妾容憔悴郎顔老，小庭土白塵難掃。牡丹貧賤不成花，卻將富貴輸芳草。曾記桑陰學種瓜，與郎消渴餉郎茶。夜涼帶病開窗坐，放月吹燈夜績麻。書生漫負憐才癖，妾在田家静安帖。雨後黄鸝乍一聲，春愁唤上青青葉。雪意陰晴向晚猜，床前無地可徘徊。縱教化作孤飛鳳，不到秦家弄玉臺。斜羅灰布零星片，自綴寒衣費針線。白烟遮夢抱梅花，繁霜夜洗佳人面。」

護花鈴語卷三

無錫雲裝賈季超亦群氏

陳蓀嚴讀書塔影禪院，墻外樹木叢雜，亂塚纍纍。螢火青燐，時來窗砌。忽聞吟聲纖細，諦聽之，曰：「風吹輕袂捲蟬紗，十二瓊樓是妾家。夜色溶溶吟未穩，鬢鬆斜墮玉簪花。」異之。明夜堅坐以俟，一燈明滅，細雨敲窗。如有人悄行苔逕，低吟曰：「桂花露濕暗飛香，小立閒階趁夜光。拍盡雨珠纖掌冷，斷魂何處奏霓裳。」明旦，蓀嚴録二詩，以告窗友金雁峰，並邀其夜至，同覘其異。拈毫濡墨，擬和元詩，而窗外又吟曰：「雪紙凝香筆彩封，聊吟幽怨泣秋蛩。聽殘夜半梧桐雨，試數來朝江上峰。」再聽寂然。明夜俟之，竟無音響。

去蘭陽三十里，有白雲洞，爲留侯墓。相傳洞中嘗以器物假人，凡遇急需，暮禱晨取，無不畢具。後有久假不歸者，遂不應。辛丑秋，同張鹿園、徐毅堂訪其蹟。洞前爲碧霞元君廟，古屋虬松，石垣曲徑。繞廟後，桐柏松楸，陰沉黛色，有塚十二，無碑碣可考。塚後十數武，土阜如小山，下一龕。入其中，平廣容百人。人語，聲如在甕中。燃火四照，壁上多蝎虎，長五六寸，圉圉然不畏人。驅之，不墮亦不去。東壁如以淡灰書字，讀之：「雲來兮乘風，雲歸兮太空。雲來去兮難追蹤，胡爲乎埋我骨兮雲中。」字體蒼古，傳爲留侯自題。然玩其詩□□□□□□亦後人所爲也。

邑之觀莊鄉□□□□□□□徐震宇之弟，嫁有期，徐忽病卒。訃至，女泣自經，救免。復五晝夜絶粒飲，父母勸慰備至，女曰：「兒命如是，何生爲？若大人加以不忍之恩，必遂兒志，往歸撫嗣，以慰泉下魂，乃苟活。」徐乃迎女。抱木主行合巹禮，縗絰哀號，觀者流涕。撫震宇子爲嗣。毀容茹素，井臼親操，二十年如一日。庭中素植鳳仙花數十本，紅瓣攢霞，花心聚緑。其子摘以奉母，女曰：「此花紅艷，吾所不喜。」越日，花變爲白。人傳其異，争往觀焉。殆貞潔之感歟？朱春谷以詩詠之，多和之者。詩云：「託根芳草自年年，卸盡鉛華卻自憐。咽向秋風凄夜月，灑殘血淚和朝烟。縞衣此日成孤鳳，幽魄當年已化仙。未必在天能比翼，桐花擬結再生緣。」

潘躍雲魚居常熟南鄉，門臨溪水，繞宅植竹木。夜聞叩門，啓視，乃一女，年三十許，貌不甚美，短衣窄袖，腰佩短劍，操中州音，曰：「此間風景不俗，主人賢，欲借居三數日，請勿疑。」潘曰：「知卿異人。然家唯老婦，如慢客何？」曰：「我不需人，亦不飲食，假一室足矣。」潘導入，與妻見。爲之設榻，女曰：「無庸。」請鍵户，毋相擾。爲之具茗，亦卻之。遂入室閉户。妻竊聽之，寂無聲響。越二日，三鼓，月色朦朧，忽聞聲如鸛鶴争群，振動屋瓦。潘同妻潛視，見女立簷上，有黑影如團，往來格鬥良久。女揮劍中影，聞號聲，女遂下。清晨，女告潘曰：「余柳愛姑，本邑人。十五歲時，父爲山中怪物所害，余誓報讐，遂從術士遊嵩山，得授劍術，積二十年。蹤跡此怪，前夜與鬥幾負，幸怪失足，劍中其首。余出門時，有疑我者，今日可白。」因題壁云：「不報深仇誓不生，天教一旦得功成。剜心瀝血墳頭祭，慘雨悲風咽哭聲。」曰世間縈縈名利，得失難憑，唯忠孝兩字，在我不在人也。潘問：「所誅何魅？」曰：「蛇耳。」欲再有請，轉瞬不見。乾隆庚寅三月事也。

惠山頂有三茅殿，名三茅峰。鄉人歲以三月十五日爲進香期。先於十四夜，擎燈作隊，嶺麓星聯。邑中士女，每卜月之圓缺，爲清夜遊。玉宇冰輪，香烟人氣，醖醖成春。韵篁《即事》詩六首云：「春色來天上，宵遊趁月圓。清輝卻蜂蝶，素影對嬋娟。拾翠人三五，當壚斗十千。倦容殊自哂，消受鏡中緣。」「門葉園堂北，清歌繞院東。山高聯蠟炬，雨細壓香風。遊躡雙鈎印，妝臨百鍊銅。只嫌鐘動早，佳節太匆匆。」「晚霽誇成算，開簾半臂加。雲容閒借月，燈影欲然花。渴泛鐺中雪，酣添鏡裏霞。隔窗嗔女伴，遮莫戀還家。」「費盡回春力，争傳竟夕歌。山光凝細黛，潭影送横波。月近紅闌遠，人稀翠袖多。清娱同所好，東閣競先過。」「柳倦前溪眼，葵傾隔岸心。恃憨窗盡啓，拚醉酒同斟。袖窄風難障，鬟鬆露易侵。去留皆自主，底事獨沉吟？」「買遍橋頭卜，來宵未可期。禽聲仍唤起，花事又將離。月缺蟾光瘦，春殘蝶夢疲。遊蹤何所滯，咫尺亦天涯。」

趙約亭夜夢王鐵夫邀其出遊，登舟去如駛，一炊時，已達胥江。至王所讀書處，曰「織簾居」。庭中海棠盛開，對酌花下。酒酣，擎杯四顧，見壁題詩云：「春到佳時雨亦香，惜花心事漏俱長。殷勤侍史雙銀燭，爲我掀簾照海棠。」正徘徊間，酒杯墮地，驚覺。越數日，至吴門訪王，述夢。王嘖嘖稱怪，指壁上曰：「余前夜所題也，已入君夢耶？」回顧庭中海棠花，依然春意初酣也。

鶯脰湖之青草灘，在越尾吴頭，波白如銀，落霞澄霽。余艤船登文星閣，題壁有云：「雁聲西下吴江水，帆影東來檇李船。」

鶯脰湖中，銀魚風味獨絶。湖濱晚泊，煮水銀刀，因憶張季鷹見秋風起，而但憶蓴鱸，未足盡江鄉風味也。古人咏銀刀詩絶少。崇明張南溪詒有句云：「碧潯每訝收瑶柱，青案常聞卸玉簪。」又云：「出水亂如披朽蠹，傾筐積似脱眠蠶。」亦善於比例矣。

吴江趙約亭基與長洲沈芷生清瑞解元相友善。芷生幼抱異才，僅博一第。年三十五而赴玉樓之召，二子俱幼。越五年，其甥林孟韓輯其遺編，約亭題集後云：「君死成千古，予存愴五年。寢門何處哭，墓草又生烟。束筍空留篋，焦桐孰撫絃？茂陵遺稿在，入手更潸然。」「老大慚兄事，聯吟憶對床。肯將多問寡，知是狷非狂。一第辭金馬，三秋卧草堂。《白華》《華黍》什，空自補遺亡。」約亭以稿寄石琢堂殿撰，今已梓行。

余於趙約亭齋中見其壻石敘民《同福詩稿》。其《出都》云：「無定陰晴交孟夏，最多離别是長安。」《楚中寄友》云：「楚國茱萸多健者，燕山風雨近何如？」妙合自然。

約亭子艮甫晉函，年成童，已入庠，詩文華贍。其《詠玉蘭》云：「簾櫳有影風前倚，環珮無聲月下移。」《登惠山絶頂》云：「遠樹短於草，蓉湖小若杯。」《贈張海客》云：「疏懶何如七不堪，支頤盡日盻晴嵐。坐來獨隱烏皮几，住處人呼老學庵。庾信過江多傑作，孔融生小負奇男。一編冰雪逋翁句，親授虚皇祕笈函。」

元和蔣北硯德華，與約亭最善。其《無題》聯句云：「碧城窈窕木蘭艭，采采芙蓉憶涉江。緑雨絮黏低覆幕，紅蠡殻小半釘窗。手垂艷膩薔微露，喉滑新詞鸚鵡腔。莫漫猜嫌鈴作護，名花生蒂本成雙。」「敲殘清磬好音乖，愴斷墻東宋玉懷。箏柱彈紅偏擁髻，簾波剪碧怯兜鞋。曾題花底鴛鴦塚，憶墮燈前玳瑁釵。一樹棠梨寒食近，馬蹄芳草又天涯。」其《冬夜懷約亭》云：「燈暗疏窗冷焰殘，美人渺渺碧雲端。天涯知己風塵少，歲暮依人去住難。明月二分連雪白，濤聲千里咽江寒。文章莫漫投時俗，董相祠前再拜看。」

孫蓮峰鎬，其祖父夢雷神，語之曰：「我當寄食君家。」驚覺，正值雷電奔馳。火光爍爍中，而蓮峰以生，頭有兩角。幼嗜讀書。年十四，負笈從方望溪先生，三年遂通經術。善古文，詩亦造詣精深。記其《莫愁湖曲》云：「莫愁湖畔秋光好，莫愁一去烟霞老。玳瑁梁傾失燕巢，鬱金香散空隄草。六代繁華逝水流，香銷南國美人愁。千餘載後生英傑，占此林塘一曲幽。龍飛濠泗真王起，有客鳳覲而虎視。共識蕭何第一人，還嫌韓信無雙士。鐵券酬庸湯沐開，幽蘭啼露佩聲來。風雲壯氣追名媛，脂粉餘光映上臺。荒烟蔓草重開闢，佳麗依然雲外宅。不聞妙舞列金釵，似有遺香扶赤舄。而今盡説莫愁孃，不記中山異姓王。衮冕樓頭空法服，腰肢畫裏逞新妝。石亭使君香案吏，詩文美富珠排字。開筵餞我向湖頭，入座名流各張幟。雛姬一一雙翠娥，皋橋泰孃未足多。葉底魚跳非聽貝，簷前雲結爲聞歌。只有清凉寒嶂叠，古佛岩間敷白氎。妙有如同老子龍，真空豈笑莊周蝶。況我飛揚跋扈身，蕭條白髮老風塵。悲歌久厭喜絲絡，拭淚原須紅袖人。何處流黄明月照，白狼丹鳳賡同調。含愁征戍見真心，開國殊勳特一笑。我酌金樽醉綺櫳，諸君且莫弔英雄。招來艷魄秋波曉，檻外蓮心徹底紅。」

徐玉鳴珂年十六，娶王孝廉女瑞姑，伉儷甚篤。一載瑞姑病卒，徐誓不再娶。越十四載，忽有老媪至，言居邑之南鄉某村，「前十四年，東鄰張秀才生一女，五六歲，常不言笑，述前世夫爲某人，姓氏里居，確記無訛。父母爲之擇婿，女輒不食，曰：『兒自有夫，何相逼？』父母曰：『事隔再世，時經十數年，徐生諒已再娶。即未娶，年已三十矣。』女曰：『兒知徐郎必不負我。情之所鍾，不可以年齒計。』父母憐之，因囑我至此訪問。今見郎君，其言果不謬。盍往見之？」徐聞之慘然，而心疑事近於怪。媪泥之使行，遂同至張所。謁翁，女自簾内見生，淚落如霰，嗚咽聲達外室。翁方以情告生，女忽搴簾出曰：「郎君獨不記花燭之夕，有定情詩乎？」以箋示生，生亦泣。蓋此詩枕上口占，無一人知者。其詩曰：「多謝君將百兩迎，從今夜夜聽雞鳴。身前身後三生約，輕薄唯言百歲情。」父母遂以女娶生焉。

雲壽縣有衛河，即「恒衛既從」之衛，源出邑北良同村。昔陸稼書先生宰靈濬池，池後一百二十步，雨後有泉湧出。先君子宰靈六載，池前十數武，忽有泉出，濬之復成池，引之下注，可備水潦。邑人稱上池爲陸公泉，下池爲賈公泉。南寧太守傅成山先生堅勒碑其上，題詩碑陰云：「清獻當年政化傳，後賢清節繼前賢。仁人德澤流無盡，衛水源頭是二泉。」

王春明灝工書善畫竹，有《畫竹軒詩稿》。其《題秦梧園畫柳》云：「知是江南第幾村，紛紛葉葉舊愁痕。風流合號秦楊柳，寫遍草臺寫白門。」梧園名儀。

貞孝女唐素，二泉亭畔人也。與其妹俱善寫生。家故寒微，父母年老無子，矢志不嫁，以丹青給甘旨。乾隆五十年，蘇州太守胡公世銓過錫知之，表旌其廬。索素畫花卉數幅，裝裱成帙，題詩以倡，屬而和者不下數百家。顧響泉觀察絶句云：「太守風流替左司，偶然行縣譜笙詩。貞松慈竹丹青裏，門對南齊孝子祠。」又馬誦昭女史一絶云：「第二泉邊花萬枝，朝朝鏡裏門芳姿。憐卿五綵銅龍管，只畫丹青不畫眉。」女史題是詩，纔十四齡耳。素妹亦未嫁，早卒。素今年五十餘。

嵇天眉文煒英偉灑落，爲余忘年交。工筆墨，尤喜填詞，有《撫琴》、《浣香》二集。與袁湘湄棠、笛生鴻、蘭村通、楊蓮塘宗濂、陳竹士基輩相唱和。其贈秋影《浪淘沙》云：「露冷夢難尋，立過桐陰。新愁舊恨兩無憑。月落香殘添了病，人與秋深。　自怨忒聰明，命薄如雲。欲將清净洗塵根。水樣横波山樣黛，花樣飄零。」其贈春痕《賣花聲》云：「弱柳冷於秋，缺月如鈎。眉頭蹙損下心頭。一縷柔情絲樣細，能挽歸舟。　欲别淚先流，背倚紅樓。曲闌干外莫凝眸。若使芙蓉知此意，恐不禁愁。」湘湄和作云：「夢警一絲秋，細響簾鈎。曉妝人起未梳頭。癡望顛風將斷渡，鈴語歸舟。　江水解回流，重繞秦樓。香羅紅裏淚盈眸。門外亂山灣似黛，圍住閑愁。」笛生詞云：「殘月照當頭，夢裏紅樓。四山蟲語一人秋。淚也如何雙不得，兩處分流。　拚了且歸舟，江闊烟稠。今宵又做十分愁。自把三生來問佛，石火還留。」竹士詞云：「吹緑上眉頭，風壓西樓。繡奩昨夜月光秋。花氣似烟寒似夢，并入簾流。　野渡想横舟，鐙亂村稠。遠山難畫客心愁。如此有情留不得，更望誰留？」蘭村詞云：「好夢苦難尋，小坐松陰。一函芳訊太無憑。人不曾來花又謝，愁比春深。　往事欠分明，雨雨雲雲。身同飛絮總無根。挽着柳條還顧影，紅淚偷零。」

壬午秋，王堅齋朝幹應試金陵，道出京江，遇陽羡張治丞制將之廣陵，口占云：「雲空山不飛，烟濕淮南樹。我向玉鈎斜，君尋桃葉渡。」

江陰曹紉蘭，峨眉先生禾之孫女也。年十四，《登興國寺塔》詩中二句云：「江山全入目，城郭半圍腰。」後適一貧士。《除夕》云：「親朋索債盈門第，兒女争衣擁竈頭。鼠因粟盡傷心去，犬爲家貧放膽眠。」女郎詩亦窮而愈工耶？

俞是齋在虎陵，見一丐者，夜宿伍員廟，題壁詩云：「歷盡天涯到越城，誰堪把袂話平生？眠來古廟驚風冷，醉向長街嘯月明。浪説市恩誰市義，豈知求食勝求名。笑看吴市吹簫客，豪傑如何獨讓卿？」相貌奇古，書亦遒勁。太守物色之，已過錢塘江矣。

閨秀某有殊色，工吟詠。楊茂才欲娶之，不果。後適一守錢虜。其《感懷》詩云：「柔情慧質本天成，嫁與王郎百不能。月下揮弦空自解，花前得句與誰評？錦衾總是無情物，羅袂常看有淚痕。縱使黄金堪作屋，不如貧賤一書生。」一日，楊生齋中賞花，忽值風雨，題絶句云：「風風雨雨暗江城，把酒從君哭暮春。一夜海棠零落盡，更無花是意中人。」予嫌其哭字不祥。閱三月，女病亡。予謂楊曰：「更無人是意中花矣。」悵然久之。

余家虹橋，東西鄰皆嵇氏。東爲添眉絢秋書屋，西爲萼楓照軒也。余簡萼楓詩，有「晨夕偶不見，隔墻聞苦吟」之句。今春集《鈴語》，索萼楓稿。吝不與，有若閨閣女郎羞澀不易見人者。記其《無題》詩云：「相逢好處大迷茫，更有何時不斷腸。抛擲春光三月暮，躊躕夜色一窗涼。欲憑燕子傳消息，生怕鸚哥説短長。記得迴廊攜素手，繡囊親繫十分香。」又絶句云：「並蒂花開不見伊，每當長夜月來遲。儂心苦過青蓮子，贏得君心似藕絲。」

江陰高見龍應飛，己亥孝廉。跌宕豪邁，能書工詩，捷於擊鉢。嘗於扇頭見其題墨菊絶句云：「塗塗抹抹又圈圈，寫出秋容意惘然。塵世久無陶靖節，南山誰與爾爲緣？」真覺瀟灑出塵。惜乎其年之不永。

徐伯龍辰，江陰布衣。善繪事，工古近體，尤長於諷諭。余髫年即耳其名。丁巳春，棹過青陽，謁戚蓮渠師，見案頭詩帙。先生指其《吴中吟》示余，曰：「此今之白傅也。」《賽神》云：「吴中二三月，農桑未動忙。居民競賽神，即事有故常。人家集親友，殺雞宰豬羊。相將作社會，到處喧集場。或王或仙聖，或土地城隍。舁之出巡遊，濟濟何洋洋。年來尚奢靡，隊仗翻新裝。紅呢作旌蓋，白金爲斧戕。焜耀孔翠扇，綷縩雲錦裳。前頭震金鼓，後面鳴絲簧。奇觀及寶玩，中腰燦成行。大都一物費，小户千日糧。觀者四方來，男女塞道旁。喧聲徹日夜，奸宄那可防？有司雖屢禁，舉國仍若狂。歲時與民事，云藉此祈禳。春風吹春塢，百花濃噴香。有一田舍翁，衆中獨彷徨。今年多疾疫，昨歲非豐康。趨奉意亦竭，神兮宜降祥。」《鬥蟋蟀》云：「秋風吹似刀，秋露滴如珠。蟋蟀已開栅，舟車喧步衢。其栅云如何，職役繁有徒。掌案敗家子，司閽失主奴。紛紛集盆盎，喜躍金入爐。開皿别頭翅，上秤分錙銖。配合各已勾，編號懸户樞。蟲主認旗色，願鬥花幾枝。現銀押梢把，入局定嬴輸。外厢作猜錢，健者衆中呼。持籌當錢票，百千數不拘。須臾寂無聲，如海涵月孤。譁然一旗出，勝負乃分區。借問局中事，棐几鋪氍毹。栅以湘妃竹，承之玉盤盂。鬧下芡手動，兩蟲怒挺軀。戰場起方寸，殺氣翻牙鬚。蟲主多助勇，口張目睢盱。自謂勝可必，孰云勢忽殊？兩强有一傷，咄咄復吁吁。色旗既傳出，閙拔茇不須。贏者神揚揚，負者遲步趨。不惜金輸去，所嗟顔面無。荒哉此習俗，濫觴自杭蘇。千金寄兩蟲，得失在斯須。以財擲虚牝，宜俗多艱虞。矧今紛嗜好，所費非一途。秋日淡紅樹，秋霜凋緑蒲。鵪鶉鬥又近，擎把休踟蹰。」

丁巳六月，楊蓮塘園中有一蝶飛至。大如團扇，白身紅足，雙翅淺碧，中嵌四眼，金色熣燦。以絹撲得之，貯筠籠中，懸之花下。越宿晨起，見籠外又有一蝶，形色大小相似，蓋尋偶來也。憐之，開籠放去。籠外蝶側翅入，若知其偶之已病，爲之嗅其鬚，引其足。少頃，並翅出。回翔花際，俟病者蘇，然後翊翊飛去。按《埤雅》云：「蝴蝶無雌者，交以鬚嗅。」又聞羅浮山蝶，生有定偶。得其一，雖百里外，其偶終能引歸。物亦有至性，殆如是歟？嵇天眉填《華胥引》詞以紀之，云：「韓憑夫婦，世世生生，兩情凝結。不道而今，餐霞吸露花裏活。底事遊侶分離，教玉奴尋徹。衣粉飄零，緑裙心意凄絶。如夢歡場，住羅浮、怎還輕別？致郎憐愛，借媚猶能入骨。力力拘拘相引，似橘園初蛻。重到盧山，子卿雙美應合。」

閨秀廖雲錦題嵇天眉詞稿云：「鏤玉雕冰絶世姿，詞壇歐晏擅當時。金荃舊譜翻荷葉，蜀國新絃按竹枝。樂府齊梁詞客滿，旗亭姓氏美人知。曉風殘月春如夢，一曲清歌柳萬絲。」校書羅湘琴，號畹卿，年十九，色伎雙絶，尤愛筆墨。乙卯秋，如如子以試事集金陵，與湘琴訂盟好。顔其閣曰「春痕」，題《踏莎行》詞一闋，云：「歌艷羅敷，吟成香草。精神冰雪嫌輕縞。隔重簾幙暗銷魂，幽蘭曲調從頭操。欲語還休，含情翻惱。碧雲深處紅樓小。無多金粉六朝山，被卿都向雙蛾掃。」兩情綿緲，惆悵分裙。湘琴有《寄懷・瑤臺第一層》詞，余曾見之。字體簪花，韻諧鶯囀。其詞云：「小雨絲絲風裊裊，吹春上碧寮。已拋愁去，又招愁至，怕聽瓊簫。玉樓重上處，最可憐，吟落詩瓢。更相對，數竿黃竹，瘦影苗條。藏嬌。此言真否，幾時打槳趁新潮？金錢空卜，淚痕空漬，孤負春韶。尋歡渾不是，鎮日裏，嬾整雲翹。路迢遙，看燕歸人杳，越惹魂銷。」同時有謝秋影，名玉，字楚楚，才色相埒。

陳竹士基先娶金氏，字纖纖，工吟詠，有集。結褵三載，病歿。繼娶紹興王梅卿，名倩，才尤富。竹士曾以所書詩册見示。《揚州春雨》云：「底事芳魂恰易銷，珠簾不捲雨瀟瀟。碧迷眉黛初三月，紅洗桃花廿四橋。好夢驚回騎鶴客，春寒吹入賣餳簫。光陰黯黯愁孤負，湖上遲儂泛畫橈。」《尺五樓春望》云：「招月入高樓，吹簫樓上頭。雲隨蝴蝶散，花替美人愁。鈴語空中墮，江光杖底浮。只離天尺五，直欲御風遊。」《將歸吳門留別佩香夫人》云：「晴湖無分畫船移，十丈風絲漾緑漪。春亦如人留不住，好花開遍是將離。」「蘼蕪一片緑含愁，唱到驪歌月滿樓。笑我遲來偏早去，別君難更別揚州。」《冒雨渡江望焦山》云：「船底走雷霆，船頭風雨腥。潮傾天柱白，山塞海門青。積氣圍孤秀，游心入杳冥。烟鬟看十萬，那似此峰靈。」《與竹士偶撿纖纖阿姊箱篋感而成詠》云：「開箱香散麝蘭春，寬窄如何恰稱身。立傍鏡臺先一笑，着衣不是製衣人。」「紗幮亂疊舊蠻箋，那教檀奴不泫然。卻體故人憐惜意，移燈相勸抱花眠。」「八斗才難青一衿，勞他勸學伴黃昏。試文翻着親相示，紅漬當年對泣痕。」「一針一線費思量，總是無情也斷腸。強借瑤琴娛阿姊，夢涼彈月到靈床。」《嵇天眉爲春痕鐫印十方索詩紀事》云：「紅暈桃花不染埃，玲瓏只合贈妝臺。幾生脩做連環印，得近春人玉指來。」「佳話當年數媚香，幾曾顛倒刻鴛鴦？過江要乞簪花字，小篆親題羅十孃。」

楊子淵工詩文，精騎射，有英雄才子之目。家素封，不希仕進，構別業於邑之管社山。隨山高下作精舍數十楹，疏流泉，栽花木。杜雲川、吴蒙泉輩常相過從。山之南，面太湖，爲群盜出没所，楊子屢爲盜困。聞吴淞間有繩妓鄭大娘者，弱女鄭小姑，通文墨，嫻武藝，楊公挾重貲構得之。小姑性婉娩，識大體。每遇詩酒會，公常使出見客，窈窕環珮，風韵姗姗。居歲餘，群盜突至。楊公取雙鐧，率家人將禦之。小姑曰：「無庸。」開嫁時箱，出短衣一襲，銅錘一雙。裝束訖，一躍登屋，疾若鷹隼。群盜攻門急。小姑從屋上直撲盜之梟勇者，舉錘擊之，無不立倒，連獲四人。盜奔散。楊公鳴之官，捕餘黨，俱服法。縣令謁楊公，求一見小姑。小姑怒曰：「令不能安民，但知剥民，即盜首也。我何見爲？且妾爲公家姬，無出見官長禮，當爲婉言以謝。」豈非勇而好禮之奇女子哉？先君子與楊葭莩親，曾見小姑。已非盛年，素服淡妝，日事文翰。楊公曰：「此予家娘子軍，今作中書君矣。」其詩稿一卷，佳者甚多。記其《秋前一夕喜晴》二絶句云：「淡烟疏柳一蟬鳴，犬卧籬邊客不驚。雨雨風風三日裏，愛聽花逕屐聲聲。」「去年兒女憶長安，明月來宵得共看。瓜果筵前人倚幌，滿身花影二更寒。」

祥徵所著，雖似渺茫，往往多驗。昔人相傳見金龍者，兆爲大吉。甲寅秋，楊勖齋先生晨起，坐庭石上。仰視空際，湛然一碧。忽見金光一縷，閃爍不可注目，轉瞬長數十尋，夭矯騰凌，鱗鬣俱露，久之乃隱。明年以選拔入貢，廷試第一，旋登博學鴻詞科，入翰林，備膺異數。有《見龍紀異》句云：「碧落無片雲，金絲忽鱗甲。」

鄒魯占先生姊亦廬夙慧，工詩。適儒士朱某。雖井臼親摻，不廢吟詠。常就正鮑賓王先生。其詠落梅有「處士不甘凡艷並，亂抛香雪與東風」之句。

鮑戟門𣏌與山陰童二樹鈺相友善。二樹博通經史，尤工書畫，酷好畫梅。直幹横枝，不假造作。凡丐畫者，必先贈以詩。卷帙盈箱，諸體悉備。其意惟以七言古歌爲足狀其奇横之氣，將欲裒集三百首付梓。戟門以詩索畫云：「二樹原是羅浮神，日日畫梅自寫真。揮毫放膽若揮帚，庾嶺春風撒在手。」二樹接讀未竟，即取架上長幅，揮毫立就，題曰：「曾向江南憶故群，傳來詩句正停雲。梅花若解逢人説，定説知予有鮑君。」或訝其太捷，答曰：「惟不假思慮，乃得先天，不落後天也。」是日山陰新貴邵會元晉涵亦在座，有「先生畫梅如將兵」之句。

楊端操先生孝元醇文碩德，終老諸生。及門請業者，履踵相接，師範殊峻。然當疏經釋文，議論風生，詼諧雜作。侍坐諸子莫不色舞眉飛，日增進境。一日出門訪友。時馬半湖先生方十二歲，負笈在塾。乘師外出，踢足爲戲，用力過當，雙履飛集梁間。先生適歸館，呼講經義。半湖窘甚，跼縮侍側。先生已漸見之，講次，忽謂半湖曰：「我有聯句令爾一對。」云：「漸漸露出馬脚。」半湖瞠目不敢應。先生笑曰：「看看打到黿頭。」蓋半湖小字元郎也。半湖後以明經爲天長學博，文章行誼，卓然可傳。

崔仰舜號悟梅，關内長安人也。能詩，善小楷。幼聰穎，貌魁梧。其四歲時，西藏活佛入覲。制軍、撫軍以下，迎謁甚恭，略加酬接而已。惟見仰舜遥望起立，抱置坐上，痛哭久之，曰：「幸相見。」贈遺珍物數種。壬子秋，楊篔谷遇諸西安糧署，贈句云：「我來關内識州平，倜儻才華溢漢京。道是西方真佛子，果非東土假儒生。」

女子琬娥、玉娥姊妹皆有詩題北固山壁。琬娥詩云：「浩蕩江流接大荒，烟光樹色兩蒼蒼。六朝舊恨西風冷，剩有娥眉弔夕陽。」玉娥云：「恨石沉泥馬跡銷，孫劉事業付江潮。閨中不管閒興廢，杯酒遥酬大小喬。」後跋：「夢花溪吴氏雙娥奉母命，九華進香，便道江干，登山漫詠。」誠巾幗傑作也。

楊公諤仙夢槎，乾隆丙子孝廉，任四川酆都令。金酋逆命，調赴軍前，監製砲位局，屢有功。癸巳六月，軍至木果木山。夜半，賊劫砲局，擁公去。環叩用砲法，公佯教之。及試砲，砲裂，殪賊無算。賊酋切齒，遂遇害。詔贈兵備道，賜祭葬，蔭子弟一人。詩稿數卷，失於軍中。其從弟篔谷收檢殘缺，得十之一。《過函谷關》云：「靈寶城南古戰場，函關西去逼咸陽。曾聞跨犢來仙吏，尚憶鳴雞走孟嘗。保障直連三輔險，承平何用一夫當。興衰千載悲陳跡，山自高高水自長。」《華陰道中》云：「山行十日苦崔嵬，放眼平蕪古道開。滿地榆錢滿天絮，春愁又逐馬蹄來。」《雨中過壩橋》云：「驋子騰騰破柳軺，揭來何處最魂消。驪山一雨千峰暗，烟樹溟濛過灞橋。」《南星曉發》云：「夜來微雨過，曉色尚漫漫。一騎衝烟出，千峰落翠寒。溪聲歸樹杪，人語隔雲端。又渡柴關去，匆匆夢未殘。」《過滁州·金縷曲》云：「環滁皆山也。客來初，山從面起，幾回勒馬。城郭周遭林際出，隱見朱樓翠瓦。知幾處、浮圖蘭若。轉過綠楊谿澗外，恰杏花村雨時飄灑。禽鳥樂，斜陽下。盧陵學士真風雅。想當年，春旗行處，人耕綠野。豐樂年時無箇事，新釀一尊堪把。消受江山如畫。千古醉翁亭子在，笑諸君醒眼翻成假。今太守，何人者？」先生殁後，曾降乩，有詩云：「旗旛招颭帶飄揚，萬里征夫返故鄉。白馬到門惟一笑，不知身已葬疆場。」

滄州茂才宋西園翰中，工詩，好遊歷。丁巳訂交於景唐少尹署中。其集中佳者甚多，不可勝録。見其題箑頭《湖姬蕩槳圖》云：「郎去江干行，妾在舟中座。蕩槳莫愁湖，相思打不破。」又：「燈上有花能送喜，人間無藥可醫愁。」

張心裁元義，名茂才也。又山姪延之，課可琴、斧仙讀書。時年已七十，猶應制科。與又山、楊晝堂、楊亦廬、沈丹山輩聯淩雲詩社，擁鼻苦吟，篝燈乙夜，雖酷暑嚴寒無間。其即事詩有「琢句先生肩鶴瘦，傳詩童子足鶩忙」之句。

有自稱象棋國手者，云自高麗國來。縉紳多延致之。其人自攜象子，只三十一枚，曰：「到處饒人一馬也。」吾邑嚴蓀友太史有老僕，善棋，令往觀。嚴問之，僕曰：「平平耳。」問：「汝敢與弈否？」曰：「敢。」乃易衣，詭稱門客與弈。其人出棋布置，僕曰：「此棋不全，當易。」座客曰：「彼常讓人一馬，汝未知耶？」僕曰：「未分勝負，何先受饒。」遂將全子布局。其人既恚且怯，一敗再北。旁觀者曰：「此嚴太史僕也。」其人大慚而去。時人有詩贈僕曰：「一馬縱横疾足驅，楸枰對壘逞雄圖。康成小婢香山媪，奏凱新添太史奴。」

江陰某廣文寵妾，每日搗紅鳳仙花染指甲。文宗按臨，某早起，覓烏鬚藥，誤捫他盞，遂以鳳仙遍塗之，匆匆赴院。見者笑之，有詩嘲之云：「轅門聲報鼓三通，鴛夢驚回頭白翁。想是夜來經血戰，髭鬢染得落花紅。」

木文和尚有戒行，居雙鳳里。人有危疾，請木文誦經即愈。若延之不來，則病不起。顧伊人孝廉與之交厚。一日，伊人婦病危，諸醫束手。因延木文，木文請寬期三日。伊人曰：「病危，恐不能待。」木文出殘香數炷，授之云：「歸插竈上，祝云『三日後，木文和尚來』，病者自無患也。」後三日，木文至，不攜佛像經卷。伊人問之，曰：「經須誦汝家者。」伊人曰：「家素不藏佛書，奈何？」曰：「聖經皆可，不必佛書。」伊人因出《中庸》一本。木文焚香讀之，如誦經法，三復遂去。至夜，婦作譫語曰：「吾奉冥府令，以木文和尚法力，送汝婦返魂。急焚楮謝我。」語畢，婦汗出而愈。後伊人贈木文詩曰：「不須三乘載藏經，貝葉朝繙事渺冥。八垢九根兼十行，《中庸》乞得聖賢靈。」意有一經翻用，便爾動人者。

斧仙客黔西，有《子規》詩云：「誰遣殷勤啼達曙，聲聲只解催歸去。畢竟他鄉勸客歸，何如故國留人住？」雲題《淥初集》中「忽向天涯傳樂句，夜闌啼斷子規聲」，蓋謂此也。

荆溪王静婉，年十七，有姿。本臨津農家女也，以歲祲鬻於漁船王姓爲假女。邑之業是船者，每使女應客度曲侑觴。静婉貞潔自持，而抑於其母，怨恨之色時流露於眉睫間。丁巳夏，華靄亭遇之東氿舟次，憐其漂泊，賦絶句二首云：「春風吹動舊羅裳，雅鬢斜披半額黄。昨夜前溪渡頭住，弄橈曾打野鴛鴦。」「擬把愁懷付琵琶，淚珠無數濕鉛華。羞顔敢倩旁人惜，只怨生來自小家。」

江陰孫載軒兆熊，號大癡。讀書不仕，跌宕詩酒。居竹塘，緑水環村，疏籬繞屋。築齋曰「返魂」，建樓曰「醒夢」，所著集曰《耕餘》。性慷爽，喜結納，尤重儒士。子步青韜，名孝廉也，與明經曹介城大綸交善。介城爲余道載軒之爲人，并示詩。余曰：「其人可傳也，其詩亦可存也。」因録其《醉歌行》云：「客從遠方來，遺我一尊酒。飲之滌肺肝，掃垢勁如帚。開門揖山濤，招手青蓮叟。掀髯一長嘯，抬頭見星斗。萬籟寂無聲，明月喚吾友。」《青山操》云：「朝看山青，暮看山青，青山頂上飛白雲。雲飛山色異，風雨忽相忌。掃開石上雲，瀉出流泉細。百鳥和音，花木媚春。朝看山青，暮看山青。」《金陵道中》云：「薄暮下扁舟，鼓枻金陵道。紅葉飽青霜，夾岸荻花繞。林影傍帆馳，迴波掠雙棹。箕踞呼長風，三山卧雲表。」

浙人張藴三負販至豫，貨不售，久寓鄭州旅店中。一夕夢醒，聞扣門聲甚急。出視，見群役擁一囚至。諦視，乃其素所識之鄰人呂慕朱也。呂幕於外，十年不歸矣。駭詢之，呂曰：「余就鄭州牧某聘，已四年。今忽爲陰牒所拘，赴嶽廟質詢回耳。」問何案，曰：「誤殺人命，不可逭。」問將何之，愀然曰：「不知。」問語間，群役視眈眈如虎，勢且舉械擊。慕朱踴踏哀鳴，跪請寬解，以畢其語。役少憩，因曰：「余子某，現幕山西。煩君寄語，速爲我誦《金剛經》一千卷，於嶽廟焚化紙鏹萬計，余罪可減等。」頃門外譁然，又數役至，手中各攜紙製牛馬頭，一手持刀劍，呼曰：「快行，快行。」乃擁囚竟去。翼日，有州役送署中幕柩，停鄰庵中。詢柩中人，即呂也。藴三《紀夢》詩云：「故人别已久，相見乃夢寐。問訊何爲囚，云攖殺人罪。殺人出無心，非故爲人害。誰知陰律嚴，科條不相貸。鬼役貌猙獰，兇兇鎮相對。今知死更悲，生者早生悔。臨别聲嗚嗚，相看共揮淚。」

春霞女史，金陵人，居白塔巷。年三十有五，自傷淪落，詩多愁慘之音。戊午秋，余以試事寓秦淮，春霞因張介眉邀余至家。出見，執弟子禮。以詩詞一卷，請採入《護花鈴語》中。余曰：「以卿之才，何不在隨園女弟子列耶？」答曰：「虛名不敢鶩，士女皆應有品。先生垂老而猶未遇者，諒與弟子同也。」余爲之惻然。索畫蘭，允其請。並題一截云：「湘水亭亭占好春，丰標何處着纖塵。此花不肯空依戀，只傍名人與美人。」

華墅姜大鏞，字鴻如，號冶夫。精岐黄，工詩文。人品端雅而深於情。江陰名妓錢素兒、妹荷兒，色技俱佳。當道惡其名太著，拘禁之。冶夫憐其嬌婉，以詩寄慰，有「暖日融融春漸醒，葵心好向使君傾」之句。當道見之，曰：「姜冶夫詩，遠勝上官之檄、寮吏之緘也。」即釋素兒姊妹。其爲時推重如此。

吴堂，字熙臺，江陰華墅人。寓吾邑東里，與余交幾十載。每遇賓朋四座，議論風生，熙臺默無一言。疑其於吟詠一道，昧如也。今年春，同舟赴吴門。見余賦詩，熙臺忽步韵成一律，云：「小艇浮新漲，孤帆掛斷虹。故園春樹外，客夢夕陽中。幾度聞吴唱，憑誰問土風？今朝舵樓底，莫令酒杯空。」余甚異之，索其稿。僅示數十首，皆極清新。熙臺殆韜晦之深歟？後棄家爲浮圖。

常熟楊岳慶，字鏡齋。瀟灑不群，工詩。記其《七夕》一絶云：「神仙亦只爲情多，一歲才能一渡河。倏到神仙歡會少，可憐人世更如何。」

先君子官宛陵時，南陵城北河中，忽有大缸浮出，中盛開元錢數萬。垂釣者挽之近岸，以魚籃檢錢歸。再往，人争取之，錢盡而缸碎。方位齊太史買破磈礧爲硯，銘曰：「缸以錢破，硯以缸成。非錢之祟，乃硯之靈。」

粤西僧濟，號石濤，住宣城廣教寺。能詩，尤工畫。烟雲變幻，夭矯離奇，見者驚若神鬼。嘗自題曰：「孤峰奥處補奇松。」又曰：「峰來無理始能奇。」可想見其畫品。

商寶意先生在京師時，友人鄭雲叟取朝鮮布製二衣，一時贈詩成帙。暨陽余楓溪詩晚出，最工，云：「大布梭成海上機，越人製得暮春衣。似裁白練題新詠，不比青衫減舊圍。袖裹花香吟後坐，襟分柳色醉中歸。長安三月誇羅綺，只有先生與世違。」鄭布衣之名，遂遍都下。

遂寧署多妖。友人張夢亭居東園之聽鶯軒，碗爐筆硯，每每移置他所。頗厭之，戲題一絶於壁曰：「客來三月夢魂勞，雲雨無端暮復朝。若遇仙人能解佩，瓊漿一滴渴應消。」一夕卧後，燈初滅，月影侵窗。忽門啓，來一麗人，揭帳，細語曰：「余解佩仙也。」以身偎倚。夢亭眼口手足俱不能動，任其撫摩，覺心爲之蕩。麗人遂俯與之合。甫就之，大痛，聲號，驚醒，身壓三木下，其陰猶夾木中。殆綺語之報耶？仙亦謔矣。

吴培字健如，一峰先生子。讀書敦行，不遇早卒。歷遊多著述，有《渡瀘集序》云：「戊戌四月朔，别樓峰，宿福集場，夜雨。初二日，冒雨上玉蟾山。山在瀘州北，勢高聳，烟雲迭起，倏忽萬狀。上有望蟾臺，相傳仙人白玉蟾至此。下午過尹吉甫故里，渡瀘江，江一名汶江。入瀘州城，宿城内。商旅雲集，水陸通衢也。初三日，雨少止，過金雞渡，渡爲尹伯奇曲終溺水處。對岸石壁有『東厓夜月』四字。下寶山，過馬謖溪，相傳武侯南征，謖獻地圖於此。渡雲溪，宿納谿縣城外。初四日早，上龍頭山。山行幾二十里。巉巖瀑布，狀若珠簾，殆不可數。晚宿上馬場。初五日，自鏤山古道至江門，山勢陡絶，江聲駭人。沿江尋小路而行，晚宿興龍場。初六日，抵敘永廳署。」其詩不下數百首。其《渡瀘》云：「瀘水碧可愛，澄波一葦航。千年開沫若，萬里達瀟湘。鏡裏尋鷗夢，天邊駕鵲梁。微詞如可托，流恨到江鄉。」其《望紅巖積雪》云：「昨歲西風阻灞橋，雪花如掌拂鞭稍。無端更上江門峽，一夢華清久寂寥。」

東膠山在邑北三十里，山以膠鬲得名。環山村落稠密。歲三月三日，士女雜遝春遊，效杭俗以薺菜花簪鬢。諺云：「三春戴薺花，桃李羞繁華。」楞軒蔡愷作《竹枝詞》數十首，記其一云：「春水春山三月三，春風吹雨過山南。山前山後遊山女，薺菜花兒單布衫。」

乾隆五十一年春，大疫。貧民積屍路側，數日無殮之者。儒士某，貧病不能自存，將詣戚黨稱貸。經東里，腹餒路泥，一蹶昏暈。頃之，聞有數人至，若官吏巡緝然，檢點卧屍。及儒士，駭曰：「是非應死者。」旁一人問曰：「是何人？」曰：「勸煮賑序文是其所譔。『倉儲發数石之粮，草野救幾人之命』二語，爲城隍神所稱賞。」查其禄籍，後當爲某縣丞。某微啓視，見前二人如吏，後則金頂補服，狀如縣尉。去後，過人聞呻吟，扶歸。今某官果驗。一語之善，神必福之。君子立言，不可不慎也。

孔瑤珊廣居，江陰長壽人。性穎悟。閉户五十年，於書無所不窺，著述甚富。精篆刻，爲人磊落誠樸，尚氣節。與余爲忘年交。曾爲題《春郊飲馬圖步雁門老人韵》云：「男兒志四方，安能老牖下。

壯抱鬱風雲，不羈如駿馬。珊鞭初日映，錦韉落花惹。努力事馳驅，寧慮知交寡。胡爲念故盧，歸途緑遍野。侯門稚子歡，洗塵酌三雅。檢點錦囊篇，山川恣陶寫。嗟我困窮鄉，蓋頭茅一把。廿年講六書，未識長頭賈。」

孔瑶珊寄示洪夢梨詩數首，其跋語云：「洪夢梨，號白雲道人，江陰女子。善詩，遺稿散失。嘗於《柳南隨筆》中見其摘句，而零香碎玉，以不見全詩爲恨。今於海虞金氏見一詩箋，乃夢梨答贈孫陶庵、汪西京諸人作也。詩既清新，字亦遒媚。詢知得自賣餳者。斯箋之流落，益見夢梨之命薄矣。」其詩云：「横塘南畔是兒家，漫説溪山似若耶。有限光陰丁噩夢，不情風雨虐梨花。羞將粉面攖塵網，欲托黄冠向鬱華。且喜頻年饒韵事，郵筒百里和尖叉。」「東風衣惹落花香，酹酒階前送夕陽。有客情懷殊黯淡，窮年章句守蒼黄。移山作意原知妄，填海何心不自量。莫漫相思頻寄語，斷腸無復更迴腸。」「未必丰標世所稀，病餘消瘦不勝衣。三千塵界諸緣妄，九十韶華一夢非。長離栖栖還比翼，海鷗泛泛獨忘機。白雲一片無心出，不向陽臺昔昔飛。」

沈逸亭灝，宜興南鄉巨族子也。少時夢遊園林，遇一女，年未及笄，情韵嫣然。與語，不拒，亦不答，笑以扇授生。展視，畫墨桃一枝，題絶句云：「不侵風露不籠烟，不愛胭脂不乞憐。方信此花非命薄，三生筆墨有前緣。」把玩移時，以扇還女，夢遂覺。越數夜，復夢前女。後每隔十數夕，必作是夢。越三載，同妻遊西湖，於蘇堤遇夢中之女。生驚木立，女亦卻步，神爲之馳，而遊人雜踏，各散無蹤。生歸悒悵。年餘，妻病卒。父母議爲續婚，終無所就。生以小試不利，援商籍，赴杭應試，竟冠一軍。

生父執姜雨亭爲生執柯，述其姪女有才貌。生父亦在杭，即爲委禽焉。路遠難於迎娶，議爲館甥。合巹之夕，女手執扇，夢中物也。生喜趨承，女亦驚熟識。詢以扇，爲近時才女吕霞城所書畫。當生夢時，未有此扇也。

楊冠峰宗鶴，常熟河陽山人。性灑落，輕財好義。讀書等身，尤工吟詠。與姜治夫、孔藍溪交善。讀其詩，可以想見其人。其《書懷》云：「年過五十雪盈頭，馬齒加時磨可休。天若有情容我老，山應到處任人遊。心魂空倚三生石，蹤跡惟憑一葉舟。鏡裏勳名已如此，烟波縹緲羡沙鷗。」又《深秋感懷》云：「富貴浮雲感古今，蕭蕭落葉滿疏林。歌傳夜月誰家笛，霜搗秋風何處砧？菡萏盈盈縈別思，芭蕉乙乙捲愁心。蛩吟四壁添惆悵，磈礧澆除酒自斟。」

孔伊人廣業，瑶珊之弟。品學醇雅，工詩。以韋布終。姜治夫檢其《新柳》詩示余。其詩云：「幾日烟光暖陌頭，梅花落盡草初抽。輕風曲岸披金薤，小雨清溪漲碧油。青眼相逢乍凝睇，蛾眉未嫁已工愁。珠簾不捲深閨寂，切莫凝粧便倚樓。」「鳴琴塘草夢中詩，怡見黄鶯對語時。妾髮最憐初覆額，客愁那得便舒眉。二月春風真似剪，半簾疏雨不成絲。天涯已有銷魂别，情盡橋頭慢折枝。」

吴寶壬，字吟陶，松厓之弟，亦余垂髫交。廉隅砥礪，君子人也。早歲入洛，作客十二年而歸。工書翰，精繪事。淡泊寡營。善病，年四十卒。病革時，余入視，流涕永訣。亡後，檢其詩詞稿，惜皆散失。僅記其《虞美人》詞一闋云：「玄霜青瑣天涯路，脈脈愁難訴。一般心事太分明，惆悵斷紅零粉若爲情？　挑燈細把迴文讀，半是無題作。落霞成陣彩爲花，多恐聰明心性不如他。」幽香旖旎，與其爲人似不相稱，殆宋廣平之《梅花賦》與？

孔藍溪昭質，江陰長壽人。讀書敦行，少即有文名。詩善學義山，曾於全集中録數十首，擬入《鈴語》。忽失其稿，僅記其《琴川歸棹》一首云：「雨雨風風逼歲除，烟波渺渺正愁余。頻年做客同於弈，幾擔隨身只有書。豈必楚元忘醴酒，誰教張翰憶鱸魚？依依最是虞山色，還似當時識面初。」

靳退庵光斗，文襄公曾孫。性恬雅，工詩詞。宦吴中十數年，所到每多題詠。其《山塘・竹枝詞》云：「冶坊浜裏蕩輕舟，半夜燈光勝晝遊。載得小蠻行處好，無人不看後梢頭。」又：「踏遍溪山香撲鼻，江南何處不梅花？」又：「五夜潮來枕，三更月照衾。暫將新目力，來看舊亭花。」

孔瑶珊品學高古，而偶作小詞，乃風情綺麗。如《送春・蝶戀花》詞云：「九十韶光彈指去。共説春歸，畢竟歸何處？梅子青青幾許，殘紅猶戀鶯啼樹。　似水流年留不住。明鏡無情，白髮添無數。萬斛離愁誰共語，夢中還向春魂訴。」瑶珊子名昭孔，字味茗，品學能繼其父。

虞杏園惠時好讀書。家貧，習岐黄業。嗜酒喜吟，與楊春帆、高蓉川、周篠緑、陳春江結壺碟詩社。花晨月夕，一壺一碟，賭酒詠詩，人稱「蝴蝶社」，其實乃「壺碟」也。集中詩多佳者。其《落花》云：「斜風細雨響簷鈴，攪我離愁不耐聽。燕子啣泥飛入户，帶來春色一星星。縱酒狂吟興正豪，無端惆悵首頻搔。裁紅碎碧閨中事，不信春風似剪刀。」又《紅葉》云：「誰把胭脂染樹枝，殷紅點點望差差。雁迷淺渚青霜重，人立平堤夕照遲。若近小樓應有夢，不隨流水更無詩。寒山記得停車處，錯認江南二月時。」

周烈婦，連平州丐者李元妻也。始元拙於治生，無以自立。有豪姓窺婦艾，誘元挈妻傭其家。元告婦，婦曰：「吾與若皆良家子也。毋沔清白，寧丐毋奴。」遂偕入養濟院爲丐。元出乞，婦傭鍼紉佐之。居無何，元爲二丐者擊斃於道，奪其所乞肴食而竄。婦伏屍哀啼，勺飲不入口者三日。州牧蔣公然昌捕獲殺元者，置之法。院有丐頭某，頗饒蓄，謀欲娶婦。以十金啗鄰嫗道意，婦曰：「夫死非命，我安適歸？所以不即死者，以夫棺未瘞、夫仇未報耳。今仇賊既伏厥辜，我將下報良人矣。苟腆顔喪恥，何至向者爲乞兒婦哉？」嫗陰與丐謀，先匿丐於嫗室，誘婦來浴，裸而逼之。婦號救得免，泣歸，自經死。蔣公廉得實，逮嫗及丐，杖殺之。白大吏請旌，同時有《題周烈婦》詩，不能多録。

蘇州山塘冶坊浜，爲挾妓讌飲之所。畫船歌吹，填咽水湄，極吴中聲色之盛。予友李東川，嘗偕懶公和尚過此。論其地理，東川謂浜坐子午向，水爲桃花，故爲風流藪窟。懶公曰：「非也。一邊是餓鬼道，一邊是畜生道。造物顯然垂戒，惜夢夢者不悟耳。」蓋浜之左爲普濟堂，收養煢獨，而其右乃販豬者所群集也。懶公年至九十餘，示寂於葑門流水禪居。觀其言，可知其行矣。

胡春皋李垣，華亭名茂才。性簡易，落落不群。余因徐銕海見其全集。文入韓蘇之室，卓然成家。詩雖不多，頗有逸致。記其《送别》一聯云：「黄葉旗亭愁落日，白蘋江水擁輕橈。」《答友》云：「勝事洛中真率會，幽情江上卧遊圖。」

楊魚堂若金，雲間布衣。博聞强識，澹漠寡諧，乃古夷逸之流也。詩多好句，爲人傳誦。其《春日苦雨》云：「銷磨雙履齒，憔悴百花心。」《遊横雲山》云：「流水交松徑，歸雲上客衣。」

徐二華鈺、唐凌洲步瀛同時宦遊吴會，文士而寄跡官途。而與余爲筆墨交，吟箋往復，佳什最多。二華《春遊》云：「陌上看花天浩蕩，溪邊問渡雨蕭疏。」《贈友》云：「詩成秋月晴雲外，人在茶鐺酒臼間。」凌洲《詠牧童》云：「短笛横吹凉似水，烏犍倒坐穩如船。」《自遣》云：「不以才疏淺，而教翰墨親。文章非負我，聲價不由人。塵净心如月，酒温胸有春。」俱俊逸之句也。

周秋岩因，華亭人。詩才娟秀。其《枕上》云：「燈光如豆影迷離，犬吠鄰墻夢醒時。一夜淒凉簷外雨，幾人不白髮邊絲。」

銕海詩宗法三唐，不拘一格。其《謁睢陽廟》云：「食盡愛姬同鼠雀，命危厲鬼亦英雄。」《過潼關》云：「黄河北劃燕秦地，太華西蟠井鬼天。」《詠蠶》云：「生平志在經綸滿，天下人蒙衣被多。」《秋蟬》云：「碧梧露冷柴門静，黄葉風酸驛路横。」《楊花》云：「烟景回頭原是夢，亭臺無主也銷魂。」《春閨》云：「懊恨翻嫌春色好，自垂簾額咒桃花。」嘗夏夜納凉院中，幼子湘纔五齡，仰見大星，笑指曰：「小月。」聞者奇之。銕海詩有云：「阿湘不識星，呼之爲小月。」童幼無知，造語絶妙。星有「白榆」之稱，又得「小月」之號，余因即以「小月」字之。嶄然頭角，千里駒也。

護花鈴語卷四

無錫雲裝賈季超亦群氏

余與張星海先生談唐貞女事。海星曰：「吾鄉有謝貞女者更奇。女爲宋氏養媳，夫以痘殤。時貞女年甫七歲，痛哭不欲生，見者駭異。年十二，夢夫持鍼刺其手，以告翁姑。翁戲語之曰：『鍼者，貞也。手者，守也。得毋亡孩欲汝守貞耶？』謝聞之，即矢志自守。凡服飾起居，一如孀婦。及笄，父母欲奪其志，卒不敢啓諸口。日操井臼，勤紡績，釀冬青酒以度日。年二十二，擇猶子之賢者爲夫後。乙卯歲，五秩矣。有司聞諸大吏，請旌其貞，都人士徵詩以表之。」嗟夫！七歲即知大義，奇矣哉。星海出其詩，讀之灑灑數千言，中有云：「嗟哉鬚眉丈夫子，負義失身貪不死。白頭且願稱二臣，羞對垂髫一女史。」

江右劉孝廉豢龍作宰江南，納姑孰陸氏爲妾。柔順淑慧，頗解詩文，甚愛之。劉性耿介，爲上官所銜，中以危法，論死下獄。劉念陸年少，欲嫁之，召其父母引之去。陸氏毅然曰：「何蚩我甚。」不之聽。劉寄絶句云：「晴日嬌紅花正開，西風無奈撲空來。好移別院平安處，自有融和春氣回。」陸讀之哭曰：「當見爺拜別，乃可。」家人具白劉，不得已許之。陸至獄見劉曰：「爺何棄見耶？」哭聲震囹圄，聞者淚下。獄卒懼，奔告邑尹王公。公至，勸諭之。陸具謝所以，誓以死從。王曰：「此女語語俱自血性中來，毋奪其志也。」問陸將何之，陸曰：「願歸事夫人，以俟爺耗。」王公乃出白鏹五十金，令回籍。中丞李公知劉冤，減死戍邊。三年，伊犁元戎疏釋劉，乃得生還。

錢履坦字象啓，精繆篆，兼工聲律，跌宕不羈。客瓢城，地故多狹邪，紙醉金迷，留題殆遍。有《瓢城即事》詩八首。首章曰：「曲巷重門西復東，行來無處不春風。快傾竹葉千盃緑，細數桃花半面紅。金縷筵前人似玉，水精簾外月如弓。匆匆去住渾難定，也向江頭印雪鴻。」蓋自寓也。有張桂子者，齲齒善笑，眉黛如遠山。王韞齋暱之，他人罕見款接。詩曰：「静婉纖腰楚楚妝，一痕螺黛襯雅黄。身如乳燕新成侶，巢向雕梁舊姓王。自有歡容凝笑靨，斷無别恨惱情腸。可憐一隊閒蜂蝶，難趁東風過短墻。」馬桂英年一十五，色藝爲平康第一。與錢研香窺牆定情，往來甚密。後爲有力者所據，遂有崔郊之恨。詩曰：「薄倖微名到處添，幾番恩怨數從前。窺墻一笑逢西子，隔院雙聲喚北千。見《北夢瑣言》。雲雨忽成翻覆手，琵琶自過往來船。分明桂蕊秋風裏，不遣花香入研田。」研香弟春谷昵劉桂如，嚙臂有白頭之約。春谷將爲之落籍，研香力沮之，春谷抱病幾死。詩曰：「欲將心事懺瞿曇，相見相離總不堪。百斛新愁眉一寸，十分良夜月初三。已拚棄擲風前絮，無奈纏綿繭裏蠶。何日扁舟雙槳穩，載將春色到江南。」朱山子極肥，人言重一百六十斤。李樵甫極瘦小，而與之相愛。詩曰：「蘭幽梅瘦總無倫，魏紫姚黄洛下尊。簾底春濃花氣滿，懷中玉煖夜香温。凝脂膩滑柔無骨，冰簟欹斜卧有痕。料得清貧饞處士，幾番大嚼過屠門。」劉桂如妹秀如，輕嬛柔媚，坐則偎人。徐果溪見而愛之，授以南曲，數過即合拍。果溪爲製合懽帳以定情焉。詩曰：「只解懽娱不解愁，徐郎風格最温柔。凭肩小語雙鬟膩，一笑微渦半面羞。怕説青衫揮别淚，暗抛紅豆記歌喉。合歡帳子新裁好，今夜三星照畫樓。」

周氏孿生姊妹，曰金姝、銀姝，妖姿稚齒，西郭翹楚也。有熊孝廉者，偕吴生同往。吴年十八，貌甚都，而熊短黑不揚。姊妹私厭之，而甚昵吴，贈以舊履。吴固年少，羞澀至面發頳，不能出一語。乃閉之房中，不令他遁。熊挾重貲，啗其母，使金姝侍夜。金姝輾轉拒之，至曉，猶擁衾坐也。詩曰：「叔寶風神玉一行，雛鶯嬌燕太輕狂。偷傳珠履貽香掾，暗鎖金鋪閉粉郎。紅雨一痕酥豆蔻，春波幾叠醉鴛鴦。如何别有閑情客，坐聽更籌記短長。」唐括括，楊寄廬所眷戀。楊故有君虞之懼者。詩曰：「絳帳都無别伎工，書堂寂寞愧扶風。人居南浦雙名小，路入西鄰一徑通。莫遣魚書來郭北，曾經獅吼發河東。陳郎自有三生約，錯怨眉山蘇長公。」

薛鳴字可遠，年十八，娶王氏。夫婦聯吟，每至夜分。一夕挑燈拈韵，詩思方酣，聞剥啄聲。遣婢啓户，引一女入，丰姿娟秀，笑曰：「知賢夫婦唱酬，妾願效顰，望勿嗔叱。」薛心固疑駭，然聞其能詩，興不可遏，且恐妻詰問，致女慚退，詭曰：「妹來甚善。」詠詩畢，然後敘寒暄可也。」以怯春夜坐聯句示之，出句「春殘花有魄」，女對曰：「病退鬼無權。」妻初病起，聞此心動，且視女貌肅穆，大生疑懼。細視女衣皆紙，因失聲大叱，女忽不見。

楊勖齋先生經藝清真，試輒高等。有歷科試草百首，比户傳誦。後雖詞苑起家，而平生自信，以此爲最。殁後十餘年，琴川諸生設壇請乩仙，先生降乩。群拜賦手，先生批云：「十聯詩在御屏前，慚愧揚雄世共傳，若説信心惟制義，柔剛百鍊有千篇。」諸生遂懇主壇，相與稱師。請質時藝，評改精當。

就正者數十人。

王淙雲夫人顧氏，響泉先生長女也。古近體詩，並得家法。次少陵《秋興》韵八首，名句甚多。其尤卓卓者，如「昨夜依稀夢王母，雙鬟微見雪垂垂」，倜儻超逸，一時傳誦。

楊静軒廷蓮，字苞文，勖齋先生第三子。工詩善書。久困場屋。年三十三而卒。其夫人武林張氏，仲雅胞姊也，亦能詩，一字不肯示人。妯娌屢求之，答二語云：「秋蟲伏砌吟，聞聲卻無迹。」

蘭陵黄仲則景仁，家徹貧，詩綦富，筆力陡健，目空一切。吟稿佳者甚多，弗勝採録。其尤著者前後《觀潮行》。《前觀潮》云：「客有不樂遊廣陵，卧看八月秋濤興。偉哉造物此鉅觀，海水直挾心飛騰。瀴溟萬萬夙未駕，對此茫茫八埏隘。才見銀山動地來，已將赤岸浮天外。砰崖硿嶽萬穴號，雌呿雄吟六節摇。是其乾坤共呼吸，豈與晦朔爲盈消。殷天怒爲排山入，轉眼西追日輪及。一信將無渤澥空，再來或恐鴻濛濕。唱歌踏浪輪吴儂，曾將何物賚海童。答言三千水犀弩，至今猶敢攖其鋒。我思此詩等兒戲，員也英靈實南避。只合回頭撼越山，那因抉目仇吴地。吴顛越蹶曾幾時，前胥後種誰見之？潮生潮落自終古，我欲停杯一問之。」《後觀潮》云：「海風捲盡江頭葉，沙岸千人萬人立。怪底山川忽變容，又報天邊海河入。鷗飛艇亂行雲停，江亦作勢如相迎。鷺毛一白尚天際，傾耳已是風霆聲。江流不合幾回折，欲折濤頭如折鐵。一折平添百丈飛，浩浩長空捲晴雪。星馳電激望已遥，江塘十里隨低高。此時萬户同屏息，想見窗櫺齊動摇。潮頭障天天亦暮，蒼茫卻望潮來處。前陣纔平羅刹磯，後來又没西興樹。獨客弔影行自愁，天地與身同一浮。願垂世外鹿盧蹻，孰識就裏陰陽鞲？賦罷觀濤長太息，我尚輸潮歸即得。回首重城鼓角哀，半空純作魚龍色。」

夜光木之説，傳自東坡。我聖祖仁皇帝北征，嘗得之塞外。一時詞臣，有詩記其事。華君筠堤偶於積薪中拾得一株，灼爍有光，光中仿佛現雲氣、樓閣、神佛諸象。傳示同人，莫不驚嘆。吴松厓爲寫《抱木圖》，而筠堤自作長歌曰：「老眼摩挲忽神王，宵深壁暗光騰上。糾蟠屈曲復斑駁，欲手翻令意倘恍。豈是若木枝，折取扶桑東？又疑白榆影，飄墮寒虚中。東坡黄州始創見，異事傳説驚兒童。何來一夕照户牖，立地許我開昏蒙。金篦刮目若有覩，跏趺近接慈悲容。烟雲窈窕望不定，龍象仿佛標靈蹤。不知老蘇所見竟何似，今古神物將毋同？聖朝瑞應感嘉木，異種舊進蓬萊宫。金蓮炬撤銅漏静，至尊甲夜迴重瞳。螭頭侍從盡牧馬，珥筆揚厲流丹楓。蒼茫造化意莫測，忽爾爨下儕枯桐。撫兹尺木三太息，隱現那不關窮通。帷燈匣劍鎮相守，有情空復矜衰翁。吁嗟乎！夜光璧，照乘珠，寶氣特達爲時需，底事樗櫟憐根株。腐儒抱木寧非愚？差免按劍旁睢盱。」筠堤諱廷相，劍光先生冢孫也。工時藝，以諸生終。著有《金剛經集解》，未梓。

宋韜，字景唐，金匱尉。與趙約亭、翟春樹相唱和。己卯除夕，柬余詩云：「此夜梅花絶點塵，從今二十四番春。煩君細檢司花簿，我是江南第幾人？」

茂才高濬，字蓉川。乙卯冬，遷居新宅，多見怪異。婢僕坐卧，每不能自起，如有人按之者。或辮髮自結，或臂鐲自脱。食物器用，藏匿不見。家人咸畏懼，高曰：「凡邪不能勝正，且怪物亦可以理諭情感。」乃於八月十六日夜，庭設酒果，自擕巨杯對席，以仙呼之。勸其徙避，剌剌數千萬言。大醉，復數其罪以責之。書絶句一首焚之，詩曰：「侃侃名言汝可聽，若爲魑魅竟無靈。床頭匣有除妖劍，雪色鋒銛血氣腥。」從此其怪遂絶。噫！耻之於人大矣。是妖乃妖中之有耻者。

江右張星海先生宿，罷官後遊吴越間。丁巳歲，寓吾邑思古河上。工書善畫，詩亦豪放。年已七十，而情興逾於少年。隨侍一姬一婢，俱善弦管。婢名春蘭，偶不合姬意，將遣之。婢誓不去，曰：「事少年鄙夫，不如老年名士也。」姬感其意，勸星海納之。友人紀以詩曰：「情於絶處見情真，念舊因承寵更新。國士酬恩有如此，嶙嶒俠骨是何人？」

江陰茂才張五玉應鳴，少嗜學，工制舉業，詩亦新俊。戊戌夏，同人會藝于上莊庵中。脱稿後時已二鼓，與余坐庭樹下，月光柏影，如東坡遊承天寺中。相與聯吟，意興頗浹，成五字長排。復聯七字，方得起句云：「簾篩月影水紋斜，涼意微微透碧紗。」五玉方欲握管，忽見墻頭燐火，冉冉而上。諦視之，如有人擎之者。火光中有聲如蠅，吟曰：「請聽階前聲似雨，冷風吹處落桐花。」隨覺風聲蕭瑟，桐花亂落，毛髮竦然。燐火遽墮，一散爲千百，四野星星，如流螢之來往。

寓東溪時，與王綺雲朝翰爲詩友。綺雲有《春亭小草》一卷，猶記戊戌七夕，與余同作《即事》，詩云：「烏鵲橋成夜未央，柳梢鈎月映紅窗。一爐香篆排花果，團扇風前姊妹雙。」

鄒杏簪文偉，少穎異。年十二隨其尊人綸音先生讀書朱氏清寧軒。夜聞雁，作七律一首，中二句云：「衡嶺鄉情愁獨客，楚江寒影落殘潮。」年二十一忽得疾卒。病中有《蝴蝶》詩十首，惜失其稿。

西明寺後園有妖異。樓無人居，門窗時自啓閉。庭階無草，室内無塵，如有人掃除潔浄者。鄰生錢植，豪於詩酒。乘醉入園，卧樓簷底。夜半略醒，見群僕籠巨燭，擁貴官，啓門入。少頃，召生進見。生明知其異，不懼，隨使入。燈燭輝煌，姬妾童僕，往來如織。頃貴官出，揖生坐談，謂生曰：「余初解組歸。子若孫，無人課讀。先生倘不棄，當厚聘也。」呼僕捧白金一盤，置几上，指曰：「先此獻芹，先生勿哂。」生不之顧，笑曰：「余固貧士，然重禮不重貨。足下欲我袖此以歸，禮乎？非禮乎？且此物義乎？不義乎？」主人怒，入内，呼僕扶生出。生佯醉，坐不起。童僕滅燈，移具各散，一室暗黑，絶無聲響。又更許，聞樓上唤婢聲，微露燈影。少時一婢持燭，引一女下，艷服倩妝，世所罕見。生故作睡狀，閉目不視。婢近摇膝曰：「娘子來，且勿寐。」生嗔目曰：「汝輩伎倆不過如此，勿混我。」女曰：「主人唐突，且勿罪。郎君風雅士，妾與君吟詠，以遣岑寂何如？頃間郎君禮卻重聘，即是好題。聯句我先拋磚。」遂吟曰：「邂逅相逢非戚故，欲餽兼金君不顧。貨取原非君子交，卻之以禮誠非腐。」妾重君才不自由，夜深潛自下高樓。欲將心事隨明月，」笑曰：「煩君聯下。」身已近座，手握生袖。生朗吟曰：「月照難遮半面羞。」女笑吟曰：「妾羞掩袖還遮面，薄倖何如不相見。」金鈿斜簪緣鬢雲，」生厲聲接吟曰：「玉樓快試青萍劍。」遂起立大呼。燈滅，二女不見。噫！脱口能詩之女子，遠勝胸無點墨之貴官。與之聯吟永夜，不亦可乎？頻加斥退，此生猶是傖父也。

楊蓉裳刺史芳燦，負沉博絶麗之才，弱冠即有詩名。著《真率齋稿》，風華艷異，幾與梅村太史集後先媲美。近見其寧夏風土詩，則盡變前格，全尚清真，知其進於古矣。不及備載，僅録其《小當子》一首，云：「近時有歌兒，其名曰當子。部中産又多，挾技走都市。便串出新變，頹波何所底。公餘集賓僚，百戲甚豪侈。當筵召之來，婑媠齊稚齒。巧學内家妝，垂髾釵鳳紫。偏諸小紺袖，纏臂金約指。氍毹置正中，步摇行且止。老郎抱琵琶，對客據髹几。玉撥風中批，腕下何奔駛。維時綺席間，横斜不盈咫。鷃喉澀初囀，鷺頸延而跂。三聲歌未畢，擊節爲驚起。上客親點籌，斜行白團紙。曲終索纏頭，四座紛填委。更鼓夜將闌，主賓情未已。或爲連臂歌，或如坐部伎。翩躚主觴政，婉轉接簪履。一樽侑一曲，心醉非甘醴。頮頮樺炬然，峩峩玉山圮。吁嗟乎此時，幾欲爲情死。我本非解人，隨衆聊諾唯。擬將紅豆記，謾以香奩比。豈知舉其辭，嘔噦逼心髓。詩騷逮樂府，不盡删淫靡。要知作者誰，雅鄭各有體。金光諸院本，存真汰其俚。豈聞玩侏儒，直欲窮猥鄙。禁之固無庸，狎之良有泚。奈此嗜痂人，饞餂著瘡痏。鴟將腐鼠嚇，鵲以明珠抵。徒令兒女嗤，實爲壯夫耻。歌詞遍六州，音節頗清美。胡不唱伊涼，澆撥留犁匕。胡不唱隴頭，梅花驛邊使。我有數篇詩，頗合風人旨。諷諭襍謡諺，激昂入宫徵。惜無好女伶，歌向旗亭裏。黄華一嗑然，古調嗟已矣。」

吴中女史金纖纖，名逸。詩有仙才。年二十五即謝世。隨園先生曾刻其《瘦吟樓詩全集》。記其《次乩仙韵》云：「寂寞閒窗繡一回，愔愔小雨晚來催。東風識是兒家院，禁住桃花不放開。」「繡院微風不隔簾，瘦來小字稱纖纖。分明只有相思骨，一着春寒病要添。」《題惜花圖》云：「絲絲殘雨濕簾鈎，破曉關心小院遊。到底美人情最重，替花擔盡十分愁。」《爲吴松崖題垂楊雙美圖》云：「嫩涼池館碧雲遮，楊柳枝枝散露華。願作水邊雙翡翠，一生飛傍並頭花。」仙骨珊珊，不食人間烟火，宜其早歸兜率宫耶？

吴蘭雪名嵩梁，西江名士也。有《石溪看桃花》詩云：「數點社翁雨，溪頭花盡開。午風吹蛺蝶，同我過橋來。拂袂飄紅粉，臨流坐碧苔。好春留得住，日繞樹千回。」妻劉惠風和作云：「亭院春陰閉，湘簾晝未開。尋詩向何處，微雨恰歸來。小榼攜珠釀，輕衫拂翠苔。滿身蝴蝶粉，知是看花回。」吴中女史周湘花酷愛之，每於手帕上親繡二詩。

崑山茂才俞木堂樹本家近沙湖，溪水繞宅外。有柿樹一株，大十圍，陰連半畝。一日，俞坐室中，忽見一葉由樹頂飄墮，離地五六尺許，翩翻入室，如有人持之置案上。俞駭視，葉上墨跡未乾，題云：「葉上題詩出御溝，曾將心事託清流。碧溪曲處兒家住，杏雨紅飄燕子樓。」俞念溪旁並無居者，和韵云：「茸茸芳草滿春溝，浪説題紅付碧流。一帶緑楊低映水，何曾花裏見高樓。」亦摘樹葉題寫。葉忽騰起，過墻去。頃又一葉飛墮，拾視之，上畫樓一間，中有美人凭欄眺遠，人大如豆，而眉目嬌媚，盈盈欲語。俞凝視良久，意奪神移，後遂得迷疾。

華桂山向高因母病求乩仙賜方，大書「釋皎然到」。後開脈理精微，用藥奇異。又贈詩云：「蓮華三白雲，飄飄墮山側。擘來覆鶴巢，揉之補僧衲。一朵化爲青，持贈騷壇客。」

王諸城麗蒸、心蓮焕弟兄友愛，出入必偕。少孤，事祖母及母孝。一日，余同張聲梧鳳翼過訪，諸城兄弟外出。庭前桂樹交陰，聲梧口占云：「石皮巷口夕陽斜，結伴來尋處士家。雙桂交枝金粟滿，教人錯認紫荆花。」

錢魯斯伯坰學有源本，詩古文詞俱臻絶頂。天下祇知重其能書，蓋以書法掩詩名也。癸丑秋，魯斯寓張挹山雲汾家，余得其全稿讀之。魯斯即以稿中《贈畫師葉復初》一首，加跋語書幅見贈。詩云：「我生壯志不可遏，北歷燕齊南走越。縱横五千里，放浪三十年。落落輒難合，霜雪争盈顛。偶逢寫真手，亟欲圖其真。細審醱蔑惡，聊以安自然。那知好手不可遇，青鏡年華朝復暮。金華訪仙窟，不見黄初平。葉子忽相覯，貌腴而骨清。是豈有道先生之苗裔，是何筆筆能通靈？爲寫蒼茫獨立圖，屹然瞋目而拈鬚。傍觀指而笑，其人嬉笑怒駡皆絶倒。爲此拘拘或未然，竊恐遺神得其貌。貌合神非離，氣粗言語大。縱飲狂歌時，傲物肆志非時宜。此生坎壈常在兹，畫師著筆有深意。特與鎮静尊容儀，吁嗟人生賦形誰不朽？只許榮名與之久。一朝名已去，何處求真吾？點睛畫頰空形模，兢兢得失胡爲乎？虎頭癡絶夫何辜。」

張雲姑，富家某之妾也。年十九，性慧能詩。忤大婦意，逐居母家，許再嫁。雲姑慕某生才，托鄰媪達意，欲嫁之。生家固貧，以無金屋貯之爲辭，媪返命，勸雲姑曰：「某生既貧，且貌不美，娘子無屬意也。」雲姑曰：「擇人不可皮相，雅俗在骨不在貌也。第以貌論，優伶中不多美男子耶？春間家設壽筵，賓朋滿座，我於簾内窺見某生，其神清，其骨秀，貧而不寒，非久在人下者。我命薄，不得事之耳。」居數月，徙居蘇門，依其姑。忽患怯病，踰月卒。病中留書一函，玉鐲一枚，繡帕上絶句一首寄生。書中云：「妾慕君之才，君未見妾之面。今生已矣，緣結來生。魂其有知，當入君夢。」前後不下數百言，情致纏綿，聲與淚俱。詩云：「玉臂曾將玉鐲温，欲憑手澤寄心魂。情絲織就相思帕，繡處斑斑有淚痕。」是女癡於情者也。某生卻之以正，女雖以情死，非生之罪也。

靖江劉源如由村塾夜歸，經古寺旁，有二人坐樹下，招劉少坐同行。近接之，素未謀面，而皆操鄉音。因問里居，答曰：「姻婭不相識耶？」備道姓字，劉仍茫然。頃起同行，其一人曰：「我三人踏歌而歸可乎？」遂高唱云：「三人頭上一輪月，三人胸内各一心。三人同行一人影，一人影子化三人。」劉悟曰：「常言鬼無影，是非鬼乎？」轉念間，二人忽不見。

和州有養姓婦，以收生爲業。一日夜半風雨中，聞扣門聲甚急。婦披衣啓扉。其子在内，呼母不應，起見户大開，出視，絶無人影，因籠燈蹤跡之。五鼓，至十字街，見母倒卧，驚駭扶歸。衣裳泥濘，頭上失去巾一幅。晨次始甦，因述啓門時，見白衣丈夫，云其妻將産，强挾我去。至東嶽廟廊，一婦方坐草，我至，收生一子。白衣人大喜，贈我雞蛋七枚，錢八百，送我歸。至十字街，聞人語聲，白衣人忽不見，我遂昏悶。隨探懷出蛋及錢，乃泥丸七枚，錢紙八張，皆大驚。鄰里咸知其事，群詣廟廊，見所塑地方鬼，傘柄上繫一幅巾，養婦物也。遂擊碎其泥身，津津水溢，熱氣撲人，誠異事也。葛麟標懋勳有詩記之云：「佛説輪迴事渺茫，誰知物理並陰陽？笑他泥鬼猙獰相，也要承祧喜弄璋。」

許宸章業賈，有船往來大洋商販。丙辰八月，出劉河，至吕四，天雨留三日。在海神廟卜筶，有「一朝雲霧起，文字足三冬」之句。同舟人解云：「三冬與山東同音，縱不能一帆直至關東，亦可以先到山東矣。」遂解維，夜行千里。越日午刻，方過五條沙，暴風起自西南，白晝昏黑，雨雪冰雹，雜以雷電。檣帆盡拔，顛倒攲側，幾至覆没。粗重貨物，盡皆棄之。以酒罎數百，鑿空成串，繫於兩旁。以巨木紮筏，墜於船尾。黎明忽見高山突兀，綿亘千里，樹木叢襍，懸崖峭壁，宛若圖畫。舟人驚喜，俱不識其處。依山下錨，深不可測。復沿山東行，將及二百里，約深二十丈。風浪益急，不得已，權泊乎山岩之下。巨浪滔天，錨纜斷截，船觸石礁，傾刻裂破。番人聚觀，男女數百人。有力者入水救人，同船數十人幸皆無恙。彼此問答，言語不通，文字各别。後一頭目從一少年來，曾讀書識唐字。具紙筆，問所從來，備道所以。詢其國名，乃大書薩摩國，地名屋九島，村名南川，又名宫之浦。東近下流，西際大海，南望琉球，北通長崎，乃日本之附庸。去中國五千里，不通商販。其俗男女無褲，俱跣足，身穿氅衣。男子薙頂留鬢去鬚，以蹲踞爲禮。皆奉佛，日持齋誦經。好飲酒，不食肉。嘗歌佛曲，截竹爲筒以和之，其聲悲切，不甚解。父母死，不喪不舉哀，置圓棺趺坐以葬之。婚娶無媒妁，男女自配。婦女艷服，逢人戲謔，夫男不以爲怪，王法所不禁。首重盜賊，無笞杖徒流之罪，有犯必誅。用日本年號，壞船之日，乃享保十七年十月二十日也。是日，頭目令人送至山中。結草三間，席地坐卧，編竹爲墻，禁止出入。外設長鎗鐃鈎，番人數十，皆佩刀，窺伺動静。明日索報呈一紙，代起水濕貨物，未嘗辭艱苦。遍地財帛，毫不苟取。每日給米鹽柴水等物。除夕餽鮮魚二尾。元旦頭目來賀，少年引導，以紙筆問答。少年名穆古瓢一，年二十四，其弟房古六，少其兄二歲，俱習學通事。數問中國山川人物，孔孟世家以及婚喪禮數，深以不産中華爲憾。嘗賦詩以贈，韵不叶，然每多奇句，中國庸才弗及也。旋奉薩摩王命，以大船載貨物，遣穆古瓢一率軍人三十名護送海濱，握手依依，作詩一章云：「來從天上來，去從天上去。一去何時來，重來認何處？仰囑天上風，引導原來路。」風順揚帆，遂由文字山至長崎國，立春日始至内洋。因悟「三冬」之句乃驗也。歸備述之，因記其事。

邵無恙明府颿所刻《宮闈雜詠三百首》，以歷代美人才媛彙爲一編，萬古蛾眉一齊下拜，天花作骨，珠玉爲心。辛金匱時，中秋月夕，同諸詞人遊石門。公興會淋漓，首先落筆，賦詩云：「尋山選良辰，秋色明四空。白雲先我行，飛落西南峰。招邀素心友，載榼歡相從。山氣殊閑静，所得將毋同？履高視易曠，平野環清潨。遠樹如曉烟，日照低濛濛。異人緬古蹟，雙壁常留封。相見無人時，頻來仙者蹤。花下過羽士，冷冷聞疏鐘。且斟一斗酒，聽兹松際風。」

王素姑，池州青陽縣人。有殊色，雅善翰墨。所居一樓曰「窩鳳」。父以明經教讀，從學中有葉生者，美丰姿，工詩文。姑私以身心許之，題《少年遊》詞一闋，囑老嫗贈葉。葉依原韵和之，託媒求聘。父憎其貧，弗許。葉又屢困場屋。及笄，父將爲擇配，姑聞而自經。越二年，葉春秋聯捷，入詞館。歸而哭諸墓，誓弗娶。葉母曉以大義，姑納小星。生可謂不負姑矣。後里中有扶乩者，素姑忽憑乩題詞曰：「花箋唱酬，曳斷情絲千萬縷。獨對柳梢新月影，又何曾人約黄昏後？　眉雙縐，奈三生石上，一笑無由。簾幙鎖春愁，風風雨雨，腸斷十三樓。」生得詞大慟，告其父，立木主迎歸，並於墓上立石以表之。

俞是齋堤少即穎異，工詩古文詞，善書畫，倜儻不羈。中年蹭蹬，五十餘卒。所著甚多，已梓行世。臈月七日，冒雨同嵇晴軒太史訪王夔公宮。是齋詩云：「飽食徐行幽興同，斜橋泥滑雨濛濛。共支破繖尋狂客，來看新編校古風。天氣有情春欲到，山容難畫晚逾工。青紅兒女除年近，要倩奇文爲送窮。」

癸丑春，徐朗齋嵩集華桂山、程韵篁、馬雲題、嵇曼叔、介山兄弟及余十數人，習射於洞虚宫。十日一集，迭作主人，射畢集飲，詠詩作畫，並給素紙每人十頁，攜歸習書，下期校閱，名曰「書射會」。余力最綿，未嘗中鵠，每爲殿軍。一日集射，觀者如堵，余指滑脱決拾，矢發入旁樹中，同人及觀者譁然，如武安軍噪。余笑曰：「適樹上集鴞鳥，欲射之耳。」雲題朗誦曰：「挽弓不挽强，用箭不用長。射人先射樹，猿臂賈雲裝。」後會中稱余爲猿臂公。歷今已數年。假令此會得長，不唯書畫得進境，即射之一道，亦可以三折肱。奈何風流星散，有如是耶？今聞朗齋下第從軍，書生上馬，可以試其技矣。

同吴松崖見乩仙降壇詩云：「一朵雲從少室來，霞光金碧九天開。鶯翎扇羽隨風度，化劫重尋舊講臺。」凡請問者，必爲詳言「忠孝」兩字，並勸人努力爲善，慎言養性。有「霰在雪先，水在冰下；舌柔常存，眉短後謝」數言，大似《道德經》、《素書》中語。

蠡湖周起鵬，弱冠讀書别業，一老僕供炊爨，常閉門不窺園。親朋知其奮志，亦不往過。一日薄暮，聞叩户，出見垂髫女子，手持一函云：「送書與周學士。」曰：「我即周。然素未相識，得毋誤？」女笑曰：「閲自知。」啓函，見字跡嫵媚，款題東鄰女弟國香拜草。詩云：「春來護惜牡丹芽，最怕珠絲似網紗。花不比人何命薄，美人魂魄釀成花。」周反覆玩視，欲呼問之，已不見。頃聞哭聲，詢知東村王姓女，纔十五齡，方卒。越日，偶見牡丹一叢，蕊爲蛛絲繭裹，恍悟詩中之意。因爲剔撥，勤事灌溉。餘蕊皆萎，中發一花，其大如盎，經旬不謝。豈花果爲女魄所化耶？生而早夭，復變爲花，佳人死猶命薄也，悲夫。

徽州徐玉增，號引年。遊豫，雪阻古井鋪旅店。天霽路濘，猶不得行。見同寓有貧窶老年男婦二人，詢之，云：「昨日始爲夫婦。」駭詰所以，婦答云：「在上塘村乞食，見此人坐古廟簷底，口吟云：『健兒血氣衰，未寒先曝背。人問征戰事，裸示傷痕在。』問知其少曾讀書，後爲健卒，從征金川，以功得官，今老病至此。我少年亦屬名妓，今老無所依，遂嫁之耳。」引年曰：「汝聞吟得解，諒亦能詠。」婦曰：「曾和之，但不佳耳。」誦曰：「當年如市門，日博纏頭錦。歌吹起鄰樓，悽悽羞獨寢。」備述姓氏，並詳言少年事，泣數行下。引年亦爲之潸然。噫！此健卒何幸於窮老困阨中得知己耶，死可無憾矣。妓於暮齒得依能文之武士，遠勝少年時日與販夫、紈絝輩嘈雜送迎，當破涕爲笑也。

劉碧環，某公侍姬也。婉麗工詩，著《瘦蘭》、《簷鐵》二集。以讒死，稿葬牆隅。後有扶乩者，環降乩，有「日莫下雞棲」之句。尋得遺殖，改葬虎阜。施雪帆有《臺城路》詞云：「飛花飛盡團紅絮，關心最深深院。碧玉迴身，緑珠垂手，替月曾誇嬌面。彩雲易捲。只燕子梁間，替人銜怨。一鏡空明，驂鸞欲下覓吟伴。　非耶珮環聲遠。業風吹不了，花嘆酸惋。蛩弔墻根，蛄啼山脚，一樣烟銷魂斷。金床象簟是何處？當年墮鬟遺鈿。試覓閒階，瘦蘭香未散。」

任太史念齋，名端書。乾隆丁巳春榜第三人。大宗伯名蘭枝子也。宗伯夢蜀僧投謁，書刺端楷，愛玩弗釋，醒而太史生，因以「端書」名之。洎太史及第時，大宗伯例掌臚傳大典，領進士班。聞唱探花名，即趨下攙太史謝恩。王公卿貳，一時翹望，僉謂熙朝僅見之榮，俱以詩賀。鄂西林相國句云：「謝庭玉樹成桃李，春殿鵷雛肖鳳凰。」後太史易簀時，見有二僧入室，言從峨眉山來，與君前身爲沙門兄弟，知君大限已盡，特相接引。太史遂伏枕説偈云：「簷前流水無今古，洞裏桃花幾度開。放眼峨眉山下路，不知歸去是歸來。」遂瞑，年五十餘。後數年，城北某氏請乩，降者書名峨嵋僧也。衆詢太史何在，乩云：「此君世味頗深，不耐岑寂，又轉生樂土矣。」復詢何地何家，則曰：「他時當自知，現在不可説。」

蕪湖有謝生者，讀書繁昌之陳氏園。鄰有劉姓女，年十八。春日遇於園中，兩相目成。賄婢傳詩，贈生金釧珠環爲終身約。未幾生父爲生聘于朱氏。朱在陝，欲贅婿於署。生得父書，大駭。不敢告女，托事歸，期以春返。次秋，生不至。女寄以詩云：「半圭新月一庭幽，燭已成灰淚未收。瘦骨支離空自惜，愁容憔悴又經秋。傳書雁影横天末，伏砌蟲聲上枕頭。夜夜恐君魂夢到，羅幃常倩玉鈎鈎。」未幾，女病卒。明年，生偕朱歸。詣繁昌，訪女墓不得，仍寓陳氏園。夜夢女至，如平生，吟詩云：「涔涔情淚滴黄泉，怯怯新魂只自憐。剩有一抔荒土在，蓼花枝上血涓涓。」啓户，絶無人影。次日見圃外池旁高阜，蓼花叢生其上，詢之，女塚也。一慟仆地，遂絶。生父傷之，即葬生於旁，成雙塚。池中常有鴛鴦鳥，比翼而鳴，其音悽婉，里中人遂稱之以「鴛鴦塚」云。

山陰蔣石溪法周熟於律。幕豫中，有縣民某，犯謀殺人罪，將定擬。夜聞鬼聲嗚咽，心疑其冤。晨起閲原卷，奈情實無可寬免。至夜，夢遊一山。山頂皓月一輪，旁人謂曰：「此古時月也。今夜七，明夜九，中間爾要守。」不解，叩其所以。其人忽不見。石壁上有字，讀之云：「雪壓危橋斷，人歸夕照邊。尋常多酒債，誰攫杖頭錢？」醒而異之，遂將此案遷延。越半載，其事乃白。緣死者負酒錢，途中猝遇，相格落澗，乃斃。犯乃胡八也。石溪留心民命，神乃感之以夢。否則竟以嫌隙定其謀殺罪，豈不冤哉？爲民牧者固不可不慎，而習幕道者，豈可率爾操觚耶？

錫邑城隍廟左，新建花神廟，中塑像十二。鄉城士女觀瞻，盈途塞宇。余小圃所蒔花木，雖勤灌溉，未見滋榮。因念神必有靈，詣廟默禱。歸卧，髣髴至一處，庭中遍列花卉，馨香襲人。廟廡間，如鐵馬聲，復如環珮，音韵錚錚。一童子至，余問此何花，答曰：「解語。」問何響，曰：「鈴也。」即手遞一詞云：「惜花功行滿三千。賞花鮮，護花嫣。花落花開，春色自年年。花裏許多佳話好，流播在人間。」閱未半，鈴聲戛擊，驚醒。早起，再詣廟。會有里民楊姓者，在廟祭賽，陳樂設饌，禮拜甚誠。云前日遊殿上，見珠絲罥於神額，以扇代除之。歸即昏眊，見神責其戲謔，因祭禱以免罪耳。余悚然異之。頃乃樂奏迎神，番鈴戛響，恍如夢境云。

凝馥女史，色艷邁一時，非風雅士不屑款洽。獨鍾情於李息珊。息珊名仁毅，琴川人，才品卓犖，名下士也。其贈凝馥詩云：「謬負揚州小杜名，鍾情深處似無情。最憐月白風清夜，卻聽離鸞别鶴聲。知己堪酬拚一死，遇人不淑恨三生。而今莫賦青樓怨，爲語西江早定盟。」其情真摯，亦可想見。

江陰沙定峰，名一卿，號介臣。《和東坡赤壁詞》：「繞樹無枝。嘆蛟龍，竟久作池中物。徒手君臣三寸舌，撐住東南半壁。火怒烏林，雲蒸夏口，賊骨鋪如雪。東風一夜，吹成萬古豪傑。酒酣拔劍婆娑。野店荒雞，共悲歌齊發。無數新愁舊恨，似浮雲湧起難滅。未放歌前，已停杯後，一刻堪華髮。寡情多壽，算來只有明月。」定峰從遊陸桴亭先生講學，與曹峨眉、孔蓼園交善。

王葯塘昉，江陰人。弱冠有文名。屢困場屋，後肄業北雍。將得學博，西遊，爲咸陽山長。未一年，遂卒。爲人重氣節，工詩。與姜治夫交善。治夫哭之詩數十首，中有云「北地更爲西地客，求官竟死服官年」，「生不逢辰君且去，世無知己我何堪」，「早負才華頻點頷，晚思首蓿未充腸」等句。治夫示藥塘所著《如燕草》，多佳什。其《道中言懷》云：「自憐形影半銷磨，兩月勞勞水陸過。落拓出門佳境少，太平行路吉人多。縱余百歲名非早，況客三年髮盡皤。最不近情林際鳥，勸人息駕喚哥哥。」其《晚投商家店呈陳萬資》云：「沙輕日側晚風稠，閒買秋梨潤客喉。獨坐小車如跨馬，爲過深柳漫低頭。陳蕃又共今宵榻，王粲將登何處樓。此去長安知不遠，與君計日到蘆溝。」其《太平湖晚棹》云：「越河深入水天孤，我亦烟波舊釣徒。十丈長繩輿福閘，兩枝柔櫓太平湖。衡門陶氏新楊柳，板屋秦風小畫圖。彼岸不知何處是，臨流遥望尚模糊。」

馬雲題次女名師孟，字仲光。幼穎悟，能讀書，尤工繪事。性孤潔，不苟言笑。年及笄，許字城南丁氏。越三載，將于歸，丁生忽攖疾卒。女聞訃，不食三日。其母多方勸慰，女曰：「兒身許丁，父命也。去年父歿，兒心碎矣。今又遭此，兒生何爲？」誓不食。家人環立瑣勸，至夜分，女乃曰：「必欲余生，往丁守節乃可。」其時翁官山左，母乃遣人告其姑，姑辭之力。女不可，因勉成其志，以輿迎歸，抱木主成禮。女號哭仆地，昏絶移時。扶入閨，稍進飲食，然悲傷痛悼，無時釋也。自此疾漸劇，於嘉慶六年十一月某日卒，年二十有一。嗚呼！貞女克遂其志矣，不負雲題庭訓矣。楊蘊山揞作《孤鸞詞》誌之：「天乎太忍，怎慧足量才，卻教無命？去歲椿凋慟絶，雨昏風横。新來又驚妖夢。破空刀，劃開鸞鏡。驀地温香暖玉，墮冰霜凄凛。　就青廬哭向靈床拜，看蜜炬交輝，雙照孤影。一縷朱絲綰定、死生情分。雛年授經紗帳。女扶風，不負庭訓。説向西山宿草，道甘心何恨。」

昭文周蘊華珏，號葵庭。倜儻多才，著有《愛石軒小鈔》。與姜治夫交善。嘗於治夫案頭，見其《秋夜》詩云：「睡醒燈如豆，寒更第幾籌？月華涼似水，人意淡於秋。鶴警誰家夢，砧敲別巷愁。振衣簷外立，花氣隔簾浮。」

徐朗齋鑠慶，原名嵩。乾隆癸卯科，擬解，三場卷污，被斥。是年余遊豫，朗齋寄余詩，有「虚名麗六流傳遍，下第江南第一人」之句。麗六者，坐麗字六號也。丙午科，中第六名經魁，公車三上不售。從軍楚中，授職縣令。嘉慶七年正月，卒於黄州牧任，年僅四十有五。頻年寄余書及詩。去年冬，以詩塚事疑余。余方致書辯白傳者之訛，而朗齋忽奄然以殁，哭之以詩曰：「文章勳業兩悠悠，十載空凋江令頭。匹馬弓刀殲赤幘，斷魂風雨泣黄州。才能折福人争惜，事到傷心鬼亦愁。檢點遺詩盛一篋，遲同君骨葬山丘。」

金陵劉髯客，自述少年時攜貨附洋艘浮海。一日遇颶風，桅柁轉側，舟將覆。波濤湧沸中，忽見人頭如大盎，眉目耳鼻，猙獰如神廟中所塑像，鬚髮俱靛色，口闊唇赤，噴水作漩渦，逼近舟側。舟人駭懼，趨柁樓天后神位前，擊磬燒錢紙，跪拜祈求。髯客初次浮海，且少年意氣自豪，私謂此必水中怪物，遂將米一握，中間以碎銀及錢一二枚，盡力向人頭擊之。物驚，口張如箕，嘘氣如吼，波濤如亂山矗立，風折大桅，船如一葉，頃刻千里。舟中百人，魂膽俱喪。忽聞船底觸石如鋸木聲，少頃舟定。出視，已入山島中。驚魂稍定，自幸得生。而回望大洋，杳無邊際。山在海中，四面皆水，怪石玲瓏，窄路盤曲。飯畢登岸，隨逕上島。歷百盤，忽見石坡平坦，廣十數畝。石上鋪曬笋片，排列整齊。取齧之，味美甚。石後古木參天。忽聞聲啾啾，若嘯若啼，仰見樹上，百十猿猱，騰躍叫嘯，如嗔人取其笋者。衆人大懼，因取所攜鳥銃，燃火發之。雖不中，而猿稍散去。尋逕至林中，見一洞。入之，石屋光潔，上設石座，兩旁列石有次，座後石壁上草書，讀之乃絶句一首：「洞裏白雲不敢飛，揉雲做絮可爲衣。有時出向峰頭立，招手雲來雲自歸。」下無款識，字大如斗，鐫刻深邃。豈其地曾爲高人棲隱耶？否則猿能詩能書，并工鐵筆耶？石壁後一池，池中水仙花大如蓮，清香沁人。旁一小池，清可鑑影，中浸百菓。以手掬水飲之，味如醇酒。笑語間，聞聲如虎嘯，見山頂一大猿危坐，旁列大小猿數十。髯客與諸人懼，旋出洞，由舊路至石坡，解腰纏各捆笋片歸舟，潮至風便，乃出島。

（姚蓉、王天覺、胡劍、王千平點校）

茗香詩論

茗香詩論提要

《茗香詩論》一卷，據嘉慶九年刊《學古集》本點校。撰者宋大樽（一七四五—一八〇四），字左彝，一字茗香，浙江仁和人。乾隆三十九年舉人，官國子監助教。有《學古集》。《清史稿》卷四八五有傳。

按此書有嘉慶三年陳斌序。茗香論詩，欲探其本，以復詩之古道自任，然持論過高，轉難通於詩史矣。大抵只一部《詩經》可尊，漢魏以上尚可稱復古，唐人惟李白約略可稱復古，餘皆不足觀。其「若不本之六經，雖復熟精《文選》理，有是非頗謬者」一語，即指老杜也。其説由客問王漁洋《唐賢三昧集》引起，因不滿漁洋「三昧」之説「見終」而未及「原始」，故作此復古之論，「始始而終終，取天下之合而連之者」，方纔得全。然其「始」曰「中惟靈」而「外惟無」，實亦歸於無説，較漁洋之通禪更甚其辭，而與其初奉之詩教不愜也。此在乾嘉之際，尤不合時宜。其子咸熙《耐冷譚》曾記茗香晚年棄家逃禪，然又必規人不可學樣，而以忠孝廉節事相勖，其兩無歸屬之狀，竟與説詩同。其説民國初陳衍《石遺室詩話》曾條摘而辯駁之。此書另有知不足齋本，内容同，惟少姚椿嘉慶四年跋。

茗香詩論序

竊嘗聞先賢遺論，謂聖人之道，一再壞於楊、墨、佛、老，而更壞於詞章。故三代聖賢諄諄焉，以明道也。漢、唐、宋諸大儒更起而述之，以衛道也。後世君子，有反本脩古不忘其初者，亦其所以見道也。不見道，不可以詩；苟爲詩，而非其道，則更不可以爲教。伊川夫子稱唐賢詩於吾道有見處，豈異人乎？嗚虖！《三百》之藴，千萬古而莫能盡，其大本則以治性情，而極其用於興禮樂而已。迺周亡於無禮，秦亡於無詩。晉、宋而降，禮慝而詩靡，其亦性情不治之罪矣。斌讀先生《詩論》，初卒業，而思曰：詩之爲教，孰從而大之？又孰從而小之？孰從而弊之？又孰從而完之？既迺三復斯編，晻然合符，灼然而有以質焉，以爲是可以反古復始者也；是不壞於詞章，可以治其性情者也。先生之功於詩，與惠於學詩者，自斌始矣。斌以末學，但能知先生爲人，不能盡知先生所作詩何如，今於《詩論》，亦未知視古人論詩何如，而其於道則殆有見哉，則殆有見哉。嘉慶三年七月德清陳斌序。

茗香詩論

仁和宋大樽左彝著

客問曰：「曩觀王文簡所編《唐賢三昧集》，信而好之矣。謂『三昧』之旨，非抗辭幽説、閎意眇指、獨馳騁於有無之際者也。顧學之久，譬畫者畫於無形，絃者放於無聲，殆不可乎？」答曰：「誠若所訊者，豈蒙之克辨也。雖然，試言之。學《三昧集》，見終矣，若原始抑猶未也。列子之言曰：太易者未見氣也，太初者氣之始也，太始者形之始也，太素者質之始也。始何事？厥中惟靈，厥外惟無。此吾向者未作詩之説也。終何底？進而未極，往而未至，虛而未滿，此昔王文簡既作詩之説也。始始而終終，取天下之合而連之者也。」客憬然曰：「曩者之於詩，譬畫者、絃者之斬其手也。」余復開動端萌，客請綴之以其類，爰摭古言而證之，而廣之，而或反之表左。

頸處險而癭，齒居晉而黄，化以彼之形質。橘踰淮爲枳，麝食柏而香，化以彼之氣。合歡蠲忿，萱草忘憂，化以彼之神。泥之在鈞，惟甄者之所爲；金之在鎔，惟冶者之所鑄，質化以我之形。螟蛉之子，蜾蠃祝之曰「類我類我」，久則肖之，形質化以我之氣。聲無哀樂，氣化以我之神。前之説，中人以下之終事也；後之説，中人以上之始事也。而所以始始者不存焉，蓋其難也。

知始則知本。漱六藝之芳潤，非本也；約六經之旨，乃本也。清晝受西方之教者，亦曰：「《詩》，六經之菁英。」事以末來，而情以本應，末即本也。歐陽永叔不喜《史記》，蘇子美不喜杜詩，洵弗閡爲通人。若不本之六經，雖復「熟精《文選》理」，有是非頗謬者矣。雖然，揚子雲非聖哲之書不好也，何爲乎《劇秦美新》？蓋本之中又有本焉。循條失枝，厥本焉窮耶？性以從欲爲歡，六經以抑引爲主，苟不便學者，則以嵇中散之論進之曰：「難，自然好學。」

《詩》之緣起，見於毛公説《詩》，及紫陽夫子《詩序》。知《詩》之何爲而作，與上之所以爲教，則知不徒在作《詩》，亦不可徒作《詩》，且盍誦詩乎？即以辭章論，古無踰於《三百》者；以人論，《二南》親被文王之化以成德。作《雅》、《頌》者，往往聖人之徒，人之足重，無踰於此者。曾經聖裁，删本之善，無踰於此者。《章句》、《訓詁》，皆大儒注釋之精詳，無踰於此者。童而習之，習熟亦無踰於此者。

李仙、杜聖固已，李則曰：「我志在删述，垂輝映千春。」杜則曰：「别裁僞體親風雅。」遐哉邈矣。學語仙聖語，當思仙聖胸中何所有。有仙聖胸中所有，稱心而言，不已足乎？明道夫子曰：「《周南》《召南》如乾坤，聖人且訓伯魚爲之。」於虖！第誦之，仰而見光，俯而見土，以遊以嬉，樂莫大焉。

《易》取象，《詩》譎諫，猶之寓言也。但取象如《詩》之有比，譎諫則不必於象。第以經解經，有離合矣。固而求之風人，其傖父乎。

太白有云：「將復古道，非我而誰？」古道必何如而復也？《三百》後有《補亡》；《離騷》後有《廣騷》、《反騷》；蘇李贈答、《古詩十九首》、樂府後有雜擬，非復古也，勦説雷同也。《三百》後有《離騷》，《離騷》後有蘇李贈答、《古詩十九首》，蘇李贈答、《古詩十九首》外有樂府，後有建安體，有嗣宗《詠懷》詩，有陶詩，陶詩後有李杜，乃復古也。擬議以成其變化也。或且患其流而塞其源，病其末而刈其本，蒙竊惑焉，夫古道何爲其不可復也？

詩以寄興也。有意爲詩，復有意爲他人之詩，脩辭不立其誠，未或聞之前訓矣。蔡中郎曰：「諸生競利，作者鼎沸。其高者頗引經訓風喻之言；下則連偶俗語，有類俳優，或竊成文，虛冒名氏。」雖言辭賦，厥後詩之仿效，亦莫不然。蓋競利者如彼矣。子雲作賦，常擬相如以爲式，尋以爲非賢人君子詩賦之正也，於是輟不復爲，而大覃思渾天，作《玄》文。桓譚以爲文義至深，而論不詭於聖人。前之擬相如賦，猶不寄興之詩也，競利也；後之作《玄》文，猶寄興之詩也，非競利也。孔子曰：「古之學者爲己，今之學者爲人。」

夫物之無益於人者，人弗貴之矣。史稱嚴君平卜筮於成都市，以爲卜筮者賤業，而可以惠衆，人有邪惡是非之間，則依蓍龜爲言利害。與人子言依於孝，與人弟言依於順，與人臣言依於忠，各因勢道之以善，從者已過半矣。然則詩之能益人，亦何間於窮達哉？知此庶乎其道尊。

有形無神者無論已，形神離合之故云何？陶貞白有言：「凡質象所結，不過形神。形神合時，則是人是物；形神若離，則是靈是鬼。其非離非合，佛法所攝；亦離亦合，仙道所依。今問以何能而致此仙？是鑄鍊之事極，感變之理通也。」鑄鍊云何？曰：以藥石鍊其形，以精靈瑩其神，以和氣濯其質，而以善德解其纏，則其本也。詩之鑄鍊云何？曰：善讀書，縱遊山水，周知天下之故，而養心氣，其本乎。感變云何？曰：有可以言言者，有可以不言言者。其可以不言言者，亦有不能言者也；其可以言言者，則又不必言者也。

函牛之鼎，一旦立之以烹雞，多汁則淡而不可食，少汁則焦而不可熟。大器之於小用，固有所不宜也。太白曰：「寄興深遠，五言不如四言，七言又其靡也。」況束之以聲律，不幾如俳優哉？蒙亦謂近體有止境，古體無止境，君子之於學也，爲其難者而已。

不佇興而就，皆迹也，軌儀可範，思識可該者也。有前此後此不能工，適工於俄頃者，此俄頃亦非敢必覬也，而工者莫知其所以然。太虛無爲之風，無終始之期。列子有待之風，登空汎雲，一舉萬里，尚何有迹哉？

武帝令他夫人飾從御者數十人爲邢夫人，來前。尹夫人前見之，曰：「非邢夫人身也，此不足當人主矣。」於時帝乃詔使邢夫人衣故衣，獨身來前。尹夫人望見之，曰：「此真是也。」於是乃低頭俛而泣，自痛其不如也。誦古人詩，不可懵其故衣獨身來前時。然佳人不同面，美人不同體，李夫人之於邢夫人，夷光、鄭旦之於李夫人，同不同未可知也。

同林異條，異苔同岑。君子以同而異，且迫而視之，有湍際不可得見，指揮不可勝原者，必曰：「其源出於某。」此詩品之皮相也。曩遊天台歸，人問其勝，答曰：「山不類山，水不類水。人類仙，物類靈。」坐有人曾遊雞足山，曰竟類雞足山。夫天台誠不必不類雞足山，雞足山斷不類天台而爲雞足山。其同焉者，則山水人物之性也。其性之不同而歸於同，而亦無害於不同焉者，則天地之大也。荔枝似龍眼，似之似也；似江瑶柱，不似之似也。不靳其似，正不靳其不似也。

古有一代偉人，不必以詩名者；有博涉多通，不必以屬詠自娱者；有工詩不必備體與求多者；

有傳世千百年猶難求其歸趣者。

漢魏之詩，所謂天下之馬者，若滅若没，若亡若失。晉宋而降，雖有逸影之迹，永縶幽冥之阪。

或問：「詩至靖節，色香臭味俱無，然乎？」曰：「非也。此色香臭味之難可盡者，以極澹不易見耳。太平之世，風不鳴條，雨不破塊，雷不驚人，電不眩目，霧不塞望，雪不封條，陰陽和也。和氣之流，必有色香臭味。雲則五色而爲慶，三色而成矞；露則結味而成甘，結潤而成膏。人養天和，其色香臭味亦發於自然。有《三百》之和，則有《三百》之色香臭味；有靖節之和，則有靖節之色香臭味。」

前人謂：「孔氏之門如有詩，則公幹升堂，思王入室，景陽、潘、陸，自可坐於廊廡之間。」噫，是何言也！以漢之樂府、古歌辭升堂，《十九首》入室，廊廡之間坐陶、杜，庶幾得之。

漢詩之於《二南》，猶春秋時之魯；魏猶齊；陶詩猶漢之文帝，雖不用成周禮樂，尚時時有其遺意。

遊山水無本，雖模山範水，道不存焉。陶貞白《尋山誌》曰：「倦世情之易撓，迺杖策而尋山。」「得志者忘形，遺形者神存。」「玄雖遠，其必存；累無大，而不忘。」「物我之情雖均，因以濟吾之所尚也。」「謂萬感其已會，亦千念而必諧。」「反無形於寂寞，長超忽乎塵埃。」既静且壽，貞白似之。康樂雖有冥會，顧身爲車騎將軍之孫，襲封爵，宋受禪復仕，則「倦世情之易撓」者無之，已不及貞白之静。其不免於見法也，則「反無形於寂寞，長超忽乎塵埃」者無之，亦自賊其壽矣。淵明田園詩之佳，佳於其人之有高趣也。使淵明遊山賦詩，不知又當何如。至宋之詩人，無踰康樂者，遂與陶並稱，幸矣。若董江都《山川頌》，尤獨見其大者。蓋貞白綜析無形者也，江都包括無外者也。《考槃》之詩曰：「碩人之軸。」言卷而懷之也，山居之本也。

宜言飲酒者莫如《詩》。飲，詩人之通趣矣，奈參迹者殊多焉。《七月》言酒者二，惟用之於親親尊上而已，此飲之聖乎？靖節嗜飲，曰：「有酒斟酌之。」又曰：「但恨多謬誤，君當恕醉人。」昭明所稱「情不在於衆事，據衆事以忘情」者也。其飲之中行乎？太白則曰：「古來聖賢俱寂寞，惟有飲者留其名。」放已太甚，殆飲之狂乎？劉、阮昏酣，雖曰有託而逃，然乖名教者大矣。何曾責阮籍曰：「卿縱情背禮敗俗之人。」曾之責，衆皆醉而我獨醒者也。顏延之稱劉伶非荒宴，庾信論其未飲酒反無真氣，二子蓋餔其糟而歠其醨者也。然則太白猶古之狂也肆，劉、阮則今之狂也蕩乎？《抑》之戒曰：「三爵不識，矧敢多又。」殆飲之狷乎？嗣宗所云「委曲周旋儀，姿態愁我腸」者，其中或有飲之鄉愿乎？山簡爲南征將軍出鎮襄陽，於時朝野危懼，簡惟優游卒歲，惟酒是躭，乃下愚不移者矣。

曲寫閨怨，如水益深，如火益熱，非教也。「我心匪石」，性不可改；「不能奮飛」，義不可去；「實命不猶」，命又不可挽。《蝃蝀》止奔，曰：「不知命也。」知命若此，不知命若彼，千古英雄失足，豈不以此哉！

蔡中郎之死獄中，乃王允追怨子長謗書流後，故此爲戮。謗之流毒若是哉！范蔚宗亦以不得志，撰《後漢書》，至於屈伸榮辱之際，未嘗不致意焉，後竟坐謀反伏誅。《雅》之變，亦有憫時嫉俗者矣。然既出於是非之公，又其忠厚惻怛，雖蒙其訕譏者猶感激焉。不則失所養，亦喪詩品，其嬰累悔生，抑後矣。若夫虞卿窮愁著書，其所言者乃大《易》盈虛消息之理，亦善於窮愁者也。董子《士不遇》賦曰：「雖矯情而獲百利兮，終不如正心而歸一善。緣既迫而後動兮，豈云稟性之惟褊。」若是，更何有於窮愁？《考槃》之篇曰：「永矢弗告。」或謂即陶貞白「祇可自怡悦，不堪持贈君」之意，信矣。第後人當知樂且不必言，況不樂耶？僂僂嘗言，敬告山澤之臞之有怨憤者。

齊、梁、陳、隋之格之降而愈下也，其由來安在？齊之王儉、韓蘭英先仕宋，劉繪後仕梁。梁之范雲、丘遲、任昉、張率、柳惲、周捨、徐勉先仕齊，庾信後仕北周，江淹、沈約先仕宋、齊。陳之陰鏗、徐陵、沈炯、周弘正、張正見、顧野王先仕梁，周弘讓先仕侯景，徐孝克、阮卓、蔡凝、潘徽後仕隋，江總先梁後隋，隋之姚察、虞世基、虞綽、王眘、王胄先仕陳，柳䛒先仕梁，李德林、諸葛潁、孫萬壽先仕齊，于仲文先仕周，何妥先仕梁及周，盧思道、李孝貞、薛道衡、魏澹先仕齊及周，元行恭先仕北齊，辛德源先仕北齊及周，楊素、崔仲方先仕周及梁，孔紹安後仕唐，袁郎先陳後唐。偶指數之，皆詩人之名級故高者也。嗟乎，嗟乎！群言之長德言也。女事二夫，男仕二姓，尚何言乎？晉、宋詩人之失節者，緊豈獨無？顧晉有陶靖節之高趣，入宋終身不仕。又有束晳之沈退，張翰之慮禍，張協之屏居草澤，嵇紹之以身衛帝，劉琨之戴帝室，郭璞之阻逆謀。宋亦有顏延之不受資供，王徽素無宦情，沈慶之盡言諫諍。赫矣遐跡，世教賴焉。齊謝朓不從江祐之謀，王僧祐不交當世，風韻清疎如孔稚珪，徵而不就如顧歡，猶有晉之遺風。梁以後如蕭子雲不樂仕進者寥寥矣。陳之狎客通脱，以俳優自居者有之。至隋，則晉王廣之弒立，其謀遂出自楊素。此其由來，非獨在慕榮利也，蓋廉耻道喪，且有使之然者矣。齊武帝布衣時，嘗游樊鄧，登阼後憶往，歌《估客樂》曰：「意滿辭不敘。」猶尚有羞惡之心者，乃導之者有釋寶月矣。若簡文宫體，直寫妖淫；後主男女倡和，極於輕蕩。煬帝且殿脚女千人，迷樓居後宫女數千人，雖所撰《飲馬長城窟行》頗存雅正，然有諸内，必形諸外，則有江都宫掖諸作焉。夫一變而爲清談，再變而爲極欲，其病同歸于必斃。顧清談者聽其自斃而已，極欲者又趣之。《蟋蟀》之詩曰：「今我不樂，日月其除。」即曰「無已太康」矣，況至于好色而淫耶？好色而淫，則發乎情者不止乎禮義，不止乎禮義則無廉耻，無廉耻安得有氣節？以流極之運，加以登高之呼，「城中好高髻，四方長一尺」矣。蓋聲音發于男女者易感，風化流于朝廷者莫大也。特是田野之夫，猶思有清白行；洋洋搢紳，豈獨爲邦鄉所宗，後儒晚學咸取則焉，縱不克止沸，亦何至厝火于積薪？誦其詩不知其人，斤斤焉僅斥其詩格卑靡，定爲下品之第，何異向名倡而責之曰：「曷不綴道論以自娱？」苟展其狂直以匡益無行，豈不方圓其枘鑿哉？

跋

詩之有説，自韓嬰始也。子夏《詩傳》，僞書也。然《外傳》引詩與左氏同，雖間存古説，而不得爲定論。漢魏而後，則有鍾記室之論人，司空處士之論境，有味乎其言之也。兩宋論愈多，詩愈晦，説經者廢《小序》弗用，而講音律者推求於字句之間。雖有滄浪之專主妙悟，爲本朝王文簡開其先，然流弊亦往往而有矣。夫詩者性情之事，才與學皆後起者也。文簡説詩標舉神韵，天下翕然宗之，數十年來其敝也流於蹇弱，而貌似於是。有志之士務以才力相勝，而通儒鉅公又以其學問之餘，溢爲詩歌，至於推原本始，則猶有闕焉。左彝宋先生患人之知作詩而不知詩之所以作也，迺爲《詩論》，引世之憂憤悲怨淫泆詭譎者，而一軌於正。予讀之曰：是詩教也，論云乎哉！有是書而先生之詩可知矣，而先生之人可知矣。嘉慶四年十有二月年家子松江姚椿跋。

（朱洪舉點校）

南野堂筆記

南野堂筆記提要

《南野堂筆記》十二卷，據嘉慶間詩洞天自刊袖珍本點校。撰者吴文溥（一七四一——一八〇二），字博如，號澹川，浙江嘉興人。貢生。有《南野堂詩稿》。按卷首自序署嘉慶元年，已云「編成」，然卷十一末跋署嘉慶五年，知四、五年間續有增訂，而編定於五年。此書雖題筆記，内亦録有賦、文等體，然話詩者十之九，實詩話也。篇幅甚富，開卷即詠先世祖考家風族規，詳敘生平、交遊，末卷（實爲卷十一，蓋卷十二爲閨秀）復歸以父師家訓，於記録繁富之餘，略具整飭之觀。吴氏性醇，有詩名，視詩爲立身之本。至卷十引王西莊鳴盛語云：「經術爲最尊，然經術俗人可勉，詩非俗人所能。」於今人服膺袁枚，論詩主性情自然，所謂「初念最佳」，然旨趣實較袁氏爲正。曾作客隨園，相與出題賦詩，詩稿曾經袁枚親筆删選。卷一謂律詩之難，今人惟簡齋知之。卷三作有袁詩摘句圖，又詳摘隨園壁間贈答佳句爲圖。作者性喜交友，遊幕四方，曾隨畢沅西至陝西，南隨徐嗣曾、陸錫熊入閩，又曾渡臺入總兵奎林軍幕，作《平臺灣歌》，可謂詩人壯行。一時名公、下士，俱得與交。又曾築「詩洞天」，海内投贈及題詠甚多。此書即記其逸事佳句，析其詩藝，頗切實可聽。所録略詳於江南數省，如方子雲、洪亮吉、黄仲則、施鐵如、孫雲桂、徐嵩、張映山、錢羣石、吴梅查、吴穀人、顧樊桐、畢沅、阮元、宋大樽等，皆詳爲摘句，其自録詩亦夥，末卷閨秀詩摘句則以錢稼軒女浣青夫人爲最詳，誠爲乾、嘉間詩話之又一巨編也。又有《續筆記》五卷，乃輯其《慎餘編》、《少見録》、《師貞備覽》、《苗疆指掌》、《漢唐石刻目録》等五種，則全不涉詩而純爲筆記矣，今不録。此書民國元年上海國粹書社本首有田傅霖所爲小目，張寅彭《清詩話三編》曾迻録於卷首，頗便閲覽。

自序

《筆記》者，澹川子自言其生平作詩甘苦得失之所在；而未已也，則又深思夫古人蘊含微妙之旨，求得其歸趣而指陳焉；而未已也，則又集當世才人學人之佳篇雋句，而贊歎之，而纂録之，而論次其爲人。忝風雅之博徒，作名流之稗販，雖漱芳丐潤，遠媿群言，抑一室賞心，百家在誦，足以遺榮忘老矣。編成，得若干卷。系以詩曰：「驪龍何處抱珠眠，象罔由來意不傳。竊取一枝毛鄭筆，自家詩句自家箋。」又曰：「一篇一句入新裁，相見相思總愛才。多少詞人心血在，屋梁落月夢魂來。」嘉慶元年夏五南野堂主人吴文溥題。

南野堂筆記卷一

檇李吳文溥澹川撰
儀徵阮元芸臺定

僕先世家休寧，前明中葉徙居嘉興之涇陽村。族尚忠厚，秀者讀書，拙者以務農爲業。迨僕之身，凡十一世，不常厥居。曩作《圃居》詩三首，皆言農圃之樂，以明知足。吳門沙斗初丈謂得陶詩真骨髓，味在酸鹹外也。其詩云：「柴門絶塵鞅，耕侶時往還。孰云耽老圃，居此偶有年。蔓草布籬下，雜花盈庭前。桑枝已沃若，好鳥鳴關關。春和鼓萬物，我亦游其間。所得良自足，過此復何言？」其一「春雷起農惰，布穀乘和飛。偕我二三子，秉耒及朝暉。妻孥各來饁，醉飽時解衣。暝村見烟火，荷杖已復歸。作苦亦自適，坐食非所希。但惜田功少，勿言樂歲稀。今我不力耕，樂歲豈無饑？」其二「清晨有所適，農務既已閒。衆鳥散初景，群雞逐空田。時聞隔屋春，遥見孤村烟。黄葉下古徑，柴門各翛然。亦復有佳士，談笑希古賢。問我何所樂，所樂衡泌間。爾我非異趣，聊復書其垣。」其三後又作三首，共六首，見《吳涇草》。

先曾祖考選州司馬遜庵公，生平酷嗜硯石，建硯山堂，貯硯三千匣，佳者八百枚，世稱「吳氏硯海」。硯匣用漆，色類櫻桃，吳中士大夫家多珍弆之者。又稱「櫻桃紅硯」，言其匣也。硯側、硯背，及漆底、蓋，或署延陵，或署硯山堂、海野堂、義竹堂、輝玉軒，或稱硯山叟、甪里老人、義竹主人。先曾祖歿後，中遭多故，散佚殆盡。硯山堂久棄於人，更數姓矣。文溥少時所貯四硯，今存其一，銘曰「青腴硯」，蓋鎸「硯山堂主人」。竊見先世遺物，手澤僅存，能無范喬後起之泣哉？作《遺硯》詩三首，中間一首云：「田園散盡屋廬荒，珍重青腴片石藏。不見琉璃鎸匣字，安知家有硯山堂？」蓋有慨乎其言之也。集中失載，録以示兩兒，並刻於硯之四周。

先祖大學生竹軒先生著《竹軒詩鈔》、《卧游小草》，晚歲觀空，悉焚其稿，小子靡得而述焉。

先大人歲進士紉茝先生，詩規正始，勿惑他歧，尤肆力於樂府。晚年專嗜陶靖節詩，手鈔口誦，耄而彌篤。顧隨作隨棄，篋無賸草，謹就小子所記憶者得十餘篇。如《寄遠》二首云：「別離歲云暮，歡愛苦不早。清商寫幽怨，手指歷要眇。中曲援琴起，將以遺遠道。此物雖朽枯，時就妾懷抱。貞性固不移，待子以終老。」其一「西堂蟋蟀鳴，草根露微白。閨中夜何深，歎此遠行客。墐户耿幽燈，揣量動刀尺。君身有肥瘦，君意無今昔。欲知手爪痕，試覓鍼線迹。君看線縫中，萬緒復千結。當妾斷鍼處，猶帶指頭血。」其二《喜雨》云：「不雨溪見底，未秋黄滿林。桔槔無所用，井泥那可斟？勺漿逾甘露，擔水值一金。朝來天忽翳，卓午霏涼陰。狁狁起渴犬，聒聒鳴水禽。頓使肌骨爽，庶免炎埃侵。向夜聞點滴，滴滴農夫心。傾檐曉澎湃，喜劇坐披襟。出户望禾壟，禾氣藹已深。」《古風》三首云：「我有太古琴，朽枯含實理。著手不知木，微妙風在水。聞昔蔡中郎，曾訪鬼谷子。溯洄清溪曲，揮弄明月裏。空山留此心，我心復如此。」其一「猗氏鶩甘利，於陵堅苦節。犧尊與溝斷，失性無巧拙。壺子指影柱，商容示柔舌。達者慎持身，過中乃剛折。取譬不在遠，妙悟離言説。」其二「夜光未離胎，含耀乃至明。嬰兒固所握，守一中有精。辨言雕萬物，終聽無餘情。悠然見雪子，道契遺形聲。」其三《楊枝吟》云：「楊枝生楊花，墮水爲浮萍。葳蕤逐波浪，漂泊東南行。復遇風水便，因之迴故汀。岸有枯楊枝，相值兩無情。嗟爾乃微物，本根固所輕。」《胥山翁》云：「童童胥山巔，漠漠山下田。匍匐胥山翁，貧病積歲年。妻子凍餓死，空舍無人烟。揚揚富家僕，船泊胥山邊。入門索逋税，據案呼杯盤。杯盤竟何辨，毒詈兼老拳。不見堂上官，性急無留連。持券入公府，火速下吏船。區區汝皮骨，慮不堪笞鞭。」《吴宫》云：「驕主三春樂，蛾眉一笑空。即令無越國，終遣沼吴宫。烏下香溪雨，僧歸步屧風。江花弄顔色，不盡五湖東。」《虎丘》云：「暮雨江湖暗，春塘草木閒。高僧餘斷碣，烈士葬空山。虎氣穿林白，魚腸出土斑。客懷兼古意，挂席水雲間。」《與蜀中友人論古聞諸葛廟前柏禿且盡感而有作》云：「劍閣西來路萬盤，陰平猶自矢巑岏。可憐後主全身拙，應念孤臣報國難。石棧濃花虚爛熳，樓桑古木早摧殘。君看丞相祠堂柏，不忍青青傍錦官。」《偶書》云：「殿中御史下臺端，冰雪聰明鐵面寒。行部繡衣孤直在，還朝驄馬萬人看。要當執法司天憲，不作中書伴食官。回首曹蜍九泉下，可知廉藺有心肝。」《即目書感》三首云：「漂零雁户滿郊村，就食蒲嬴不可論。歎惜畫圖無好手，西風愁殺鄭監門。」其一「任爾朱門臭粱肉，一錢不捨待如何？富兒飽飯門前看，但道今朝餓死多。」其二「我亦年年乞食頻，羹殘炙冷最酸辛。呼兒鄭重將杯箸，恐有嗟來却饋人。」其三文溥沐手敬録，用作家箴，俾子孫誦芬永慕云爾。

僕弱冠時《咏初夏》句云：「樹深溪忽斷，花落徑猶香。」《過蓮隱精舍》云：「一棹落花裏，孤村春水香。」《訪許處士》云：「別浦流春水，閒門落古花。」《寄顧山人》云：「落花潭上水，舞蝶雨中村。」同里曹孝廉松風丈培亨見之，笑曰：「子詩中每逢『落花』字輒得佳句，將以『吴落花』稱矣。」又《山塘春思》云：「底事春風欠公道，兒家門巷落花多。」《吴門春暮雜興》云：「試覓當時歌舞處，落花和雨作春泥。」《送陶璉》云：「撥棹野花落，當門秋水來。」皆孝廉所未及見也。近日賦《落花》二絶句云：「落花未相知，何因入懷裏。恐是美人心，隨春飛到此。」其一「花意不自老，飛飛點白頭。一般減顔色，各自作春愁。」其二又《閉門》詩云：「閉門如隔世，有竹便成家。霽後聞啼鳥，春深少落花。半生何事業，垂老媿年華。得買南村地，從兒學種瓜。」

吴門沙斗初丈維杓見僕《吴涇草》及《江淮編》，寓書於僕曰：「足下浸淫古風，力追正始。賦景狀物，必探化木於群彙之先；陳事言情，必根至性於倫類之賾。恬咏則空山流水，月落花開；放歌則天海青蒼，風飛濤立。蓋天機精到，符采自然，見道之言，别深淵悟。今之作者，未見有過足下者也。老人鈍拙，自應韜筆矣。」

昔年十六，從學於沈夫子玉崖先生，遂締婚焉。文溥之妻，先生女姪也。時同學十數人，最深契者，陶商六瑚，其弟夏仲璉，僚壻胡進也晉，内弟君白振鷺、子萬振鵬，切磋之功，正復不少。是歲大歉，晨往暮歸，家貧不能傳餐，則會食於先生之門。先生洞邃理窟，根柢六經，讀書作文，必以致用爲勖。其後數年，先生以老孝廉入都赴選，歷署甘肅伏羌、鎮番諸縣令，補崇信縣令。所至以文術飾吏治，輒著循聲，而性耿直，不肯依阿上官。官十年，卒以報罷。文溥獻詩先生，其辭曰：「我師藴孤抱，出宰歷數縣。如傷政惟拙，濟猛才益練。芮鞫公劉遺，西京忠厚遠。宗門輕斗筲，華國重文彥。邑小道氣深，山高靈雨遍。古來風俗佳，不外農桑勸。」先生答書曰：「來詩頌我，亦規我愛我彌深矣。」迨今又二十餘年，回思向者諄諄往復，師若弟性情骨髓，都在俗學授受之外也。商六廣文餘杭，夏仲客江右，君白客豐潤令廨，因子萬令豐潤也。進也令洪洞。

詩有信口而成，雖千百改，不如原作者。僕《酒後客來》云：「酒後客來重酌酒，飛花留客送殘春。主人醉倒不相勸，客轉持杯勸主人。」《水邊》云：「水邊籬落那人家，蝴蝶滿枝紅杏斜。不許開門見春色，被風吹過隔牆花。」《江頭賣花嫗》二首云：「江頭老嫗不知家，日日江頭叫賣花。看取阿婆年紀大，鬢邊還插一枝斜。」其二「雨後桃花雪後梅，勸君多買幾枝回。明年縱使花如舊，未必看花君又來。」其二皆偶然成吟，恰得佳趣。

詩家月旦，目少陵爲格律森嚴，青蓮爲仙才横逸，固也。然少陵於森嚴中標清麗之規，青蓮於横逸處含細潤之采。固知少陵之清麗，乃魏徵嫵媚也；青蓮之細潤，乃嗣宗至慎也。

少陵七律詩起法有最奇者，如「重陽獨酌杯中酒，卧病起登江上臺」一聯，以「重陽」對「獨酌」，「卧病」對「起登」，又以「重陽獨酌」對「卧病起登」，而意思乃一層深一層，蒼茫超忽，若不經意，而沈鬱頓挫極矣。至如「風急天高猿嘯哀」，便是以此二句衍作一篇，然亦各極其妙。

少陵《岳陽樓》詩云「昔聞洞庭水，今上岳陽樓」，兩扇破題。「吴楚東南坼」，岳陽形勝也；「乾坤日夜浮」，洞庭氣象也。混茫包舉，以下更無從措手矣。忽接「親朋無一字」，則因登高望遠而思家；

「老病有孤舟」，仍在洞庭湖畔也。又接「戎馬關山北」，則因身廢時危而憂國；「憑軒涕泗流」，仍在岳陽樓中也。此等開闔排奡，擲之萬里之外，收之指掌之間，乃少陵所獨結構，用意還是一層深一層。學杜者自能領悟。

昔登太白酒樓，見一聯云：「我輩此中惟飲酒，先生在上莫吟詩。」歎其運化之妙。又孫夫人廟聯云：「思親淚落吴江冷，望帝魂歸蜀道難。」亦工絶。

宋人詩之有理趣者，如朱晦翁「等閒識得東風面，萬紫千紅總是春」、「問渠那得清如許，爲有源頭活水來」、「好鳥枝頭亦朋友，落花水面皆文章」，邵康節先生「有水園亭活，無風草木閒」等句，頭頭是道，何等胸次。

釋氏謂：「知空不空，知色不色。」又曰：「六識既空，真體常静。」又曰：「識得一，萬事畢。」又曰：「心空神應。」詩文悟境，不越此數語。若無本而泛濫馳騁，乃狂慧爾。

盈天地間皆活機也，無有死法。推之事事物物，總具活相，死則無事無物矣。所以僧家參活禪，兵家布活陣，國手算活著，畫工點活睛，曲師填活譜。乃至玉石之質，理活則珍；山水之致，趣活則勝。故曰：「鳶飛戾天，魚躍於淵。」操觚之士，文心活潑，水流花開，難以喻其微妙。

元遺山《論詩》絶句云：「乾坤清氣得來難。」「清」字乃真詩品，真骨髓也。不清則俗，俗則不可醫，故曰：「穆如清風。」詩家妙諦，盡於此矣。

詩以自然爲宗，故謝勝於顔，陶勝於謝。自然者，非率直之謂也，乃凝鍊到極處也。即如陶詩，真樸處却又委婉，孤勁處却又忠厚，平淡處却又醲粹，不經意處却又他人千百構思所不能及者。大約他人凝鍊在字句之間，陶詩凝鍊在字句之外，此其所以至也。

杭堇浦太史著作閎富，詩以闊大爲宗，轟辣爲勝。然最賞僕五言律詩，如《題滄浪室》句云：「烏飛風未定，人語月初生。」《江頭早梅》云：「寺門初見月，江渚未逢人。」《游南湖》云：「荷香收薄暑，雨意作新秋。」謂此數聯真是蓮華化身，一塵不染者也。故知通人無門户之見，惟其是而已矣。僕贈太史詩有「灑落青雲外，飛揚白髮來」之句，太史嗟賞不置云。

梁鄒張蕭亭云：「五音分於清濁，清濁出於喉齒牙舌脣。如公、韥、貢、穀，喉音，屬宮之宮；中、腫、衆、祝，齒音，屬宮之商；悤、總、謥、蔟，牙音，屬宮之角；東、董、凍、篤，舌音，屬宮之徵；蒙、蠓、夢、木，脣音，屬宮之羽。此其一隅也。清濁分而五音判矣。今人作詩但論平仄，而抑揚清濁多所不講，似亦非是。試述一例：『歸來飽飯黄昏後，不脱蓑衣卧月明。』『飽飯』二字皆仄，轉作『飯飽』；『黄昏』二字皆平，轉作『昏黄』，則不諧矣。」僕謂詩有無窮之興趣在筆墨字句之外，即有自然之音響在平仄清濁之間。若作「歸來飯飽昏黄後」，成底語耶？劉舍人《文心雕龍》曰：「聲畫妍蚩，寄在吟咏。吟咏滋味，流於字句。」庶幾近之。抑師曠調鐘，俟後世之有師涓能知音也。

秀水諸草廬太史與先人交最厚。文溥年十八，太史過舍，見題壁間《族兄池上》句云：「池館三春夢，鶯花一處飛。」笑曰：「青鏤管在君處耶？」又《贈友》句云：「一劍少年身許國，千金破産客爲家。獨行薊北山山雪，不見江南樹樹花。」歎曰：「詩中飛兔也，何不作古風？」翌日，先人攜以謁太史，因録呈古詩二首。其《春日過樸上人鶴洲精舍》句云：「好風林下來，真香滿空虛。蒼然水木會，道心魚鳥俱。」又《潭上》句云：「空潭寫人影，窈若太古鏡。不知水深淺，隨人見真性。」太史尋諷數過，謂先人曰：「郎君珠玉内潤，冰雪外融，即今言語妙天下，未知他日所造更何如耳。」迨太史歿後十數年，僕過太史絳跗閣故居，感賦云：「換酒即今無賀監，買絲他日爲平原。可憐問字雲亭客，不見傳經太史門。」蓋太史無嗣，以外孫范氏子爲孫，尋亦卒。故落句云然。

僕初學律詩，易於作起結四句，而難於中間兩對句。其後易於作中間兩對句，而難於起結四句。今則不知起結及兩對之難，而難於一氣渾成，自然位置；又莫難於意外有意，聲外有聲，味外有味也。知其難者，昔推楓橋沙老，今惟簡齋太史歟！

楓橋沙斗初丈誦僕《陶朱里》詩起聯云：「落日看飛鳥，孤蹤何處尋？」謂翻用「鳥盡弓藏」意，而以淡遠出之，忘其運用故實耳。若移在别題，便没意思。此老眼明心細，詩家甘苦都曾閱歷過來，故知僕最深也。又武林單斗南《咏蚊》起聯云：「性命博膏血，人間爾最愚。」不見題目，將不知爲何語矣。東坡所云：「作詩必此詩，定非知詩人。」亮哉！

簡齋太史道：僕《登獨秀峰》第一首起聯云「看老青山色，雲中一個僧」，第二首結聯云「回頭巖際月，猶有未歸禽」，此種起結，當從悟後得之，真自在流出也。詩至此境，豈易言哉？

簡齋太史不喜作擬古詩，嘗云：「生今之世，爲今之詩。只可使古人夜通夢寐，不可使古人白日現形。夫古人之前，先有古人；後人之後，復有後人。化工元氣，生生不窮，風會日新，何擬之有？」

誠哉是言。使必以古詩爲詩，則《三百篇》而後業已無詩，又何《騷》音漢響，魏、晉、六朝、唐、宋人之詩之紛紛繼起哉？要知古人興到之篇，神來之句，我不能擬古人也；我亦自有興到神來之候，即起古人於今日，或亦不能擬我詩也。

詩固以不落前人窠臼爲佳，顧亦有性之所近，或隨筆所到，偶似前人，亦安得盡避之哉？但不合有意襲之耳。蓋有意襲之者，必不如其所襲之作也；有意避之者，又必不如其所避之作也。古人不逆知後人之襲之避之也，而先爲其不必襲與避焉。後人乃以襲之避之之心求離合乎古人，而先苦其襲與避焉，所以去古人愈遠也夫。

閒嘗取唐、宋以來詩人之詩，標舉數家。若右丞之簡貴，襄陽之清醇，左司之沖澹，少陵之變化，太白之横逸，昌黎之閎肆，玉溪生之綺麗纏緜，東坡、山谷之波瀾峻峭，各攄性情，自著本色，未嘗有所襲也。然王、孟、韋各得陶之一體；少陵《垂老》、《無家》、《新婚》諸作，本古樂府而加厲焉；太白低首謝宣城，其「長安不見使人愁」句仿佛崔顥；昌黎效樊宗師，效孟郊，全用盧仝《月蝕》詩成篇；玉溪咏《韓碑》即擬韓體；東坡和陶，山谷癖杜。古之人皆有所資以爲詩者矣，襲云乎哉？

詩之道，可以養性情，化氣質，其信然歟！僕初性氣麤，急與人論説，或偏執己見，不諧於衆。後讀《韋蘇州詩集》終編，繹其佳句，如「落葉滿空山，何處尋行迹」、「草木雨餘長，里閭人到稀」、「入門靄已緑，水禽鳴春塘」、「緑陰生晝静，孤花表春餘」、「經聲在深竹，高齋獨掩扉」、「林下器未收，何人適煮茗」、「微雨夜來過，不知春草生」數聯，覺胸中油油淡淡，一種太和之氣自性根流出。隨得句云：「秋風先我至，江上落芙蓉。」又云：「鳥飛風未定，人語月初生。」又云：「別浦流春水，閒門落古花。」又云：「黄花溪女珮，江樹野人扉。」又云：「暮雨啼禽緩，殘春過客稀。」自後遇耕夫牧豎，皆我詩友；觀林鳥池魚，皆吾詩趣。積習頓捐，新機莫遏。殆劉舍人所謂「温柔在誦，最附深衷」者矣。

《詩》云：「昔我往矣，楊柳依依。今我來思，雨雪霏霏。」雅人深致。淮南王《招隱士》云：「王孫游兮不歸，春草生兮萋萋。」騷人遺音。江淹賦云：「春草碧色，春水緑波。送君南浦，傷如之何。」賦家絶調。謝靈運「池塘生春草，園柳變鳴禽」，韋應物「微雨夜來過，不知春草生」，丘爲「春風何時至，已緑湖上山」，白居易「野火燒不盡，春風吹又生」，諸聯同一神理，各臻厥妙。風會所趨，品格不無遞降。

盛弘之《荆州記》載鹿門事云：「龐德公居漢之陰，司馬德操宅州之陽，望衡對宇，歡情自接。泛舟褰裳，率爾休暢。」記沮水幽勝云：「稠木旁生，凌空交合，危樓傾岳，恒有落勢。風泉傳響於青林之下，巖猿流聲於白雲之上。游者嘗若目不周玩，情不給賞。」此二則讀之，使人神遊八極，信奇筆也。僕謂載鹿門事數語，性情和厚，似陶淵明詩；記沮水數語，景趣蕭森，似謝靈運詩。詩家得此兩種神理，抒寫沖襟，自然超遠，可以杜叫囂、屏繁縟矣。

僕昔游閩中，歷延平、建陽、龍巖，道中所見，山花碉草，翠林楨果，高下點綴，都莫名其狀。方知少陵詩「或紅如丹砂，或黑如點漆。雨露之所濡，甘苦齊結實」，真化工奇筆，即景如繪，瑣屑臚陳，彌徵絶妙。

古今題岳陽樓詩，佳者寥寥。少陵、襄陽而外，《岳陽風土記》載吕仙翁留題云：「朝游北越暮蒼梧，袖裏青蛇膽氣麤。三入洛陽人不識，朗吟飛過洞庭湖。」又楊慎《丹鉛録》云：「余昔過岳陽樓，見一詩云：『樓上元龍氣不除，湖中范蠡意何如？西風萬里一黄鵠，秋水半江雙白魚。鼓瑟至今悲二女，沈沙何處弔三閭？朗吟仙子無人識，騎鶴吹簫上碧虚。』乃元人張翔字雄飛作，不知其何許人。」

遊覽之作不必盡有寄托，即目成趣，彌見其遠。如陶淵明《和劉柴桑》詩「良辰入奇懷」，可以得游之概矣。柳子厚《小丘記》「奥如曠如」，足以盡游之勝矣。詩家三昧，不越乎是。至於登嵩、華，閲邊關，拓萬古而推一世，仙心俠骨，縹緲蒼凉，則又非一丘一壑之所能概。綴文之士，性情才識，互有短長，無所軒輊。兼擅其能者，古今數人而已。

詩與樂，一也。樂有四聲，故四言爲詩之正始；樂有五聲，故五言爲詩之盛軌；樂有七音，故七言爲詩之極響；樂有三分隔八，奇零參錯，故長短句爲詩之變格。此自然相符之數也。總之，聲不過五，音不逾七，詩準乎此，故《三百篇》濫觴四言，而已備五七言體矣。若夫二言、三言、六言、九言、十數言、迴文、聯句、集句，錯出不窮，亦古今運會迭開，宇宙文明日洩，有不竭其情、不極其變而不得者。是在善學詩者持源而往，如韓子所云「短長高下皆宜」，否則厖言不雅，閏調多乖，詩之道所不貴也。

禪偈得詩家三昧者，如：「同氣連枝各自榮，些些言語莫傷情。一回相見一回老，能得幾時爲弟兄？」其一「兄弟同居忍便安，莫因毫末起争端。眼前生子又兄弟，留與兒孫作樣看。」其二又前人云：「無求勝在三公上，知足嘗如萬斛餘。」真醒世良言。

昔人謂明霞可愛，瞬眼而輒空；流水堪聽，過耳而不戀。人能以明霞看美艷，流水聽絃歌，又何至以聲色累其心哉？僕《江淮編》序云：「抗烟霞之逸軌，收綺麗之餘波。亦以誌太平士女之樂，慰逆旅無聊之感。非謂南國叢臺，風流可接也。」

詩以忠愛有餘、蘊釀不盡爲佳，怨尤淩暴、促數譁囂爲劣。昔人云：「青天白日，和風卿雲。不特人多喜色，即烏鵲亦有好音。若暴風怒雨，疾雷閃電，鳥且投林，人亦閉户。乖戾之感，至於斯乎！」又云：「天地萬物之理，皆始於從容，而終於急促。從容者，初氣也；急促者，盡氣也。事從容則有餘味，人從容則有餘年。」又云：「長者之懷，汪洋而無極；褊人之性，刻覈而煩瑣。」又云：「留有餘不盡之巧，以還造化；留有餘不盡之福，以還子孫。」僕於此數條，頗悟作詩之旨，得性情之樂，庶幾知足，無戾厥辭。

僕詩數數易稿，遲之十數年，或仍其舊者，往往有之。昔人謂：「初念最佳。」《漢書》引《詩》云：「九變復貫，知言之選。」固知詩以自然爲宗，不貴刻深。《書》曰：「詩言志。」孔子曰：「辭達而已。」又曰：「再思可矣。」陶淵明稱心而言，王摩詰佇興而就，皆此旨也。

農之登粟者，升斗而計之，必有餘粒；女之成布者，刀尺而計之，必有餘幅。僕既編詩六卷，回憶自少至老，吟咏不輟，顧以西陟南游，迫於飢走，疲於津梁，拋書棄篋，闕有間矣。凡兹《筆記》所追録，是亦升斗刀尺之餘，爲農女所不棄云爾。

袁太史云：「《三都》、《兩京》，規模班賦，鼓吹五經。若使後代才人聘其閎富，儷其藻思，不過數日可就，何至研以十年，練以一紀？」僕謂《元和聖德詩》亦爾。

黄山江矐生性古淡，習禪静，自稱「卧雲莽居士」。作游山具，仿焦氏《説楛》中雁櫝之製，刳柳木爲扁石。考《同文舉要》，「石」轉音「擔」，又凡物不圜曰扁，「扁石」者，扁擔也。塗以漆，光黝堅緻。荷兩竹箯，箯數層，懸扁石兩頭。所貯袖珍《詩韵》、五色仿宋箋、佳硯石、筆墨之屬，及銅茶酒器、甆祕色飲食器、沙壺、瓦盆、炊爐、炊扇、火箸、火燧、漆茶銚、斑竹箸等物，層層安放，外盛酒乾匏、棕蒲團，掛扁石上。每一出游，見者無不知爲卧雲莽居士物也。僕題其《看雲静企圖》云：「君家黄山下，獨上黄山巔。看雲復卧雲，爲樂忘歲年。椶蒲團，莎草屨。一擔肩挑白雲去，花開水流不知處。我聞黄山三十六峰都是雲，雲中草木皆氤氲。知君遠來游未倦，衣上黄山雲幾片。請問世間何者更長留，回頭萬事浮雲浮。我願相從歸去來，與君同掃松間苔。擔頭脚下活雲裹，一半隨君一半我。」矐生游楚北，僦居滿月莽，插梅爲屏，架藤爲龕，竹帘紙窗，結構精雅。爲人恬逸，亦有東晉風味。

自無而之有者，理也；自一而至萬者，數也。詩之道，雅不在多。《書》曰：「詩言志。」孔子曰：「思無邪。」嗚呼，盡之矣。《三百篇》而後，斷自漢、魏，詩人代興，篇中有句，句中有字。擷其最秀，可指數也。如論五言古體，則《古詩十九首》、蘇李《贈答》，渾然天成，無可句摘。他若陶潛「平疇交遠風，良苗亦懷新」、「雖未量歲功，即事多所欣」、「采菊東籬下，悠然見南山」、「山氣日夕佳，飛鳥相與還」、「此中有真意，欲辨已忘言」、「日暮天無雲，春風扇微和」、「衆鳥欣有托，我亦愛吾廬」、「微雨從東來，好風與之俱」等句，醖釀深厚，餘味曲包，不圖筆墨之至於斯也。又若謝靈運「在宥天下理，吹萬群方悦」、「白雲抱幽石，緑篠媚清漣」、「池塘生春草，園柳變鳴禽」、「雲日相輝映，空水共澄鮮」、「清輝能娱人，游子憺忘歸」、「感往慮有復，理來情無存」、「海鷗戲春岸，天雞弄和風」、「春晚緑野秀，巖高白雲屯」，王僧達「麥壟多秀色，楊園流好音」，謝朓「魚戲新荷動，鳥散餘花落」、「天際識歸舟，雲中辨江樹」、「餘霞散成綺，澄江浄如練」、「停琴佇涼月，滅燭聽歸鴻」、「池北樹如浮，竹外山猶影」，沈約「山中有桂樹，歲暮可言歸」、「勿言一尊酒，明日難重持」，范雲「如何有所思，而無相見時」，柳惲「汀洲采白蘋，日暖江南春」、「洞庭有歸客，瀟湘逢故人」、「亭皋木葉下，隴首秋雲飛」，何遜「露濕寒塘草，月映清淮流」，陶弘景「只可自怡悦，不堪持贈君」等句，正劉舍人所謂「老莊告退，山水方滋」者矣。降而唐人，如陳子昂「滔滔大江水，天地相終始」，李白「吾亦澹蕩人，拂衣可同調」、「一住桃花源，千春隔流水」、「滄浪有釣叟，吾與爾同歸」，王維「一知與物平，自顧爲人淺」、「道心及牧童，世事問樵客」、「我心素已閒，清川澹如此」、「野老念牧童，倚杖候荆扉」、「田夫荷鋤至，相見語依依」、「去去莫復問，白雲無盡時」、「吾謀適不用，勿謂知音稀」、「農月無閒人，傾家事南畝」、「漁商波上客，雞犬岸傍村」，孟浩然「遂造幽人室，始知静者便」、「松月生夜涼，風泉滿清聽」、「時見歸村人，平沙渡頭歇」、「微雲澹河漢，疏雨滴梧桐」，劉眘虚「松色照空水，經聲知有人」，王昌齡「空山多雨雪，獨立君始悟」，儲光羲「所念牛馴擾，不亂牧童心」、「同類相鼓舞，觸物成謳吟」、「撥食與田烏，日暮空筐歸」、「不能自力作，黽勉娶鄰女」、「既念生子孫，方思廣田圃」、「閒時相顧笑，喜悦好禾黍」，丘爲「春風何時至，已緑湖上山」，李頎「了然潭上月，適我胸中機」，王季友「雀鼠晝夜無，知我厨廩貧」、「有情盡捐棄，土石爲同身」，常建「圓月逗前浦，孤琴又摇曳」、「泠然夜遂深，白露霑人袂」，岑參「兩村辨喬木，五里聞鳴雞」，崔曙「空色不映水，秋聲多在山」、「吾亦自兹去，北山歸草堂」、「川冰生積雪，野火出枯桑」，錢起「村落通白雲，茅茨隱紅葉」、「窮達戀明主，耕桑亦近郊」、「山色不厭遠，我行隨趣深」，韋應物「自慚居處崇，未覩斯民康」、「喬木生夏涼，流雲度華月」、「寒雨暗深更，流螢度高閣」、「歸棹洛陽人，殘鐘廣陵樹」、「落葉滿空山，何處尋行迹」、「草木雨餘長，里閭人到稀」、「田家幾日閒，耕種從此始」、「南亭草心緑，春塘泉脈動」、「緑陰生晝寂，孤花表春餘」、「經聲在深竹，高齋獨掩扉」、「林下器未收，何人適煮茗」、「微雨夜來過，不知春草生」，柳宗元「始至若有得，稍深遂忘疲」、「誰爲後來者，當與此心期」、「寒月上東嶺，泠泠疏竹根」、「山花落幽户，中有忘機客」、「雞鳴村巷白，夜色歸暮田」、「籬落隔烟火，農談四鄰夕」等句，不煩鏤錯，自然超雋，斯古體之絶調矣。 惟少陵原本樂府，神境獨闢，豪頓酣嬉，篇終混茫，難以斷章而取，故不登於編。 若論五言近體，則如王績「樹樹皆秋色，山山惟落暉」，王勃「海内存知己，天涯若比鄰」，杜審言「酒中堪累月，身外即浮雲」、「坐攜餘興往，還似未離群」，宋之問「野含時雨潤，山雜夏雲多」、「野人相問姓，山鳥自呼名」，劉昚虚「道由白雲盡，春與青溪長」、「時有落花至，遠隨流水香」、「閒門向山路，深柳讀書堂」、「幽映每白日，清輝照衣裳」，張説「秋風樹不静，君子歎何深」，張九齡「海上生明月，天涯共此時」，李白「天隨平野盡，江入大荒流」、「浮雲游子意，落日故人情」、「山從人面起，雲傍馬頭生」、「犬吠水聲中，桃花帶雨濃」、「人烟寒橘柚，秋色老梧桐」、「池花春映日，窗竹夜鳴秋」、「余亦能高咏，斯人不可聞」，孟浩然「人事有代謝，往來成古今。 江山留勝迹，我輩復登臨」、「户外一峰秀，階前衆壑深」、「夕陽連雨足，空翠落庭陰」、「永懷愁不寐，松月夜窗虚」、「開軒面場圃，把酒話桑麻」、「落日池上酌，清風松下來」、「欲尋芳草去，惜與故人違」、「木落雁南度，北風江上寒」、「我家襄水曲，遥隔楚雲端」、「榜人投岸火，漁子宿潭烟」，王維「興闌啼鳥緩，坐久落花多」、「松風吹解帶，山月照彈琴」、「君問窮通理，漁歌入浦深」、「倚杖柴門外，臨風聽暮蟬」、「明月松間照，清泉石上流」、「流水如有意，暮禽相與還」、「欲投人處宿，隔水問樵夫」、「不知香積寺，數里入雲峰」、「古木無人境，深山何處鐘」、「萬壑樹參天，千山響杜鵑。山中一夜雨，樹杪百重泉」、「江流天地外，山色有無中」、「執政方持法，明君無此心」、「隔牖風驚竹，開門雪滿山」、「灑空深巷静，積素廣庭閒」、「興來每獨往，勝事空自知」、「行到水窮處，坐看雲起時」、「雨中山果落，燈下草蟲鳴」，〔岑參〕「白髮悲花落，青雲羨鳥飛。聖朝無闕事，自覺諫書稀」、「草生公府静，花落訟庭閒」，杜甫「暗水流花逕，春星帶草堂」、「渭北春天樹，江東日暮雲」、「明朝有封事，數問夜如何」、「一病緣明主，三年獨此心」、「凉風起天末，君子意如何」、「鴻雁幾時到，江湖秋水多」、「好雨知時節，當春乃發生」、「水流心不競，雲在意俱遲」、「聖朝無棄物，老病已成翁」、「古牆猶竹色，虚閣自松聲」、「寒風疏落木，旭日散雞豚」，王灣「海日生殘夜，江春入舊年」，祖咏「林藏初霽雨，風退欲歸潮」，張謂「江月隨人影，山花趁馬蹄」、「還家萬里夢，爲客五更愁」，崔曙「雲輕歸海疾，月滿下山遲」，常建「曲徑通幽處，禪房花木深。山光悦鳥性，潭影空人心」，劉長卿「更落淮南葉，難爲江上心」、「歲儉依仁政，年衰憶故鄉」、「勸耕滄海畔，聽訟白雲邊」、「行當蒙顧問，吴楚歲頻饑」、「飛鳥没何處，青山空向人」、「老至居人下，春歸在客先」、「人烟一飯少，山雪獨行深」，韋應物「家住青山下，門前芳草多」、「何因不歸去，淮上有秋山」，皇甫冉「復送王孫去，其如芳草何」、「暝色赴春愁，歸人南渡頭」，李端「抱琴看鶴去，枕石待雲歸」，李嘉祐「野渡花争發，春塘水亂流」，嚴維「柳塘春水漫，花塢夕陽遲」，崔峒「清磬度山翠，閒雲來竹房」，于良史「風兼殘雪起，河帶斷冰流」、「僻居人事少，多病道心生」，張籍「長因送人處，憶得别家時」、「行客欲投宿，主人猶未歸」，張祜「鳥啼新果熟，花落故人稀」、「泉聲到池盡，山色上樓多」，李商隱「客鬢行如此，滄波坐渺然」、「高閣客竟去，小園花亂飛」，温飛卿「雞聲茅店月，人迹板橋霜」，馬戴「猿啼洞庭樹，人在木蘭舟」，趙嘏「野橋連寺月，高竹半樓風」，李昌符「酒醒鄉關遠，迢迢聽漏終」、「曙分林影外，春盡雨聲中」、「忽驚鄉樹出，漸識路人多」，劉綺莊「故人從此去，望遠不勝愁」，張喬「夜火山頭樹，春江樹杪船」等句，體物寫懷，聲情便美，斯近體之佳構矣。僕初作詩，酷嗜五言，不濫及七字。嘗手録前人好句如右，條列門壁間，用資尋諷。雖一覽可盡，實取則不遠，庶幾「言志」、「無邪」之旨云爾。博雅君子，幸毋哂其簡略。

虎林童丈鹿莽，孝子也。其母以苦節著。鹿莽年七十，孺慕勿衰。授徒清波門陳氏草堂，一見傾倒，琅琅誦僕詩數十首，曰：「子詩有仙情，義歸史筆。」亟搜篋中，出所撰《苦節吟》一編，丐僕題簡端。感其意誠，走筆題四十字云：「七十童夫子，霜髯彌苦吟。雞聲蓬巷古，燈火草堂深。自説爲兒日，難忘奉母心。倩余詩作傳，點筆意蕭森。」鹿莽泣曰：「得君一首詩，已畢千秋願，某即死無憾耳。」今十年矣，不知其猶健在否？

近時蒐奇獵古，名輩林立。僕所深契者，鹽官張燕昌芑堂，又號金粟山人。著《金石契》一編，辨訛訂闕，校勘最精。既貢入成均，手搨《石鼓》以歸，遂模於石。又走甬東，校范氏天一閣北宋《石鼓》本，得所未見及小異者若干字，重加考定，更模上石。是非精心篤嗜，冥契潛通，其能與於斯乎？曩有《贈山人長歌》句云：「鋭意收儲金石瓦，入手摹勒商周秦。大書倔强鼎蟠玉，細字佶屈釵鈎銀。」又云：「邇來捃摭託斯《籀》，烏焉魚魯易隨手。如君學厚天機深，獨師古意得八九。男兒身遂豈有期，絶藝傳世亦不朽。」蓋山人浸淫於古，棄俗學如脱屣，將以貧老終矣。

我鄉莊竹溪丈，長厚君子也。年五十，將與諸子晰産，出篋中券紙數十張，度其必不能歸者約三千金，悉火之。顧謂諸子曰：「爾等衣食粗給，他日當以我心爲心也。」是日與親友酣飲大嚼，曰：「真快活。」逾年，次子耕脩舉孝廉，家益饒裕。僕有《酬莊丈賫秔》詩云：「貧居闕升斗，養拙媿桑梓。香秔忽相賫，來自漆園氏。知我有老親，亦復累妻子。迫爲晨夕謀，坐見炊烟起。餘粒及兩雞，君惠免蟲蠹。艱難思古人，緩急藉知己。末契良悠悠，誰復能如此？」東平有云：「爲善最樂。」丈之謂歟！夫丈以燒券爲快活而獲福，然則世之專利刻剥，一錢如命者，是爲真苦惱。盈而不已，將毋有撲滿之患乎哉？

又我鄉沈愛廬三丈，豪飲尚氣，急人之急，勝於己急。往往破産活人，惇勸其族之有餘力者共濟焉。意有所不平，輒於酒間面斥其非，人亦不恨（劉四）。至於義所當爲之事，一聞一見，勇躍奮迅，思有所濟，夜不能寐，持杯達曙，即出門區畫，必使得其所而後返。蓋數十年如一日也。僕贈丈詩云：「丈人行直道，肝膽類平原。能破千金産，時敲卧雪門。自來爲善樂，到老此心存。萬事一杯酒，悠悠何足論。」我聞「吉人爲善，惟日不足」，於文見之矣。有子六人，皆業儒，孝廉庚玉、明經傅梅尤工文章，世德其未可量歟！

錢太傅香樹先生之封公某，曬麥於庭。封公上樓校書籍，稚童侍側。聞窗下淅瀝聲，童於窗縫窺見其家蒼頭，方持氈帽取麥，滿而去，去復來取。童潛以竊麥告，封公急摇手曰：「渠我家人，視我家物如己物，偶取以飼雞鴨耳，何云竊也！」戒勿泄。既而童狀所見，并泄封公語於蒼頭，乃大感泣，自陳其咎於封公。封公復以好言慰之而去。僕嘗聞諸錢氏之世僕云。然夫封公居心如是，其他忠厚積累必多，人不及知，而冥冥中有默佑之者矣。後在閩中贈甌寧明府句云：「忠厚傳三世，清貧寄一官。德門遺軌在，童僕有餘歡。」意指此事。恐錢氏後人亦罕有知之者，故詳述焉。明府，太傅孫。

秀水沈雙湖舍人之封翁厚重寡言，孜孜爲善。每日出門，尋揀字紙，撥瓦礫中，拾碗底之有方印字樣者攜以歸，洗刷存貯，以爲至樂。僕所常常路遇，親見其如此者。舍人既通籍，舍人兄弟俱績學有聲，謂非封翁行善之報歟？僕《示兒十咏》誡其惜字云：「蒼頡有靈文字貴，青氈無恙子孫知。」有所見而云然，故敘及之。

南野堂筆記卷二

檇李吴文溥澹川撰
錢唐吴錫麒穀人定

薄游金陵，以《詩草》稿六卷呈袁太史簡齋先生。先生窮三晝夜之力，爲精勘慎選，删十之三，而存七焉。題卷首曰：「澹川足下，一代清才，江東無卿比也。不特詩品之高，自足預支千古，即一小序、一題目，加意結構，不肯落一凡句、凡字，亦是古文高手。眼中之人吾老矣，足下勉之。」

僕以乾隆四十二年入陝，經吴門，與沙斗初處士、袁簡齋太史論詩意合，言别惘然。既至關中，寄太史二首云：「不負碧山張學士，最憐紅粉杜司勳。江東無復論才子，天下何人及使君。憶自吴門踏秦雪，卻來秦苑夢吴雲。傷春傷别年年事，鄧尉花開草又薰。」其一「家住金陵山水清，看山吟過石頭城。一時豪俊隨車後，到處諸侯掃榻迎。真若松喬在霄漢，不妨猿鶴共平生。人間福地都尋遍，仙骨從來老更輕。」其二今刻入太史《續同人集》中。《憶吴門沙丈》云：「歷落新詩久不聞，婆娑老興劇憐君。一時高士論安道，後世相知有子雲。桂樹巖阿留著述，桃花門巷足耕耘。西來萬里春風外，無恙空山麋鹿群。」時或言沙已化去，落筆黯然。猶冀傳之者非其真也，故三四云然。

僕在關中《咏馬嵬坡》詩云：「玉笛吹天上，金笳動地來。蛾眉仙不死，虎旅横相摧。棧雨經秋滴，祠花帶血開。至今思錦韈，不忍踏坡苔。」時偕吴門張瘦桐丈同賦，及見僕詩，爲之閣筆。又嘗往來臨潼，登驪山，浴温泉，作《芙蓉湯記》，附録於此。記曰：「驪山温泉之勝，當秦、漢時，規造未廣也。迨天寶間，始置二供奉湯及十六長湯。見於《圖志》者，有蓮花、太子、尚食、宜春、芙蓉諸湯名。中丞畢公撫秦，公務往還，必信宿於此。瀏覽驪山勝蹟，訪湯池所在，惟蓮花、太子數湯僅存，餘則蔓草平沙，汩汩泥淖間而已。近土人堀地，得甃石如海棠形者，而以告。按《志》稱芙蓉湯亦名海棠湯，在蓮花湯西，爲太真妃賜浴處，其即今所見無疑。顧兹湯之湮也久矣，所得知其處者，賴有甃存耳。乃命工規土除梗，甃之，窪者壘者，既嵌既錯。浚其中，有泉湧出，漩濃沆瀣，如寫幽咽。覆亭繚垣，列蒔花木，經行者始動色焉。公曰：『嘻！湯之湮也何時，吾不知也；出也何常，吾兹有深感矣。方天寶盛時，嘗以歲十月遊幸華清宫，妃及諸嬪御悉從。所置諸湯，或以玉石錦綺，製魚龍鳧雁之狀，厝水際以供娱玩；或乘鈒鏤小舟，浮乎其中，桂冶繁郁，於斯極矣。夫烏知後此之爲泥淖、爲蔓草平沙者乎？今則擔夫蕘豎，過而濯足焉，又烏覩昔時玉石錦綺之麗、供奉行樂之盛，有如斯者乎？則吾因兹湯之出而知湮者尚多也。』志闕有間，無以考其處，且安保出者之不更湮乎？或湮者復出，而知與不知，未可定於人乎！蓋有數存焉爾矣。』或曰：『妃以寵始，湯曾照艷；旋以譴終，湯亦絶影。是其有亡何足稱，任蕪没焉可爾。』顧採舊聞，表名區，亦嗜古者所不廢。彼香溪以西子而傳，摩訶池以花蕊夫人而著，千古嬉遊之迹，並資眺咏，以昭遠誡。嗚呼！豈特兹湯也哉。」

僕撰《西安景聖寺碑銘記》云：「景聖寺者，粤自隋家捨宅，唐葉增基，繇來舊矣。洎乎勝國頹綱，秦藩遺構，勵有存焉。中丞畢公巡撫陝西，地大物博，時和化滂，瀏覽古蹟，得兹寺於西安城西五里外。左挹温泉、繡嶺之奇觀，蒸霞騰照；右延吴嶽、汧源之逸槩，毓秀紆清。睇南則地胏、龍湫，矗嶒嵫於霄漢；眄北則雲陽、牛首，橫巇亘乎蘋敻。是非秦中一雄刹巨鎮乎？而乃蕪没榛菅，漂揺蘭若，恒河波涸，祇樹春殘。睠言顧之，用慨然也。迺蠲俸糈之入式，練時日之良徵，匠鳩材棄，高架迥特，則三車競轃，六度偕來。户願布金，人懷插草。百鋸冰解，千斤雷硍。中央洞兮谽呀，八隅屹兮戌削。遂使驤棟桴之揭孽，緻墀墄之玭虒。蔚歙艷之鬃栭，駮繒綾之繡栱。玒觚棱而羽陗，倒藻井以葩蜷。化成大造，震旦宏開，頓還鹿苑舊觀，又闡鴿王新座。貫花之瓔珞重嚴，擎寶之琉璃再朗。峨其前者，爲金剛之門；岌其後者，乃卧佛之殿。更有白玉藥師之像，土堀前朝；青銅大士之軀，金塗何代。亦復開林剗莽，列炬揺幢。臺號晾經，儼岧嶤而鴻敞；堂名羅漢，窣窌洝以嬴旋。渡寶筏於億萬年，並緘欲海咀霞之想；引金繩者五百輩，同浄黄華翠竹之身。嗚呼！蘭陀杳矣，檀越嗣興。景象設兮超情，諦毗邪而得意。蓋自經始，以迄蕆事，聿惟五稔，而後告成。爰俾浮屠某率其徒而住持焉。枯趺十笏，具嚴禪誦之規；香積一厨，足了伊蒲之供。於以荒三界，衍五乘，剩靈源，啓祕鑰，不既紹徽前創，垂裕後聞乎！抑猶屬夸耀之情、淺膚之見也。夫聲洪者響遠，虚往者實歸。功乍積於此方，效必形諸彼岸。於鑠哉！摩尼在照，真諦流行。於以覺世開蒙，爲民請命。庶幾曼陀之雨，布濩秦疇；逆香之風，遍滿隴樹。無非佛子，青蓮隨地而生；長現宰官，金粟前身如是。迺標勝契，載頌淵襟。銘曰：崇宫煌煌，肇闢隋唐。明藩繼之，梵相重光。鴻規未極，象教旋忒。竹黯七重，花凋五色。公來撫秦，人天共春。稟兹慧業，式恢勝因。爰罄厥橐，由旬是度。薙草開林，百堵皆作。如岡如陵，靈宇載興。一人有慶，千佛咸烝。公拜稽首，祝萬年壽。保釐東郊，訖於九有。」

餘杭葛巽莽丈晨爲涇陽令，有惠政，鑿龍洞泉，涇農利之。又嘗周覽形勝，知秦漢時鄭白渠不可復，而元時王御史渠可復，因條列利病，屬僕撰《涇渠水利説》一篇，刻入《涇陽縣志》。僕有《觀涇渠美葛明府長歌》，末四句云：「所賴公等布九州，遍令鹵壤成甘疇。禾麻灑灑菽麥潤，萬古樂歲揚清猷。」蓋有慨於實心行實政之難也。

孟襄陽驢背上詩，李長吉錦囊中句，詩家景趣，往往於出游得之。憶曩在關中時，友人贈馬甚馴而駛，遂常騎馬獨游，往來豐、鎬、鄠、杜間，所見山水奥區，漢唐遺蹟具在，令人襟懷超曠。僕《關中草》一編，大率皆馬上吟也。後入閩，遍歷諸郡，輒於車中得句，抵郵亭，則出紙筆書之。東坡所謂「清景一失難追逋」，蓋眼前景説得著便是佳句，此可爲知者道耳。及渡臺灣，主海東書院，每從雲麓奎將軍、雙梧楊太守、霽亭清司馬借馬出游，有《騎馬過鯽魚潭》句云：「馬蹄驕落日，人意緩春風。」將軍謂「緩」字最佳，深得馬上興趣。

將軍又最愛僕《入關馬上作》九首，云：「前山復後山，莽莽山頭月。古人復今人，百代同爲客。朔馬當風嘶，征車夜中發。星河落人面，冰雪摧馬骨。壁立上蒼蒼，雞鳴關影白。」其一「太華青濛濛，三峰開芙蓉。聳身踏落雁，危步攀蒼龍。高高白雲上，倏忽生虚空。窅然天地始，六合惟清風。自此九萬里，不知其所終。黄河走碧海，攬結衣帶中。逝將洗頭畢，濯足扶桑東。」其二「我行越陝州，清曉望潼關。終南散霜氣，衣上峰影寒。解鞍息僕馬，登城眺孱顔。風雲起四塞，渭洛交我前。東北横大河，中斷龍門山。恃險不能守，争雄良可歎。」其三「信宿驪山下，雨歇聞林鳩。虚巖韵幽籟，返照明高秋。韋公藴真處，想見逍遥游。泉石餘綺麗，衣冠邈巢由。勝事行已矣，空山我何求？」其四「九嵕何巑岏，涇水注其麓。山風吹野色，霜草寒無緑。去鳥戀餘暉，流雲動疏木。當時祀脽上，佳氣連黄屋。炎精颯已遥，神物代相屬。鬱鬱松柏林，下有狐兔宿。立馬意蕭條，秋山問樵牧。」其五「太乙下深黑，雷霆駐虚空。有龍宅其湫，飛雨白日中。南游女媧谷，北上銅人原。荒岡翳叢楚，古闕生墟烟。山河美如此，人壽速若彼。去去且爲歡，沽酒新豐市。無使明月來，照我持空杯。」其六「跨馬出咸陽，緩轡佇平疇。清吟菀柳下，迴眺陂塘秋。笑言展嘉讌，漁弋陪良儔。蒲且引微繳，詹何颺輕鈎。素心既已諧，畢景彌悠游。商風忽驚暮，颯然吹古愁。甘泉廢馳道，玉樹凋崇丘。往者能幾時，我懷殊未休。」其七「藍田好山水，渼陂秀蘭杜。蒼然紫閣雲，暮入終南雨。漠漠藤裊村，梢梢竹團圃。荷篠過前林，歸漁聞别浦。藹此父老情，爲我致清酤。久客憶江南，興盡非吾土。」其八「青青原上麥，烏鳶自相逐。我行苦朝饑，藹然飽春緑。望雲陟高丘，采芳下西麓。念我堂前圃，白華有餘馥。媿彼《循陔》詩，徙倚迴車轂。」其九又如《短歌》云：「北走出雁門，西行渡臨洮。問君何所往，飲馬長城濠。舊隸羽林籍，新佐霍驃姚。長揖請論事，軍門夜横刀。一揮入虜穴，義激天爲高。飛鳥不敢下，邊秋氣蕭條。安邊主將略，汗血諸軍勞。男兒重知己，慨然生死交。生死且不顧，論功徒爾曹。」《甘泉山》云：「清晨策馬暮留宿，盡日看山興未足。嶄巖路絶披蒙茸，百道山泉挂秋目。憶昔避暑五月中，橈旃翠羽生虚谷。泠風飛落通天臺，寒門雲霧虚徘徊。馬犀夜走金璧景，太古玉樹高花開。泱漭神壇連紫極，七星北户招摇來。西京文章動主眷，武皇扈從皆仙才。長卿麗筆不曾賦，子雲藻思嗟何暮。故知此物亦有數，獨向蒼崖問歧路。」《杜陵曲》云：「金鞍玉勒杜陵客，駐馬垂鞭望南陌。楊花作雨不濕人，竹枝如烟澹暮春。忽憶江南春暮好，踏青湖上多芳草。如此風光獨異鄉，杜陵花月使人傷。」《瘦馬行》云：「青絲轡，珠絡鞿，少年乘馬多乘肥。南山饑駒立霜骨，肉眼不見騏驎飛。昨朝牽過新豐市，有客觀之淚盈眥。肥馬好看瘦難識，古今相馬同相士。黄金如山徒爾求，眼前有駿無人收。」《紫騮馬》二首云：「身騎紫騮馬，獨上白龍堆，天山積雪高崔嵬。古來壯士魂魄在，黄金白骨同灰埃。血染沙深乾不得，春風吹作臙脂色。」其一「紫騮馬，蹀躞萬里何雄哉。不追赤日到西極，安知河水從天來。崑崙落空小於指，星宿滿地紛如埃。紫騮馬，去復回。生還醉倒酒泉郡，馬頭春色桃花開。不見前年大雪十丈高連天，人馬凍殺青海邊。」其二《渭橋送朱八熚》云：「送君五里復十里，聽我長歌更短歌。細草驕嘶紫騮馬，飛花亂落金叵羅。青山獨行路不盡，白日欲暮春無多。望斷河橋楊柳色，異鄉分手意如何？」《抵潼關》云：「驅馬入秦城，長途節序驚。河山開曉色，關樹老秋聲。舊圃黄花綻，高堂白髮生。急書數行字，遲暮寸心傾。」《三原夜發》云：「馬背江南夢，春星滿客衣。可憐楊柳月，空照故園扉。累歲依人活，全家飽食稀。老親應倚望，無米亦來歸。」《途中春暮登樓即目》云：「立馬垂楊外，東風樹樹斜。暮寒藍上雨，春盡杜陵花。失路難爲客，登樓倍憶家。不知芳草意，何事亦天涯？」《雲陽》云：「旭景動林巒，雲陽駐馬看。天懸河勢急，風挾樹聲寒。四塞關山險，三渠道路難。甘泉仰霄漢，無處覓神壇。」《渭橋逢陳丈》云：「藉草展村沽，飛花近酒壺。看山留晚騎，渡水送春凫。暫得人情好，終憐客興徂。征衣不須换，明日又長途。」《鄠縣早春》云：「馬上看梅樹，天涯歲又新。當壚村店女，壓酒暮溪濱。未解客心苦，相逢滿面春。爲言君不醉，花月笑行人。」《咏老馬》云：「憶此生駒駿，追風勁骨開。慣從沙苑牧，不向玉門回。倏忽青冥上，虚空赤電來。同時三萬匹，翹首絶群材。盛壯嗟何及，長鳴亦可哀。横行無用處，飲齕就衰頹。」《桃林送别》云：「秣馬桃林塞，聞雞函谷關。離情似風葉，相送不知還。」謂皆一時興到之言，莽莽而來，目空古今，自成絶調。然亦須是關中高山大川，地廣物博，乃稱其志氣耳。嗟乎！將軍死矣，大樹漂零。感激斯言，如聞其聲，可勝歎哉！竊謂將軍久歷戎行，往返絶域，賦棨木之章，歌「競」、「病」之句，亦都於馬上成之，故於僕詩有深契也夫。

僕以五十一年秋入閩，佐兩松徐中丞公幕府。五十二年夏，隨學使者耳山陸公觀風諸郡，值臺灣林匪不靖，作《從軍行》云：「男兒七尺軀，未可埋蓬蒿。束髮隷軍籍，猛氣干青霄。插我壺中箭，磨我架上刀。揮手别親友，南海風蕭蕭。從軍豈不苦，恩義無可逃。入營拜主將，赴敵殲賊豪。一手挽人頭，一手持杯醪。雖蒙奇勳簿，豈敢私微勞。釃飲且快意，大笑驚兒曹。」《大里杙》云：「大里杙藏十萬賊，七盤溪繞三山黑。羽林鐵騎一當千，夾溪走馬青雲端。四山草木叠旌旆，懸軍直上燒天關。火箭神弓無十步，骨灰血飛壯士怒。草間纍纍繫檻車，一騎春星飛露布。」《官軍渡臺灣》四首云：「自來存螘穴，豈意漏鯨波。電發雲臺甲，霜横瘴海戈。征蠻馳馬援，用趙飯廉頗。萬騎追風渡，連檣挂月過。」其二「一紙將軍檄，賢於十萬師。先聲方奪氣，後勁已窮追。樓櫓蛟龍送，槍珠霹靂馳。受降都護府，齊插義民旗。」其三「王師風草木，衆志屹丘山。縋險潛燒穴，擁鋒夜斬關。一麾乘鋭入，兩騎挾俘還。春雨諸番外，濃花滿目斑。」其三「聖德來天地，遐荒測水朝。海陽輸蟹劍，越嶠走魚綃。朗照金樞穴，長通赤岸潮。七星在河漢，萬部仰招摇。」其四

五十三年，林匪事平，渡臺灣，作詩云：「快舵輕帆鼓疾雷，浮空島嶼走崔嵬。天横黑水蛟涎動，地割紅番鹿耳開。列市賣魚醒海味，繞城種薯益春醅。蠻方趨利風如鶩，好與長謀富庶來。」又作《平臺灣長歌》及《官軍内渡》云云。又《番兵歸山歌》云：「番兵歸山衣錦袍，山花片片落寶刀。腰懸人頭當酒瓢，吹螺擊鼓傾其豪。雞籠高高瞰海濤，沙馬南崎開郎嶠。天生爾曹辦殺賊，何論傀儡山豬毛。」

臺灣之役，我大將軍福公駐師泉州，飛檄臺灣各路從賊民番，開其自新之路，然後官兵渡海進勦。脅從者十餘萬人一時望風助順，反戈殺賊，先有以動其心也。僕詩中「一紙將軍檄，賢於十萬師」，紀實事耳，非虚揣情形也。

《平臺灣歌》序云：「乾隆五十一年冬十一月，臺灣林匪不靖。上命督臣常公佩鎮閩將軍印，檄調閩、浙、粤滿漢官兵四萬餘人，於五十二年，自春徂夏，航海勦捕。分駐南潭、鹿仔港、八里坌三處。時大雨流行，澤藪沮洳，我兵裝束遲重，而賊裸跣，入泥淖不濘，致稽成功。南北迫脅，勢轉鴟張。皇赫斯怒，遣大將軍福公帥川、黔屯練官兵六千人，特簡巴圖魯侍衛百人副之。十月癸亥，舟師自崇武澳放洋，甲子泊鹿仔港登岸。一戰而元長莊復，再戰而諸羅圍解。急趨斗六門，進勦大里杙，掃穴擒渠。復由東埔、水沙連、大武壠、水底藔直抵郎嶠，殲厥醜類。五十三年春，臺灣平。計大將軍登岸勦捕，迄偃兵衄衆，纔七十餘日耳。而北至雞籠山，南至郎嶠，中間二千餘里，雷驅霆擊，如虎奔羊，如風掃

揅，數十萬烏合草竊之賊，一旦烟飛灰滅，靡有孑遺，厥功偉哉！先是逆黨蜂聚，賊衆我寡。我皇上神機天鏡，洞邃燭幽，引司馬氏討公孫淵直搗襄平之計，頒諭大將軍。大將軍恭秉聖謨，簡將厲兵，乘鋭執俘，以奏膚功。比古之君臣咸有一德，克壯其猷者，殆有過之。鯫生浪迹海外，不忘咏歌，謹述其顛末如斯。作《平臺灣歌》一首，據事直陳，未遑協律，抑宣盛德、紀豐功，或亦采風者所不廢云爾。」《閩游集》失載此序，附録於此。

臺灣既平，其餘孽董喜等匿入内山，誘我北路愚民入爲不軌。僕在奎將軍座間，爲將軍草檄諭愚民，將軍稱善。置酒酣飲，方與客食燕窩菜羹，人各一杯，僕食盡其器。明日，將軍遺材官餉百枚焉。來書云：「非敢以羹材作潤筆貲也，抑中心好之，曷飲食之，則可謂云爾已矣。」檄曰：「諭臺灣北路愚民，本督於乾隆五十三年奉命來鎮臺灣，三年矣。臺灣當南北會匪甫平之後，雖已覘更新之氣，猶不免舊染之污。先是大將軍嘉勇公福親秉我皇上睿謨，授鉞專征，掃氛靖海。首惡既誅，脅從罔治，誠不欲黷武窮兵，蔓連蒂坐，草菅人命，血野膏原。是以湯網恢一面之仁，苗頑來七旬之格，莫不欣欣向化，共躋壽域。乃間者北路餘孽董喜，於大兵四勦之日，林匪就俘之初，即自奔竄内山，假留喘息，旋復出誘愚氓，潛聚入會。恃其深阻，背番爲窟，帕頭露足，三五成群，乘間竊發，劫奪商販。夜行晝匿，所在爲梗，輒被軍吏邏獲，速就芟鋤，未絶醜類。是用屢檄州縣營弁，密搜迅捕。冬十月，本督親領本標營兵啓行，赴嘉義、彰化，抵淡水之北，與臺灣府知府某會淡水，該副將、參將、遊擊、守備以下，各整部伍，列鎧仗以待。於是閲巖疆，數軍實，覘吏治，察姦宄。體尚嚴肅，事無容隱。旌麾所指，電掣飈馳，靡不刮目警心，望風慄股。所獲會匪劫盜數百人，纍纍枷杻，縛如雞狗，傳首稿竿，萬目共覩，一時稱快。想爾等亦已聞之而膽落也。即於此督駐防之將，領既練之兵，鼓方鋭之氣，厲同仇之義，遂以長驅突進，奮躍超驤，轟大礮以開山，駢長刀而掃穴，亦復何堅不摧，何險不平，何賊不翦，何窟不填哉！然而本督仰體聖天子好生之德，不忍糜爛鯨鯢，俾無噍類也。亦謂爾等愚氓，何一非我國家赤子，雖爲賊煽，迫於兇脅，豈無内悔？但各自以身陷賊，久恐負罪難逭，故忍而就此耳。生爲黨叛之囚，死爲不義之鬼，累及爾等父母、兄弟、妻子，終不免於戮。爾等即覥然苟活於内山，是亦禽獸之不若矣。且内山之内則向化番民截殺於後，外則巡捕軍吏係縲於前，中間勢孤地絶，食盡疫興。即使久稽天誅，亦斷無不自斃者也。況復燎毛吹灰，頓爲飛燼耶？今與爾等約：有能生獲董喜出獻者，賞銀千兩；割其首來獻者，賞三百兩；能縛其黨一人出獻者，賞一兩；其率衆投出，自陳爲良民者，許其各歸本莊安業，俾其戚族鄰舍保之。蓋本督歷閫戎疆，鎮軍海嶼，哀此愚頑，兼施威愛。特與爾等就法無可赦之中，求其一生；於情有可矜之末，貸其一死。爾等自思，與其爲劫賊而死，爲食盡而死，爲官軍屠戮而死，終身不復得見爾父母、兄弟、妻子，孰若執魁縛盜，受賞樂業，歸命投誠，復得見爾父母、兄弟、妻子乎？嗚呼！普天之下，莫非王土；率土之濱，莫非王臣。苟動天良，尚軫骨肉，急宜出自湔祓。若仍守兔窮株，泣魚焦釜，晉如蟣蝨之處褌，不知湯火之將血其族也。本督即飛調三路精兵，指麾内外諸番，夾攻合勦，斬莽燒巖，疾若雷霆，烈於虎豹，玉石俱灰，海山盡赤，莫不斷脰洞胸，封腸剜脅，痛屠之，其毋悔。此檄。」

臺灣當林匪未釁之前，官之病民取貨，令若牛毛，錐刀盡利，是以致變。前任諸羅令某貪不卹衆，城破爲賊所殺。後令陳君良翼抵任，愛下若子弟然，民亦愛上如父母矣。當諸羅被圍三月，城中食盡，牛皮馬革，都充餱糧，得數斛米，則煮粥遍給餓者，然後自飲，一城感泣。及大兵渡臺解圍，窮治叛黨，令以便宜救出無辜良民三十六人，幾罹不測。此三十六人之家，其父兄，族長自縛以來，號泣軍門，請盡殺其子弟以救令。中丞徐公爲專摺奏聞，蒙恩嘉獎，擢州司馬，以母老告歸粵東。其地縉紳、鄉老，率子弟數百人詣臺灣鎮道府，環請奏留陳令治嘉義，言令愛民，民不忍舍也。僕贈陳詩云：「已饑己溺蒼黎命，今世今生父母恩。」又云：「三十六人同面縛，爲公求死不求生。」又云：「直待鄭人思子産，始知秦法誤商鞅。」諸羅今改嘉義縣。

今臺灣觀察雙梧楊公，當林匪釁起，由臺防司馬攝臺灣太守，以書生驟莅戎事，應變不窮。賊既陷彰化，破諸羅，郡城兵少勢孤。公招義民，修成栅，備兵械，籌軍實，旬日之間，百廢具舉。賊以數十萬衆，呼風鼓噪而至，公設守禦方略，歷數月而城不破，若有神助云。又嘗三瀕於危而獲全。其一在大目降，率義勇往搜逸賊，賊伏蔗林中，突出叢刺公幾殆，血戰得脱。至城下，聞賊攻鹽埕大營，急即易馬往救，氣不稍餒。其二在虎尾溪，人馬俱溺，幸義民赴水救得免。其三在水底寮，奉大將軍令往受賊降。遇南路賊甚衆，恐爲所得，將自殺也，拔腰刀在手矣，賴副將張公某急救而出。公有《三不死》樂府，僕爲之序。又作七律四首，失其稿矣。記一聯云：「匹馬突圍三不死，闔城寄命一書生。」今臺灣底定數年，聞公晉秩觀察以來，益以鋤强扶弱、培復元氣爲事。其間振興文教，噓植人才，郡之人士恂恂率教，蓋已柔其桀驁之風，而馴以詩書之氣矣。

僕在海外，與清司馬霽亭、潘游戎遜圃、敏游戎受亭、施處士黑谷、萬公子鐵峰、朱明經鶴沙爲文酒之會。兩游戎俱能詩，司馬擅楷法，處士工隸草，公子文采翩翩。明經則舊交也，長於古樂府。海東相見，鬢各皤然。僕贈詩云：「且喜狂吟同健在，所嗟痛飲不如前。停杯漫話歸期好，橘緑橙黄九月天。」朱爲流涕，後殁於臺灣府廨。

雲麓奎將軍酷嗜《吴梅村詩集》，背誦如流水。故其所作詩，選言樹骨，驅遣宏富，以自然爲宗。七律尤健，卓然成家。録其數聯，音節慷慨，可以想見風概矣。五言如《策馬》云：「老無髀肉在，瘦馬最能知。」《贈人》云：「西河段干木，東海尹翁歸。」《塞上》云：「白馬卷毛雪，蒼鷹側翅風。」七言如《詠古》云：「秦庭一笑終存楚，越國三軍竟沼吴。」又云：「陳宫博士皆顔色，漢殿司空媿翰音。」又云：「忠臣不走嵇延祖，國士終傷羅企生。」《馬嵬坡》云：「君王不棄干城將，軍吏方誅賣國臣。」《惜别》云：「對面易成三里霧，離心先托四條秋。」自言平昔作詩，總不留稿。僕所得聞，如是而已。惜哉！

將軍每得珍膳，必邀同飯，必作詩。詩不成者，罰以酒，酒後輒自火其稿。一日指壁間所黏乾蝴蝶命題聯句，時同在坐者，三原莊居士惺園、邗上洪上舍樾林。僕作起句云：「羅浮蜕仙翅。」將軍沈吟久之，爲閣筆笑曰：「子句佳矣，一語已盡，其下所咏皆蛇足耳，不如已也！」因自浮一大白。莊、洪二客各浮一白。僕亦極酣，盡興而歸。莊、洪皆能文。莊卒於將軍幕中，將軍爲移櫬於外，出而哭之哀。洪素與莊交厚，爲送其喪，内渡歸三原，跋涉數千里，蓋今之范巨卿也。迨將軍薨於軍，樾林又自秦迎其喪。僕詩所云「鼉叢路杳將軍死，驃騎營長壯士哀」是也。

僕在海外，又爲雙梧楊太守撰《東瀛紀事》一編。其序云：「臺灣雄踞海中，北脊遼陽，爲東南浙粵唇齒，旁搤琉球、日本、吕宋諸外邦，其得失乎此者，豈獨閩中一區安危治亂之所關已哉！蓋自鄭氏殄滅、朱一貴蕩平以來，海疆無事垂數十年矣。其始特以地沃民稠，志驕服美，守土者忽不加意，以爲風俗固然。漸且姦胥猾吏，恣爲民患，而不之止。其民之黠者，則又交結胥吏，舞文弄墨，枉法干紀，蔽上耳目。桀悍者至於持械鬬狠，千百爲群，白晝相殺於道，而官不可禁，或因以取賄而免之。此亂之所由生，非一朝夕之故也。某備員兹土，值逆爽之變，軍需旁午，出入戎行，幾死者數矣。自賊迭陷彰化、諸羅、淡水、鳳山，所至一空。而後鳳山再失，諸羅久困，大里杙爲賊巢穴。當是時，賊視郡城孤注，旦夕可得也。而闔城固守，與賊相持者一年，烽火之警不撤於目，金鼓之聲不絶於耳。爲城所恃以障蔽者，惟竹根木柵耳，保無有姦徒乘間竊啓於内，而外援不至，憑陵攻擾，無日休息，民情惶惶，終夜屢警，危已甚矣。比援兵踵至，則又陸續調遣各路爲南北應緩，其城内外留屯兵數勢不能多。然其始也，變起倉猝，得失在呼吸間。而賊已據有彰化城，縱酒酣歌，若有甚之者，而郡城得備。迨賊積薪焚柵，而天降霖雨以滅其焰。繼則南北兩路賊分攻城五門，而莊錫舍投誠，倒戈向賊。斯豈非國家涵濡沐浴者久，聖天子德洋恩普，有以膺天眷、固人心，俾郡城安而臺灣各邑得盡復也乎？蓋嘗綜臺灣一郡之形勢，與夫治臺灣者得失難易之故而論之，而知其致變也有三，其變而得驟復也亦有三。致變者何？五方雜處，民不土著，而無恒産，一也。大里杙及他所山谷，谿隘阻險而遠，稽察所不能到，二也。釁初起而不急撲滅，俾賊得以嘯聚鴟張，屠割僭據，三也。變而得驟復者何？烏合之衆，易爲聚散，前者見敗，後不相救，一也。環島中間，守山截海，遊魂釜底，奔竄無所，二也。各營官兵之外，泉、粵義民衛公保私，悉力拒賊於前，賊不能進；南北番兵畏威向化，奮勇斷賊於後，賊不得退，三也。而況乎天子特選重臣，親授機宜，有燭照數計於萬里外者。是以大將軍福公同參贊將軍海公等統領巴圖魯侍衛、章京，及川、湖、黔、粵屯練之士，率先解圍，長驅搗穴。如虓虎之入羊群，勁風之掃枯蘀，不數月而賊渠就俘，餘孽載殄，招徠拊循，四邑更新。於以揚威海表，凱奏還朝，告成文廟。自有武功以來，未有如是其捷者也。茲乃穹碑著烈，炳耀環瀛，崇實斥虛，聖衷淵遠。所賴有治安之責者，體此意以兢兢興利除弊、卹民糾吏，弭亂本於未形，躋殊俗於雅化，則庶乎其可矣。不揣固陋，據事直書，爲《東瀛紀事》一編。竊比藍鹿洲山人《平臺紀略》體例。務衷乎道，不敢以私意妨公；必蘄於信，不敢以夸言亂真。後之載史筆者或亦有取於兹編。」

五十四年，僕主海東書院，作《海東書院榕樹歌》云云。樹在書院中，廣蔭數畝，蓋千百年植也。其上有神，犯之者輒病。僕詩所云「慘澹神明棲，蕭寥風氣散。地靈接文昌，軒開仰霄漢。龍雷光怪發，百里妖鳥竄。衣冠對吟哦，坐起敢褻玩」，志其異也。又《見海外花木果蔬雜書之示書院諸生》云云。佛桑花一名扶桑花，海外最多。臺灣縣廣文署齋前有貝多樹一株，似枇杷葉而稍大，詩所謂「羃野清陰貝多樹，燒空紅照扶桑花」也。十二月開荷花，正月見菊花，所謂「迎年之菊破臘荷，節物每與中土差」也。淡水産柑，大而佳，名鳩頭柑；鳳山産梨，有鱗甲垂尾，名鳳尾梨：所謂「鳩頭柑黄嫩於橘，鳳尾梨熟甜如瓜」也。其地鮮檳榔香脆可啗，土人能日啗一二百枚者；城外甘蔗林，處處有之：所謂「檳榔滿把貴新摘，藷蔗飽嚼愁多渣」也。又有洋桃，形似轆軸，名車輪子；番蒜本名檨，有肉檨、土檨、香檨諸種，字書無「檨」字，所謂「自餘瑣碎不足録，洋桃番蒜齴齒牙」也。薯蕷一名番薯，土人號地瓜，爲飯、爲酒、爲羹，雜米豆爲饆饠，和麵爲起溲湯，燖之爲牢丸，油熬之爲粔籹，無所不宜，貧民藉以爲糧；淡水之北有七八十歲人，一生未嘗食稻麥，而老壽無恙者，番薯之功偉矣，所謂「天生薯蕷充餱糧，纍纍蔓衍根拖沙。釀以爲酒淡無味，差喜價賤貧可賒」也。

僕在海外，與將軍奎公爲忘勢之交，論詩賭酒，盤馬角射，必極興而止，夜則以將軍乘馬載歸書院。十日中招飲五六次，或三四次，如是者兩年。時僕將内渡，將軍贈詩有「百年天地誰長在」之句。洎僕旋里憂居，將軍亦奉命西征，以疾薨於軍，蓋竟成詩讖也。僕《寄將軍督師西征》二首云：「天子籌西徼，將軍鎮益州。千夫橫劍過，萬馬急邊秋。傳箭盧山外，摧鋒青海頭。指麾皆宿飽，輸挽不須憂。」其二「各守諸戎舊，何勞萬里師。比因相翦割，不忍棄瘡痍。騎突河冰裂，笳吹月髑悲。異時存屬國，於此但羈縻。」其三將軍薨，作《挽歌》四首云：「聞道前軍落大星，霜戈雹甲駐精靈。急將驍騎殲酋種，未得長驅薄虜庭。目極蠶叢天杳杳，魂歸馬革路冥冥。書生亦有平生志，西哭岷峨萬里青。」其一「江盤卭筰西連徼，河繞崑崙北入秦。本意兩軍相掎角，豈期中路忽參辰。驃姚戰伐飛騰在，僕射英雄涕淚新。自昔平羌功第一，不因外戚重親臣。」其二「曾見元戎海上來，海風吹月墮金杯。最憐鄒衍談天口，不薄禰衡作賦才。顧我據鞍能躍馬，請公拓戟試登臺。那知娓娓連宵樂，中有沈沈萬古哀。」

其三「褒鄂弓刀動鬼神，丹青世世照麒麟。祁連山遠冰霜古，蜀國風悲草木春。激烈肝腸爲知己，摧頽歲月感斯人。百年天地誰長在，所恨飄飄未死身。」其四末首第七句即用將軍所贈句也。

秀水顧樊桐山人詩豪健痛快，老而彌厲。僕曾誦其警句於將軍奎公。公嗟賞殊深，將以書招之，既而出師西征，不果。迨將軍薨，山人聞而感激，賦詩弔之云：「虎旅屯西極，龍驤出上都。大星中夜落，長劍倚天孤。意外存知己，窮愁媿老夫。祁連高塚在，雪涕望長途。」可見文字之契，感人至深，相思相弔，不必其相識也。況僕親見將軍者乎！溯其英風，摭其緒論，能無死生契闊之慟也哉？

永春州在泉、劍交會之間，面象山，背大羽。上有冬春不老之木，下有子午長流之泉。時見山頭有物，轟轟走烟霧中者，如馬大，鹿也。四時開桃花，古稱桃林場。産苧布最白，俗以鷓鴣爲常膳。僕《桃林場客樓》詩云：「何事久留滯，登樓意豁如。鷓鴣啼雨後，麋鹿上山初。苧草家家織，桃花岸岸漁。喜兹太古俗，真比武陵居。」狀其風景然也。

僕素不善填詞，迨航海入閩，作《航海歌》一篇，意未盡也。又作《滿江紅》詞一首，其詞云：「指點虚無，髣髴到、蓬壺臺殿。却又被、風吹去也，窅然波面。頃刻滄溟浮六極，沃焦無底鼇身轉。任孤槎、萬里拍青天，檣如箭。殘陽闇，餘霞絢。冰輪湧，銀濤濺。問東甌南越，茫茫一片。河漢西流連魄動，招摇北指回眸見。倒乾坤、積水送生涯，頭飛霰。」附録於此，不知其合調否。

南野堂筆記卷三

檇李吴文溥澹川撰
錢唐應澧叔雅定

袁太史小倉山房詩文雜著，炳烺寰區，要以靈犀獨照，生面别開，而氣之混涵莽蒼，前古後今，未有敵手。就詩而論，一開卷爛若舒錦，不可指數其何篇何句爲佳也。兹特從《游山詩》六卷中擇其篇句之有奇情異趣者，摘而録之，覺殘膏賸馥，沾丐後人多矣。古體如《秦園》云：「入門先見水，得樹便忘夏。濕衣嵐翠飛，打頭松葉下。」《林屋洞》云：「恍疑青山巔，翻落太湖底。」《登永嘉華蓋山》云：「取海來胸中，將身放天外。」《仙都峰》云：「風吹山似來，雲動山如往。」《三生石》云：「如將塊壘胸，替我安空中。」《還山》云：「家居久自嫌，遠歸身忽貴。妻孥問平安，欣欣白家事。黄犬亦有情，摇尾從外至。稚子各牽衣，争先妬兄弟。重登讀書堂，再到看花地。卷軸拭塵埃，尊罍加布置。分明所厭餐，到口覺有味。恍惚衾裯間，舊寵疑新嬖。某友書尚緘，某物藏還記。回頭豈出夢，一笑如隔世。」《上五老峰遇雨》云：「爲尋五老峰，走入三里霧。地號犁頭尖，險絶不容步。正在盤紆間，暴雨來如注。輿夫不知雲，踏空如踏路。棘蒿亂刺人，十步九欲仆。退縮無可歸，前行日又暮。僮僕齊嘈嘈，今夜宿何處。用瓦衣亦漏，似虎石可怖。昌黎不敢哭，奉先屢悔誤。賴聞叫呼聲，隱隱出深樹。似海得指南，有寺雲中露。急將危苦狀，從頭向僧訴。自笑三年游，此是劫一度。」《舟中遺懷》云：「習静三十年，忽然愛山游。一年得游趣，三年游不休。戚里笑我老，摇手止白頭。妻妾憐我老，亦復相遮留。我意大不然，人生本浮漚。儻因名利出，未免心煩憂。專爲山水行，何處非虚舟。老健縱難恃，觀空便無愁。況且腰脚輕，或者前生修。」《遺懷雜詩》云：「貪生學仙少，畏死學佛多。生死兩相忘，仙佛如我何？我道佞佛者，其人必諂諛。未知靈與否，尚向木偶趨。何況權門貴，炙手可熱歟？」又云：「邢尹一相見，涕泣服其美。賈充郭夫人，見李屈膝矣。青蓮服崔顥，不敢再題詩。李邰媿劉蕡，登科願讓之。古來真才美，大抵心皆虚。木虚爲琴瑟，竹虚爲笙竽。後代妄庸人，不肯爲人下。山膏形如豚，厥性但好駡。」又云：「侂胄魏公孫，並非宦寺流。伐金雖賈禍，志在復國仇。偶作《南園記》，思擬晝錦堂。不喜鄭棫作，而慕放翁名。出其四夫人，玉手擎杯觴。下士肯如此，便是爲善資。毋怪放翁作，勤懇加規詞。一朝事機失，頭顱敵國葬。士論群吠聲，放翁名節喪。豈知論成敗，所見尤卑庸。符離大喪師，謀者張魏公。何以不加誅，人異事則同。太丘弔張讓，不失爲君子。一切苛刻論，都從宋儒始。」又云：「屋造鼠即至，池開魚即生。問其所由來，蹤迹不分明。大抵天地間，氣化先形化。青寧程馬屬，生生相代謝。洪荒無匹耦，人類自萌芽。伊尹生空桑，詰汾無母家。」《咏芍藥》云：「我寧負人不負花，花開時節常歸家。今年出門語芍藥，留花待我歸來誇。果然歸時花正盛，蒸紅爛紫騰雲霞。折花枝枝膽瓶供，高底位置圍屏遮。照影遠借琉璃鏡，護風近障輕容紗。霓裳争舞月殿女，香佩盡解吴宫娃。華鬘之天化人國，神魂雖蕩思無邪。人生長得對花坐，比拖金紫誰爲佳？況我衰年急行樂，看春生怕斜陽斜。此樂豈可使卿共，爲花辭客客休嗟。」《重入桂林城作》云：「我年二十一，曾作桂林游。今年六十九，重看桂林秋。桂林城中誰我識，雖無人民有水石。水石無情我有情，一丘一壑皆前生。不學習鑿齒，重到襄陽悲不止。不學武夷君，逢人開口呼曾孫。只學藍采和，踏踏流年自作歌。更學蓟子訓，千年銅狄手摩挲。黄粱一夢誰能再，我竟歸尋夢還在。」《朝陽洞觀會昌元年李坦題名》云：「韋誕昔書凌烟臺，黑頭上去白下來。朝陽巖高三百尺，李坦如何能刻石。我想雲梯駕六鰲，終難著翅强揮毫。青山或亦如人長，昔日猶低今日高。」《浯溪鏡石》云：「浯溪鏡石光可愛，迥立荒江照世界。照盡東西南北人，鏡中依舊無人在。五十年前臨汝郎，白頭再照心悲傷。恰有一言向鏡訴，照儂肝膽還如故。」《游丹霞巖》云：「到山舁腰輿，屈曲三百里。絕壁石縫開，側入步踽踽。高唱升天行，踏雲不踏土。竄身冷翠間，自笑同蒼鼠。扶竹兩手霜，摇松滿頭雨。斗然鐵門闌，設險若相阻。閃鑠鑄金像，森嚴建紫府。引水下僧厨，劃石流縷縷。何年破天荒，一衲開萬古。坐受群山參，朵朵芙蓉舞。」《七星巖》云：「端州近海海風厲，天上七星吹落地。冷翠疑爲精鐵横，緜延尚作臺垣繫。月有廣殿星有宫，果然一洞形窊隆。紆曲佈覆渺難測，白晝颯颯來陰風。下滴石乳久漸乾，旁羅形怪千百般。時當四月春流滿，山脚沉埋露山半。片片青山頂倒垂，時時仙鼠聲相唤。宋唐碑碣鐫紛紛，龍蛇健筆拏烟雲。想見古來好名者，恨不將身化石人。天門三重闢雲表，一重一重登更好。打頭白鳥飛不高，出樹行人看漸小。只緣康樂好搜奇，未免修期常諱老。歸飲群公酒一杯，畜然笑口今朝開。自指脚下雙麻鞋，曾踏青天北斗來。」《戲夢樓》云：「夢樓見佛不見我，一望蒲團頭欲墮。鄙人見我不見佛，行遍香臺不作揖。君不必争佛有，我不必争佛無，只問此中方寸意何如。請看世上尊官貴人亦儘有，我果無所求，則亦視有如無免應酬。」《坐光明頂上》云：「看山看到衆山無，始知身到光明頂。」《端州大水》云：「平時只覺眼前安，到此方知高處好。」近體如《香罏峰觀瀑》云：「挂此西江水，青天作書看。四時常灑雪，萬古此狂瀾。松鬣休嫌秃，銀河本不乾。磨崖多少字，麻列白雲端。」《冬月冷水步夜起》云：「霜月兩澄鮮，孤篷夜悄然。自攜雙鬢雪，獨對一江烟。僵樹立如鐵，寒星摇滿天。横斜幾枝槳，也學榜人眠。」《游蘇州》云：「娱老常攜妾，消閒更帶書。」《題丁敬身像》云：「世外隱君子，人間大布衣。」《天台瓊臺》云：「自從明月照，曾見幾人來。」《客懷》云：「客懷吾正好，不許子規啼。」又云：「出門梅落後，歸路麥黄時。」《入黄山》云：「仙禽奏音樂，古柏作闌干。」《再游牛首宿叢雲樓作》云：「題壁數行在，前僧一個無。」《丫山》云：「有瀑山才活，無僧佛亦孤。」《西樵病中作》云：「遠游原倚健，小病即思家。」《回雁峰》云：「自憐人似雁，到此亦回頭。」《栽樹自嘲》云：「七十猶栽樹，旁人莫笑癡。古來雖有死，好在不先知。」《留别杭州》云：「滿耳鄉音聽未終，東關行李又匆匆。孔信久已官臨晉，潁上無由返醉翁。此日花間送殘客，來朝天外望諸公。回頭多少酣嬉事，交與湖樓一夜風。」其一「巾車踏遍九州塵，到底吾鄉意氣真。入郡未爲投刺客，敲門先有送詩人。士將皇甫呼前輩，官忘陶潛是部民。招飲一宵三四處，擬分身醉武林春。」其二《和竹西公子歸鶴詩》云：「老鶴飛歸月二更，滿園花作主人迎。不愁羽客去無伴，但覺雲仙來有情。小步池塘尋舊夢，重看軒蓋似前生。馮闌聽得家僮報，頂上丹砂色倍明。」其一「肯把滄桑説是非，乘風還舞釣魚磯。雲霄志在終須去，館穀恩深忍不歸。暫别梅花心耿耿，似憐雛鳳語依依。遥知一品衣成後，更向君家身上飛。」

其二《第二番桂》云：「木犀開過小山房，第二番花較勝常。金粟會招前度客，月宫真有返魂香。不愁青女霜將白，只恐姮娥額太黄。寒菊在旁應笑語，似儂遭際兩重陽。」《揚州馬氏玲瓏山館感悼秋玉主人》云：「山館玲瓏水石清，邗江此處最知名。安排圖史常千架，供養文人過一生。客散蘭亭碑有恨，鳥啼金谷樹無情。我來難忍風前淚，曾識當年顧阿瑛。」《還山》云：「爲訪名山别故山，還山諸事喜平安。到門細數養成竹，入户喜逢初放蘭。過眼雲巒魂尚繞，扶身笻杖露初乾。挑燈急寫新詩稿，多少風人要索看。」《從江村冒雨至黄山湯口》云：「不獨晴行雨亦行，江村卅里盡溪聲。無心見客草冠好，有意上山行李輕。榴火照人紅冉冉，秧針摇水緑盈盈。芙蓉萬叠雲中立，知是山靈抗手迎。」《新正喜阿遲上學》云：「白髮生兒喜不支，公然又見讀書時。傳家事業從今始，識字聰明上口知。秋稻晚栽期望大，春鶯初囀發聲遲。阿翁手授無他物，晝日歸來筆一枝。」《蘆花》云：「虚負花名色不嬌，漁翁舟過幾枝摇。風前作絮秋將老，江面鋪霜午不消。羞與吴緜争冷暖，甘從潘鬢學飄蕭。天涯有客開箱歎，欲取寒衣路正遥。」《紅葉》云：「武夷高嶺曉霜濃，楓葉離離色不空。草上有時隨意落，花中無此可憐紅。非關冬日行春令，直把臙脂寫醉翁。我欲題詩學宫女，奈無心事訴秋風。」《伍員墓》云：「慷慨報仇衰世事，凄凉託子暮年情。」《寄錢沙嶼方伯》云：「伴客一庭惟古木，離家三里即西湖。書聲到耳聽兒讀，花影隨身當婢扶。」《病瘧》云：「衰年一病先防死，騷客三生最怕秋。」《静掩》云：「齒長漸無同話客，名高愈有欲删詩。」《錢少宗伯過訪隨園即事有贈》云：「難得相逢剛九日，自憐此會亦千秋。」《覺老》云：「藏物怕忘憑筆記，看山雖好讓人登。」《登巾山》云：「高岫帶雲青出屋，荒江衝石爛成沙。春聲撩耳鳥啼樹，紅雨滿身僧折花。」《台州遇友》云：「我自游山非訪舊，舊人都共好山來。想因緣法兼三世，還要今生見一回。」《宿五溪有懷一葦上人》云：「語妙直教花欲笑，詩成常被佛偷看。」《嶺南游》云：「天上送行千里月，客中娱老一船書。」又云：「春風替我爲先導，白髮笑人學少年。」《客裏》云：「泊船難得有山處，拄杖忽驚新月生。」《白鹿書院》云：「一松門外張華蓋，五老雲中看讀書。」《悼魚門編修》云：「淮上我留常把盞，山中君有獨眠牀。」又云：「白首同歸空有約，黄壚重醉竟無緣。」《哭蔣心餘太史》云：「應劉並逝空存我，李杜齊名更數誰？」《小雪日香亭弟贈灰鼠裘》云：「着來小試妻孥看，分得餘温手足知。」《留别杭州故人》云：「瀧岡阡上草如茵，歐九時時暗愴情。苦爲他年謀祭掃，誓同鄉里結婚姻。」《阿端》云：「端州生子號端哥，合浦明珠定是他。索我抱常懷裏就，惹人憐爲笑時多。」《入武林城》云：「雖然故土全無屋，且喜殘春尚有花。笑挈姬人住僧舍，不成孤客不成家。」《湖上》云：「飛飛小艇慣穿雲，傍曉招人到夕曛。底事游蜂頻繞槳，兒家衣是藕花熏。」又云：「春宵知是可憐宵，柳下呼舟月下摇。消受水晶宫世界，四更猶有滿湖簫。」《連日》云：「連日稱觴召故人，滄桑往事説津津。歸來我即遼東鶴，何必他年有化身？」《岳王墓》云：「江山也要偉人扶，神化丹青即畫圖。賴有岳于雙少保，人間才覺重西湖。」《見大姊》云：「見面恍疑慈母在，徐行全賴外孫扶。當前共坐人如夢，此後重逢事恐無。」《烟景》云：「天然烟景足清幽，底事齊梁鬧不休。文士鐫碑僧鑿佛，萬山無語一齊愁。」《贈虎丘主人》云：「前樓秋水後樓花，杜牧三生鬢已華。我學山塘好明月，中秋時節到君家。」《題會仙石》云：「作婿山中僅半年，人間滄海變桑田。教儂不敢多時立，生恐歸來也惘然。」《惆悵溪》云：「風吹石洞幾回開，玉几金牀長緑苔。如此人間殊不惡，雙雙何不渡溪來。」《桐江》云：「蘭溪西下水縈回，分付船窗面面開。記取明朝須早起，隔江無數好山來。」又云：「七里瀧邊水竹虛，烟村約略有人居。鷺鷥到此都清絶，不去銜魚看釣魚。」《再題子陵廟》云：「記得當初過富春，翩翩弱冠拜音塵。而今花甲還相訪，也算先生一故人。」《劉霞裳就婚汪氏》云：「昨年遠走天台路，此日真攀玉洞花。從古劉郎爲婿樂，胡麻飯喫女兒家。」《瀟湘》云：「烟波南望楚雲長，蘭槳輕摇十月霜。折取一枝斑竹去，教人知道過瀟湘。」《還山》云：「香雪階前撲面飛，喜從香裏解征衣。老妻指向諸姬笑，不爲梅花尚不歸。」《漁梁道上》云：「山腰逼仄小車停，竹作長籬樹長屏。遠望自家行李過，畫來都是好丹青。」又云：「初笄鑾女髮鬖鬖，折得溪頭花亂簪。一幅布裙紅到老，不知人世有江南。」《遣興》云：「歡場獨静因除酒，閒裏生忙爲著書。」又云：「栽花忙處兒呼飯，夜讀深時妾屏燈。」又云：「有時獨坐還自笑，回憶少年如古人。」《衰年》云：「隨鈔隨摘隨忘記，偏記兒時讀過書。」以上所輯，字字從性海中來，挹其綺麗，漱其餘波，覺筆墨能事之外，復有三神山不可到。

歙方居士子雲僦屋長干，忘情榮利，有賈浪仙、羅昭諫之風。詩憑意造，體物清新。尤工近體，五言如《登潤州城樓》云：「蒼然秋色來，落日上平臺。石勢劃天破，江形折地開。征帆千片雪，驛樹半身苔。欲作登高賦，慚非王粲才。」《出關圖》云：「一斗眼中淚，蒼茫灑暮天。風聲來萬馬，草色斷三邊。旅食聊依水，征程不計年。殘春龍磧上，寒氣尚森然。」《送夏湘人出關》云：「前朝百戰場，極目莽茫茫。山勢盤元氣，湖聲折大荒。雪消三伏雨，風結五更霜。古戍吹笳客，猶能説武皇。」七言如

《邨行》云：「平原雨過變苔痕，古柳風吹半露根。酒幔隔花人問路，漁莊臨水鴨知門。鐘來夕照明邊寺，鳥入春烟淡處邨。他日卜居當此地，陰陰桑柘散雞豚。」《出塞曲》云：「千尋積鐵削芙蓉，知是沙林第幾峰？古柏曾經秦歲月，野人能説漢提封。壁間陰洞藏文豹，天外渾河挂玉龍。聖代年年邊塞静，盡銷兵甲事春農。」《寄友作》云：「隔年先約探花期，又值梅青麥緑時。燕補舊窠生子早，可移新地引孫遲。貧疏杯酒愁腸覺，春入衣緜病骨知。記否去年寒食夜，亂山破驛宿松滋。」《句曲山》云：「芙蓉頂上化人居，扶杖登臨三月初。雙峽束江吞楚蜀，萬峰送雨落淮徐。崖前雲護藏龍洞，壁上仙留倒薤書。聞説石壇明月夜，步虛游戲紙爲驢。」《潤州懷古》云：「燕子磯邊泊野航，感時懷古思茫茫。人鋤北府新生草，江走南朝舊夕陽。千里斷雲天淺碧，一番疏雨柳深黄。幾回欲訪龐公隱，傳説長生藥有方。」《臨江臺》云：「手撫瓊簫上露臺，百年懷抱一時開。松根瘦石如人立，江外濃雲似馬來。花鳥春供行酒興，窮愁天與著書媒。茫茫極目斜陽裏，城堞連空畫角哀。」《仲秋偶作》二首云：「愁到真時酒不靈，媿逢先輩眼常青。風頭初轉舟猶泊，棋子纔抛局未停。身比濕雲難出岫，交同晴雪易忘形。惺惺畢竟誰相惜，籠得仙禽莫翦翎。」其一「野樹花偏占早春，柔腸獨坐轉車輪。美人晚嫁原佳話，才子無官是夙因。書每類珠時在掌，愁常如影不離身。妻孥温語工相慰，得失休憑夢當真。」其二《登大滁山觀雨》云：「高樓突兀瞰山城，百級懸梯逼太清。萬壑雨痕如弩下，半崖雲氣見龍行。此來無復寰中想，他日應深物外情。漠漠塵牆前輩句，幾回披拂認題名。」《紅蓮池館》云：「書堂捲幔見滄浪，獨坐真憐清晝長。沙鳥銜烟投遠樹，水雲拖雨過橫塘。情深但恨花無語，人靜方知竹有香。

自笑年年未歸客，故園辜負薜蘿莊。」《過天福寺》云：「落日沈江破水痕，石梯百級鑿崖根。空山雲與人争路，破寺風隨虎打門。半壁丹青塵漠漠，繞墀松檜雨昏昏。支公鷹馬真神駿，此意何人可細論？」《登永濟寺樓書懷》云：「危樓突兀貼蒼山，捲幔山河一望間。林鳥忽隨霜葉下，江潮自背夕陽還。有涯歲月含愁過，無用文章割愛删。憑眺可憐情作惡，蒲團深羨老僧閒。」《杜門》云：「雨過莓苔綴碧錢，杜門清晝抵長年。聞聲風笛如相慕，顧影池花若自憐。市近聊依棋局隱，才疏擬托酒名傳。今生何必求丹藥，但有樓居即是仙。」《獨立》云：「花甎點點碧苔新，空苑清晨獨立身。連磴竹陰深見鶴，垂廊簾影暗疑人。每生妄想憑佳夢，自取閒愁負好春。記得舊曾攜手處，緑窗梔子爛如銀。」《九日過友人山居》云：「我嬾登高沿俗例，君逢九日閉門居。竹陰連磴宜添鶴，山影沉溪不礙魚。詩續催租人去後，菊開送酒客來初。晴窗對坐徵餻字，藤紙零星倚醉書。」《舟次即目》云：「喜得蓬窗映水洪，閒愁且付酒杯中。潮初出海如雲白，月乍離山抵日紅。處處經秋逢落葉，年年作客笑飛鴻。停舟不是無風便，過大難行與逆同。」絶句如《鑪香》云：「鑪香漠漠裊輕烟，碾得龍團手自煎。不下湘簾待歸燕，風吹花片打琴絃。」《憶隨園梅花》云：「老幹柔枝各報春，鉛華洗盡畫難真。此間花亦修來福，住個神仙作主人。」《步入長干寺見隔院玉蘭》云：「粉妝玉琢素衣裳，拂面風來特地香。不阻游蜂阻詞客，人間無賴是紅牆。」《小庭》云：「小庭三面疊雲根，坐把澆愁酒滿尊。西上斜陽東上月，一般花影有寒温。」《桃花》云：「數株遥隔緑楊津，倦色薦香負好春。早嫁東風非是福，紅顔已作退房人。」《新月》云：「雲際纖纖玉一鈎，清光未夜挂南樓。宛如待字閨中女，知有團圞在後頭。」《題弇山中丞靈巖讀書圖》六首云：「夜靜春山刻漏無，開函常破睡工夫。司更托與溪鐘報，月到亭梅第幾株？」其二「闌干百尺樹梢頭，風定湘簾半下鈎。引得游人齊指點，狀元昔日讀書樓。」其三「他日公如賦《遂初》，宛然謝傅石城居。花前絲竹燈前酒，只比東山多異書。」其六其他佳句如《夜泊》云：「雲過月西向，潮來江倒流。」《朝爽閣》云：「暗水不知處，幽禽時一鳴。」《舟次》云：「石爭雙派水，雲鬪兩來風。」《溪行》云：「樹合疑溪斷，舟行似岸移。」《舟中偶作》云：「江聲流客夢，帆影挂春寒。」《獨行》云：「春烟和野色，夜雨變溪聲。」《竹林寺》云：「石氣青樓閣，湖光白古今。」《道中》云：「河冰堪躍馬，風力欲飛人。」《翠微亭晚望》云：「江遠帆如定，風狂石欲飛。」《登金山》云：「萬古不知地，全山如在舟。」《題海鷗曲》云：「青冢埋香留片土，黄河流夢入中原。」《清涼山》云：「高閣紅扶臨磵樹，小亭青受隔江山。」《覆釜山》云：「大江水闊征帆小，曠野沙平去鳥低。」《山邨》云：「斷坂夕陽聞牧笛，小溪秋水響魚叉。」《書感》云：「勝游已被耽書誤，歸興常從望月生。」《春日》云：「花徑紅深初過雨，竹潭碧極欲生烟。」《吴江道中》云：「沙邨苦竹梢無葉，月夜征鴻背有霜。」《正月十五夜》云：「燈燄低知來日雨，梅花遲憶去冬寒。」《秋夜》云：「眠逢獨夜難成夢，人爲多情易感秋。」《石湖舟中》云：「風急忽疑星欲墮，舟移如與月同行。」《西郊》云：「人來背樹亭中坐，山在隔溪原上青。」《題湖上居壁》云：「柴門遮竹不知屋，溪水通江自抱邨。秋圃雨多蔬甲美，田家歲儉酒醅渾。」《西邨曉行》云：「春雨過時千嶂緑，薺花破處一人耕。」《薔薇架》云：「宛似畫堂人睡後，紅衣亂搭繡簾前。」《送吴謙谷北上》云：「雨似春花容易落，人如晴雪最難留。」《夜次吴城舟中》云：「月色送潮來晚浦，艫聲摇夢入春城。」《游觀音門外》云：「松風吹壁送樵笛，梅雨過林涼客衣。」《春日讀書小圃作》云：「松影涼侵棲鳥夢，池光青上酒人衣。」《溪上書懷》云：「客無可意詣人嬾，詩有微疵易稿勤。」《西閣晚眺》云：「幽林語鵲有聲畫，亂石流泉無譜琴。」《王秀夫西閣即事》云：「酒因賒得缾難滿，書爲催成字易訛。」《游觀音門外諸勝處作》云：「原上兩山都抱寺，塢中獨姓自成邨。」《題緑雲軒》云：「向夜月來分半座，有時雲到占空牀。」《小院》云：「開過牡丹春力盡，長齊蕉葉雨聲多。」《水榭夜作》云：「羅衣涼得人無奈，猶爲簫聲立少時。」《登蕉山頂》云：「海上三更生赤日，樓頭一握到青天。」《鎮海樓》云：「急水與天争入海，亂雲隨日共沉山。」《宿邨店》云：「年荒旅店收燈早，邨小居人葺屋低。酒爲驟寒增舊價，壁因新粉禁重題。」《入新安界》云：「野店年荒收市早，故鄉别久見人生。」《落莫》云：「交廣易添離别恨，學荒翻得性靈詩。」《秋夜宿天寧寺》云：「明月定知前代事，疏林自寫暮秋圖。」

武進黄少尹仲則詩超超玄箸，俊句欲仙。其古體如《山鏗》云：「自離小溪來，趨塗又廿里。未覺我行疾，因悦山水美。山非極高水非深，無一直處方耐尋。人家半透白雲塢，嵐翠間染桃花林。是時春殘夏將續，百舌聲枯雨鳩逐。不知身入濃陰間，但覺逢人鬢鬚緑。畫圖此景見亦無，那得便徙全家居。桑麻底用思杜曲，雞犬或者猶秦餘。傳聞此鄉人，十有九作賈。溪山如此不思歸，覓得錢刀亦何補。沙邊少婦來浣衣，穉子自守林間扉。小橋導我入林去，飽飯再逐溪雲飛。」《秋夜曲》云：「蟋蟀啼階葉飄井，秋月還來照人影。錦衾羅幃愁夜長，翠帶瘦斷雙鴛鴦。幽蘭裛露露珠白，零落花香葬花骨。秋深夜冷誰相憐，知君此時眠未眠？」《富陽》云：「曉天曈曈江漠漠，估帆四開估客樂。樟亭飲來酒未消，已在富春城下泊。潮來直浸城根平，城門晝開聞市聲。居人居此亦何好，水色山光餐不了。愁殺沙頭船捕魚，捕得魚多賣錢少。」《白沙嶺》云：「嶺頭過征車，來往日萬計。但碾石成沙，難平山作地。塵頭飛起昏一山，日暮不見飛鳥還。一丘一壑有佳處，何事作山當道路？」《桃源磵》云：「登高心易痒，況茲揺落辰。我行深山中，敗葉如隨人。前峰忽中斷，平野連城闉。人氣此焉聚，上結濛濛塵。誰知我曹樂，迥與太古鄰。寒日隱高嶂，清風動崔垠。更愛佳石浄，皺瘦無輪囷。一坐不忍移，撫之輒生温。遥山萬千疊，何處平吾身？」《偕邵元直游吾谷》云：「此間看山復看楓，谷口敞與平原同。長崖遠障日邊雨，高樹獨揺天半風。側身忽覺軀幹小，挈友況在神仙中。山靈極知我曹樂，留住絶壁殘陽紅。」《歷城道中》云：「北游忽不樂，東來攬齊岱。陸盡燕趙交，水送汶泗會。只有清濟洗，伏流隱支派。亦如古達人，心迹有時晦。群山盡朝岳，敢向不敢背。峨峨靈威丈，揖我青霞外。迓客遣片雲，飛來若車蓋。」《同人登翠螺峰》云：「兹山可游無暇日，三五今始同招攜。草間得路至絶壁，天半有風吹客衣。六朝重鎮一巨石，九派急溜當巉磯。江山我輩不相識，好放硬筆懸崖題。」近體如《題畫》云：「淙淙獨鳴澗，矯矯孤生松。半夜未歸鶴，一聲何處鐘。此時彈緑綺，明月正中峰。髣髴逢僧處，春山第幾重？」《人日登黑窯廠歸集翁學士詩境齋》云：「一放登高目，始知塵海深。天留數峰雪，雲閣半城陰。苑樹春還寂，齋鐘暮已沈。今宵有高會，歸路遶寒岑。」他句如《宿黄山農家》云：「三間茅屋終吾事，一片嶺雲聞此言。」《錢唐舟次》云：「風雪衣單知歲晚，江湖酒病與年深。」《都門秋思》云：「夕陽勸客登樓去，山色將秋繞郭來。」《夜坐示施雪帆》云：「虚傳薊北黄金賤，自別江南白髮新。」

陽湖洪常博稚存詩奇思警句，迥越恒蹊。歌行尤别深寄託，不事塗澤，自然情至。其古體如《山鏗》云：「東行出險常左顧，如夢溪山忽無路。炎天徑有黄葉飛，春水人知白魚數。薜蘿深門帶濕開，頗訝六月喧驚雷。山中往還謝塵軌，日午問誰官長來。」《城東酒樓歌寄黄二錢三楊三趙大孫大》云：「一歲居里傾千壺，兩年爲客償宿逋。城東日日添酒鑪，城西時時出酒徒。城東酒樓一十六，城中少年出相續。酒翁歎息酒嫗愁，可惜少年皆遠游。少年誰最狂，雅數孫與黄。就中錢趙差有檢，結束身手趨吟場。東風吹春入酒樓，當時少年百不憂。三更酣春樓上頭，紅燭光滿樓前洲。酣春達曙那可常，少年送我東急裝。濃雲浮江雨暗海，海風吹人顔面改。離家豈獨無酒筵，太息總無諸少年。出門各歷路萬千，前後差喜皆游燕。酒徒十輩五得官，餘者未免謀飢寒。孫郎苦戀里中樂，昨亦襆被辭江干。青春花滿春谿曲，歸去谿南春酒熟。花枝縱好酒縱醇，我識一城無酒人。春去春復來，春情忽然失。朱顔變蒼顔，黄金鑄不得。君不見少年歸來非昔日，又有城東少年出。」《井陘縣》云：「我行縣東及縣西，百里石田麻麥稀。青山缺處見城郭，楊柳合抱山禽肥。前宵一雨春泉足，水淺石深傷馬腹。停車問路客始愁，却到斜陽盡頭宿。」《由淨慈寺至龍井》云：「離湖始入山，一徑青臯臯。上風殊清淳，花比桑麻少。人家嵐氣重，屋角出青草。馬上人影高，窺林俯巢鳥。宿露紛灑衣，方知出門早。」《薄暮至湖上小飲》云：「行人乍離山，山色已如夢。回聽南屏鐘，暝烟數聲送。薄寒中單衣，醲醁喜盈甕。漁人蓄魚處，引水漸成衖。雙鯉欲飛時，全湖緑俱動。」他句如《歲歉》云：「母病逋師俸，兒長著父衣。」《訪從母山中》云：「亂山開徑遠，秋月閉門多。」《皋陶祠》云：「兩朝天屢薦，三殺帝無功。」《山居》云：「雷穿石壁都成窟，雨挾溪魚欲上天。」《嵩山》云：「四面各萬里，茲山天當中。赤日照上方，正如心在胸。」意匠師心，闇與古合。

常博好奇太過，詩膽一身。有調以詩者云：「白兔隨風飛上天，黃狗一去三千年。」覽者絶倒。然少陵云：「語不驚人死不休。」常博有焉。真雞群之立鵠、馬群之汗血也。庸庸者何足以知之。

毛海客明府詩才清俊，下筆不休。其婦某氏亦嫺韵語。合巹之夕，海客有句云：「他日紅閨添韵事，鏡臺前拜女門生。」婦曰：「詩未允也，盍易『女門生』爲『女先生』耶？」一時艷稱之。

滁州張仲子名葆光，著《竹軒詩鈔》。其五言如《懷人》云：「江閣夜來冷，孤衾夢裏家。故人應悵望，芳草滿天涯。」《釣魚灣》云：「日出水光動，魚游如在空。漁人不知處，舟繫落花中。」《長干曲》云：「何許似儂愁，長江日夜流。采蓮人去盡，猶自立汀洲。」《懷人》云：「美人隔千里，春風生暮愁。懸知明月好，不敢倚高樓。」《晚步西溪》云：「斷霞沈野色，春水上雲根。」《訪高山人》云：「門臨疏柳岸，犬吠隔溪人。」七言如《久旱》云：「旱風刮地草根起，屋茅散入黃雲裏，溪中飛塵井見底。一井有水聞百村，村村争汲井水渾。四更汲井人出門，盗賊入室驅雞豚。」《無題》云：「翠衾獨自怯春寒，挂上簾鈎坐夜闌。若是天公憐别苦，莫教明月更團圞。」又云：「情塵直與天無際，都付人間薄命人。」又云：「翠羽一聲山月墮，落花如雨夜如何？」《楊花》云：「有情亦是流離客，無著翻成自在天。」又云：「曲闌過雨鷺初見，深院無風亦自飛。」《懷友》云：「無多知己頻傷别，如此風光獨倚闌。」《寄葛菱溪》

云：「三春客思燈前雨，九曲河聲夢裏家。」《秦淮泛舟》云：「別渚乍晴三月雨，推篷無限六朝山。」《寄于書巖》云：「驛路斷雲新雁度，楚天涼雨故人稀。」一種古情艷思，逼真張、王樂府，不減大曆風神。

陽湖孫季逑比部，俶儻通才，思敏詞贍。其詩如《宿江上》云：「朝行空山邊，暮宿空山裏。江頭一痕山，日入化烟水。波心月出天蕩摇，欲上不上知天高。大魚歕沙作飛雨，白鳥上樹如驚濤。櫓聲咿啞雜鳴雁，人語銜寒不能辨。穿蘆燈影集萬條，接舵水紋明一綫。杳杳漁歌入夢稀，歌殘夢斷將何之？舟人摇客夢中去，魂在横江醉吟處。」《聞鵑曲》云：「月眉顰烟星泣露，蜀魄叫天天欲曙。呼客不歸春竟歸，亂踏花枝覓花處。花落花開半夜風，吹聲墮水忽在空。可憐濃緑一千樹，血今化碧啼不紅。錦石清江劍門雨，欲歸不歸當遠舉。勸君莫學好語言，白玉雕籠閉鸚鵡。」他句如《揚州》云：「紅燭照顔年少去，碧山回首昔游非。」《有作》云：「交到忘年惟北海，飲能十日共平原。」又云：「家無長俸能容鶴，車有連鑣爲載書。」《月影》云：「一度落如人小別，暫時圓比夢難成。」《病婦吟》云：「眉痕偏覺瘦來濃，指爪都從病中長。」有《雨粟樓詩草》，爲時傳誦。

近時閨秀中嫻於吟咏者，如全椒汪桑根中翰之婦郭氏芬，字芝田，有《望雲閣吟草》。記其《咏蟬》云：「蕭蕭鬢影看如許，不到秋來已可憐。」又《卞園晚矚》云：「野樹易秋色，山家宜夕陽。」閨中之王孟也。

又灤州蔡太守之恭人張氏，桐城相國女孫。家南池客山海關，游太守署中。時賓僚文讌，以「玉簪花」爲題。恭人垂簾拈韵，少頃，一紙傳出，有「落枕無聲但有香」之句，坐客皆閣筆。恭人母夫人某氏《嫁女》詩云：「紫綬金章稱命婦，從今卸却女兒妝。」亦佳。

又毘陵孫季逑比部之婦王采薇，字玉瑛，才慧早世，所著有《長離閣集》。其《記夢》詩云：「銀河珊珊瀉聲小，手弄白雲天下曉。」《三月三日》云：「吹夢夜風先到樹，弄愁寒雨不妨花。」《七夕悼姊》云：「愁年不共生年短，死日方知別日佳。」

攝漢陽尉家南池居士鵬，如皋人。其詩如《武昌登黃鶴樓望鸚鵡洲》云：「此地登樓意渺然，羽人詞客至今傳。才難入俗偏遭妬，詩但能工亦可仙。終古浮雲當落日，春來芳草又含烟。題鸚跨鶴渾多事，不及眠鷗江水邊。」《送陳寄吾別駕回保陽任》云：「此別更難約，歸裝貧可知。囊輕留鶴俸，案積看山詩。彼土歌來暮，斯民願去遲。那堪故人意，風雪黯將離。」《閱都中友人詩草》云：「虎觀分輝夜直辰，退朝迎謁滿車塵。如何篋裏琳瑯句，一字曾無及故人。」《姚晴巒書齋對菊》云：「一度逢君一放歌，西風消息近如何？能經霜色何妨晚，但有秋光不在多。」他句如《桃花》云：「無言似此還遭妬，薄命何須更乞憐。」《贈周南溪》云：「但得酒杯休放手，若當風月且高歌。」《贈人》云：「公子才高忘貴介，書生命薄等紅顏。」《懷家日巖兄涿州》云：「畫圖消歲月，詞賦老風塵。」《九日》云：「故里風光三歲別，舊游懷抱幾人同。」《東風》云：「東風只愛開桃李，不管梅花開不開。」皆深婉有味。又精於行草書，豪飲盡數斗不醉。其《春日遣興》詩云：「空將詞賦負韶華，賣字錢來付酒家。」可以見其風致矣。中丞惠公愛其才，留幕下，題其《豪飲讀莊圖》云：「便便大腹興何豪，醉墨淋漓染敝袍。一卷《南華》一杯酒，不須痛飲讀《離騷》。」南池故佳士，而中丞風流蘊藉，款接僚佐，真復不減「老子南樓」也。僕續題云：「南池居士蔚吾宗，早年氣壓三江東。飲酒一石不得醉，撑腸萬卷都成空。《離騷》、《漢書》糟粕耳，滋味《南華》澹如水。四十頭顱何所求，百年長作逍遥游。逍遥游，無不可。一個莊周一個我，我喪吾兮隱几坐。」又《贈南池居士吴鵬歌》云：「南池有物能作怪，扶摇萬里生雲靄。擘空欲上風力薄，垂翅三江五湖外。鵬乎鵬乎時未逢，鷽鳩相笑榆枋中。會見飛騰六合表，青天濛濛滄海小。」

南池常奉檄抵黄梅，有所密緝，易裝微行，賣卜於市。忽一人於衆中熟視之，謂曰：「君之相不類卜者，得非現任官耶？」南池紿以「失業無聊，謀生到此，官從何來」，其人曰：「明日來。」笑而退。明日仍至其處，其人果來，張手示之，書一聯於掌中云：「尚書閣下吟詩吏，黄鶴樓頭載酒人。」曰：「君風度頗似此否？」詢其姓氏里居，則江右王某，流寓於此久矣，且謂：「家去此不遠，君肯枉顧否？」隨造所居，見徑草簷花，數椽精潔。叩其所以物色之故，曰：「吾不知君也，吾素虔奉乩仙，數日前仙告以某日某官因某事來某處，作何形狀，與汝有見面緣，故特相蹤迹耳。掌中之聯亦昨者所書仙句也。」南池回鄂城以語僕，僕謂世間萬事都有定數，悉屬前緣。仙知南池之來，數也；南池爲仙所知而見王某，緣也。惟仙能知南池也哉？抑南池自有仙骨，南池自知之，又何必仙也而後知南池哉？或曰：仙不能仙，因人而仙。南池能詩，仙故諷以佳句十四言，隱括南池半生出處，便可當南池小傳。

南池居士之尊甫修亭先生，文溥伯叔行也。著《古梅花書屋詩鈔》若干卷。官全椒廣文時，奉委賑災，全活無算。有「飢啼市上兒呼父，露處橋邊弟戀兄」之句，爲士民傳誦，祀於其鄉。南池歷任隨州、天門、漢陽倅，不墜門風。閩中李敬堂光禄贈其之楚集句一聯云：「狂偏無藥解，名豈爲官卑。」不媿爲吾宗月旦矣。

南池《題周紉蘭瀟湘圖》二首云：「洞庭木葉下，瀟湘秋水空。天邊數聲雁，帆挂一江風。」其一「誰將《水經注》，寫入畫圖間。動我歸思急，如逢淮上山。」其二何其神情怊悵也。又《盆菊晚開》詩云：「文圃書林許託根，西風吹瘦老甆盆。未霑雨露花難放，差喜栽培葉尚存。采采良辰虛掃徑，遲遲佳會待移尊。知他晚節須開遍，一樣秋英插帽繁。」以豁達之才跼於下僚，亦可悲已。

滿洲伊耐圃郡伯官方文望，蔚爲國華。所至以儒術飾吏治，每公暇，與諸生圍坐講藝，恂恂有古人風。詩長五古，正始遺音，近體亦從學道中來。如古詩云：「畹蘭溷菅蕭，黄竹偃牆陰。自無轉移權，次然感幽沉。籬鷃得風起，雲鵬積難厚。却羨榆枋樂，無將大翼負。乾鵲爲巢易，拙鳩罕經營。物理有如此，人心胡不平。驅車出東門，還上黄金臺。金臺邈遺迹，霸國多奇材。隗始未敢請，長歌歸去來。」《長官吟》云：「萬物静如水，人心生波瀾。大邑聚訟多，平之在長官。長官無所畏，民頑亦屏氣。長官無所私，民争有止時。」《秋日游間山作》云：「暮秋巖壑冷，蕭然悲客心。紅葉滿山徑，美人思更深。感來拂幽石，孤坐鳴瑶琴。素手揮一曲，清響發空林。悵望碧天際，誰聞山水音？」《京口放舟》云：「解纜出京口，飄然滄海東。人歸千里月，帆飽半江風。薄宦逾中歲，前途任太空。應漸掞舵者，猶有濟川功。」《登處州城即事示某大尹》云：「一麾出守竟何營，憑眺無端感喟生。吏果循良終化俗，民雖椎魯總知耕。天開曉霧山當面，日落炊烟樹滿城。嚮義自來生瘠土，從今試聽管絃聲。」《括蒼山即事》云：「彈丸十邑宰官分，四野誰令挾纊温。山地畸零無定頃，人家三五便成村。清秋露冷猿啼樹，黑夜風號虎到門。好與斯民商富庶，就中俗吏恐難論。」《春晚山寺口占》云：「山鳥聲幽静，山泉味清冽。微風天半陰，杏花落如雪。」《雨晴郊外即事》云：「吏才自昔損年饑，昨日甘霖喜應時。四望平疇青萬隴，耘田人似雁行齊。」《園中杏花已落感賦》云：「紅褪枝稀子漸成，小園寂寞冷鶯聲。殘花落地如飛雪，到了餘妍尚有情。」《重登閭山感賦》句云：「千古此山色，十年幾宦場。」《春郊》云：「春風似翦能裁物，黄犢初肥好勸耕。」又「破寺經年僧亦少，荒城十月草還生」、「網拋柳岸漁舠穩，風静荷塘燕子飛」、「四面青山秋意早，一城紅葉市聲稀」，皆佳句也。

耐圃郡伯長公子繼蓮龕昌，早歲工詩，援筆如宿構。如《康山咏古》云：「屈身亦偶耳，救李豈徒然。高誼成千古，風流屬往賢。草堂新雨後，詩社夕陽邊。不盡登臨意，寒林鎖暮烟。」《病後挈眷之真州阻風作》云：「可是陽侯也愛才，故教留我大江隈。迎船巨浪衝風急，對面驚濤挾雨來。今日有生真是福，平時多病豈爲災。荆妻執手徐相詰，十八年來第一回。」《寒夜》云：「霜高漏點遲，香盡烟絲歇。猶有未眠人，開窗就寒月。」《鴛鴦湖歌》云：「鴛鴦湖水淺且清，鴛鴦湖上鴛鴦生。雙槳送郎過湖去，願郎莫忘此湖名。」《壽隨園太史》云：「六代青山齊揖客，一時紅粉競投詩。」《湖樓夜坐》云：「卧聽艣聲窗外過，遥看燈影樹間來。」《烟雨樓》云：「遠水碧浮市，斜陽紅過橋。」

蓮龕見僕《南野堂集》，遂相定交，歡若平生。喜誦僕《秋夜》詩「更無人到處，祇有月來時」，以爲文外獨絶。所作《早梅》詩，即用此二句續成之。詩云：「一朵先偷放，春風知未知。更無人到處，祇有月來時。暖意回深谷，寒香逗故枝。去年驢背上，曾此獨尋詩。」

山東伊瀞亭中丞，耐圃郡伯從兄也。邃於浄理，學佛慈悲，愛民惻隱。詩多悟後之言。僕從蓮龕處録得一首云：「一龕深坐絶喧譁，棨戟門同處士家。好鳥不知人入定，春波偏引客登槎。緑陰乍滿歸仙鹿，紅雨無聲濕杏花。差幸退衙公事少，小窗容我讀《南華》。」蓮龕亦能了悟一切，其附作詩云：「茫茫彼岸喜初登，覺路冥超最上層。明鏡自應空色相，圓珠何處有圭棱？未通慧業三千卷，已破塵關幾萬層。莫訝知幾儂太早，此身原是再來僧。」居恒茹素焚香，蓋竹林衣鉢，神喻於微矣。

蓮龕之弟汝毓，聰穎絶倫，髫年《咏燈影》云：「夜剔銀釭坐，蕭然斗室中。隔窗見人影，如豆一燈紅。」《送友人入皖》云：「攜手不忍别，問君何時回。桃花三月暮，燕子一同來。」《園梅》句云：「生小不知離别恨，隔牆何處笛吹風。」《秋蝶》云：「憶爾江南好時節，慣隨人去賣花天。」

比檢篋中，得蓮龕詩二首，喜其吐詞清警，字字從性坎中來。其一《送陳曼生歸武林》云：「孤艇載殘夢，春風遲客歸。西泠回首處，梅雪一同飛。」其二《咏老兵》云：「戰袍脱處瘢猶痛，長劍看來膽尚孤。喜得太平歸故里，槍頭容挂酒葫蘆。」時蓮龕回京邸，録其詩，彌深懷念。

滿洲鐵冶亭侍郎詩有别才，精鋭之至，筆可洞鐵。如《讀楊鐵崖》詩云：「歸全堂冷鎖秋旻，抗節猶傳却輦塵。一代臣心羞客婦，兩朝王迹係詩人。鳳琶絶響烟波古，鐵笛聲殘歲月新。老去子陵垂釣後，高風千載接遺民。」他句如「石形參魅影，虎目誤村燈」、「白雲擁樹洞長黑，紅葉滿山峰更青」、「對面馬隨飛鳥没，上山人帶斷雲來」、「草深僻路客談虎，日暮遠山人牧羊」，奇景天開，刻劃如畫。

真州施鐵如先生論詩，以温柔敦厚爲宗，好盡貪多爲累，真探本之説。得其解者，蓋亦寡矣。抑近今所稱能者，考據博辯，動輒百韻五十韻，了無餘味，謂之無詩也可。先生詩如《過峨嵋院》云：「流水不可住，孤雲行未還。峨嵋院中月，已照江南山。理自獨游悟，心隨清夜閒。何時結茅屋，相對一開顔。」《江上春夜》云：「吴雲澹欲落，明月孤舟開。江上碧流轉，南朝春色來。」《得家兄書因述其意》云：「分手憶前日，到家多苦辛。老親無别語，先問未歸人。」《琵琶》云：「琵琶絃急調逾清，彈作《關山》久别情。借問黄河東去水，幾時流盡斷腸聲。」《漫興》云：「問訊白沙江水隈，江村亭子昨春開。深林無路忽舟過，隔岸有山迎客來。酒盞百花香未散，鰣魚三月市相催。即今羈客歸何日，感慨臨風首重回。」其一「京華款段行游日，知己天涯有向禽。白塔寺聞鐘渺渺，黑窑廠見樹森森。中原塵土淹儒服，落月江河照古琴。欲采芙蓉貽遠道，塞門賓雁阻清音。」其二他句如《寄弟》云：「爲學壯多累，持家貧更難。」《邵伯埭》云：「水中生白屋，木杪接行魚。」《畫閣》云：「月華依水濕，春色捲簾多。」《不寐》云：「囊空銷壯志，平世受凡材。」《酬友人》云：「吾輩宜居下，中年悔好奇。」《咏蟬》云：「江上吾多感，秋來爾亦寒。」《咏促織》云：「居卑依野草，訢久待晨星。」《秋懷》云：「竟使年華沉藥裹，未應勳業付漁磯。」《即事》云：「委蛇歲月羞言禄，寂寞功名稱不材。」又云：「故里月明驚旅夢，老親書到問歸期。」《塞外》云：「天上風來高白塔，馬頭星動小黄河。」《登淮安城頭》云：「但倚一堤爲鐵壁，直將百雉捧鮫宫。」《漫題》云：「杯酒良時隨分有，文章終古幾人傳。」《宿遷弔古》云：「異代浮雲屯老樹，大河飛雨見危旌。」官宗人府，卒於湖北學使任。伊郡伯句：「空餘詩派傾江左，無復薪傳到浙東。」郡伯蓋受業於先生者也。

鐵如先生自定其稿，「江上碧山轉，南朝春色來」一首業已删去。伊郡伯寓書先生，深歎此十字語妙，何以不存？先生乃復收録集中。詩人無定見，賴苦心弟子商搉以傳，可感也。

又先生論詩，謂桐江高風，百世景仰，不仕深意，未易窺尋，後人訾議光武，遠於事情，惟唐權文公詩云：「心靈棲顥元，纓冕猶緇塵。不樂禁中卧，却歸江上村。潛驅東漢風，日使薄者淳。焉用佐天下，持此報故人。」論世尚友，其庶幾乎？僕《桐江歸棹過釣臺懷古》云：「又見高臺月色新，水流花發漢時春。先生無意輕當世，天子有情重故人。磻上暮年還奮迹，淮陰末路未全身。輸他便著羊裘老，萬古江山一釣綸。」祖此意也。

滿洲高文良公著《味和堂詩集》，雄健光芒，凌韓鑠杜。如《諸葛武侯墓》云：「長繩若繫飛星住，隻手終移舊鼎還。」《劍門》云：「無人戰鬼啼清晝，不夜於菟到驛門。」《褒城》云：「江生新水魚龍喜，草滿荒城雉兔肥。」《雜感》云：「寒儉文章慙象管，黑甜滋味泥桃笙。」又云：「赤羽射生隨夜火，黃門飛鞚趣朝餐。」「拜塵車下多名士，行馬門前斷舊人。」「詩外更無餘事業，酒邊時作小淹留。」《征南》云：「朱旗颭地親麾陣，鑾甲如山坐受降。」又云：「身當方岳爲霖雨，手挽天河洗甲兵。」《懷柔早發》云：「萬車争隘雷霆鬬，一校當關虎豹屯。」《佛山》云：「聊傳面壁無言教，却現觀河不壞身。」《射堂》云：「冠飄孔翠天風細，衣染鵞黃御氣濃。」《立秋日夜坐》云：「辭家見月經三度，出塞逢秋第一回。」《客懷》云：「晴空黑上盤鵰影，低草腥留過虎痕。」《立秋日》云：「幾縷雁行横度磧，十分弓力勁添秋。」《村行》云：「芳草嫩添黃犢飯，東風吹暖白翎聲。」

僕所居南野堂，辱當世名公韵士以詩投贈及題咏甚多，顏其室曰「詩洞天」。如崔曼亭觀察《古風》云：「澹川先生天下士，當我之世乃有此。方駕曹劉僕命《騷》，寥寥今古空餘子。關中四塞我舊游，羌雁不先良足耻。誦君昔日錦囊句，根觸前塵魂夢裏。太華高高不可留，一杯東指滄溟水。靈妃神燈照夜來，迴光遠落虚無底。奇人奇事有天幸，風拔危檣出九死。更渡荆湘幾千里，屈指十年相見始。胸羅兵法數十家，談笑熊羆中有恃。識君才名同魯連，對君爽豁無渣滓。忽向軍書雨射中，飛來健筆隨鞭弭。中和樂職感人多，頓洗蠻荒鼓鼙耳。」揚州家梅查翁詩云：「思君歲歲盼君過，寥落蓬門雀可羅。忽漫相逢雙鬢改，那堪遠别十年多。巨靈開闢當胸臆，大海風濤入嘯歌。媿我衰遲才思盡，欲聞讜論奈聾何？」桐鄉馮星實鴻臚詩云：「青衫舊侶憶茫然，遲識詩人四十年。慣作諸侯老賓客，真爲平地散神仙。壯觀山海追千古，嘯咏鸞凰下九天。聞道登樓鄉思切，白頭嬾賦《帝京篇》。」錢唐陳譜香文杰詩云：「馬首秦關雪，樓船大海風。平生奇絶處，都在此編中。草檄驚戎幕，横刀揖上公。歸來更誰識，江上老漁翁。」陳曼生鴻壽詩云：「長嘯華山頂，吟詩碧海秋。步兵餘白眼，從事有青州。草長柴門遠，花開野水流。相看不知老，爛醉更何求？」同里陸蒔梅琇瑩詩云：「一嘯此天地，歸來江上舟。不隨黄鶴去，曾被白雲留。狂興高千古，詩名壓九州。飄飄有仙骨，何處著窮愁？」朱友鶴邦經詩云：「關山戎馬易離群，一劍相隨氣似雲。畫舫飛觴樊口月，羽書磨盾武昌軍。中年有恨無如我，四海何人不識君。憑乞金丹换凡骨，歸來快讀愈風文。」褚菘塍長春詩云：「屈指從戎汗漫游，八閩三楚十年留。紅番膽落陳琳檄，黄鶴詩題崔顥樓。依舊輕裝歸越棹，相逢爛醉脱吴鈎。風清月白心期在，長嘯一聲天地秋。」其一「瓜田菜圃好幽棲，白露如珠香稻齊。乘興釣船村近遠，有時策杖徑東西。門開慣送灘邊鴨，客到惟聞竹裏雞。南野成都共千古，草堂便是浣花谿。」其二又與僕論詩，口贈云：「近來海內論詩派，不數倉山即弇山。更有布衣天下士，獨能鼎足二公間。壯游嵩華心猶在，垂釣江湖鬢未斑。欲采琅玕飯芝草，肯將仙骨老塵寰？」黃芥舟灝詩云：「天涯到處有逢迎，不願身邀麟閣名。走馬文章老枚叔，上書帷幄倦虞卿。五湖別去鶯花寂，一舸歸來蓑笠輕。曾識詞壇飛將在，寸心千古獨相傾。」馬淡于汾詩云：「秦關閩海楚江頭，歲月星霜老敝裘。名士風流一枝筆，天涯披寫獨登樓。杜陵戎馬雄才出，李白山川傑句收。到處公侯肯低首，只今欬唾已千秋。」其一「心是蓮花品是梅，昔年總角記追陪。久拋故國青山好，纔借仙人黃鶴回。鸚鵡賦傳三楚稿，珊瑚網貯九州才。恰看南野堂開處，多少詞人載酒來。」其二李香子富孫詩云：「翩翩戎幕佐奇謀，萬里歸來未白頭。海內群推一名士，座中傾動五諸侯。揚鞭橫槊心猶壯，抵掌銜杯語更遒。正喜息機共還往，南湖烟月晚涼秋。」家廷長承慶詩云：「清才無敵吾宗老，脱口詩篇萬手鈔。名士到門爭下拜，上公折節遍論交。青衫湖海游方倦，白髮田園夢未拋。從此竹林多快事，問奇長許叩衡茅。」丁小鶴子復詩云：「之子柴門遠，秋風引碧蘿。客來車馬少，詩入性情多。鬢髮半霜點，平生空劍磨。高歌屬千古，把酒意如何？」家榕園寧詩云：「脱身戎馬地，一笑返烟蘿。屋補秋林缺，詩兼落葉多。當杯心慨慷，看劍手摩挱。復此出門去，風塵奈老何？」滿洲繼昌蓮龕詩云：「黃金爭聘老書生，佳話曾傳細柳營。橫劍雞籠秋草檄，懸燈虎帳夜談兵。笛從泛海槎頭弄，詩半看山馬上成。試數昔年豪放事，猶堪助我醉千觥。」其一「新篇一字一珍珠，總角才名動宿儒。狂擬青蓮縱詩酒，笑騎黃鶴走江湖。浮生閲世心逾淡，遲暮還家鬢尚烏。剩有千秋毛鄭筆，獨開生面網珊瑚。」其二「避喧如虎樂江鄉，僦得城隅舊草堂。繞徑一灣湖水碧，開門十里稻花香。招邀東郭聽秋雨，吟眺南樓話夕陽。肝膽天涯同豁露，交深文字最難忘。」其三驪泉王崇本詩云：「浮查滄海外，策蹇萬山中。閲世無難事，平生見此翁。裝留磨盾墨，歸理釣魚筩。坐覺飛騰意，絲絲滿鬢風。」秦小峴觀察詩云：「延陵天下士，歸自鹿門山。作客襄漢上，脱身戎馬間。誦君冰雪句，媿我鬢毛斑。相見恨已晚，清秋破旅顔。」

南野堂筆記卷四

檇李吴文溥澹川撰
古歙方正澍子雲定

茹素之説，儒者弗尚，然戒殺自能種德，茹素亦實在有味。養生家謂一切蔬菜，細嚼之皆足以滋潤臟腑，絶勝肥醲腐腸也。蘇長公《撷菜詩自序》云：「吾借王參軍地，種菜不及半畝，而吾與過子終年飽菜。夜半飲醉，無以解酒，輒撷菜煮之。味含土膏，氣飽風露，雖粱肉不能過也。人生須底物而更貪耶？」詩云：「秋來霜露滿東園，蘆菔生兒芥有孫。我與何曾同一飽，不知何苦食雞豚。」僕在海東書院有句云：「蘆菔切酥匏爛蒸，薑紅芥緑餐有加。門生螃蟹何必議，腐儒齏糲真堪誇。」又《在金陵食瓢兒菜》云：「滑於蓴菜嫩於菘，淡泊中含滋味豐。爲爾忘歸煩地主，轉思求益累園公。」近家穀人太史《冬菜》詩備詳方法，江鄉風味，令人流涎。詩云：「旨蓄三冬記，園官供可能。薦辛盤奠未，抽甲雨中曾。液引渠流注，肥經土氣蒸。青蟲饑食葉，黄蝶瘦穿塍。好藉濃霜壓，全憑夕照登。多情成把送，求益足斤稱。擇地攤千本，當風挂一繩。甕材隨處覓，鹽價應時增。丁例埋塵窖，清饞出酒燈。咬根宜我輩，食淡比山僧。美味甘於肉，寒聲脆似冰。茅檐逢歲晚，此色正須矜。」

長洲孫香泉明經，名雲桂，著《戒殺文》云：「西方氏之大戒曰殺，吾請舉儒道而證之：天惡殺，曰『陰常居大冬而積於空虚不用之地』；地惡殺，曰『厚德載物』；鬼神惡殺，曰『福善禍淫』。而未也，古帝王有之：堯惡殺，曰『鳥獸孳尾』；舜惡殺，曰『疇若余上下草木鳥獸』；禹惡殺，曰『驅蛇龍而放之菹』；湯惡殺，曰『欲左者左，欲右者右』；文王惡殺，曰『吁嗟乎騶虞』。而末也，古先師亦有之：周公惡殺，曰『驅虎豹犀象而遠之』；孔子惡殺，曰『君賜生，必畜之』；孟子惡殺，曰『見其生，不忍見其死』；周子惡殺，曰『觀天地生物氣象』；張子惡殺，曰『物吾與也』。其他百家所載，莫可殫述。人爲萬物靈，靈以心耳。心之所以靈，靈於仁耳。心心習殺，殺心馴熟，而善端牿；心心戒殺，悲心馴熟，而善氣充。夫生一物而吾心與之俱生，死一物而吾心與之俱死。然則戒殺云者，獨愛物乎哉？正愛吾心之天也。且天以氣化生萬物，人亦一物也。推賦秉有獨全，故靈明有獨異。業以生人生物之理全受之天，乃不能爲天育萬物，獨忍爲天戕萬物乎？既翹然爲萬物之長，顧又悍然爲萬物之蠹乎？天生之，我死之；天愛我以生，我賊物以死。物不敢怒，而天怒之；天怒之，而鬼神必禍之。嗚呼，亦危矣哉！夫天之大德曰『生』，夫子之大道曰『恕』。殺之非生，明矣！己欲壽，己之父母欲壽，己之妻子欲壽，而物獨由我而使之不壽，恕也乎哉？士君子不學佛可也，不學聖可乎？試窺兩大、考六經，而荒言非創矣！」其辭深切著明，附録於此，爲世俗勸懋自箴也。苟具人理、存惻隱者，有不怛焉動於其中者乎？

香泉外和内介，篤於倫紀，古文撰述殊富，詩多見道之言，藹然儒者。其五言如《偕六峰坐流水禪居》云：「客來聊命酒，酒罷叩松關。塵夢不到處，繞門流水閒。空堂餘古衲，飛雨失遥山。有會楞伽旨，翛然獨自還。」《題洪卷施寒檠永慕圖》云：「母曰兒勤學，兒言母我師。耐寒燈照讀，失路鬢成絲。

冰雪留題日，松楸永慕年。恐君腸寸斷，不敢問從前。」《菊花》云：「豈是柴桑種，疏籬正傲霜。自全秋晚節，獨帶晉時妝。」七言如《中秋河上望月》云：「露華洗浄淡雲收，萬里天香處處流。故國共看今夜月，離人偏戀去年秋。鐘沈寺北難成夢，雁到江南爲寄愁。迴憶慈闈雙白鬢，夜深猶自倚層樓。」《贈毛海客》云：「十年舊雨本情親，一笑同驚捧檄人。世謂功名例丞簿，我憐豪客落風塵。才因困頓藏芒角，詩助江山動鬼神。手板脚韡君莫憾，依劉還有布衣身。」《贈永州太守王蓬心》云：「柳柳州餘繼此君，愚溪天許狎鷗群。一官似鶴初離岫，十指如山易出雲。醉後陶情滁太守，畫中詩句鮑參軍。風騷恰向尊前合，泥飲休辭到夜分。」《臨行送靈巖尚書展覲》云：「述職趨朝拂路塵，所瞻雲日帝城春。大名世邁文昌運，纘祖功崇弼亮臣。三歲晨昏容我去，兩湖疾苦望公陳。宗門敢效尋常祝，珍重蒼生託命身。」《舟行雜興》十首云：「沙平草淺柳痕齊，新漲如油正拍堤。天氣放晴雲活潑，風聲作勢浪高低。村因日落漁莊閉，樹爲烟濃鳥道迷。忽地香林清磬動，前灣知有古招提。」其二「萬柳絲絲帶纜牽，船窗小倚隱囊眠。岸移略似蛇趨壑，雲起還疑石補天。水枕徘徊成夢易，醉鄉渾沌覺神全。此生信有烟霞癖，到處溪山結勝緣。」其三「遥林潑翠野雲昏，處處江南烟雨痕。釣艇半依紅蓼岸，人家全住緑楊村。衣裁小婦知絲熟，顏醉衰翁覺酒温。雞犬閒閒無一事，陪他笑語倚柴門。」其五「暫與沙洲魚鳥親，居然也作薜蘿身。雲如不定天涯客，山似無言太古民。烟起迷濛林乍遠，風恬熨貼浪初匀。輪他四季江湖樂，三尺垂垂老釣綸。」其六《平山堂懷古》云：「載月傳花邈勝游，風流若個許同儔？杭州蘇共蘇州白，合伴揚州太守歐。」《館餐》云：「館餐慚媿萬錢餘，有客停杯意悵如。記得鱸鄉風味好，拋他來食武昌魚。」其他句如《梅花》云：「影留一片太古雪，冷浸半溪何處雲。」《黄鶴樓》云：「幾輩有詩題歲月，何人不負此江山？」《冬夜不寐》云：「此夜白頭人不寐，憶兒淚與憶孃同。」《曉發》云：「敝裘似鐵霜初下，殘夢如烟雞亂啼。」《除夕》云：「慣向天涯逢此夕，劇憐身世幾今宵。」《答廉船》云：「萬死戰場看月色，隻身瘴地聽秋聲。」《贈王蓬心》云：「畫疑北苑重逢日，人憶東方小謫年。」《送春》云：「行蹤漂泊看如許，歸計輪他在客先。」《贈張冠卿》云：「爾我春暉同未報，眠餐努力此天涯。」《庚戌除夕》云：「梅如處子知春淺，雪到殘年代月明。」《初夏即事》云：「絮欲漫天春力盡，燕逢隔歲客年深。」皆琅然清圓者也。

偶見錢唐金壽門先生《題瘦馬圖》詩云：「古戰場邊數箭瘢，西風老馬憶桑乾。而今衰草斜陽裏，只作牛羊一例看。」讀之可歎。

周載軒太史自蜀歸九江，重晤於武昌節署。見其扇頭有川東觀察松水王公書《餞别》詩二首，風致絶佳。記其一首云：「除日相逢意藹然，腹腴書卷氣雲烟。言尋山水詩人蹟，住到鶯花倦客天。劍外未經驅筰馬，江干底事喚吴船？從來勝地蘇黄後，無此風流六百年。」觀察，嘉善人，與僕同郡，向未謀面，而心儀久矣。

世傳登州海市望之爲城郭、爲舍宇、爲人物諸幻，云是蜃氣所結。又《岳麓志》載陶侃守長沙，山洞有蟒妖，夜能吐舌爲橋，奮鬣爲仗，樹角爲門，熠目爲炬，其聲能爲人音。每歲七月望夕，飛瞰樓上，羽流以爲真仙接引，以一人齋沐，俟昇，其徒相率拜送。侃至期觀之，引弓射中其炬，炬滅，灑血如雨。

旦迹之，巨蟒𧍢洞中，剖其腹，皆羽冠人骨。是知山海隩區，奇奇怪怪之類並能孕氣成形，嘘空結狀。竊意如海外三神山、碧城十二樓、武彝幔亭、漢皋戲珠，及昔人所覩龍君龍女、靈虚之宫、金堂芝草、仙真之宅，皆蜃樓、蟒炬比耳。又如乘龍驂鸞、控鶴馭處、羽化沖霄之士，見諸傳記者不一而足，得非皆爲妖神所攝，如韓子《謝自然詩》所云「噫乎彼寒女，永托異物群」耶？僕有《夢游仙詩》三首云：「珊珊瑣骨鬢猶青，乍可餐霞餌茯苓。真個仙山如夢好，只求長夢不求醒。」其一「漫擬邯鄲道上游，人間富貴不須求。醒來滋味思量著，可有神仙在後頭？」其二「聞説天曹有主持，神仙遭劫亦長辭。幾經碧海生塵日，總算黄粱未熟時。」其三要之同爲人類，總在人寰，凡有異於人道者，皆妖也。其或蘊真老壽至數百歲不死者，必其所禀厚而所養深，乃天人自然之符，豈有變幻沖舉之事耶？僕在涇陽時所見赤脚李翁者，不知其幾何歲矣。與論心性之要，究死生之説，殊有心得。既而南歸，作古詩一首，并序始末，後數聯云：「由來山澤臞，脱略區中緣。禀氣或殊衆，守中良獨堅。神完骨髓足，久耐饑與寒。與物無戾心，混混和其天。豈有不死理，亦在能自全。失性求長生，其愚真可歎。」兹録其《答永中堂手書》，世之好道者可以知其人焉。書云：「乞人浪迹涇干，嬾殘同類，不但岐黄之理素未究心，即老莊之書亦不寓目，惟知飢來出門，食後静坐而已。忽承慕道之誠，問以治病之術。大約養生即長生之方，混俗即脱俗之法。天上神仙之府，人間宰相之家，一而二，二而一者也。必欲閉門辟穀，服藥燒丹，是即道在邇而求諸遠，事在易而反諸難矣。鄙見如是，未審以爲何如？至來京之約，不特野心久戀白雲，抑且老病劇於秋葉，後會有緣，不必相强。」澹川氏曰：「翁介不絶俗，和不累心，養真抱素，以清净爲歸趣焉。其所論説，誠正平易，徒以山林老壽終。士各有志，又烏測其所以然哉？」或曰：翁，明季之隱君子也。是或然矣。

僕少時喜作小賦，記《蒲扇賦》云：「不羽不紈，天然雅素。地則茆舍繩牀，人則籜冠椶屨。墮片月於孤懷，寫涼颸於十步。翦數痕之秋水，飛一尺之春冰。荷蓋擎圓兮柄柄，蕉紋畫界兮層層。爾乃徑訪求羊，門開蔣詡。逍遥披襟，揖讓兼塵。隔座對揮，清言如雨。至若北窗無人，南軒卓午。幽蟬曳枝，孤燕入户。先生在夢，蝶衣栩栩。落手飄然，不知何許。或當倚杖蘭皋，迴舟蓮浦。火雲旁散，月華中吐。脱巾相呼，樵人漁父。灑灑絶俗，落落太古。所以靡離眴涣，瀫洌悠颸。含野韵於琴酌，引新籟於松篁。令人心神朗暢，眉宇清揚。何必御鮫淚之綃，展龍鬚之障，炊瑶池之米，浮玉椀之漿，始足振蒙蘇鬱，解暍招涼也哉？嗟乎！彼澤之蒲，根繁叢積。我取其材，惟用所適。或在車而爲輪，思求賢之令辟；或示辱而爲鞭，思刑措之嘉績；或承足而爲屩，思山林焉匿迹；或薦寢而爲簟，思息偃以終夕。豈若兹扇之閒逸蕭疏，自然標格，熱不因人，煩苛如釋？伊零霜之弱植，雖凋謝亦何惜；幸惠顧而提攜，得沾君之手澤。願奉揚乎清輝，被高風於無斁。」

曩在虎丘，舟中贈歌者王菘兒小賦一首，書便面與之，云：「吴中歌者菘兒，便嬛妙齒，蜿蟺工謳。乃沙棠兮共泛，藥玉兮同浮。甫停觴而揄袂，乍啓輔以舒喉。於時列坐傾心，一聲動色。先奏《緑水》，後歌《白雪》。則見其舉體如仙，當眉若刻。既掩抑其多姿，亦宫商之赴節。不勝幼眇之音，彌著恢炱之質。極勝韵於廣場，攬風流而欲絶。迨夫綺筵散影，華燭凄烟。蘭橈逝矣，繡被杳然。落花無聲，明月自憐。目成余兮忽遠，心悦君兮未言。得同舟兮今夕，思攜手兮何年。嗟乎！聲音之道，感人深矣。昔桓子野每聞清歌，輒唤奈何，況復曲終言别，倍難爲懷，我亦安能作太上忘情哉！」又二絶句云：「紅牙碧玉早春天，凡髻風流最妙年。恰好依人行坐處，山南山北草如烟。」其一「歌喉清切神仙下，舞袖霏微烟霧迴。愁殺娟娟映江月，畫船銜尾一時開。」其二集中不録。

桐溪汪氏兄弟徙居秀水之金陀坊，長根溯名源，次左湖名湄，其季霽堂名濂，皆受業於先君子。霽堂幼慧，尤爲先君子所愛。與僕總角交歡，視同手足。霽堂嘗作《拜月歌》，有「與君月下聯華萼，共祝姮娥鑒此情」之句。又以「初三月」爲酒令，僕先成令云：「初三月，玉一鈎。問何人，挂在柳梢頭。」霽堂云：「初三月，似指爪。半彎兒，掐破青雲表。」僕續令云：「初三月，影纖纖。學姮娥，眉樣兩頭尖。」霽堂亦續云：「初三月，未分明。想佳人，睡起眼纔醒。」相與大笑，不能復續矣。時共習帖括，夜各就牀讀《文選》，兩年無間。霽堂又耽於二氏之書，晨起輒手抄《多心經》，竟卷乃啓扉。其後根溯先卒，霽堂亦久辭世，今惟左湖在耳。根溯之子亦夭，有孫。霽堂無子，有女。左湖近僦屋城隍，其子寄食於其從弟小海之家虎林者十餘年矣，貧可知也。僕《悼汪五濂》云：「丱角憐君最寧馨，十年同學媿趨庭。夜深擁被讀《文選》，早起焚香書道經。筆硯弟兄深刻骨，酒杯爾汝痛忘形。此情此景如昨日，春去春來墓草青。」《過汪四湄城隍破屋書感》云：「昔時兄弟惟君在，今日友朋獨我來。大厦已更他燕雀，小扉深閉自莓苔。都因寄食兒童瘦，各爲勞生鬢鬢摧。回首金陀讀書處，生存零落總堪哀。」小海名淮，詩格雋逸，與僕亦撫塵之好也。舊有《秋江歌》一首送其歸虎林云云，見《吴涇草》。

桐溪朱春橋明經丈名方藹，詩才清妙，藹如其人，畫擅梅花，惟聞香氣。移居我里之雙溪，顔其室曰「小山居」。與僕晨夕過從，僕贈丈詩有「桐影初流月，琴聲不見人」之句。每一篇成，丈輒嗟賞久之，蓋與僕有同趣也。嘗泛舟桐溪，與丈同在其甥金鄂巖比部家之桐華館中消夏，旬日而返。鄂巖名德輿，好客，工詞翰，風神玉立，所弆金石墨刻、名人手蹟最富。其友禦兒方蘭坻處士名薰，畫臻神品，詩長古風。坐中尚有遠來名士數人，一時風流佳會，賓主東南，都不作常語。忽忽數年，後復來桐溪，則丈化去，處士病，比部貧不能之官，僕亦倦游就衰也。因寄五律詩二首云：「東野孤傲骨，西曹恬退心。與余交有素，論古意殊深。見月思華燭，因風寄玉琴。久辜文酒會，重惜鬢毛侵。」其一「曾共小山叟，經過就閣眠。桐華避暑處，荷葉早涼天。契闊勞生事，風流記往年。只今載書畫，應少米家船。」其二又寄七律詩一首云：「吟詩讀畫兩相歡，有美東南并二難。處士避喧如避虎，主人求友勝求官。離筵竹葉腸先斷，高館桐華夢未闌。每枉佳書酬惡札，把余詩當白鷺看。」蓋二子書法雙妙，僕輒以小札先之，博其數行書也。丈有令子二人：長吟陔廣文，名鴻愷；次心畬明經，名鴻盛。並有俊才。心畬早卒。

僕寓吴門毛氏，與主人訥菴、榕坪昆仲、戴虚谷妹倩酒間聯吟射覆，無所不爲。共集曲牌名，押韵成文，記其二十餘條云：「金瓏璁，步蟾宫。三學士，喜相逢。」「玉芙蓉，紅芍藥。真珠簾，金絡索。」「黄鶯兒，粉蝶兒。園林好，賞花時。」「迎仙客，賀新郎。銷金帳，桂枝香。」「踏莎行，駐馬聽。意不盡，囀林鶯。」「香柳娘，步步嬌。醉扶歸，月兒高。」「縷縷金，亭前柳。賞花時，沽美酒。」「好姐姐，賽觀音。

五供養，稱人心。」「園林好，雙蝴蝶。浪裏來，雙鸂鶒。」「秋夜月，桂枝香。步蟾宮，舞霓裳。」「金梧桐，玉芙蓉。孤飛雁，一江風。」「謁金門，三學士。五更轉，朝天子。」「玉樓春，錦衣香。杯傾琥珀，月上海棠。」「逍遥樂，絳都春。阮郎歸，桃源憶故人。」「千秋歲，玩仙燈。普天樂，醉太平。賀聖朝，感皇恩。」「海棠春，似娘兒。傍妝臺，意遲遲。點絳唇，嬾畫眉。」「雁過沙，川撥棹。秋夜月，收江釣。醉太平，漁家傲。脱布衫，金雞叫。」「真珠簾，一翦梅，疏影。銷金帳，駡王郎，薄倖。」「牧羊關，雁兒落，四邊静，霜天曉角。」「擣練子，絡絲娘。繇搭絮，鍼線箱。一片錦，九迴腸。」「一封書，字字錦。望江南，意不盡。」後有詩寄毛氏昆仲及戴經三首云云，蓋憶之甚深也。

徐閬齋孝廉嵩，崑山健庵司寇後人。司寇藏書處曰傳是樓，身後無貲産，子孫散居他所，故閬齋依外家，寄籍金匱。其詩不拘一格，能道所歷，善題目佳境。《過天一閣》云：「寥落寒門傳是樓，百年逝水變林丘。虚勞聖主求書詔，無復先臣手澤留。饘粥久荒拋簡册，子孫散處失松楸。國恩數世難圖報，躑躅經過涕泗流。」時開四庫館，上求傳是樓遺書，已先燬矣。其《送錢梅溪黄河歸櫂圖》云：「我留黄河邊，送君黄河口。黄河八月水連天，白日蛟龍挾風走。因君寄信報平安，家有高堂可健餐。春來北望長安去，愁絶天涯行路難。」《杭州留别崔别駕曹呂兩明府何中翰兄弟》云：「我來十日天雨雪，亂夢西湖行不得。此間名士如名山，多半聞名嬾相識。杭州别駕清河崔，遣騎召客飛金罍。錢唐縣中兩仙令，梅花灑落瓊筵開。何家兄弟多相好，衝泥日來破愁惱。約放孤山招鶴船，滿地白雲寒可掃。」《寄袁簡齋太史金陵》云：「金粟青蓮前後身，蓬萊淪謫記揚塵。人誇勝地添詩伯，天許清時作逸民。六代烟雲窗下稿，滿山花月杖頭春。他年擬買青溪棹，來結先生松鶴鄰。」又云：「姓氏真疑前代客，語言妙是一家詩。」又云：「偶思采藥穿雲去，小夢游仙帶鶴還。」又《寄簡齋丈》云：「聞道先生能據鞍，春來還著遠游冠。篋中自補新詩句，湖上重尋舊釣竿。隔歲書期今歲約，老年花當少年看。東山裙屐饒絲竹，多少林泉望謝安。」《贈鮑若洲》云：「松石心期雲鶴姿，幾年不見鬢添絲。長安卿相皆同學，好賦青山招隱詩。」《荷花生日詞》云：「荷花風前暑氣收，荷花蕩口碧波流。荷花今日是生日，郎與妾船開並頭。」又云：「金壇段郎官長清，臨風清唱不勝情。怪郎面似荷花好，郎是荷花生日生。」《晚泊》云：「三尺涼篷漁父家，夕陽西岸淨雲沙。水邊無數野蝴蝶，飛入一溪紅蓼花。」《代簡齋太史答潘校書》云：「八十華顛千里路，後期重訂謝紅妝。餘杭酒熟吾還計，只恐麻姑鬢有霜。」《桃源》云：「石勢連天雲樹新，一條飛澗碧粼粼。曾經親到桃源洞，只見桃花不見人。」《惆悵溪》云：「清泉白石點蒼苔，小洞桃花門不開。我有平生惆悵事，那堪重到此溪來。」《寄楊巡道揆蜀中二首》云：「早獻《長楊》動帝閽，步隨飛將戰龍蕃。碑題大字磨星石，箭涉全軍返玉門。投筆西征思定遠，薦賢東閣待公孫。閒來愛讀英雄傳，尊酒何年與細論。」其一「詩人戎帥兩難逢，三十功成鎮蜀中。此夕懷君隔明月，當年令伯有清風。笠湖丈宦蜀，有聲。江盤古木琴臺緑，花擁春輿劍閣紅。漸覺杜陵傷老大，久判潦倒遠從公。」其二《艷陽曲》云：「何處艷陽晨，秦淮最好春。潮痕百花酒，山色六朝人。香劈鷓鴣碎，詩題蛺蝶新。燭房蟾魄落，猶動繞梁塵。」《過羊祜故里》云：「羊傅祠堂舊，松林驛路新。世途方黨錮，夫子不酖人。裘帶瞻遺像，雞豚罷賽神。有碑堪墮淚，豈獨峴山春？」《新年口號》云：「春酒醉春盤，親知滿座看。新年折新柳，都爲上長安。」《蘿谷》云：「蘿陰連澗户，松葉覆茅廬。對酒一窗小，青山如異書。」《過采石磯》云：「曉發金陵城，揚帆拂采石。雲濤驅萬馬，八月磯頭白。君不見擒虎旌旗半夕陽，謫仙醉月錦袍涼。江山如此争奇出，幾輩詞人百戰場。」《梅花》云：「此花最怕詩格低，未必肯作山人妻。孤山一去向千載，春風冷落西湖西。」《黄山松》云：「入手歲月老，斸根雲海深。」《山陰》云：「亦有扁舟興，難爲招隱心。」《上元夜》云：「別院笙歌懷舊事，上元燈火憶兒時。」《八月十五夜》云：「一年最好是今夜，明月又來非舊時。」《和韵》云：「書劍輕裝三月雨，江湖病酒十年人。」《紀事》云：「上將不勞擒孟獲，没蕃終遺返蘇卿。」《寄袁太史》云：「先生別後健猶昔，才子老來情更閒。」《送人蘭州軍府》云：「匹馬亂山殘照裏，五更歸夢戰場中。」《鹽車》云：「生無粟一石，死有骨千金。」《立春》云：「人簪新綵燕，市賣小春牛。」《蘭州九日》云：「南國雁遲楓葉路，西風人瘦菊花天。」《臨洮七夕》云：「鵲渡金城北，人來銀漢西。」《圖將軍歌》云：「遇賊殺賊賊膽裂，上無星光下無月。刀光一片過人頭，黑夜腥風吹戰血。」《贈兄》云：「關河風雨夜，燈火弟兄心。」《送友》云：「片雲三楚樹，落日五湖船。」《塞下曲》云：「西風驅萬馬，落日滿三關。」《惜別》云：「自與美人南浦別，但逢春草便傷心。」《比干墓》云：「明知踏死地，可以對皇天。」《法學士詩龕讌集》云：「四海詞人同日到，一龕春酒隔花催。」《歷下吟》起句云：「我行一萬四千里，衣上風吹岳雲起。」清才健筆，卓然大雅之場，今之作者罕有倫比。年二十五，擬中江南解元，後場例貼，主司刊其文。自咏《麗六詞》云：「錦瑟華年廿五春，虎頭金粟是前身。虚名麗六流傳遍，下第江南第一人。」僕與閬齋知名十年，頃於武昌畢制軍幕中，一見即能記誦僕舊句，滚滚如流水，蓋僕僚婿顧旭東曾手鈔僕詩一編，與閬齋中表往來，故閬齋得見僕詩也。「麗六」者，一坐號。

顧旭東茂才行四，東林先生之後，寄籍杭州，游學奉母，外落落而中刻苦，與僕俱沈氏婿也。僕《九日沈氏雙溪草堂贈顧四》云：「有客思親淚滿裾，尊前九日重踟躕。已蕪陽羡山中業，猶讀東林社後書。寄籍他州非得已，攜孥外宅竟何如？相看短褐無顔色，豪氣從來未肯除。」

吴縣張映山居士少年好游，歷古燕、趙、秦、晉故都，西出玉門，探星宿海，窮莎車、月氏、條支、西掖舊壤，涉張騫、李廣利使輶之所不到，可謂極壯游之勝事矣。手盡數萬金，足行數萬里。中年好道，號蒼雪道人。其詩如《覽鏡詞》云：「手摘青天月一片，形影相親日相見。未必君心知我心，頓教子面如我面。世事萬端徒擾擾，朱顔安得長美好。但願團圞年復年，何妨顧盼老吾老。」《武昌祀蘇文忠公作》云：「前青蓮，後玉局。兩詩仙，皆産蜀。公不騎鯨乃騎鶴，遊戲人間一何樂。前年客南山，去歲客鴻阿。稱觴兩地匪無意，公也宦迹曾經過。今年又值爲公壽，百里遥憐鸚洲口。上連七澤下三江，一夕同吹作春酒。滿堂賓客陳嘏詞，文筆盡以公爲師。後生日誦《赤壁賦》，當日尚愛烏臺詩。我乘雲夢雲，去訪雪堂雪。和公一曲鶴南飛，欲借仙人手中笛。」《除夕和洪常博》云：「旅鬢蕭蕭意興疏，那堪詰旦是年初。椒盤柏子家家樂，迪吉宜春户户書。爆竹聲中動鄉思，梅花香裏悟華胥。可憐今夕天涯客，不敢分明説歲除。」《咏老少年》云：「寒鴻嘹嚦菊離披，庭際幽叢故出奇。是草獨無遲暮感，不花能放艷陽時。矗枝大葉風流在，緣意紅情夕照知。欲寫秋容傳晚節，畫圖猶覺不如詩。」《妙高臺》云：「海門中折大江開，浩浩風濤白雪堆。樓閣自盤飛鳥上，淮徐争送好山來。千秋弔古空搔首，二月懷人正落梅。滿地江湖雙白髮，與誰同命掌中杯？」《秦淮雜詩》云：「柳絲簾外罥烟低，一雨潺潺緑拍堤。猶道今年春漲小，畫船未與赤闌齊。」《春日過山丹》云：「動地風沙馬屢驚，焉支山下斷人行。已過三月無春色，笛裏誰吹折柳聲。」《春日雨過閒望》云：「池塘連日雨霏霏，柳葉青青桑葉肥。天上未知何事急，白雲如馬逐空飛。」《寒食憶舊》云：「尋春乘興踏莓苔，已後東西兩崦梅。梨花初過雨，野人籬落幾枝開？」又云：「春好因尋方外交，小樓高出萬松梢。山童遥指向余笑，開士作家如鳥巢。」又云：「醉筆燈前雜草行，已聞遥巷一雞鳴。登牀儻有夢歸去，好趁半街殘月明。」《七夕》云：「泛掃西池小竹廳，焚香自懺一函經。人生修得如牛女，已較參商是福星。」《山中曉起》云：「五更夢覺鳥緜蠻，寒重休嫌四面山。怪底白雲棲滿榻，書窗一夜不曾關。」《春日感懷》云：「白髮逢春至，離離似草生。」《游水木明瑟園》云：「每添飲興花編令，欲記游蹤竹鏤詩。」《中秋》云：「分明一樣天邊月，偏説今宵分外圓。」《藤枕》云：「卧來皆有夢，何必借邯鄲。」《烏龍潭》云：「竹籠僧挑秋圃菜，瓦瓶人汲夕陽泉。楓經霜後斑於錦，水到秋深碧似烟。」《隱仙菴》云：「塵龕金盡佛無色，破篋書殘鼠有聲。」《登清涼山》云：「風高天欲來鴻雁，松老根應有茯苓。」《紅橋記游》云：「人影簫聲歸去後，萬松岡上月初來。」《有感》云：「才疏本自無奢願，春老方知惜少年。」《春日客中感懷》云：「動我離懷寒食節，攪人清夢賣花聲。」《茉莉》云：「花向鬢邊放，香從夢裏知。」《閒情》云：「璧月若能無闕夜，菖蒲應有見花時。」又云：「半放花如初嫁女，乍歸燕似倦游人。」《除夕》云：「半屏梅影數杯酒，又是人生一歲除。」《四十歲作》云：「歷遍人情疑紙厚，經多世故覺山平。」《寒夜吟》云：「長宵誰與相周旋，圖書筆硯梅花我。」《仙姑廟》云：「赤闌橋外星星火，何處漁舟夜到門？」《自憐》云：「酌酒且宜今日醉，吟詩或者後人傳。」《雨中花》云：「悟徹乘除真妙諦，須知有福不爲花。」《踏雪》云：「偶拔鶴氅來幽徑，扶起低頭竹數竿。」《四時閨怨詞》云：「明月似憐花寂寞，相依直到五更頭。」又云：「何事攪人眠不得，一蛙纔歇一蛙鳴。」又云：「夜來添陣芭蕉雨，凑得秋聲分外悲。」《春日不寐》云：「每爲虚心删舊稿，偶因遺興貰新醅。不眠偏有關懷處，窗外梅花幾點開。」《水仙》云：「皓質真無匹，清香不在多。」《贈王石華》云：「莫訝鬟鬢全似雪，梅花開向雪深時。」《有答》云：「請君試看天邊月，畢竟圓多與缺多？」《歲暮感懷》云：「風雪關山吴楚晉，一家骨肉在三方。」《苔錢》云：「閒庭自笑無多地，也算儂家有此財。」《贈吴白菴》云：「興酣索得鵞溪絹，一个琅玕酒一觴。」《題墨竹畫帳》云：「渭川千畝任棲鸞，莫作尋常草木看。寫向牀前知有意，好憑清夢報平安。」此種白描筆墨，視摭拾陳腐者，不值一錢。映山固自有仙骨也。又傳其《觀弈》詩云：「愛己欲其生，惡人欲其死。致竟非本懷，好勝偶然耳。星辰滿掌握，井田列緜几。據角恃堅城，防邊閉深壘。小蹶未爲憂，垂成勿遽喜。全身虎口中，飛渡蠶叢裏。爾來何速耶，彼曰吾生矣。指枰其一笑，黑白仍彼此。君看古戰場，孰非殘局紙。空山已四更，月浸半窗水。」《象棋歌》云：「畫紙縱横作方罫，立地山河成兩戒。絶類當時楚漢争，東西劃定鴻溝界。兩軍相對陣堂堂，抵隙乘危詎可量。堅壁何妨示敵弱，偏師所貴嚴邊防。有客沾沾方色喜，出師知彼兼知己。得失惟争一老兵，傍觀已告寇深矣。三呼我軍須渡河，當關膽怯還求和。自謂勝人能少少，何曾善將在多多。輕敵者敗聞古諺，重整殘兵再相見。我車既攻馬既同，試請背城聊一戰。田單火攻須焚郛，殃及燧象忽已無。果見三軍奪帥也，謂非兩馬之力歟？四八枯棋一尺紙，那識其中含至理。得士者昌失士亡，不見班馬以來廿二史？」蓋借筆墨游戲，鈍根人正自不能道。

吴門毛訥莽長子某，髫齡讀等身書，有神童之稱，年十六而夭。僕《示毛童子》詩云：「高梧蔭纖竹，曲折慗幽構。平池水含烟，玓瓅圓荷覆。暑雨散煩痾，緑陰坐清晝。豁眼故人子，刻劃頭角秀。了了聰明生，玲瓏冰雪透。朱門有道風，勝衣屏文繡。觀其負書出，揖我旁斂袖。嘗試與之言，豈惟晰句讀。清詞燦名理，奧義如夙授。睠此瓊樹姿，媿我蒹葭陋。田巴見魯連，自居飛兔後。」僕與訥莽交厚，悲其子之不永年。録我詩，志深慨也。

僕年弱冠，與秀水顧樊桐山人定交譚氏竹園。既而館於其家，爲山人題《深竹閒園詩集序》，寖失其稿，不復省憶，僅識其大略，另爲一篇。越二十餘年，於友人篋中得原稿，因兩輯之。其舊序云：「山人握珠英玉彩之材，標風舉雲停之質。李泌賦棋之歲，秀骨天成；黄童對日之年，慧心淵悟。更復搜奇宛委，晰抱犢之靈編；鳩異《諸皋》，辨誅鮫之雷字。蛇神牛鬼，李王孫嘔出心肝；佉字蒼書，張富平託來篋衍。於是囊錐不處，匣劍常鳴。露鶴霜鵰，每有四方之志；急裝櫑具，遂成千里之游。指北固以横帆，江寒秋水；登西山而矯首，日射朝霞。結客少年場，吴鈎錦帶；相逢狹邪里，寶馬連錢。消九咬春，跌蕩於傅粉薰衣之隊；秋千白打，唐突乎郵亭畫壁之間。陳孟公雅愛留車，蔡中郎虚懷倒屣。春風大道，經過趙李之家；夜雪長安，憑弔荆高之市。但使主人有酒，何處他鄉；偶聞壯士悲歌,不知身世。亡何而黄金用盡,徒令鄧禹笑人;《白雪》詞高,僅作敬容殘客。故夫岐王宅裏,濫奏《輪袍》;齊相庭前,旋彈劍鋏。賦《青蠅》而退,都門之祖帳寥寥;偕黄犬而來,秦客之行縢落落。乃者敞門却掃,隱几焚香。小閣層櫨,稍葺琴書之地;薄田下潩,粗供蔗芋之租。雖紅藥題詩,羌無望矣;抑白華養志,樂莫大焉。何圖十數年來,百端交集。冰淵試險,風木增悽。庭有荓蠭,路遭嚇鼠。宋國之羊羹肇釁,梁亭之瓜蔓屢搔。塞翁失馬林中,深諳天意;管民牽牛涼處,足慰人心。又以越女三年,衣羅年暖;吴姬一笑,面靨可憐。佇南浦以銷魂,盼西洲而沾臆。一自蟠龍飛去,山遠靡蕪;依然燕子春來,簾空翡翠。白團如月,青天夜夜何心;緑葉成陰,瓊樹朝朝誰見?縱使尚垂楊柳,攀折他人;況兼短命桃根,難迴故楫。葳蕤鎖夢,燒玳瑁兮雙珠;聚窟淪芳,照棠梨兮一樹。蓋至是而山人已五十矣。華年鼎鼎,顔無寫鏡之春;白日堂堂,鬢有衝冠之雪。沈尚書善病,骨出飛龍;翟太尉論交,門堪羅雀。然而壯心未已,仍銜驥櫪之思;豪氣難除,肯效牛衣之泣?長不滿七尺,足容卿輩數人;身不合時宜,耻與噲等爲伍。故其爲詩也,雷輥電劃,半陰山《勑勒》之音;竹脆絲清,兼《子夜》幽憂之響。瀏淘頓挫,夫豈無病而呻吟;宛轉關生,要自緣情而綺靡。樂府則取精漢魏,振彩齊梁。蟬落葉以知哀,芝生池而競秀。晨風秋草,江頭引昔昔之鹽;華屋荒丘,陌上送蕭蕭之雨。此茶陵創調,不爲借面妃豨;老鐵新聲,何必效顰烏尾者也。古今體則祖《雅》宗《騷》,原唐委宋。偏師下隨州之壘,援牘升公幹之堂。謝太傅置酒中年,傷於哀樂;衛洗馬臨江登眺,未免有情。雨笠烟蓑,友漁樵以終老;瓊芝瑶樹,偕佺羨其何年。借美人荃杜以言歡,原屬空中粉黛;假俠客弓刀以作氣，無過畫裏風雲。是以野史稗官，胥歸諷咏；別裁僞體，總具性靈。譬諸鄭旦毛嬙，同嬌異面；荔枝鰩柱，殊味皆甘。越崑嶺之陽，必非片玉；游鄧林之下，詎止一枝？此則山人之詩之大概歟？僕也猥以弱冠之年，輒荷高軒之過。雲招白鵠，邴根榘見賞公孫；露引青桐，王孝伯傾心建武。聯牀話月，蠟盡槃中；接轡尋花，襟題水上。擬投壺之叔子，踵射覆於東方。隸事取諧，共掣五花寶簟；研思琢句，争揮十樣蠻牋。憶否花朝，相攜野步，我試吹梅之笛，君爲撲蝶之吟。觀夫魚鳥親人，會心不遠；藹此壺觴屬客，勝地何常。悲百年兮如風，嗟一别兮若雨。潘懷縣重來金谷，慧業同修；裴蜀州再到輞川，天機獨賞。遂爾獵材藝苑，得闚全豹之斑；澤雅書倉，忝附雕蟲之末。嗟乎！蒲牢一吼，萬馬無聲；照膽孤懸，百靈遁影。所以興來摇筆，可泣鬼神；夜半高歌，安知溝壑？李白釣鰲海上，胸次天空；王郎拔劍酒酣，眼中人老。先生休矣，徒埋阮照於荒江；知我誰歟，待薦雄文於郊祀。」後序云：「山人驅車薊北，走馬遼陽。結客少年場，相逢狹邪里。吴鈎錦帶，春風趙李之家；擊筑吹篪，夜月荆高之市。但使主人能醉，何惜他鄉；俄而壯夫不爲，自傷失路。蓋《白雪》高而和寡，黄金盡而交疏。自古云然，於斯乃見。遂爾拂衣竟别，撫鋏言歸。瀟灑林泉，嬉游竹素。則有吴娥奉硯，越女裁牋。雖豪思烟飛，亦綺懷風發。方謂闌干十二，並倚西洲；不圖春色三分，暗消南浦。白團如月，青天夜夜何心；綠葉成陰，瓊樹朝朝誰見？恨長條於楊柳，歎短命於桃根。燒玳瑁兮雙珠，照棠梨兮一樹。華年鼎鼎，顔無寫鏡之春；白日堂堂，鬢有盈梳之雪。衛洗馬江湖悵觸，愁敘平生；謝太傅絲竹闌珊，傷於哀樂。所以興來摇筆，可泣鬼神；夜半高歌，安知溝壑？贈美人以明月，空色色空；託劍客於西風，醉醒醒醉。此山人之詩之大槩也歟？僕也猥以弱冠之年，輒荷高軒之過。雲中白鵠，邴根榘見賞公孫；露裏青桐，王孝伯傾心建武。時復分牋刻夜，共艓尋春。憶否花朝，相攜野步。斗酒爲撲蝶之會，雙相選聽鶯之場。觀夫魚鳥親人，會心不遠；乃者壺觴屬客，勝地無常。悲百年兮如風，嗟一別兮若雨。撫兹去日，凄其已多；睠彼浮生，逝矣難再。書以解其鬱，攄其懷焉。」復寄樊桐山人詩二首云：「聖世今無事，何妨老布衣。文章前輩重，宇宙故人稀。北渚流寒色，南樓下夕暉。坐疑來剡棹，興盡雪中歸。」其一「記否春朝見，銜泥過譚園。落花潭上水，舞蝶雨中村。我試吹梅笛，君敲問竹門。十年辜此意，契闊共誰論。」其二吾兩人文字定交，非偶然也，故歷識其始末如此。

樊桐山人少年作詩，頗矜標格。走京師，録其所得意之作若干首，呈一鉅公。鉅公止選其絶句一首，全圈之，評曰：「一氣。」餘不加點。顧頗以爲未得其當，繼又録若干首呈之，自謂精之至者。鉅公又選其一首，全圈之，評曰：「一氣。」如是者三，顧乃悟曰：「詩貴一氣耶？」乃覆閲其餘作，或平日所最矜尚者，細按之，皆駁而不純，滯而不流，字句索索，詞有餘而氣不足者也，乃大駭服。

南野堂筆記卷五

檇李吴文溥澹川撰
金匱徐嵩閬齋定

僕始讀書吴涇，思有用於時，不治帖括，惟以考據經史爲務。輯兵、農、禮、樂四種書，曰《吴氏輯要》，期以十年蕆事。題其室曰「專莽」，作《專莽説》曰：「凡事專則有成，泛無益也。伯樂之相馬，庖丁之解牛，匠石之運斤也是已。故知詣極則神行，心精則物化。學之，道從可悟矣。語海濱之人以貘犛獱玃蜼豰之殊狀，不能舉其族；語徼外之鹵民以鱟之負颿，蠔之黏以生，蠑蛣水母之麗以行，不能舉其族者，非習見也。故使伯樂奏刀，庖丁引繩，獶匠執策，皆將器失其手而逃焉者，事未專乎此也。事未專乎此，則神不行，物不化。夫然，而君子之於學，獨可泛而無所專耶？藝惟專也故精，學惟專也故成。名吾居，用自勖也。乃爲之説。」後以不能家食，鹿鹿舟車，兹事遂廢。今老矣，束書焚硯，媿恨何如！

今束髮讀書者，率以科名爲急。父兄以此責子弟，則爲賢父兄矣；子弟以此塞父兄之責，則爲佳子弟矣。於古人立身行己之道，槩未聞也。夫以科名爲急，將必得科名，即無事讀書；不得科名，即讀書無益。而其所以讀書者，固不免獵較揣摩、争捷取巧焉爾矣。即致顯榮，保厚實，營營若商賈之坐享所獲者，然亦復何與家國事哉？此吾所以慨然也。夫古之學者優而後仕，必有以行其學者，是之謂真讀書，科名云乎哉？僕有《東津讀書堂示棟兒作》云云，蓋有慨於昌黎《符讀書城南詩》之未免以躁進期也。

華亭張潤貞作《張良辟穀解》，未暢厥旨。余爲擴其説曰：「漢高帝起匹夫之微，以有天下，實賴諸功臣力也。然而必殺功臣者，以爲吾與諸臣先則儕伍，後則君臣。吾有天下，彼亦各擁數十城而王。吾藉彼得天下，彼獨不可奪吾而有天下耶？奪吾子孫而有天下耶？不然，彼子孫襲勢而動，而吾子孫危矣。其有甚才武者，以當吾子孫之闇且懦者，而天下豈吾子孫有哉！此疑心所由生也。疑心生即殺意決，此韓、彭所以不免也。而吾謂子房其尤甚者歟。何則？韓、彭雖能用兵，智不及子房。以智計如神之子房，一旦提彭挈韓，伺釁併起，中外響應，豈無怨家仇人、梟雄佶傑之士，隱結山林，建梃思奮者乎？若此諸人及身尚不能制，而帝春秋高矣，嗣主又非英辟，若不早圖，其即秦之季世乎？且博浪之椎，嘗以布衣而擊天子，況今將相之權在是數人乎？子房之智又出諸人上者乎？然則子房之不免於殺與韓、彭等，帝之欲殺子房，必有甚於韓、彭者。嗟乎，子房豈不危哉！范大夫目句踐之爲人，可與共患難，不可共安樂，去之五湖，卒不與大夫種同戮。嗚呼，可謂智矣。然則子房何以不去？曰：勢不可也。蠡爲伯臣，功止一國，而列國之勢分，可以惟吾所適，變姓名以終其身，誰則知其爲蠡也者？故決然一去，無他慮也。子房爲帝者師，功震天下，天下之勢合，雖至巖深谷邃、沉淪落漠之區，莫非漢土，夫誰不知爲子房也者？且以高帝疑忌之心推之，又安知不逆料山林江海之内，或復有嘯聚連結之徒，詐言符命，推子房如陳勝、吴廣，因以起事者乎？則雖欲如蠡之潛身遠引，亦不可得也。故其請封留以明知足，託赤松以示忘榮，立佐命之位，行高蹈之心，令帝之疑心釋而不復有所忌焉。嗚呼，子房之計遠矣。」僕《陶朱里》詩云：「蹈海符高尚，封留亦此心。」正以其迹異而心同也。

昔游紫陽山，與道士黄黄鶴論詩。黄謂終唐之世，得五言律詩三首，不減雩風沂浴氣象。其一劉脊虛《闕題》云：「道由白雲盡，春與青溪長。時有落花至，遠隨流水香。閒門向山路，深處讀書堂。幽映每白日，清輝照衣裳。」其二王維《終南別業》云：「中歲頗好道，晚家南山陲。興來每獨往，勝事空自知。行到水窮處，坐看雲起時。偶然值鄰叟，談笑無還期。」其三孟浩然《過故人莊》云：「故人具雞黍，邀我至田家。緑樹村邊合，青山郭外斜。開軒面場圃，把酒話桑麻。待到重陽日，還來就菊花。」此三首若與陶淵明並登孔氏之堂，要在不删之列。

秀水錢籜石少宗伯著《籜石齋詩集》五十餘卷，以博大爲宗，神景開闢，不媿作家鉅手。其《吴越武肅王祠》云：「石鏡山荒歲月更，家王遺像肅朱甍。蕭森錦樹秋風色，妥帖江濤白日聲。歐史世家難盡信，龍門《年表》有公評。順天不獨能存祀，猶仗臨安作宋京。」《懷從叔祖界歸州》云：「南北相違動十年，去年西去少書傳。空舲峽轉秋聲裏，夔子城寒夕照邊。詩句定分工部興，吏民如愛嗇夫賢。江陵明月迢迢夢，百丈風牽上水船。」《登多景樓》云：「第一江山第一樓，闌干孤迥俯清秋。幾家北顧憑天塹，終古南朝怨石頭。爛漫儘呼京口酒，翩翻難狎海門鷗。鬢絲未遣無情甚，斜日寒風爲少留。」《七月十五夜祁陽對月》云：「湘水露華滿，祁陽雲翠流。今年無閏夏，此夕即中秋。高館深留客，疏簾半上鈎。舉家京邸話，應憶到南州。」《送畢庶子沅觀察隴西》云：「詔以宮僚出，年惟穡事成。秦民休養後，隴水往來清。壯齒多全力，宏材少定程。宣臚原第一，慎重此聲名。」《寇忠愍公祠》云：「功業汾陽只等閒，嗟公憂國鬢雙斑。君恩鬱鬱通天帶，里社青青少華山。魏野有詩傳北使，竹林遺廟向人間。靖康若主澶淵策，何至蒙塵遂不還。」《秣陵》云：「秣陵楊柳不勝攀，數盡歸鴉落照間。蠟屐唾壺紛士女，投鞭麾扇此江山。終南涇渭消磨後，三代唐虞闕略還。合遺端憂庾開府，渺然家國但衰顔。」又如「廟立空腔樹，村推没骨山」、「沙岸幾家月，郭門今夜霜」、「青松時獨立，白鳥必群飛」、「逝水無歸年，夕陽易成夜」、「獨坐夏成秋，頻來客亦主」、「閉門青竹色，沈磬夕陽天」、「開門適見山，立地遂成佛」、「露氣濕松竹，無風滴如雨」、「人生處褌中，何處可逃縫」、「易歷半生事，難成中夜眠」、「地有桐鄉愛，人非大曆才」、「天影淺深水，觵聲前後山」、「只應將泣淚，滴土不教春」、「朝廷重芻牧，子能受牛羊」、「秋堂新稻入，午枕濁醪餘」、「蕎麥花盡雪，楓林葉未霜」、「涼牀卧雨心，遠夢思親夕」、「青松高萬本，曾見初栽時」、「放犢卧斜徑，呼雞穿碧林」、「檮榼鬢吹絮，過橋衫染烟」、「未罄昨來意，何時復此蹤」、「蘚碑平作礎，風柳卧當門」、「共命鳥安樹，宜男花入房」、「華省老芍藥，故山生薜蘿」、「棉花大車捆，烟葉獨輪裝」、「喜兹小庭除，充以閒草木」、「儒生疏惠澤，節鉞亦徒誇」、「但看沙際樹，不計舊來村」、「危坐聲焦桐，古懷面霜雪」、「馬首半梨樹，州南多竹林」、「白楊驃騎墓，秋草冶城山」、「松色近先墓，鶴聲留廢臺」、「落日豆籬短，青天瓜架疏」、「石壁翠雲相對起，野橋紅樹獨吟來」、「船迴浦雨初收冷，鳥下陂烟忽斷青」、「聲名文字少年雞，憂患饑寒佳境蔗」、「掃除夏蔓成秋實，正要高天一夜霜」、「連村雨似楊花落，逐隊人如燕子飛」、「等閒緑遍船頭水，隔歲人來記打冰」、「胸中空洞無一物，筆與造化相淋漓」、「貧以文章爲性命，醉憑天地作陽春」、「葫蘆垂架露華白，蛺蝶遶畦風影涼」、「馬蹄只繞雙蝴蝶，應是春來未入城」、「此去又爲賢太守，相看原是老中書」、「朱衣座主春都換，白髮門生老更添」、「丙舍田懷太傅謝，王官壙仿司空圖」、「村徑繞山松葉底，柴門臨水稻花初」、「田園別後黃金盡，科第成來白髮疏」、「天知春閏尚多雪，人伴老梅方好顏」、「黃粱熟後難重夢，杜宇啼來又一春」、「僥倖天公乞斜照，有花枝處便鋪茵」、「先公舊種多梅樹，老圃全荒有蘚花」、「冬寒已卜先公葬，日晏難炊寡婦厨」、「來歲西偏仍補竹，及時南向遍培蘭」、「維南碧華三峰倚，自北黃河九曲來」、「蒲州合爲潼關守，犄角方成用險才」、「春纔病起能觴客，我已詩慵欲負花」、「人生百歲難常得，天氣三春亦偶然」、「九十九峰春已老，子規猶道不如歸」、「屋於高處非忘世，志欲終焉此讀書」、「野老何知蒙帝力，春光最好屬田家」、「晚來芳草欲争緑，晴殺杏花難久紅」等句，清老蒼秀，合東坡、半山、山谷而爲一手。

富陽單斗南號富春山人，刻苦經學，工詩、古文辭。僕嘗與之同登紫陽山，單賦詩云：「望望富春渚，孤光白鳥閒。潮迴海門樹，天遠越州山。仙洞尋遺蜕，寒花照旅顔。茅君壇址在，步屧未須還。」僕爲之韜筆。尤邃於白業，年五十閉關，與梁山舟、潘蘭槎兩太史，僧超塵結香火社於西湖之濱，屏絶翰墨緣矣。超塵早年悟道，奉母居精舍，潔蔬以養，亦苾芻之有奇行者也。僕寄單及超塵詩二首云：「望望富春渚，斯人不可攀。潮迴海門樹，天遠越州山。獨鶴自飲啄，白雲相往還。中年忘世味，花藥閉禪關。」其一「上人雖入道，與世尚浮沈。早悟無生意，難忘奉母心。石林秋掃榻，茅屋夜横琴。待補《高僧傳》，還爲孝子吟。」其二首作第一句及第三四句即用單句。

錢唐朱明經亦籛，號西湖居士，所居四條子巷，籬花徑蘚，雅有幽趣。爲人績學工詩，於虎林典故尤所熟悉。撰《西湖勝蹟》一編，較《西湖舊志》釐正爲多。家貧授徒，婿某早年通籍，即其受業生也。僕贈詩二首云：「籬落四條巷，花間一桁橋。幽棲多古意，扶杖日逍遥。子隱西湖釣，吾來北渚樵。肝腸無宿物，濁酒試同澆。」其一「更與傾囊篋，名山著述新。諸生皆挺秀，快婿早驚人。博綜潘陽仲，紛綸井大春。何須問家計，書富子孫貧。」其二

錢唐徐香巖詩格温潤，有王、韋風味。僅二十五歲而殁，芝蘭早摧，可歎也。其《幽棲》詩云：「我家上湖口，風物足幽棲。掃徑古苔滑，開門春鳥啼。琴書從夙好，瓢笠入新題。已作忘機客，看雲獨杖藜。」《晚興》云：「晚雲不出谷，落日澹湖波。竹氣清殘暑，秋容上敗荷。山城時稼少，澤國夜漁多。我有扁舟興，因風寄棹歌。」《宿法喜寺》云：「地偏鐘磬寂，清梵翠微間。日落衆峰晚，山僧林下還。孤雲深竺國，明月冷禪關。香界蓮花浄，名心相對閒。」《汪氏代笠亭秋望》云：「一鳥破烟去，垂虹斷野晴。夕陽浮雨色，風葉下秋聲。别恨江湖遠，吟懷水石清。回頭望鄉邑，平楚暮寒生。」

嘉定顧某《瓜洲夜泊》詩云：「一夜西風湧暮潮，空江蕭瑟駐蘭橈。客來吴縣家千里，春到揚州柳萬條。野戍星明天未曉，寒塘草緑雪初消。清宵驚起還鄉夢，喔喔雞聲度板橋。」

華亭高生韵甫《經謝皋羽墓》云：「許劍亭空黯落暉，獨看荒冢暮雲圍。孤忠後死惟丞相，大節長留一布衣。誰與黄冠歸故里，不堪白雁掠寒磯。西臺慟成千古，直並西山賦《采薇》。」

同里沈蒙泉明府《銅雀臺》詩云：「山丘華屋總塵埃，千古銷魂鄴下臺。帳外餘香寒欲燼，簾前清

吹暮生哀。西陵夜月飛烏鵲，玉座春風繡緑苔。妙伎含情空賣屨，何勞還鎖二喬來。」

桐城方南堂號三乳老人，《塞外寄内》詩云：「封罷重開開復收，千行將得一分愁。餘生不作大刀夢，到死難明破鏡由。入望鄉雲昏似墨，斷腸草色冷於秋。百年縱有歸來日，未必相逢尚黑頭。」《得内書》云：「老妻書至勸還家，細數鄉園樂事賒。彭澤鯉魚無錫酒，宣州栗子霍山茶。包茅已補牀頭漏，匾豆仍開屋角花。舊布衣裳新米粥，爲誰留滯在天涯？」

會稽商寶意先生著《質園詩草》，其《題鄭布衣秋郊餞别圖再送史丈》云：「布衣老筆似龍眠，寫出旗亭薄暮天。折柳幾人同悵望，采薇何日罷防邊。帳中白髮依嚴武，城上黄雲弔赫連。莫問賀蘭山近遠，兩行秦樹帶秋烟。」《城南踏青》云：「小雨如酥忽放晴，春衫曉著受風輕。柳邊得句無人識，恰有黄鸝和一聲。」其他佳句如《入京晤周石帆庶常》云：「幾人尚向長安笑，天下皆言處士虚。」《春行》云：「王孫歸意深芳草，宫體銷魂爲杏花。」《送倪穀士入秦》云：「大將旌旗初出塞，小戎婦女亦知兵。」《當年》云：「渡江春燕更新宅，滿圃秋瓜識故侯。」《招隱山》云：「緑綺一彈留雅奏，青山幾點學高人。」《龍山道上》云：「多年古木如人瘦，昨夜空山積雪深。」《挽沈蘆山》云：「世路鷓鴣行不得，才人鸚鵡恨如何？」《旅夜聞蛩聲》云：「燈影短於今夕夢，雨聲淒似去年秋。」《淇縣》云：「看竹豈無君子慕，采唐空有孟姜思。」《送使閲邊》云：「南掌款關春貢象，西郊賽社夜椎牛。」《懷錢唐仲燭庭》云：「絶代才人成佛易，向來名士過江多。」《送吴好山之楚南》云：「人似六朝工賦别，地當三楚易悲秋。」《旅夜》云：「江聲肅肅遥兼雨，秋夢離離短似燈。」

王少林太守，揚州人，詩工七律。《大梁懷古四首》云：「摇落偏驚旅客魂，秋風回首眺中原。三花樹色開神岳，萬里河聲下孟門。形勝鬱盤終古在，英雄慷慨幾人存？信陵策士俱黄土，獨有侯生解報恩。」其一「簫管遺音安在哉，夷門東去一登臺。離宫别苑空相屬，玉輦珠旗去不回。底事奇謀矜勝詭，同時詞賦有鄒枚。長卿寂寞居賓館，誰識凌雲曠代才？」其二「金明池水上河通，宋室諸陵白露中。花石南來軍國病，翠華北狩寢園空。烟寒桑柘連秋社，雨長蘼蕪没故宫。苦憶樊樓燈火夜，東京遺事夢華同。」其三「兔園陳迹久荒涼，樂府新翻紀憲王。重過朱門悲帝子，祇餘明月照金梁。黄巾白馬圍城日，衰草平沙古戰場。莫問登臨舊王粲，天涯回首正茫茫。」其四《上中州學使湯辛齋先生》云：「臺端重望近宸居，帝簡衡文亢角墟。海内共傳真御史，殿中新拜大鴻臚。闕門紫氣迎仙珮，崧嶽晴雲護使車。從古洛陽冠蓋地，賢良應爲國家儲。」又《彭澤行》云：「兵符曉奪淮陰壁，黄屋虚乘使者車。」《韓侯釣臺》云：「當年一飯誰哀汝，生死都由兩婦人。」風骨在梅村、臥子之間，迥非弱手所及。

楊州閔蓮峰居士亦擅長七字，其《董子祠詩》云：「古祠寂寞掩蒿萊，世仰真儒曠代才。醇正過於楊子學，遭逢豈獨賈生哀。只今第宅惟苔井，自昔《春秋》有《玉杯》。見説公孫多沮忌，平津官閣爲誰開？」《孔北海祠》云：「要爲魯國奇男子，不比楊家最小兒。」《謝太傅祠》云：「且喜小兒能破敵，不妨長日但圍棋。」《陸宣公墓柏重青歌》云：「東渭軍移紓患早，興元詔下感人多。」《邯鄲倡》云：「失身末路知多少，祇爲當時一死難。」又某題云：「使酒尊前殺美人，裂冠階下答朝士。」《題左寧南小像歌》云：「嗚呼，小朝剩保江南境，直以安危付公等。驕帥仍矜瑪瑙坡，孱王徒恃胭脂井。」諸詩一往雄駿，前無堅對。

錢唐應明經叔雅，董浦杭太史婿也。少有俊才，其《青螺山謁文信國祠》句云：「正氣南冠霄漢動，高歌請室鬼神知。」又云：「守陴淮海忠同傳，奔命厓山劫已灰。」又云：「趙家麥飯無人問，不敵孤臣有墓田。」《釣臺》云：「獨著羊裘卧富春，千秋卞務共爲鄰。客星久已懸天上，諫議何能屈故人？時有畫眉啼薜屋，更無俗子薦溪蘋。東京節義從兹倡，留得先生一釣緡。」《入京城》云：「辨色鵶飛御宿東，摇鞭身入五雲中。九霄城郭臨黄道，六服車書集紫濛。左控盧龍秦内史，右襟涿鹿漢扶風。王程琛賮休言遠，黼扆今居北極宫。」其一「群峰一氣接青蒼，翼衛神京翥鳳凰。自昔仙都曾揆宅，於今天子正當陽。千門萬户詞臣賦，盧橘蒲桃漢樂章。見説朝元方賜酺，更徵百辟會明堂。」其二《醉書》云：「讀書擊劍亦雄哉，蠟淚何妨壁後堆。時事漸隨棋局改，壯心空逐酒杯來。高歌衎衎行將老，白日堂堂去不回。南渡兩生能伏闕，當時猶道是庸材。」《項王》云：「苦憶東歸不帝秦，霸圖從此遂消泯。精魂若使過豐沛，却有還鄉衣錦人。」《望岳》云：「大氣彌淪青帝宅，元精包絡素王封。」又云：「夜直奎婁通咫尺，壤分齊魯負陰陽。」《皂筴橋》云：「孤篷小泊黄蘆岸，細雨人過皂筴橋。」《遊仙詩》云：「廣樂鈞天從帝醉，《霓裳》逸譜許人偷。」又云：「千尺琅玕常飼鳳，四時導從盡騎羊。」又云：「我餐石髓懷餘半，君蝕神仙字已三。」他如「野花自泫忘國淚，幽鳥怪啼廢井烟」、「飽靚攜妻常入市，陶潛有子解鈔詩」、「水禽何處自呼侶，漁艑一聲初破烟」、「濤聲遠撼六朝樹，月色正照天門秋」，皆卓犖奇警，可藥庸腐。客揚州二十年，不妄交接，惟以著述爲事，蓋其才氣横溢，目無餘子，而不得一第，有羅江東榜上無名之歎。僕《過邗上贈叔雅》云：「哀哀諸公華省郎，斯人憔悴滿頭霜。揭來隋苑鶯花窟，不改吳兒鐵石腸。賈島文章半歌哭，陳琳書記太淒涼。大羅天上除名字，零落詩狂與酒狂。」

揚州家梅查翁敏於才情，生平作詩幾萬餘首，自少至耄，未嘗一日無詩也。古風尤佳，其《題何春渚山居》云：「錢唐富山水，北郭逾清奇。秀岑面黃鶴，青瑤流迴溪。春蕪四野綠，中有高人棲。茅屋八九間，琴書列東西。焚香展墳索，高卧追黃羲。嚴鹿導吟屨，林花飄酒巵。茅容日奉母，萊氏有逸妻。三徑倦掃除，白雲長護扉。」《雪霽游蜀岡》云：「快晴引游興，短策傍水行。茸裘已御暖，布衫稱體輕。風暄榮條發，雪盡潛穎萌。巖樹藹嘉色，谷鳥矜新聲。春氣漸諧和，群物遂其生。觀化攄沖抱，涉趣暢逸情。真意不可道，徐步還紫荆。」《雪中偶成》云：「高卧夢晨覺，寒威逼書幌。不知夜來雪，窗紙忽已朗。委巷斷客蹤，閉户獲嘉賞。風篠舞素鸞，怪松蟠玉蟒。奇景江郭最，未詣神先往。虛壑填成丘，凍湖平作掌。安得理游策，衝寒披鶴氅。山腰樵徑封，林杪僧磬響。空餘灞橋興，難續剡溪訪。荒厨具雞豚，臘酒開罌盎。醉歌太平民，茅櫚日偃仰。」《彈琴》云：「彈琴石澗流，讀書山月曉。幽徑自無塵，幾曾緣客掃。」《四柏行》云：「古柏盤踞深山深，參天黛色秋冥冥。玄陰黯黮閉山靄，白晝倏忽生雷霆。一株瀟灑如臞仙，神清骨秀凌風烟。一株荒唐貌奇醜，根似結繩文左紐。霜皮慘裂瘦佛胛，遒支拓張巨靈手。更有兩柏勢夭矯，一作龍顛一虎倒。瞑禽驚駭不敢棲，劫火焚燒未枯槁。社櫟方輸香葉垂，山楸亦媿庸材小。摩挲人代無春冬，混元一氣開鴻濛。商山隱逸今猶在，黄綺角里東園公。柏兮柏兮自珍重，材大休嗟世不用。請看武帝柏梁臺，至今已化昆明灰。」《登最高峰放歌》云：「振衣千仞登高峰，圓如華蓋張青空。群巒俯視盡培塿，青蔥纖草爲喬松。長江萬里白縈帶，帆席明滅浮蠛蠓。金焦兩點聳蒼翠，鍾山夭矯盤獰龍。飛鳥以外辨吴越，目所不到烟濛濛。舊京興廢已難問，六朝佳麗無遺蹤。何如兹山閱人代，徵君高躅垂無窮。登臨望古發遥慨，寒林爲我來悲風。」《焦山看月歌》云：「明月秋來極可愛，江天迴眺兹山最。日落秋江如練澄，海門湧出冰輪大。初射巖穴光晶瑩，漸侵竹樹色破碎。不使一物有遺照，能令萬象生妍態。沈沈今古看來變，七寶裝成長不壞。軒窗如入水晶盤，心魂翻倒琉璃界。不願身騎赤鯉鱗，恍疑脚踏金鼇背。鼉鼓馮夷擊浪堆，雲車玉女迴天外。朗徹天衢舞鳳鸞，冷穿水府奔靈怪。人生欣賞那易得，兹游信爲天所賚。唾壺敲缺不知狂，大尊吸盡始稱快。峰頭忽聽天雞鳴，震耳濤聲卷淜湃。」《古釵歌》云：「美人泉下爲黄土，拾得寶釵金折股。年深尚未化龍飛，製巧還思垂燕縷。伊昔璇閨伴玉顔，妝成低嚲緑雲鬟。承恩空自矜顔色，魂斷秋風招不還。秦樓楚館風流歇，粉滅香銷餘故物。偶隨金盌出人間，斕斑尚漬桃花血。珠玉羅紈賸劫灰，榮華春夢劇堪哀。到頭萬事皆烏有，豈獨傷心是此釵。」又如「山影昏似墨，水聲哀於絲」、「怪木鬬蒼兕，風篁舞碧鸞」、「卧雨青春深，及榻蒼苔滿」，皆戛戛生造，不知其運腕風生，千言立就也。憶僕初游邗上，訪金國博椶亭先生於馬氏玲瓏山館，見梅翁及應叔雅、羅兩峰、朱二亭、朱笠堂、江橙里、家暮橋弟諸名士，爲文酒之會，棹舟平山堂下，無虚日也。迨十年後重來舊館，則椶亭已化去，兩峰走京師，笠堂歸涇上，橙里病，叔雅、暮橋俱喪子，惟二亭家居無恙，時梅翁年七十五矣。撫今追昔，能不喟然？僕有《題梅查翁青芝館詩集》云：「神似香山句，多於玉局篇。風流布衣老，蕭散地行仙。看竹時留咏，當花不肯眠。身貧亦何恨，詩好萬人傳。」《憶邗江舊游》云：「邗江我舊游，歷落多老友。愜心花月賓，流覽烟霞藪。文會展廣筵，高齋置醴酒。春風廣陵濤，秋雨蕪城柳。別思何其深，契合事非偶。及兹歲屢更，悵望離群久。桂樹問淮南，不知今在否？」先是，金國博贈僕詩，有「同作揚州花月賓」之語，梅翁爲鎸「花月賓」印章寄贈，故詩及之。又有《春日寄懷家梅查翁》云：「一生萬事總無關，除却吟詩日日閒。身是江南老桑苧，家居邗上好湖山。尋常卧酒吞花處，相賞松風水月間。可得比來腰脚健，十年前已鬢毛斑。」「松風水月」，乃平山堂廿四景之一也。又《邗上晤梅查翁話舊》二首云：「舊曾游處共題詩，記得梅花落酒巵。一別十年能有幾，者回相見後難期。」其一「依然板渚漁樵伴，無復揚州花月賓。歎息樱亭仙去久，玲瓏舊館屬何人？」其二

家暮橋別駕弟爲梅翁族孫，酷嗜玉溪生詩，鑽研箋釋，自闢新解。其詩如《寄簡齋袁太史》云：「詞臣名宦老烟蘿，天遣湖山佐嘯歌。人似樂天辭政早，詩如元亮出游多。蠹魚蝕飽神仙字，蝸角棲遲安樂窩。歲歲鶯啼花笑處，故侯民頌鬢雙皤。」《隴西客至》云：「遍游雍益喜重來，回首年華覆掌杯。花落鵑啼先主廟，沙明月暗赫連臺。嘯歌時亦容吾輩，盤錯天教老汝才。莫怪蓬門晝雙掩，秋風秋雨爲誰開？」《將之吴門留別周春帆》云：「我向江南去，君從薊北歸。盤渦春浪下，出岫曉雲飛。惜別愁難遣，依人計又非。還家各努力，强笑慰庭闈。」又如「愁多甜酒苦，客久故鄉生」、「幽鳥自朝暮，好山無古今」、「車馬曲江曲，笙歌三月三」、「人自別離老，春從風雨消」、「花影殿春色，雨聲生夏寒」、「野鶴不知歲，山梅欲語春」、「雲影溪留住，秋聲雁送來」、「明月有情懸兩地，故人無恙別三秋」、

「消我壯懷增白髮，戀人好夢只青山」，都有新色，自是中唐佳境。僕序暮橋《秋筠館詩鈔》云：「暮橋，僕遠族弟也。憶初來邗上，見暮橋瑰偉卓犖，舉體無凡骨，指掌論事，囊括古今，數言可了，爲傾倒焉。既讀其詩，濯肝洗胃，風舉霞標，至於性情激越，音節要眇，則又如見其人也。蓋自其幼時，穎悟絶人，長而倜儻，負奇氣，好吟咏，薄游四方，結納多名流。歸而與其里中耆碩淹雅之彦，鈎鋠聲病，挹注風騷，於是乎駸駸日上矣。家世總鹺務，業雖中落，猶例得補職府州倅，乃棄不仕，益肆力於學。此其中有獨得，抑所資以爲詩者品甚高歟？洎僕客閩中，滯海外，暮橋亦迫於人事，轉徙多方，蓋不得見者十年。頃復來邗上，主暮橋，則其家益貧，長子某有才而夭。相持感動，語急難達，涕笑都有，兩人俱非復向時顔面也。而暮橋勞苦摧頽，欷歔抑鬱，無所發洩，悉寓諸詩，詩益悽婉多絶調矣。留十數日，僕又將之楚也。歲聿云暮，倍難爲懷。暮橋有詩送僕，僕不能和，嗚咽就道而已。越七日，阻風九江關，舟次惘惘，爲敘其詩，并道其生平如是。至吾兩人意氣之同，離合之故，有非斯文所能盡者，不知後之視今又何如也。」

五十七年冬，三客揚州。將之楚，揚州詩人馬佩兮之孫恭壽送行句云：「早梅驛路添行色，殘雪河橋冷客裝。惟有離心消不得，直隨孤雁落衡陽。」猶有前輩風格。

王明經雲上《召試恭紀》詩六首，記其兩首，云：「試士衣冠異棘闈，清晨列坐到斜暉。揮毫歸去誇田父，授簡吾曾入禁扉。」其二「浩然只合咏歸廬，正及千章嫩緑舒。紅藥一時齊拆口，笑儂空想作中書。」其六筆意藴藉，殊耐尋諷。

客金陵時，袁太史邀食瓢兒菜，曰：「此金陵土産也，子不可以無詩。」次日太史來寓，見僕所咏《食瓢兒菜賦謝》詩二首，甫脱稿。詩云：「一瓢新緑滿畦霜，種自顔回陋室傍。珍重奇蔬兼酒勝，最宜晚飯隔厨香。黄蘇白茄難同價，北饌南庖少得嘗。放箸欲空還絶倒，未容藜莧更撑腸。」其一「滑於蓴菜嫩於菘，淡泊中含滋味豐。爲爾忘歸煩地主，轉思求益累園公。腐儒麤糲生來慣，狂客杯羹到處充。歎息秋收冬不雨，菜根未斷麥苗空。」其二太史頗獎賞之。僕欲易去第二首末聯，吟哦未定。太史曰：「子二詩不落纖小家數者，以其真也，且結束處足以振起其邊幅耳，何以易爲？」僕笑曰：「竊恐啗名客見之，殊不爾爾。」太史曰：「若必如此，屈曲從俗，不關痛癢，無與性情。其詩之鄉愿乎？難與言詩矣。」

如臯姜簫廷，號平遠山人，爲家南池外舅。見其《題桃花扇傳奇》絶句云：「醉裏乾坤信弄臣，烟花南部秣陵春。紫駝夜飲黄河水，猶上新詞選美人。」託諷殊深。

金陵水月菴僧鏡澄能詩，詩成輒焚其稿，故見者絶少。僕游金陵，寓於菴之東房，爲録其詩數首呈袁太史，太史復書云：「我國有顔子而不知，我之過也。」即選刻《續同人集》中。僕謂鏡澄宜往謁太史，鏡澄曰：「和尚自作詩，不求太史知也；太史自愛和尚詩，不愛和尚也。」終不往謁。僕以是益重鏡澄。然鏡澄詩却無和尚習氣，其《田家樂》云：「落葉寒生徑，冬蔬秀滿畦。要將茅屋整，試看稻堆齊。窗破宜糊紙，牆穿合補泥。春風待來歲，也有燕雙棲。」《秋夜半山精舍作》云：「茅屋半山裏，層層上下峰。牀頭鳴磵水，簷際響秋蛩。正見當中月，不知何寺鐘。朝來行客斷，門户白雲封。」《獨樹歎》云：「獨樹作僧伴，摧枯傷我情。從今茅屋下，無處聽秋聲。」《留吴澹川過年》二首云：「留君且住豈無因，比較貧僧君更貧。香積尚餘十斛米，算來喫得到新春。」其一「新栽梅樹傍簷斜，待到春來樹著花。和尚不妨陪一醉，爲君沽酒典袈裟。」其二《送吴澹川》云：「山窗幾夜共吟哦，此去匆匆奈別何。明月也知人意苦，夜深還自戀藤蘿。」僕後寄鏡澄詩云：「到門風雨慰天涯，留我僧寮度歲華。喫盡厨中香積米，尚能沽酒典袈裟。」即以其詩意答之也。

金陵張明府敔，號雪鴻，任湖北房縣令，擅詩畫。罷官後，自題畫菊句云：「菊花雖傲猶低首，何事先生嬾折腰？」又金丈味枕有句云：「無情白髮來何早，信手黄金去已多。」皆可誦也。

僕以管闚眇見，從金陵袁太史論文，執疑而問者數矣。僕謂：「詩文之道有三足：曰理足，曰意足，曰氣足。理足則精神，意足則藴藉，氣足則生動；而理與意皆輔氣而行，故必以氣爲主。請看世間萬事萬物，何莫非氣機之所鼓盪洋溢而爲之者？有氣即生，無氣即死。」太史曰：「是固然矣，但氣有大小分際，不能一致，操觚家當自得之。有若春空之雲，舒卷自然，變滅無迹者；有若清磵之泉，曲折便利，不達不已者。有若勒奔韁之馬，截然而止者；有若削太華之峰，蒼然而起者。有若天風海濤，飄飄汩汩而來，百靈萬怪，恍惚浮動，薄乎扶桑而注乎沃焦者。此氣之不同者也。」

武昌惠中丞幕府，因山爲構寓齋，當山之巔，雲林陰翳，禽鳥啁啾，臨風清嘯，嘯聲與鳥聲相和，如入蘇門山中與孫阮輩游，忘其身在朱門也。每當開軒展席，覺山翠漠漠，墮酒杯中。《戲簡同事諸君》云：「諸君山下我山頭，幾處提壺醉不休。憑仗春風爲麴蘖，青山昨夜變糟丘。」《惠中丞餉春餅佳釀賦謝二首》，其一云：「分減郇厨日數回，春盤麥餌佐春醅。書生牙齒真僥倖，算喫紅綾餅過來。」其二云：「撲鼻醲香卸甕泥，杯杯粥面凍頗黎。朝來窗紙明如蠟，醉倒不聞山鳥啼。」《九日書山館壁》云：「自笑先生久閉關，不知山下菊斑斑。一年長在山頭住，何必登高又下山。」金匱徐閬齋孝廉爲僕題山館，曰「留鶴房」。戲答以詩云：「留鶴房開山上頭，鶴言身爲主人留。天風吹鶴欲飛去，不敢騎過黄鶴樓。」皆一時興到之作，隨筆所至，都無點竄。

永州太守王蓬心先生，名宸，太倉太常公六世孫。永州山水清嘉，樂其地，有終焉之志，自號瀟湘翁。罷官後，貧不能歸。時秋帆畢公制軍兩湖，遂往依焉。挈家寓武昌，以詩酒陶情，人呼曰「老蓬仙」。畫法爲海内第一，雖師承家學，實則遠軼前人。書法似顔魯公，所藏古碑刻多世所未見者。嘗慕柳下季、東方曼倩之爲人，又號柳東居士。詩學東坡，亦號東坡草稿。晚稱退官衲子。令子小蓬工文翰。姪影山，畫亦神品。一門和樂，孝友之風，足感人心。瑶圃惠中丞贈詩云：「太守風流老更狂，能詩能畫擅文章。丹顔自有長生訣，紫府何須换骨方。看取身貧詩卷富，不妨官罷酒杯忙。蓬仙駐處爲蓬島，隨分他鄉作醉鄉。」又題其《吟詩送老圖》二首云：「先生日日坐吟詩，詩未成時撚白髭。笑向春風比春草，也應吹緑幾莖絲。」其一「坡翁漫叟兩依然，酒趣禪心送老年。作郡客如辭郡客，出山泉是在山泉。」其二又題其《退官衲子圖》云：「居官罷官一身在，在家出家無罣礙。不能參禪茹素持佛戒，水梭花，鑽籬菜，逢著便喫意且快。又愛揮豪潑墨作狡獪，畫中詩，詩中畫，虚空幻出人天界。百八摩尼珠，纍纍指間挂。朝衫著過了，破衲請君代。君道尋常行處有索逋，還把衲衣償酒債。」

蓬心太守《自題歇擔圖》詩云：「天地一勞境，吾身得静便。醉中忘歲月，悟後見人天。地衲無須補，蒲團坐到穿。請看世上事，何用此身肩。」《江干晚泊》云：「江風留晚艇，一角楚山開。回首舊游處，十年還復來。」《題自畫古木寒鴉》云：「畫裏江鄉宛樂郊，西田老屋憶蓬茅。百年古木蕭條甚，賸有寒鴉補舊巢。」他句如《移居》云：「莫笑羸形寄蝸殼，借支牀脚待龜年。」《贈人》云：「鄉音滿耳忘爲客，只恨年來耳又聾。」《贈周霽堂》云：「自慚竊禄無餘粟，得便歸耕仗友生。」《寄燕喜大叔》云：「江上好山盡東向，要余即日便還鄉。」《客居對雪》云：「客居賸有書千卷，官退惟餘裘一貂。」

小蓬《送甘司馬之任宜昌》詩云：「江漢新秋放棹初，巴東猿接武昌魚。忘形交淡荷花外，話別情深竹葉餘。一領朝衫常帶酒，十年宦橐只饒書。知君早切蓴鱸思，城北何曾有故廬？」

影山《賞菊》詩云：「濁酒同傾老瓦盆，黄花黄葉雨中村。不教獨飲虚佳節，且喜三秋似故園。采采亂簪欆帽影，深深醉倒竹籬根。先生於此嬾迎送，早晚客來休閉門。」又有「尋花蠟屐春先到，待月柴門夜不扃」之句。詩如其畫，畫如其人。

南野堂筆記卷六

檇李吳文溥澹川撰
金陵張敔雪鴻定

江東盧垓父淵九爲今湖北惠瑶圃中丞之師，著有《玉壺集》。其詩清新超脱，絶句尤佳。如《過采石望太白祠》云：「一世佯狂百世哀，昔時山水解憐才。只今牛渚江邊月，曾見先生捉月來。」《明故宫》云：「紛紛檀板襯紅牙，轉眼銅駝泣露華。燕子又銜春色去，傷心不獨《後庭花》。」《廣陵》云：「不問新城與舊城，一春多半賣花聲。我來不識雷塘路，只向蘼蕪多處行。」《項王墓》云：「帝業方看唾手成，何來四面楚歌聲。興亡瞬息同兒戲，從此英雄不願生。」《秋日漫興》云：「紅樹枝邊暮靄蒼，不禁吟思老來狂。葛巾已厭霜風冷，猶爲黄花漉酒香。」《咏菊》云：「籬下終非出世儔，繁華看盡水東流。天教亦有開時節，不覺秋霜已滿頭。」《邗上别吴南岡》云：「漸老心易悲，那堪更遠别。嗟子無定居，安知非永訣？披衣送我行，中情兩如結。臨歧千萬言，一語不能説。」其他句如「濁酒澆殘長夜漏，西風吹盡少年心」、「有書不覺閒身老，無酒因知昨夜寒」、「髮爲憂時短，家緣識字貧」、「蟋蟀亦何事，清吟同可憐」、「好山過去休回首，留取歸時對面看」、「手抛羅帶攀庭樹，折得梅花嬾上頭」，《呼鷹臺》云：「兒郎莫怪皆豚犬，乃父平生只好鷹。」皆清新穎脱，意在筆先。客京師數十年，以諸生老。生平尚氣節，不詭於俗。迨中丞既貴，猶館於其家，呼中丞名，食云則食，坐云則坐，想見前輩風格如是。

錢唐家穀人太史詩，如食洞庭柑、楓亭荔枝，別有俊味，真不食人間烟火筆墨也。如《游澄溪道院》云：「日日對山色，不知山中幽。霜落風意晴，遂果茲山游。深林緑相蔽，尺許松髯修。裂石走飛雨，春溪激回流。丹梯進百級，步出雲上頭。雲深不見雲，合沓群峰秋。道人采藥回，見客還相留。雙扉開竹裏，竹杪茶烟浮。清響接猿梵，暝光動樵謳。豈無烟霞戀，惜未襆被謀。蔬果恣一飽，僕夫俟前丘。」《題鍾馗嫁妹圖》云：「鍾進士，汝居終南山。日對芙蓉縹緲之烟鬟，於鬼爲伯仙爲頑。胡爲婚嫁猶未畢，青衫破帽游人寰。彼美人兮粲玉顔，千里不辭道路艱。烏犍一隻遣嫁去，阿兄奩贈何其慳。其旁一鬼捧羔雁，想見蹇修辭令嫻。阿誰貌此當午日，丹砂染出朱唇殷。行屍走肉共游戲，婿鄉度亦非人間。誰其主者氤氳使，歌以侑之《菩薩鬘》。艾葉帳，石榴環。小妹往，阿兄還。」《初雪》云：「爬沙一曲譜簾櫳，密灑斜飛態不同。對我青山蒙絮帽，待人粉本畫漁篷。濁醪已長前村價，黄葉纔空昨夜風。報與老農應色喜，鴉兒門外祝年豐。」《觀夜潮》云：「高樓極目大江寬，爲待潮生夜倚闌。隔岸忽沉燈數點，如山湧到雪千盤。魚龍捲地秋風壯，星斗摇天海氣寒。明月漸低聲已歇，一枝墻影卧微瀾。」《水仙》云：「懷之渺渺見娟娟，相憶相逢幸有緣。高格白描燈上候，小窗清供雪晴天。湖頭廟已寒泉薦，海上琴誰古調傳。願借微波托心素，今宵月落未能眠。」《春暮東周澄源》云：「三月已半花亂飛，花飛日日見花稀。白蘋何處風正急，黄鳥不知春欲歸。湖裏外添荷葉小，陌東西夾桑陰肥。夕陽未落光景好，待子來敲白板扉。」《殘年風雪中作》云：「濕絮濛濛白戰天，忍寒不肯裹衾眠。破裘補綴十斤重，壓倒詩人山字肩。」《翦燈小集》二首云：「蟹天霜信最先知，橘後光陰與爾期。感舊不禁酸一點，吴姬筵上手搓時。」其一「翦刀聲裏脱枝輕，香霧濛濛觸手生。記得花時春未晚，楚鄉細雨作清明。」其二《題趙彝齋雙鈎水仙》云：「茫茫如夢復如烟，流落遺縑四百年。不盡湘雲湘水怨，只憑一葉一花傳。王孫何在空愁絶，帝子凌波亦渺然。回首仙人辭漢日，銅盤清淚尚濺濺。」《春草》四首之一云：「萬種無名各自芳，不關秋到也蒼涼。酒杯寂寞澆寒食，燕子徘徊認夕陽。一徑牛羊風笛亂，六朝金粉砌苔荒。分明恨碧消難得，斷簇猶埋古戰場。」《九日登江亭》云：「登高故事怕人誇，九日天涯又水涯。江影明邊初落雁，夕陽黄處獨看花。相思兄弟難成夢，如此亭臺不是家。輪與沙鷗心迹好，一汀秋色住蒹葭。」《江上雜詩》五首云：「前縴後縴上下手，漁家笛家左右鄰。烏下如聞樹頭雨，風吹忽見蘆中人。」其三「山重水複去帆遲，人道瀧中勝武夷。一日九迴重又曲，判教摇到斷腸時。」其四《丁家山觀荷值雨》云：「群峰如畫照船頭，歸去閒雲白似鷗。波面萬荷喧已定，夕陽無語一蟬秋。」《秋蟬》云：「銅盤露下一凄然，獨抱枝頭苦調傳。槐柳東西曾聽處，樓臺早晚已涼天。似傷時去惟蛩伴，能令人悲在雁前。我亦鬢絲愁對汝，故園喬木老風烟。」《臺莊登舟》云：「絶無人處觵聲過，一路霜清縮後波。貪喫鯉魚滋味好，計程五日渡黄河。」《無錫舟中望慧山》云：「身在水雲際，涼生衣上秋。九龍山不遠，吹雨到船頭。」《奔牛道中》云：「暝色下山來，平林織烟縷。荒草長於人，牧兒卧秋雨。」《雪中周澄源妹婿邀飲偶成》云：「如此團圞會，都驚老大身。友朋同學少，兄妹兩家貧。鰕菜憐鄉味，冰霜感旅人。即歸能幾月，珍重此相親。」《瑞石洞》云：「躡屐市喧外，一峰閒畫屏。雲衣如鶴白，石氣得松青。樓閣仙人去，林泉藥草馨。夕陽無限意，樵唱接冥冥。」《送客渡江》云：「西風吹柳盡，無處挽長條。且醉故人酒，送君乘暮潮。言經梅福里，相訪稽山樵。隔江明月到，余夢亦迢迢。」《嚴江同舍弟舟中作》云：「好句忽飛到，與吟惟子由。江山如昨夢，兄弟此扁舟。野水争灘上，閒雲爲竹留。他年翦燈話，莫忘富春游。」雜句如《懷友人》云：「林雨灑清磬，湖風吹玉琴。對門新水滿，坐爾落花深。」《寓齋感懷》云：「家從昨夜夢中到，客有一星江上孤。」《聞胡竹城近游越中》云：「一鍤常思埋醉骨，千山獨自走詩人。」《湖上看雨》云：「雙白鳥邊催陣起，萬荷葉上聽秋來。」《江夜》云：「隔汀孤鳥欲同夢，逆浪老魚聞有聲。半夜月沈潮又上，漁燈流過蓼花明。」《寒曉》云：「客路長亭外，江流短夢邊。」《同景笠人暨舍弟登臨江亭作》云：「三人坐處暮雲合，一葉飛時秋水生。」《江上》云：「遠嶺只如空翠合，涼潮多向夕陽生。」《祖師庵》云：「泉穿竹下峰千尺，雲與人争路一條。」《三竺道中》云：「夕陽忽下山鳥影，曳杖去尋田水聲。」《湖上晚歸》云：「幾家傍水門初掩，漁火生時月未來。」《閱古堂故址》云：「此地曾嗥田舍犬，相公休問牧童牛。」《送胡竹城渡江》云：「如此秋光不能醉，丹楓笑殺過江人。」《棲霞嶺》云：「經聲都隔竹，雲意不離松。」《金果泉》云：「日脚不到水，白晝生陰烟。」《七夕雨》云：「明朝驗取悽惶淚，灑向牽牛花上多。」其他長篇大句，卓卓可傳者甚多，兹不具録。

金陵周幔亭先生績學嗜古，與簡齋袁太史交最厚。其詩如《聞彭兒讀論語其母苦節望子詩以勉之》二首云：「但解咿唔便起予，弄麞伏獵待何如。須知半部安天下，宰相原來盡讀書。」其一「兒衣兒食長兒年，兒母憐兒望眼穿。辛苦莫忘晨夜讀，買書錢是續麻錢。」其二《舟次丹陽候潮不至遂倒舟去》云：「勇退生涯流最急，倒餐滋味蔗逾甘。莫教路上清明過，好及吴門三月三。」《維舟躡山望最高峰不得登》云：「幾度神遊迹未攀，緣何纔到便教還？平生多少違心處，半似今朝過此山。」《柯山題壁》云：「誅茆便住此間老，那有青山再到時。」《移梅》云：「老來何處逢知己，惟有梅花是故人。」《葺屋》云：「欲收遠近青山色，先矮書堂四面牆。」又如「江横千里白，琴動一聲秋」、「何須飲酒思千日，容易看花又百年」、「水將著色須留月，花不能聲欲倩鶯」、「未能免俗聊如此，雖不得仙亦自豪」，皆真性靈語。令子夢溪明經亦能詩，其《游朝陽洞》云：「徧訪名山塞外經，朝陽奇蹟信天成。衆峰拱揖通靈氣，一徑延緣上太清。碧蘚深時無石色，白雲高處有雞聲。廿年舊夢尋蹤到，不負天涯萬里行。」毘陵錢素園《除夕》詩云：「連宵風雨覺春遲，爆竹聲中换歲時。天上衆星應有酒，人生三絶可無癡。休將往事留殘夢，且向梅花索好詩。報道陽和明日到，東軒垂柳待成絲。」《七夕》云：「休言離恨苦重重，牛女秋期歡會中。地下一年天一日，算來何夕不相逢。」

僕《早春送周三丈紉蘭東歸》詩云：「吾愛先生道氣深，幾年爲客楚江濱。吟來蓮幕春風句，歸去荷衣秋水心。想見德門容駟馬，幸蒙顧步惜凡禽。武昌無限相思柳，待綰蘭橈緑未陰。」又題其《聽松圖》云：「一丘一壑，其人如鶴。落落者松，悠悠爾翁。披苧衣於巖畔，颺羽扇於林中。松風颯兮鳴秋，松露涓兮滴夜。屏塵喧其若洗，聆幽籟以如瀉。秀眉兮童巔，適志兮忘言。將家白雲以終老，買青山而不費錢。逍遥乎太和之宇，憩息乎淡蕩之天。尊有酒，琴有絃。酣且歌，松石間。安樂窠，地行仙。待茯苓之化琥珀，杳不知何歲與何年。」丈宅心和厚，有古君子之風。鄂渚同游，江干惜别，情見乎辭矣。

鄂城杪冬，枕上得句，書寄兒子楝云：「不盡千言萬言意，憑將詩句付雙魚。教兒一一從頭看，見我行行倚枕書。」其一「自從汝母嫁詩人，笑我吟詩太苦辛。合把詩編抵花誥，償他半世可憐貧。」其二「汝兄幾歲并州去，知在并州狀若何？傳語阿翁家信上，教伊歸娶莫蹉跎。」其三「計汝新婚兩載前，我歸可及抱孫年。老來心事難拋卻，苦盼門閭意惘然。」其四「汝妹方聯洪姓歡，是他家婦莫留難。女兒女婿同船去，只當揚州雙鶴看。」其五「今歲江鄉雨雪寒，先春麥草翠攢攢。明年定擬歸來早，蒸餅須教大似盤。」其六「知汝齏鹽孰與通，麤衣薄粥也須充。江東米價關心甚，細細書來報阿翁。」其七集中未載，故補録之。

簡齋太史題拙集，有「一代仙才，江東無卿比」之目。僕在武昌寄太史詩云：「詩名直壓九州外，文價都歸一顧中。憶昨辭公來楚北，感深許我秀江東。」其一「安昌座上老彭宣，巵酒相逢記别筵。笑倒後堂花一隊，白頭師弟各頹然。」其二

僕詩七言絶句最多，往往失之纖艷，痛加删削，存什之一，仍有不能决然舍去者。集中所載如《城南小院書所見》云：「爲誰移枕碧窗虚，卷幔風來意有餘。月色滿衣人未覺，桐陰小院夜凉初。」《白荷》云：「已愛輕羅步韈新，更憐珠露洗秋塵。卷簾隨手明如玉，月滿西洲不見人。」《春秋》云：「春陰漠漠雨兼風，時過清明酒盞空。午夢緑窗人不到，黄鶯一個老啼紅。」《游靈巖山》云：「疏蜂冷蝶漫隨行，冉冉蒼苔步屧輕。爲是美人香過處，春來花草倍多情。」其一「撲面風吹楊柳塵，館娃宫裏舊時春。湖山不要留歌舞，偏有鶯花替美人。」其二《山塘》云：「齊開畫閣倚笙歌，一樣簾櫳映綺羅。底事春風

欠公道，兒家門巷落花多。」其一「花映船窗水映衣，新鶯乳燕背人飛。空聞暮雨蕭蕭曲，不見春風緩緩歸。」其二《水邊》云：「水邊籬落那人家，蝴蝶滿枝紅杏斜。不許開門見春色，被風吹過隔牆花。」《七夕》云：「七夕筵開憶往年，如今七夕更無筵。始知天上年年別，猶勝人間夜夜憐。」其一「面面荷花不忍攀，田田荷葉暮溪灣。請君著意看明月，曾向高樓照玉顔。」其二《吴門春暮》云：「楊花飛處河豚美，燕子來時山筍香。有約看山明日好，蕩湖船小住山塘。」其一「昨來移棹聽笙歌，又約今朝看踏莎。何處相逢不相惜，江南春色已無多。」其二「緑楊瘦盡竹枝低，門巷無人鳥亂啼。試覓當時歌舞處，落花和雨作春泥。」其三「莫負看花酒滿壺，遲遲歸路倩花扶。春風一夜吹紅雨，明日君來花有無？」其四《惆悵》云：「惆悵園林景又新，飛花庭院更何人？湖邊别有新栽柳，不是青青舊日春。」《漫掩》云：「漫掩迴廊罨畫溪，貪看滿架紫薔薇。侍兒捉住風前蝶，放手忽隨花亂飛。」共十六首。其未刻者如《纖纖》云：「纖纖十五束春趺，畫槳迎來雨有無。青草岸邊看仔細，晚妝殘醉不勝扶。」《相逢》云：「相逢女伴踏莎回，共試簾前鸚鵡杯。别有酸心傳不得，暗將釵股刺青梅。」《春情》云：「春情摇蕩木蘭橈，楊柳娉婷學楚腰。細到不勝烟雨處，送人離别替人嬌。」《口占贈歌者翠郎》云：「翠眉小史初三月，白髪衰翁半百年。狼籍酒杯歌板後，泥人行坐最堪憐。」《即目》云：「穿花小駟錦爲韉，帽影當風玉作鞭。江上畫簾都捲起，一時回首看神仙。」《翠袖》云：「翠袖啼珠冷不禁，紅衣墜粉奈秋深。抛將蓮子教輕擘，中有幺荷似妾心。」共六首。

乙卯九月晤邗上洪樾林於武昌官舍，誦其少作《咏新月》云：「誰家寶鏡挂雲墀，小袱斜披露一絲。正是晚妝新浴後，珠簾重捲畫眉時。」《秦淮口占》云：「丁字簾開二月天，秦淮春水到門前。玉壺人醉覺如夢，金粉樓深夜似年。」《咏燈》云：「本是虚空影，何勞頃刻花？」《四季桂花》云：「誰移月窟長生種，真見如來不壞身。」《春日偶成》云：「記曾相見都嫌晚，但得重逢那恨遲？」蓋樾林少年，曾以千金買妾吴門，既而遣還，不勝桃葉楊枝之感矣。然其爲人豪俠尚義，與僕在臺陽，同爲奎公將軍座上客。時樾林先渡海，歸其友人莊處士惺園之殯於三原；西藏之役，將軍薨於軍，樾林復走數千里入關，踰金城，迎將軍喪而哭之哀，亦奇士哉。甘泉江鄭堂上舍，倜儻人也，與樾林相知最深。其《和樾林客中感舊》云：「蕭蕭兩鬢已霜華，匹馬曾經萬里沙。笑我雙聲諧競病，愛君險韵押尖叉。嫖姚死事悲荒塞，范式生還哭海涯。一卷新詩紀游歷，至今怕問佛桑花。」其二「駱馬楊枝一夢中，自言身是可憐蟲。幾回邗上春光好，再到吴趨落月空。眼見功名草頭露，情忘身世絮兼風。我來欲買康山住，腰鼓琵琶弔武功。」其二詩細膩熨貼，真爲樾林寫照矣。聞鄭堂好古，邃於金石之學，惜僕未識面也。

太倉王溎夫明經謙雅持重，盎然春和，詩亦情深於文，不落纖小家數。如《過黄州》云：「江山餘兩賦，風月自千秋。」《題采藥圖》云：「寒谿松子落，春塢藥苗深。」《送毛海客之歷下》云：「江漢一官春夢短，風塵雙鬢客心長。」又云：「官職未須卑半剌，風騷直自有千秋。」《琵琶亭晚泊》云：「謫官自後詩才少，此地從來客淚多。」皆警句也。

歙人李某，好道無子，客游楚中。素不知詩，忽吟一聯云：「芳草可埋骨，白雲留斷魂。」無疾而逝。僕弔以詩曰：「天涯寄迹渺如烟，萬事回頭總惘然。伯道無兒竟長夜，穆生爲客已經年。飄零芳草白雲句，斷絶高山流水絃。應與仙人同跨鶴，一聲鐵笛楚江邊。」又傳其題壁上句云：「不待他年身化鶴，只今歸去更無家。」覽者悽然欲絶，惜僕未識其人。

家南池初攝參軍，簡僕詩云：「嗜酒何妨作步兵，參軍兩字足生平。阿兄筆記添佳話，莫笑南池太好名。」僕答詩，喜其新攝參軍，兼爲母夫人壽云：「吾宗海陵秀，乘時遂彈冠。彈冠不擇禄，爲養甘抱關。奉其母夫人，輭輿行花間。吾游歲在丑，作合天假緣。天門一握手，契闊逾兩年。揭來鄂渚上，穆醴重需筵。爾母即我母，登堂仰慈顏。情增手足愛，誼比子姪肩。慷慨激忠孝，纏縣生肺肝。況當中丞府，同采幕下蓮。中丞重文掾，風雅相周旋。坐以皋比貴，攝以參軍鑾。觀其落筆勁，字字蛟龍騫。有時浮大白，醉墨皷瓊箋。詞豪兼書聖，竊比張米顛。屏風列妙句，短製間長篇。中丞大稱快，謂是今謫仙。知其有老母，庶無闕盤餐。日給郇厨膳，月分清俸錢。封章奏天子，名達香案前。下風感知己，何取作熱官。悠然琴鶴意，自足千秋歡。」惠中丞壽其母夫人詩，有「三世服官琴鶴富，一門清慶子孫賢」之句。南池答詩云：「去年宸翰榮公母，今日公詩壽我慈。純孝久邀明主眷，不才深媿上官知。頒來子舍親朋羨，羅拜堂前婦女嬉。恰喜同時舒愛景，下風琴鶴溥春祺。」宦途佳話，殊絶群僚矣。

儀徵處士方元鹿，字苹友，號竹樓，兼長書畫，尤工於詩。如「開後梅花留鶴伴，長成芳草待鶯飛」、「恨不身輕如小燕，嬾於世故效浮鷗」，秀倩可喜。其姪薐孫，字潤堂，亦工詩。如《對鏡》云：「顚頷形容今日面，消磨豪傑昔時心。」《賣劍》云：「買牛無地難耕種，易粟今朝暫救貧。」《送春》云：「又見緑楊摇遠岸，可憐紅雨負初心。」《送發初兄之楚》云：「黄金自媿無顔色，白髮能經幾別離？」師承有自，可稱「小竹樓」。

如皋石漁村，名士也，薄宦楚僚，亮懷知足。僕題其《醉菊圖》卷子云：「風味差堪彭澤俱，霜天正好共提壺。黄花濁酒争顔色，醉倒籬根不用扶。」其一「多事留人黄鶴樓，知君宦興澹於秋。故園儘有閒松菊，歸去滄江一釣舟。」其二漁村喜曰：「子知我心矣。」

王永州太守寓武昌，以詩畫换酒，終日陶然，蓋其中有獨得，故詩情畫趣迥出塵凡。其詩如《老去》云：「少年負氣愛交游，老去蕭然已寡儔。寫幅丹青閒换酒，每逢佳客便相留。」《采藥》云：「行過千山與萬山，者回劚得扶苓還。白雲繞足家何在，日落洞庭秋水灣。」《自題秋江夜讀書圖》云：「一卷殊書憶往年，秋燈茅屋亦堪憐。眼前廣厦非無許，終少江鄉二頃田。」祖舫齋方伯贈詩有「縱饒杞菊無餘俸，賴有雲烟養此翁」之句，其貧可知，然不易其樂也。家南池嘗置酒索太守畫蘭石，漁村索畫菊。把杯研墨，各如其意酬之。南池有詩云：「得酒先須酌此翁，相逢梅柳又東風。精神乍覺隨年長，嗜好終難與俗同。每見名流心便喜，試吟佳句耳還聰。人間秋菊春蘭意，都在先生點染中。」

僕《醉中漫書題南野堂》三首云：「世間底處着浮名，看取閒雲自在行。把酒一生差足了，回頭萬事總無情。」其一「死須埋我終非達，葬近陶家頗亦癡。争似先生一壺酒，醉忘身世醒忘時。」其二「不知世有凌雲賦，豈但家無《封禪書》。四壁中間詩一卷，如今便死勝相如。」其三失載集中。

項直庵居士家吴門，篤於友誼，終始不渝，有獨行君子之風。向爲浙江某中丞幕中上客，中丞既甍，直庵寶其所贈青花石硯，摩挲展玩，十數年不離几案，有「此硯貧來不忍賣，故人情重硯如山」之句。其《重過金山寺》詩云：「江柳依依江水深，扁舟送別十年心。金山便是西州路，花裏羊曇淚滿襟。」感時覽物，懷舊悽然，可以見其性情之厚。

僕《咏新月》絶句云：「纖纖月照眉，見月還相思。清輝半邊缺，似妾獨眠時。」近見方子雲絶句云：「雲際纖纖玉一鈎，清光未夜挂南樓。宛如待字閨中女，知有團圞在後頭。」都用比體，而意各相反也。又僕《登南高峰》五古詩云：「隔湖望南峰，見雲不見山。征帆入雲際，惟見山巑岏。春蘿烟霏霏，石磴沙盤盤。平步飛鳥上，勢欲無群巒。始知身所歷，已至青雲端。」閱袁太史《游山》詩絶句云：「身在雲中身不覺，看雲還上最高峰。豈知身已穿雲過，脚下雲鋪萬萬重。」僕《阻風小孤山下》云：「浪湧峰高帆不開，三朝三暮見崔嵬。江頭老樹挾風走，山下活雲如水來。應長石尤阻歸客，可知馮翳也憐才。眠鷗宿鷺都相熟，翻恐凌晨別思催。」太史有《蕪湖阻風喜諸故人畢至》云：「蕪湖賢士多相識，擬到蕪湖留一日。何圖舟阻石尤風，六日停舟行不得。故人聞信紛紛來，争攜魯酒談《齊諧》。赭山亭邊倚檻坐，蟂磯廟裏剪波回。阻風領得嬉游趣，翻怕風來吹我去。但願前途再阻風，都似留人在此處。梅岑弟子情更濃，朝朝閒話來舟中。祝風留我風不答，偷捲長帆當投轄。」四詩用意略同，而太史語妙，爲不可及。

僕詩集初刊於檇李，再刻於武昌。補略芟蕪，權衡得失，寸心知之。汪孝廉大紳題卷末云：「先讀初刊本四卷，覺清氣撲人，眉宇都爽。至航海後作，又覺雷霆風雨，颯沓而來，空中恍聞金鐵，竊謂觀止是矣。昨者復誦再刻本，始歎九轉之丹，丹各異候；百鍊之鍔，鍔益殊鋩。管蠡所及，約略指之。

如《魯公銅印歌》由增而減，譬若數年醇醪，十去其二，味乃足以黏唇。《觀獵篇》則由減而增，比於華露點茶，十益其二，而香遂能滿頰。其他單辭隻字，靡不斟酌精當。今而後知卓然成家，如此其難。紳當盡匿所作，不敢復以片紙示人矣。」

惠中丞行部宜昌，寓書於僕，其略云：「奉誦大集六卷，工部沈雄，眉山疏縱，殆兼有之。足下具此恢奇跌宕之才，絶類離倫之概，攬江漢之波濤，拓胸襟之兀奡。倘出其餘緒，以之張皇幽渺，徵引鬼神，必能遠過《夷堅》、《搜神》、《洞冥》等書。攄才子之心思，新詩人之耳目，固知入五都之市，當必有不脛而走者。不知足下亦有意否？」

僕生平不喜妄議人得失，至於詩之爲教，雖義取諷諭，而意存忠厚，尤不敢以刻深爲文，不欲以矯厲求勝。夫刻深者摘瑕而掩瑜，矯厲者驕己而凌物，此心術所以大壞，風雅於焉道喪者也。

江右吴白庵拓落江湖，兼長詩畫。其《游虎丘》絶句云：「散盡黄金不解愁，酒瓢茶具太風流。天公憐我狂無地，特遣乘春到虎丘。」想見其人，豪興可掬。

吴門沈菉園明經風骨清臞，神情朗暢。其《贈朱六橋居士》云：「磊落詩腸勝酒腸，翩翩畫手擅倪黄。媿余瘦比竹松似，盟到歲寒許共香。」其一「同是天涯萍梗飄，多君意氣薄雲霄。他時笠屐陪吟眺，數到西湖第六橋。」其二詩亦脱俗，如見其人。爲録二首，存其標格。

四十五年春，少宗伯籜石錢公奉使祭告嶽瀆，由陜入川。僕於涇陽塗次走謁，賦呈長歌，紀其事以送之云云。迨公成禮而還，抵西安，僕復致書於公。公爲留西安一日，答書千言，奬借逾分。及公復命入都，長公百泉太史偕故閣學丹叔陸公，見僕前在涇陽塗次投謁之詩，尤深賞歎。其後四十七年冬，僕自秦南歸。明年秋，陸公亦予假歸祝太夫人嘏，因枉顧寒舍，握手如舊交。笑謂僕曰：「『杜鵑啼春山木香，鷓鴣飛來雪中緑』句何艷也。」急索他稿，取僕吴涇、江淮、關中諸詩底本，袖以去，爲延譽於督學使者竇公，公亦深嘉納之。又明年，恭逢聖駕六巡江、浙，謹獻頌九章、序一篇，召試攬勝園。放歸，諸公甚愛惜之。竊思僕以枯朽之質，猥蒙諸公塗飾青黄，其不爲犧尊而爲溝斷，宜矣。顧生平知己之感，存没聚散於兹，慨然不能無所述也。録以志媿。

陽湖毛明經燧傳，字洋溟，古文作手，罕見其倫。詩工近體，其五言如《訪出塵師》云：「山根路屈曲，行過復雲封。流水一聲磬，遠山無數峰。高巖下鳥語，夕景明寒松。不見招提處，閒尋麋鹿蹤。」《柴門》云：「柴門人不到，客路阻溪灣。薄日忽疏雨，微雲生遠山。哀蟬激林表，飛鳥翔庭間。興極無與賞，蕭然但掩關。」二詩得王、孟之趣。七言如《咏明季史事》云：「不聞樞輔陳邊策，但下軍書賦國租。」又云：「僅以一關留塞北，豈能孤掌定遼西。」又云：「不遣將軍逾漢河，獨教丞相鎮揚州。」又云：「陸沉罪責王夷甫，征伐權歸殷仲堪。」《有感》云：「直以百年消腐草，便將七尺付枯藤。」又云：「甕裏黄齏應漸罄，鬢邊白髮又新添。」又云：「窮來骨肉青山盡，老去賓朋白髮多。」《小兒掌舒》云：「每見敗氈鋪卷牘，便能小口識之無。」又云：「探來母乳歡無極，分得兄梨笑不休。」又云：「家無至戚依朋友，人到中年望子孫。」宗派在梅村、卧子之間。

漢陽張司馬《九日》句云：「九日幾逢尊酒會，一官慚對菊花開。」風流清宦，可以概見其爲人矣。

與毛洋溟、家南池爲文酒之會，嶔崎歷落，不作世俗周旋。僕介南池得交司馬，有《重九後二日燕集南池尉廨遲張司馬不至》詩云：「自憐垂老逐天涯，强把登臨腰脚誇。賴有酒杯消白髮，莫教醒眼看黄花。催詩人在催租後，落帽風餘落雁斜。都爲使君期不至，江頭望斷木蘭槎。」是日又爲周霽堂處士題其《友菊圖》云：「客裏江山夢裏家，銜杯同話興何賒。相看鬢影都如許，大抵難勝插帽花。」其一「黄金色相本來空，差與詩人氣味同。如此結交良不惡，天涯幾個主人翁。」其二

咏物之妙，在切在脱，而不在多。曩客揚州，金國博棕亭丈盛誇童二樹《梅花百首》詩才大無耦，僕曰：「古來賦梅多矣，其超絶者，不過一句一聯雋永有味耳，多則厭來，未免賣菜求益矣。憶無名氏句云：『自從和靖先生後，聞説梅花不要詩。』殆謂此歟？」棕亭曰：「子言故自超，若論梅花孤格，不著一字爲更超也。」僕曰：「如公言，則不生和靖，并無梅花，不更超耶？」相與大笑。時在馬氏玲瓏山館，今十數年矣，漂零懷舊，能不惘然？

金陵周築東茂才客姑蘇，悦青樓女子味蘭，殊色也。築東咏《柳絮》詩，得一句云：「漢官春盡魂猶在。」屬對未成，味蘭云：「何不對『謝女情多色未空』？」築東驚歎，以爲天然佳對。此與唐時伎人「武昌無限新栽柳，不見楊花撲面飛」同一艷心慧口。

築東又述其鄉前輩某翰林公，致仕後棹一小船，泊黄州，爲故人留飲。夜三鼓回船，路遇太守騶從，邏者執之，詢其來歷，乃口占一詩爲答云：「舟泊蘆花淺水濆，故人邀我醉金巵。方歌赤壁兩篇賦，已是黄州半夜時。楚北使君曾未識，江南詞客也應知。區區來歷蒙相問，舊有聲名在鳳池。」太守

下車謝，命役張燈，送歸舟。

王夢樓先生賀新婚對聯，書前人句云：「樂意相關禽對語，生香不斷樹交花。」何婉而切也。近見有題酒樓集句云：「勸君更盡一杯酒，與爾同消萬古愁。」令人歎絶。

袁簡齋太史集相國某公、大將軍某公，尚書某公、某公軍中所寄詩札爲一册，凡海内鉅卿名士，投贈箋簡，擇其言尤俊雅者，均排層列於室之四圍壁柱及廊廡間，題曰「詩世界」。徐閬齋孝廉詩云：「庾信文章動列公，將軍絶域報書同。箋飛星石河源外，字走蛟龍硯匣中。四壁雲霞排硯北，一樓風月嘯江東。香山易邁鬚蘇病，那抵隨園矍鑠翁。」雅切情事，善於語言。

詩家絶句，白描最佳。有異曲同工者，周築東《孤山》云：「孤山二月踏寒沙，不見梅花見雪花。才放枝頭三兩朵，試拈玉笛怕吹他。」偶見友人《壁間題雪》詩云：「新年都未見芳華，二月孤山冷踏沙。白雪却嫌春色晚，故穿梅樹作飛花。」二詩都有味外味，不寄盛唐籬下，斯爲真品。

仁和楊二農明經豁達通才，長興朱六橋居士翩翩書記，與僕同寓武昌惠中丞幕府。公餘讌會，賓主歡然，麗句清詞，戔如束筍。二農《題聽松圖》云：「太平歲月養龍鱗，不記何年手種人。仿佛天台石橋路，赤松游戲是前身。」其一「弄月吟風鶴不驚，翠濤入夜響逾清。有時隔院敲松子，誤作林梢滴露聲。」其二「不着接離因灑落，乍摇羽扇最風流。人間熱惱無從避，此地真成六月秋。」其三六橋《梅花》詩云：「石牀三尺倚松根，書榻雖寒尚可温。夜半月來僧又去，老梅遮路不關門。」其一「蹋雪高吟醉雪眠，故山荒盡豆苗田。一年三百還家夢，不夢梅花是偶然。」其二筆意疏倩，都有庾景行「緑水芙蓉」風致。書此以誌一時同群之樂，留爲異日佳話也。

惠瑶圃中丞公詩圓和瀏亮，月霽風光，得乾坤清淑之氣爲多。如《題崔夫人浣青詩草》云：「賢孝狀元女，文章太守妻。世家傳淑榘，名宦藉深閨。絮好先成咏，椒香續有題。懸知掃眉筆，夫壻一時攜。」其二「秦蜀山連棧，江沱水接天。雲軿留幾處，畫舸駐經年。錯落珠璣字，霏微月露篇。侍兒勞玉手，重疊捧蠻箋。」其三《和慶兟邨留别》云：「渺渺天涯路不窮，他鄉蹤迹悵漂蓬。襟分南浦回新緑，燭剪西窗賸舊紅。幾許離腸因作宦，大都衰鬢各成翁。雲箋貽我情稠叠，春雁秋鴻冀可通。」《和湖南李學使》云：「喜見星軺返暮秋，翩翩文旆暫淹留。冰壺朗映西南楚，玉尺平量十四州。爲問張帆洞庭渚，可曾題賦岳陽樓。橙黄橘緑難言别，江漢無情日夜流。」其二「麟閣勳名我未加，從戎西蜀憶邊笳。只今青海無傳箭，自昔銀河有使槎。杜宇聲中添白髮，鄂王城畔又黄花。停杯漫指屏風句，努力熙朝忠孝家。」其三《酬曼亭太守》云：「不羨人間萬户侯，争看五馬識荆州。來當南郡槐初夏，到及西山麥有秋。投我鴻篇何綺麗，挹君鵷度最風流。菖蒲酒釃須同煮，判作平原十日留。」又《寄崔曼亭太守》云：「雨後村村布穀忙，風聲處處頌甘棠。麥秋時節停橈好，比户人家餅餌香。」《喜晤楊緒堂並誌别懷》云：「促膝論心憶往年，重逢握手倍依然。看君衣上酒痕在，碧染洞庭湘浦烟。」其二「遲我帆移皖水濱，白雲黄鶴解留人。武昌門外千株柳，應爲情多不忍春。」其三他句如《和徐閬齋孝廉》云：「自昔江東多秀彦，到來楚北總騷人。」《酬孫别駕嶺南見寄》云：「夢來鸚鵡洲邊雨，啼落杜鵑枝上花。」《題楊居士姬人琴南遺照》云：「豈知流水高山意，都付零香斷粉中。」《楊居士新納楚姬戲贈》云：「聞説漢皋重解珮，由來楚女總纖腰。」風騷合響，衣被群英，大家名家，不拘位置矣。

朱六橋詩有「白雲瀉地作流水，紅雨滿身扶過橋」之句。亡友許築巖處士《春晴閣》云：「如絮雲來高閣曉，落紅雨過半枝春。」楊二農明經《桃花峽》云：「打頭紅雨不驚夢，扶足白雲如駕空。」又阿都轉《暮春游龍洞》云：「白雲寒古洞，紅雨濕春山。」字句相類而意巧攸殊，不厭其複。

惠中丞之弟長懋亭侍讀，天性友愛，英穎絶人。年九歲，作《中秋對月》絶句寄中丞，云：「今夕中秋節，哥哥在熱河。家中好月色，别處又如何？」不煩刻劃，自擢靈根，與唐時七歲女子寄兄詩「别路雲初起，離亭葉正飛。所嗟人異雁，不作一行歸」，同一風人意趣。洵乎「詩有别才，非關學也」。

漢陽張恒齋司馬《應山道中》詩云：「驛路通三楚，孤城枕萬山。斜陽秋草外，古戍暮雲間。老馬尋途熟，征鴻戢影還。楊公儼遺蹟，瞻拜媿塵顔。」《同人集谷隱寺探桂》云：「峴首衆峰外，窅然空谷深。桂花寒不落，柏葉翠交陰。高會懷山簡，安禪説道林。風流殊未歇，聊爾復追尋。」《送遠》云：「落日下林莽，平原生晚風。故人相送别，之子遠從戎。後會杳難即，繁憂耿未終。數聲天際雁，滅没海雲東。」贈家南池云：「薄宦君何戀，工書世所稀。嵇康惟病嬾，王湛本非癡。此去偏先我，相知更屬誰？從今風雨夕，不盡暮雲思。」《廣水》云：「一官同病葉，于役逼殘秋。廣水暮何急，停驂問遠鷗。」他句如「棲烏寒遶樹，歸鴨晚知家」、「落日猶在樹，白雲已滿山」、「塢竹遲雲到，庭花信鳥銜」、「高簷下華月，積水明空庭」、「對酒月初上，披襟風乍生」、「爲歡竟此日，後會復何時」、「冷對木居士，細斟金叵羅」，蕭疏閒遠，有王、韋之風。

天下奇山水莫過於蜀，古來文雄詩聖産蜀者多，即異地詞人入蜀吟咏，必奇境使然也。僕今年未六十，幸身尚健，逝將溯流西上，冀得見夫蜀之賢士大夫言論風采，如杜甫之於嚴節度、陸陽之於韋南康。又訪蜀中奇軼如君平、長卿之徒，與之游處，以遂平生歷落好交之至願。然後經玉壘，眺峨嵋，觀劍門天險，訪蠶叢、魚梟，返乎成都，復下巴峽，張帆洞庭，振衣廬阜，而東歸休焉。此區區之志，模山範水，獵古蒐奇，不待向平，差强宗慤矣。

楚中客游談藝之士，多於鯽魚，密若蟣蝨。愛士如秋帆尚書，亦無廣厦千萬間以處之，頗有孟嘗君食客三千，歸家喫飯之稱。僕兩游武昌，蒙尚書接待殊優，然羈旅困挫，所不能免。《新年書感》云：「舊鬢新年愁更愁，青春白日卧滄洲。尋常行處一杯酒，欲典來時老敝裘。客況真成强弩末，歸期難説大刀頭。飄飄天地身無用，即遣饑寒死亦休。」又《寄題南野堂壁》云：「隨他風雨蘚痕斑，任爾茅茨日掩關。一笑身家詩卷外，半生心事酒杯間。交游無益都如夢，仙佛難成也勝頑。但得殘年飽喫飯，歸來抱甕儘怡顔。」乾隆五十九年春，尚書有述職之行，爲延譽於中丞惠公，遂佐中丞幕中啓事，雅相推愛。六十年秋，中丞奉命内轉農部。將北行也，主人誼重，客子情深，能無戀戀？酒後得句云：「短衣隨處堪投老，長鋏何門可報恩？」投筆慨然。既而中丞以督緝湖南、北教匪頑苗，復奉上諭留楚，僕亦未敢他適。書以志僕游楚以來，於兩公間作合之緣、去就之故，蓋有數焉。

南野堂筆記卷七

檇李吴文溥澹川撰
滿洲繼昌蓮龕定

虎林楊湘石元凱以名進士出宰昆陽，量移洶水。爲詩雍容和雅，神與景會，知其醖釀深矣。《述懷》云：「既已長兒女，豈不念升斗？平生灑落懷，以此失八九。」《獨酌》云：「近時飲酒人，飲亦徇世故。天趣苟不存，尋歡適成苦。」《賞菊》云：「酒熟待重陽，開尊試其嘗。月生知蟹滿，霜落見橙黄。竹影侵簾古，蟲聲入户涼。連朝赴良約，都爲菊花忙。」《元日喜二女歸寧》云：「門楣心願畢，荆布舊家風。失母疏慈訓，居貧缺女工。歸寧新歲樂，送别晚燈紅。更喜居相近，牆陰東復東。」《新歲獨酌》云：「衰年朋好謝，新歲掩蓬廬。念昔同歡笑，逢春感索居。」《五十》云：「五十未云老，盛年都已過。春風笑華髮，不醉意如何！」《憎春》云：「白髮不改色，林花都放春。生憎艷陽節，欺得暮年人。」《春日遣興》云：「暖烟著樹迷離緑，啼鳥催花次第開。不是天工勸人飲，風光何事做春來？」《山行》云：「木石藏熊館，風沙亂馬蹄。」《過魯》云：「嶽雲終古白，海氣五更紅。」《思家》云：「一官憂患始，八口夢魂餘。」《牡丹》云：「偶因公事出，借作看花游。」《寄家書》云：「杜老四松無恙在，陶公三徑幾時還？」《寓興》云：「竄林蒼鼠捷於鳥，啼雨小蟲清似琴。」《賦感》云：「家山不遂躬耕願，風木空傷逮禄心。」《偶成》云：「老記舊書如記夢，閒看人事似看花。」

烏程范音，號白舫，磊落好交，薄游江漢，轉徙竟陵。詩多悽惋之音，蒼涼之概。其《登六和塔》云：「四望白雲落，青天一雁高。晴開越山翠，秋冷海門濤。」《秋日題錢塘驛舍》云：「海門遥望路冥冥，斜日錢唐古驛亭。老樹霜寒秋色紫，隔江雲斂暮山青。浙西納土歸天命，河北班師落大星。憑弔興亡千古恨，潮聲不盡子胥靈。」《寄袁簡齋太史》云：「萬斛泉源湧筆端，髯蘇再世主騷壇。登瀛天上辭仙職，説法人間現宰官。詩酒交游常滿座，江山吟眺獨憑闌。品量六十年來事，福海醲春歲月寬。」《舟中寄友》云：「遥傳芳訊憶征塵，爲報征衫未卸身。陋巷茅容虚奉母，孤舟王粲慣依人。夢驚笳動江邊驛，腸斷花開客裏春。裁得數行書未寄，歸心先自逐魚鱗。」《黄鶴樓》云：「五湖烟雨滯歸舟，三楚關山動旅愁。脱珮酒家判盡醉，一聲横笛大江秋。」又句若「水清飛絮俗無影，階静落花如有聲」、「蜀錦屏開山六六，齊紈扇撲蝶雙雙」、「酒畔清談揮麈尾，花間新句束牛腰」、「春雪不消如旅思，寒燈留影伴吟魂」，倜儻風流，無郊、島陋習。

秀水沈古音祖蔭，篤行君子也。爲詩不事追琢，以自然爲宗。如《江行口號》云：「翠螺結復結，修眉彎更彎。春山看不盡，好在夕陽間。」《半畝園步月口占》云：「居民晚飯罷，絡緯鳴向夕。猶有不眠人，吹燈語簷隙。」《度嶺》云：「過雨新谿響碧漪，經霜晚樹錦離披。籃輿到處堪成賞，一路秋山叫畫眉。」《山雲》云：「一帶連蜷向日曛，忽看巾子白紛紛。青山自是多情物，纔了朝雲又暮雲。」《過竹田村墅》云：「暝色來簷際，秋塍東復西。宿霖村港滿，新穫稻田低。撲撲迎人犬，膠膠正午雞。一椽如可借，便擬問幽棲。」《野步》云：「步屧前村去，時聞叱犢聲。江南農事早，二月已催耕。」《荷衣》

云：「輕莎一片水田春，翦取成衣屬野人。漁浦毿毿閒有影，柳塘披拂浄無塵。遥從青箬烏篷外，認得斜風細雨身。我欲繪圖添笠屐，便應西塞問投綸。」又句如《江行即目》云：「天邊游子遠，江上好山多。」《南樓》云：「夕陽樓背人多少，錦袖金釵看鼠姑。」風神駘宕，中唐妙境。

新安朱醉竹嗜酒愛客，瀾漫天真。其詩如「愁來休著想，病去即時通」、「好景每於閒處得，離憂且向醉中過」、「壯懷已被愁消歇，闕事全憑酒補償」等句，都有意趣，能以不著力爲工。

德清戴彦民高著《緑疇吟草》，五言清遠，不減王、裴。如《待月呈主人》云：「夜静得秋意，主人春甕開。抱琴臨水坐，看月過松來。十載他鄉客，三更有夢回。即今良燕會，相對莫停杯。」《石蓮洞》云：「獅山十二曲，飛出碧芙蓉。六月不知暑，一花開過冬。昔賢曾講學，石室有遺蹤。到此似相識，白雲猶在松。」《筠公静室》云：「蒼蒼九里松，藹藹兩高峰。每日茅簷下，閒雲掃幾重。如歡巨然筆，偶踐曇超蹤。相對了無語，惟聞空外鐘。」

桐溪沈石耀世勳閉户苦吟，詩以陶、杜爲宗。其論詩曰：「膚淺緐縟，詩之弊甚矣。反而求之，庶幾其陶、杜乎？夫沖然而淡，曠然而達，不事雕琢，恰得自然之趣者，陶公之真而不失於俚也；穿經穴史，按時立言，纏緜悱惻，必本忠厚之意者，杜老之大而不流於廓也。若俚與廓，則與膚淺緐縟相去幾何？」僕以爲知言。其詩如《城南野步》云：「背郭雨初歇，亂流明晚霞。浦風疏柳岸，溪雪漲蘆花。漁子舟爲宅，唐人寺作家。獨行誰是伴，佇立望歸鴉。」《讀賈誼傳》云：「治術休誇第一人，漢廷無意重儒臣。長沙久已留才子，宣室何勞問鬼神。盛世生難交絳灌，少年死合並靈均。憐君遠謫誠何事，日暮招魂楚水濱。」《讀平原君傳》云：「救趙兵還仗李同，邯鄲一戰立奇功。如何效死沙場士，不在三千食客中？」《春日漫興》云：「寂寂山房長翠苔，柴門何事晝還開。也知窮巷無春色，恐有貧交看竹來。」又句云：「松徑白如曉，溪流清到心。夕陽猶在樹，暝色欲歸禽」、「落日照溪色，餘光上我衣」、「初月不終夕，秋風無静林」、「秃樹駭人立，怪禽聞夜啼」，頗盡幽居之概。

桐溪朱春橋八丈方藹，性好遊覽，凡西泠、吴興、廣陵、茂苑，歲率至焉。名流詞客，相與搜崖翦莽，圖繪題名，見者以爲山澤之臞、列仙之儒也。其詩如《北行有感》云：「吴根越角近游頻，又作三千里外身。此去不堪回首憶，十年前有倚閭人。」《漂母祠題壁》云：「一飯相留淮水濱，英雄相識在風塵。後來知己蕭丞相，已是王孫第二人。」《東阿道中喜雨作》云：「盡日驅車觸熱忙，忽飛急雨溼行裝。山空欲裂奔雷響，雲黑還開劃電光。溝水頓添三尺漲，旅人早卜一宵涼。江南有此甘霖否，五月農家正插秧。」《卞山白雀寺》云：「千株夾道翠陰濃，直到山門不斷松。初地誦經來白鶴，半天飛雨自黄龍。雲烟磵户喧春溜，笥蕨齋厨報午鐘。放眼五湖空闊處，扶笻更上最高峰。」《吴女》二首云：「我亦經旬疾未瘳，憐渠抱病更懷憂。那知生死真難料，喪了紅顔剩白頭。」「硯匣塵封粉盝殘，花前月下總悲端。旁人一語聊相慰，只作殊鄉已嫁看。」又句如「草根喧吠蛤，籬落吐牽牛」、「閨人同學佛，稚子解鈔書」、「調鶴常分米，收琴屢典衣」，神似陸放翁。

丈天性友愛，其兄含叔待罪蜀中，數十年後，一旦蒙恩赦歸故里，喜而賦詩云：「乍見猶疑魂夢間，旋知有詔得生還。頓教舉室歡無極，回憶當年淚尚潸。連夕燈花曾送喜，一朝酒盞共開顔。别時少壯今衰老，相愛相悲髮盡斑。」其一「同懷凋謝幾傷神，故里他鄉剩兩人。詎意斷鴻仍作侶，可憐枯樹再逢春。九重恩大生難報，歷劫身留許自新。家計好營田數畝，太平耕種樂天倫。」其二一時傳鈔，讀者酸鼻，比於東坡出獄與子由相見時光景。所著《春橋草堂詩集》，王蘭泉司寇爲之序。

甪里馬氏與僕家再世相好，無莽明經銓受業於先君子，其尊人笑竹丈與先君子交最深。自我家移居東津，比鄰相見，兩老人晨夕過從，歡然樂也。僕與從兄石溪及衡齋諸兄弟、諸姪輩一堂星聚，至今夢想不置。有《秋日馬氏山房留贈》詩二首云：「率意無拘束，經過東復西。黄雞烹没骨，紫蟹擘團臍。柄柄風荷折，叢叢露菊低。清秋能幾日，判飲醉如泥。」其一「水樹看鵝鴨，山園蔭薜蘿。兩家兄弟樂，隔屋友朋過。餘興登高後，良辰奈晚何。東津采菱伴，歸棹月明多。」其二又《贈馬王銓兼示其從兄子汾》三首云：「我父及尊甫，風流二老俱。比鄰看花藥，扶杖戀桑榆。忝接庭前鯉，真憐屋上烏。爲兒如昨日，往事重嗟吁。」其一「與子披雲霧，秋空爽氣來。太初標亮拔，第五見清裁。廣厦平生志，窮途老眼開。酒徒共搔首，一笑已銜杯。」其二「小阮詩才雋，從余得句新。青雲千里意，玉樹一枝春。會見空群足，真能走絶塵。道南來往數，諸弟亦相親。」其三無莽有膽識，喜論事，鑒别流品，敏於從善。尤厚其戚黨，周急孤寒，不遺餘力。購書數萬卷，置一樓，丹黄甲乙，左右鱗次，榮於南面百城矣。

無莽《采蓮曲》云：「南湖之南，東津之東。摇摇桂楫，采采芙蓉。左右流水，真香滿空。睠此良夜，月華露濃。秋紅老矣，零落從風。美人玉面，隔歲如逢。褰裳欲涉，不知所終。」此詩似司空表聖《詩品》，由其襟情爽曠，故不耐作近體。

馬淡于明經汾詩才敏捷，日課數首。其《雨中送春》云：「暮雨速春駕，東君自此辭。難將流水住，畢竟落花知。草長翠鋪徑，鵑啼紅滿枝。回頭南浦望，倍有故人思。」《歲暮感懷》云：「回首青天外，蒼茫逼歲闌。消磨妻子易，成立弟兄難。綠字空盈篋，黄金未轉丹。蹉跎三十載，無計博親歡。」《蟋蟀》云：「畢竟緣何事，秋聲獨爾悲。棲遲衰草共，身世冷風知。天氣正肅殺，人生多別離。感兹不能寐，一夕鬢如絲。」《咏樱鞋》云：「一兩樱鞋舊製精，樣偷麂眼細穿成。步回仄徑誇輕捷，踏遍危途化坦平。穩稱高僧登嶺去，雅宜處士看花行。笑他珠履三千客，但聽華堂橐橐聲。」《秋感》云：「疏疏茅屋咽階蛩，助我吟詩小病中。桐蔭涼風吹晚綠，荷香零露落秋紅。一年佳節隨流水，千里懷人託斷鴻。湘北荆南戎馬地，感時愁殺杜陵翁。」《送人之維揚》云：「杉青閘口水拖藍，十幅蒲帆風力酣。屈指征塵六百里，杏花時節到江南。」《簡褚坪芝》云：「笑余心性太癡生，春去春來嬾送迎。辜負雙柑空斗酒，不曾聽過一聲鶯。」《南湖柳枝詞》云：「張郎風調見依稀，雨態烟痕欲染衣。日暮畫橋晴有絮，東風吹落釣魚磯。」又句如《野泊》云：「花影溪邊屋，雞聲竹裏門。」《過馮丈小軒》云：「種花耽小隱，伴鶴度流年。」《贈友》云：「賴有文章重，堪消貧賤羞。」《雁字》云：「懷人江上書空憶，思婦樓頭錦可憐。」《雙溪》云：「釣魚客去村烟暝，牧犢人歸晚飯香。」《題曹種水畫水仙》云：「綵毫著手芳魂活，衣鉢君家賦洛神。」

褚坪芝明經弱歲耽吟，吐辭名雋，與馬淡于、陸蒔梅爲文酒會，里中有三雋之目。其詩如《燕銜泥》云：「燕銜泥，啄花谿。掠風翦雨東復西，努力營巢終借棲。」《靈巖》云：「絃管復絃管，綺羅更綺羅。江南最佳麗，千載春風多。花草怨斜照，古今悲逝波。青山對我笑，我對青山歌。」《雨後喜朱半禪至》云：「春至動虚室，空階上緑苔。何期秋雨後，却得故人來。繭紙摹蟲篆，雲罍倒蝭醅。坐深横月色，剛照半窗梅。」《即景》云：「春樹俯春溪，家家結屋低。塔高晴見鳥，村静午聞雞。背石苔成徑，緣牆土作堤。南湖花未了，一棹水東西。」《春暮游山塘》云：「湖山媚春色，游興繞芳塘。載酒緑波暖，聽鶯紅雨香。玉簫珠閣女，金勒繡衣郎。三月江南路，登臨樂未央。」《山塘春思》云：「度曲垂簾鶯自語，當門楊柳斜光暮。落花滿地不能飛，無人知道春風去。」《秋海棠》云：「傍砌叢叢冷夕陽，淚痕紅剩舊啼妝。秋來正是悲時節，不道花開又斷腸。」他句如《九溪春日》云：「翠蝶晚猶舞，碧桃晴未開。」《溪上》云：「危橋碍夕照，老樹易秋聲。」《舟行》云：「帆輕風力重，岸闊水聲多。」《早春》云：「酒和春氣釅，梅犯月光寒。」《吴帆》云：「殘年逼長道，别思入梅花。」

聞川孟均之明經著《賦魚齋稿》，宗尚恬雅，去塗澤姿媚者遠矣。《蠶婦歎》二首，厚忠悱惻，風雅遺音。其辭云：「去年蠶種稀，桑葉留滿樹。今年桑葉少，蠶種賣盈路。葉盡蠶未眠，傍徨淚如雨。逝將鬻兒女，還恐無鬻處。」其一「東家蠶黑瘦，盈筐棄前川。西家幸薄收，繅車聲不喧。婦女慘相對，落日無炊烟。籬間犬忽吠，已泊催租船。」其二又《呼鷹臺》云：「漢江東去銅鞮北，百尺層臺尚憶劉。地擁襄樊資坐嘯，名高俊乂托清流。登高有賦悲王粲，生子無人似仲謀。誰唱野鷹來一曲，西風落葉古荆州。」他句如《過屈原濯纓臺》云：「文章一代開三楚，魂魄千秋弔九疑。」《楊氏齋中留飲》云：「春盤杜老傳生菜，近局陶家有雙雞。」《臘月》云：「熱不因人嗤夢鹿，才非經世媿聞雞。」《婦病》云：「病無兒女愁依婢，貧乏參苓苦勸餐。」《梵音閣登高》云：「鳥投紅葉樹，僧語夕陽樓。」

袁太史小倉山房壁間贈答之作，摘其佳句。如程廷璜云：「春禽鳴一聲，百花睡初起。」黃之紀云：「隨園居士今方朔，游戲人間作歲星。」「定知談笑無餘子，如此師生有幾人。」「來爲湖上鶯花主，去作江南桑苧翁。」「開徑教穿紅雨過，起樓爲看白雲生。」「劇憐我是不才木，乍看翁如難見花。」「到處自開詩世界，無人不拜老神仙。」「筵列銀箏姬十五，坐穿珠履客三千。」陳熙云：「記我姓名憐舊僕，念公眠食問佳兒。」「長生不學神仙術，見佛皆生歡喜心。」張舟云：「集中長慶多新作，朝裏貞元少舊人。」趙翼云：「喬木十圍人共老，名山一席客争趨。」「與我相逢三竺路，此翁大似六朝人。」錢維喬云：「偶然著作高千古，便不湖山也一生。」折遇蘭云：「老眼能知天下士，虛懷真見古人心。」方正澍云：「海内無前輩，田間有使君。」「門教雙鶴守，衣倩百花薰。」「名花争勸留賓酒，侍女分抄脱稿書。」「千言獻賦誰知我，一句詩傳最感公。」丁珠云：「身閒但急千秋業，官罷還貪一縣花。」黃景仁云：「文章草草皆千古，仕宦匆匆祇十年。暫借玉堂留姓氏，便依勾漏作神仙。」張雲璈云：「長棲花月神仙府，更勝蓬萊侍從班。」葉紹楏云：「偶談舊雨人俱古，能坐春風客亦佳。」何道生云：「愛才至此真如命，知己從來勝感恩。」「許署頭銜稱弟子，此生端不羨封侯。」蒲忭云：「六代雲山隨杖履，一園花鳥盡聰明。」汪汝弼云：「紅粉有人稱弟子，青山到處屬先生。」「叩户山中仙鶴應，吟詩江上老龍聽。」「曠代誰標才子號，聞名都當古人看。」「等身著述空千載，於我浮雲擲一官。」孫原湘云：「黃初詞賦空千古，白下江山送六朝。」祝德麟云：「問渠何福能消受，不是青山即美人。」孫光甲云：「請看宇内文人筆，夢裏花都不敢開。」成策云：「知否平生真樂事，見公勝似見金山。」羅春霆云：「此身大類争春鳥，只檢名山勝處飛。」蔡元春云：「感遇詩容貧士獻，閒情賦有美人鈔。」李廷敬云：「但聞姓氏都關福，況對江山細論詩。」劉志鵬云：「笑我因人方得熱，從今立雪不知寒。」某公《咏隨園菊》云：「同是秋光開獨好，爲公座上有春風。」

蕭山蔡伯子仲光《即事》詩云：「幽棲何用日餐霞，五柳摇情映碧紗。怪底西鄰牆不築，隔牆爲有海棠花。」《排遍》云：「《水調》聞歌淚滿裾，思君遠戍十年餘。秋來無數南飛雁，不寄雲中一紙書。」風調絶倫。伯子名仲光，與包秉德、沈禹錫、毛奇齡爲四友。

山陰吕黍字，豪於詩酒，醉中自爲月旦，有「詩一、字二、酒三、文四、詞五」之目。其《游鸚鵡山》詩云：「丹雞白犬秦人洞，豪竹哀絲謝傅心。王粲不須嗟失路，故鄉無此好登臨。」風情怊悵，蓋能用翻案法耳。

仁和黄松石處士樹穀，孝子也。其父殁於寶定，處士走數千里，達瘞棺所，棺朽，函骨以歸。沙石穿麻鞋，血瘢縷縷在脛。有《負骸圖》。詩云：「負骸孤走保陽城，日日愁霖淚雨傾。祇有父魂兒命在，夜來同宿晝同行。」其先官少參者，人呼「黄佛兒」。處士詩云：「爲展松楸到梵村，墓門華表百年存。白頭山嫗遥相指，黄佛兒家七世孫。」晚年著書，精篆隸，子小松司馬，世其學。

方蘭坻處士薰之尊人雪屏先生，兼長詩畫，著《雪屏詩存》。爲詩不宗一家，絶去畦町，獨標性靈。如《都門送友人南還》云：「歲晏關河冰雪天，瘦騾馱我出幽燕。入懷未滅禰衡刺，得路多慚祖逖鞭。

結客心情猶往日，封侯骨相已衰年。黄金臺古重回首，潦倒誰爲國士憐。」《移居東郭簡友》云：「得澣征塵已隔年，傍村水竹話清緣。莫嫌東野無家具，若過南州有榻懸。酒熟鄰翁能餉榼，詩成稚子解分編。尊前愁説游燕日，羸馬蒙裘朔雪天。」《咏白雁》云：「素書欲達海天長，落盡蘆花見故鄉。萬古龍沙飛漢月，一時客鬢滿吴霜。遠歸薊北懷兄弟，到及江南正稻粱。猶有舊盟鷗鷺在，依依寒夢伴瀟湘。」《伍大夫祠》云：「荒祠猶傍闔閭城，落日東門弔古情。人去蘆中留劍氣，客來花裏聽簫聲。一身恩怨分吴楚，兩國存亡繫死生。畢竟五湖歸計好，怒濤枉自跨長鯨。」《聞笛》云：「晚來聞笛不勝嗟，客舍春寒正憶家。手種玉梅三兩樹，莫教歸去已無花。」《自書懷歸草》云：「平生汗漫廿年游，閩海春還燕冀秋。每望東南滯西北，故鄉何止一并州。」《富春道中》云：「烟村雲塢晚冥冥，雙屐登臨路舊經。風景不殊吾易老，看山重過謝公亭。」他句如《釣臺》云：「一覺帝鄉夢，千秋世外心。」《春筍》云：「老無肉食相，瘦盡苦吟腰。」《喜友人送酒》云：「連夕不得飲，乃知此酒佳。」《有感》云：「金盡交游如隔世，老歸風景似他鄉。」

蘭坻詩如《獨酌》句云：「孤燈照清酌，細雨作黄昏。」《秋夜》云：「百蟲秋宵吟，獨鶴警酒醒。」《宋謝文節公橋亭卜卦圖硯》云：「無家問南宋，此硯即西山。」《次魏少洲》云：「窮文藉博眼前樂，小技難留身後名。」《送張遠春》云：「自憐送客身爲客，誰道春歸君又歸。」《夜飲》云：「悠悠世故頻催老，滚滚年光又送窮。」又句云：「骨肉家無地，江湖醉有鄉。」甚矣其窮也。毘陵趙味辛舍人贈處士句云：「一編真托命，九死見交情。」其性情風誼，概可見矣。

錢唐李謹墀芝爲杭堇浦太史入室弟子，年五十餘，日與仇一鷗廣文登吴山，賦詩飲酒無虚日。一鷗殁，謹墀自此不登山矣。少時有句云：「荒亭懸落日，古佛倚寒山。」以此得名。著《淺山園詩集》。如《野亭》云：「遠隴入春麥，荒村聞午雞。」《遠懷》云：「燕子一年别，美人千里游。」《包家山春望》云：「人家繞岸山連郭，多在桃花竹樹中。」《登西爽樓》云：「秋風遍地葉辭樹，落日滿湖人上樓。」《花園埂》云：「古木叢中篙影動，前灣知有小舟來。」《游南昌百花洲》云：「欲挂輕帆歸去也，故鄉自有好溪山。」皆其深心刻苦之作也。

同里田處士枌，號秋水，素負不羈之才，老於鄉井，與薛鹵齋、方蘭坻爲布衣之秀。其詩善寫鄉村景物，如《游十杉亭》云：「園林多古色，俯檻小留連。黄葉落衣上，青山到眼前。亭空能受月，杉老不知年。待約東湖叟，重來聽雨眠。」《過普光寺》云：「古寺不知處，一聲烟際鐘。忽逢荷鋤者，遥指隔谿松。花徑亂紅落，山樓積翠濃。高僧出迎客，橋畔倚枯笻。」《咏梅》云：「幾樹冷雲白，横斜無俗塵。月明疑在水，雪後不逢人。老幹作奇態，寒香留古春。若教煩畫手，只恐損天真。」《過馬香石松山書屋》云：「到門皆竹色，入座又松聲。愛爾讀書處，全消塵世情。琴尊既多暇，風月思彌清。留我山窗宿，朝聞春鳥鳴。」《晚步》云：「橋通芳草路，閒步不知長。幾樹野花落，一溪流水香。鳴雞小茅舍，眠犢古村莊。徙倚忘歸去，林端下夕陽。」《哭女》云：「分明色笑夢中迷，白日愁聞阿母啼。却怪無情雙燕子，引雛飛傍畫簾西。」《懷巢野航》云：「故人雙鬢雪，老屋一燈秋。」《宿村莊》云：「夜來一暖便成雨，曉起滿溪多落花。」《梅花》云：「庭外恍疑新月上，窗前道是故人來。」《和金居士》云：「滿棹白蘋鷗一夢，半江紅樹雁初飛。」

同里費草亭融著《紅蕉山館集》，其詩如《題畫梅》云：「指尖拂拂春風動，冷著斜枝花兩三。猛憶往時聽雪夜，打篷清夢落江南。」《山居》云：「香茅屋數椽，巖翠下斜照。春風從何來，桃花隔溪笑。」《西灣村舍》云：「水石堪爲伴，樵漁愛作鄰。花飛一片雨，鳥弄數聲春。衣點疏疏雨，羹調淡淡蓴。山雲開暝霽，滿户鬐鬟新。」《咏敝裘》云：「入臘依然護體温，款朋嘗典緑盈尊。十年舊事從頭檢，半是詩痕半酒痕。」《雪夜探梅》云：「一夜吳興雪，寒梅萬樹開。遥憐香到處，化作月飛來。」《山館》云：「林禽唤醒黑甜夢，春甕新開緑蟻封。拄頰闌干看積雪，插空無數玉芙蓉。」他句如《憶茗上》云：「楊柳晚風沽酒市，桃花新水釣魚船。」《山塘》云：「酒帘飐處風能醉，花市行來人帶香。」《游鳳鳴寺》云：「桐陰滿地碧無暑，鳥語幾聲清狎人」。《寄遂上人》云：「品泉夜煮玉磵月，踏雪冷探銅坑花。」《泛湖》云：「雨明斜照外，春瘦落花中。」《春盡日送人》云：「分手惱聽花十八，含顰愁對玉東西。」《春曉》云：「嫩緑坐鶯歌宿雨，殘紅騎蝶舞斜陽。」韵流味雋，似倪高士。

海昌鍾箬溪大源有跛疾，號東海半人。其詩刻雕排比，頗患才多，要不掩其真性情。如《送甫堂弟之醴陵》云：「無計能留汝，相看徹骨貧。辭家悲失母，就食媿依人。」又云：「汝去猶長策，吾留只苦吟。骨緣詩益瘦，愁與病相深。」《遣懷》句云：「病態直如三折臂，人情曲過九迴腸。」《對雪》云：「鋪沙似聽行來蠏，有石皆成叱後羊。」又云：「玉戲樓臺隨地湧，白描圖畫自天開。」《咏梅》云：「爲爾寫真除有月，與卿同調更無人。」《送春》云：「沾泥絮證來生夢，落地花餘未了因。」《納涼》云：「薄雷遠送何村雨，高樹先歸此地涼。」《新秋對雨》云：「將疏桐葉可憐碧，欲墮荷花休洗紅。」《喜雪》云：「梢雲勁竹壓千个，臨水老梅開一枝。」《和人山居》云：「未免有情缸面酒，不求甚解案頭書。」《暮春》云：「蒼苔被徑少人迹，紅雨潑簾多鳥聲。」《和友人無題詩》云：「令我低頭拜東野，知君妙手壓西崑。」《懷查南廬》云：「碧雲空日暮，春水自天涯。」《送許澄宇之江右》云：「秋風片帆遠，落日大江横。」

《庚溪詩話》載吴興陸蒙老《咏蟬》云：「緑陰深處汝行藏，風露從來是稻粱。莫倚高枝縱繁響，也應回首顧螳螂。」近閲曹古香《咏蠶》作云：「柔桑食盡緑陰無，個個纔成甕繭矗。十日身投湯火裏，不須回首笑蜘蛛。」二詩絶相類。

秀水顧樊桐山人詩沈著痛快，合少陵、玉溪爲一家。如《楚江吟》云：「鷓鴣啼兮湘淚竭，龍堂尚挂三閭月。下有清江上有楓，楚天如黛人愁絶。」《寶劍篇》云：「寶劍萬金值，棄置匣中誰拂拭？張華既死雷焕窮，牛斗何人知氣色？萬古延津水倒流，雙龍化去誰能留？人間滿眼不平事，磨汝十年未一試。擲向壚頭當酒錢，猶堪一醉春坊字。」《對月》云：「一歲圓有幾，陰晴未可知。更多塵事隔，那便素心期。此夕庭如水，欣然酒滿卮。徘徊終夜望，所惜鬢成絲。」《返照》云：「返照下虚壁，高城起夕陰。天低孤眺入，雲暝暮愁深。紅樹豈生意，秋蟲多苦音。登山與臨水，況復聽寒砧。」《從戎》云：「爲問從戎去，長城路幾千。焉支花發處，紅粉別經年。鳴鏑揮征騎，吹笳動遠天。丈夫身許國，兒女不曾憐。」其二「婁敬和親後，恩威在玉敦。中朝輕鳳主，絶塞嫁烏孫。虜騎窺邊月，將軍出雁門。五陵年少者，厲劍指樓煩。」其二《秋聲》云：「萬里傷搖落，高秋獨閉關。青蘋來遠渚，黃葉響空山。搗練青霜裏，吹笳夕照間。歐陽方夜讀，蛩語一庭閒。」《罷釣》云：「罷釣忽不樂，攜觴且放歌。蕭條同志少，寂寞暮愁多。陋巷無車轍，荒村有薜蘿。千秋敢自許，此日已蹉跎。」《秋夜》云：「燭燼倦題詩，香銷睡已遲。羅衣涼欲卸，青桂露方滋。舊曲無心顧，新愁有鬢知。最憐簾外月，清似少年時。」《刻諸亡友詩竟漫題》云：「世已無知己，天猶不愛才。眼中清血盡，門外朔風哀。玉樹埋何屢，春蠶死未灰。屋梁今夜月，可照夢魂來？」《落葉》云：「落葉幾時盡，秋聲寒故山。小窗兒女夜，萬里別離顏。白髮看猶在，青燈夢未闌。塞鴻新有信，霜滿蓼花灣。」《湖上飲酒曲》云：「玉斝浣金貂，清波接暮潮。神仙窺色笑，雲月遞招邀。春至櫻桃館，秋生皂莢橋。良時烟景異，燈火夜迢迢。」《西山》云：「西山晴雪馬頭看，馬上征人怨曉寒。遼海北來波幾折，太行東盡路千盤。時清障塞烽烟息，天入蒼茫落照殘。何日試提龍竹杖，更攀霜磴歷巑岏。」《來青軒》云：「疊嶂層巒列翠屏，高軒八柱俯青冥。風生陰洞秋烟細，日落寒林宿羽停。北極星辰懸户牖，西峰金碧走群靈。一鞭回首紅塵外，萬壑霜鐘可再聽。」《塞下曲》云：「大漠西風萬里來，焉支山色更崔嵬。無邊朔氣迷飛雁，不斷秦城入酒杯。塞草蒙茸青海戍，關榆搖落白登臺。龍庭秋祭孤兒獵，畫角金笳起暮哀。」《白蓮》云：「誰攜仙药下三湘，羅韈無塵鏡有香。柳外烟中風致澹，銀牀冰井夢魂涼。歌成相府人如玉，采到江南月似霜。學士滿宮顏色在，幾人堪許叩西皇？」《自題風雨閉門圖》云：「誰與重尋大九州，閉門風雨一生休。驊騮凋喪青衫濕，鸞鶴摧頹白髮羞。歲歲賦詩憐楚奏，年年結客冷吴鈎。中山舊釀無人醉，何物能銷萬古愁？」《秋夜》云：「杪秋遥夜之高樓，長河耿耿當軒流。篋中團扇棄已久，機上流黄罷未收。幾家搗練征戍苦，何人吹笛關山愁？朱顔已淄華髮改，惟餘清淚塗衾裯。」《古意》云：「青山買未能，白日過可惜。老死塵編中，安用汝七尺。」《移竹》云：「鄰家移兩竹，幾日葉盡脱。有根自干霄，無根那得活？」《秋露》云：「秋露繁如雨，高林葉半黄。涼風已肅殺，不必更嚴霜。」《口占贈吴澹川》云：「吴生磊落天下無，酒酣氣與秋天孤。有時側帽弄長笛，月明驚起西飛烏。」《明月詞》云：「十載從戎冷鐵衣，秋來知潰幾重圍。可憐一片關山月，長照征人夢裏歸。」其一「玉宇沈沈漏點長，陰蟲凄切滿簾霜。羅幃不隔玲瓏影，照過沙場照畫粱。」其二《清明柳枝詞》云：「寒食濛濛踠地絲，踏青仕女鬭腰肢。漢南遺種無消息，又值攀條隕涕時。」《贈月》云：「纖纖愁説兩頭生，磧裏寒光夢裏驚。我是南州老磨鏡，問渠何事有虧盈？」《百年》云：「百年誰繫西飛日，五岳難灰獨往情。腰下青萍多(繡)〔鏽〕澀，不堪風雨一悲鳴。」又句若《從軍行》云：「馬馳青海月，劍倚白雲天。」《埋照菴》云：「乾坤留短褐，身世笑長鑱。」《寒夜》云：「羇人愁不寐，寒夜杳如年。」《華月》云：「長空諸籟寂，萬里片雲來。」《秋夜漫成》云：「寒江虚釣艇，明月在蘆花。」《無題》云：「書付沈香火，心酸紫玉簫。」又云：「銀屏已冷甄妃枕，金鼎空函賈氏香。」《郊游》云：「偶然扶杖出江郭，便有游人倒酒尊。」《月夜》云：「誰將白髮三千丈，挂在瓊樓十二重。」《寒夜感懷作》云：「萬里新霜歸兩鬢，五更殘夢繞孤燈。」《閉門》云：「百年開口有幾日，一世閉門無此身。」《自慰》云：「有兒娱晚歲，無位託清時。」此類美不勝收。山人與僕爲忘年交，性好飲，不能日得杖頭貲。每獨行市中，有以酒食邀者，欣然無所辭，或徑就飯店，一飽而去。

其《口號》絶句云：「乞匃猶嫌我更窮，兒孫無飯哺家公。棲棲周道緣何事，永日加餐飯店中。」老境如此，可哀也。然其胸中傲然，酒酣論事，芒角盡出，不顧俗子裂眼。僕有句云：「茫茫俗物酒杯外，落落吾徒詩卷中。」爲山人感發也。晚年自號退飛，自爲墓誌云：「退飛顧氏，犬馬之齒，七十有五，未審尚有幾時得活。死之月日，不可得而預誌也。銘曰：詩能窮人，屑屑鄙事。磨劍十年，乃不一試。後世誰知，畢生短氣。歸於太空，微塵而已。」

秋帆尚書畢公，制作大才，鴻文無範，衣被寰區久矣。所著《靈巖山人詩集》四十卷，開雕未蔵。輒就已刊十卷，輯其篇句之尤清麗者登於編，雖闕豹未全，亦已見其一斑歟。如《古劍篇》云：「霄飛鬼魅愁，月蝕蛟龍死。壯士一寸心，沈沈照秋水。」《失釵怨》云：「豪門召釵工，朝朝換新式。貧女汲井墜舊釵，一生照影無顏色。」《禪智寺》云：「江郭雨初收，松門景清絶。緑沼冷且深，紅廊修以折。老僧垂頭坐，盛夏不知熱。鑪凝隔夜香，茶煮去年雪。柳梢蟬若琴，屋角月如玦。靈旛開寶界，法示廣長舌。爲多塵世因，嬾問無生訣。來非繡佛蘇，歸效御風列。」《游香山》云：「太行環斗樞，蜿蜒數千里。西郊尺五天，琳宫倚雲起。香鑪一峰最陡絶，時見靈氣相縈結。丹井金臺迹尚存，蟾蜍鷹爪紛羅列。蓮華開浄域，瓣瓣矗青冥。神靈鬱奇秀，變化無停形。直上蟠空翠微路，藍霏黛翕往來誤。白雲踏破不知高，款人幽鳥啼清曙。天風颯颯細雨飛，松花松子落我衣。泉鳴古磵聲凄凄，殿鐘欲動月色低。須臾日出西山曉，旛底石壇静杳杳。遥看鳳闕五雲中，吉祥雲湧三珠島。」《過高漸離故居》云：「高漸離，曾居此。報國仇，擊筑死。緬昔并吞時，祖龍亦屢危。荆卿匕首力士椎，得此一筑尤稱奇。義士貴行其志耳，成事不成非所知。」《易水行》云：「吁嗟乎，荆卿一去燕立亡，荆卿不去燕亦亡。但願燕亡有義士，不忍燕虜爲降王。荆卿談笑死，易水流湯湯。至今沙平水嗚咽，萬里秋風起寒色，慘慘虚空劍氣來。蕭蕭落木秦時月，秦時月照漢時關。二世興亡轉瞬間，束手但知迎軹道，子嬰那得及燕丹？」《幽居》云：「愛山學畫山，寄情在崖谷。泉聲松影間，布置數間屋。息機耽習静，有書亦嬾讀。笑指畫中山，春風吹不緑。」《秋江詞》云：「水爲佩，雲爲裳。白蘋冷，碧藕香。妾心不盡江上流，郎心不定波上舟。兩人心，一片冰。芙蓉花，抱香死。」近體《西樓曲》云：「漏下已三更，樓高逼太清。不知雲急去，翻怪月東行。竹露有時滴，池螢忽自明。長吟懷彼美，迢遞隔層城。」《題盛青鏤蜀道集》云：「蠶叢閟荒古，鐫鑿待詩人。劍外青天遠，燈前錦字新。舟從三峽落，筆借五丁神。恍入連雲去，鵑啼聽不真。」《分手曲》云：「蓮漏將停天欲曙，伯勞東歸燕飛去。垂楊一樹角門前，露葉如啼手分處。」《江干》云：「極浦青蒼水拍天，孫劉戰壘夕陽邊。船頭浪立壓山頂，雲外帆飛出鳥前。魚舞圓隨沙嶼月，鴻荒勢入海門烟。此身自笑輕如葉，萬里虚空坐渺然。」《過隨園訪袁太史子才不值》云：「何處尋芳尚未還，名園悄鎖水雲間。池塘草長鶯啼樹，門巷松遮鶴守關。江上春深翻碧浪，意中人遠見青山。彼蒼位置奇才局，清福如公竟不慳。」其一「誰甘風利便迴船，小在林泉别有緣。莊似午橋勝甲第，歌當《子夜》及丁年。客來題壁原非俗，官許歸山便是仙。留語主人須掃榻，異時借我白雲眠。」《訪嚴冬友》云：「山齋曾記讀新詩，木末停雲有所思。甫也聲名齊白也，牧之才調似微之。半窗風雨交千古，六代江山酒一卮。聞説秦淮春漲後，看花先訂泛舟期。」《秦淮雜詩》云：「麗句清詞不染塵，舞衣歌扇逐時新。秦淮風月平分處，半屬才人半美人。」又云：「興闌回櫂已三更，漸見城樓缺月升。何事鄰家涼不寐，水廳猶有一枝燈。」《游攝山湖上》云：「漠漠湖上山，沄沄雨新足。照影盡花枝，春波不能緑。」《明徵君祠》云：「石鼎青苔生，神龕蛛網翳。空庭古桫欏，時有村人祭。」《白雲菴》云：「風飛雲欲稀，月出僧初定。穿破玉玲瓏，經堂一聲磬。」《夜行趙北口》云：「日短客程遠，初更車未停。烏啼殘月冷，魚上晚風腥。鋸齒千重嶂，琴徽數點星。四方男子志，未敢説漂零。」《蘆溝橋》云：「殘月曉風楊柳岸，雞鳴茅店疏星斷。一絲鞭影裊清波，照見行人鬢毛換。」《初抵都門呈家掌科咸齋先生》云：「西京門第本支親，仙骨飄飄海鶴身。公望久窺焚後稿，家風偏愛甕頭春。詩傳外國雞林貴，譽滿中書鳳綍新。曾待螭頭司執簡，貞元朝士更何人。」《新秋旅懷》云：「有客婁東至，敲門駐小車。忽通慈母訊，直抵萬金書。松菊欣無恙，饔飧幸有餘。怪來晨起早，靈鵲噪階除。」《苔錢》云：「經雨莓苔綴小錢，春紅秋紫日田田。客囊久已輕如葉，偏向閒階著意圓。」《枕上聽雨》云：「鐘沈角斷夜迢迢，雨滴寒階正寂寥。一樣愁人眠不得，何曾窗外有芭蕉。」《咏花蘂夫人》云：「挾弓小影偶流傳，此意當時劇可憐。未識人間新嫁女，爲誰香火事張仙。」《屏風》云：「緑沈雙扇玉交關，障處時聞響佩環。相去個人盈尺地，可憐如隔萬重山。」《吴淞櫂歌》云：「不遇恬波便激湍，人生且作蕩舟看。來船風逆去船順，到此天公亦兩難。」《獨游》云：「落日下西嶺，沙村半掩扉。烏投崖路去，客背寺鐘歸。世事入山減，狂懷與俗違。不知何歲月，長著碧蘿衣。」《消夏》云：「石氣涼心骨，清風貯小樓。不知何處雨，預釀一城秋。蟋蟀語微息，梧桐翠欲流。欣然書數紙，爲應越僧求。」《閒情》云：「銀河縹緲憶吹笙，聞説仙人住碧城。事處萬難思入道，塵超千劫爲牽情。紫瓊冠製蓮雲樣，緑綺琴調松鶴聲。白鳳鞭笞青鳥斷，更無消息到蓬瀛。」又云：「溪山依舊意全非，卧剔銀釭醉掩扉，芳草寄情工惝怳，優曇現影只依稀。冶游撲蝶遺紈扇，感逝哀蟬冷畫衣。一種愛憐千種恨，到頭都化彩雲飛。」他句若《山塘放舟》云：「旗亭名士酒，畫閣美人箏。」《過治平寺》云：「背樹樓高迎月早，臨湖窗小占山多。」《游小桃源》云：「幽禽隔葉但聞語，古樹無心也著花。」《過穹窿道院》云：「松院鶴歸棋未散，花壇月上磬初聞。」《泛舟横塘》云：「烟浦半篙輕碧水，酒樓三面小紅窗。」《過黄野鶴山居》云：「麥田過雨翠浮屋，花港亂流紅到門。」《秋郊》云：「暖日裂瓜頂，清霜染橘包。」《咏燕來筍》云：「碧玉剛三寸，雕粱又一年。」《梅花》諸聯云：「霜磴何人侵曉上，書窗爲爾忍寒開。」「能爲世風留太古，須知天意試奇寒。」「疏影入池成古畫，濃香出屋化寒雲。」「大地群芳皆後進，先天妙悟在空山。」《東禪寺》云：「名心因佛淡，酒債爲花多。」《楞伽山寺》云：「湖影入樓天不夜，竹聲到榻境疑秋。」《山館早起》云：「一夜瀟瀟山館雨，芭蕉緑過石闌干。」《新緑》云：「小窗便當雲深處，幽徑渾疑雨到時。」《旅舍遣懷》云：「止飲偏逢花下酒，送歸多屬客中詩。」《消夏》云：「鵲聲占月上，螢過認星移。」《新秋旅懷》云：「客吟因病減，鄉思入秋多。」《百花嶼》云：「起居衆香國，笑語紅羅亭。」《落木菴》云：「樹白懸湖雨，龕紅閃佛燈。」《待月》云：「但得清光滿，何妨出海遲。」《雨花臺》云：「江連三楚白，山帶六朝春。」《秋望》云：「花隔夕陽樓上笛，船横秋水渡邊亭。」《靈巖寺》云：「電影已飛湖外雨，日光猶在殿西亭。」《客散》云：「書堪遣悶貧無驗，茶可妨眠病始知。」《題竹嶼書樓》云：「碧草風微團蛺蝶，紅林雨久爛櫻桃。」《京口晚泊》云：「過江山絢泥金色，繞枕波流碎玉聲。」《發家書》云：「筆到下時言易盡，封當緘後事仍多。」《有寄》云：「放燕窗開金屈戌，拗花人墜玉搔頭。」《閒情》云：「絶無人處門長掩，待到花時我再來。」又云：「失意萍蓬歧路易，有情眷屬一家難。」

錢塘徐子寧逢吉著《黄雪山房集》，詩品高逸。如《南海雜詩》云：「白骨劉伶墓，青燐趙氏臺。何從覓遺老，洒淚遍蒿萊。」又云：「鞍馬秋將晚，關河淚獨傾。書生非燕頷，不敢復論兵。」又云：「白髮行難免，青雲未有梯。雖然留舌在，何以報山妻？」《歲暮》云：「有客厭城市，移家傍水村。梅花修竹裏，風雪小柴門。」

錢塘張之江淏性至孝，邃於經學。詩不求工，率多逸句。如《春日湖上》云：「山影静沈水，湖光緑抱城。鳥啼岳王墓，花落水仙祠。」《即景》云：「花隨流水春難覓，人立斜陽影漸無。」卒年僅弱冠，可歎也。

南野堂筆記卷八

檇李吴文溥澹川撰
錢塘應澧叔雅定

朱竹垞太史句「前山行更好，不信鷓鴣啼」，使事最活。僕《楚中聞子規聲書感》云：「苦聽子規叫，枝頭三月初。分明勸歸去，宛似得家書。風月情何限，茅茨樂有餘。湘江春草緑，回首欲沾裾。」落筆時亦別有會意。

讀杜子美「結束多紅粉，歡娱易白頭」句，令人慨然。若白樂天「洛陽女兒面似花，河南大尹頭如雪」，更爲悽絶。憶僕昔在吴門陳別駕席上，口占有「緑眉小史初三月，白髮衰翁半百年」之句，陳爲泣下。又《楚中除夕》云：「不知今夕是何夕，轉眼今年又去年。」客况黯然，不復成咏。

僕在襄陽晤徐閬齋，出示舊作二詩，佳甚。其《登岱》一首云：「萬靈齊出震，一嶽獨朝東。隱隱小天下，巖巖表海風。金泥白石頂，紫氣蓬萊宫。七十二封禪，相如文最雄。」又《夜遊劍池》一首云：「月出山寺静，水明蘿洞幽。風泉蟠大壑，天地愛新秋。小坐竹林飲，獨來松下游。題詩滿巖壁，衣帶冷颼飀。」

乾隆五十三年，荆州大水，秋帆尚書畢公來督兩湖，親勘災黎，有《紀事》句云：「人鬼黄泉争路出，蛟龍白日上城游。」大臣體國，蒿目怵心，隨在皆《春陵》、《瀧吏》也。

僕在荆州，時維九月，城西龍山即孟參軍落帽處，病嬾，未能登陟。江陵無蟹，公廨罕見菊花，客懷愴然。居停汪中丞公置酒相慰，醉後漫書一詩，戲呈旅中諸友，云：「江陵古風景，無蟹少黄花。漫作持螯想，何曾播帽斜。重陽虚勝地，久客未還家。賴有官厨釀，頽然老孟嘉。」毘陵錢魯思爲江陵解嘲，和云：「江陵好風景，有蟹亦饒花。正及持螯滿，差看壓帽斜。重陽無客夢，勝地當還家。況此官厨釀，頽然足孟嘉。」只點竄數字，絶似禪家轉語。鋒穎捷辨，亦參軍之亞歟？

魯思和詩後數日，署齋致菊甚多。羅列墀下，一時燦燦，若張錦綺，如在家園。謂可破除鄉思，而鄉思轉深。乃賦詩云：「忽見移來霜後天，枝枝猶帶楚江烟。花光鬢影欲同老，客路晚秋殊自憐。便擬十分催把盞，已判重疊費吟箋。主人相勸且爲樂，一笑鄉園在眼前。」

白香山《杭州春望》詩云：「柳色春藏蘇小家。」史達祖《梅溪詞》云：「二月東風吹客袂，蘇小門前，楊柳如腰細。」周紫芝《蘇小墓》云：「湖邊山自向人緑，門外柳今何處垂？」最佳。

咏西湖楊柳者多矣，佳句如葉時《竹野集·湖上秋柳》詩云：「垂楊復垂柳，秋老短長條。欲識銷魂處，栖鴉第一橋。」吴文英《夢窗乙稿·思佳客》云：「欲知湖上春多少，試看樓頭柳淺深。」楊載《西湖竹枝詞》云：「西子湖邊楊柳花，隨風漂泊到天涯。青春遇著歸來燕，銜入當年王謝家。」周紫芝《太倉稊米集·湖上戲題》云：「風前柳作小垂手，雨後山成雙畫眉。」瞿佑《存齋樂府·西湖秋泛·滿庭芳》云：「點檢六橋楊柳，但幾個、抱葉吟蟬。」陳允平《西湖漁唱·垂楊詞》云：「翠雲鎖、玉窗深窅。斷橋人、空倚斜陽，帶舊愁多少。」

孫鋭《耕閒偶記》：「韓畛子耕《過張功甫園亭詩》云：『昨日送春春已去，柳絲無力倚東風。今朝攬月橋頭立，纔有飛花落釣篷。』」按薛夢桂《蒸壁瑣言》云：「張功甫南湖園春宴，置酒聽鶯亭，亭外垂柳數十株，柔荑初緑。酒半，出家妓十餘輩，悉衣鵞黄宫錦半臂，歌唐人《柳枝詞》，作貼地舞。歌竟，又易十餘輩，悉衣淺碧蜀錦裙，手執柳枝，唱名流咏柳樂府。送客，諸妓籠燈者以百計。」

僕寓虎林，有《西湖楊柳詞》三首云：「處處西湖楊柳風，黛烟和絮影濛濛。被他遮斷登樓眼，一半湖山如夢中。」其二「留人小駐惹人憐，傷别傷春年復年。只管自家枝上緑，那禁吹到鬢絲邊。」其三「外湖橋接裏湖橋，送過香車送畫橈。看取隔林懸酒旆，西泠佳處晚相招。」其二憶陳允平《登西樓》句「一半闌干無夕陽」，咏柳佳矣。又昔人《萬花小隱園記》云：「春暮矣，飛絮塞空，行其中者如在夢境。」此善言西湖柳色者也。按劉績《霏雪集》，元帥夏若水居西湖之昭慶灣，第宅百餘間，因故宋謝太后歇涼亭舊址。其中眉壽堂、百花堂、一碧萬頃堂，湖山清觀，宏麗特甚，萬花小隱園即其地也。記見龐樸《五湖狂叟集》。又四水潛夫《武林舊事》云：「西湖都人游賞，其次第先南而後北，至午則盡入西泠橋裏湖，其外幾無一舸矣。弁陽老人詞云：『看畫船盡入西泠，閒卻半湖春色。』紀其實也。」又蘇堤之六橋，爲外湖六橋；楊公堤之六橋，爲裏湖六橋。歸安楊傳九詞「十二畫橋三萬樹，不知何處著秋多」是也。

如皋家東里先生，明季布衣，詩有逸趣。其《中秋家讌》句云：「大烹豆腐瓜茄菜，良會荆妻兒女孫。」歎其樸而工，有知足之風。吾宗清節，良可慕效。

金陵吴少宗伯襄有《趙州雨花庵送僧》詩云：「雨花亭子上，坐喫趙州茶。古寺葉初落，疏林日已斜。黄花應笑我，白髮未還家。輾衲若南去，鄉山問九華。」後來和者甚多，未有及原作者。

僕向在關中，今觀察使崔曼亭先生方守漢中，以不得一見爲恨。迨僕客武昌，溯江抵郢，時觀察以荆州太守擢今職，分巡荆、宜、施，駐荆州，乃一進謁。回憶平昔企慕之深，幸而得見，何其晚也。翌日，蒙贈古風一篇，猥以天下士相待，所不敢望。僕呈七言律詩一首云：「憶昔秦中汗漫遊，及兹楚北又扁舟。羨公身在麒麟閣，憐我帆來鸚鵡洲。一介詎堪當國士，廿年方始識荆州。懸知會合皆前定，回首滄江老白鷗。」文字因緣，撫今追昨，落筆慨然。

曼亭觀察《途中紀事》詩云：「荆楚歲時晚，稻粱鴻雁哀。本無匡濟略，端仗出群才。峴首餘高碣，峿溪有釣臺。前賢磨盾地，一爲洗兵來。」又「雨雪愁行役，干戈動浹旬。天心方厭亂，民氣欲回春」云云，憂時保赤，於此可見。

又觀察令嗣三人，長公雲客學士，著聲翰苑；次禮卿，次瘦生。一門兄弟，都擅文譽。錢竹初明府題崔夫人詩，有「郎種甘棠兒視草，修來福命勝梅花」之句，爲世艷羨。

禮卿詩，如《出峽》云：「出峽喜疏曠，天空雲亦閒。布帆條挂月，襆被卧看山。岸緑先春到，江流帶夢還。荆南好風景，望望破愁顔。」《長至日過七盤嶺懷莊伯鴻》云：「七盤峻嶺驅車處，九折迴腸旅客蹤。樹引溪聲疑入漢，天連雲氣欲無峰。回思吴苑家千里，極目秦關路萬重。此日故人應憶我，玉梅待放駐吟筇。」莽蒼之色，倜儻之懷，綽有風榦，詩如其人。

瘦生有《如夢令·紅葉》詞一首最佳，洪稚存學使嘗戲以「崔紅葉」呼之。詞云：「爲愛吴江晚景，渡口斜陽相映。點水似桃花，無數遊魚錯認。風定，風定，一樣落紅堆徑。」爲人弱不勝衣，恬然静退。又善繪蛺蝶，亦可號「崔蛺蝶」矣。

僕在海外，贈朱鶴沙有「且喜狂吟同健在，所嗟痛飲不如前」之句。及覽《漁隱叢話》載陳子高《病起》詩云：「照水姿容非復我，上樓腰脚不如人。」時稱佳咏，格調差同。

汪勖齋居士《送春》詩云：「客裏風光又一年，飛花飛絮送春天。春歸到底歸何處，只在深深垂柳邊。」僕《山塘春感》句云：「如此少年行樂地，可堪惜别送春天。」又《上巳送春》云：「撲面絮飛春欲盡，銷魂枝上月初生。」逆旅無聊，有同感也。

元和馬香谷别駕博覽好古，雅有清才。其詩如《清明野望感懷》云：「到處春風吹紙錢，天涯孤客淚潸然。弟兄間隔三千里，生死傳聞一寸箋。從此東流萍逐浪，不堪南望草如烟。斷腸家祭荒郊外，濁酒新魂舊墓田。」《渡黄河》云：「浮空一氣自黄昏，今古茫茫禹迹尊。九折關河蟠底柱，二陵風雨合龍門。沙沈大陸鼋鼉静，浪擁高秋日月奔。西岳神山此神水，萬年對待重乾坤。」《石鼓山謁孔明祠》云：「石鼓崇祠廟，凄凉古樹深。安危天下計，出處古人心。王業成三顧，臣躬瘁七擒。永安宫外望，老淚日霑襟。」其一「偏安非素志，全局早興哀。魚水君臣契，風雲將相才。山通巴峽險，江抱蜀城來。事去真堪惜，英雄安在哉？」其二「孺子不可輔，蕭條漢業終。姓名千古上，忠孝一家同。淚盡岐山北，心灰劍閣東。廟門瞻拜肅，松柏鬱葱葱。」其三《西安曉發抵臨潼》云：「昨宵行李出重城，喔喔荒雞趁曉程。幾點疏星鴉背冷，一鞭殘月馬頭横。霸橋楊柳愁中路，渭水風雲望裏情。已見臨潼關色近，不知襆被是初征。」又如「溪童拾烟菌，村女鬬山花」、「倦似投林鳥，閒如退院僧」、「邊城悲斷角，冷署對殘燈」、「古樹緑纏藤作帶，亂山青擁石如潮」、「烟鎖亂山人影失，雲扶折坂馬蹄空」、「古戍月明人語静，荒城露下草蟲幽」等句，鍛鍊清雄，在唐人中，體兼盛晚。

漢陽丞武進周寄霄翥華爲蓉湖司空後，負才落落。早歲客燕、齊間，所與游者，皆知名士。著《竹沙集》。其詩如《塞上》云：「西風獵獵枯楊短，悲笳卷地黄雲滿。帳中夜半磨寶刀，一聲戰馬秋蕭蕭。」《牆上蒿》云：「牆上蒿，空復高。清霜淩厲風蕭騷，葉枯枝隕根亦飄。出頭太早摧折多，蒿乎蒿乎奈爾何？」《湖上》云：「湖光倒山影，空翠紛相帶。蒼然暮色深，古刹淩烟靄。何處一聲鐘，人立斜陽外。」《將之白下題征人早行圖有感》云：「太白西墮天東白，竹林茅屋雞唱急。前山後山樹模糊，征人治裝出門立。狐裘蒙茸少顔色，頭裹青氈面黝黑。爾馬虺隤爾僕痡，客何爲者慘行役。我亦江關勞苦人，臨發披圖三歎息。北風颯颯水濺濺，明朝又上江頭船。」《九華山》云：「空翠遥相引，新秋仗策來。石華寒不落，朵朵向人開。」《讀書樓》句云：「孤桐風飄老碧盡，寒花霞映疏紅留。」《西師凱旋》云：「龍駒夜踏三邊雪，寶劍秋飛萬里虹。」又云：「屬國無勞大都護，角聲不唱小黄河。」《山館》云：「山館月明人獨夜，江城秋早客思家。」倜儻嵚崎，老而彌壯，蹋於楚僚，非其志也。其兄在珩，著《燕石集》。有「疏雨丹楓路，斜陽黄葉村」之句。又「白蘋湖外棹，黄葉酒家樓」，比於「崔黄葉」云。又《落梅》云：「難逢驛使千山外，忍共鄉愁一處飛。」亦殊佳妙。

寄霄在京邸作消寒會，更唱迭和，有足録者。如莊少彭太史《題宋景文官燭修書圖》云：「賦梅才子盛名傳，載筆官齋紅袖邊。蓮炬憶從花底撤，藜光還借杖頭懸。後堂絲竹論長夜，蕭寺鹽齏感昔年。我亦隨身書局在，諸于誰進暮寒天。」程命三明經和作云：「部領叢中史筆傳，名流勝迹望如仙。清香畫戟更初静，縹帙銀毫燭正妍。事業未妨紅袖樂，聲華彌想緑袍年。夜寒人倦尊開處，報道春城雪滿天。」又《咏梅》句云：「座中盡是江南客，話到梅花便憶家。」《慈仁寺訪雙松不得》云：「蒼髯化後風餘嘯，白足歸時雪滿門。」《咏綵燕》云：「社日風光催指下，杏花消息到釵頭。」《賦春盤》云：「炊尊不作秋江夢，翦韭聊爲舊雨歡。」悉佳句也。命三，文恭相國之弟。

蓉湖司空與王麓臺司農同在館閣。一日酒後，司農爲寫《見山圖》於其壁間。司空題詩云：「雲嶺千重水一灣，幾家茅屋茂林間。自從王宰題詩後，不用開門也見山。」閲百年，而司農之耳孫蓬心太守復爲寄霄作《補見山圖》，賦詩惆悵，殊不勝情。僕有「偶借雲烟作遊戲，豈知圖畫亦滄桑」之句。

澤州馮松亭茂才，壯年尚氣，足迹半天下。與僕同在荆州戎幕，磨盾飛書，論詩不輟。其《登鳳凰臺》云：「千年遺迹鳳凰臺，有客登臨意轉哀。短策試尋原上草，殘碑猶記宋時槐。側身天地慚書劍，放眼雲山落酒杯。日暮思鄉歸未得，不勝懷古重徘徊。」伉爽巃豪，略見其概。

松亭《賦殘菊》詩云：「西風憔悴曉霜摧，忍放秋光寂寞回。幸有一花存晚節，後來開好勝先開。」僕和作云：「愛花爛漫惜花摧，能得花前醉幾回？況我生涯無定在，明年此處爲誰開？」相與惆悵久之。

僕老矣，不能作入蜀之遊，頗以爲憾。因輯近時才人蜀遊詩中篇句之最佳者，録而諷之，當卧遊焉。如顧晴沙觀察光旭《謁惠陵》云：「南陽諸葛真名士，天下英雄惟使君。」又云：「丞相出師籌伐魏，順平抗疏諫征吴。」吴白華侍讀省欽《姜伯約墓》云：「一膽包東夏，崎嶇戰伐名。」《漢州》云：「人烟金雁驛，祠火石犀橋。」《新津江渡》云：「一江三四渡，一渡兩三人。淺草飯黄犢，亂蒲行白鱗。近山低似屋，好雨細於塵。何限桑麻影，濛濛夾去津。」《抵榮經》云：「楚人聚落空巖道，漢相威名始孟橋。」《寧遠懷古》云：「傳入西夷稱大長，計先北伐効長征。」張左虚司馬齡度《綿州酬陸赤南》云：「自來入蜀勞名士，莫便思吴動客愁。」朱晝莊明府雲駿《資陽即事》云：「嘉樹俯清流，涼蟬吟早秋。」《敘州》云：「涼風吹木杪，秋氣滿戎州。」《抵觀音鋪》云：「馬隨雲度磵，猿共客悲秋。驛路繁霜菊，山居半竹樓。」杜曲江觀察玉林《登雅州城樓》云：「江聲三面流春漲，嶺色千盤壓陣雲。」又云：「丁卒不征河内郡，金錢先發大司農。」曹秋漁部曹焜前題云：「叱馭未妨過峻坂，往時曾此勸春耕。」又云：「朝開毳帳炎風入，夜草邊書凍墨濃。」吴少白明府軫前題云：「籌邊三路掃諸戎，大將星移雪嶺東。萬里魚通城郭達，百盤鳥道使唐蒙。戰酣魯士能揮日，謀定吴人會返風。日費水衡錢百萬，早須盡敵慰宸衷。」楊笠湖刺史潮觀《山行》云：「畏塗行迹少，空谷應聲多。」《葭萌老叟歌》云：「世外那知天地寬，山中自覺羲皇在。」《和杜觀察登雅州城樓》云：「庾樓嘯起邊城月，嚴道春深故壘雲。」又云：「風雲列陣原無戰，枕席行師偶未通。肯使唐蒙輕發卒，敢言魏絳且和戎。」《龐靖侯墓》云：「可憐未定三分鼎，草草功名也不磨。」《巫山神女祠》云：「君王一夢渾閒事，何處山川不出雲？」宋汝和太守思仁《觀音巖》云：「一聲長嘯響空谷，幾處亂雲飛石梯。」《武隆道中》云：「天外有山雲破碎，峽中礙月樹婆娑。」《曉行過金臺》云：「穿雲驚宿鳥，殘夢逐村雞。」江越門太守權《巴西雜咏》云：「江下夔巫春浪滿，棧連秦蜀暮雲低。征鞍驛路金牛峽，牧圉村莊白馬氐。」又云：「剩有松聲來户牖，已無竹色辨宫牆。」又云：「競説樓臺天下稀，樓臺十二已全非。竭來虚壑浮朝爽，終古寒流送落暉。」周大山上舍書西《西塞》云：「大將握兵機，三軍聽指揮。十旬烽火接，重解雪山圍。戰壘黄雲合，郵符赤幟飛。去天真尺五，星斗傍征衣。」王蘭泉學士昶《過郫城王秋汀官舍話舊》云：「十七年前七字詩，最憐白石有清詞。征衣和雪年年浣，又是天涯歲暮時。」又云：「虎頭無復問封侯，垂暮心情憶故丘。安得鄉園老兄弟，緑蓑同上釣魚舟。」《偶成》云：「年來策馬逐嫖姚，西越岷峨路更遥。一澗寒雲萬峰雪，不知櫻筍是今朝。」王秋汀觀察啓焜《登北樓》云：「積雨千山色，蠻荒八月秋。」《尋沙溪深谷》云：「但知山水意，幽處每相招。」《青衣江》云：「江上銷魂别，悲涼況復秋。」《夜宿山家》云：「雲卧樹頭屋，泉穿石脚牀。」僕於諸公都未識面，繹其詩，想其所歷，英思壯采，如與遊處，作青山白雲中人也。其後數年，識晴沙先生於西湖僧舍，方續刻《響泉集》。

淳安方朴山先生淹長經史，鈎貫百家，不專以詩名世。其《書家信後》句云：「貧家苦趣多男子，樂府傷心《病婦行》。」又《六十一歲元日》云：「坐守庚申憐隻影，重來甲子當生初。」於老境窮愁中，轉饒風韵。

禦兒方樸園布衣所居曰芙蓉樓。有池上梓樹爲風雨所折，方賦詩云：「梓樹最可惜，草堂無好春。已遷將哺鳥，不待未歸人。天意見榮落，群生多苦辛。攀翻任小子，留得總傷神。」蓋自傷所遇也。

僕家有古劍，一日三摩挲，頗以未得師授爲恨。夫古人不廢劍佩，禮也。用以防身捍國，義也。向在馮山人席上觀王生舞劍，作詩二首云：「主人出龍劍，十步生風霜。仗此走沙漠，横行不可當。丘山或斷裂，江海餘清光。萬古難一用，寸心徒自傷。」其二「斫地忽起舞，王郎真絕倫。指揮風在手，開闔電隨身。濁酒傾肝膽，高歌動鬼神。白頭談將略，笑殺少年人。」其三又《看劍贈李十二》云：「看子攜來劍，龍紋出匣驚。映空初電發，入手更風生。相對一卮酒，如添數萬兵。炯然臨急難，得此即横行。」又《寄侯生》句云：「看劍驚身老，當杯與物平。」《有贈》云：「一劍少年身許國，千金破産客爲家。」《寄友》云：「短衣隨處堪投老，長鋏何門可報恩？」壯歲蹉跎，中年棖觸，自知學道未深，時形故態耳。

維揚布衣王某，世居北平，徙家邗上，自稱「采玉山人」。博覽好奇，尤究心方略。金川用兵時，大將軍遣使齎五百金爲聘，辭不受，以詩報命，感激盡懷。詩云：「誰挽銀河洗甲兵，漫勞書使遠相迎。黄金笑卻將軍聘，白髮羞居國士名。豈爲空囊憐陸賈，從來入幕薄郗生。心傾萬里關山外，佇聽蕭蕭班馬聲。」僕遊邗上，與之論議，壯其爲人，酒間作詩賦其事以贈之，云：「聞道西來書幣充，將軍高義薄層穹。豈知人世黄金貴，却在先生白眼中。」又云：「燕趙悲歌士，江湖老布衣。北平無舊業，南國有荆扉。射虎殘年短，耕犁負郭稀。飄零一杯酒，感激話餘暉。」山人爲之泣下。

邗江洪薌林茂才《題友人歸舟圖》云：「頻年秦晉未停驂，喜見蘭橈曳緑潭。欲倩畫工添個我，杏花風裏到江南。」《龍泉道中見雁作》云：「觸目不堪南雁去，西風斜度兩三行。聲聲説與他鄉客，可有音書寄故鄉？」薌林爲樾林之弟，超俊則過於其兄。

嘉慶元年冬，尚書總統惠公屯兵山竹坪，刻期勦賊。運籌之暇，與隨營賓佐走馬賦詩，題曰《聽鼙集》。僕在荆州寄呈諸友詩云：「痛掃烽烟洗甲兵，一聲鼙鼓萬山驚。春風裘帶尚書幕，落日旌旗大將營。聞説軍中多樂事，並能馬上賦從征。故人尊酒知何處，襄峴濃花管送迎。」

惠尚書在武昌，與僚佐同賦《洗硯魚吞墨》詩。尚書詩先成，云：「洗硯池邊坐緑苔，文鱗唼處墨花迴。若將脈望成仙比，魚也通靈變化來。」諸人皆閣筆。

曹三明經古香不能飲，而樂與人同醉，有東坡之風。嘗作《甜酒歌》云：「稼穡作甘不作辛，辣酒縮舌非天真。蓼蟲日食蓼葉苦，豈知世有菜味珍。樂莫樂，醇乎醇，黑甜有鄉真可人。東皋種秫百畝强，以半作酒餘爲糧。醲醪未成先有香，風吹缸面蛆浮粱。洗盞承罌試一酌，膠牙黏手如糖霜。親朋在席共諧謔，獨返澆漓就淳樸。人間至理妙在濁，世上何者非糟粕。行逢故人坐團圞，爲置穆醴相交歡。品量酒味願居下，盎盎和氣薰心肝。却思添案亦須稱，豈必嗜好殊鹽酸。但從東坡乞取何家甚麽酥，或尋仲殊長老豆腐麵肋同蜜盤。」又《紅酒歌》云：「瑶池踏翻王母觴，青天飛落九霞光。謫去人間作酒仙，罰令主掌桃花泉。桃花泉水流涓涓，桃花爲釀醲且鮮。小槽溢出騂騮汗，闊甕垂落櫻桃涎。琥珀盞，珊瑚盤。一飲使我變白髮，再飲使我返童顔。三飲頽然露赤髕，醍醐灌腦火生蓮。扶桑温温開曉旭，海底驪龍珠晝眠。夢破輭紅虚世界，酣來便是大還丹。」二詩奇趣横溢，亦近髯蘇。僕有《訪古香别業留題》云：「我舍與君宅，前門對後扉。暝烟衝鳥過，新月送人歸。世事催蓬鬢，生涯老釣磯。看君正年少，肯息漢陰機。」

陶東籬璉有「倚幌家家月，開門樹樹秋」句，玉崖先生每愛賞之。僕《素園納凉》云：「高柳微風歇暮蟬，清涼無汗早秋天。最憐倚幌家家月，漁笛一聲何處船。」即用其句也。素園，陶所居，與馮丈秋鶴、鍾子海六、曹子古香及僕家相隔一水。憶同四人者對衡望宇，有褰裳相就之歡。僕《鴨灘雜興》詩云：「斜陽燕子留人話，細雨桃花送客歸。」旅中追述，忽忽前塵。夫孰知故鄉魂夢所寄，花月嬉娱之事，有如是其難忘者乎！

僕在楚中，分寄馮丈洽、陶二璉、鍾大駕鰲、曹三言純詩四首云：「丈人愛閒静，於此買村莊。春水魚通沼，秋風竹滿牆。錦贉誇苑本，文瓦辨香姜。慣策過頭杖，看花日日忙。」其一「更喜東籬伴，郊居浹歲寒。霜黄橙子熟，風冷菊花乾。留客烏皮几，停舟鴨舌灘。百年能幾日，文酒憶盤桓。」其二「泠泠碧流水，入我朱絲琴。寂寞自終曲，何人知此心？楓林秋葉落，茅屋夜燈深。只有鍾期在，悠然獨賞音。」其三「曹子吾晚友，竹林相對棲。風情王長史，企脚謝征西。酒味尊留螘，詩才筆有犀。江干曾送我，芳草又萋萋。」其四

海六詩精於《選》理，雅有唐音。如《夜行》云：「迴溪映深竹，暝色送歸鷗。我亦欲投宿，行行殊未休。蔓遮山鬼影，風咽草蟲秋。何處鄉關是，勞歌動客愁。」《述懷》云：「負米歸來息舊林，竹西回

首客愁侵。世無知我休彈鋏，老不如人敢碎琴？門外烟波濃淡畫，燈前風雨短長吟。夢消永日頻移枕，無復飛騰志士心。」《聞雁》云：「空庭月白人千里，深夜燈青酒一杯。正好思鄉憑夢去，那堪風送雁聲來。」《渡江》句云：「山連瓜步雨，風逆海門潮。」《落花》云：「留汝一分春不住，任他千里恨方來。」

古香詩有別情，如《已涼》云：「已涼初試夾羅新，小管聽吹側調銀。簾箔玲瓏燈火裏，隔河樓閣未眠人。」《看菊》云：「草深幽徑葉堆牆，嬾惰家居秋色荒。喚取酒壺無菊看，借人籬落作重陽。」他句如《天台藤杖》云：「若非黄鶴難爲伴，未變蒼龍已覺靈。」《對菊》云：「小童呼看紙窗影，幽夢欲尋藤枕香。」《雪夜舟中與友人同宿》云：「斜照疏篷銷蠟燭，方裁大被暖蘆花。」神似山谷。

東籬中年喪子，客死蕪湖，其《在信州哭子》詩云：「六極我有四，汝又凶短折。憂釋東門難，痛抱西河切。心死百事灰，觀空萬想滅。秋燈山雨涼，顧影憐單孑。急當返衡茅，無人收我骨。」《寄内》云：「風吹庭樹隔江雲，腸斷烏雲夜不聞。老去更無兒在膝，惟君憐我我憐君。」二作不忍卒讀。又《舫閣懷沈雲溟》云：「舫閣簾開倚暮雲，年來僻處避囂氛。夜除竹葉無知己，春到梅花獨憶君。」《歸思》云：「林風微颺酒旗斜，抱屋寒雲散似鴉。紅葉滿山留不住，要歸湖上看梅花。」《郊外閒步》句云：「屋影見疏樹，雞聲聞遠村。」《過相家湖》云：「敗荷秋水鷺，疏柳夕陽蟬。」《寄謝明府》云：「雲鎖石門龍蜕骨，山扶天柱馬騰空。」《挽任贊府》云：「把酒但將杯送老，工書苦被墨磨人。」《信江舊館坐雨》云：「連峰雲氣沈山館，百里江聲走郭門。」《酬徐臞仙》云：「愁來尚有尋山屐，歸去都無負郭田。」

有人咏君山云：「曾游方外見麻姑，説道君山此本無。原是崑崙山頂石，海風吹落洞庭湖。」詩人落想靈妙，從「三人洛陽人不識，朗吟飛過洞庭湖」脱化出來。

錢塘張竹汀《喜巴里坤置郡》云：「新(至)錫專城寵，争迎露冕臣。從今無絶域，中外一家春。」又《春草》句云：「偶因微雨過，先有落花情。」亦妙。

焦山僧借庵，著《木犀軒吟草》。如《待月》句云：「洞壑秋先到，魚龍夜不知。」《海門庵晚步》云：「門敲黄葉寺，鐘響夕陽樓。」《即事》云：「落花滿地客初到，殘月半窗人未眠。」《山居》云：「白雲來往尋常事，莫怪山僧不送迎。」《雨窗》云：「庭餘緑竹能醫俗，屋有青山不算貧。」

虎林看桃花，以皋亭之歡喜永寧橋爲最盛。近日汪天潛詩云：「極目遥空遠岫横，花光分處緑波平。忽看滿谷春雲起，似我詩情得酒生。」其一「人影衣香約略來，載將絲管間尊罍。繡窗斜插花枝好，日暮永寧橋下回。」其二

同里竹村某，作《鴛湖采菱歌》，和者數十人，不記其名。其「頭」字韵佳句云：「瓜皮艇子無遮蓋，只怕西風雨打頭。」「生小儂家風露裏，采菱乘曉未有頭。」「歌聲沿岸無人賞，只有蘆花亂點頭。」「聞道菱花堪作鏡，開時從不照梳頭。」「吹起阿儂無限思，鴛鴦不獨在湖頭。」「細雨忽過衫袖濕，借郎箬笠好遮頭。」「七夕染成紅指甲，郎疑角刺指尖頭。」

又作《踏青》詩云：「踏青時節柳條斜，到處棠梨晚著花。惆悵重來亭館换，鞦韆紅索又誰家。」一時同賦，都不如其一往情深也。

范蠡訪西施，至今口實，重誣賢者，甚矣哉！我鄉錢文端公《語兒鄉》詩云：「醉里語兒鄉，譌傳至今兹。句踐既返國，嘗膽甘若飴。事仇餌以色，網得西家施。大夫受成命，一往無復疑。奈何中道止，而竟三年稽。周公乃大聖，輒非理謗之。放牛桃林日，有詔賜妲姬。泥古不衷理，何用考古爲？」此可洗浪擲紅顏之恨矣。

張日華字瑞舒，號復齋，居吾鄉十八里橋，博學工詩，善書畫，性高潔，不應試。有《鄰園老梅》句云：「樹經先世植，花爲後人開。」又《秋齋》云：「墜葉秋蟲猶抱露，得花黄蝶不知秋。」吾鄉張霽村居士天麟詩學湛深，爲弢甫桑先生高足弟子。其《大雲菴訪許山人》詩云：「閒尋方外侶，松户不須敲。秋樹老摧葉，晚花寒折苞。醉容高枕卧，詩屬小童鈔。坐久殊忘返，遥林月上梢。」晚年青盲，有《病目撥悶》絶句云：「雀喧鳩鬧只空聞，閒殺春光過二分。滿眼飛花如霧裏，不知何處送東君。」讀之可哀。

朱英武名德昌，以字行，居秀水新塍鎮。年十六，不知所往。後五年歸，精太乙壬遁之術。與人談，惟孝友是勸。求其術者，輒不答。授徒鄰近。或於入定時窺之，見其端坐掐訣，以手指巽方，隱隱聞雷聲，主人弟子不敢問也。嘗遇盜，不持寸鐵，與之角，傷鼻，人呼「朱爛鼻」云。終身茹素，未嘗婚娶。外户或不閉，有竊其園蔬者，迷不得出，則慰而與之。僕八歲患瘧，朱爲書「德昌」字，貼額即愈。殁後有遇於蜀中者，殆尸解也。僕過新塍，經其廬，感而有作云：「曾見壺中叟，難尋谷口真。抱才奇不耀，絶學數通神。遺劍走虚白，破琴囊古春。共傳尸解去，賣藥昨逢人。」盛秦川《柚堂續筆談》述其佚事。又章晴皋孝廉《過朱處士白雲菴故廬》云：「山翁廬墓處，感舊獨凄其。烏鳥夜啼樹，白雲寒繞籬。蘋蘩鄰女薦，井竈老農炊。獨行無人問，誰刊有道碑？」其一「夙抱匡時略，奇書讀等身。烏衣門第改，白髮歲時新。梅鶴林高士，江湖陸散人。童年知己感，過此輒傷神。」其二朱爲文恪公五世從孫。

沈紀鴻廣文銘彝之尊人向齋明府可培，任某縣令，有惠政。解組後病廢逾年，紀鴻禱於神，祈減算以延親壽。僕題其《采蘭圖》云：「胡威無受絹，宓子有鳴琴。世笑阿翁拙，天憐孝子心。聊爲求禄計，試聽補陔吟。真似畫圖裏，柴扉開竹林。」渠家竹林廟口，竹多於屋，僧房半弓許地產佳筍，與他所絶異，思與之卜鄰而未能也。又有《口號贈紀鴻》云：「破除萬事惟有酒，不可一日無此君。便擬提壺造竹所，飽看活翠當斜曛。」

吾鄉吳太初明經開昌，號稻廬，詩學東坡而得其神，著《野鶴亭集》。其《武林夏至誌感寄弟》云：「長日如年未得歸，知交情重此心違。無端愁並龍泓水，何計身隨鷲嶺飛。字食神仙蟫易老，場空苜蓿驥難肥。麥瓜拜薦憑吾弟，東望雲陰淚濕衣。」《訪宣公故宅》云：「内相高風薄太虛，山南舊績動欷歔。君王入夜懸豐賞，將士嘘天拜詔書。翰苑振毫憂樂外，忠州就道死生餘。稔知爲國忘家意，魂魄何須返故居。」《聞雷聲》云：「何處飛來神女雨，幾番迎得大王風。但教海内歡聲似，莫遣人間鼻息同。」《哭殤兒》云：「忍送懷中物，輕抛水畔村。祖庭垂九十，扶杖哭曾孫。」《贈高士》句云：「乍見歸來塵表鶴，不堪持贈嶺頭雲。」《哭程晚屏》云：「陶侃有賓慈母慰，東方無肉細君饑。」《范少伯祠》云：「進從烏喙羞沈玉，歸有蛾眉抵鑄金。」《逍遥》云：「一日守鐘撞一日，今朝有酒醉今朝。」

太初《書東坡馬券後詩序》云：「東坡馬券石刻，舊在郡城通越門外陸宣公祠，歲久湮没，守祠者不知也。乾隆甲申，余索諸祠，見階石一，微露字畫，審之，乃涪翁跋語。又於其旁劚地出石一，而券文二石終未之見。嗣訪得於魏孝廉家，遂搨數本以歸。吴興沈芥舟、古虞陳山人俱爲余作圖。越十有一年甲午，邑侯粱公掞庭合四石移置嘉興廣文廨之流虹亭壁，因叠券後潁濱詩韵，得詩四首以紀之。」詩曰：「珍重天池八尺龍，著鞭先付解推中。眼迷五色憐方叔，氣亘千秋服長公。事與僧居留帶並，書非殿帥换羊同。跨鞍捧券真豪舉，歸路鬔鬔兩耳風。」其一「時相紛紛論蟄龍，翻令隻字重寰中。解驂厚誼高平仲，落紙豐筋逼魯公。元祐黨人聯璧在，金華仙蹟錯刀同。當時縱有昆明劫，不墮迢遥大雅風。」其二「通神墨妙勢跳龍，堂圮亭荒草棘中。不被磨礱經李碩，終留光燄傍宣公。尋時定武蘭亭重，得後韓陵片石同。剥蘚啄苔傳搨本，快臨一過筆生風。」其三「久嵌祠壁倚蛇龍，遭遇飛鳧拂拭中。地有遺珍光欲合，物還舊觀好應公。衙齋精鑒方臯避，藝圃旁搜駿骨同。徙置留題佳話遠，流虹亭上誦清風。」其四按：陳無己呼山谷爲「金華仙伯」；又李伯時洗玉池，東坡銘其唇，後徽宗訪之，得於積壤中，其子碩以時禁蘇文，磨去其銘，並見《復齋漫録》。《换羊帖》見《侯鯖録》。石向置漱芳亭壁，又移不負堂，故曰「堂圮亭荒」。

秀水祝豫堂先生維誥，著《緑谿詩稿》。所居緑谿莊曰「小方壺」。其詩清麗絶俗，咏古尤佳。如《冬夜》云：「犂星芒寒水生骨，淡月半沈山硉矹。破籬犬作玄豹嗥，巷内醉人笑咄咄。風吹草廬小如甕，密林斜漏燈光動。卧憶龍山寺裏游，殘鐘忽引尋僧夢。」《山行》云：「人影松門小，山風石路斜。

蹇驢欺客倦，嘶入木棉花。」《吴宫》云：「高居無奈爾，秋至亦徒然。誰施螳臂力，清我北窗眠。」《吴宫》云：「冷落紅闌徑裏春，吴王臺榭已成塵。館娃歌舞歡游日，忘却西施是越人。」《楚宫》云：「十二晚峰江上青，楚宫何處閟精靈。只今雲雨年年在，不信襄王夢未醒。」《秦宫》云：「殿閣横空複道開，重關不閉楚人來。咸陽一片燒殘土，都是椒蘭焚後灰。」《閒立》云：「短籬數家成小村，老樹隔水蟠雲根。晚來叉手傍簷立，九十九峰青到門。」可以見其標格矣。

梅里王少閬廣文焯辛苦作詩，椎輪削鐻，穴險摩空，大雅之遺，目無流輩。如《秋日送燕》云：「不是逐儔侣，秋深自欲歸。亦知時節换，回首處堂非。」《淮陰釣壇懷古》云：「高城隱阮枕清湍，舊日王孫垂釣壇。生死英雄皆婦女，輸贏事業一綸竿。漢家原廟西風急，淮上春祠暮雨殘。如使東歸當日遂，可能先占子陵灘。」《看菊》云：「江海一尊酒，黄花天地秋。」《梁朝》云：「千秋詞賦陳隋上，一代興亡佛老間。」《秋感》云：「游子年華易蒲柳，故人酒肆已山河。」尤其詩格之最高華者。

我鄉自竹垞檢討以來，詩人輩出。然近今學檢討詩者，不辨其根本節目之所在，往往溺志於《風懷》、《閒情》等作，稗販字句，争妍取多，有終身莫之易者矣。其能自建旗鼓，獨當一面，如許晦堂、王少閬兩先生，真豪傑之士，沛然昌其所欲言，蓋蘄至乎檢討之詩之大，而不務爲其纖者耳。抑吾未見其更有人焉及兩先生也？

當湖沈客子季友，號南疑，所著《檇李詩繫》，竹垞太史序有「一郡詩林、千秋文獻資」之目。又《學古堂詩集》，絳樹諸宫贊稱其「得法於毛西河，頗追盛唐高秀之氣。」僕讀其詩，如《西莊小集》云：「江風吹花山色老，半畝春雲種香草。買得文君酒一缸，諸公肯踏西莊道。西莊道，南皮客。送春風雨壓黄茅，荒盡吾廬一片石。有眼雖不觀奇書，却與時人不相識。誰歟頭戴折角巾，座中大有狂歌人。山城吐月忽入户，酒氣如龍詩若虎。夜深吟上白華樓，半枕鳴雞夢中舞。」《杜鵑花歌》云：「花竿孑孑摇金鈴，紫鸞赤鳳飛盈盈。天孫翦落雲錦片，海客撼碎珊瑚聲。我本傷心人，惜花對花醉。眼看血染紅斑斑，疑是孤兒五年淚。」《吴閶競渡詞》落句云：「君不見畫船半日治游錢，可作農夫十年穀。」宫贊所云「盛唐高秀」者，此其是歟？

南野堂筆記卷九

檇李吴文溥澹川輯
錢塘朱彭青湖定

我師儀徵阮雲臺司農，著作大匠，治聞閎覽，貫通經史小學，自言所著有《曾子十篇注釋》。不工於詩，然其天才敏贍，思風所觸，言泉湧出，則有非學力所能及者。其《浙游詩稿》中，古風如《過馬鞍嶺》云：「林薄漏疏景，川谷莽迴互。崖轉得新蹊，境深忘舊路。延緣入東谷，修嶺詎可度？盤磴引高情，飛泉入危步。沈雲散靈風，萬石盡豁露。停策聊憩息，於焉蔭嘉樹。夙心既申寫，景光欣所遇。邐迤下層巒，偪仄難久駐。」《游山陰吼山水石洞》云：「飛蘿下天姥，餘情入吴越。鏡湖浪逼山，石匱水搜窟。飛梁駕重門，立柱抗高闕。冷壁悟禪面，瘦峰露仙骨。定役靈匠心，莫謝天機伐。削成夏珪斧，奇拜米顛笏。清風漱玲瓏，澄潭倒嶜崒。紅樓四月寒，烏舫一篙滑。藤枝青已長，蘋花香未歇。勝境豈在多，覽古興超越。緬想山阿人，沿流弄明月。」《大龍湫歌》云：「山迴路轉谿谷窮，靈湫陰閟龍所宫。眼前無石不卓立，天上有水皆飛空。飛空直落幾千丈，鬼神不任疏鑿功。絶壁古色劃爾破，由腹元氣沖然通。涓涓静注色不動，羲輪下照神和融。倏忽幽湍漱草木，四圍環嶂生微風。一甌春茗初啜盡，水花猶復摇玲瓏。颯然乘飈更揮霍，隨意所向無西東。不向尋常落處落，但見千巖萬壑皆濛濛。由來仙境在人世，誰作妙戲惟天工？雲烟雨雪銀河虹，玉塵冰縠珠簾櫳。世間變幻那有此，稍涉擬議皆非工。石門飛瀑已奇絶，到此始歎無能同。惟有天柱矗立龍湫中，突兀萬古争雌雄。」《金井秋梧歌》云：「老鳳夜啄青琅玕，露華飛濕金井闌。美人倚瑟愁不彈，碧紗如水生夜寒。夜寒缺月下金井，玉繩斜繞銀牀冷。井波無聲濕修綆，秋風摇動梧桐影。館娃酒醒扶頭歸，促管繁箏燭十圍。却下繡簾遮不住，棲鴉啼向隔林飛。」近體如《渡河》云：「水色開眉宇，緇塵拂箭袍。西風新雁起，落日大河高。斷岸立千尺，歸帆輕一毛。安能用舟楫，全代馬蹄勞。」《常雲峰》云：「怪石立孱顔，濛濛雨後山。翻疑碧峰走，出没亂雲間。雲氣無時盡，此峰終古閒。遥知滄海上，認取挂帆還。」《游石梁洞》云：「古洞空山腹，飛梁駕洞門。横空規石影，分罅洩雲根。仰險危將墜，探深響易奔。操蛇神鬱律，應有夜光屯。」《麗水放舟至永嘉》云：「桃花楊柳背通津，十里溪山捩舵頻。面壁每驚無去路，望烟始識有居人。怒流不怕千回折，窮谷應遲半月春。若使客星逃更遠，此間幽瀨好垂綸。」《吴興道中咏秋桑》云：「扁舟衣袖乍驚寒，下若桑林緑意殘。初響天風知半落，未逢夜雪已先乾。樓前有日蒼涼出，陌上無箏錯雜彈。若使秋胡方駐馬，黄金一色樹頭看。」又云：「底須三宿戀他鄉，誰向前村唤索郎？釀秫時光宜薄醉，調絃情緒動清商。但教天下輕緜暖，何惜枝頭墜葉涼。留與吴儂作佳話，使君秋興比春長。」《江中孤嶼謁文丞相祠》云：「獨向江心挽倒流，老臣投死入東甌。側身天地成孤注，滿目河山寄一舟。朱鳥西臺人盡哭，紅羊南海劫初收。可憐此嶼無多土，曾抵杭州與汴州。」他句如《蘇堤》云：「山光餘夜碧，湖水生春烟。」《七夕》云：「農桑本是人間事，兒女猶關天上情。」《觀燈》云：「民騰善氣春如海，官有清聲酒亦賢。」又云：「春生北海賓朋座，詩帶東山絲竹聲。」《游雲棲》云：「一春桃李飛紅雨，十里松篁蓋緑天。」

雲臺司農公之祖招勇將軍，諱玉堂，字履庭，號琢菴，康熙乙未武進士。雍正三年以三等侍衛出任湖北撫標中軍游擊，兼管左營事，攝右營。乾隆元年，攝九谿營游擊。五年，湖北城步、綏寧兩邑山苗爲亂，以平苗功授招勇將軍。僕《招勇將軍寶刀歌序》略云：「將軍生平讀書，多大志，負奇略，以宿衛出領九谿營兵，軍中賦詩校射，有杜元凱、羊叔子之風。其平城步山苗也，聞苗亂，即同諸協營兵會鎮篁總戎劉策名，馳往奪隘破賊寨。及經略張公廣泗自黔來總制兩湖，知將軍能，檄勦南山屯賊。從間道入，斬莽燒山，至横坡，悉攻克之，遂以平苗。南山之捷，降者八百户，經略疑其詐，三發大礟，斃數百人。將軍以死争之，乃許受降。繼獲横坡餘孽數千口，將盡殲之，將軍爲之保救甚苦，全活無算。功爲諸將最，晉參戎，授招勇將軍。所貽佩刀，昭示後人，見者莫不感泣。夫刀，殺人之器，而將軍有活人之心，不得已於殺，殺有道而心無窮也。嗚呼，將軍之後必大，惟我司農公文武忠孝，足當之矣。公之心，猶將軍之心，刀所以志不忘也。俾門下士皆賦之，文溥作《招勇將軍寶刀歌》，系之以序。」其歌曰：「將軍偉然淮海豪，身長九尺腰帶刀。讀書萬卷不得意，要扶鼇極摶鵬霄。天生奇材必有用，持戟殿前色飛動。名標宿衛莅親軍，出試戎韜歷蠻洞。乃者紅苗暗九谿，苗氛漲毒谿東西。夾岸旌旗天杳杳，萬山鼓角聲凄凄。將軍手提三尺鐵，夜半横行入虎穴。飛落空中霹靂聲，自是刀光赤人血。五寨榛蕪路已通，南山嵎負尚潛蹤。爾時總制張經略，馳檄將軍趨首功。將軍突出間道口，矢石在前追在後。裹瘡轉戰九死餘，縋險梯空身不有。捷書申報大府來，枷杻赤立啼塵埃。力勸受降止盡殺，豈知骸骨半成灰。横坡老稚將不免，苦賴將軍丐殘喘。好生惡殺上帝心，忍以民命同雞犬？至今九谿千萬家，將軍功德流無涯。試看當時寶刀在，英靈出匣生風沙。不見于公駟馬吕虔珮，早卜他年子孫貴。公侯將相非偶然，義結仁深動天地。此刀殺人復活人，蛟龍氣涵江海春。寄語人間報恩子，勿棄螻蟻争麒麟。」將軍著述行世，箭譜、陣法之外，有《珠湖草堂詩集》三卷，《豕庵詩》一卷，見司農《孴經室文集》。其詩如《江行晚眺》云：「舟行三十里，不覺日西斜。下上依檣燕，參差夾岸花。遠村藏酒市，深火出漁家。唱晚中流急，聲聲入暮笳。」《富春攝篆》云：「野曠山城僻，門臨古富川。周遭雲接嶺，屈曲水通船。民朴勤農事，官清乏酒錢。莫教嗟薄宦，此處好林泉。」《秋風吟》云：「亭皋木葉起秋聲，紅蓼花寒秋水清。對此蕭條江路永，感人最是故園情。」醖釀深厚，可以覘所養矣。

司農之父湘圃封公，宅心和粹，厚德載物。中年客楚，有舊家子某窶甚，將鬻女於漢口某甲，值二百金。已成議矣，封公慨然竭旅橐以贖之，擇楚諸生中之貧未有室者妻焉。家故寒素，坐是益困，意豁如也。迨封公既貴，人以爲行善之報云。僕曩游漢口，有述其事者，因口占絶句云：「蛾眉贖後橐金空，義事流傳江漢東。多少青樓捲簾女，一時回首怨春風。」蓋有感於楚俗之敝，漢口尤甚，安得盡如封公者而贖之而嫁之也？

司農弟仲嘉，詩筆清綺。年十六時在京邸，庭中甘蕉發花，作詩云：「鸚鵡千聲唤曲廊，綺琴彈罷雪生香。小闌干外吟花客，淺碧蕉衫一樣長。」《種花》云：「捲起湘簾倚畫闌，四圍修竹繞琅玕。攜鋤人立花深處，路爲花迷欲出難。」又公子長生，十二歲賦詩云：「珊珊漏轉四更餘，自翦銀缸夜讀書。

不覺小庭殘月上，一簾花影夜窗虚。」

錢塘陳曼生鴻壽才敏過人，性靈獨鑿，爲詩不事苦吟，自然朗暢。如《過楊大夜話》云：「數數謀良覿，子雲居未遥。簷禽歸獨樹，湖月冷雙橋。緩步荆重款，深談燭屢燒。因緣託文字，不敢負良宵。」《咏老伎》云：「人歸溢浦三千里，夢斷秦淮二十秋。莫怪門前車馬絶，王孫敝盡黑貂裘。」《往返天台不得入山》云：「不曾真個入天台，嬾甚劉郎空去來。一飯胡麻重有約，桃花須爲我遲開。」他句如《途次》云：「蟲聲荒岸草，人語隔船燈。」《元旦》云：「索逋聲斷心初浄，投刺人來迹又忙。」録其一斑，可知全豹矣。憶僕初見曼生時，垂髫玉立，讀書日百行，心頗愛之。及僕自楚旋里，相隔逾二十年，曼生已賦壯游，歷燕、齊，返吴、越，幕府交辟。嘉慶四年，芸臺司農師巡撫浙江，僕與曼生同在幕中。時方籌海，曼生隨司農輕車往返，走檄飛章，百函立就。暇與諸名士及其族弟雲伯刻燭賦詩，每一摇筆，輒若有梅花香氣從冰雪中來，或作破膽奇句，則又若生龍活虎走出腕下，才麗以壯，誠不可及。而僕以衰老無用之身，蠛蠓其間，作壁上觀，亦甚可樂也。曼生贈僕詩云：「大造有真氣，先生得正聲。居然後陶杜，復此見生平。思極鬼神下，心高河漢横。三危多瑞露，一滴仰金莖。」又云：「長嘯華山頂，吟詩滄海秋。步兵餘白眼，從事有青州。草長柴門遠，花開野水流。相看不知老，爛醉更何求。」二詩佳甚。媿之乎，抑憐之也？老年心事，一醉便了，曼生其知我哉！

曼生《秋蝶》詩爲時傳誦，其佳句云：「幾度銷魂悲楚客，半生落魄謝東風。」又云：「此日早驚團扇妾，前身慣傍荔枝奴。」真才子之筆。

曼生族弟雲伯明經文杰，詩工體物，綺思壯采，作繞梁三日音矣。嘗爲阮司農賦《仿宋畫院式團扇》、《招勇將軍寶刀歌》，以此得名。揚州張子貞贈雲伯句「兒女深情《團扇咏》，英雄本色《寶刀篇》」最佳。其賦《團扇》云：「江南二月春風歇，櫻桃花底鶯聲滑。合歡團扇翦輕紈，分明採得天邊月。南渡丹青待詔多，傳聞舊譜出宣和。入懷休説班姬怨，羞見曾憐謝女歌。班姬謝女今何有，攜來合付纖纖手。闌前樸蝶影香遲，花間障面徘徊久。樓臺花鳥苑中春，馬畫楊題竟逼真。歌得合歡詞一曲，祇應留贈合歡人。」《寶刀歌》不具録，其起四句云：「風棱滿堂秋氣來，寶刀出匣驚龍雷。星辰摇摇海水立，白虹一劃青天開。」結四句云：「古來戰績紀紛紛，殺戮成功從未聞。君不見秦國鋭頭白豎子，漢家猿臂李將軍。」又近體如《送金十手山旋南》云：「風雨鳳城秋，君行不可留。蘆溝萬楊柳，吹雪滿船頭。余亦思歸去，江南有畫樓。客中先送别，望遠不勝愁。」《贈吴澹川》云：「馬首秦關雪，樓船大海風。平生奇絶處，都在一編中。草檄驚戎幕，横刀揖上公。歸來又何適，湘漢待征篷。」《穀城項王墓》云：「墓門餘氣尚嶙峋，拔劍風雲動鬼神。百二關河終王漢，八千子弟竟亡秦。生憐敵國收奇士，死報君王有美人。莫向九原悲寂寞，長陵蔓草不勝春。」《度沂水》云：「旭日上林端，寒流白如練。人馬渡河聲，驚飛一行雁。」《曉行》云：「殘夢續未成，敝裘寒似鐵。馬上看西山，已有數峰雪。」《咏鏡》云：「明鏡如明月，清輝照面寒。曾將兩人影，同向此中看。」《寄遠》云：「木葉下空砌，西風生洞庭。美人在何許，銀浦隔秋星。」《康山》云：「已判姓氏酬知己，尚有名山當子孫。三百年來訪遺宅，琵琶聲斷畫樓存。」《送潘月鋤南歸》云：「故里鶯花感雪鴻，臨歧寄語太匆匆。西泠明月西溪雪，君到家中我夢中。」《七夕》云：「曾經滄海泛靈槎，認得支機帝女家。乞取銀河洗兵馬，征人十萬早還家。」他句如《宿遷曉發》云：「雞聲催曉月，人面落寒星。」《偶成》云：「霜花雕背重，秋色馬頭寒。」《書懷》云：「未免悲歌緣慷慨，不忘兒女亦英雄。」《送伊墨卿員外出守粵東》云：「飽餐荔子三千顆，管領梅花四百峰。」《寄龔素山》云：「涼月照人秋夢短，西風吹我草堂寒。」《秋桑》云：「憶我曾經歌《陌上》，有人對此話江南。」又云：「箏彈秋月羅敷宅，琴譜西風漢相家。」皆獨標靈雋，司農謂與曼生不愧「二難」。

金陵孫蓮水韶著《寄雲閣詩草》，功深研鍊，漸近自然。隨園先生評其詩，比於唐之温飛卿、元之薩都剌。孫淵如觀察云：「蓮水詩，開卷恐其欲盡，由感人心脾也。」如《黄州除夕宴集芝圃太守西園》云：「自來仙吏屬黄州，除夕招邀作勝游。一歲但餘今日在，三更猶爲主人留。戲敲檀板爲詩鉢，醉折梅花當酒籌。試問殘年官閣裏，幾人得似此風流？」閒洪稚存太史歸毘陵，賦贈云：「身到金鰲最上峰，人間還種碧芙蓉。三年使節歸雙闕，一疏危言動九重。才子文章原慷慨，聖朝進退自從容。抽簪不比長沙謫，閒拄仙人緑玉笻。」《順風口號》云：「無數烟巒過，回頭認未真。好山前又到，忙殺看山人。」《過永濟寺》云：「江光摇佛面，石色上人衣。竹露一庭濕，山禽四座飛。」《題畫牡丹爲舒觀察作》云：「寫上屏風一樹斜，不施百寶也繁華。始知臺閣文章貴，郊島何曾見此花。」《漢上詞》云：「零星私語暗香通，底事脂痕晚更紅。三面湖燈一面月，玉人舲在水當中。」《赴南昌謁葯洲中丞途次寄簡齋師》云：「北海有書還薦禰，晉公多客舊憐韓。扁舟直溯滕王閣，華髮登臨媿子安。」

僕最喜蓮水《題江玉華司馬雪夜渡江圖》二首，云：「浮玉山前夜色闌，海門潮上楚江寬。輕帆帶得揚州雪，當作瓊花一路看。」「清絶江山酒一巵，殘年有客動鄉思。歸裝誰似先生富，兩點金焦萬首詩。」玉華居揚州之康山，僕二十年前舊游處也。嘉慶四年冬，同在武林節院，追話前事，不勝惓惓。明年春，玉華往歙展墓畢，復來武林，纔一把盞，即返邗上矣。因作二絶句送之，其詩云：「落梅風裏又逢君，載得黄山幾片雲。憐我春愁春病後，一杯官釀戀斜曛。」「正好春光换袷衣，匆匆行李奈思歸。揚州却比孤山鶴，何不同來一處飛？」意效蓮水詩體，故牽連書之。

山陰邵無恙颿，著《蕉雪詩鈔》。令江南，罷歸，渡錢塘江，被胠篋者竊其稿去。友人錢塘陳雲伯先所輯録，得十四五焉。其詩如《曉過故關》云：「朝暉遠射嶺雲開，鳥叠高盤漢將臺。山勢劃天分岸立，河聲驅石過關來。戍樓雲擁旌竿滿，戰地風迴畫角哀。今日時清仍設險，少年誰是棄繻才？」《渡滹沱河》云：「燕臺畫角動邊歌，木末平原見大河。皂帽烏裘歸上黨，黄沙雪浪渡滹沱。荒村日澹收蘆荻，空磧風寒飯駱駝。獲鹿城頭西指去，暮雲紅處亂峰多。」《感懷章大令漁塘》云：「開遍西泠萬樹梅，故人猶未賦歸來。懷鄉似酒多餘味，作吏如詩有别才。山水儘供行藥地，功名且付釣魚臺。憑君莫問升沈事，我已邯鄲夢一回。」《遺僕歸家》云：「若問馳驅苦，休歸報祖慈。但云爲客好，不異在家時。」《閨詞》云：「芳樹簾櫳暗，清晨起著衣。幽花深抱蝶，風過不曾飛。」《題虎丘寺壁》云：「一片千人石，生公説法處。上有美人樓，下有美人墓。」他句如「雲影移山活，風痕過水輕」、「山花眠麝暖，池月照魚深」、「紅葉亂山澆酒地，黄花秋雨著書天」、「美人懸帳坐遥夜，孤客放簾眠早秋」、「貧賤驕人今亦少，文章知己古來難」，酷似商寶意。

僕嘗見無恙二絶句甚佳，其一《送人》云：「青山一面出長安，柳外斜陽駐客鞍。握手離亭須盡醉，明朝有酒勸君難。」其二《題匜軒小聚圖》云：「一笑披圖得至歡，庭前老樹影團團。十年容易鬢眉改，莫作尋常聚會看。」詩人多情，頗以未及識面爲恨。

山陰陳廣寧字默齋，篤行好學，儲藏金石書畫甚富。以伯父薪菴先生殉臺灣林逆之難，蔭雲騎尉，官海防守備，與曼生、雲伯爲同族兄弟。雲伯述其官象山時，嘗乘小舟出洋，查暎咭唎國貢船，通事者稱夷使爲欽差，默齋正色責以應稱貢使，夷使敬憚焉。所著《壽雪山房詩稿》，如《舟行即景》云：「一徑松杉任往還，扁舟容與水雲間。此身已入郭熙畫，紅葉夕陽秋滿山。」《送郭記室之粤中》云：「一劍乍離羅刹渡，扁舟又指尉陀城。嶺雲海雨詩情冷，女葛娘蕉客思輕。」筆有奇趣。又句云「身在江南圖畫裏，四山黄葉一扁舟」，方處士薰爲作圖，梁山舟太史爲題跋，可以想見其人矣。

陳雲伯之弟文湛，字壽蘇，《咏劍》句云：「三尺瘦蛟脊，千秋烈士心。」又《秋日》云：「半江紅樹秋飛雁，一棹白蘋人釣魚。」

平湖朱秀才爲弼，字椒堂，春橋丈之從孫、薌圃之長子也。少孤，刻苦自厲，克繼家學。詩筆沈鬱，如《晚渡》云：「萬山銜夕照，一葉破蒼烟。雲淡不成雨，水清深見天。」《田家》云：「江村霜氣早，茆屋雪聲多。」《歸舟》云：「一櫂烟波驚宿鷺，萬家禾黍滯征鴻。」

武林節院諸名士賦《春閨詞》，佳者如會稽顧廷綸鄭香云：「碧桃花下小徘徊，花爲愁多只半開。折取一枝插雲鬢，引將蝴蝶上頭來。」廣陵林述曾小溪云：「柳色翠分眉黛，桃花紅染胭脂。門外馬蹄去後，簾前燕子來時。」仁和張迎煦鄰谷云：「舊年春草生，送郎出門去。今年春草生，空房泣天曙。春草滿門前，不見郎行處。」

西湖孤山麓有詁經精舍，中丞督學時，集諸生編《經籍籑詁》之所也。及撫浙，招兩浙經學諸生，給膏火，讀書其中，並於前楹祀東漢許叔重、鄭康成二君。與王司寇述菴、孫觀察伯淵疊主講席。瀕湖小樓三楹，舊爲第一樓，並葺新之。同人登者咸有詩。錢唐陳壽蘇云：「東南師表王孫阮，唐宋風流李白蘇。」可謂工切。錢唐張賓連國裕云：「樓含山水清和氣，人聚東南竹箭材。」亦佳。

僕每過人家，見壁間佳句，必索筆硯多録，或默識之。頃得數聯，如揚州洪薌林云：「青眼留天地，黄金誤古今。」石門譚樹山云：「虚堂一尊酒，此夜數年心。」中峰寺僧念亭云：「清磬有時響，梅花無數開。」沈儀可内弟云：「明月滿身詩滿袖，主人忘醉客忘歸。」桐溪吴駕璜侍讀云：「斷酒真爲病，無詩乃是貧。」桐城張秋汀處士云：「東道未知誰是主，西風不管客衣寒。」杭州嚴鐵橋孝廉《哭女》詩云：「久知賤女成吾錯，轉覺生兒似汝難。」南康謝蘇潭中丞《冬夜》句云：「濁醪偕婦飲，好句命兒書。」

唐僧隱巒《送人游廬山》云：「君上匡廬我舊居，松蘿抛擲十年餘。君行試到山前問，山鳥衹今相憶無？」《太平詩話》：「僧覺清有『鳥聲啼足忽飛去，鷩落半庭山杏花』。」《夷白齋詩話》：「越僧索畫於石田翁，詩云：『筆到斷崖泉落處，石邊添個看雲僧。』」《雙樹幻鈔》：「詩僧絶句云：『一池荷葉衣無盡，數畝松花食有餘。剛被世人知住處，又移茅屋入山居。』其二『千峰頂上一間屋，老僧半間雲半間。昨夜雲隨風雨去，歸來始覺老僧閒。』其二」此種活潑潑地令題目佳境，心手欲飛，與鈍根人説不得。

同里沈古石嗜酒耽吟，天真野趣，老而彌恬。其《春磵》詩云：「步屧磵東西，巖香幽草齊。緣流迷曲徑，選勝引前溪。風過野花落，月明山鳥啼。碩人渺何許，心折考槃西。」

吴郡石遠梅鈞，著《清素堂詩集》，深穩流麗，佳處不減高季迪、徐昌穀。如《池上》云：「片雨洗秋月，微風生夜涼。」《游園》云：「返照遍墟落，寒鴉無數還。」又云：「人影在疏竹，雞聲隔短籬。」《游法音寺》云：「清磬出深竹，閒房隱白雲。」《山館》云：「路出榆林郡，蒼茫野氣昏。墓田狐拜月，山店虎窺門。」《漢上秋霽》云：「木落楚江流，猿啼萬嶺秋。晚風吹過雨，斜照在孤舟。」《曉柝》云：「宿鳥欲辭樹，殘星猶傍城。」《度榆關》云：「海日侵魚眼，邊風落雁毛。」《讀李陵傳》云：「偷生原失策，報國已無家。」《晚步》云：「夕陽半林笛，野店一籬花。」《渡江》云：「百年身世漂零久，萬古英雄感慨多。」《西塘》云：「茅屋夕陽飛燕子，釣船春水載桃花。」《春日感懷》云：「壯士逢春憐鬢短，美人臨別記魂銷。」《關山月》云：「萬里關山同一照，百年身世幾回看？」《別同學諸子》云：「四山黄葉同攜酒，古渡斜陽欲上潮。」《寒夜懷郭大》云：「斷雁孤飛江浦月，故人遥在木蘭舟。」《對菊》云：「莫怪花前頻醉倒，十年都在異鄉看。」《康山草堂》云：「拂雲遥指碧山隈，才子沈淪劇可哀。我亦江關豪俠士，草堂今日爲君來。」

丹徒王柳村豫，家瓜洲之旁，曰翠屏洲。洲之上，桃花竹樹，亘十數里。當春暮時，落紅厚數寸，緑照天地，行其間者，如入天台、武陵也。所著《種竹軒詩鈔》，豪蕩感激，如其爲人。其寄余《秋農》詩云：「我有故人夢，長懸霄漢間。心隨京口月，飛照白門山。」《和石遠梅出塞》云：「酒温毳帳聽狐語，雪滿雕弓帶虎還。不是隻身行萬里，那能奇句重人間？」《張家灣》句云：「雲生公路浦，草緑禹王臺。」《即目》云：「雙峰含雨氣，萬古送江聲。」《聽石遠梅談舊事》云：「馬踏邊雲紫，雕盤塞草黄。」《寄人》云：「才子原通俠，仙人亦好名。」《海雲樓坐月》云：「孤光直逼焦先夢，斗酒難澆太白愁。」《有寄》云：「文章亦抱升沈感，歌泣難忘貧賤交。」《懷友》云：「燈前剩有數行淚，江上曾無一紙書。」《感懷》云：「山水情深詩卷在，古今名讓布衣傳。」《寄友人》云：「求仙未必丹砂誤，閲世俄看白髮生。」《邗上寓館聽琴》云：「鶴夢一庭冷，松風萬壑深。」《别友》云：「白髮忽言别，青山相對愁。」《三山夜泊》云：「余挂布帆至，誰披宫錦來？」《翠螺山》云：「此地足高咏，蒼烟生古愁。」《寄陳丈》云：「窮途餘白眼，真氣薄黄金。」《功臣廟》云：「百戰河山終破碎，幾人勳業幸生全？」《江上懷人》云：「江上風濤正蒼莽，故人消息竟如何？」

丹徒錢鶴山之鼎，八歲能詩，著《三山草堂吟稿》。如《瓜洲》云：「亂山無數隔江青，横截南徐作畫屏。地盡中原開澤國，天垂大野入滄溟。孤城遠見雲邊戍，細水潛通柳外亭。記得兩三星火處，漁歌隱隱月中聽。」《北行》云：「行李匆匆損客顔，北行迢遞幾時還？東風斜日垂楊裏，猶見江南一角山。」《郊外》句云：「遠山黄葉路，過雨夕陽天。」《金陵旅舍》云：「病多爲客苦，夢短到家難。」《雩山登眺》云：「舊事消漁笛，雄圖入酒杯。」《竹林寺》云：「梅花不知處，溪水但流香。」《游子吟》云：「片片桃花渡口人，雙飛蝴蝶西園草。」《咏燈》云：「泥壁亂蛩人卧病，紙窗殘葉獨吟詩。」《白燕》云：「本是烏衣舊門巷，而今却作白衣歸。」

僕與吳郡石遠梅，丹徒王柳村、錢鶴山相遇邗上，各有詩贈僕。遠梅云：「春色老江關，相看鬢各斑。悲歡今日事，行李暫時還。心在冥鴻上，身經戎馬間。誦君詩莽蒼，如入萬重山。」其二「襄漢猶多梗，瘡痍最可悲。由來皆赤子，何敢弄潢池？幕府書生策，營門大將旗。一揮須健筆，會見早班師。」其三又《留別口占》云：「把酒話鄉愁，春風憶昔游。飄零兼落絮，離合在揚州。」柳村詩云：「相憶如天上，相逢况白頭。十年今始見，萬里昔曾游。長揖將軍幕，空餘季子裘。論功不受賞，歸泛五湖舟。」其二「罷酒看顏色，沈思草檄時。樓船照烽火，衛帳列熊羆。殺賊書三上，酬恩劍一麾。把君詩細讀，真與古人期。」其三鶴山詩云：「秦川楚甸鬢毛斑，短後衣裝去復還。馬上功名詩卷在，天涯歌嘯酒杯間。弓彎霹靂驚銅柱，樂奏琵琶憶玉關。邀我看花邗上屋，隔江遥指夕陽山。」

吳興徐渭陽明經五過吳涇，訪僕輒不值。頃雪後重來，得一把臂，喜甚。留詩云：「新水吳涇雪未乾，三年五度此盤桓。重來又值野梅發，高卧不知春夢寒。滿眼清酣留座客，隔籬菜把進園官。長征空憶關山月，太華終南馬上看。」

山陰吳雄飛，奇士也，著《鑑湖詩草》。如《滹沱河》云：「天上落黃河，東流感逝波。九支穿溟漠，一氣走滹沱。水闊魚龍静，風高雁鶩多。揚舲羡歸客，臨眺獨悲歌。」《客中守歲》云：「故國無消息，天涯又歲除。縱教明日到，已是隔年書。」《懷林雲巢》云：「聞說衡陽雁，春風萬里回。如何三月盡，不見一書來。」《邊草》云：「春人燒痕淺，根連戰骨多。」《山待》云：「黄葉落無路，白雲生我衣。」《暮春送客口占》云：「今日送春還送客，不知淚落爲誰多。」

臨潼張軼青學博徙居揚州，其詩別具性情，長於七律。其佳句如《元旦》云：「修到梅花無世事，聽來啼鳥已春聲。」《咏繡毬花》云：「吹得團圞又零落，世間多事是春風。」《新築露臺》云：「滿意要看初夜月，無心招得隔江山。」《史閣部墓》云：「北門鎖鑰資萊相，南渡君臣忌李綱。」《玉鈎斜》云：「半世緑衣傷妾命，一抔黄土荷君恩。」《對酒》云：「難醫貧賤書千卷，暫作神仙酒一壺。」《午枕》云：「熱客不來蒼蘚徑，新蟬初噪緑槐枝。」《偶檢友人遺集》云：「耽吟到死無他事，真賞平生有幾人？」《花下》云：「一月不曾招酒伴，梅花催我典春衣。」軼青之姪四科，《咏臙脂》句「南朝有井君王辱，北地無山婦女愁」，工巧殊絶。

邗上朱二亭先生貧不累心，貞不戾俗。刻苦爲詩，目空前輩，工夫在一字兩字之間，他人莫及也。如《九日漫題》云：「寒色開晴宇，霜痕上緼袍。鬢衰羞插菊，才澀敢題糕？遠夢懷鴻爪，空尊負蟹螯。多情笻竹杖，扶我又登高。」《無酒》云：「朔風吹過酒壚邊，一斗曾沽價十千。折券近來無武負，不關飲興減當年。」《天書觀》云：「才得天書降岱宗，瑞雲又見起封中。乾元觀冷松杉古，虚費珍珠賜相公。」《白驢塚》云：「聞道明皇封禪回，白驢封號葬山隈。豈知鼙鼓漁陽動，只有昭陵石馬來。」他句云「射雕人已遠，相馬客難逢」、「能著幾緉屐，寧辭百罰杯」、「佳節又寒食，故人誰少年」、「苦吟如入定，謀食類還丹」、「形容看我老，懷抱向君開」、「寒月竹三徑，空江雁一樓」、「知耻處貧易，徇時無媿難」、

「良醫三折臂，巧宦九遷官」、「徑紅三月雨，窗白五更燈」、「仲子自廉士，次公非酒狂」、「春樹忽已緑，故人猶未歸」、「西天諸像古，南國衆山青」、「高樹下黄葉，亂峰留白雲」、「江南未歸客，陌上可憐春」、「東海未回方士藥，西風已報茂林秋」、「讀書笑我空三篋，説鬼憑人載一車」、「四海有知非大隱，三年不語是佳人」、「古來憂患布衣少，異代文章官閥多」、「問字客來三徑少，愛才人去九原多」。

南康謝蘇潭中丞公著《咏史》詩五百首，括囊史傳，博大精深。家穀人太史序，以爲考古之鏡，饋貧之糧，足徵信矣。如《咏皇甫規》云：「天下黨人憂入籍，西京豪傑媿無名。」《王衍》云：「情鍾我輩哀難遣，誤盡蒼生亂可知。」《謝莊》云：「江東無我一時秀，明月與君千里同。」《慕容德》云：「中興燕國收殘局，北望牛山發古哀。」情文相生，音節幻眇，舉一可例其餘。

東鄉吴蘭雪詩才清綺，善於言情。見其《贈梁山舟太史》詩甚佳，詩云：「先生高卧不肯出，管領西湖三十年。詩格未居摩詰後，書名早負永和前。花迎小雪開千塢，鶴與閒雲共一船。昨到孤山幽絶處，方袍竹杖古神仙。」

蘭雪兼工倚聲，有《西湖酒舫贈徐閬齋・賣花聲》云：「花氣雪肌膚，春風畫圖。月明潮暗憶君無。舊日歌喉今日淚，都是珍珠。　酒半又茶初，烟疏雨疏。夢魂相傍影相扶。一夕秋荷紅盡脱，瘦了西湖。」

梅里丁小鶴子復，篤學工詩。其《片石居》詩云：「湖山都到眼，簾捲最高層。花散諸天雨，星摇萬户燈。」《横山讀書》云：「磵户亂雲麋養角，竹林斜日鶴將雛。」《寒夜》六言句云：「我外祇須有鶴，花中不可無梅。」《落葉》云：「呼童開户乍疑雨，攜客登樓初見山。」《感懷》云：「養親心迫輕妻子，涉世身孤重友朋。」

仁和宋茗香助教大樽，詩才奇逸，筆有仙心。如《將之天台贈石遠梅王柳村》云：「海上萬重山，如生懷抱間。仙人空笑客，白首幾曾閒？我欲一游眺，誰能獨往還？願將雙赤脚，日與爾躋攀。」《天台道中見梅花》云：「一石一高峰，飛流入萬松。中藏太古雪，香滿青芙蓉。有客何年隱，攜尊欲往從。言尋明月去，其奈白雲封。」《月夜石梁觀瀑》云：「我欲持北斗，酌泉獻高穹。道人但摇手，其上横蒼龍。須臾玉女鏡，已挂瓊臺東。照見水晶簾，玲瓏千萬重。天風暮吹捲，夜護神仙宫。仙樂奏何時，千春猶未終。」《過仙人拍手崖》云：「天仙大笑來人間，可憐天上無青山。白榆如錢落我手，安得瓊樓亦賣酒？看山把酒樂如何，不比仙宫禮法多。時乎時乎，仙亦不可以蹉跎。」《飲酒歌》云：「酒星大於杯，色亦如鵝黄。飛上華頂峰，墮落東海傍。高歌娱老母，攀雲挹天漿。增城桃已熟，齒落猶能嘗。豈必王母遺，聊可佐壺觴。風吹白雲來，時帶溪花香。庭前長瑶草，呼兒飯牛羊。」《簡城中游好》云：「明月不笑人，照我索酒嘗。手執好花枝，使花傍酒香。昨自天台回，笑口逢人開。惜哉天上瀑，未得釀緑醅。吴山半酒樓，望若玉女臺。白雲棲我筵，江湖抱我杯。美人不來明月來，樓頭鳥啼花亂開。有酒不醉徒爲爾，劉伶阮籍安在哉？」《古詩》云：「愁思來何時，對鏡忽自驚。不見穠李華，已萎枯草莖。涼風天末起，白露先秋零。蟋蟀鳴西堂，孤鴻又南征。努力自爲樂，萬古此一生。來日且難知，焉知身後名？寄言同岑友，何事日營營？」又云：「把酒上北邙，嗟此千載魂。黄金不代死，白髮悲生前。當壚盡知己，得醉即神仙。不求羨門子，不到三神山。何不手一杯，及我猶能歡。試澆墳上土，依然變黃泉。」《招葉二青煥之天台》云：「索君笑，贈君言，我能使君再少年。銅山若肯盡沽酒，九萬仙人齊拍手，一朝餓死夫何有。我今未死君又來，相與擔榼游天台。游天台，步遲回，笑口且共桃花開。桃花飛落手中杯，照我顏色如紅醅。今日少年若長在，古之少年安在哉？」《甘露寺》云：「金焦流不去，左右碧濛濛。江是水晶鉢，蓮花生此中。鷗知萬里遠，僧笑六朝空。余亦慨然去，不知身所終。」《釣臺》云：「乞食英雄事，千秋寄一餐。三秦可傳檄，百戰失垂竿。歸路王孫草，浮名大將壇。何人更哀汝，淮水繞臺寒。」《湖上送沈五》云：「湖月疑私我，林風欲送人。家貧一節在，官棄此身真。痛飲風塵外，狂歌天地春。梅花肯孤放，好與結比鄰。」《彈琴》云：「偶逢嘉樹林，動我白雲心。明月無人夜，空山流水音。於焉得佳趣，可以彈幽琴。感此《離鸞曲》，相思深復深。」《積善寺西院》云：「松風吹白雲，僧語隔溪聞。欲往不知處，相望多所欣。閒門積芳草，古屋帶斜曛。笑我來塵土，毋驚麋鹿群。」《宿徑山松源菴》云：「仙閣何飃然，飛來松樹顛。松花香滿屋，昨夜未曾眠。」《寄俞大》云：「鹽官城外風怒號，憶君何時罷釣鰲。潮聲遠撼吴越動，海色倒映雲霞高。」《自題詩卷後》云：「青山高高緑水深，月明獨照無絃琴。偶然自作天際想，千載有人知此心。」《簡汪二》云：「笑人何事凋朱顏，蓬萊未必非人間。富貴功名不足道，讀書飲酒游名山。」《小山堂飲酒示弟》云：「溪外青山瞰草堂，莫辭連日共銜觴。十年兄弟飄零久，難得相逢是故鄉。」《春望》云：「獨上高樓有所思，他鄉應是望鄉時。江南江北皆春草，不信王孫總不知。」他句如「泉飛九天上，僧老萬山中」、「自別林棲者，回頭雲萬重」、「杖頭一明月，來照千芙蓉」、「百年本是遠行客，三日可憐新嫁娘」，都是不食烟火語。

元和布衣曹嶢亭，詩工五言，不媿作者。其《田家》詩四首云：「先人敝廬在，面溪背林麓。桑柘帶平疇，芃芃麥與菽。濁酒酣便止，疏食飽乃足。縱使耕也餒，敢希學者禄？」其一「五月梅雨涼，水田沸螻蟈。良苗浡已興，農事當益力。矧乃世爲農，勞身固其職。秉耒東皋前，濯足清溪側。日暮柳陰涼，坐看西山色。深林接遥甸，邈與世相隔。」其二「田美不在多，禾熟不在早。山妻具菰飯，稚子喧撲棗。雞鳴斜陽樹，牛卧秋風草。未及授衣時，短褐先補好。」其三「寒風起墟落，斜景當北牖。雞豚散未歸，禾黍積如阜。既乃了租税，會當樂親友。長幼共登席，肴蔌亦盈缶。客辭日已夕，主人更呼酒。酩酊出門去，茅茨隱溪口。」其四

嶢亭爲人孤介，罕有知其能詩者。塘棲宋茗香與之交，將刊其集，嶢亭辭曰：「嶢亭詩無定稿，歲輒改削，恐刊定後不復能改耳。然嶢亭老矣，即欲更進於此，歲月其有幾何耶？感子意厚，但聞嶢亭死，即來索稿，勿遲也。嶢亭待子以千古矣。」其虚己如此。又以其情爲知己告，何言之若是其悲也。

宋茗香誦其師吴旭堂先生句云：「天地忘我貧，我寧不自忘？」有陶公風味。又《七夕》云：「但使百年同一處，抵他三萬六千年。」亦未經人道。

頃寓武林，頗饒逸趣。從丁仙閣至吴山，足力不勝，使人曳腰帶而行，一也；過浄慈寺，湖風逆面，學東坡居士倒行，觀山燒，背風而歸，二也；中秋小病，不能飲，屬友人就牀，代浮一白，覺酒氣醺人，爲之快然，翼日病愈，三也。昨得宋茗香助教書云：「是夕患瘧，乃從帳縫中看月。」又一奇矣。

仁和李桐村方洽《歸雁》詩云：「梅花零落曲江亭，杳杳征鴻度遠津。莫帶春光出關去，恐驚萬里未歸人。」《高士塢》云：「幽蹤寄深樹，懷古對青山。高士不可見，白雲長自閒。券從何處贈，鶴問幾時還？余亦思栖隱，來居松石間。」《送別》云：「西風吹旅雁，寒色上衣多。當此歲云暮，其如離別何？」又句云「愁思夜來積，秋聲月下多」、「斜陽半露峰峰皺，新緑初齊樹樹圓」，殊有佳思。

秀水蔣春雨明經元龍，詩情幽峭，琢句工雅，不由凡近。其《千金臺》云：「當年進食爲王孫，一飯千金且莫論。似爾區區邀厚禄，奈余多少未酬恩。」得風人忠厚之旨。他句如「飲酒誰能如叔也，哦松應不負丞哉」、「詩有別才須仗筆，卿當獨秀早成家」、「西風一別連青草，細雨相思又杏花」、「梅花人日草堂句，春水緑波南浦舟」、「愛竹不教先食筍，買山何必更求田」、「典半宅如方萬里，住三間是陸平原」，組織之妙，歸於自然。僕尤賞其「老枕早知秋」五字，爲得少陵詩格也。

春雨工繪事，嘗以楊梅紫液畫牡丹，用草汁作葉。錢太傅文端公題曰：「天然富貴圖。」袁簡齋太史題詩云：「楊梅一口吐紅霞，便是春風富貴花。從此人間重真色，丹青不到畫師家。」春雨自題所繪墨牡丹云：「勿論進魏與姚支，墨暈春風寫一枝。爲有自家真國色，不須從俗買胭脂。」亦殊佳絶。

宋茗香茹齋學道，頃游天台回，飄飄有仙意。僕與朱青湖明經訪茗香於西湖之瑪瑙寺，各贈以詩。僕詩云：「我意渺人世，君身老謫仙。要騎雙鶴去，拍手萬松顛。瑶島架詩筆，銀河瀉酒泉。軟紅塵十丈，不到白雲邊。」青湖詩云：「羡君鸞鶴侶，振策向金庭。天半飛泉落，梁間游屐停。茅蓬參野衲，席帽拜山靈。長嘯瓊臺頂，蓮花萬朵青。」茗香寄僕詩云：「交晚星星白髮垂，近知爲善是吾師。

西來有意無文字，要待先生絶妙辭。」其一「相逢論道不論文，更覺飄然思不群。看取西湖留戀處，兩峰時有吉祥雲。」

梅里許晦堂先生燦，少孤，于役甘州，即其先人參戎公居官之地。倉皇對部，留滯塞垣，著《燉煌集》，短歌長謡，縱横莫當。歸而往返江湖以老，著《擊汰》、《楚尾》、《荔雨》等草，卓然大家。梅里自竹垞、秦川二公後，詩未有及先生者。録存一斑，可見全毛也。如《關山月》云：「關山一片月，戍客未還家。鐵甲秋乘障，雕弓夜枕沙。天山照古雪，羌管落《梅花》。誰念高樓上，刀鐶衹自嗟。」《雨雪曲》云：「飛雪明雞塞，西風凍鶴關。邊聲吹不起，寒色滿天山。交水乘冰渡，長弓帶濕彎。三秋防突騎，報國敢思還？」《弢光道中咏泉》云：「原泉遠發高峰巔，松石之隙飛流懸。斷竹續竹響不絶，在山出山清可憐。明珠亂跳客袂雨，碧玉碎濕僧厨烟。澄心一酌六根浄，孟覬成佛安能先？」《塞上》句云：「髑髏滚滚泥沙間，戰血凝作胭脂山。」《河西雜詩》云：「詞臣善頌元和聖，《小雅》仍褒吉甫功。」「西極若徠千里馬，東封請用一丸泥。」「西王近下三青鳥，穆滿空歸四白狼。」「秦代築城非上策，前朝棄套豈良圖。」「邊丁日課屯田麥，使者星馳屬國瓜。」

海鹽家榕園處士寧，居峽山之麓，茅屋翛然，不與塵事。爲詩沖和藴藉，如其爲人。如《孤山林和靖墓》云：「石徑何崎嶇，牽攀獨幽尋。藤蘿滅行迹，始覺入山深。清風來修竹，爲我滌塵襟。行游念前哲，惆悵撫松林。殊世邈難即，高操素所欽。依依不能去，采菊寒巖陰。」《七夕》云：「離家事行役，日暮尚孤舟。一夕西風起，蕭然江上秋。斷雲津口樹，落月故鄉樓。游子歸何日，應添思婦愁。」《寄西泠吴上舍》云：「南望杳無極，相思天一方。秋來江樹冷，日落嶺雲黄。鴻雁書難得，琴尊興不忘。離魂似潮水，夜夜到錢唐。」《旅夜》云：「銀河東轉月西銜，露氣新涼透紵衫。苦憶妻兒深夜待，不知猶未挂歸帆。」他句如《登姑蘇樓》云：「山垂百越盡，天入五湖虚。」《智公山房》云：「石泉流木末，山靄落庭陰。」《山家》云：「寒磵春留雪，虚潭夜浴星。」《夜過積慶寺》云：「歸人喧野渡，秋樹露禪燈。」《書懷》云：「詩名荒實學，家事誤中材。」《宿乍浦南郊》云：「野曠秋雲黑，沙寒鬼火青。」《吴江道中》云：「歸鳥下平楚，斜陽在客舟。」《客夜》云：「一燈寒在夢，半榻鼠窺人。」《湖上散步》云：「隔水聞雞犬，數家深竹林。」《晚出秦溪》云：「夜色荒村雨，秋聲古寺鐘。」《小桃源夜歸》云：「溪漁挂網船依樹，野屋留人飯倚牀。山解送行真勝友，風能醒酒亦奇方。」《避暑》云：「麴生期我晚涼至，脈望笑人清晝眠。」《當湖舟中》云：「傍樓畫舫歌紅豆，負郭漁家釣緑陰。」《錢氏愛存山莊》云：「天開別墅供吟客，座列青山侑酒尊。」《舟次》云：「村樹作花留客醉，溪雲如鳥傍船飛。」《宿山家》云：「雲隨飛鳥遠歸樹，僧與落花争渡溪。」《山居》云：「殘雲度水前峰雨，嫩筍充厨昨夜雷。」如此數十聯，不減香山、放翁。

梅里錢杏溪詩工寫景，神韵絶佳。其《賦早梅》云：「花成隔歲別，人動臘前思。落月冷清夢，寒香生故枝。忽横溪斷處，却對雪晴時。消息江南早，春光已在兹。」《花朝》云：「遠山如畫柳如烟，二月韶光著意妍。芳草夕陽歸雁後，杏花如雨欲蠶天。試茶別墅方泥竈，載酒平橋待放船。惆悵年華易流轉，莫教辜負一年年。」《春暮即事》云：「隔屋薔薇迎面笑，避船鸂鶒到門飛。一春未肯尋常醉，薄雨猶寒怕典衣。」《白堤晚泊》云：「傍岸鳥呼客，掀篷山到船。」《晚霽》云：「新涼生竹屋，濃緑上柴門。」《新秋夜坐》云：「俗懷兼暑浄，詩思逐涼生。」《初見梅花》云：「渾似别來逢好友，却看春已到山家。」《春盡日雨霽》云：「春原似客不多住，天却憐人爲放晴。」《夏日即事》云：「壁琴收潤子絃急，窗竹放梢烏几涼。」

東陽李紫翔明經鳳雛，著《梧岡集》。有《贈朱其恭》句云：「惟呼濁酒澆狂客，自喜霜螯勝熱官。」自注云：「其恭嘗飲酒，方擘蟹，閽者報有八座拜。其恭叱曰：『吾不以八座易八脚。』飲啗自若。可稱佳話。」

鎮江潘布衣某，《弔史閣部墓》云：「當年從死三千士，化作梅花繞墓門。」化陳爲新；山陰茅商隱處士句云：「小人有母風前燭，當道憐才錦上花。」運俗成雅。武林吴西林先生《送人之揚州》云：「貧士出門無易事，豪家投刺豈初心。」真樸有味；寶應王少林太守《山中》句云：「山鳥自來下，芙蓉無數開。」飄飄欲仙。阮雲臺閣學《游大龍湫》云：「眼前無石不卓立，天上有水皆飛空。」奇景獨闢；滿洲伊耐園太守《括蒼山中》云：「清秋露冷猿啼樹，黑夜風號虎到門。」落筆有神。虎林陸小雲居士《咏緑珠》云：「美人一點分明意，不是珍珠買得來。」突過前人名作。

咏物詩貴雅貴超，其有俗題而詩可録者，取其風調，亦《竹枝》之遺也。吾鄉諸友作新年雜咏絶句，如計漁溪《咏門簿》云：「莫道門前雀可羅，新年也有客經過。晚來檢點題門客，只是冬烘第一多。」《咏爆竹》云：「歲餘無事坐黄昏，怪殺轟雷惱醉魂。喧過一年猶不了，幾家絶早又開門。」《咏太平簫》云：「自然音節奏康哉，宮徵聲中暖律回。若使萬民同此曲，何難飛下鳳凰來。」褚乖匡《咏拜年帖》云：「一束紅箋一路分，徒勞僮僕走如雲。年年到處通名姓，未必人人盡識君。」汪聖清《咏陞官圖》云：「博得頭銜處處新，積薪傳舍此尤真。上場盡道陞遷易，也有場中出局人。」

會稽周蘭坡詩云：「臨行一把相思淚，當作珍珠贈故人。」故是佳句。又「一日百函真作手，十年三賦早名家」，亦工對。

《續歸田録》云：「長洲令王元之句『一回酒渴思吞海』，蘇州童子劉少逸續云：『幾度詩狂欲上天。』真是奇絶。」滿州繼蓮龕贈僕云：「狂嘯一聲欲上天，先生原是酒中仙。」僕《月下偶成》句云：「瓊樓高處不敢咏，恐被狂風吹上天。」句格差同。

家延長姪承慶，嗜古績學。著《梅花莽詩草》，其《苧村即景》云：「近郊儘有好田園，不及城南白苧村。一徑緑陰新雨足，三竿斜日晚烟昏。人家種竹皆圍宅，溪水流花直到門。牧笛漁蓑經過處，便邀藉草倒芳尊。」

錢唐鮑渌飲廷博，淹雅通才，著書忘老。其咏物詩最工，如《咏闌干》云：「有約頻敲花底月，多情時拂柳邊風。」又云：「施朱大赤花應妬，倚玉無人月也憐。」《翦刀》云：「細將楊柳偷裁出，不信春風也學伊。」

仁和龔秀才紹京，字素山，詩才清妙，善寫性靈。如《寄友》句云：「年壯漸悲分手易，家貧纔覺讀書難。」《寄弟》云：「早歲文章空遇合，窮途分手寄笙歌。」《咏莫愁湖》云：「兩字莫愁郎囑付，如何郎去便愁生?」

康熙初,鄞縣陳怡庭編修錫嘏作《自責》詩云:「霎時風浪欲遮天,一轉帆時已晏然。但恐風來帆又側,江心何處再收船?」又乾隆中仁和陸筱飲解元飛以舟爲家,載孥西湖,題「亦航」曰「自渡航」。有詩云:「輕舟齊趁大江風,浪捲濤飛欲拍空。莫倚好風帆力健,最難收是急流中。」二詩都佳,可以醒世。

濟南王秋水祖昌,漁洋近裔也。詩以漁洋爲宗,如《懷李紹唐》云:「亂峰深處開三徑,天外孤鴻入杳冥。竹榻去年因我下,風泉別後與誰聽?春歸石上生芝草,秋老松根長茯苓。何日扁舟乘興往,海山攜手看銀屏。」《歸家》云:「廿年到處看名山,今日歸來兩鬢斑。分卷詩文纔倒篋,捧觴兒女儘怡顔。門前舊有園三畝,溪上新添屋數間。從此栽花兼種竹,年年留醉待春還。」《贈范五輝》云:「翩翩范公子,矯若仙鶴姿。相逢無別事,倚馬乞新詩。」《題畫》云:「九月松江鱸正肥,漁家日日掩柴扉。蕭蕭蘆荻晚風起,罾落前灘人未歸。」又句如《題白上人禪房》云:「禪心一潭月,世事半帆風。」《與錫五小飲》云:「夜盞飛鸚鵡,冬裘脱驌驦。」《尋友人不遇》云:「竹外空啼鳥,花間不見人。」《秋郊作》云:「風清閒遠水,木落見秋山。」《元旦戲作》云:「女擘花箋妝學士,兒騎竹馬號官人。」《九日登孟巨川園亭》云:「把酒莫辭今日醉,登高能得幾年來?」《懷法學士時帆》云:「結社有情偏愛酒,退朝無事但焚香。」固屬東國之秀,與王秋史苹風格相似,惜漁洋未及見也。

濟南王朝鼎之父維垣,爲鎮遠令。朝鼎省覲,歸途得句云:「路因經慣翻疑近,山爲看多不記名。」東人志之。

江都張子貞，號老薑，貧而工詩。其《看燈詞》云：「華燈一盞費千錢，不照蓬門照綺筵。惟有天心一輪月，東西南北向人圓。」自來作揚州燈詞者，誇多爭艷而已，不若老薑以二十八字隱諷有味也。

秀水朱時亭居吾郡之洲東灣，素有幹材，而能周人之急。年八十二，晨起作偈云：「眼前都雪亮，心地早冰清。」無疾而逝。其子蕃縉以卜葬未定，作《更生紀痛》詩。僕題其後云：「洲東花月景常新，游戲人間八十春。臨去灑然留半偈，此翁原是再來身。」又云：「未卜牛眠何處岡，驚看雞骨但支牀。告哀有字皆成血，試讀無人不斷腸。」

廣陵林述曾小溪不以詩名，然性靈真摯，才筆清麗，其骨勝也。如《小坐》云：「琴聲深院月，花影小窗燈。」《送孫蓮水》云：「欲別每憐相見晚，得歸何惜到家遲。」《秋日》云：「緑楊城郭秋陰淺，紅樹旗亭夕照多。」《金陵》云：「龍蟠虎踞銷磨盡，賸有鶯花管六朝。」《西湖》云：「西泠山水揚州月，一樣人間占二分。」

南野堂筆記卷十

檇李吳文溥澹川撰
邗上朱森桂立堂定

古來英雄之辟、跋扈之臣，心侈體大，草竊闇干，視天下一切可以勢力取之。惟年運有盡，懷念無窮，抑天之所限，人何能爲哉。如漢高《大風》之唱，項王《垓下》之歌，武帝《秋風》之辭，曹孟德父子幽憂伉慨之章，王敦、桓温激烈悽愴之調，莫不盛氣生前，茹悲身後。至若景公牛山興泣，雍門援琴寫哀，則不待其辭之畢、曲之終，嗚嗚千載，如聞其聲，豈非情之至者歟？然未必協乎義也，故正聲爲難。

宋晏元獻雪中會客，歐陽公在座賦詩云：「須憐鐵甲冷徹骨，四十餘萬屯邊兵。」元獻不悅。以是知正言拂意，諛詞順耳，賢者不免。少陵每飯不忘君，度當時座上人，亦未必樂聞也。

憶昔歲大歉，先君子有「富兒飽飯門前看，但道今朝餓死多」之句，時文溥亦於酒間感賦云：「臨觴意倍深，卒食心如擣。昨有啼飢人，朝來路傍倒。感激念同類，平生耻獨飽。」覽者以爲令人不歡。先君子曰：「是足爲吾家詩派矣，遑卹其他。」

《王直方詩話》云：「丹陽陳輔每清明過金陵上冢畢，則過蔣山謁湖陰先生。後兩訪皆不遇，題詩於門，有『身似舊時王謝燕，一年一度到君家』之句。湖陰歸，吟賞久之，稱於荆公。公笑曰：『正戲君爲尋常百姓耳。』」按此與《世説》吕安訪嵇康，見其子喜，就門題「鳳」字而去，康謂是「凡鳥」同一見解，然未必留題者之本意。僕以爲嵇固善鼢，王乃巧謔也。

咏淵明「五柳」事，如「呼兒點檢門前柳，莫遣飛花過石頭」，袁敬所句也；「輕柔不似先生節，逢著東風便折腰」，李至清句也。各有所激，悽清絶調。

五言律詩之妙，不可思議，或以意勝，或以韵勝，或以格勝。向來詩人有奉一聯爲極軌者。如王灣「海日生殘夜，江春入舊年」，以意勝，張燕公表之；馬戴「猿啼洞庭樹，人在木蘭舟」，以韵勝，王甫氏兄弟祖之；施愚山「翠屏横少室，明月正中峰」，以格勝，王漁洋歎服。此中甘苦，各有會心。

七言近體如李供奉「祇今惟有西江月，曾照吴王宫裏人」、王龍標「玉顔不及寒鴉色，猶帶昭陽日影來」、杜少陵「白沙翠竹江村暮，相送柴門月色新」、陸放翁「小樓一夜聽春雨，深巷明朝賣杏花」、高青丘「白下有山皆繞郭，清明無客不思家」、徐芝仙「馬後桃花馬前雪，出關那得不回頭」、朱野航「萬事不如杯在手，一年幾見月當頭」等句，都屬天然凑泊，欲效一聯而不可得。

登覽之作，宜於七律。如杜甫「無邊落木蕭蕭下，不盡長江滚滚來」、「錦江春色來天地，玉壘浮雲變古今」、「關塞極天惟鳥道，江湖滿地一漁翁」，崔曙「三晉雲山皆北向，二陵風雨自東來」，許渾「湘潭雲盡暮山出，巴蜀雪消春水來」，趙文宗「淮海西來三百里，大江中湧一孤峰」，趙鶴「山壓星辰從下看，海浮天地自東來」，程嘉穗「東來島嶼吞江郭，西去雲山指故鄉」，王阮亭「吴楚青蒼分極浦，江山平遠入新秋」，深情壯思，淩空欲飛，不可以時代區别。

陝西西安府爲唐京兆府，其南當南山之陰，白雲青靄，遥在空際。上有太古積雪，惟雨雪初霽，望之若刻劃然，了了在目，常時不能見也。乃知祖咏「終南陰嶺秀，積雪浮雲端。林表明霽色，城中增暮寒」，二十字之妙，隱括無餘，故曰「意盡」。又如白樂天「南山雪未盡，陰嶺留殘白。西澗冰已消，春溜含新碧」，亦當境入妙。

張乖崖參軍有《留别》句：「秋雲都似宦情薄，山色不似歸興濃。」乖崖謝曰：「同寮有詩人而不知。」乃留而慰薦之。坡公以都曹路君求去，因誦此語留之，不可，作詩送之云：「淮光釀山色，先作歸興濃。恨無乖崖老，一洗芥蔕胸。」僕謂二詩都佳，然未若韋蘇州「歡笑情如舊，蕭疏鬢已斑。何因不歸去，淮上有秋山」，爲更入神也。

東坡論陶淵明《乞食》詩云：「飢寒常在身前，功名常在身後，二者不相待，此士之所以窮也。」苕溪漁隱云：「淵明隱約栗里、柴桑之間，或飯不足。及顔延之送錢二十萬，即日送酒家。」僕謂詩人灑脱，得於中者忘於外，彼持籌鑽核中，安所得佳士耶？

東坡居士爲侍妾朝雲説偈，引白樂天「門前冷落車馬稀，老大嫁作商人婦」。朝雲大悟，即歸空門。聞近今某尚書集前人詩句，編酒籌宴客爲樂，有年老而新納寵者，在席拈籌，例須罰一巨觥，視其籌背之句「爲他人作嫁衣裳」，大恚，即登車而去。觀此雖詼諧已甚，實破夢晨鐘。但此老鈍根，遠出女子下也。又如樂天句云：「多少朱門鎖空宅，主人到老不曾歸。」司空曙句云：「黄金用盡教歌舞，留與他人樂少年。」爲富貴人晚年説法，畢竟如是。然而不悟者，利欲聲色之痼人深矣哉！

牡丹花詩，如李正封「國色朝酣酒，天香夜染衣」，佳語也；李商隱「垂手亂翻雕玉佩，折腰争舞鬱金裙」，俗語也；韓淙「如夢如仙忽零落，暮霞何處緑屏空」，悽語也；羅鄴「買栽池館恐無地，看到子孫能幾家」，達語也；白居易「一叢深色花，十户中人賦」，莊語也；邵雍「初訝山妻忽驚走，尋常只慣插葵花」，逸語也；若東坡「洛陽相公忠孝家，可憐亦進姚黄花」，忠愛語也，切理中倫，固非咏物家所能道。

苕溪漁隱曰：「王荆公好與人争，居金陵，有《謝公墩》詩云：『公去我來墩屬我，不應墩姓尚隨公。』」世稱荆公好争，在廟堂則與諸公争新法，歸山林則與謝争墩，此亦善謔也。僕謂荆公政事之外立新學，著《字説》，即文字間亦多執拗，迨晚年謫居，則於詩人惓惓留意，宏奬多方，此其悔心之萌乎？嘗手寫俞秀老詩「有時俗事不稱意，無限好山都上心」兩句於扇頭，由是知名。秀老又有「夜深童子唤不起，猛虎一聲山月高」之句，荆公甚奇其才。又郭功甫《過金山》句云：「鳥飛不盡暮天碧，漁歌忽斷蘆花風」，亦爲荆公所賞。

李文饒與白樂天不相能，藏其文集不之省，曰「覽此則回我心矣」。五代唐宰相鄭畋女愛羅隱詩，幾忘寢食，欲委身焉，乃焚其詩，不復誦。噫！詩能感人，隙可以解，身可以委，故癖於詩者，舉天下之所好莫能易也。

王介甫「眠分黄犢草，坐占白鷗沙」、「細數落花因坐久，緩尋芳草得歸遲」，黄山谷「黄花晚節尤可惜，青眼故人殊未來」、「只今滿坐且尊酒，後夜此堂空月明」，詹存中「茅屋不聞雪，紙窗宜讀書」，張文潛「漱井消午醉，掃花坐晚涼」、「衆緑結夏幔，老紅駐春妝」諸聯，不減唐人佳趣，而清逸過之。

詩有以單句神妙膾炙千古者，如「高臺多悲風」、「明月照積雪」、「思君如流水」、「池塘生春草」、「空梁落燕泥」、「庭草無人隨意緑」、「楓落吴江冷」、「落葉滿長安」、「滿城風雨近重陽」之類是也。有以定一字而神情迥别者，如「暝色赴春愁」，「赴」字勝「起」字；「僧敲月下門」，「敲」字勝「推」字；「此中涵帝澤」，「中」字勝「波」字；「獨幸太平無一事，江南閒殺老尚書」，「幸」字勝「恨」字；「平地風烟横白鳥，半山雲木捲蒼藤」，「横」字勝「飛」字是也。

東坡《和陶詩自序》謂：「吾於詩人無所甚好，獨好淵明之詩，自曹、劉、鮑、謝、李、杜諸人，皆莫及也。吾於淵明豈獨好其詩也哉？如其爲人，實有感焉。」山谷詩云：「子瞻謫嶺南，時宰欲殺之。飽喫惠州飯，細和淵明詩。」蓋憂患餘生，惕於晚節，惟喫飯不管閒事而已。其後子由謫嶺外，子瞻亦屬以只好喫飯，有句曰：「人生識字憂患始。」又曰：「我是識字耕田夫。」嗚呼，子瞻古今第一聰明人，幾爲聰明死，然則聰明其可恃乎哉？

黄山谷云：「人生歲衣十匹，日飯兩盂，而終歲薾然疲役，此何理耶？」又云：「青山白雲，江湖湛然，可復有不足之歎耶？」僕《江行遣懷》云：「江行無别事，飽飯卧看山。」但半生出門謀食，在家便没飯喫也。客關中，有句云：「累歲依人活，全家飽食稀。老親應倚望，無米亦來歸。」客楚，寄家書云：「但得殘年飽喫飯，歸來抱甕儘怡顔。」又《漫題》云：「晚歲讀書方有味，歸家飽飯更何憂。」此境難得，有深義焉。

山谷句「湖面逆風生水紋」，近時方子雲「水紋圓到岸邊無」，孫季逑「接舵水紋明一綫」，並能狀難言之景，爲前此所未道。

昔人論作詩，當令句中有眼，又云句無閒字者。如「江山有巴蜀，棟宇自齊梁」，「有」字、「自」字；「古牆猶竹色，虚閣自松聲」，「猶」字、「自」字：乃句之眼也。「細雨魚兒出，微風燕子斜」，「細」字、「微」字；「漠漠水田飛白鷺，陰陰夏木囀黄鸝」，「陰陰」字、「漠漠」字；「穿花蛺蝶深深見，點水蜻蜓款款飛」，「深深」字、「款款」字：乃無閒字也。舉此類推，詩之微妙，端在一字兩字間矣。若元氣渾成，性真結撰，則又別有在也。

吴丈沙斗初嘗語僕曰：「李太白詩『却下水精簾，玲瓏望秋月』，『玲瓏』二字最妙，真是隔簾見月也。杜子美『相近竹參差，相過人不知』，『參差』二字最妙，真是竹中行徑也。」僕以爲然。向作《僧房》句云：「遠火參差見，歸僧過竹林。」與杜詩用字同，而意相反也。又《渡江》句云：「船底江聲篷背雨，旅人聽得最分明。」竊自謂「分明」二字，都有著落。蓋江聲雨聲，一時兼聽，惟獨夜舟孤眠客，爲能分別明白，覺江聲與雨聲，聲各不同耳。

王西莊光禄論詩曰：「陳卧子云：『齊、梁，霧縠也，唐黼繪之，猶同類也；宋、元，瓦礫也，明瑛瑶之，則異物也。』余曩以卧子爲過，今思之，宋、元非盡瓦礫，正由學宋、元者專學瓦礫耳。」又曰：「學問無涯，有窮經者，有考史者，有攻古文辭者。經術爲最尊，然經術俗人可勉，詩非俗人所能。公孫弘、張禹不足言，馬融、劉歆既邃於經術矣，非俗人乎？惟詩必從其人之志趣而出，俗則安能有詩？」

歸安戴茶星著《秋樹詩鈔》。其佳句云：「三年海嶼依僧住，萬里巴山領鶴行」、「試馬湖堤萬楊柳，聽歌山店兩黄鸝」、「桃花落後鱭魚美，筍籜斑時蜆子肥」。又絶句云：「鳥道愁中路，鷗波夢裏家。無田歸未得，長此滯天涯。」讀之黯然。

《漁洋詩話》録李東白「鄂渚荻花沿岸白，漢陽楓樹隔江紅」、張養重「南樓楚雨三更遠，春水吴江一夜生」、林子羽「桃花柳絮春開甕，細雨斜風客到門」、蕭中素「遼海吞邊月，長城鎖亂山」諸聯。神來之句，新城品題，洵足千古。若崔不雕「黄葉聲多酒不辭」，則意味索然，何以當時歎賞且得名也？

古今題望夫山詩，如劉夢得「望來已是幾千秋，只似當年初望時」、顧況「山頭日日風和雨，行人歸來石應語」，乃最好。僕有句云：「儂今便作山頭石，山到何年更化儂？」效竹枝詞體，亦未經人道。

僕昔於春初雨霽，夜吟池上，作五律詩，僅得兩韵，久不能續。聞長子元樞語弟元棟曰：「春來幾日矣，來之無迹，但一池凍水，纔有活趣耳。」元棟曰：「然日間隔溪探梅，全未著花，夜來却聞香氣，不知那一枝已先開也。」僕因其意，遂得「凍水逢春活，疏梅入夜香」一聯。我友金鄂巖比部嘗語僕曰：「某與客話雨花間，客謂今年燕來獨遲，亦猶人之阻雨愆期也。」某因得句云：「風傳花裏信，雨阻燕歸程。」詩家隨處悟境，亦猶禪家以聲聞入道也。比部風骨秀異，才麗思清。其《西湖寓樓》句云：「雨後青山迎面出，風前黄葉打頭飛。」《寄張熙河》云：「每逢歸燕應思我，看到梅花便夢君。」

又僕作《秋夜》詩云：「角枕粲如此，羅衣寒自知。更無人到處，祇有月來時。花氣侵虚幌，桐陰占小池。」結二句，遲之數年，乃云：「姮娥不解語，誰與訴相思？」昔南唐僧謙明中秋得句云「此夜一輪滿」，至次年秋方得下句云「清光何處無」。固知口頭語極難道，所謂「盡日覓不得，有時還自來」也。

前人詩句相類，用意各佳，不嫌調複。如「商女不知亡國恨，隔江猶唱《後庭花》」、「庭樹不知人去盡，春來還發舊時花」、「梁燕不知人事改，雨中猶作一雙飛」；又如「春光白下無多日，夜月黄河第幾灣」、「高樓明月清歌夜，知是人生第幾回」、「不知今夜秦淮水，送到揚州第幾橋」。此類甚多，略舉其例，亦興到之言，不必求異耳。

僕《春日喜故人至口占》云：「經春未踏竹間苔，紅殺薔薇花又開。一笑隔籬相問訊，甚風吹得故人來？」後見慶似村公子《喜葯菴僧至》云：「幽居懷抱向誰開，彌望林巒翠作堆。坐聽打茅山雨過，松風吹得一僧來。」謂是思境相類。及閱李義山集，有「安得好風吹汝來」句，佳妙真不可及。

禦兒方蘭坻處士，擅詩畫書三絶，與僕定交於桐溪金比部家之桐華館中。閱歲相見無他語，但索近作。僕爲誦《山塘春思》句云：「春二月時紅雨過，秋千院裏緑陰多。」又「慣看入户雙雙燕，不見乘潮六六魚。」蘭坻曰：「句甚巧，抑何格之卑耶？」再誦《重游石湖》句云：「依然流水孤帆影，終古青山一磬聲。」曰：「風調佳矣！」復誦「秋風先我至，江上落芙蓉」、「雨霽幽禽覺，春歸老樹知」，蘭坻極其賞歎。僕於此得詩格之正，實賴良友之勖我者多也。

《南濠詩話》：「王孟端友人久客京邸，而私他婦。王寄詩云：『新花枝勝舊花枝，從此無心念别離。可惜秦淮今夜月，有人相對數歸期。』其人得詩，感泣而歸。」竊謂其人好詩勝好色，不惟深於情，必其深於詩者也。

毘陵史承豫，號蒙溪，著《蒼雪齋詩集》。其《鄧尉探梅》云：「曉踏淩雲最上層，萬株香雪一枝藤。

平生五岳游難遂，且作梅花樹下僧。」《江行》云：「水碧山青不斷愁，暮寒人在木蘭舟。輕帆欲卸知何處，一簇漁燈冷飯洲。」

宜興儲長源，號石寧。句云：「春衣乍暖飛蝴蝶，緑酒初香薦蛤蜊。」爲人落拓不羈，晚年貧甚，室中衹一榻，旁無坐處。

世傳郭希聲《漁家》詩云：「幾世生涯傍水沙，兩三間屋蓋蘆花。燈前笑説歸來夜，明月隨人送到家。」又韓偓「漁翁醉著無人喚，日午醒來雪滿船」、長孫左輔「主人聞語未開門，繞籬野菜飛黄蝶」、薛能「昨夜春風欺不在，就牀吹落讀殘書」、陸龜蒙「歸時月落汀州暗，認得山妻結網燈」、鄭谷「一尺鯉魚新釣得，兒孫吹火荻蘆中」、張濱「桑柘影斜村社散，家家扶得醉人歸」，其寫漁樵隱居之樂，王孟所未及道。詩家逸品，亦在神品上也。

高季迪《弔鄂王》詩：「大樹無枝撼北風，千年遺恨泣英雄。班師詔已來三殿，射虜書猶説兩宫。每憶上方誰請劍，空嗟高廟自藏弓。棲霞嶺下今回首，不見諸陵白露中。」感慨悽涼，世稱絶調。近時顧樊桐山人《鄂王墓》云：「君父讎深慟六師，黄龍痛飲竟何時。一家誓死心無貳，三字存疑獄有辭。天地亦深高鳥恨，湖山常共大名垂。棲霞嶺樹空南指，父老愁瞻廟下旗。」陸蒔梅居士作云：「靈旗風捲舊湖山，絶代英雄葬此間。宰樹至今無北向，宫車何日更南還。十年轉戰功垂就，三殿回師詔忽頒。畢竟長城君自壞，珠襦玉匣委榛菅。」朱友鶴孝廉句云：「膽落虜廷山可撼，姦誅異代鐵仍頑。論功群有汾陽望，奉詔終憐道濟還。」又云：「小朝廷自甘殘局，大丈夫寧屈壯圖？」皆傑構也。僕有舊作云：「南來王氣黯江湖，北望中原渺舊都。爲敵報仇天下恨，論功行戮古今無。千年宰樹驚風雨，一角殘山泣畫圖。照見將軍魂魄在，夜烏啼上月輪孤。」三四本家瀫人太史《岳飛論》中語。

崑山張少安明經多氣節文字之交，與僕遇於襄陽官廨，杯酒傾心，知其磊落士也。其詩如《春日雜興》云：「春至群鳥樂，孤吟睠良辰。韶光不偏照，我室陋亦新。沿階草争秀，掃徑花如茵。及時共歡賞，何獨嗟苦辛。」其二「南園蝴蝶飛，北渚桃花開。香風引遊屐，迤邐花間來。春衣試單裌，清尊倒舊醅。或時藉佳卉，醉即眠蒼苔。適我山野性，鶯燕毋相猜。」其三又《咏舊劍》云：「年深鉎澌澀，風起血猶腥。杯酒千回看，沙場幾度經。」《襄陽》云：「空山遁迹人千古，斷石遺名淚數行。」《雜興》云：「野店日斜黄葉路，柴門雨過菊花開。」亦佳。

錢籜石少宗伯爲王瀫原考功校《丁辛老屋集》，題詩誌感，自注云：「少日嘗與君同飲於祝大緑溪莊，薄醉而宿。君乃夢人贈之詩云：『攜君入座愛君才，略話三生庾信哀。溪上小軒題夢緑，那年春盡見君來？』君於是賦詩云：『芙蓉别後應無主，蝴蝶飛來不記誰。』後見張孟載有《夢緑軒》詩：『溪上緑陰芳草，畫中春水人家。何處江南風景，鶯啼小雨飛花。』所謂『溪上小軒』者，非耶？今年八十，猶爲説此，而疇昔親交無一在者。」

𩆜園主人《夜齋隨録》載先達劉公某未遇時，以豪罄其家貲。其女能詩，有《除夕無米》句云：「歲除不比清明節，底事厨中也禁烟？」劉大喜，《歲朝和韵》云：「借得鄰家隔年米，今朝依舊起炊烟。」

家漢陽巡檢若山先生，蜀人也。達才練識，不樂競進，度歲蕭然，典裘買米，新春不能謙客。至中秋，折簡相邀，署曰「補春酒」。且謂諸公須三倍其量，倘來春仍復愆期，即於此預支一杯矣。僕口占絶句調之曰：「今歲中秋補春酒，去年除夜典羔裘。饒君滿載江干月，檢點隨身幾白鷗。」時若山將棄官投閒，故有落句。其尊甫明軒明府，績學清宦，詩宗放翁，有句云：「僧樓待客沽村釀，溪月留人照布袍。」又云：「飢能驅我時時出，拙不宜人事事兼。」又云：「饞眼飽山色，吟鞭亂柳絲。酒逢茅店飲，馬過板橋騎。」官貧可見，若山蓋世秀厥風者也。

汪芍坡中丞公之四公子竹隱，沈静篤學，恂恂下人，絶無貴介之風。王蓬心太守稱爲「天下賢公子」。僕贈詩一聯云：「但逢天下賢公子，不願人間萬户侯。」嘗與之連檣赴郢，雨漏，兩船都無坐處，竹隱手一編，不知也，知其内藴深矣。

金匱楊藴山與僕先後渡臺灣，曾經絶險。其《渡黑水洋》詩云：「但覺水青黑，那知中淺深。四圍天在上，半夜日當心。吹沫鬣將起，逼船龍欲吟。風桅高插漢，一落恐千尋。」又《過洞庭湖》云：「杳杳復冥冥，横風過洞庭。人烟三户少，雲氣九疑青。空闊帆千里，蒼茫鬢幾星。驚魂還自慰，滄海舊曾經。」《咏史》云：「須知大漢《求賢詔》，深恨亡秦《逐客書》。」

劉純齋觀察寓武昌，賦詩脩禊，集《蘭亭》碑字成篇，一時佳會，和者數十人，詩數百首。楊藴山居士更集碑字作序，其略曰：「自昔永和之年，咸臨水曲；至今脩禊之歲，每契山陰。覽未盡之風流，懷已陳之勝迹。嗟夫異地，慨不同時。觀察外朗内和，天隨趣足。無虚盛事，有樂暮春。因静寄於林亭，極娱游於觴咏。群言欣其在竹，合坐暢以引蘭。畢集斯文，或能視夫古之作者；又爲此會，得不期於後日諸賢?」僕得五言絶句四首云:「寄形在宇内,隨遇得所欣。當春暢萬類,清咏契同群。」其一「臨觴興未已,老至嘗慨然。豈無絲與竹,爲樂及少年。」其二「幽懷和若蘭,虚抱静於竹。大化既無爲,生人亦知足。」其三「流覽天地間,放情山水外。風日固無殊,古今同此會。」其四

蘊山《咏荔枝》有「曾博我家妃子笑」之句,化陳爲新。因憶休寧林秋渚《咏孤山》云:「野鶴飛來定相識,孤山原是我家山。」金陵周霽堂句云:「我家故事愛蓮花。」江右陶處和《憶菊》句云:「我家好秋菊,開與别人看。」得非詩人用「我家」字,例得佳句耶?又昔與數客同寓西湖,有蘇生者愿而好謏,陸生者黠而善謔,二人不相服也。而喜聯句,蘇口占云:「漫將西子比西湖,應爲我家堤姓蘇。」陸遽續之曰:「一自香車人去後,君家門巷有啼烏。」同人大笑,賞其雋捷,亦逼人太甚哉。

嘉慶元年正月,惠中丞督戎南郡。僕留武昌,歸思甚切。家南池賦詩留飲,情見乎辭。詩云:「春風依舊上綈袍,且把窮愁付濁醪。名士如君真不負,酒杯無我亦難豪。漫言歸去先鴻雁,應念分飛各羽毛。指日荆南與湘北,功成一一待揮毫。」因用其韵題其《看劍引杯圖》卷子云:「不趁江風挂戰袍,步兵厨下足杯醪。酬恩一劍知何處,爛醉千場且自豪。豈有神駒空汗血,爲憐歸雁急風毛。阿兄肝膽差相似,健句能添頰上毫。」未幾,南池從明將軍破當陽賊回武昌。把杯一笑,身世豁如,功名何有哉!

桐溪程伯垂困於諸生,苦吟三十年,著《葦村》、《香園》、《雪筵》、《蠡勺》諸草。其詩如《表忠觀》云:「還鄉堪繼《大風歌》,使酒椎牛樂事多。江上魚龍迴鐵箭,帳前貔虎耀金戈。竇融終自歸光武,

陸賈無煩下趙陀。留得髯翁碑版在，千年苔蘚手摩挲。」《少年行》云：「苜蓿秋高戰馬肥，黄昏旌旆逐雲飛。雕弓手挽催輕騎，雪滿天山射虎歸。」《黄果歸自江南》云：「一葉輕裝歲暮還，勞勞客路戢曾閒。翻憎鄉夢催歸棹，未看江南雪後山。」《西隱精舍》句云：「紅樹夕陽開士宅，緑陰啼鳥野人居。」

同里朱友鶴孝廉，刻苦吟詩，性真流露，泊然一室，貧不累心。其《題春闈壁》云：「自分生涯泉石流，終南有徑嬾尋求。無端又逐春風至，不是英雄也白頭。」《紅梅》云：「不似從前骨相寒，巡簷一笑影珊珊。也依時樣塗脂粉，儘有矗人注眼看。」《暮冬》云：「樹裏西風攪獨眠，起來雪意又漫天。千磨百劫歸殘歲，最怕兒童説過年。」他句如《寄錢灌園》云：「春風千里雁，明月十年心。」《積雨》云：「到門溪水齊抛網，脱版村橋不礙帆。」《感荀芝兄》云：「艱難存後死，茫昧卜他生。」《出都留别知己》云：「炎涼態每先僮僕，緩急情還托友生。」友鶴無子，有《卧病誌感》詩云：「白傅無兒空下淚，中郎有女亦相親。曾何著述傳當代，任把詩書付别人。」又《曹王廟燒香》句云：「買得泥孩兒一個，歸來算我已添丁。」謔語甚悲。然友鶴善人，當有後也。著《銘拙吟抄》若干卷。

同里周訪濂《渡江》詩云：「長江極目浪花浮，篷底金山當卧遊。寄語所親如問訊，布帆無恙過真州。」又何松岑《秦淮詩》云：「輸他王謝舊風流，著我湖山放釣舟。剩有繁華未銷歇，夕陽紅上酒家樓。」二作言盡意不盡，得唐人三昧。

秀水王寄庭布衣，工草書，詩不留稿。見其《剔銀燈》一首云：「剔銀燈，看細字。莫嫌燈不明，模糊隔老淚。」嘔心苦吟，似孟東野。

同里陸蒔梅擅長七字，以不著力爲工。初白、隨園，瓣香有在。如《咏新蝶》云：「游戲人間第一場，莊生夢裏轉年光。拍初解按衣猶歛，舞不能高態已狂。早識尋芳花底活，也知避雨柳邊忙。雙飛待借東風力，送爾翩翩過粉牆。」《紅葉》云：「寒烟新雁數行斜，點染西風色最嘉。一抹殘霞初放艇，半林疏影小停車。每逢霜後紅兼紫，自到秋來葉當花。日暮漁郎應錯認，桃源移住幾人家。」《簾鈎》云：「生喜彎環倚繡櫳，也隨檐鐵響丁東。不妨乳燕遲遲入，剛放新蟾細細通。玳瑁製成何宛轉，珊瑚挂處自玲瓏。夜來銀蒜煩纖手，不許春寒到此中。」《咏雁》云：「北往南來一葉身，年年替我寄書頻。沙汀宿食誰爲主，明月蘆花是故人。」《久雨》云：「昨夜紅梅欲吐花，今朝絲雨逐風斜。此身惟願爲花幕，好替花枝四面遮。」《春日偶吟》云：「杏花風裏綺筵開，處處招儂倒玉杯。爛醉一回詩一首，教儂那有許多才？」其一「自畫烏絲信手題，滿簾花影壓檐低。一雙黄鳥清狂甚，學我長吟宛轉啼。」其二《西湖口占》云：「湖邊小住已經旬，鷗鷺爲盟佛作鄰。跨上吟鞍行緩緩，笑儂也是畫中人。」《消夏詞》云：「不著衣冠怕客來，行依水竹共徘徊。近來學得迎涼法，何處風多窗便開。」他句如《寄懷王秋浦》云：「江南小春後，舍北早梅多。」《社日》云：「捲簾人待燕，攜酒客聽鶯。」《人日》云：「佳節自斟缸面酒，故人誰寄草堂貲？」《春日》云：「門多舊侶尨何吠，樹有新枝鳥亂啼。」《懷孫秋門》云：「獨自倚樓聽夜雨，共誰閉户賞春風？」《七夕》云：「天上又留來歲約，人間重倚去年樓。」皆宛轉可誦。

吾鄉戴松門光曾，少年尚氣。其《荒岡》詩云：「白楊夾長道，落葉無人掃。老鴉枝上啼，行人下山少。芳草逢春依舊生，可憐人死不如草。原頭築墳無百年，君看幾處犁爲田。殘碑蠹字不堪讀，斜陽衰柳餘荒烟。碧血化爲岸傍泥，至今鬼哭無人憐。」又《常山道中絶句》云：「燕雀忽無聲，蒼鷹下越城。秋風見毛羽，落日萬山横。」前作似張籍，後作似孟郊。

南野堂筆記卷十一

檇李吴文溥澹川撰
如皋吴鵬南池定

凡子弟讀書之外，當以務農爲本。僕《示兒輩書》云：「示樞、棟悉，爾輩舉業無望，農功可興。古人躬耕讀書，我甚慕焉。顧我則老矣，惟爾輩年力少壯，能勝耒耜。爲爾輩求半頃之田於宅畔，將令爾輩耕種其間，免爲人傭作，不知我力得辦此否？我力不逮，爾輩亦宜爲我計，爲身謀也。我逮事爾祖父母，居吴涇時，已懷此志。所作《圃居》及《田家》諸詩云云，蓋深知爲養之難，有樂乎農圃之事矣。陶淵明曰：『今我不述，後生何聞。』又曰：『爾之不才，亦已焉哉。』樞、棟勉之。」

又《書吴氏譜系圖後》云：「嗚呼我先祖以下，先伯父、先君子、叔父三人所生各一子。先伯父生從兄文灝，先君子生不肖文溥，叔父生從弟文潮。從兄無子，以文溥長子元樞爲後；次子元棟爲文溥後；從弟早卒，遺孤子曰顯曾。計我家一門三世，男女十數口，無中人半家之産、尺寸之租足以相保。蓋自我先伯父、先君子、叔父少時，以迄文灝、文溥、文潮之身，元樞、元棟、顯曾之生，凡七八十年以來，未嘗一日寬然有餘者也。而文溥自年三十以後，奔走僕僕，不遑寧處。又以先世墓道荒圮，一切養生送死之事未畢，叔父年老龍鍾，從兄青盲廢業，元樞、元棟皆不善治生，顯曾頑幼無知，私心忉怛，伊於何底哉！抑安貧知命，盡我力所能爲而已。犬馬之齒，於今抱孫，世德未泯，後起其有人乎？書之以示來者。」

叔父萼含老人貧老耽吟，有沂雩風浴之趣。所作《八十自壽》詩云：「我生盛世道從隆，到老襟期少壯同。小作聰明知未失，素甘淡泊樂何窮。杖朝敢擬商山皓，釣隱堪追渭水翁。漫説餘年曾有幾，遥遥長度好春風。」其一「載陽初度近中和，是會曾經八十過。怕對後生羞日短，痛思同父駭年多。既邀永錫齡如此，安問窮愁境若何。無筆著書徒老健，貧非我病且狂歌。」其二同里褚坪芝贈作云：「有客有客愁不知，全無牙齒垂鬢絲。醉把一杯兩杯酒，自吟百首千首詩。春風意趣聊諧俗，秋水襟期不入時。堪笑窮途狂阮籍，肯將雙淚等閒垂。」爲老人寫照，庶幾和介之間，得其真焉。

我師沈玉崖夫子諱璔，弟阮山外舅諱珏，少同受業於敳甫桑先生，目爲二雋。外舅以諸生早卒，桑先生歎曰：「沈氏二雋，弱一個矣。」爲作傳，其贊曰：「吾及門士率以經明行修相勖，其叛去者間一有之，澳然苟得富貴；賢者或不達且夭，如璔、珏之行義貧困，諸生中珏更早夭。蒼蒼者天，賢而不達已矣，曷爲使之夭？不達，夭，曷爲屬之賢？賢不達，夭，又曷爲多出吾門也？吾能一慟已哉！達不達不足論其賢，而先珏夭者，烏程徐觀，錢唐安濤，崑山王達，秀水盛世臣，餘姚謝曰欽、徐浲。」

玉崖夫子研深理學，詩衷至性，謹録五首。如《哭弟》云：「奇恨茫茫欲問天，一回悲感一潸然。祇餘形影成單隻，無復追隨序後先。颯沓天風吹斷雁，泬寥秋氣咽吟蟬。十年抱膝空齎志，架上塵凝《寶劍篇》。」又云：「燈殘酒醒漏遲遲，夜雨傷神今始知。歌哭廿年渾似夢，因緣再世可能期？聲吞舊社聯吟處，魂斷貧家未娶時。一語慰君泉下意，大書志行有吾師。將乞傳於桑敳甫師。」《新秋喜琢堂枉過客齋》云：「一番驟雨響輕雷，秋意剛從枕簟迴。捲箔愛迎涼氣入，抛書喜報故人來。久虚佳日清尊共，不厭高吟白髮催。指點郊原風物好，尋幽杖履許追陪。」《秋日感舊哀亡友李東坪作》云：「記訪幽居款竹扉，琴尊清勝俗緣稀。秋墳宿草傷心緑，舊社聯吟過眼非。處世獨存骯髒骨，長貧甘老薜蘿衣。故人挂劍餘風誼，讀罷遺詩淚一揮。」《題故人漁川圖》云：「我亦年來羨息機，問君何處鱖魚肥。緑蓑青笠滄洲遠，月滿空江釣未歸。」

外舅天才俊逸，長轡未騁。詩多散佚，謹録二首，以志崖略。如《恨别》云：「數聲玉笛黯滄洲，長短離情逐逝流。彌望雲山遮去路，滿天風雨怕登樓。疏蟬咽斷鄉園夢，黄葉飛殘海國秋。料得孤篷今夜宿，一江明月浸人愁。」《謁虞帝祠》云：「祠前萬頃野田青，祠内松菌滿一庭。終古雲山通夏蓋，昨宵江雨洗春屏。風清月白簫韶韵，地老天荒木石靈。獻歲傳芭紛賽火，醉眠巫覡意沈冥。」外舅未娶而卒，側室虞氏之遺腹女，即文溥妻也。

外家沈氏之廬曰「芳六堂」者，我夫子玉崖先生於此傳經授徒，邇來四十年矣。其東偏曰「雙溪草堂」者，乃先生休老閒晏之所葺也。先生之子五人，君白振鷺、子萬振鵬、一飛振鶚、儀可振鴻、瑞喈振鶡。憶昔負書先生之門，與君白、子萬同堂肄業，時則一飛、儀可尚稚，瑞喈未生。未幾，而先生官隴西，諸兄弟少長隨宦。未幾而先生歸，殁於家。又未幾，子萬官京師，諸兄弟往來南北，而一飛、瑞喈已物故。屈指平生，歡會幾何？因録寄贈諸子之詩，感逝嗟離，於是乎在。如《懷沈大客鎮番其族弟客淮上》云：「邊月照吴愁，淮風引越舟。如何雙旅雁，飛作兩行秋。丹桂年年落，黄花處處幽。故園霜雪裏，歲晏各歸休。」《寄沈二送眷屬西行覲省》云：「不覺送君去，居然萬里人。關河兼十口，風雪度三秦。想見趨庭日，應當落帽辰。天涯仍聚首，黄菊映杯新。」《喜玉崖夫子歸雙溪草堂》二首云：「解組從初服，升堂仰粹顔。有書忘老至，無税覺身閒。教廣同榮緒，官貧類次山。歡言侍卮酒，風月滿溪灣。」其一「車輿那到此，鳬鴨正當門。暮雨紅薇徑，涼天白苧村。載花呼野艇，移竹問鄰園。老友時相聚，新詩細細論。」其二《七夕小病答沈二平陽寄書》二首云：「秋色連秦晉，蒼然對大河。風吹故人夢，日夕水增波。豈有文章著，由來意氣多。尺書遲遠報，病嬾竟如何？」其一「流輩滿天下，貧交無幾人。調飢知有素，闊略見吾真。令節當孤病，他鄉各憶親。比來聞亦瘦，詩筆更如神。」其二《重過鶴洲精舍憶陪玉崖先生舊遊於此書感》二首云：「憶昔扶山簡，高陽屢醉游。花間杯在手，竹外杖過頭。小市賣魚舍，春塘放鶴洲。重來吟眺處，蝗菜滿畦秋。」其一「精舍無僧住，荒苔冷舊磯。烏鴉晚來集，蝙蝠夜深飛。剥落黄泥壁，模糊白板扉。對聯詩句在，一字一沾衣。」其二《雙溪草堂晤陶二璉自江右歸胡五晉并州書來感賦兼贈沈氏諸内弟》云：「無恙雙溪舊草堂，驚心長路各風霜。并州雁到楓初冷，江上人歸橘又黄。一夕師門追故步，十年甥館憶連牀。向來識面兒童少，那得相看鬢未蒼。」《屢過雙溪草堂飲酒》三首云：「無日經過不醉回，草堂春色暗相催。行厨更有南湖約，爲報梅花著意開。」其一「試燈風後落燈風，幸有牀頭甕未空。塌地寒菘和糝白，隔年旨蓄壓糟紅。」其二「紅絲細蕊海棠拆，紫艷大瓣辛夷開。映面落花人去後，回身明月燕歸來。」其三《臘月二十四日抵武昌寄内兼簡沈氏兩内弟振鷴振鴻》云：「回首鄉園祭竈辰，鼕鼕臘鼓鬧比鄰。老妻望斷江淮信，豈意飄然鄂渚身。

天壤王郎空復爾，謝家群從最相親。都應説著遠遊客，浪喜燈花昨夜新。」《振鵬官京師有子德元垂髫穎異讀書日百行比聞其弟俊美過之乃僕所未及見者愛而生妬書寄振鵬》二首云：「東陽有才子，丱角軼兒曹。未騁華騮足，將飛紫鳳毛。蘇瓌方育頲，枚叔又生皋。吾老不能見，臨風首重搔。」其二「小弟聞更好，難兄差可同。森然兩枝玉，相對皎春風。孰是魯連子，誰當江夏童。將來試比較，還問爾家翁。」其二君白、子萬尤工詞翰，僕不能及也。率其固陋，亦竊有志於古人之行事，與夫一切載道之言，折衷而傳述之，則與二子又豈有異趨哉？

君白號江田，奔走秦、隴、燕、薊間垂三十年。早工倚聲，老而成家，詩筆莽蒼，不以兒女情長掩其風雲志氣也。著《紅樹山房詩草》。如《渡渭次咸陽》云：「長安西去古津頭，衰草斜陽送客舟。渭水亂流秦塞暮，咸原殘燒漢陵秋。瀟瀟驛雨淹征騎，淅淅林風出戍樓。明日九嵕山下路，《甘泉》賦罷不勝愁。」《日暮》云：「映郭殘虹急雨過，弄晴飛鳥晚來多。遥天雲斷青銅峽，落日風高黑水河。江海年來勞客思，川原秋到動商歌。平生壯志空詞賦，慚媿南湖一笠蓑。」《靖邊驛》云：「地迴邊陰合，天寒顥氣凝。亂山鷹爪雪，荒澗馬蹄冰。毳帳番人宿，雲槎漢使乘。清秋萬里道，風色滿衣稜。」其度隴寄僕詩云：「峻嶺千重寒策馬，飛泉百道冷濺衣。西來行路難如此，不及高吟獨掩扉。」可以見其行役之勞、關山之感矣。

梅里李厚齋明經旦華，秋錦先生後人，敬堂明府子也。童年淹貫經史，長而不遇，未三十卒。爲詩博綜閎麗，出都以後作多悽惋愁歎之辭，境使然歟？如《夜雨》句云：「離情似春草，一夕雨中生。」

《武林》云：「紅葉乍添秋後樹，緑蕪初洗雨中山。」《邯鄲馬上作》云：「大漠風高飛隼急，平原日落晚鴻哀。」《開平老翁》云：「元都一别春風老，白鶴重來歲月徂。」不減前後七子。

秀水夏守白居士早年作《春草賦》，人呼「夏春草」。爲詩悽惋醲郁，才富情多。其《竹亭廢墅》云：「曲奏人間最可哀，荒榛没盡舊池臺。都無華表歸來鶴，剩有昆明刼後灰。始悔山公能啓事，漫嗤陶令數銜杯。野花似血年年發，莫是青燐幻化來？」

海鹽錢爾復隱於邏村，號半完居士。其《自題圃居》詩云：「有圃不蒔菜與瓜，有池不畜魚與鰕。半畝梅花半面竹，還留一面種荷花。」

僕始居吴涇，與朱香圃德峻、許竹巖爲金隔溪同巷，晨夕過從。有《溪上夜坐簡朱大》詩云：「流螢如雨竹間飛，荷氣撲人香滿衣。遥聽隔溪打門急，知君何處夜深歸。」《訪許處士溪上》云：「渡頭看皂莢，信足到君家。别浦流春水，沿門落古花。送歸莎徑短，吟過板橋斜。佳夕須乘興，還來步月華。」《酬許處士兼示朱大》云：「比屋如船小，家家傍水居。禽聲連暮竹，魚影聚新蒲。没屐花深淺，霑衣雨有無。幽期數來往，鳧鴨亦相呼。」近吴涇有包氏墓，古松流水，幽蒨可樂。每同二子倘佯其間，泊然形骸之外，或置酒墓前石，酩酊相對，便如千載以上人也。迨二子云殂，僕亦索居寡偶。有《感秋作》云：「老樹得秋意，蕭然一夕風。籬根抛熟果，牆角訴寒蟲。世事浮雲外，交親宿草中。徒開蔣生徑，幽興與誰同？」蓋爲二子悼也。竹巖有姪淙，才敏而贍，惜以病廢。

内弟沈桐君，幼有成童之稱，率爾操觚，皆如宿構。尤嗜詩，妙造自然，不肯多作。僕嘗以詩索和，乃笑謂僕曰：「吾見足下詩好，皆如吾意所欲言。足下固代吾言之矣，吾復何言？」其通率如此。又僕詩集稿遺失過半，賴桐君輯而存之。集後序所云：「桐君知我，勝我自知，良可感也。」凡贈桐君詩，皆五言近體，從桐君所好云爾。如《題沈氏晚香村舍》云：「蹤迹亦人世，翛然静者殊。村多田負郭，門少吏催租。秋雨吟黄菊，春江釣緑蒲。但逢佳釀熟，留客便提壺。」《杪秋偕錫綬白蓮塘晚步》云：「有客同余趣，蓮塘話夕曛。寺門雙刹古，溪水一橋分。引興穿紅樹，回頭看白雲。此間須小憩，歸路是離群。」《留醉北岸》云：「淺水竹爲岸，居人花作扉。雨晴溪女出，風定渚禽歸。薄晚停孤舫，深春卸袷衣。家家新熟酒，留我醉餘暉。」《雨後訪錫綬》云：「雨暗石橋路，稻花香滿廬。半村流水繞，比屋野人居。不厭常來客，時收未見書。高堂足娱老，生計問樵漁。」《秋夜簡錫綬》云：「坐覺秋天近，清余獨夜心。眠遲看月上，吟苦到更深。竹露浩盈把，荷風香滿襟。村扉猶未掩，空谷幸相尋。」桐君爲人謹慎，所與游者，從兄古梅、汪子掌綸、鄭氏兄弟，並佳士。

僕作《桐君小傳》，其略云：「桐君初有志於用世，天文樂律，靡不殫究，尤肆力於詩古文辭，不屑屑治生。尊甫蓮塘先生篤於古道，不卹其家，而厚待其戚黨，貲用匱乏，時有憂色。桐君慨然曰：『高堂年七十，無以爲養，書生坐困呫嗶，奚爲哉？』乃束書居賈，視飢穰，探盈縮，權自然之利，蚤夜奮興。如是數年，稍恢曩業。性故豪邁，親友過從，則具杯柈，列鮭菜，絲竹間作，圍棋博齒，畢陳於前。家僮數十，指使令便給。先人爲之欣然進食，桐君則作兒嬉以娱親，蓋今之老萊子也。婦善病，好覽書籍，不能主中饋，米鹽淩雜。桐君一身肩之，或手調味滌器以爲樂。又自以四十無子，於功名不挂齒，與人交渾渾無圭角，而其中灼然精明。酒酣以往，歌呼頓足，不自能已。雖至親暱，莫測其所以然。豈有自傷卑賤之感耶？或别有隱痛，激於中而難言者耶？詩文多佳構，轉棄去之。又酷嗜余詩，手自鈔輯，頗賴以存。余故於拙集自序詳述之，感桐君之知我也。其贈余作有『風月一枝笛，關山幾首詩』之句，惜平身不見用於世。其他著述，概以蔑如。或曰桐君母虐於嫡，桐君生而母去，終身不得見，廢書佯狂，以放厥志，可哀也已。」

松陵仲履成别駕詩沖和真樸，多山野之趣。如《田家》云：「溝水平畦好插秧，溪邊驅犢不知忙。安排杯盞柳陰坐，沿岸人家話晚涼。」《秋夜》云：「石砌咽蛩吟，銀牀響梧葉。西堂清夢醒，一枕抱明月。」

僕兩過黄州，訪赤壁。初次云：「峻絶浮雲不可攀，行人指點舊江山。東風吹罷洞簫歇，寂寞蒼崖紅樹間。」明年重遊，云：「又是黄州見雁時，渡江歸櫂且遲遲。先生兩賦高千古，我可重來無一詩？」

康熙間，桐溪汪碧巢先生裘杼樓藏書最富，至今子孫掇巍科、歷清宦者數人，其他翩翩俊秀，不問而知爲汪氏弟子，有烏衣之風。澹禎、菊友，尤並工詩。菊友移居吴涇，與僕家相近，各以貧故，出門不獲謀里閈之歡。憶在揚州話别，殊不勝情，後寄菊友詩云：「記得淮南夜，停舟勸叵羅。沈沈荷葉飲，嫋嫋《竹枝》歌。風月自佳耳，江山奈别何。不如鳧鴨伴，來去逐清波。」澹禎兄弟七人，從學於先君子者五人焉。其族叔肇成，亦先君子門人也，官江寧府參軍，貧不能置輿從。爲人長身而髯，好道茹素，精岐黄理，時救活人，人呼「髯菩薩」。作詩不起草，有自然之趣。罷官來禾中，示僕句云：「拋他白髮神仙吏，還我青鞋山水身。」逾年，無疾坐化。僕《抵桐溪留别汪氏諸子姪》云：「老大無前輩，相看清淚俱。頓深今昔感，重以死生殊。門静溪橋折，城寒塢樹枯。再來何歲月，臨别爲踟蹰。」

澹粡斟酌字句，律細情恬，詩如其人。如《游泠仙祠》云：「漢武好神仙，曼倩日在廷。畜之若俳優，未識是歲星。金門侍從客，往往有仙靈。偶然下壺嶠，謫滿歸滄溟。協律固其亞，鶴氅誦《黄庭》。應詔定雅樂，金石播諸伶。忽以微罪去，游戲殊不經。豈真一軍持，片片可潛形。庶幾出塵網，黄鵠揚秋翎。仙乎不再來，烟月同冥冥。」《歲暮》云：「歲暮翻爲客，窮愁又逼除。隔塵少年事，責諾故人書。逆旅依難久，新知托易疏。春風將及物，衰朽竟何如？」《種樹》句云：「未卜十年容我在，且開三逕待春還。」《學繡墻》云：「秋雨碧衰草，春風紅野桃。」

菊友爲人伉爽不凡，詩亦倜儻絶俗。如《期金養真不至》云：「曾約重陽日，東籬共舉杯。如何佳節過，不見客舟來。江樹添紅葉，庭陰濕翠苔。柴門終日掩，辜負菊花開。」《自苕溪返棹舟中作》云：「歸意急如水，扁舟破曉行。山多少人迹，村静忽蟬聲。百里路難極，片雲雨欲傾。漸聞鄉語近，隱約認高城。」《春草》云：「霏霏芳草嫩於烟，彌望平蕪入遠天。客舍風光新雨後，文園春夢夕陽邊。馬蹄得意看流輩，屐齒留痕記後緣。一自王孫消息斷，緑波南浦又經年。」《客游》云：「花片逼春老，楊枝感客游。放懷惟一醉，何地著窮愁。」《七夕》云：「神仙離合豈猶人，綺語幽情總未真。歲歲佳期在秋夕，可知天上不傷春。」《苕上示儀六弟》句云：「生計艱衣食，多情空弟兄。」《贈計漁溪》云：「狂足肩吾道，窮寧老此身。」《秋風》云：「空際有聲多在樹，枕邊無客不思家。」《秋螢》云：「朽腐餘生殊草草，風光末路轉依依。」《酬施少峰見寄》云：「無限落花春事盡，滿庭黄鳥故人思。」《贈陳蘊齋》云：「過眼雲山供醉墨，高歌天地作秋聲。」《新涼》云：「晚蛩催短日，老樹識西風。」《鶴村》云：「野花閒鳥性，春雨碧松陰。」《病起》云：「殘花未落陽春力，腐草能生造物情。」《題課耕圖》云：「買得青山有薄田，全家移住白雲邊。」又云：「世外烟霞都入畫，人間雞犬亦如仙。」

汪小海明經，澹穎從弟也，與僕總角交。少時詩才横絶，不可一世；邇來漸臻老境，格細思深，兼有蘇、黄勝趣。如《過陳花南郡丞梅莊》云：「野鷗笑客不歸去，負琴又買青山住。罷官誰送草堂貲，獨卧梅花三百樹。愛君詩態如春雲，哦詩花裏能率真。牀頭置酒花覆屋，昇平天爲留閒身。荷芰即今初服返，夜火攤書朝策蹇。望來輞口空雲山，行盡桃源見雞犬。如此溪山畫不如，辟疆況是故侯居。故園縱説江南樂，能及西湖此景無？」《醉書杏花下即予季題詩處》云：「杏花已殤柳條大，書幔日斜雙蝶過。天教枯槁入暄妍，牆根肯放空尊臥。記得相攜花滿烟，題詩自掃蒼苔斑。祇有青燈照愁鬢，誰從破墨論前緣。片雲吹夢白楊下，清歡若空醉幘墮。有酒不到劉伶墳，青山何處當埋我？」《與張明經夜別》云：「牽船一笑缺於瓜，秋影相看簟帽斜。溪月同行能送遠，野鷗如客亦浮家。」《軒轅臺古松下憶江叟彈琴處》云：「如此溪山如此臺，百年容易得重來。客懷何與蒼松事，併作風泉萬鑿哀。」又句如《冶春》云：「堤上畫樓堤下柳，一生争得遺春愁。」《秋夜對客》云：「涼月滿衣秋説劍，畫簾映水夜吹簫。」《入雲谷》云：「福地天教留客看，一層翠壁一層雲。」僕與小海閲十五年相見，道游黄山雲海之奇，令人神往不置。

安慶楊暘谷進士，昇端人也。詩酒之外，萬事廓如。其《客中飲酒》詩云：「輕暖輕寒春暮天，纔消宿酒又當筵。兒童莫唱《江南曲》，我自離家已四年。」又句云：「病裏纔知身是客，平時總以醉爲家。」「饑來驅我悲今日，熱不因人是往年。」

陸和尚勝儒大好吹笛，乞食於西湖酒樓四十年。朱青湖明經贈以詩云：「乞食西湖四十秋，日斜還上酒家樓。隨身惟有一枝笛，送盡游人到白頭。」和尚後不知所終。

釋蕭中素《冬日喜瞿欽吾見訪》云：「寂歷南村午，青溪高士來。虬髯吟帶雪，虎氣嘯成雷。」與姚廣孝「蕭梁事業今何在，北固青青眼倦看」，均作雄壯語，是爲禪林詩中變調。

平湖胡品佳，著《瘦山詩草》。如《子夜歌》云：「雜花繞樹開，陌上風光好。春雨亦多情，不長無心草。」《秋月》云：「露冷風微氣欲秋，一丸明月恰當樓。怕他照見孤眠影，十二珠簾盡下鈎。」《夏雨》句云：「雷聲盤地出，雨勢挾山飛。」《春游即事》云：「樓臺藏緑樹，笑語出紅牆。」中、晚佳境。

梅里薛鹵齋廷文年過三十，甫能作詩。如《訪山人不遇》云：「寒食孤村路，青山處士家。閒門對春雨，隔水種桃花。婦女爲停杼，兒童留煮茶。此來虚我意，才得論桑麻。」《贈郭雪樵》云：「一從棲陋巷，經歲客來疏。惟以門長掩，因之草未鋤。憶人茶熟候，殘夢鳥啼初。寂寞春風裏，勞君到敝廬。」《桔槔行》云：「桔槔咿啞聲不斷，日暮田頭水未滿。老農歸來看兒女，泣向牀頭共妻語。今日明日天不雨，倩人寫紙賣兒去。」他句如《客行》云：「白楊山店路，紅雨杏花村。」《虎林夜泊》云：「殘角客投驛，遠鐘聲閉關。」《富春山》云：「流水高人意，浮雲過客心。」《楊未孩過訪》云：「雪後春歸樹，花前客到門。」《新晴》云：「滿地自春色，夕陽多鳥聲。」《春日書懷》云：「鳥啼高樹流音遠，花落貧家過客稀。」《山中春暮》云：「他鄉節序愁先覺，故里鶯花夢獨知。」《舟次》云：「風景每緣生計歷，扁舟秖載客愁還。」《冬杪述懷》云：「風信逼梅寒有色，雨絲成雪夜無聲。」《新柳》云：「江國早鶯芳草渡，板橋疏雨杏花天。」妙造自然，貧而能樂，何必愁苦之詞乃工詩哉！

鹵齋五十而娶，有《除夕》詩云：「獨送窮愁獨掃塵，一回除夕一傷神。來朝記取年多少，不敢分明說與人。」誦此，覺《雉朝飛》篇徑直乏味。

儀徵團維墉椒燈《白門》絶句云：「夜夜秦淮夜夜簫，鰛魚時節長春潮。曾經丁字簾前坐，細雨青燈話六朝。」又汪溥澤周《秋夜》句云：「碧空微有露，涼夜欲消螢。」《書樓眺雨》云：「山遠忽從林際没，樓高先覺雨聲來。」

昔人咏嚴陵釣臺詩「雲臺那及釣臺高」，佳矣。後人翻案云：「不有雲臺諸將力，釣臺亦在戰爭中。」郎瑛《七修類稿》載宋人《過嚴陵臺》句「當時只著簑衣去，江水茫茫何處尋」，又無名氏「君爲利名隱，我爲利名來。羞見先生面，黄昏過釣臺」。詩家意匠，出奇無窮，所謂活潑潑地者也。

《七修類稿》：「元僧詩云：『殘年節禮送紛紛，盡是豪門與富門。惟有老僧階下雪，始終不見草鞋痕。』明人《嘲官司募獵人捕虎》云：『虎告使君聽我歌，使君比我殺人多。使君若肯行仁政，我自雙雙北渡河。』」

毘陵伍青望守昭弟兄子姪，一門工詩。其《南磵晚歸》云：「嶽寺風高起暮鐘，殘陽歸去興猶濃。停車欲指登高處，忘却西南第幾峰。」《寄史蒙溪》云：「石亭芳草夢初殘，新柳如絲拂釣竿。渡口明流通蠡水，縣南空翠落銅官。」《送人》云：「聽罷驪駒唱，長亭酒半酣。行人隨草色，緑到洞庭南。」《次柳橋》云：「村暗來群犢，溪光落片鴉。」《天柱峰》云：「雪疑終古在，雲自六朝生。」《暨陽歸舟》云：「獨客歸來酒易醒，匆匆倚棹又斜曛。舟中枕簟涼於水，卧看四山生白雲。」《緑陰》云：「時有窺人雙鳥下，忽聞隔水一蟬嘶。好風吹動參差影，半壓疏籬半入池。」《立春》云：「風前梅破臘，雪罷鳥啼春。」《高淳》云：「雪水生寒緑，人家倚夕陽。」《九日》云：「雙屐獨來楓葉路，一尊不負菊花期。」《咏柳》云：「荒園盡日無人到，獨向春風舞一場。」他句如「遠山連北固，初雁落南朝」、「風泉留客住，秋雨共僧寒」、「寒林藏屋小，落日聚峰圓」、「人在蒹葭水，門開橘柚天」、「雁飛秋水渡，人語夕陽亭」、「澗花香過水，林鳥坐啼春」、「蒼崖半裂真成鐵，老樹全欹欲化烟」，皆可誦也。其弟既庭句云：「楚雨片帆下，吴江春水生。」姪穎少句云：「滿地緑陰生晝寂，一雙蝴蝶却飛來。」子康伯句云：「關心戎馬日，失路布衣人。」

桐城胡思庭力學苦吟，困於(詩)諸生。其《渡江》句云：「大江三面闊，長笛一聲秋。」居常誦此十字，至落溷中，猶吟咏不輟。聞袁簡齋太史名，囊其稿謁太史。思庭慨然曰：「公視某詩必傳否？如不可傳，某即投秦淮湖死耳。幸公教我。」太史大笑，爲書此十字，刻同人詩話中。僕聞諸其族孫豫生明經云然。

歸安戴卯君廉訪《橫港》詩云：「舟居寡人事，睡美不知曉。畫眉三兩聲，曙色上林杪。忽聽水潺潺，又見石齒齒。一灘高一灘，履險自兹治。」

南豐譚退齋學士，生有夙慧，癯瘦通神，詩亦如之。如《雪後行建陽道中》云：「老樹仍殘雲，春冰半作泥。竹籬侵草短，茅屋帶山低。清況此時客，寒聲何處雞？前途須借問，小立板橋西。」《寄鈕牧村》云：「鴻爪因緣有夙期，匆匆歡聚又離思。病中瘦骨憐今日，歸去鄉園定幾時？白髮到頭難却老，青山如夢各題詩。與君早訂林泉約，肯負淮南桂樹枝。」他句如《沙河道中》云：「沙苔摇淺水，風蝶舞低塍。」《山行》云：「正無人處長松瘦，才有風來孤鶴行。」《簡友人》云：「爇燭慣留名士飲，敲門知買異書回。」《作家書遣僕》云：「承歡鏡比求名美，避俗身如有道尊。」又云：「遠望白雲心奇汝，到門如我見親時。」《入滇境》云：「前去陽和胥愛日，重來熟路比鄉關。」

太倉王竹所初桐，又號巏嵍山人，中隱沈淪，不廢著述。其《海右集自序》云：「搜腹笥於修塗，走赫蹏於傳舍。山川雲物，盡入奚囊。」可以見其風概矣。其詩如《生辰述懷》云：「頭白走風塵，蹉跎笑此身。一官貧似水，萬事後於人。未作陶元亮，長思鄭子真。由來抱關隱，終媿葛天民。」《寧海出遊看山》云：「喜無多案牘，暇便出城遊。每遇一山好，從教三日留。與僧爲主客，有夢亦林丘。隨意東西路，飄如不繫舟。」所作泰山雜詩尤佳，如《桃花谷》云：「徘徊武陵溪，望極蓬萊苑。浮出落花多，仙源知不遠。」《龍泉觀》云：「山對龍泉觀，無人晝掩扉。蕭蕭風雨夜，澗底有龍飛。」《南天門》云：「槃礴南天門，恍疑在鵬背。只恐長風來，吹入天仙隊。」《仙人橋》云：「擲下仙人杖，飛來化彩虹。只疑樵路斷，忽與白雲通。」《荷花蕩》云：「旃檀妙香界，窈窕曲池荷。葉葉弄清氣，未花香已多。」《雨中登蠡勺亭觀海》云：「觀濤曾上蓬萊閣，聽雨今攀蠡勺亭。一鳥不飛天漠漠，萬魚欲舞海冥冥。」

歷城王秋史苹著《二十四泉草堂詩集》，王漁洋、田山薑爲之序。其名句，五言如「荒塗搔白首，大雪渡黄河」、「如虎酒人健，比魚名士多」、「柳下幼安榻，花邊子夏冠」、「三杯成卯飲，兼味出辛盤」、「藥房深竹裏，鶴徑亂雲間」，七言如「黄葉下時牛背晚，青山缺處酒人行」、「秋燈花氣蒸茅屋，明月泉聲上板橋」，最佳。

涇陽赤脚李翁嘗語僕曰：「至人之心，至和至平，隨化往來，與物無競。」見其以石灰書土室句云：「眠山白雲暖，步壑春風輕。」僕留題云：「與世不求異，都來看此翁。科頭黄葉下，赤脚白雲中。」和其意也。又有九大字云：「存善心，出善言，行善事。」亦石灰書。

秀水朱梓廬明府休度，任山西廣靈令。其地東南有壺山，署其稿曰《壺山自吟》。又自以鄉園魂夢所寄在范湖、裴島間，則以意匠繪《曲水莊圖》，曰「小木盦」、曰「樹葉打頭軒」、曰「閣閣蛙聲閣」，共三十景，各紀以詩，自稱「小木子」。其自序《曲水莊》云：「結廬其中，稻蟹生涯，齏鹽老味，往往甘焉。」迄乎致仕，遂營小軒，優游著書。雖結構不多，莊仍烏有，抑志尚夙存，頗類竹垞娱老家風。爲詩清深蒼秀，至性灑然。當官有卹民之隱，退休多知足之言，是可傳矣。僕題其稿云：「先生詩豈人間來，爲政亦非百里才。抛五斗米就三徑，腹萬卷書手一杯。披吟芙蓉出緑水，懷抱冰雪登瑶臺。聞道金陀避喧處，桐陰滿户風吹開。」梓廬詩如《呈巴總戎》云：「大漠風陰塞霧愁，新晴景色也開眸。春波綠到長城窟，柳葉青歸古戍樓。拓跋離宫無茂草，金源宿將有荒丘。祇今魏尚雲中在，可但書生泣白頭。」《自斷》云：「自斷才疏爲政拙，閒〔雷〕〔曹〕位置正相宜。農忙停訟呼無吏，公暇吟詩和有兒。聊借文書遮眼過，敢辭形迹折腰時？書生徒穀原知耻，官罷還防樂歲飢。」《蟋蟀》云：「雞曾詩絳幘，牛亦選騂剛。鬭及昆蟲細，嬉同竿木場。」《過小關村》云：「逃丁棄地無人種，也有人存地復荒。借問山農何太嬾，賣牛都已納官糧。」《春寒》云：「誰寄邊袍似草新，簾風欲嚏試妝人。少年怕折吴縣襖，漫笑冬烘尚裹巾。」又云：「定要催花呼硯急，每商〔沽〕酒脱裘難。除是杜陵買燕玉，替温繡被不知寒。」《行部示村農》云：「遲收幸飽今年飯，早計須償去歲糧。」《捫蝨》云：「爾肥我却瘦，底事不相饒？」《宿山》云：「幽禽深樹夢，獨犬隔溪聲。」《白菊》云：「微霜難著迹，寒月與招魂。」《水榭》云：「柳外飄村笛，荷陰隱釣船。」《硃砂梅》云：「吾顔何藥駐，此樹有丹成。」《病後》云：「冬腦烘常抱，春肌醉覺鬆。」《閒題》云：「覽書數行罷，分酒半杯多。」《長夏》云：「老妻誦佛燒香早，童子逃師鬭草忙。」《春陰》云：「易晚每教催爨火，小晴不敎曬蓑衣。」《南湖書舍》云：「窗落風帆影，牀通水鳥呼。」《永壽道中》云：「川原古豳國，風雪小涼州。」《西湖》云：「怕問橋名郎信斷，愁看山影妾身孤。」

桐鄉姚溥韓明經《曉渡》詩云：「烟際忽相唤，江潮昨夜生。何人先鳥起，隔浦見舟横。平野露方濕，遠林燈尚明。桃根未梳裹，擊節可能迎？」又句云：「寄書每望征鴻到，開户常看落葉深。」都有神韻。

吾鄉張博山著《木威詩鈔》，盛宜山遠、計希聲默、桑弢甫調元均有序。朱竹垞檢討稱其詩「鎔鑄百子，有日爐風炭之手。」其詩如《臘月朔日雪次王笠亭韵》云：「今朝雪花大於手，雲氣壓屋風悽然。沈蝗將還萬頃麥，落絮未補千家綿。江左糴米仍比玉，山東賣兒不論錢。有客憂時坐蕭瑟，紅爐何處鳴箏絃？」《聞盛居士瓣香廬已鬻感賦》云：「密竹疏花居士栽，蓬門無主又誰開？清風却羨嚴陵老，不見兒孫賣釣臺。」故是佳作。又《田園雜興》句云：「浮沼蘋已緑，入室蘭初香。花邊冷索句，石上閒提壺。」《平望晚泊》云：「花飛鶯脰水，月上畫眉橋。」《訪破雲上人》云：「老樹得秋色，空庭留夕陽。」《過法慶蘭若》云：「來尋僧話久，坐見佛香消。」《懷盛宜山》云：「布衣薄卿相，長嘯空歸來。」《借書》云：「到門攜酒客何處，踏碎落花來借書。」都得幽居之趣。

虎林嚴無敕詩情幽峭，極隱居自得之趣。其《西溪看梅》云：「呼酒白雲醉，談禪流水長。」《贈友》云：「醉我那因酒，憐君豈特才。」又「樓喜静人寓，山宜慧眼看」、「有懷人似月，可奈樹增秋」、「不愁無計常留客，乘興呼兒一賞花」，皆可誦也。

梅里李蓼園明嶅，字山顔，著《樂志堂詩集》。順治中，考授福州府古田教諭，時遼陽佟公國鼎巡撫八閩，延掌書記。閩有流民數千入福州境，疑其寇也，將盡寘諸法。山顔力白其冤，得釋。其《上佟中丞詩》云：「妖人布流言，間左竊奸宄。城南數千人，如肉登諸几。多公重一言，救死罷遷徙。義以制軍國，仁以育赤子。平生一片心，士爲知己死。厚德輿令名，詩人歌樂只。」夜夢人張五緋蓋導以行，其後諸公子皆貴。

李秦川太守宗渭，山顔孫，著《瓦缶集》二十卷。其詩如《雨歇》云：「微雨歇西郊，亂雲生北山。

江天白鳥下，明滅滄波間。香草夜欲合，美人春不還。何爲抱緑綺，長歎凋朱顔。」《過友人新居》云：「結茅溪水上，恰似釣魚舟。一面紙窗拓，蘋花香滿樓。」《寄張木威》云：「愁絶張公子，羈遲千里間。風吹井陘口，秋老華陽山。」《贈酒客》云：「與君三百錢，買斷春玻璃。醉卧酒壚下，醒來黄鳥啼。」《讀書》云：「庭户青春深，落花滿階除。鳴鳥去已久，幽人還讀書。」《夏夜》云：「菡萏香舍露氣清，漏聲迢遞隔重城。夢迴酒醒砌蟲語，何處高樓無月明。」他句如《蕩子》云：「蕩子春前别，美人江上愁。」《山中》云：「山籟鳥歌舞，天真花友昆。」《聞雁》云：「到處落黄葉，高樓空月明。」《郭外》云：「行人川上雨，寒食杜陵花。」《春日》云：「庭樹鳥聲歇，主人春夢長。」《立馬》云：「艱難三尺羽，慷慨十年心。」《涇州》云：「山根落微雨，樹杪有人家。」《送人還京師》云：「手摘太華月，作歌還帝鄉。」《山家》云：「簷果落四五，野梟飛一雙。」《懷徐蓮西先生》云：「遥憐蓬鬢白如雪，亂插菊花黄滿頭。」《月蝕後見月》云：「故人難後重相見，寶鏡磨來倍有神。」

李乾三明經宗仁，亦山顔孫。性至孝，居喪哭泣，則庭烏並下。其《讀瀧岡阡表》詩云：「廬陵絶調是吾師，字字行行淚挂絲。堪恨十年成底事，深燈殘雪侍先祠。」

周汝南明經模，亦山顔孫。貧而工詩，著《宛在軒集》。其詩如《雜吟》云：「幽居宜郭外，曲徑更橋東。老木千章合，柴門一水通。鴨依淘米女，蝶趁賣花翁。負杖從吾適，居然太古風。」又云：「天色晚來霽，餘雲滃欲歸。坐看松鼠上，驚起竹鳩飛。小酌桑葚熟，初登豆筴肥。白頭仍孺子，醉舞老萊衣。」又《十八灘》句云：「亂山連大庾，急水下虔州。」《思歸》云：「明月牀前影，黄河枕上聲。」《排徧》云：「耻爲五湖長，虚負百年身。」

鄞縣董秦雄道權，號缶堂，爲前明農部公守諭之子，貧而能孝，終身奉母不遠游，世稱貞孝先生。工詩愛客，有句云：「穫當豐歲思先業，窮到奇時賣父書。」讀之令人傷心。

慈谿鄭禹梅太守《早發沐陽》句云：「淺水無橋牽馬渡，曉星如月照人行。」《不寐》云：「貧劇且須忘此後，老來不敢憶從前。」善於寫景達情者也。

歸安戴翼皇侍御永椿，號卯君，性慈和，秉臬江蘇七年，全活甚衆。左遷廣西潯州府，調思恩軍民府。其在思恩時，有于副戎士傑饋羊一牽，已付屠者矣，俄而奔歸原處，因釋縛就畜，志之以詩云：「饋歲舉鄉風，蠻方乏縞紵。元戎辱見存，投我以肥羜。柔毛黑而文，厥角利若斧。毆之自成群，飼之月逾五。拜登欲朵頤，將以速諸父。何期是物黠，脱縶竄林莽。捕者求之急，一躍出環堵。循牆諜來蹤，歸仍伏圉所。意本在求生，迹乃同戀主。即此物可憐，殺機頓消阻。年來亡羊慣，所争不在汝。宥兹一命微，生意盎然溥。豈惟却脂膏，兼亦飭簋簠。偶動不忍心，夫豈待牢補。馳章報軍門，嘉惠存五羖。」僕謂此詩惻怛動人，可與東坡勸陳季常戒殺篇並傳。

東坡在黄州，與陳慥季常往來。每往過之，輒作「汁」字韵詩一篇。季常不禁殺，故以此諷之。季常既不復殺，而里中皆化之，至有不食肉者，皆云「未死神已泣」，此語使人悽然也。其詩曰：「我哀籃中蛤，閉口護殘汁。又哀網中魚，開口吐微濕。刳腸彼交痛，過分我何得。相逢未寒温，相勸此最急。不見盧懷慎，蒸壺似蒸鴨。坐客皆忍笑，髡然發其羃。不見王武子，每食刀几赤。琉璃載蒸豚，中有人乳白。盧公信寒陋，衰髮得滿幘。武子雖豪華，未死神已泣」云云。苕溪漁隱嘗録以自警。僕謂此詩真天地父母之心，悍者以革，忍者以慈，不知幾千萬萬物命全活於其筆端。詩豈小技哉！自非坡公，亦不能如是其言之痛也。

東坡又云：「余少不喜殺生，然未斷也。自去年下獄，始度不免，既而得脱，遂自此不殺一物。有餉蟹蛤者，悉放之江中，縱未能忘味，食自死物耳。蓋身經患難，不異雞鴨之在庖厨，安忍以口腹之故，使有生之物受無量怖苦耶？」

黄山谷《戒殺頌》曰：「我肉衆生肉，名殊體不殊。原同一種性，只是别形軀。苦惱從他受，肥甘爲我須。莫教閻老斷，自揣看如何。」

宋王敏仲侍郎好放生，或教以不殺不放，付之無心。敏仲以問僧法華，法華厲聲曰：「公大錯，豈可落空見耶？眼前露柱，亦是無心。著幾個露柱，能救得世間一個苦惱衆生否？」仲敏大悟，益果善行。

商文毅曰：「余五六歲時即喜生惡殺，並未知生之爲功，殺之爲罪。見有觸蛛網者，便思脱之；有赴燈火者，便思護之；厨有活魚，投之於水；偶聞宰猪，遂斷肉食。及備位中書，事關民命者，百計矜全。兵刑未措，寸心如割，皆本五六歲之心爲之也。」

高忠憲曰：「少殺生命，最可養心。一般皮肉，一般痛癢，物但不能言耳。不知其刀俎之間，何等苦楚，我却以日用飲食、人事應酬，略不爲彼思量也。」

陶文簡《放生》詩曰：「竪首横目人，竪目横身獸。悲哉肉世界，天地所並囿。一虎當邑居，萬人怖而走。萬人俱虎心，物命誰能救？莫言他肉肥，可療吾身瘦。彼此雹露身，要當相憫宥。」周思義《戒殺歌》云：「一指納沸湯，渾身驚欲裂。一鍼刺己肉，徧體如刀割。魚死向人哀，雞死臨刃泣。其泣各分明，傷哉人不識。」姚端恪《戒殺箴》曰：「一物之命，一人之舌。命不再生，舌惟暫悦。盤内添羞，厨中積血。言之慘傷，何忍饕餮。」其一「牛代人耕，息不遑喘。犬代人守，睛不停轉。牢字從牛，獄字從犬。不食牛犬，牢獄其免。」其二「我過吴市，見殺一鼈。縮頸深藏，搔尾以篾。癢極頭伸，握刀乃切。如是者三，刑魂方決。」其三「我勸世人，田雞休釣。剥皮不死，截趾仍跳。兩手抱頸，如嬰兒叫。噫彼微軀，豈堪大嚼。」其四「鰻鱓護子，俯首就烹。母先子死，恩重命輕。赤鯉龍種，烏魚星精。百爾君子，舍此杯羹。」其五

昔人云：「良辰美景，人逢之而色喜，物遇之而心悲。人於此時，骨肉團圞，珍羞羅列；物於此時，母子離散，魂魄駭飛。故節日多殺生，最爲殘忍。試觀割一雞，則衆雞皆鳴；屠一猪，則群猪不食。念及此，雖嘉肴在御，黯然神傷矣。」又昔人句云：「欲知世上刀兵劫，試聽屠門夜半聲。」最爲悲切。僕每誦之而出涕，因作《春日南野堂飲酒止殺》詩，第二首云：「不須富饌銀絲鱠，恰有貧厨玉糝羹。我輩團圞爲此樂，雞豚伴侣亦貪生。忍令刀几眼前赤，怕聽屠門夜半聲。醉飽欣然期後會，諸公還肯顧柴荆。」蓋惟闡前人之意以爲之者也。

僕於二氏之書未遑深究，至於放生戒殺，則聖人不易之道。世或以茹素爲異端，此亦不仁之甚者矣。邵康節曰：「好生者，生之徒也；好殺者，死之徒也。將爲生之徒乎？抑爲死之徒乎？」僕此心惻惻，於今六十歲矣，未有所發明，因采前人詩説所及放生戒殺諸條，及《南野堂飲酒》詩著於篇之末，蘄於勸世而已。使其説行而天下之物命全活者多，且以傳之無窮。如陳宰割之慘，代輸怖苦之情。因而奪之刀俎之上，以免其殺；拔之湯火之餘，以丐其生。長游熙皞，並育蕃昌，其樂何如！抑澹川子筆記之作，不徒然也。澹川子之詩，是其心也。嘉慶五年月日跋。

南野堂筆記卷十二

檇李吴文溥澹川輯
錢唐陳鴻壽曼生文杰雲伯定

本朝閨閣之才，遠軼前代，凡僕所見所聞，采其尤清麗者，積而成帙，欲使覽者觸目盡琳琅珠玉，亦以見僕之收羅蒐輯，不遺餘力焉爾矣。

汪芍坡中丞公之夫人芷齋方芳佩，綺歲工詩，博覽墳籍，盛年從宦，篤念彝倫。著《在璞堂吟稿》，如《乘月過萬松嶺》云：「晚覺籃輿速，青山不厭重。歸雲封古洞，片月佇遥峰。怪石全疑虎，蒼松半似龍。行行城闕近，猶送隔林鐘。」《春日》云：「乍曉却教尋角扇，輕寒猶未卸吴緜。因循風雨俄三月，檢點鶯花又一年。簾幔半從歸燕捲，巾箱多借蠹魚眠。倦來圖史紛前後，勝是殘膏乞舊編。」《偶至小園》云：「韶光也愛野人家，數點尋巢燕子斜。底事關心春夢短，夜來風雨送梨花。」《除夕》云：「歲云盡矣戀寒更，斷送殘冬爆竹聲。縛草爲船堪一笑，久無心力與窮爭。」又云：「自笑年來貧更癡，別無長物一囊詩。辭人歲月堂堂去，作態梅花故故遲。」《冬日即事》云：「折竹聲繁不耐聽，曉來袖手對雲屏。尋梅欲問春消息，寒勒花梢凍未醒。」《雨中納涼》云：「爲愛新涼試憑檻，礙他巢燕晚歸來。」《病起簡親友》云：「多謝親知相問訊，爲傳病眼懶觀書。」《春日雜咏》云：「海棠花下立移時，爲謝花神尚欠詩。可是閨中才思少，不留題處正情癡。」《風箏》云：「剪紙爲鳶骨相寒，常依稚子博欣歡。偶然得藉微風力，却要傍人仰面看。」《咏梅》云：「自問平生差未俗，可能小語歲寒心。」他句如《秋海棠》云：「眼分千點休言淚，腸斷當年不爲春。」《有懷》云：「事過隔年猶有恨，春來觸處易成愁。」《第一樓》云：「小市花間摇短幟，夕陽柳外數歸舟。」《佇月》云：「立久但嫌羅袂薄，更深不覺玉輪移。」《苦雨》云：「窗深嘗覺晚來暗，簷際忽驚天欲低。」《南樓寫望》云：「樓高天漢三層碧，山映晴暉一角黄。」《春興》云：「池塘有夢因芳草，庭院無人爲落花。」《初夏》云：「蛙喧芳草渡，人倚夕陽樓。」《不寐》云：「入夜層巒疑畫本，隔林老木作秋聲。」《贈人》云：「秋風擣素裁新服，春日鳴箏上畫堂。」《題廣寒仙子圖》云：「嬾駕素鸞遊碧落，暫攜玉兔出瑶臺。」《哭翁霽堂先生》云：「四海長留知己恨，一生祇爲愛才忙。」録此以爲林下標格，亦近時名媛中之魯靈光也。夫人三女嗣徽、畹姝、静姝，及公子竹隱之婦王氏雲芝，一門耽咏，皆以夫人爲師，遠追班、左，近邁商、祁，於斯爲最盛矣。

嗣徽詩如《久雨》云：「連朝風雨苦瀟瀟，静看茶烟颺綺寮。滿院秋聲無覓處，隔牆新透一林蕉。」《病起即事》云：「東風吹柳曳烟絲，節近清明苦雨時。抱病經旬才思減，海棠開落不題詩。」《捲簾》句云：「都爲看花新雨後，半因通燕晚晴時。」

畹姝詩如《振衣亭春望懷諸女友》云：「陌頭春老柳飛緜，旅客思鄉倍黯然。花落吴宫紅滿地，水浮鄂渚碧連天。懷人有夢常千里，寄遠無書又一年。薄暮山亭回首處，子規啼斷緑楊烟。」《春曉即事》云：「紙帳筠牀絶點埃，夢回遲日上窗來。薰衣侍女催人起，知否桃花昨夜開？」《夏日即事》云：「槐陰鏤日午風凉，倦掩琴書蝶夢長。名利不關心似水，舉頭翻笑白雲忙。」《留别》云：「此日話嫌前日少，今年愁比去年多。」《同女兄作》云：「莫言春色隨流水，猶有桃花映竹籬。」《赴楚留别》云：「江水無情催短棹，雪花有意阻行人。」《咏柳》云：「紫塞春歸風怨笛，白門秋老雨傷條。」閨閤之秀，壎篪之雅，蓋嗣徽難爲姊，畹妹難爲妹。

静姝九歲能詩，年十二而夭。有《對鏡》絶句云：「不受鉛華染，梅花認舊身。一奩秋水冷，寫出阿儂真。」惜乎蘭摧玉折也。

雲芝十二歲時，作《七夕》詩云：「雲漢横空一葉秋，仙車欲渡彩雲收。共傳舊例雙星會，又恐新添一度愁。」十四歲咏《除夕》句云：「更隨殘臘盡，春逐暗香來。」《咏鶯》云：「紅雨過時方出谷，緑陰深處自爲家。」其母夫人大奇之。又《歸棹泊桐江》詩云：「一棹桐江水，歸艎再問津。山靈似相笑，鄉夢到今真。亂瀑趨嚴瀨，安流上富春。長年相問訊，半是浙江人。」《風荷》云：「轉蕙披蘭引夕芳，又扶菡萏溢金塘。湖波渚露滴清響，葉嶼花潭聞暗香。斜颭錦屏摇翡翠，舞迴紅袖蓋鴛鴦。畫橈日暮相容與，消受輕風倚檻凉。」《對月有懷》云：「共此一輪月，看來兩處愁。」《秋露》云：「却疑霄漢上，也有泣珠人。」《落葉》云：「缺處添遥岫，飛時帶暮烟。」《寒夜》云：「明月有情留竹户，白雲無意宿松關。」《昭君墓》云：「可憐終異域，亦是報君恩。」《中秋月》云：「皓魄依然千里共，人生能得幾回看。」《竹影》云：「正遺婢將羅幔捲，忽驚窗被翠雲封。」《咏蝶》云：「花裏生涯愁暮雨，夢中心事戀幽香。」《咏燕》云：「金屋華堂終有變，杏花春雨只依然。」《萍鄉月夜》云：「别久易生殘夜夢，路歧難得故鄉書。」《桃花》云：「悟徹生涯無定在，人間到處是仙源。」《黔中》云：「猿嘯雲根笻竹裂，鳥啼峰頂石花開。」《過焦石》云：「亂流猶夕照，孤月已前村。」《哭弟》云：「春風一枕傷心淚，不見當年煮粥人。」《梧桐月》云：「烏鵲夢回秋抱鏡，鳳凰枝冷夜懸弓。」《送燕》云：「半林黄葉驚秋晚，一院珠簾付夕陽。」《迎雁》云：「湖海飄零爲客久，爪痕留印記年年。」以上諸聯，可列《主客圖》中。絶世仙心，後來獨秀，故所録爲多。

嘉定程徵士宗傳女弱藻，適錢唐汪繩祖，期年而寡。其《楊柳詞》云：「幾日春光到柳條，臨流細學楚宫腰。西湖十里桃花路，又送鶯聲過六橋。」《九日寄妹》句云：「别後半年仍抱病，愁來九日罷登高。」

仁和閨秀杭筠圃，菫浦太史女弟也，嫁趙氏，早寡。其《五十悲吟》云：「十載傷心淚，何曾一日乾。老深無後痛，貧覺立孤難。寂寂墓門草，深深智井瀾。此身原已死，休作未亡看。」《追感》云：「牛衣未煖别離催，貧賤夫妻樂亦哀。遺札可憐猶在篋，夜臺那復一緘來？」晚得惡疾終，芷齋夫人爲刊其遺集行世。

桐城張文端公長女令儀，自號蠹窗主人，研齋相國廷玉之女兄也。工古文，不專韵語。其詩如《秋夜長》云：「秋夜啼殘絡緯聲，月明瘦盡梧桐影。」「啼烏有意隔紗窗，窗裏愁人淚一雙。」

仁和許氏女韞輝，早寡。其《秋閨有感》詩云：「秋深黄葉滿庭飛，刀尺聲停晝掩扉。鴻雁不傳泉下信，西風何處寄寒衣？」

長洲陳氏女蕙芳，能詩畫，早寡。作《十孤詩》寄意，其咏《孤雲》云：「應是舊山歸不得，獨留孤影在天涯。」《孤蝶》云：「何惜抱香枝上老，向來夢不到鄰家。」《孤螢》云：「猶憶緑窗人定後，與郎曾照讀書來。」

錢塘女子毛小素《題扇》詩云：「信手閒將水墨塗，雲山一片景模糊。自然有個如他處，不必披圖問有無。」《圖繪寶鑑》：「小素名玉瑗。」

長洲吴柳亭之女雪嵋，居洞庭山。性恬静，居常焚香啜茗，以筆墨自娱。有《落葉》詩云：「雪染楓林一片秋，黄於籬菊艷於榴。相看莫當無情物，曾載宫詞出御溝。」

山陰才女胡石蘭《度庾嶺見梅傷感》詩云：「五槻十三人，艱危仗此身。經冬淚洗面，逾嶺獨傷神。江北無茅屋，燕南有老親。如何千樹雪，不似去年春。」石蘭嫁駱氏，早寡，爲女學究，有名都下。

歙縣易氏女淑班《除夕》詩云：「强將華燭延殘臘，喜得承歡聚膝前。欲望兒成欣改歲，却愁姑老怕添年。梅花已報三春信，爆竹全消五夜眠。韵事何妨及閨閤，也將杯酒酹詩篇。」

句曲女史駱綺蘭，字佩香，工詩，著《聽秋軒集》。如《棲霞德雲菴題壁》云：「數椽碧峰外，半出青松間。明月常到户，白雲不出山。」《倩山樓對雪》云：「登樓對雪嬾吟詩，閒倚闌干有所思。怪底世間人易老，青山也有白頭時。」《送介亭伯父歸金陵》云：「江柳千條挂夕陽，片帆西去水茫茫。孤舟今夜宿何處，明月蘆花客夢涼。」《送裕初弟歸金陵》云：「風急天寒雁失群，江南江北路難分。關心更上層樓望，看到孤帆入暮雲。」佩香適金陵龔世治，徙居廣陵，再遷丹徒。盱江曾賓谷都轉題其《秋汀課女圖》詩云：「一燈雙影瘦伶俜，窗外秋聲不可聽。兒命苦於母命處，當年有父爲傳經。」佩香得詩，遂名其集曰「聽秋」云。

桐鄉馮侍御孟亭先生太夫人孔氏傳蓮工詩。先生之祖少司寇伯陽公作藩金陵時，太夫人隨任藩署，署故明中山王府。太夫人病中恍惚，身游仙府，見亡婢及僕婦二人，相謂曰：「娘何輕生到此？此間乃中山王理獄處，且急去。」悸而醒，疾愈，作《夢幻》詩云：「忽驚呼笑出堂皇，昏黑中騰列炬光。杜國閻羅同一體，前朝甲第大功坊。」「依依奴婢黯相逢，涕泣推扶返舊蹤。此地絶無娘姓氏，休教遲及五更鐘。」先是，先生之父贈公官陜西宜川縣丞，太夫人《贈外》句云：「官爲七品佐，身落萬山中。」贈公得錮疾，太夫人親課子授經，卒成進士，入詞館。又太夫人兄之女爲沈青齋觀察太夫人，亦工詩。觀察未通籍，家故貧，有句示觀察云：「枕上預籌來日米，秋寒更典過冬衣。」亦能課子成名。聖裔多賢媛，理固然歟！

長洲李硯芸之婦朱曙雲十九而寡，嚼指誓節，有《咏雁》詩云：「風高月白凍雲開，砧杵聲中一雁哀。聞爾關河有書寄，可能爲我寄泉臺？」《咏琴》云：「錦琴囊處半封塵，記得松風一曲新。欲把冰絃銷静夜，燈前不見聽琴人。」

秋帆尚書公張夫人絢霄，號霞城，著《緑雲樓詩編》，清麗芊眠，尤工體物。如《春雨》云：「青燈餘一豆，小簟怯深更。爲聽芭蕉雨，瀟湘夢不成。」《重到武昌節署》云：「幾經弄月與嘲風，題遍迴廊西復東。隔歲重來尋勝事，粉牆不見碧紗籠。」《七夕寄懷尚書》云：「空將小扇拂輕羅，賸有當筵瓜藕多。又是一年牛女會，看他兩度鵲填河。」《雁字》云：「何事年年别故鄉，荻花多處寫瀟湘。分明排出

《禽經》字，不似人間急就章。」《秋夜簡靈巖主人》云：「殘燈對影卸花鈿，簟冷簾疏月未圓。寶鴨重熏知夜永，羅衣似水晚秋天。」他句如《美人風箏》云：「乍飛雲外疑紅綫，忽墮樓前認緑珠。」《七夕寄懷主人辰州戎幕》云：「願瀉銀河洗兵甲，今宵破例乞牽牛。」《藕絲》云：「天生一種纏緜意，只爲玲瓏心孔多。」

尚書公長女智珠，號蓮汀，才女也。著《遠香閣吟草》，靈犀自照，蜿蟺多思。如《重到武昌節署書所見》云：「風吹鶴渚片帆收，重到衙齋憶昔遊。月榭仍通芳草徑，負他花木滿庭秋。」其一「碧闌干外步遲遲，粉閣尋吟舊賦詩。惟有梅花如解意，迎人先放兩三枝。」其二《鸚鵡洲懷古》云：「當年埋玉此江頭，詞客名緣鸚鵡留。豈但才高驚一賦，由來命薄始千秋。萋萋芳草不勝緑，冉冉白雲空自愁。今日我來春晚暮，烟波極目有沙鷗。」《哭環碧夫人》云：「芝房桂館隔重泉，青雀西飛信杳然。不忍經過幾回讀，紅泥壁上舊霞箋。」其一「列蒔芳菲步繞廊，惜花常自爲花忙。可憐一病三春雨，尚遺雙鬟護海棠。」其二《踏青》云：「踏青時節草心柔，撲蝶人來結勝游。一樣春風弄顔色，桃花含笑柳含愁。」近與霞城夫人合選全唐詩行世，玉躞金題，縹緗羅列，艷稱於時。僕呈公句「内集烏絲格，家筵蠟蠋痕」，極閨門之韵事矣。

梁溪堵進士女綺齋，工詩，善填詞，有「燒殘燈一點，數到漏三更」之句。其《如夢令・月夜》云：「如醉，如醉，怪殺海棠先睡。」《十六字令・春望》云：「愁，幾片飛花過小樓。春歸否，尚在柳梢頭。」

南滙葉鳳毛舍人長女慧光，早寡。其《咏蓮花瓣》云：「纔看出水又飄殘，薄命蓮花似妾顔。待把題詩當紅葉，恐流哀怨到人間。」

常熟處士許灝之女玉仙，寡居，著《小丁卯集》、《茹荼百咏》，沈歸愚宗伯爲之序。其《雜感》句云：「結茅欲遠人間世，何處青山不要錢？」

浣青夫人，錢孟鈿尚書文敏公稼軒先生女也，著有《浣青詩草》若干卷行世。夫人幼讀書，涉覽不忘。尚書爲授《史記》、《通鑑記事本末》，遂能淹貫故事。又授以香山詩一編，曰：「此殊不難，試爲之。」清言霏霏，如瀉露珠，冥搜懸解，已足方駕元和也。性至孝，嘗翦臂肉療尚書疾，創幾殆，幸而獲全。歸博陵進士今觀察使崔曼亭先生時，則先生以名世之才，早年通籍，唱隨風雅。洪稚存常博敘夫人詩，所謂「以『峰青江上』之篇配『楓落吴江』之咏，閨中知己，樂莫甚焉」。既而從宦南鄭，偕來西湖。十年之中，里門三返。平昔過庭之處，學繡之窗，不免牽瓜蔓於牆頭，拂蠨蛸於户内矣。孤孫煢煢，哀感門祚，此夫人之詩之所以始愉怡而終悲戚也。嗟乎，讀夫人詩而不衷諸性情之正，陶洗之深，徒見其驚才絶艷，比於謝絮、左香，猶未知夫人之詩者也。顧即以夫人之詩而論，沈浸漢、唐，兼綜各體，其中古風長短句，高揭群言，飛空結響，有太白「搔首問青天」之想，不當呼「女青蓮」耶？自來閨閣所傳，寥寥數人，落落數詩，求其一往清麗，揮灑百咏，盡歸正始若夫人者，閨閣中之景星卿雲，千古一見耳，可多得哉？故樂爲之論次而纂録之。古體如《春曉詞》云：「啾啾雙燕語畫梁，妝樓奩開春自香。美人纖手拭鴛鏡，海棠一枝波掩映。纔染長眉活翠深，罷匀膩粉餘紅靚。十二闌干絮撲衣，東風又吹花雨飛。」《高樓曲》云：「高樓極目天如洗，哀蟬冷燕秋風裏。一片珠簾捲暮霞，空江木落鴻初起。江南江北總含情，銀漢迢迢隔鳳城。岸柳方牽行客駐，籬花猶傍故園生。曲盝闌干人悄悄，羅衣似水秋期杳。最是銀床露氣深，不堪錦瑟華年老。華年易老翠蛾愁，羌笛何人獨倚樓？一聲兩聲思黯黯，千里萬里路悠悠。悠悠別夢隨天闊，蓼渚蕡湖遠烟白。緘素難傳尺半鱗，流雲乍掩三更月。惆悵風高欲曙天，誰家又撥十三絃？可憐似玉空垂手，暗憶西洲同采蓮。」《送素溪姊》云：「折柳復折柳，長枝更短枝。方追舊歡樂，又傷新別離。新別離，長相思。相思淚滴金屈卮，明朝有酒難同持。回首紅顔能幾日，可憐憔悴秦川客。敝車羸馬爲誰勞，紙閣蘆簾歸亦得。」《驪山高》云：「驪山高復高，落日霾荒臺。西風吹白道，下見幽宫開。黄金作天地，日月爲尊罍。銀海長不乾，人膏燦無灰。飛蠶三十箔，一一紅玫瑰。知埋幾皓齒，何論萬匠哀。可憐閉衰草，貴賤同委骸。雖令地成市，難買青陽回。寶玉不在土，死增皮骨災。徒聞海上仙，霞舉游蓬萊。」《憶遠詞》云：「瓊樓十二鎖暗香，珍珠簾箔空象牀。銀瓶凍合漏聲碎，被池閒殺錦鴛鴦。白日苦短夜苦長，美人胡爲隔瀟湘。岧嶤高山不可越，雪浪舞空舟一葉。極目天涯愁殺人，緑窗明月爲誰新？秦筝趙瑟久不御，罘罳曉寒生網塵。城頭咿咿角聲起，烏鴉滿天秋色裏。思君夜夜復朝朝，日月有盡情難已。」《自題隴頭春吟卷》云：「東風夜吹香海白，鏡裏梅妝憶疇昔。六年留滯隴頭春，回首江南負明月。鄧尉銅坑消息無，關山玉笛年年别。畫圖著我風塵中，不似從前舊標格。況復天涯愁思多，掃眉有筆傳不得。冰魂玉魄恐下來，湘娥笑人圓舞雪。即從塞北返江南，還仗梅花與顔色。」《題素溪姊玉輪香滿圖卷子》云：「青銅鏡，白玉盤，問誰手挂青雲端？胚胎鴻濛開皓色，萬古清光磨不得。我夢上天天無梁，但聞銀漢聲琅琅。琉璃爲地玉作房，素杵不動珠成霜。中有一人粲玉齒，下視塵世悲餘子。笑逢織女搴麻姑，乘雲曳珮仙不孤。冰輪一駐幾何時，只問年年紅桂枝，花開花落無人知。」《燕燕吟》云：「燕燕復燕燕，將雛畫梁畔。銜來柳絮泥，飛入梨花院。花落春泥空，蟪蛄悲秋風。暄涼一轉瞬，小劫滄桑中。他時舞館燒紅燭，今日頹垣垂蔓緑。逝水不可回，春暉去難續。真有雍門哀，豈但西州哭。白楊風起烏夜啼，燕子還來覓華屋。」近體如《塞下曲》云：「爲報沙場苦，邊秋一雁還。據鞍輕紫塞，吹角老紅顔。思婦閨中月，征人夢裏山。報國封侯等閒事，生入玉門關。」《送别》云：「日黯江城暮，風高海氣秋。相思一帆影，離别萬重愁。君須去，承顔我自留。霜楓摇落後，莫上望鄉樓。」《憶聲之弟還京師卻寄》云：「骨肉三千里，離懷逐去鴻。舊愁吟不斷，新月照還同。酒醒他時夢，花飛别後風。高堂京邸見，話我定匆匆。」《送從母歸震澤》云：「一夜歸帆急，離情有夢知。西窗他日話，南浦送行詩。珍重持杯處，流連判袂時。泥人江上月，還遣照相思。」《送夫婿曼亭太守北上》云：「話别蕭晨旅思賒，一鞭遥指帝城霞。驅車宛洛楓飄路，駐馬河橋柳拂沙。佇待黄童迎郭伋，好憑青鏡報秦嘉。隴頭探得寒梅信，歸及春風白玉花。」其一「垂老官貧一敝裘，津亭送遠怯逢秋。勞生漫逐隨陽雁，報政休慚聽雨鳩。過眼浮雲連朔野，關心舊夢感西州。思君葉滿長安道，吟望天涯正倚樓。」其二《七夕》云：「玉宇無聲下露珠，仙郎於此會仙姝。空將一幅機中錦，織得相思意盡無。」《村徑》云：「隔塢人家見夕陽，平田漠漠水泱泱。緑荷包飯提筐處，鰕菜秋風似故鄉。」《舟次寄懷》云：「絲雨斜風客棹還，吴山越水總悽然。重來不異遼東鶴，花竹都成隔世緣。」其一「廿年客路關山月，半世繁華夢裏身。今日扁舟尋故里，不勝愁思送餘春。」其二《和竹初叔父寄懷》云：「東山絲竹黯生塵，回首吾家最愴神。歸燕巢空翻似客，啼烏枝冷只餘身。情如疏柳春難挽，愁共寒潮夜亦頻。陌上看來花濺淚，者番怕見物華新。」《哭弟婦》云：「忍聽啾啾乳燕身，蕭條門巷曲池平。九原兄弟如相見，應説孤兒漸長成。」其二「摧殘棣蕚已傷神，又送孤花一朵春。今日凄涼惟剩我，舉頭誰是至親人。」其二《寄曼亭》云：「當年擁傳此經過，遷客從來感慨多。君到關南看楊柳，兩行清影已婆娑。」《再寄曼亭》云：「春來漢水兼天遠，月到巫山特地寒。若向琵琶亭下泊，青山只作故人看。」《寒食日雪》云：「春遲寒食節，不放杏花妍。亂舞兼飛絮，漫空自禁烟。江山還太素，草木盡華顛。一醒紅塵夢，真成不夜天。」《重九日寄曼亭》云：「夫君薄宧阻秋期，寥落三年寄所思。露氣漸凋林下葉，霜風暗度鬢間絲。歸從白浦鴻相侶，瘦盡黄花蝶未知。屈指半生佳節過，向來尊酒幾同持。」《別聲之弟》云：「又聽匆匆唱《渭城》，江干哀柳倍關情。客舟今夜宿何處，腸斷月明風露清。」《立秋》云：「一葉涼風起，吹來天末情。寒衣須早寄，蟋蟀已秋聲。」《鴻雁》云：「鴻雁帶鄉愁，嘹嘹鳴素秋。長空一片影，吹落古梁州。」《秋夜寄曼亭》云：「天上碧雲盡，秋光疑畫圖。咸秦今夜月，得及此間無？」《客夜》云：「虚庭鳴蟋蟀，空外結秋心。獨客已遥夜，高城有暮砧。」《和曼亭下褒谷》云：「劃落千尋壁，蒼然天地開。桑麻平野合，雞犬出雲來。」清思逸調，琅琅如鶴背上語。「自是君身有仙骨，世人那得知其故。」抑寸心千古，夫人其自知之矣。他句若《秋夜》云：「近山秋思早，臨水晚涼多。」《秋夜》云：「銀漢自遥夜，霜蟲何獨哀。」《春眺》云：「夕陽明野色，飛絮上征衣。」《中秋月》云：「天上初圓夜，人間欲別時。」《積雨》云：「鳴葉少完樹，打窗凄一燈。」《聞笛》云：「江鄉莫便愁腸斷，更有天涯獨倚樓。」《送曼亭北上》云：「青山不礙離人夢，落月應懸故里愁。」《感懷》云：「昨夜西風帶夢還，楓林霜葉舊青山。」《桃花》云：「巧笑自然宜落日，無言亦可悟前因。」《賦梅》云：「空山獨立自清夜，横笛一聲何處林？」又云：「開從庾嶺人千里，夢到揚州月二分。」又云：「遥傳東閣開尊夜，正憶西溪送客時。」《舟行》云：「客夢如雲原有路，野花兼鳥不逢人。」《久雨》云：「歸心逐雲天外落，亂愁兼草雨中生。」《對月》云：「何處高樓人盡望，誰家遥夜酒初醒？」此類數十聯，不勝摘録，要以淡泊爲宗，神情都在空際。

夫人從父竹初先生序夫人集云：「不圖今日之大家，乃有我家之小阮。恨非男子，未能稱汝麒麟；便號夫人，亦足佳吾子弟。」又袁簡齋太史題云：「妙絶金閨咏絮才，一生詩骨是花栽。分明擁髻揮毫際，别有心從天外來。」

觀察嘗於雪後會客賦詩，用東坡《聚星堂》韵。夫人詩云：「江頭一夜驚風葉，曉拓玻瓈見春雪。天公有意阻群芳，只許梅花占幽絶。積厚階前落絮重，斜飛簷際脩篁折。官厨緑酒聊禦寒，燕寢清香頗未滅。自憐謝女心情老，禁字詩難肘頻掣。滿堂賓客日逮闇，隔簾樺燭花生纈。吟成一百四十字，迴與長空鬭飛屑。忽憶春郊幾處烟，麥苗凍壓饑烏瞥。須知茅屋窮人苦，急與黄堂夫婿説。勸農五馬待春晴，一尺犂泥萬鋤鐵。」時會中成詩者數人，見夫人作，皆歎服，或袖草徑出。

金壇于翁，宿儒也。爲徐兩松中丞公之婦翁。開門授徒，意在擇婿。中丞少孤，負笈于氏之門，相攸及之，而慮其貧，弗當女意。一日授《左氏傳》，至重耳、齊姜事，令女咏之。女口占曰：「願從公子志，不作女兒悲。」翁喜，婚遂定。

吴門沈孝廉起鳳之女玉香句云：「潮聲飛雨白，山色挾沙黄。」「南浦緑波人别後，小樓紅雨燕來初。」最佳。又江氏碧岑，亦吴中才女，有「落花自無意，啼鳥亦忘機」、「滿院緑陰人賦别，一簾紅雨燕歸來」諸句，與玉香風格相似。

吴門陸梅垞之婦李婉兮《送外之白下》云：「踟躕江畔别愁深，落月蒼蒼曙色侵。笑我衹堪謀斗酒，憐君惟有載囊琴。秋風矮屋三條燭，夜雨寒窗十載心。想到歸來真不負，桂枝香裏共清吟。」

錢唐鮑菊坡之妹艷貞《即事》詩云：「午夢鶯驚斷，粘衣絮一牀。泉流蛙徑活，花落鳥巢香。」《游上清觀》句云：「空青瀉出巖間乳，積翠飛來掌上雲。」

松陵女子姚棲霞，年十七而卒，玉色如生，有類尸解。作《游仙詩》三十首，靈犀在握，定跨青鸞上蘂珠宫矣。節録八首，如「飛上靈山縹緲峰，忽聞雲際一聲鐘。何來碧眼蒼髯叟，約略形如古赤松。」「嵌空巖户玉爲扉，弄月瑶姬翠作衣。一片白雲松徑冷，藥籃斜荷采香歸。」「諸天神物護天書，白霧迷人十里餘。欲與老猿通片語，一聲長嘯在空虚。」「閒從紫府日盤桓，也製荷衣翦籜冠。卻笑樓頭秦弄玉，肯攜簫史共乘鸞。」「夜到嵩山駕鳳軺，碧桃花下聽吹簫。終南阿母傳飛劍，時遣猿公隔嶺招。」「玉虬戲走滄波面，綵鳳群棲碧樹梢。明月滿山春隔斷，洞門深閉許誰敲？」「春隔天台水石清，當年誰説遇雲英？桃花滿地無人見，落日千峰鶴一聲。」「海天金柱撑紅日，塵世銀燈鎖黑甜。歸訝畫樓嬌小伴，緑鬢霜雪幾時添。」又《病中口占》云：「不堪情事付凄然，淚點深沾繡枕邊。此疾自知無起日，疏松影裏寄長眠。」其一「浮生修短總虚花，愁裏吟詩夢裏家。試問窗前今夜月，照人還得幾回斜？」其二「夜永窗紗度月遲，無眠起坐强支持。意中無限凄凉逮，盡在低聲喚母時。」其三又《秋夜》句云：「月穿虚牖紙，風入小簾鈎。」

桐廬殳山人丹生之婦陸觀蓮，號雨曼道人，我郡嘉善人。伉儷能詩，隱震澤之西材。草屋蕭蕭，烟火時絶，比舍聞歡笑聲，則雨曼詩成，丹生擊節而歌，山鶴林猿，一時驚起。其《辰山步虚詞》云：「鬱蕭宴罷列仙歸，彩鳳青鸞各自飛。勅賜珍珠三百斛，滿身瓔珞繞天衣。」

長洲沈氏女持玉，號皎如。《落花》詩云：「笛裏誰家怨，吹來總斷腸。六朝春夢短，終古别離長。天地老烟景，江山空夕陽。冶游歸路晚，贏得馬蹄香。」筆情洒落，非尋常脂粉中人可及。

上海曹太史一士繼室某氏，善詩文，工刺繡。臨殁，囑太史曰：「我箱中博古圖衫，西樓几上殘稿數十幅，皆平生心血所存也。」其《冬日寄外》云：「别浦輕舟泛木蘭，西風殘雪不勝寒。客裘自著江邊雨，莫作臨行淚點看。」兩女采蘩、采荇，亦能詩。采蘩《寒食》句云：「一寸迴腸十年事，都來夜半雨聲中。」采荇《秋夜》云：「梧桐今夜落，蟋蟀去年聲。」

滿洲愛尚書必達之女鈕呼魯氏，適伊嵩安，早寡，撫孤，殉節於夫死十年之後。其《絶命詞》云：「魂歸地下一身志，名在人間萬古春。」

柳青，不知誰氏女，著《怨餘草》。如「若使白頭終有恨，文君還不算知音」，又「只因花命同奴命，早起推窗即看花」，其與莫愁、桃葉同例可知。

錢塘徐清獻公女孫淑則，著《緑浄軒集》。有《出塞詩》云：「六奇枉説漢謀臣，後此和戎是婦人。若使邊庭無牧馬，蛾眉也合畫麒麟。」又海澄明經周彬之女淑和《讀楊忠愍公傳》云：「後死七人無復恨，先生千載有餘悲。」長洲貢生陶寄軒之女月溪《咏鸚鵡》云：「一夢唤回唐社稷，千秋留得漢文章。」豪健真摯，無媿史筆。皆世間奇女子也。

青浦曹策彝之婦孫淡霞，早寡。其《哀詞》云：「豈是玉樓需作記，人間不及鬼憐才。」苦語出奇，不必作《士不遇賦》。

閨閣詩之可傳誦者有三，曰幽致、曰怊悵、曰有巧思。録其佳句，各以類附，亦香茗風絮之遺矣。幽致者，如桐城汪合山之婦《幽居》句云：「路曲多因竹，亭高喜就山。」吴縣女子吴貞閨《春暮》云：「楊花三月暮，春水緑萍多。」燕南趙氏女《燕子來》云：「思君不如燕，一歲一來歸。」山陰祁忠敏公長女弢英《送別》云：「繞徑黄花歸故里，滿堤紅葉送秋聲。」太倉王相國之裔孫女功史《山居》云：「爲愛好山聊駐足，偶依高樹便成家。」常熟瞿孝廉曇谷之婦陳寶月《秋興》云：「老樹在門常掃葉，好山當户故低牆。」長洲沈翰仙《即事》云：「初試羅衣寒尚怯，隔簾深避落花風。」錢塘施澧蘭《春雨》云：「天涯一夕生芳草，春水明朝長緑萍。」吴縣張春山云：「煮筍人家香麥飯，焙茶天氣拆緜衣。」秀水朱文英《采菱歌》云：「起早自嫌蓬緑鬢，撥開菱葉照梳頭。」休寧黄舍人愚菴之女册仙《七夕和外》云：「不信渡河今夜事，篷窗攜手看雙星。」常熟時給諫之女宜幽《咏雪》云：「閨閣不知風雪冷，却嫌梅柳報春遲。」

怊悵者，如桐城張尚書女鸞賓句云：「離情無寄處，歸夢有醒時。」崑山徐司寇女孫適山東馮别駕者，有《春歸》句云：「鶯聲不住啼殘照，催得春歸又一年。」閔縣趙國俊之婦倪文嘉《夕陽》云：「又是一朝閒度却，可堪孤坐晚妝時。」滿洲顧塔哈《遺懷》云：「怕看春草當窗緑，别後珠簾盡日垂。」山陰劉蘭亭《悼亡女姪》云：「可憐寂寂花間月，移上疏簾照阿誰。」桐鄉汪菊友之亡婦孔蘭英遺句云：「閒愁易亂如春草，女伴難留是夕陽。」攸縣劉同秀《贈外》句云：「含淚未曾傾别酒，背人先已問歸期。」吳江沈纖阿《姑蘇柳枝》云：「贏得游人多少恨，最繁華處最無聊。」

有巧思者，如合肥女子許静含句云：「怪他花上蝶，偏作一行飛。」休寧秦湘南《咏美人風箏》云：「可能飛去依明月，未必行來是楚雲。」昆山金佩芳《自遣》云：「花開花落尋常事，未解愁從何處來。」嘉興女子某《送春》云：「明朝遮斷東西路，看爾春從何處歸。」

又女子詩尤超雋者，如吳門張佚第五女凌仙《七夕》句云：「人間一别成千古，莫怨仙家隔歲期。」嘉定吳絳衣《送外》云：「帆開揚子人千里，夢落秦淮月萬家。」長洲薛素儀《寒食》云：「三旬九食吾家事，不獨今朝是禁烟。」吳興徐氏女云：「何處是家空拜月，幾時無淚向春風？」長山李令香云：「年來景物都依舊，不見人生再少年。」

歙縣汪氏女逸令《寄從兄昭化令》云：「羡爾神明宰，彈琴入萬山。心隨雲共遠，官與鶴俱閒。績布輸猺女，傳經化峒蠻。謝庭諸姊妹，曾否夢相關？」

華亭張氏女《對酌和外》詩云：「緑釀新開菊正黄，與君薄醉倚秋光。人生無病無愁日，得意花前能幾場。」《晚景》句云：「放他雙燕子，花外引雛歸。」

丹徒王柳村之妹碧雲女史，十一歲賦《落葉》，句云：「我正有心呼婢掃，那知風過爲吹開。」又《寄懷》云：「山静七絃響，花深一鶴鳴。」

洞庭席硯耘女史《贈女伴》句云：「一杭落花愁暮雨，數聲啼鳥惜餘春。」《得伯父書》云：「關塞萬重家萬里，尺書猶是去年封。」

秀水汪浣花孝廉之母張氏，著《清心玉映樓稿》。其《送從兄歸苕溪作》云：「白雲深處是儂家，想到慈幃夢亦賒。最羨苕溪明月夜，幾行歸雁宿蘆花。」夫人爲烏程太史雪子次女，門以内，毀齒皆能琢句，時比之屠赤水、葉虞部家云。

吴中王生所戀慶兒，甚婉而慧。生之楚，慶兒自寫《卻妝春思圖》寄生。僕題其幀云：「小翠塗金雀，雙珠綴玉燕。草草别時妝，不忍教郎見。」其二「欲墮盤雲髻，將顰卻月眉。爲誰叉手坐，春恨落花知。」其三「生見圖惆悵。比歸，慶兒已卒。檢脂奩中有《咏鏡》句云：「試看一片長圓月，曾照三年未死心。」

山西代州女蔡小霞《送别》詩云：「銀燈焰短金罍歇，欲語離情舌如結。今夜蕭蕭一陣霜，明朝馬上看黄葉。」

長洲女子張紫蘩有《洞庭竹枝詞》，甚佳。詞云：「館娃宫畔多芳草，消夏灣頭是妾家。春色滿山留不得，任他流水送桃花。」其二「目斷浮梁路幾重，可憐家傍最高峰。如何一個團圞月，半照行人半照

儂。」其二

順治三年，丹徒甘露寺楊公祠内有婦人死，題詩壁上，并序。知爲天台衛琴娘遭亂被掠，潛逃毁形，死以全其節焉。詩云：「衣片鞋幫半委泥，千辛萬苦有誰知？幾回僻處低頭看，獨自傷心獨自啼。」其一「目斷天台旅雁長，青山緑水杳茫茫。不知憔悴中途死，魂夢何時返故鄉？」其二

山陰祁德蒞字湘君，商夫人景蘭之女。有《送别黄皆令》句云：「雲間歸雁路何處，林下飛花香可憐。」

錢塘沈用濟方舟之室朱柔則，字道珠，能詩而賢。方舟有妾顧氏，字春山。道珠《約春山河渚觀梅》詩云：「相期河渚玩春華，一棹迎風路未賒。樓外有梅三百樹，美人不到不開花。」觀此詩，則道珠之不妬可知。

秀水楊元功之室黄媛介，字皆令，有《採菱》句云：「中流不是狂風起，應把全湖盡摘歸。」又代毛西河太史之婦陳何作《子夜歌寄外》云：「白露收荷葉，清明種藕枝。君行方歲暮，那有見蓮時。」「蓮」同「憐」，西河嘗自呼「阿憐翁」故也。

海鹽陳明府龍孫之室彭孫婧，字孌如。《夜聞絃索》云：「寒釭挑盡已三更，何處歌聲惱客情？殘月紙窗眠不穩，照人離夢太分明。」

山陰金臬使祖静之室方景，字彩林，工詩。其《示長媳楊珊珊》絶句云：「十年爲婦蓼莪餘，蔬水家風樂自如。宛似舉場勤苦士，妝成惟對古人書。」

會稽商采雲衣，寶意太守之祖姑也。其《塞上》二首云：「萬里長雲暗節旄，天山秋盡雁飛高。風吹塞馬霜蹄疾，雪撲征衣凍寶刀。」其二「角弓白羽挂雕鞍，醉卧河陽鐵甲寒。烽火夜來知有敵，一時齊向月中看。」其二高響遏雲，女子中龍標、供奉也。

青田教諭章楹之室周婉，餘杭人。十五結褵，嘗與章雨後看新燕，作小令曰：「風滿溪，雨滿溪，風雨濛濛燕子飛。畫橋西復西。」章驚歎，令作後半闋，笑而不答。後三年竟卒。

桐鄉女子王夢鸞，字仙御。有《柳枝詞》云：「柳條風静雨初收，更罷羅衣嬾上樓。花下欲將新月拜，一鈎恰到柳梢頭。」又《漁歌》句云：「夜静月明人不見，自家歌與自家聽。」

烏程汪中翰曾裕之室金順，太倉人，有《寄夫子都門》詩云：「西風江上急秋砧，手製征衣入夜深。漬有淚痕休浣去，相看猶見别時心。」

長興臧御史眉錫之室丁瑜，字静嫺。《家居》詩云：「木石風花結四鄰，寂寥門巷久無人。昔年燕子今重到，始信交情獨爾真。」

海寧女子曹慰我，字雪軒，有《初夏》絶句云：「閒坐風窗度歲華，石泉清供一甌茶。楝花風裏寒暄亂，纔脱輕衫又夾紗。」

諸暨戴玉萼，字緑華，同邑余蔭祖妻也，伉儷甚篤。有《謝外寄春衫詩》云：「窄袖春衫小樣新，勞君遠寄别離身。幾回對鏡增長歎，不是當年綺麗人。」

海鹽陳孝治側室梅玉卿，天津人，著《紅豆山房集》。先是，玉卿母女孤煢，遭勢家强横。孝治客津門，爲脱其難，母即以玉卿歸之。所居紅豆山房，其定情處也。孝治既有萬里之行，玉卿以母病不得從。迨書來問訊，玉卿以詩答書，云：「使者來天末，攜歸一卷詩。知君垂念意，教妾不勝悲。母老幸無恙，家貧尚可支。庭前紅豆樹，常是發新枝。」

商寶意太守女長白，詩傳家法，未及笄而卒。太守輯其遺詩爲《曇花一現集》。有《垂簾作》云：「坐向緑陰裏，垂簾晝似年。鶯聲催午課，花氣擁春眠。問母尋眉譜，隨兄治硯田。潛心看《内則》，鈔得兩三篇。」

長洲歸懋儀字佩珊，適上海李馥軒秀才。著《繡餘吟》，與母夫人詩合刻，趙謙士太僕題曰：「繡幕談遷。」其佳句如《偶成》云：「畫爲無聊展，書多和睡看。」《寄王梅卿女史》云：「花好莫教和露折，月明須早下帷眠。」梅卿亦能詩，山陰人。

武林閨秀孫玉，字秀芬，工詩。如《春暮》句云：「魚穿新藻出，蜂抱落花飛。」《山中》云：「古徑斷行踪，空山學人語。」《春日》云：「深院閉門人不到，一簾微雨杏花寒。」《病起》云：「一向吟懷蕭索甚，花前扶病送春歸。」

（吴忱、楊焄、王天覺點校）

定香亭筆談

定香亭筆談提要

《定香亭筆談》四卷，據嘉慶五年阮氏琅環仙館刊本點校。撰者阮元（一七六四—一八四九），字伯元，號芸臺，江蘇儀徵人。乾隆五十四年進士，選庶吉士，散館授編修，歷官至體仁閣大學士。卒謚文達。有《揅經室集》。《清史稿》卷三六四有傳。卷首有嘉慶五年自序，叙成書過程甚明。阮元於乾隆六十年出任浙江學政，嘉慶三年任滿回京。「定香亭」者，即其學使署也。此書即記録其在任内勤政試士，以詩、文遍交浙地士子，又遍歷西湖及浙東名勝，本人既具才學，幕中俊彦又集一時之選，故所録詩文、所記遺跡逸事，皆有可觀。所記又多歸於詩，如陳文述《緑鳳樓詩》、郭麐《靈芬館詩》、吴嵩梁《香蘇山館詩》、孫韶《春雨樓詩》、張淦《之萬集》、方薰《山静居詩》、吴文溥《南野堂集》、朱彭《抱山堂詩集》、邵無恙《蕉雪齋詩》、徐熊飛《風鷗詩鈔》、宋大樽《天台游草》等，人各一集，擇優著録，非一般泛泛摘句選録可比。其中尤推吴文溥爲「浙中詩士之冠」、陳文杰（文述）爲「杭州諸生第一」。澹川「直逼古人」，猶有可説；雲伯則當時尚在早年，所録《緑鳳樓詩》亦爲少作，竟已青眼有加，其他團扇詩、游仙詩、春草詩等，亦再三施以好評。似此非僅爲有意栽培，實亦文達詩觀所繫也。蓋文達經學博洽，經義乃至天文算學、金石文字，無所不通，即此書中亦多有論析，而詩則欣賞性靈一路。觀其於郭麐及隨園高弟孫韶等，皆贊不容口，而卷四與翁方綱等同作漢碑金石詩，亦當行本色，可謂奇觀，學人中之最能賞異量之美者也。故此書雖題筆記，實以談詩爲主，與其山東學政任上所作之《小滄浪亭筆記》有别。至於其另一種詩話《廣陵詩事》，則專記一地，已收録於外編「地域類」矣。

定香亭筆談敘

余督學浙江時，隨筆疏記近事，名曰《定香亭筆談》。殘篇破紙，未經校定。戊午冬日，任滿還京。錢唐陳生雲伯偕余入都，手寫一帙，置行篋中。己未冬，雲伯從余撫浙旋南，孝豐施孝廉應心復轉寫去，付之梓人，其中漏略尚多。爰出舊稿，屬吳澹川、陳曼生、錢金粟、陳雲伯諸君重訂正之。諸君以其中詩文不妨詳載，遂連篇附録於各條之後。余不能違諸君之意，因訂而刊之，竝識其緣起如此。

嘉慶五年長至日，揚州阮元記。

定香亭筆談卷一

揚州阮元記　嘉興吳文溥録

浙江杭州學使署西園有荷池，池中小亭翼然，四圍竹樹蒙密。入夏後，萬荷競發，清芬襲人。亭舊無名，余用放翁詩「風定池蓮自在香」意，名之曰「定香亭」。命青田端木子彝國瑚賦之，清思古藻，絶似齊梁人手筆。（端木國瑚《定香亭賦》：「謝公水月，杜老乾坤。抗心古哲，怡志名園。榜修月斧，階斵雲根。井惟客轄，市豈臣門？神清藻想，氣馥蘭言。聞空香而入妙，儼寂定而無喧。榜曰定香，亭宜標碣。地展三弓，居容十笏。碧淺楹低，緑沈屏凸。晨光雨後，三徑草薰；午韵清初，一欄花發。友相問兮冰心，世不知兮仙骨。噓翰墨以繪林，招烟霞而彌窟。水曲雲平，橋連虹斷。鴨緑頭低，雁紅齒短。露氣沈寒，日光抱暖。苔侵午潤，蝸舍紋移；藻漲春陰，魚闌影散。簾叠浪而香連，簟含漪而翠滿。人疑陸海潘江，地是蓬壺桂館。亭則宜春，梅花絶俗。塵不凝紅，莓還襯緑。紙帳搴幃，銅瓶卧褥。品逸於仙，心閒似鵠。句淨鏤冰，神清照玉。愛處士之清淺黄昏，遇高人於水邊籬曲。緑檻晨潤，朱華夏榮。露白羽淨，霞紅衣明。香空月淡，影重風清。碧筩醉淺，白社緣輕。翠凌波而脉脉，芳襲袂以盈盈。問騷人兮何多怨，愛君子兮未忘情。梧蔭初長，桐陰遠送。碧抱吟蟬，香披么鳳。一闌涼影，彩筆分題；半榻清音，瑶琴微弄。黄葉烟疏，蒼苔月空。不知秋思誰家，莫道秋光如夢。檐空四壁，竹擁千椽。疏陰碎地，密翠浮天。緑圍虛幌，青護重筵。昏黄佇月，深碧流烟。湘枝按曲，玉版談禪。招此君而入座，共歲暮而忘年。時若座拱冰壺，軒懸玉界。金石紛披，琳琅密挂。唾散珠璣，氣澄沆瀣。棋憑客聽，石供丈拜。梨雲蘇軾之詩，蕉雪王維之畫。來物外之清虚，去胸中之芥蔕。高密列座，公幹升堂。擘牋韻僻，擊鉢聲長。虹光躍硯，霞氣流觴。性諧荀令，文述歐陽。蜺頭雲暗，麈尾風涼。句奪五花之管，心嘔古錦之囊。爲想永和人物，雅宜江左文章。額已留題，碑誰作記？手浄薔薇，心清茉莉。古緑摹文，硬黄搨字。筆花夢驚，墨藻心醉。寶色星迷，神光電萃。地惟奎壁之虚，案是玉皇之吏。」）

定香亭避暑最宜。夏日余嘗坐此校書，客有過訪者，茶瓜清讌，流連竟日。竹陰沈水，游鯈在空，不知人世正三伏也。（謝啓昆《題定香亭》：「一簾虚白自生光，鼻觀微參别有香。鷺立影橋新雨過，校書人在水中央。」「蓮性時時浄與通，非關花氣撲疏櫳。小池綯碧茶烟散，一陣風來憶放翁。」）

華亭張子白若采至杭州，七夕攜韓石翁畫荷花，展讀於定香亭上。池荷瀉露，盆蘭吐芬，把酒論詩，極一時清興。余題畫云：「蓮花過雨清宜畫，蘭箭臨風韻似詩。記取丁年秋七夕，定香亭上晚涼時。」

定香亭在池中央，由石橋三折乃達。余名石橋曰「影橋」，作文記之，以其爲衆影所聚也。（阮元《影橋記》：「浙江學使者駐於杭，署在吴山螺峰之下。宅西有園，園有池，池中定香亭與岸相距，由石橋三折乃達。余名之曰『影橋』，蓋衆影所聚也。池中風漪涣然，是有池影。亭倒映於池，是有亭影。亭與橋皆紅闌，是有闌影。岸邊豆蔓、牽牛，子離離然，是有籬影。其樹則有女貞、枇杷、桐、柳、榆、穀，其花則有梅、桂、桃、荷、木芙蓉，其草則有竹、蘭、女蘿，是皆有影。每當曉日散采，夕月浮黃，輕雲在天，繁星落水，霞圍古垣，雪糝幽石，而影皆在橋。魚躍于下，鳥度于上，蝶乘風于亭午，螢弄光于清夜，而影亦在橋。至若把卷晞髮，挈榼攜燈，度橋而來者，其影無盡，皆可以人之影繫之。故余以『影』名橋，爲衆影所聚也。而橋之自有影於池也，不與焉。」）

余初至杭州，於大門内及内宅、西園，補種桃、梅雜樹數百本，作《補樹詩》。夫使星三年而易，樹木十年而成，是所望於後來者之培植矣。（阮元《補樹詩》：「繞樹數春花，出牆量古木。當年種樹人，此意良不俗。官閣雖清嚴，三年若郵宿。矧茲奉簡書，日月隨轉轂。與樹相盤桓，一年尚不足。去者或不戒，毀薪且徹屋。不見新樹栽，惟見舊樹仆。我從歷下來，住此吴山麓。蒼苔三徑深，老桂一冬緑。所嫌行栗彫，如髮漸宣禿。橐駝負樹來，隙地數弓斸。小梅影横斜，春意半含蓄。門庭植桃李，左右各六六。植根必使深，膏雨及時沃。譬如爲學人，慎勿苦局促。春風一以吹，鳴鳥樂清淑。夜深明月來，虚窗横畫幅。吾情欲陶寫，素不愛絲竹。惟此栽者培，頗可娱心目。百年計樹人，一年計樹穀。十年樹木心，所冀來者續。」）

余值南齋時，與秦小峴、錢裴山二君，每五鼓，在禁中即橐筆相見。其時小峴、裴山皆值軍機處也。及余視學來浙，適小峴觀察杭嘉湖，裴山亦在杭州。嘗以雨後招游西湖，余有句云：「共舒中禁鐙前目，來看西湖雨後山。」（阮元《秦小峴觀察招游西湖晚謁表忠觀適錢裴山同年過訪未值》：「天使浮雲自往還，春晴喜借一舟閒。共舒中禁鐙前目，來看西湖雨後山。吾輩冠裳烟水上，君家祠宇竹松間。好將千首新題句，都就詩人子細看。時新得諸生表忠觀落成詩千餘首。」）

嘗侍家大人射鵠子於西園，與諸友人聯句。余有句云：「投石散水暈。」客以爲摹擬克肖。天長林庚泉道源以「他心竟能度」對張子白「其衷將直取」，又以「臍射道成惡」對子白「志傳《爾雅》名」，一用經語，一用史語，亦工亦確。（《嘉慶元年正月人日同人射鵠子於浙江學署之西園即事聯句》：「虛亭開春首，西琴胡廷森修竹挂日脚。朋戠盍素心，子白張若采耦進踐清約。揚觶酒已具，庚泉林道源射鵠興可託。鵠鼓音微轉，中之程贊寧。「射鵠」二字，今北音讀如「時鼓」。時射韵非錯。對棚借梅列，定甫江安量步破苔薄。西十北十符，里堂焦循左个右个作。護骲藉之茅，伯元阮元當箭懸以幕。加楅委髯奴，西琴設侯用文鞹。尺璧肉倍好，子白大泉輪滿廓。五花叠成圓，庚泉兩儀換丸躍。星緯各成天，中之月望不留魄。紅點嵌星星，定甫白堊圍嚼嚼。囫圇雜元黄，里堂紛披範青雘。揞者竹象爻，伯元緪之林爲索。敦弓我既張，西琴鳴鏑匠復削。志傳《爾雅》名，子白臍射道成惡。混沌破七竅，庚泉相攘出六鑿。講譜法深穩，中之。湘圃封君年六十三，射法最深穩。編須人矍鑠。西琴先生年七十八，須長，盧弦拂，編辮乃射。佽決看誰先，定甫袒衣盍云各。燥濕擬重輕，里堂陰晴辨今昨。恃力挽取强，伯元敢遠立反卻。心摹飛衛神，西琴笑勝投壺樂。竽將一一吹，子白淵遂深深拓。是謞者叱者，庚泉亦翩若矯若。吻厲驚飢雁，中之翰飛聽匪鷃。旁人不及瞬，定甫喝者或曰著。叩鳴善於問，里堂響應真如諾。投石散水暈，伯元擲彈碎花萼。儳絲貫於鍼，西琴若鎖投以鑰。其衷將直取，子白他心竟能度。虛中窺轂轃，庚泉無極存匡郭。或挈貳叠雙，中之或連參斷繳。或四鍭井儀，定甫或五兩綜落。或觸植顛墮，里堂或維綱縮綽。揚或隼出塵，伯元抑或蛇赴壑。止或陷區臾，西苓斜或拂枝格。拙每成獨笑，子白巧翻致衆愕。既徹待獲旌，庚泉乃飲無算爵。功力相箴規，中之得失互嘲謔。雖藝近乎道，定甫此禮其猶醵。當風醒薄酲，里堂臨池度曲仢。餘情看洗馬，伯元畫者更盤礴。西苓。時周采巖爲封君作《洗馬圖》。」）

學署西園，賓客所居，有花木池館之勝。下榻此地者，分韵擘牋，殆無虛日。有《西園詩事圖》。蘇州江補僧鏐，艮庭先生之子，習浮圖家言，長齋。持偈作字，苟不合六書者，不下筆也。居西園者三年。

武進臧在東鏞堂，通儒玉林孫也。受業於盧召弓學士。經史小學，精審不苟，殆過其師。每歲除夕，陳所讀書，肅衣冠而拜之，故又字曰「拜經」。歲戊午，居西園，爲余理《經籍籑詁》事。其弟禮堂學亦深。持父喪，白衣冠而處，不與人見。

元和李尚之鋭，錢辛楣宮詹高弟。深於天文算術，江以南第一人也。居西園，爲余校李治《測圓海鏡・推算立天元一細草》。（阮元《重刻測圓海鏡細草序》：「《測圓海鏡》何爲而作也？所以發揮立天元一之術也。算數之書，《九章》尚已。《少廣》著開方之法，《方程》别正負之用。立天元一者，融會《少廣》、《方程》而加精焉者也。李敬齋《自序》稱：『老大以來，得洞淵九容之説，日夕玩繹。而鄉之病我者，使爆然落去而無遺餘。』蓋其精心孤詣，積累數十年，而後能神明變化，無不如志若此。洎乎明代算學衰歇，顧箬溪應祥作《測圓海鏡分類釋術》、《測圓算術》等書，以立天元一無下手之處，每章輒删去《細草》，而但演開帶從諸乘方法，舍其本而求其末。不知妄作之罪，應祥實無可辭焉。國朝梅文穆公肄業蒙養齋，親受聖祖仁皇帝指示算法，始悟西人所譯借根方，即古立天元一之術流入彼中者，於所著《赤水遺珍》中論之甚悉。於是立天元術又得章明，文穆之功，斯爲鉅矣。其爲術也，廣大精微，無所不包。大之而躔離度數，小之而米鹽凌雜，凡它術所能御者，立天元皆能御之；它術所不能御者，立天元獨能御之。自古天文家若元郭太史守敬所造『授時術』中法，號爲最密，而其求周天弧度，以三乘方取矢，亦用立天元術。載在《授時術草》者，可覆而按，則其爲用亦神矣哉。以元論之，又非獨如是已也。今歐邏巴本輪、均輪、橢圓、地動諸法，其密合無以加矣。原其推步之密，由於測驗。測驗既精，濟以算術，則有弧三角法。所以算弧三角者，則有八線表。所以立八線表者，則先求六等邊、四等邊以至十四、十八等邊。其求十八等邊、十四等邊二法，則用益實減實歸除。所謂益實減實歸除者，究其實即借根方，借根方即立天元一。然則西法之精符天象，獨冠古今，亦立天元術有以資之也。試以是書所列一百七十問反覆研究考之，於二千年以來相傳之《五曹》、《孫子》諸經，蓋無以逾其精深。又證之以數萬里而外譯譔之《同文算指》諸編，實不足擬其神妙。而後知立天元者，自古算家之祕術，而《海鏡》者，中土數學之寶書也。惜流傳之本不可多得。元視學浙江，從《文瀾閣四庫書》中鈔得一本。寧波教授丁君小雅杰又以所藏舊本見贈。但通之者鮮，因屬元和李君尚之鋭算校一過。其文字隱奧難曉，及立術於率不通者，李君又雜記數十條於書之上下方。蓋敬齋此書爲數百年絶學，元知學友中惟尚之獨能明之，其精通妙悟，即今之敬齋也。且其所以發明古人之術，闡繹聖祖之言者，爲功亦鉅矣哉。歙縣鮑君以文廷博請以是書刊入《知不足齋叢書》第二十集，即以畀之。及其刻成，而爲之序如此。」（李鋭《測圓海鏡跋》：「天元如積之學，盛於元，亡於明，而復顯於本朝。梅文穆公《赤水遺珍》『天元一即借根方解』，發三百年來算學之蒙，可謂有功矣。惟立天元術相消與借根方兩邊加減，實有不同。文穆於此似猶未達其旨。蓋相消之法大略與方程直除相似，但以右行對減左行，或以左行對減右行，故曰相消。西人易爲加減，雖得數不殊，究不如古法之簡且易也。浙江學使阮閣學雲臺先生學貫天人，振興絶業，以言立天元者莫詳於《海鏡》，惜其流傳未廣，將重付剞劂。出所藏舊鈔本寄示，命爲校勘。爰依術布算，訂其算式。間有轉寫脱漏、設數偶合處，輒因管見所及，是正其譌，凡若干條。極知固陋，無補古人，質之閣學，幸垂誨焉。」）

歙方湛崖溥能文，工小楷。嘉定張農聞彦曾，辛楣先生弟子，經史、算術、詩畫、篆隸，靡不精妙。吴江程竹厂邦憲、揚州程中之贊和，皆工書能詩。居西園二年。（程贊和《歸揚州懷西園》四律：「一載名園住，高枝許其棲。不分牀上下，小隔屋東西。竹徑濃雲合，蕉窗夜雨低。歸來看屐齒，猶有舊苔泥。」「碧沼新荷發，香風透薄綃。池清常浴鳥，泉遠不通潮。小閣玲瓏啓，虚廊曲折遥。還思集吟侣，同過赤闌橋。」「日午逡巡起，無人爲報關。偶偕棋客去，常共睡僧閒。謂補僧。倚樹墜涼葉，開窗延遠山。往時游賞處，一一畫圖間。」「良夜清如許，吟儕興尚乘。歌聲迴落月，人語聚寒鐙。此别路千里，相思墨幾升。何當重喚渡，鴻跡儘堪憑。」）

興化顧藕怡仙根詩境澄澹，嘗至杭與余同游西湖諸山。歸時余贈以一絶，云：「湖光山色上吟衣，幾日閑游便欲歸。歸去詩情定何許，清晨登隴看雲飛。」

吴江郭頻伽麐以《萬梅花擁一柴門圖》屬題。頻伽先有《水村圖》，吴江女士汪玉軫題之云：「深閨未識詩人宅，昨夜分明夢水邨。却與圖中渾不似，萬梅花擁一柴門。」頻伽乃倩奚鐵生補圖。余和前韵題之云：「香夢夜飛梅萬樹，不知春水隔江村。屬君細逐夢行處，一路栽花直到門。」

元和蔣蔣山徵蔚治經史小學，兼通象緯，著述甚精。詩文才力雄富，無所不有。歲丙辰，與余爲越東之游。走筆爲《甬東詩》八首，傳誦至海外。有《少游》、《浙游》諸集。余爲總訂之，曰《經學齋詩》，並序之。謂其研精覃思，夢見孔、鄭、賈、許，時不失顔、謝山水懷抱也。（蔣蔣山《經學齋詩》。）《題阮雲臺學使琅琊訪篆圖》：「琅琊山色青迤邐，扶桑海水摇漣漪。一臺特立頽殘碑，先秦之刻今猶垂。當時秦皇此登陟，平沙萬騎堂堂馳。從官再拜頌功德，虎視六合無雄雌。鐫銘泐石示不朽，傳之二世方畢之。臣斯擲筆就斧鑽，臣高引鹿來堂墀。望夷宫中忽荆棘，千年此石荒山陲。荒山野火幸不到，不然亦如成山嶧山之罘泰頂無孑遺。吁嗟！古刻在人世，殘星落落如娥羲。峋嶁詰屈彊作僞，天門粗暴無文辭。此碑止存八十有六字，風吹日炙山鬼悲。高臺三成石僵立，海神禮日初專祠。何時圮碑欲裂，海雲昏黑埋蛟螭。使君好古多風雅，遺官曾到山之下。披圖示我認須眉，云是當年訪碑者。訪碑剔洗松煤揩，華蕤漸吐雲烟開。年深肉好變雄勁，生馬控勒去復回。珊瑚之枝紫芝萼，翩翩鸞鳳充庭階。我聞使君兩載按齊魯，力搜金石披蒿萊。公孫吕戈破土得，師曠墓畫出冢纔。縋山入水力求索，丁尊辛鬲羅胸懷。當年賓從惜無我，儻得親行手拓尤當佳。官齋坐覺發光怪，幀頭詩筆覃谿諧。」《阮雲臺閣學出所藏竇武印見示並屬作歌》：「井中玉璽奪月光，銅盤折矣天蒼涼。桓靈之際代更嬗，無端一印關興亡。蟲沙名姓紛無數，龜紐至今猶左顧。知是將軍一片心，土花蝕損精靈護。中官得志黨錮危，大臣何用椒房私。批鱗特俅黄門獄，想見庭前解綬時。笎霸雖休李杜死，明年竟應童謡矣。長樂初收北寺寒，此印定然隨指使。太白灼爍宫門開，刊章中變臣之甾。五校既散臣力竭，大將軍敗非天哉。漢家自此悲無奈，轉眼雒陽城又破。火氣銷將國運殘，一十八朝彈指過。煌煌手鑄蛟螭文，黝澤化作荒郊雲。可憐不得此印力，慟哭都亭授首人。肘後藏來餘寸組，棄置甘心埋故土。漫隨壞鐵到人間，恨不親鈐誅節甫。摩挲陡覺雙眸明，銀章流落難爲情。小物千秋增感喟，誰傳賣印是游平？」《過蓮花莊訪趙子昂故居》：「西風試問苕溪渡，碧浪秋蘋零曉露。風流不見趙王孫，醉踏道場山下路。荒烟千頃浄玻璃，曾是王孫染翰時。移家更卜湖西住，門外殘荷鼓櫂遲。道昇爲室雍爲子，一門風雅真鍾美。只餘隱恨感滄桑，司户居然作承旨。一聲白雁起風沙，蕉萃秋江菡萏花。蝦蟆更急三宫去，國破王孫尚有家。蒼松團雪園香葉，月明玄鶴淒涼泣。王孫此際老無悰，止向豪華誇事業。詩情畫意自千秋，粉謝香消水發漚。老屋摧殘人代速，空亭三十六鳧鷗。只今訪古重停躅，采蓮不唱當時曲。桐孫雖在石無存，洗出清波依舊緑。水晶宫畔月河邊，身後王孫亦可憐。一樣青門傳舊裔，召陵猶劇種瓜田。」《團扇曲》：「湘雲掩素流華月，秦娥小鳳驂金闕。西風不到六銖衣，齊紈皎潔如霜雪。裁作團欒空寄遠，可惜相憐却相怨。一夜哀蟬激玉階，蘭房顦顇啼紅淺。願君溝水常無波，空遺庭樹彫涼柯。君不見深恩如水羅衣薄，已向尊前奏花落。」《謁王文成公祠》：「良知學始文成公，左顔右孟相雝容。心齋語固出莊叟，尼山一貫將毋同。初歷曹郎見風節，龍場謫豈吾道窮。苗獠化導居非陋，蠻貊行矣本在躬。督師電掃浄横涃，寧藩南贛空言功。爾時讒佞惑簧鼓，九華宴坐君心通。程朱正學公豈背，後儒自作長城攻。鄉賢有派足興起，公非於陸無折中。白沙定山雜儒釋，況公並未稱禪宗。人生之蔽在無恥，赤子心足開昏蒙。廷杖既開士習廢，閹門奔走斯澆風。公倡是學挽末俗，狂瀾復障歸諸東。試觀後來士習振，三案與國持其終。念臺清修世所尚，系出公學追公蹤。東林高顧亦私淑，九死必不附進忠。實學之效乃如此，有明一代昭發矇。我過公里謁祠宇，真才名世豐趺隆。龍谿德洪皆嫡嗣，猖狂止一顔山農。大書壁間止公謗，在天正氣如長虹。」《秋夜》：「初月在簾鈎，清輝似水流。秋風與秋露，和月作新愁。秋露下河漢，秋風涼女牛。若爲傳此意，西北是高樓。」《甬東詠古八首》：「螘鬬紛紛浪自誇，至今舊俗尚繁華。空留君子六千户，猶記甬句三百家。海外風濤多島嶼，夢中軍士半蟲沙。夫差瞑目無彊滅，又見東甌走傳車。」「回浦章安劇變遷，孤城築後少烽烟。誰云陽朔更州治，不信孫恩號水仙。漢代尚傳南部遠，晉家失計一隅偏。三江口外頻防禦，故轍齊梁豈偶然。」「改郡開皇自不同，悤悤唐室廢興中。幸看巨寇干戈戢，得見遺氓賫賧通。浹口森嚴安巨鎮，鄞江守護詫奇功。千年府治從兹定，奏稾分明憶薛戎。」「武肅英風拓土疆，鎮名底事自朱梁。丸泥獨力支磐罍，鐵弩餘雄及大洋。航海建炎心澒洞，關心德佑事興亡。東錢湖畔增惆悵，史相頹祠尚夕陽。」「鋌險黄巖起國珍，醢徒何意有經綸。十年竊據分諸縣，一道降師散浹旬。金盞山深狼露静，石蟫門黯海舟淪。可憐血戰慚吴楚，枉受元封負此身。」「信國舟防老將才，三時分哨令嚴哉。何期中葉經倭入，復見南塘備海來。烽影嶕生螺髻嶺，礮聲潮湧碇江臺。舟山本自稱天險，鎖鑰無端爲寇開。」「招寶巖前番舶過，蛟門控扼竟如何。七場鹺竈新丁盛，四所軍營舊衛多。海月江珧齊入市，浹湖甬浦盡通波。居人指點靈山岸，一髻烟中見普陀。」「鮫宫蜃市出危樓，千里鶩潮一郡收。風挾剛威來颶母，山盤遠勢自台州。天封塔古唐碑廢，阿育王空梵迹留。此地海東門户重，壯懷不僅爲清游。」）

蔣山年甫冠，弱不勝衣，而學問淵博，未可輕測。兄事余，余贈以詩云：「君年纔可著儒冠，眼底何書不盡看。平子算章通象緯，少陵詩律老波瀾。耳如能聽尤當慧，我竟爲兄大是難。喜得談經開左席，官齋行舫共春寒。」蔣山重聽，故五句及之。

蔣山以治耳聾食符，久之無驗。余嘲以詩云：「君是最智者，毋爲智者愚。豈真特健藥，恐是詅癡符。」

蔣山兄于野莘，弟希甫夔，皆能詩，幾於王謝家子弟人人有集矣，人稱「三蔣」。

丙辰春，余與林庚泉道源、蔣蔣山徵蔚同至甬上，以「春夜江上聞角」聯句。余有句云：「南國春情多在夢，古人心事重防秋。」庚泉極賞之。（《春夜江上聞角聯句》：「一江花月换邊愁，此鉛山蔣修隅知廉句也。春夜偶談及此，共補成之。頓覺蒼茫滿客舟庚泉。南國春情多在夢，古人心事重防秋雲臺。詩中我已驚吹鬢庚泉，城上誰能獨倚樓？半夜潮生風獵獵蔣山，壯懷銷盡爲清游庚泉。」）

松江楊簣山之灝，與蓉裳、荔裳爲昆弟。簣山與蓉裳同守伏羌，圍城時曾親射殺一賊。荔裳從征廓爾喀，今又襄苗疆軍事，皆近日文人所罕見者。簣山工詩，詞尤清艷。余贈詩云：「楊氏毘陵號二裳，簣山更足號三楊。一家詩事兼戎事，共織弓衣入戰場。」

嘉定錢可廬大昭，辛楣宫詹之弟也。著作等身。嘗助余山左、浙江兩地校士之役。可廬注《廣雅》，有《蕉窗注雅圖》。余題之云：「蕉之爲物《雅》所無，稚讓所學在《漢書》。列傳嘗解馬相如，《埤蒼》傳至曹江都。《選》學須問曹公徒，試注《子虚》之巴苴。」案：芭蕉始見於《上林賦》，於古無聞。《説文》「蕉」字，即樵採之「樵」。《列子》以蕉覆鹿，即所樵之草木，非芭蕉也。

武進陸邵聞耀遹詩才清拔，非唐人不道隻字，詞更清空婉約，劇似宋人。其季父祁生繼輅詩筆超妙，於太白清放、側艷之處兩得之，人稱「二陸」。

石門吴曾卯，余易其名曰曾貫。能五言長律。時修表忠觀，新落成，命之賦詩。曾貫用八庚全韵爲五排，不遺一字，於工穩中時露神韵。余稱之曰「吴八庚」。嘗贈以句云：「秦家五字劇縱横，曾出偏師陷長卿。寄語蘇州漫相許，語兒還有小長城。」仁和周雲熾亦有百韵詩。

試杭州時，新製團扇適成，紈素畫筆，頗極雅麗。嘗以「仿宋畫院製團扇」命題，詩佳者許以扇贈。錢塘陳雲伯文杰詩最佳，即以扇與之。人稱爲「陳團扇」。杭州向無團扇，因是盛行焉。（《仿宋畫院製團扇》。陳文杰：「江南三月春風歇，櫻桃花底鶯聲滑。合歡團扇翦輕紈，分明採得天邊月。南渡丹青待詔多，傳聞舊譜出宣和。入懷休説班姬怨，羞見曾憐晉女歌。班姬晉女今何有，攜來合付纖纖手。闌前撲蝶影香遲，花間障而徘徊久。樓臺花鳥院中春，馬畫楊題竟逼真。歌得合歡詞一曲，祇應留贈合歡人。」翁名濂：「春深羅綺裁宫中，鶴翎鸞羽承雕櫳。霓裳三疊織圓月，玉階一夕迴輕風。蘭鬌髻鬟嬌初起，簾捲碧陰涼似水。粧成匣底對菱花，衫趁風前飄杏子。當年院體學宣和，畫狀元稱没骨多。花鳥寫生工宛轉，雲烟過眼任摩挲。馬遠圖中留一角，仿佛徐黄慣雕琢。添得楊家妹子詩，六宫粉黛争相握。今番畫本是誰傳，翦出圓規儼昔年。憐他袖底團圞影，不逐秋風成棄捐。」陳甫：「南宋冰紈北宋遺，草蟲没骨花折枝。澄光緻緻出機素，玲瓏畫月秋遺規。漢宫春深已無色，霞綃霧縠風烟蝕。宣和沿及渡江來，待詔諸公有遺式。當日河陽擅寫生，馬家一角筆尤精。紅梅貌出宫紈艷，留得楊家妹子名。舊跡收藏藥特健，半是明宫半元汴。檀柄筠邊仿製工，春羅重翦團圞面。當年障面是何人，今日臨風更寫真。一輪擎出懷中月，還是錢塘舊日春。」趙振盈：「團扇復團扇，冰絲織就鷰溪絹，製出團團明月形。巧式由來傳畫院，當時宫樣翦裁新，圖成滿面江南春。紹興祇候知多少，可似宣和待詔人？今番學得當年樣，花卉翎毛各殊狀。金碧樓臺寶鏡中，綺羅人物冰輪上。動摇懷袖生微涼，纖雲一片凝清光。秋氣不生長信殿，春風好入奉華堂。欲倩良工製一握，漫遺芳姿歌捉搦。但畫長安漢苑春，不畫殘山馬一角。」）

杭州諸生之詩，當以陳雲伯文杰爲第一。其才力有餘，於詩之外，故能人所不能。其詩舒和雅健，自然名貴，於七言歌行尤得初唐風範。同時能詩者有陳曼生鴻壽，其才略亞於雲伯，而峭拔秀逸過之。陳瀛芝甫又亞於曼生。余嘗稱爲「武林三陳」。雲伯弟文湛亦能詩。曼生弟穀曾善屬文。（陳雲伯《緑鳳樓詩》。《鐵笛》：「梅根飛出仙雲黑，不鑄鐵簫鑄鐵笛。玄冰一握朱脣寒，青天吹作芙蓉色。螺文百結螺花鋪，秋星歷歷排明珠。昆吾夜斷瘦蛟脊，誰與作者來南圖？笛上款我聞中郎舊截柯亭竹，寧王醉弄唐宮玉。秦庫昭華不可尋，唐家玭瑁今誰屬？尺八何如鐵鑄成，水仙夜舞雌凰鳴。江城楊柳不堪折，倚樓愁聽關山聲。草堂夜雨開金粟，淚痕洗盡湘江緑。鐵厓曾賦冶師行，玉山誰奏花游曲？八月秋風下洞庭，魚龍夜伏暮山青。鐵心譜出梅花弄，吹與群仙月下聽。」《琅嬛仙館所藏漢李廣銅印歌》：「嗚呼飛將軍，數奇不封侯。結髮大小七十戰，惟餘一印千秋留。將軍起家良家子，得士能令士心死。無雙才氣泣公孫，刁斗行軍安足比。雁門秋老生邊塵，將軍此印應隨身。篆文劃斷瀚海雪，虹光透出天山雲。紅沫稜稜土花暈，定爲將兵作符信。謝罪曾鈐幕府書，酬功誰授梁王印？我思漢文恭儉稱賢主，禁中頗牧思良輔。賈生不相廣不封，縱遇高皇亦何補？又聞武帝恢雄圖，丁零鄯善開邊隅。但以私親封衛霍，不使名將當單于。老去藍田甘棄置，東道行師復何意？一代威名右北平，但留虎鈕旁邊字。銅花不覺摩挲久，當年曾綰英雄手。志士成功自古難，庸夫獲福從來有。君不見，李蔡爲人居下中，肘後黄金大如斗。」《月夜海上觀潮》：「雙亹夜静風蕭蕭，日潮不足觀夜潮。明月照海海水白，碧雲捲盡青天高。漏聲初起潮未起，夜色沈沈越山紫。萬里滄溟静不波，一片空明接天水。須臾戰鼓轟如雷，潮聲已逐風聲來。玻璃世界忽破碎，水底湧出金銀臺。百道銀河向空立，是水是月迴難别。娥輪照影魚龍飛，雪浪濺空星斗溼。靈胥白馬驂翱翔，頃刻應已臨錢唐。寒潮湧月月不去，依然雲盡天青蒼。歸來小卧劇清曠，花影如潮滿秋帳。鄉夢驚迴夜不眠，尚有餘聲來枕上。」《夢游羅浮吟》：「仙鬟雙立天風迴，海濤捲雪羅浮開。瘦蛟唫月癡龍答，白雲一抹羅浮合。羅浮之山四百峰，峰峰亂插青芙蓉。溼翠滿衣風浩浩，夢中識是羅浮道。冷雲卧地枝横斜，月明光照千梅花。

梅花如雪月如影，美人翩翩衣袂冷。霓裳淡襯仙雲嬌，倚樹爲我吹瓊簫。瓊簫一曲聲嗚咽，滿地紛紛落香雪。酌我酒，贈我花，雲中遥指仙人家。醉邀胡蝶爲我舞，流珠簌簌月當午。一聲長嘯歸去來，側身東望思蓬萊。四面花光暗成霧，月中不辨來時路。」《漢宫詞》：「九雛釵壓雙鬟重，紫雲帳掩流蘇夢。漢家火德正靈長，連臂深宫歌赤鳳。宜主纖細合德香，帝子甘老温柔鄉。碧唾初染石華袖，朱唇小點慵來粧。年年相見張公子，倉琅燕啄王孫矢。白頭博士淖方成，已向披香悲禍水。長信宫中秋復春，合歡團扇舊承恩。捲簾悵望昭陽月，誰省當年却輦人？」《齊宫詞》：「趙鬼西京工讀賦，玉壽芳華起無數。夜夜風摇九子鈴，玉兒穩踏蓮花步。一雙寶釧摩紅肌，重樓新换青琉璃。寶孫别唤王伥子，阿兄更有梅蟲兒。玳瑁帖箭銀鏤弩，射雉歸來還捕鼠。雉頭鶴氅白鷺縗，早有吴儂憐貨主。三橋鳳度長圍長，練兒已軍朱雀航。寶卷尚作女兒卧，飛仙帳底春夢凉。建康龍門激淮水，太息崔陳枉如此。鳳輦無端迎蔣侯，虎賁有敕停荆子。雲龍門外虎幡揮，閲武堂前舊市非。玉笙鈿笛吹花落，楊柳年年作雪飛。」《隋宫詞》：「大業垂楊初賜姓，迷樓面面宫腰凭。錦帆行樂不思歸，零落故宫仁壽鏡。三千殿脚扶龍舟，香風吹暖長淮流。寒螢影奪二分月，景華夜照仙人游。十斛甲煎鑠香靄，院院花枝紛作隊。紅迎鳳輦寶兒花，緑寫蛾眉絳仙黛。長星勸汝酒一杯，李花已逐楊花開。麗華含睇歌玉樹，紅粱未醒吴公臺。瓊花歸去春魂鬾，金合同心葬寒緑。十年歌舞劇繁華，空留南部烟花録。紫泉宫殿冷棲鴉，曾是當年帝子家。太息阿麼墳畔草，年年青到玉勾斜。」《贈吴丈澹川文溥》：「馬首秦關雪，樓船大海風。平生奇絶處，都在一編中。草檄驚戎幕，横刀揖上公。歸來何所適，湘漢待征篷。」《烏棲曲》：「美人進酒雙玉壺，燭花艷照紅氍毹。銀河珊珊珠斗小，老烏一聲天下曉。」「蟲聲唧唧鳴東壁，迴文小字當窗織。銅龍夜轉雙蛾低，欲棲不棲烏夜啼。」《春暮》：「樓閣半斜暉，開簾待燕歸。落紅飄畫扇，新緑上春衣。竹露和烟滴，楊花貼水飛。静中忽聞響，梅子墮階肥。」《餞春和吴蘭雪嵩梁即送旋里》：「聽鶯時節正天涯，自酌清泉餞落花。每到春深如送别，況逢客裏是浮家。耆卿小調歌楊柳，謝傅閒情感琵琶。我亦新愁消未得，凭闌每到緑陰斜。」《秋夜》：「木葉西風正怒號，雁聲流響落寒濤。匣中夜夜秋鯨吼，笑看月明横寶刀。」《京口》：「江流萬里海天長，門户金焦鎖建康。北去雲帆通楚越，南來戰壘瞨齊梁。重重樹色開秋霽，衮衮潮聲走夕陽。獨倚蓬窗酹杯酒，隔江燈火認維揚。」《邗江》：「邗江流水學羅裙，歌吹聲遥不可聞。山色緑沈禪智寺，草心紅上阿麼墳。蕪城鴉散春堤雪，隋苑螢飛日暮雲。莫向珠簾問消息，年年愁煞杜司勳。」《康山懷古》：「檀槽翠袖佐金樽，絶代風流此狀元。七子詩壇留片席，二分明月弔詩魂。已拚姓氏酬知己，尚有名山當子孫。三百年來訪遺宅，琵琶聲斷畫樓存。」《塞下曲》：「長城萬里接陰山，老戍荒邊未許還。倦枕髑髏眠不醒，夢魂飛度玉門關。」「百戰威名百戰身，年年戰血洗邊塵。封侯畫像尋常事，生縛樓蘭最快人。」）

（陳曼生《穜榆仙館詩》。《遊道場山》：「家居傍湖山，春和愜遐賞。半年殢吴興，奇勝阻孤往。命儔峴山麓，舍船逐林莽。近畦俯葱鬱，遠翳挹涼爽。石亂泉響競，篠密炊烟上。疏紅補女蘿，瘦雲削仙掌。其勢折而北，群附獨雄長。拾級轉漸南，絶頂露平敞。塔鈴瘖不聲，天風落虚幌。衆鳥起舊枝，一磬度清響。碧湖渺杯水，烟翠撥雙槳。此時塵慮空，昔遊固可仿。頗聞孫太初，兹山結霞想。」

「方干舊詩侶，近苦纏病魔。瀹茗資沁脾，神旺欲薦瘥。希真動狂態，休文流高歌。天氣黯將夕，猶復捫烟蘿。始知素心侶，形迹無偏頗。新緑媚晴嶂，恍惚逢雙娥。低頭暈霞頰，如此花光何。相憐更相照，顏色愁春波。」《渡揚子江》：「落日銜霞上柁樓，大江烟水赴鄉愁。風兼鸛鶴盤雲度，浪蹴蒹葭帶岸流。吴楚横分瓜步月，金焦直送秣陵秋。牙檣錦纜紛如織，可羨忘機自在鷗？」《訪吴丈澹川東津溪舍》：「長嘯華山頂，唫詩滄海秋。步兵餘白眼，從事有青州。草長柴門遠，花開野水流。相看不知老，爛醉更何求？」《夢遊羅浮吟爲雲伯弟作》：「羅浮四百三十有二峰，峰峰落月香芙蓉。芙蓉欲殘冷紅瘦，礀底盤雲澀苔繡。梅花如雪一萬株，花酣月大來仙姝。羅裙艷妒五色蝶，蝶夢如烟罥花靨。青鸞舞采喚不醒，玉簫一闋愁娉婷。月姊偷窺動銀押，花奴解事防金鈴。碧海横影，玉龍含腥，滕六睥睨吹鵝翎，虚空擊碎琉璃瓶。寒氣憀慄不可以久處，仙之人兮向我語。斯是朱明曜真之天，上接清虚廣寒府。試逐輕颸整鶴驂，夜深同按《霓裳》譜。」《湖州郡齋壁間管夫人畫鴿》：「叢篁拂青霄，新雨沐翠痕。傳神到閨闥，摇筆溪烟昏。餘工畫飛奴，雜沓幕上翻。其數且累百，厥徒乃實繁。斂神遂生物，侔彼造化恩。啄息無所求，羅網安足論？嘉名溯官齋，薌澤異代存。琉璃嵌作籠，目眩手重捫。隱約臢四頭，意態翔遊鷗。比翼露神俊，靈孕自吐吞。不受塔鈴怖，詎佐人日飧？驚詫飽眼福，賓客戒勿喧。碑版盡埋没，墨妙輸淑媛。紅羊换塵劫，底用哀王孫？」《白蓮花》：「縞衣仙人顏如花，凌波緩步飛素霞。明璫翠羽艷冰雪，闌干十二馳香車。吹香不散墮入水，縠紋冷浸銀蟾死。香月團團結净因，瓊枝綽約瑶池起。瑶池隔斷水晶簾，一片空濛夜氣嚴。祗覺月華添皛皎，教誰香味挹虚恬？無情有恨離離重，天末相思誰與共？記得南山第一橋，鐵簫聲破閒鷗夢。湖頭女兒打漿迎，折花欲贈珠淚傾。嬌紅未乞鄰家種，荷葉荷花空復情。花枝低嚲催吟急，鉛華洗盡春痕溼。一群翠羽背人飛，十隊霓裳向風立。花如彼姝姝不如，容華絶代讓芙蕖。晚涼池館碧雲合，醉倒花魂月魄初。」《題朱丈唫陔齋壁》：「蕭蕭兩三个，不減萬篔簹。叠石卧清影，開簾受細香。雨絲寒酒盞，花片艷琴囊。遲我十年到，春橋舊草堂。」《題錢恬齋昌齡所藏王元章萬玉圖》：「嬾迂十萬圖，夷門詫奇絶。就中霏古香，萬樹横溪雪。雪消溪流清，月落霜華綴。照見冰玉姿，點點同心結。創奇煮石農，但寫聲騷屑。空色窮形相，麋丸著靈潔。疏密間横斜，規連復矩洩。一枝十丈强，一瓣波三折。滿幅盪春光，餘景不一設。我昔藴槎枒，畫理商老鐵。奚岡腕底苦不運，説者輒宛舌。回谿草堂開，茶瓜供小愒。先澤富貽留，行行標鑒别。兹圖五百年，豈受六丁掣？收藏歷三世，縑素未磨滅。奇奥究造化，題句破禪悦。開拓萬古胸，過眼白雲曳。圓類珠走盤，勁擬筋入節。萬玉誰瑕疵，瑶階寸肪截。始知宗伯畫，擇石先生胚胎授神茢。文孫幼穎悟，含飴聆緒説。弄筆塵俗捐，清芬久掇擷。小鶴丁子復真詩豪，發唱走煩熱。戛玉必萬響，我遇氣先竭。主人繼其聲，雜沓促報決。書來誇飛仙，那許閟寒劣？羅浮夢綿邈，西溪篴幽咽。何如招吟筇，鄧尉探芳洌。衝烟踏瓊瑶，臨風振囊薛。相遇無極翁，共扣長生訣。」《敝裘二首》：「一裘三十載，檢點劇生憐。尚爲嚴寒禦，難同敗絮捐。感如新白髮，雅稱舊青氈。阿母曾縫紉，相看淚涌泉。」「故交吾與汝，歲晚不勝情。策蹇江南夢，投竿富渚盟。清貧人跌宕，奇暖酒縱横。俗眼空皮相，披襟爲不平。」《題畫》：「萬縷千條織晚春，溪烟如夢月如塵。扁舟只送落花去，行盡江南不見人。」《雪夢圖》：「冷香壓夢夢不飛，夜深月上梅花肥。花魂幻出翠眉嫵，雪色翻亂紅綃衣。梨雲漠漠不識路，縹緲羅浮憶前度。瘦影難教倩女支，明妝欲奪姮娥素。珊珊却下疑無蹤，雪膚花貌參差逢。緩步筠廊情宛轉，忍寒紙帳語惺忪。夢中天地同長久，夢醒年華總孤負。一聲玉篴起高樓，飛花如雪空搔首。人生難忘是仙緣，蟾鏡分明夜夜圓。雪霽花明江上路，春歸夢到渡頭船。」《塞下曲》：「白骨青燐瀚海頭，琵琶一曲起邊愁。眼前滴盡征人淚，併作黄河地底流。」「弓彎霹靂射天狐，驚落雙鵰萬衆呼。好語將軍休見妒，凌烟容得幾人圖？」「桃花馬上雪花殷，飛過崑侖第幾山？回首江南好明月，衹應夜夜夢中還。」《湖上餞春同吴蘭雪郭頻伽何夢華》：「一雨失春紅，衆山如夢中。不知芳草路，緑遍畫樓東。別意黯湖水，吟牋擘晚風。歸雲近南浦，底事太匆匆？」「解后得良友，春殘酒不辭。人兼色香味，船載畫書詩。孤岸晚花瘦，暮溪新燕遲。小園留一宿，梅子解相思。」《葛嶺》：「明月香風十二樓，平章湖上恣清遊。半閒未許神仙占，後樂寧知將士憂？蟋蟀聲驕蘋草捷，鬼車啼斷木棉秋。福華編就看如夢，流水桃花爲爾愁。」《文橋小園》：「平江足烟水，送客渺愁予。復爾賦高會，可當讀異書。冷花晴蝶外，秋草夜蟲餘。此月照今古，勿憂雙鬢疏。」《湖樓夜集》：「風水摶不起，悄然雙白鷗。流雲過高樹，銜月上層樓。落葉遥山夢，嗚榔隔浦秋。胡爲殢遊興，閒繫木蘭舟？」）

（陳瀛芝《蕢香閣詩》。《泛河渚觀蘆花宿秋雪菴》：「沙河繞郭縈彎環，回頭尚見皋亭山。延緣數里棹百轉，只在白水明沙間。秋光蕭爽秋水窄，秋林渡頭楓葉赤。一灣一曲路乍無，劃然開出連天碧。夕陽欲落風蕭蕭，白鷗浩蕩秋心遥。幾度吴霜清雁路，催成秋雪滿江皋。昨夜秋聲吹淅瀝，萬疊飛花入蘆荻。棲鴻驚作雁門看，叫殘冷月無顏色。棹波人影如剡溪，雪花一片迎人飛。又疑卧游香雪海，千樹萬樹光迷離。一庵緣流花四面，面面花深庵不見。人間六出未成花，老僧八月先知霰。此中風景武陵源，春到桃溪水有痕。蠏舍漁汀疑斷港，烟光鳥影又前村。霞梢一抹鐘催暮，棹入漁郎歌處。若教寫作水村圖，天邊只少遥峰露。」《宿萬松嶺聞松濤》：「高城百叠盤連岡，湖光江色長蒼蒼。重門一徑入空翠，此下舊是松門坊。我來三月暮，桃柳餘春芳。日落不落半江黑，月升未升千林黄。忽聞聲自天半來，四座不語驚且僵。疾如鐵騎奔天閶，風雨雷電隨飛揚。又如洞庭廣樂張，湘君鼓瑟聲琅琅。伍子之山胥母場，意中水天河微茫。開門尋聲不可見，但見江鸛水鶴飛迴翔。須臾海門匹練起，銀山雪浪相撑搪。松頂明月森光芒，上開諸天下龍堂。奇相弄珠，冰夷調簧。瘦蛟驅海鼉成梁，戈戟復振摩雷硠。松影滿地秋心涼，夢遊恍惚驂飛凰。」《送人之虔州》：「鬱孤臺下碧連天，曾泛崎城下瀨船。貢水東來灘八百，庾雲南接路三千。故關鎖鑰山程雨，暮客帆檣水郭烟。暇日榕陰凭遠目，諸公吴語憶當年。謂古巢昆仲。」《紅豆》：「山薑子老木棉飛，點點殘紅秋樹垂。珠海有林皆作紺，珊人無淚亦凝脂。西風幾度勞纖手，隔幔誰家唱艷詞？多事門前見梧子，一般零落動相思。」《西湖采蓮曲》：「湖山湖水空濛裏，一角曉涼三十里。鴛鴦好夢沙際圓，猶有採香人未起。宿烟半翦開湖雲，菱花菱葉秋鏡分。歌聲仿佛湖東去，雙槳含情兩回顧。可憐斷絲徹底柔，可憐苦心常悠悠。昨夜涼堂月如水，參差一聲出簾底。三更畫船風露多，花光人影紛婆娑。回頭不見玲瓏月，一堆蒼烟浸遥碧。曉蟬聲出柳毿毿，次第輕風花氣酣。唤醒湖頭涼夢足，隔堤猶唱好江南。」）

雲伯自言近體詩抒寫性靈，不及仁和龔素山雁。嘗誦其佳句，如《送弟》云：「貧賤始教身作客，文章終望爾成名。」《寄友》云：「年壯漸悲分手易，家貧纔覺讀書難。」《留别》云：「人生知己多岐路，客子歸心入暮秋。」《客中除夕》云：「殘歲來朝成過客，故園今夕亦天涯。」《謝人招看桃花》云：「我緣漁父曾迷棹，説著桃花便轉頭。」又云：「重來祇恐花惆悵，依舊劉郎未得仙。」皆極纏綿悱惻之致。又「夜從花影轉，秋帶樹聲聽」十字，殊妙。

素山詩亦有極幽艷跌宕者。曼生復爲誦其《不寐》句云：「胡蝶夢醒花得月，蝦蟆更斷雨兼潮。」《西溪》云：「明月白諸嶂，梅花香一溪。」《夜坐》云：「花影入秋方有韵，竹聲如雨不生愁。」《焦山梅花》云：「花開太古雪，香入大江潮。」《棲霞》云：「松根分石瘦，山勢抱江圓。」《胡蝶》云：「影留芳草不知瘦，夢入落花惟有香。」《旅懷》云：「孤館秋聲皆入耳，高樓月色有同心。」

頻伽，纏綿悱惻人也。詩文皆極幽秀生峭之致，詞尤雋永。謝蘊山方伯謂與蘭雪相伯仲。居西園者月餘。（郭頻伽《靈芬館詩》。《九日鳳皇山登高作》：「朝暾欲上浮雲走，好事天公作重九。青山入夢呼起來，萬朵芙蓉一招手。客中節物尤可憐，坐窗不遨何其傎。故人導我九節杖，上挂三百青銅錢。前時意行不知路，只向萬山深處去。今朝有説須登高，已輕列岫同兒曹。舍舟不覺遠，徑指南山南。雲中鳳皇翩欲下，鞭笞鸞鶴飛相參。慈雲之嶺據其腹，四角方亭一峰獨。其上十八盤，一盤路一曲。前者回頭玃善顧，後者傴行鶴俛啄。一盤一盤行不止，一峰一峰來脚底。忽然望眼開，其頂乃如砥。平原淺草五百弓，海色江聲一千里。烏虖！世間萬事不到絶頂安得奇？半途而止長已矣。排衙石古作人立，石色蒼然如積鐵。披蘿帶荔山之阿，疑是陰匡鬼神入。當時南渡何匆匆，萬里不見龍媒通。君王好武仍好色，教戰無乃同吴宫。冬青樹老鳥呼風，嚴霜初上秋林紅。寒鴉落葉紛紛而來下，白日忽墮蒼烟中。起尋别徑行緩緩，有竹僧房門可款。歸去方知腰脚疲，悲來祇覺登臨嬾。我生三十一重陽，多在他鄉少故鄉。故人歸計明年遂，相約攜壺問上方。」《莫釐峰望太湖作》：「一峰明一峰，七十二芙蓉。遠水欲浮去，暮烟相與濃。斜陽糝金碧，人影亂魚龍。便擬移家具，因之買釣蓬。」《雨中放舟》：「晴即登山雨放舟，看山冒雨坐船頭。可憐樵子不知滑，脚下白雲如水流。」《西湖餞春偕吴蘭雪陳曼生何夢華》：「湖頭誰浣紗，湖面明朝霞。良友忽相見，暮春初落花。船如天上坐，人以水爲家。蘭雪襆被舟中已三日矣。及此渺然去，我生安有涯？」《雨過》：「浴罷新凉透葛輕，隔簾時墮溼流螢。微雲不道天空闊，愛向銀河疏處行。」《蘭雪出近作相示即書其端送歸西江》：「閉户何年著此身，天涯風雨感兹辰。出爲小草能如我，夢有名山肯待人。應俗文章游子淚，及時鰕菜異鄉春。憑君早晚匡廬住，海内相望亦比鄰。」《觀潮》：「秋風不肯自作氣，却遣江潮助聲勢。群山相顧爲斂容，子胥文種後先至。八月十八聞尤雄，月魄消長與渠通。螺螄門外沙岸廣，林林衆影如沙蟲。老鼉窟中自打鼓，殷殷薄雷催作雨。天山萬馬夜合圍，緣邊四郡色如土。一痕微白一綫長，蠏眼試作初熟湯。玉繩轉斗河漢濸，電影劃破琉璃光。小舸舥雁波中翔，若進若退低復昂。屏息以待屼不動，斗然遇之如蹶張。兩岸聚觀數千指，鼻息不聞面灰死。呼吸深愁立不牢，脚底鑱鯨白齒齒。我從去秋發興狂，所見不逮一豪芒。豈知壯觀得今日，海若有意相誇張。天公何惜萬金藥，重起枚叔出奇作。我無筆力挽萬牛，歸對秋鐙坐孤酌。」《湖上雜詩》：「油壁車輕緩不妨，暮烟澹澹水生光。雷峰一塔頽唐甚，只替游人管夕陽。」「一湖純浸四山陰，萬鼓鏗敲日照林。尚有數峰晴不得，又吹飛雨過湖心。」）

頻伽詩佳句如《友人過訪》云：「故人舊約梅花記，遠客歸心小草知。」《即事》云：「月與梧桐尋舊約，秋將蟋蟀作先聲。」《仰蘇樓》云：「樹摇殘滴有時響，雲與暮烟相間生。」《小集》云：「滿眼青山秋士老，打頭黄葉酒人來。」《謝人餉梅花水仙》云：「詩人冰雪陳無己，寒女神仙謝自然。」《西湖春感》云：「湖山跌宕朝廷小，花月平章蟋蟀秋。」「二月落花如夢短，一湖新水比愁多。」《偶成》云：「山低風急兼疑雨，夢醒月明如有人。」《夜發》云：「水當殘夜自然白，我與露蟲同此涼。」《夜聞潮聲》云：「吹水魚龍秋有力，側身江海夜初長。」《述昏》云：「卻月横雲張遇墨，宜男長壽阮修錢。」皆吸露餐霞，不食人間烟火者。

吴蘭雪嵩梁，江西東鄉人。余於《邗上題襟集》中讀其詩，欽爲才士。戊午春，蘭雪來游湖上，襆被宿湖舫十日。值春暮，與江浙詩人賦詩餞春，打槳而去。（吴蘭雪《香蘇山館詩》。《秦良玉錦袍歌》：「五花戰馬千金戟，馬上紅粧能殺賊。健兒羅拜秦將軍，氣蓋西川貌傾國。平臺召見詩寵行，天子臨軒賜顏色。宫錦歸來换戰袍，鏤金錯繡皆天澤。崇禎之季軍政荒，本兵獨倚楊嗣昌。盡驅流賊入巴蜀，斬刈黔首如牛羊。白梃縱横三十萬，將軍盡室來酣戰。旌旗五色陣雲高，帳下女兒亦驍悍。烽火連天笳震地，殺賊逾多氣逾厲。賊中望見錦袍來，百萬琱戈同日棄。雪花如席天漫漫，錦袍雖暖邊風酸。寄衣一千五百襲，將軍愛士同飢寒。張令軍前鼓聲死，本兵不恤將軍耻。峒兵二萬請分廪，妾家甘爲朝廷毁。巡按巡撫嗟何人，劉之勃與邵捷春。按圖扼要十三處，奇策不用徒因循。此時錦袍慘無色，半污鑾血沾征塵。沙場百戰蛾眉老，畫像敢望登麒麟？成都一破金甌裂，石柱孤城堅似鐵。巾幗蒙恩四十年，耿耿丹心照邊月。美人名將兼純忠，天以壽考酬其功。左家良玉媿且死，晚節一敗非英雄。思陵身殉福王走，南渡衣冠復何有？六宫紈綺燒成灰，秦家錦袍猶世守。海内承平二百年，岷山劍閣無烽烟。匹婦何敢奮螳臂，窮寇乃與相鈎連。計日王師大斬獲，擲汝鼎鑊供炮煎。攻心有術當革面，内地戡亂殊籌邊。宣恩一檄定感泣，各習井臼投戈鋋。請爲將軍崇廟祀，祠官奉職春秋虔。忠義所昭魑魅化，一矢不用三軍旋。錦袍樂府蠻女唱，弓衣合繡都官篇。」《蜈磯靈澤夫人祠》：「虚堂劍珮晝無聲，門外青山遠黛横。宫女如花猶列陣，洞房燒燭記論兵。銷魂萬古黄陵廟，遺恨三分白帝城。比似湘靈心更苦，寒江嗚咽暗潮生。」《舟中自訂癸丑甲寅詩卷述懷》：「燕市蹉跎百感侵，歡場未散已沾襟。吹笙易醒游仙夢，擊筑難銷壯士心。海氣青蒼連碣石，岱雲浩蕩接淮陰。支離病鶴籠初放，隻影江湖瘦不禁。」「盛名何敢匹鄒枚，一代公卿盡愛才。幕府高秋張讌出，元戎小隊送詩來。座中跌宕揮金戟，花裏沈酣倒玉杯。午夜軍門猶未掩，記從湖上櫂歌回。」「平生襟抱托青霞，鳳泊鸞飄亦可嗟。十載論文交海内，群公傾蓋慰天涯。放翁團扇摹詩社，賀監金龜擲酒家。曾許俊游陪杖履，山陰夜雪鏡湖花。」「石溪春暖燕南飛，誰誦新篇入翠帷？五色繡絲傳唱滿，千金賦價倦游歸。盧儲知己推紅袖，羅隱逢人問白衣。辜負瘦吟樓上句，才兼仙佛古來稀。」「建業姑蘇又廣陵，當筵綵筆最飛騰。樓臺春晚頻移棹，絲管宵闌獨翦燈。年少風懷花正綺，天寒離緒酒初冰。誰知縱飲酣歌地，中有唐衢淚數升。」「寶幄鈿車白玉驄，瓊花璧月錦帆風。山橫北固斜陽裏，寺在南朝細雨中。越水浣沙誰絶艷，吴門乞食有英雄。登臨莫抱千秋感，身世茫茫亦斷蓬。」「富春江色釣臺邊，朵朵芙蓉浸碧漣。素鯉上竿鱗未損，紅粧照水影都妍。經過雲樹俱無恙，我與溪山最有緣。二十四鷗相識久，往來不避載書船。」「屐印衫痕翠未消，湖山入望又迢迢。西泠花信遲三載，南渡風流訪六橋。疊雪樓頭天漠漠，湧金門外柳蕭蕭。錦袍鐵弩今安在，請爲錢王賦射潮。」）

江寧孫蓮水韶工詩，師事隨園，絶有家法。嘗佐余校士山左，倡酬頗多。別後寄其《春雨樓詩》見示。佳句如《西溪草堂》云：「緑水紅桃雙畫槳，斜風細雨一青蓑。」《聞鶯》云：「圓到十分同調少，訴來三月別愁多。」《銅陵江夜行》云：「天空疑化水燈遠，欲沈江上畢秋帆。」《尚書》云：「名世文章軼燕許，狀元風度陋蕭曹。」《揚州》云：「紅蓮雨歇秋燈亂，白紵衣涼小調新。」《贈王夢樓太守》云：「風雨驅馳一枝筆，江山歌舞兩船花。」《望九華山》云：「殘雨吹風斷，遥青渡水來。」《泊彭湖大姑塘》云：「多情月每隨歸棹，再到山如檢舊詩。」《永濟寺》云：「江光摇佛面，石色上僧衣。」樓名「春雨」者，蓮水有《春雨》詩，最爲隨園所賞故也。余見隨園詩弟子，當以蓮水爲第一。（孫蓮水《春雨樓詩》。《寄懷蔣藕船吴蘭雪》：「雨過月如洗，天涯渺素心。琴聲滿庭雪，花影半牀陰。春夢風前短，江雲別後深。何時理歸棹，邗上共題襟。」《春雨》：「當窗不斷雨絲斜，引得苔痕上碧紗。入夜最宜新種竹，捲簾可惜早開花。誰家破竈燒寒葦，一路香泥濔鈿車。應有緑蕪門外長，教人無夢不天涯。」「無限關河兩鬢絲，潺潺偏值冶春時。寒侵幽夢重衾覺，水長平湖畫舫知。芳草色濃迷路遠，啼鶯心倦出花遲。只愁緑葉從今滿，又誤尋春杜牧之。」「吴孃一曲總消魂，走馬江城晝欲昏。客路怕逢寒食節，酒家慣住杏花村。遠烟如夢迷山影，新緑和愁上柳痕。多少樓臺圖畫裏，玉鞭敲徧不開門。」「濕雲壓屋夜冥冥，落盡春紅響未停。孤枕夢驚千里斷，小樓人坐一鐙聽。尋來舊事愁空結，問到流年酒欲醒。九十韶光彈指去，天涯樹色又青青。」《漢上》：「輕裝漢上暫勾留，載酒春宵汗漫游。如此江山又明月，看花直上最高樓。」《寄王西林》：「吴江楓落記分襟，柳色晴川感客心。小别信如春鴈杳，相思情比暮潮深。畫橋烟雨青溪舫，落日雲山碧海琴。良夜花闗渾不掩，知君或有夢來尋。」《游赤壁遇雨》：「不辭觸熱到江樓，捲地風來暑忽收。萬片頽雲沈赤壁，一天急雨過黄州。夕陽嵐翠晴猶濕，古木平臺爽似秋。欲看西山千丈瀑，更從樊口下輕舟。」《西山寒溪寺懷古》：「寒溪寺外青山暮，山中百道飛泉注。曾是吴王避暑宫，沿溪尚有前朝樹。紫髯霸業定三分，一面風當百萬軍。秣陵王氣雄天塹，赤壁江聲走陣雲。此地當年盛樓閣，閒攬江山入寥廓。蜀江波浪自黄牛，漳河臺榭空銅雀。轉眼舟師下武昌，千尋鐵鎖盡沈江。殘磚猶刻吴黄武，賸土都歸晉太康。於今廢址人經過，寒烟衰草牛羊卧。右憑鄂渚左蘄陽，蒼茫戰壘愁無那。徙倚臨風日又曛，赤烏遺事忍重論？老僧指點山頭石，猶帶當年試劍痕。」《曉過京口》：「片帆東指海門遥，唱罷天雞正上潮。風露滿身人獨起，半江紅日看金焦。」）

錢唐張鄴谷迎煦，余以試詩古識之，補弟子員。旋侍其尊人雪濤淦至兩粤吉制府幕，時黔中狆苗不軌，擾及粤西。迎煦與父同在戎幕，飛書草檄之暇，不廢吟詠。從征一年，大功告竣，以軍功得學博。嘗呈其《從戎草》一册，多喬梓倡和之什。雪濤幕游半生，故福郡王尤契重之。自云足跡徧天下，所未至者吉林、伊犂、西藏諸地而已。常從征臺灣，功成，可得五品官，辭不受，亦奇人也。著有《之萬集》。（張雪濤《之萬集》。《臺海從軍詞》：「弱冠登壇掃穴庭，凌烟勳業早圖形。於今上相臨戎帳，那有欃槍未墜星？」「殊恩特錫左旋螺，百道樓船鎮駭波。唱徹潮雞鼉鼓歇，不知海道幾更過。海洋以更計程，更六十里。」「霓旌席捲陣雲重，狡穴摧殘兔絕蹤。一夜水沙連地名外火，灰飛九十九尖峰。山名」「射生矯捷筠弓小，度水輕便莽葛新。刳木濟渡，番人呼爲「莽葛」。鯨影潛消雙鹿耳，蛟涎不捲七鯤身。」「凱歌鐃唱互琤瑽，竹馬銅鳩戀節幢。萬解舟輕雙席穩，青山一髮是蚶江。」「琴劍飄蕭遍九州，從戎晼晚涉滄洲。金鼇背上揚帆渡，奇絕平生是此游。」《大軍征苗端江舟中作》：「邊關此日想犂庭，星掩天狼羽檄停。荷殳重尋迴雁路，黔粵皆舊游地。彎弧休上射烏亭。蠻江屈曲流應赤，愚鬼啁啾燐不青。笑爾么麿成底事，空憐蹀躞馬蹄腥。」《百色進兵》：「畊市静無驚，嫖姚捲甲征。險穿虵蚓路，倦聽鷓鴣聲。紅飯青葵裹，烏蠻赤脚行。王師洵神武，玉石自分明。」《官軍收者浪》：「飛騰峻阪鐵衣群，戰氣雄開瘴嶺雲。八陣遠勤諸葛略，五溪重度伏波軍。怒螳奮臂身先縛，黠鼠潛蹤穴已焚。十萬降苗馬前拜，好安隴畝事耕耘。」《西隆新月》：「少年映月能作蠶頭書，摩挲老眼愁今余。冰輪三五花隔霧，何況一鈎斜出纖纖初。荒邊戰罷瘴雲捲，牽牛猺猓侵夜犂菑畬。銀弓幕挂影熠燿，寶鏡匣漏光羅疏。蠻峰巀巀疊屏障，秋林髣髴環山阹。欃槍夜落妖鳥盡，談兵底事還躊躇？軍門横槊歌繞樹，衡廬倚杖思前除。咄哉兒女見高不見濶，想見清輝滴淚同蟾蜍。」《八渡戎帳作》：「細柳圍營鼓角鳴，氊廬地占數弓平。雨聲似打烏篷急，鐙影疑聯棘院明。斥堠依崖蜂聚落，刀矛列隊蟻縱横。老夫笑指圍棋局，一著分明未落枰。」）

（張鄒谷《讀畫樓詩》。《樟樹鎮》：「六師未動報功成，黄石磯前妖鳥驚。定策幾先平大難，觀兵事後笑無名。千秋碑碣蒼崕峙，王文成公討宸濠紀勛碑在廬山。兩戒山河赤手擎。太息金川門早啓，當年誰與挽天傾？」《夜過峽山飛來寺風利不泊》：「日落滄江暮靄霏，深林遥映佛燈微。扁舟絶似抛梭急，古寺曾傳挾雨飛。蠟屐一雙懸後約，齋鐘百八息塵機。歸帆他日容吾到，千仞岡頭笑振衣。」《虎頭門泛海》：「曙色潛衝宿霧昏，明霞百道湧朝暾。煩冤精衛填難盡，鎖鑰於菟勢獨尊。十粤渺如浮地肺，三山好去探雲根。輕舠也擬乘槎客，斜趁秋潮出海門。」《端江舟晚》：「據關酋虜遲來庭，角吹樓船去不停。鞦鞨晴波摇夕照，貔貅小隊列津亭。村村榕蔭濃垂緑，朵朵蓮峰遠送青。醉倚吴鈎一長嘯，魚龍驚起晚風腥。」《鬼子劍》：「鬼子之白白如雪，鬼子之黑黑如漆。對客含笑雙眼碧，腰間插劍長三尺。解劍長跪奉上官，劍未出匣氣已寒。陰風蕭蕭霜氣團，上有奇字横闌干。細如錐，薄如紙。光鑑髮，柔繞指。以刺人，人立死。鬼子劍，殺苗子。吁嗟乎！我兵一萬三千人，安得人人盡持此？」《營眺次韻》：「雙聳吟肩細柳間，孤城環列百重山。勛名新息標銅柱，威勇崑崙破石關。萬幕戈鋋屯虎豹，千絲網罟制魴鰥。爾曹畢竟成何事，誰是生公爲點頑？」《西隆新月次韻》：「竹訊久闕平安書，清宵立月常愁余。從戎萬里閱春夏，又見素魄生秋初。西隆城西一鈎挂，昏黄淡映蕎花畬。遠火明滅星影動，蠻峰晻靄蟲吟疏。令嚴人静夜寥寂，但聞刁斗聲環陆。鄉園此日美鱸稻，刀環入夢心躊躇。明河耿耿自迢遞，離緒乙乙難祛除。何時乘風放歸櫂，滄波詠對銀蟾蜍。」《大兵渡紅水江》：「千山環翠壁，一水滚紅沙。舟楫波心鷁，旌旗谷口霞。樹懸人面果，岸發象蹄花。乞命多猺猓，牽羊伏路叉。」《游桂林棲霞洞》：「桂林山最奇，有骨而無肉。幾點棲霞山，玲瓏洞聯六。洞門六重，俗呼爲「六洞」。選暇此散策，路陡兩崖蹙。老僧篝火來，導我入山腹。下行百餘級，洞門廣如屋。土紋纏靈芝，洞口地俱芝紋。石室黯蒼玉。洞暗火光得，境窄語聲促。上下與左右，怪石相排矗。或平如刈田，或高如張幄。或攢如蜂窠，或窘如蝸角。壁上趺笑佛，蓮花繞其足。漁人立頎然，撒網向江隩。渟泉無底深，相傳有龍浴。石牀薄如葉，仙人作棊局。垂空騰怒螭，横道駭奔鹿。鍾乳千萬年，珠孔八九曲。后土不容脚，羲馭折翻軸。忽焉啓雙門，路歧步躑躅。右洞至者少，云通九疑麓。寒風吹颼飀，微窺逼矑睩。褰衣向左行，略彴卧飛瀑。咿喔聞鳴雞，熹微露朝旭。蛇行四五里，至此躬猶鞠。劃然别有天，疑不在塵俗。開朗桃花源，黑暗阿鼻獄。直是穿胸脇，豈徒識面目？袖間出浮雲，目中無列嶽。回首望諸峰，蒼烟裏犖埆。作詩紀奇景，追捕翦雙燭。同游者郭三，名楝字春木。」《胥江舟夜》：「水月浩無際，遥山一抹微。窅然流梵磬，知是近禪扉。沙白照成雪，江空寒到衣。風帆疾如鳥，吟罷過巢磯。」《梅關》：「五嶺雄關半壁支，盤空磴道雁飛遲。將軍一去長留姓，丞相千秋尚有祠。明發便非炎瘴路，得歸剛及筍櫻時。題橋誰奮相如筆，他日重來未可知。」）

石門方蘭坻薰，山水花卉得宋元人之秘法，同時錢塘奚鐵生岡，亦以山水花卉擅絶武林。斯時浙東西求一鼎足者不可得。蘭坻工詩，有《山静居詩鈔》。（方蘭坻《山静居詩》。《白鴿篇爲桐鄉程氏所蓄雙鴿作也。明義抱節，不意見之微禽，因書其事。》：「翩翩雙白鴿，玉立棲花房。主人殊愛惜，調護非尋常。雕籠貯深幄，紅粟開陳倉。屏雀少顏色，軒鶴難輝光。朝放夕來歸，鈴聲隨風颺。主人一朝貧，有鴿無餱糧。衆鴿難忍飢，聯翩適他方。惟有兩白鴿，徘徊主人堂。朝飛尋燕麥，野啄充飢腸。夕歸畏貍奴，貼羽依空梁。素翰日摧頹，相顧增凄涼。恐負主人恩，他適亦不祥。雌雄不相捨，歲月情如常。虺蛇夜深至，一雄構其殃。雌也急鳴救，力弱勢莫當。奮身奪毛羽，銜泥瘞秋塘。啄食不敢吞，先爲死者嘗。悲鳴守其側，終夜哀枯桑。淚落杜鵑赤，碧草不肯芳。寧爲並命鳥，不作逆毛鴿。生被主人愛，死戀主人旁。感兹白鴿義，懦士心懷剛。」《畫墨竹》：「山澤閒矖不知肉，從事毛錐頭已禿。硯池中有梅花泉，一竿兩竿寫蒼玉。纖風午夜摇空庭，鳴瑲翠羽來湘靈。湘靈清怨入瑶瑟，二十五絃聲泠泠。散入深宵不成夢，影上闌干舞青鳳。酒醒香殘看未真，墨痕著處秋陰重。」《漢銅龍虎轆轤鐙歌》：「蒼銅模糊土花蝕，鴈足高擎漢時物。無足曰鐙有足錠，金藕玉芝光奪月。乍疑鬻杓肖形模，却訝羽觴差仿佛。器憑機鈕名轆轤，象畫辰寅定時日。斡旋玉虎並牽絲，缺落金龍尚存質。花燦曾迴舞袖翻，蠟殘還憶懽筵别。星分銜璧珠旖旎，雨斷空階正明滅。題詩樊榭名姓留，稽古汲郡原委失。吕大臨《考古圖》不載年月出處。或云荒塚閟幽光，攜出陰房貯膏漆。生用長檠照珠翠，死憐孤焰明骸骨。魂銷底作有情癡，身後猶留子孫吉。上篆文曰「宜子孫吉」。病夫經眼意千載，忍凍摩挲歎奇絶。夜深刻燭賦難成，眼前爲有西京筆。」《書趙子固畫水仙卷》：「玉葉金蕤欲狀難，王孫辛苦託豪端。魏塘夜月花前出，汴水春風畫裏看。一片丰神無俗韵，十分清瘦逼人寒。故宫草没冬青老，歷劫猶憐墨未殘。」）

鐵生曠達耿介，閟門謝客。雖要津投刺乞畫，非其人不可得見，亦不能强也。六法之外，隸古篆刻，靡不精妙。詩抒寫性靈，超然絶俗如其人。汪稼門方伯志伊欲以孝廉方正徵之，不就。（奚鐵生《冬花盦詩》。《游寶石山》：「我登寶石山，山瘦削寒碧。巍然窣堵波，天半卓孤立。迴猋蕩空林，霜葉鳴策策。側步怯迴梯，逼面起蒼石。賞奇心固幽，造極境忽闢。屬目送飛鴻，烟江一痕隔。冉冉去野雲，轉瞬已無迹。浮生正如斯，胡爲苦形役。不若來山中，優游愜所適。前轉青蘿岡，遂造佛子宅。山僧頗解事，挈瓶聘歡伯。狂醉卧松根，不知烟磬夕。」《龍挂》：「墨雲擁山天地黑，狂飈怒捲波濤立。蜿蜒曳尾垂海東，水氣冥濛腥霧濕。是時旱魃恣作威，勢列赤幟牽朱旂。田禾焦槁溪澗涸，疲民苦渴仍苦饑。一朝茫洋薄光景，覩此神物蟠空飛。行人咋舌不敢語，舟子紛拏無泊處。俄驚霹靂震山谷，雨點滂然急飛鏃。我方探奇向巖麓，湖滣獨僦僧廬宿。一夜掀扉翻瓦屋，曉看拔起千年木。」《墨竹》：「蕭郎兩重吾未見，老可千畝誰爲傳。平生食筍不計數，有時吐出胸中烟。涼堂汲水潑清影，一一小鳳飛秋天。夢魂今夜落何處，滿篷明月行湘川。」《吕紀畫雁》：「昔觀徽廟寒磧圖，雪色凛凛開江湖。西風蕭颯吹黄蘆，陽鳥十百如相呼。閒廳今展青瑶軸，又見衡湘秋一幅。誰其作者吕指揮，老筆盤旋驚衆目。能開生面寫荒寒，衰柳疏花散碧灘。萬里來時關塞遠，一行飛處水天寬。指揮昔直仁志殿，豈特徒工寫群雁。進規立意秉忠貞，藝苑今猶稱筆諫。宅相雙石能繼聲，畫禽最得禽之情。誰知更有吕文英，贏得人呼小吕名。」《題畫絶句》：「小閣平闌映水光，東風無樹不鶯簧。桃花記得江南岸，一片春帆帶夕陽。」「沙岸風微水不波，林居高下隱巖阿。便當此地從耕釣，月一犂鋤雨一蓑。」「茆屋高低烟樹重，陰崖飛瀑玉淙淙。溪翁不放尋詩艇，荷鍤劚雲何處峰。」「竹烟松露濕蒼苔，小結團茆面水開。不覺秋容已如許，時流紅葉過溪來。」「一徑緑通千个竹，三間青繞萬重山。客來蕭澹無他供，臥聽秋聲畫掩關。」「一片春烟濕酒旗，杏花紅壓竹間籬。雨多到處溪流急，獨拄吟笻立少時。」「臨水數峰無限好，最宜雨裏復雲中。今朝溪上移舟去，看到斜陽又不同。」「夕陽流水繞孤村，數盡歸鴉烟樹昏。怪底竹風無賴甚，又吹寒月入柴門。」「一片秋心寫亦難，霜痕雪影散晴灘。琵琶撥盡當時淚，賸有飛鴻叫暮寒。」「千頃蘆花看作雪，數峰寒翠遠堆烟。道人撥棹不歸去，自愛五湖秋水船。」）

錢塘高邁菴樹程善畫山水，雖未及鐵生，而筆有士氣。詩學李昌谷，頗有奇古之致。姚嗣懋花卉法、惲南田山水亦秀逸。（高邁菴《詠雪八首》：「碧翁有情媚詩客，碎翦吴雲作飛雪。草堂四照盡梅花，麗綴千珠萬珠結。夢寒肌粟生被池，畫屏書幌冰蟾姿。高吟静翫太古色，曉寒炙硯調冰絲。草堂」「粉色爲天玉爲地，萬落千村失幽翠。柴門晝閉婦子閑，不説奇寒説奇瑞。東鄰西舍多農家，長林偃仰頹垣斜。連雲宿麥已如願，醉眠何意聞啼鴉。村舍」「迴風絶界天如夢，塔鈴無語雲衣凍。四座曇華照石臺，一色玉毫圍鐵鳳。音塵寂寂僧兩三，放慵睡味方清酣。水澂象澈倩誰悟，古佛無語香凝龕。佛寺」「雪花浸漫撲溪水，斷板横斜排雁齒。蹇驢躑躅興自豪，獨拄偏提沽酒子。東坡賦序：南方釀酒未大熟，取其膏液，謂之「酒子」。流澌欲斷水底天，短蘆叢棘清無烟。無聲詩合有聲畫，多在寒林老屋邊。野橋」「銅龍轉絲澀瓊液，密壓紅闌暗雕格。簾鈎半卷濃笑春，白地光明錦千尺。粧成怯繡倚隱囊，竹爐漸暖餅笙簧。鶴翎縛帚未須掃，小試心傳切玉方。粧閣」「頽雲壓波落如掌，乾坤浄拭冰壺爽。估客休嗟行路難，一笛江天景無兩。大帆峩峩挂虚空，三湘五湖西復東。看山玉照一千里，柁樓倚醉呼長風。客舟」「銀濤蒼茫山影破，側翅哀鳴雁難過。江天萬里一老漁，醉來便著蓑衣卧。短篷出没興未孤，清響戛戛鳴殘蘆。富春磻溪兩不識，船頭篤速輕如鳧。漁蓑」「駿骨連錢汗流血，弄雪搏風四蹄熱。游龍小隊踏銀沙，勁箭穿空獸迷穴。千乘萬騎西海頭，雪花浴鐵刀光浮。追奔殺賊亦如此，直送黄河出塞流。獵騎」）

仁和高爽泉塏工書，楷法絶似虞永興《夫子廟堂碑》。能詩，如《梅莊餞别徐惕菴太守大榕》云：「古洞春深龍有氣，澄潭秋老水無波。」「從此詩城屯虎豹，請看天上下麒麟。」「庭宇不除欽仲舉，英雄已去弔蘄王。」「桃花一港空明月，古木千章自夕陽。」《春草》云：「新愁舊恨縈三月，細雨斜陽送六朝。」「連天緑意迷酥雨，一片紅心葬落花。」皆極清麗。同時工書者，錢唐張賓連國裕、江聽香步青。

國朝詩餘作者與宋元並軌，遠軼明代。六家詞分擅其勝。其以學術餘事爲之，而兼有衆美者，惟小長蘆釣師。嗣後厲徵君樊榭，清空婉約，得白石、叔夏正傳，建炎湖山之妙，尚可於移宫換羽間得之。近者吴穀人太史錫麒、汪劍潭學正端光並稱高手。吴最縝密，汪則哀艷。而郭頻伽麐、尤二娱維熊後起獨出，一時並秀。頻伽仿表聖《詩品》，撰詞品十二則，深得三昧。（頻伽《詞品》：「千巖巉巉，一壑深美。路轉峰迴，忽見流水。幽鳥不鳴，白雲時起。此去人間，不知幾里。時逢疏花，娟若處子。嫣然一笑，目成而已。幽秀」「行雲在空，明月在中。瀟瀟秋雨，泠泠好風。即之愈遠，尋之無蹤。孤鶴獨唳，其聲清雄。衆首俯視，莫窮其通。回顧藪澤，翩哉飛鴻。高超」「海潮東來，氣吞江湖。快馬斫陳，登高而呼。如波軒然，蛟龍牙須。如怒鶻起，下盤浮圖。千里萬里，山奔電驅。元氣不死，乃與之俱。雄放」「夫容初華，秋水一半。欲往從之，細石淩亂。美人有言，玉齒將粲。徐拂寶琴，一唱三歎。韵不非無寸心，繾綣自獻。若往若還，豈曰能見？委曲」「美人滿堂，金石絲簧。忽擊玉磬，遠聞清揚。韵不在短，亦不在長。哀家一梨，口爲芳香。芭蕉灑雨，芙蓉拒霜。如氣之秋，如冰之光。清脆」「雜花欲放，細柳初絲。上有好鳥，微風拂之。明月未上，美人來遲。卻扇一顧，群妍皆媸。其秀在骨，非鉛非脂。眇眇若愁，依依相思。神韵」「人生一世，能無感焉？哀來樂往，雲浮鳥仙。銅駝巷陌，金人歲年。鉛水迸淚，鵾雞裂弦。如有萬古，入其肺肝。夫子何歎，唯唯不然。感慨」「鮫人織綃，海水不波。珊瑚觸網，蛟龍騰梭。明月欲墮，群星皆趨。凄然掩泣，散爲明珠。織女下睎，雲霞交鋪。如將卷舒，貢之太虛。奇麗」「好風東來，幽鳥始哢。陽春在中，萬象皆動。一花未開，衆緑入夢。口多微詞，如怨如諷。如有玉管，快作數弄。望之邈然，鶴背雲重。含蓄」「清霜驚秋，微月白夜。其上孤峰，流水在下。幽尋欲窮，乃見圖畫。愜心動目，喜極而怕。跌宕容與，以觀其罅。翩然將飛，倘復可跨。逋峭」「襍組成錦，萬花爲春。五醖酒醲，九華帳新。異彩初結，名香始熏。莊嚴七寶，其中天人。飲芳含菲，摘星抉雲。偶然咳唾，如珠如塵。穠艶」「名士揮麈，羽人禮壇。微聞一語，氣如幽蘭。荷雨夜歇，松風夏寒。之子何處，秋山槃槃。萬籟俱寂，惟鳴幽湍。千漱百嘯，奉君一丸。名雋」）

仁和錢金粟福林綜覽經籍，兼工詞翰，下筆機速，刻晷可待。華實竝茂之士，此爲翹楚。福林本名林以時，有同名者，改今名。偶見其懷人詩，録之。（錢金粟《懷人詩》：「風引雙旌度玉關，臨歧西望慘離顔。誰能更作還鄉夢，萬里黄河一片山。沈武威震」「疏雨梅花總斷腸，銀鑪春夜細凝香。樓頭憶煞紅襟燕，公子三年住晉陽。邵上舍垂德」「不曾識面鈔詩與，憶在髫年感更多。埋骨蒼涼何處是，潺潺秋淚落如河。武進黄景仁見余少作，以詩册相寄，皆《吴會英才集》所未收者。可知散佚者多矣。」「攜家聞道赴滇池，從此歸期未有期。問訊西風好憑仗，秋江鴻雁欲來時。許昆明惇」「春暮枕琴眠緑陰，千巖萬壑引人深。鯉魚只隔半江水，三日不來煩我心。王舒濤」「征騎蒼茫不肯還，喜唫詩句效南蠻。無端恨别兼懷古，秋雨秋風六詔間。汪鴻文」「欒家石瀨響潺潺，文杏幽篁静掩關。吟罷五言斑管膩，背他春鳥畫春山。全太守士潮」「生計袁繭村通」「清明寒食味悽悽，細草狂花古尉犁。頭白孤臣易垂淚，不關萬里望金雞。天涯作未曾，老來猶似打包僧。家鄉好景君知否，冬釀唐花舊馬塍。再仲兄穜」「天禄藏書任與看，更騎驄馬踏長安。玉臺一序鈔都偏，誰識徐陵是諫官？從兄御史栻」「一笑居然鵷鷺儔，花前薄醉厭鳴騶。故擁胡牀學鄉語，畏人强唤作黔州。從兄開州樹」「一片黄榆下早秋，關門黯黯閉鄉愁。知君立馬無窮意，畫角殘陽古薊州。家兄謝菴枚時從歸方伯出塞。」「渾源洲前沙草春，昆明池畔淚沾巾。不堪兄弟分南北，萬里同爲旅食人。舍弟叔美榆時客昆明。」）

仁和孫思澧仁鼎能詩，氣格清穩，尤長于詞。詩句如《春柳》云：「細眼欲窺新水色，長眉初畫遠山痕。」「素絲影散纔經剪，金縷衣裁懶疊箱。」「當門葉暗驊騮繫，垂手枝長蛺蝶飛。」《對菊》云：「秋光放眼十分好，白日吟詩一字無。」

錢塘陳秋堂豫鍾深於小學，篆隸皆得古法，摹印尤精，與曼生齊名。秋堂專宗丁龍泓，兼及秦漢；

曼生則專宗秦漢，旁及龍泓，皆不苟作者也。曼生工古文，擅書畫，詩又其餘事矣。

落葉詩佳句甚多，馬秋藥履泰云：「虛白一時添客舍，冷紅隨意落漁罾。」吾弟仲嘉亨云：「夕照紅翻雅背重，荒山黄踏馬蹄多。」

定香亭筆談卷二

揚州阮元記　錢塘陳鴻壽録

丙辰秋，按試至嘉興。與試詩人雖多，尚未厭余所望。試畢將行，有諸生獻其父詩《南野堂集》二帙，舟中閲之，知爲嘉興吴澹川文溥所作。披吟終日，定爲浙中詩士之冠。《關中草》、《閩游編》尤爲直逼古人。澹川居湖北汪撫軍新戎幕。及歸浙，謁余於杭州。與語兩湖戎事，瞭如指掌，頗具才略，不可徒以詩人目之。余出先大父征苗刀示之，澹川走筆作歌，震奪一席。（吴澹川《南野堂詩》。《入關》：「前山復後山，莽莽山頭月。古人復今人，纍纍山下客。朔馬當風嘶，征車夜中發。星河落人面，冰雪棱馬骨。壁立上蒼蒼，雞鳴關影白。」「太華青濛濛，三峰開芙蓉。聳身踏落雁，危步攀蒼龍。高高白雲上，倏忽生虚空。窅然天地始，六合惟清風。自此九萬里，不知其所終。黄河走碧海，攬結衣帶中。逝將洗頭畢，濯足扶桑東。」「我行越陜州，清曉望潼關。終南散霜氣，衣上峰影寒。解鞍息僕馬，登城眺孱顔。風雲起四塞，渭洛交我前。東北横大河，中斷龍門山。恃險不能守，争雄良可歎。」「信宿驪山下，雨歇聞林鳩。虚巖韵幽籟，返照明高秋。韋公藴真素，想見逍遥游。泉石餘綺麗，衣冠邈巢由。勝事行已矣，空山我何求。」「九峻何巑岏，涇水注其麓。山風吹野色，霜草寒無緑。去鳥戀餘暉，流雲動疏木。當時祀睢上，佳氣連黄屋。炎精颯已遥，神物代相屬。鬱鬱松柏林，下有狐兔宿。立馬意蕭條，秋山問樵牧。」「太乙下深黑，雷霆駐虚空。有龍宅其湫，飛雨白日中。南游女媧谷，北上銅人原。荒岡翳叢楚，古闕生墟烟。山河美如此，人壽速若彼。去去且爲歡，沽酒新豐市。無使明月來，照我持空杯。」「跨馬出咸陽，緩轡行平疇。清吟菀柳下，迴眺陂塘秋。笑言展嘉讌，漁弋陪良儔。蒲苴引微繳，詹何颺輕鈎。素心既已諧，畢景彌悠游。商風忽驚暮，颯然吹古愁。甘泉廢馳道，玉樹凋崇丘。往者能幾時，我懷殊未休。」「藍田好山水，渼陂秀蘭杜。蒼然紫閣雲，暮入終南雨。漠漠藤梟村，梢梢竹團圃。荷蓧過前林，歸漁聞別浦。藹此父老情，爲我致清酤。久客憶江南，興盡非吾土。」「青青原上麥，烏鳶自相逐。我行苦朝饑，藹然飽春緑。望雲陟高丘，采芳下西麓。念我堂前圃，白華有餘馥。媿彼循陔詩，徙倚迴車轂。」《杜陵曲》：「金鞍玉勒杜陵客，駐馬垂鞭望南陌。楊花如雨不溼人，竹枝如烟澹暮春。忽憶江南春暮好，踏青湖上多芳草。如此風光獨異鄉，杜陵花月使人傷。」《秋夜曲》：「華星耿耿月當户，美人池上歇歌舞。芙蓉香老秋風多，風吹流螢亂如雨。夢裏輕羅不覺寒，醒來步轗生離緒。滿天清露送歸人，隔院啼蛩續人語。」《紫騮馬》：「紫騮馬，蹀躞萬里何雄哉！不追赤日到西極，安知河水從天來？崑侖落空小於指，星宿滿地紛如埃。紫騮馬，去復回。生還醉倒酒泉郡，馬頭春色桃花開。不見前年大雪十丈高連天，人馬凍殺青海邊。」《青門觀侯生舞雙劍贈益都沈八丈歌》：「侯生袖中有秋水，飛出芙蓉亂青紫。虛堂白日走精靈，夾電穿空血人皆。須臾一擲幾千里，碧海無聲老蛟死。座中蒼髯七十翁，滿酌金罍爲生起。自言年少時，頭角亦頗奇。彈棊與擊劍，游戲無不知。雲門山中有老屋，穆陵關南春草緑。千年猛虎射殺之，徒手向前拔箭鏃。朝馳燕馬問盧龍，夜脱胡鈎舞鸜鵒。美人如花客如玉，往往哀絲間豪竹。分金呼管鮑，作賦邀鄒枚。肝膽時因酒邊露，笑口却向杯中開。聞道秦皇古碑在，興酣獨上琅邪臺。當時搔首隘八極，未肯埋没隨蒿萊。豈知如今意蕭瑟，入蜀游秦計轉拙。青門瓜落秋風多，白頭看劍當悲歌，途竆景短奈老何？嗚呼！途窮景短奈老何？」《招勇將軍寶刀歌》：「將軍偉然淮海豪，身長九尺腰帶刀。讀書萬卷不得意，要扶鼇極搏鵬霄。天生奇材必有用，持戟殿前色飛動。名標宿衛莅親軍，出試戎韜歷蠻洞。乃者紅苗暗九谿，苗氛毒漲谿東西。夾岸旌旗天杳杳，萬山鼓角風凄凄。將軍手提三尺鐵，夜半横行入虎穴。飛落空中霹靂聲，自是刀光赤人血。五寨榛蕪路已通，南山隅負尚潛蹤。爾時總制張經略，馳檄將軍趨首功。將軍突出間道口，矢石在前追在後。裹瘡轉戰九死餘，縋險梯空身不有。捷書申報大府來，枷杻赤立啼塵埃。力勸受降止盡殺，豈知骸骨半成灰。横坡老稚將不免，苦賴將軍丐殘喘。好生惡殺天地心，忍以民命同雞犬。至今九谿千萬家，將軍功德流無涯。試看當時寶刀在，英靈出匣生風沙。不見于公駟馬吕虔佩，早卜他年子孫貴。公侯將相非偶然，義結仁深動天地。此刀殺人復活人，蛟龍氣涵江海春。寄語世間報恩子，勿棄螻蟻争麒麟。」《吴大帝廟》：「殿角響琅璫，松陰壓畫廊。神鴉寒觸火，石馬夜窺霜。山色金陵在，江流玉殿荒。飛揚懷古意，烟月墮茫茫。」《落雁峰》：「黄河洗秋色，太華削青金。飛雁不到處，白雲吹滿襟。天清玉女下，日出蓮花深。我欲此爲宅，蒼然萬古心。」《三原夜發》：「馬背江南夢，春星滿客衣。可憐楊柳月，空照故園扉。累歲依人活，全家飽食稀。老親應倚望，無米亦來歸。」《登華山》：「二華中天積翠開，巨靈高掌壓雲臺。無邊紫寒秋風起，一片黄河落照來。呼吸便應通帝座，登臨誰是謫仙才？蓬萊清淺崑崙小，人代茫茫去不回。」《琅邪臺》：

「琅邪臺古穆陵秋，指點金銀十二樓。天地東來橫碣石，滄溟北去抱神州。秦皇功德誣三季，夏諺諸侯勸一游。往事浮雲向空盡，老懷飛舞不能休。」《江頭野步》：「未瞑見斜月，獨行聞遠鐘。秋風先我至，江上落芙蓉。」《白荷》：「已愛輕羅步韈新，更憐珠露洗秋塵。卷簾垂手明如玉，月滿西洲不見人。」）

元大父招勇將軍於乾隆五年征苗，有戰績。家遺佩刀，澹川作歌後，兩浙詩人繼有作者。（《招勇將軍寶刀歌》。朱彭：「秋河閃閃明星高，當天拔鞘天爲摇。鯨鯢可斷鐵可截，瞥見百鍊將軍刀。將軍起家備宿衛，八尺身長氣精鋭。引滿時彎玉靶弓，騰空獨縱金絲轡。龍鱗袋貯吕虔刀，獨立昂藏一戎帥。憶昔旌麾駐九谿，跳梁犵狫喧鼓鼙。青布纏髻身裹皮，短刀林立利若犀。懸厓絶壁紛攀躋，綿亘山谷連東西。狼烟沖天鳥不集，將軍提刀竟深入。一片刀光電影飛，鹿駭猨奔盡驚逸。五寨居然一日平，報捷軍門抑何疾。南山大箐賊尚屯，將軍間道披荆榛。墮坑傷足不暇捫，直擣巢穴清餘氛。生擒俘虜幾千輩，苗欲乞生向刀拜。將軍殺叛不殺降，那忍株連同拔薤。後車捆載獲芻糧，勁卒搜羅陳器械。笳鼓喧闐奏凱還，鐃歌作罷真雄快。餘苗歸洞荷生成，謀建生祠奠醁醽。歌呼跳月醉蘆酒，五十餘年慶太平。近傳騷動辰州旁，出洞摽掠還遠颺。嗚呼！安得再生將軍鎮苗疆？賣刀買牛輸官倉，聖世服疇歌樂康。」湯禮祥：「將軍一身萬人敵，腰横寶刀鐵三尺。飛空一片夜霜寒，壁壘旌旗盡無色。昔年奉檄征紅苗，九谿寨前殺氣高。負力恃險黠且驕，深林密箐愁猨猱。黄雲慘慘黑風急，將軍提刀出復入。戰血模糊戰袍赤，髑髏滿地行不得。報捷軍門五寨平，南山餘孽尚縱横。此時再戰兵再接，萬帳降人馬前泣。將軍受降不殺降，降苗羅拜歸苗疆。戰績戎韜邁前代，犵狫聞名説遺愛。至今重人兼重刀，不數區區呂虔佩。酒酣月落共摩挱，蛟龍躍出腥風多。若將此刀鎮蠻府，威靈所到無兵戈。君不見漢家將軍馬伏波，天南銅柱高峩峩。」朱爲弼：「靈臺偃伯清妖氛，平苗之績推將軍。將軍已往佩刀在，凌烟玉具同銘勳。鷫鷞碎花露鋩鍔，螭獸喪膽逃紛紜。何年金精司鼓鑄，拔鞘迸落星辰紋。苗民當日肆劫掠，九谿賊砦屯如蝨。飛毛坪前檄馳羽，龍家溪畔鳴鼓鼖。將軍提刀奮神勇，電光閃處開風雲。短兵相接斬萬級，呼聲震谷迴斜曛。餘賊横坡息殘喘，神鋒所值破竹分。渠魁既殲欃槍落，刀乎此日無乃勤？將軍凱旋報經略，自洗血刃湖之濆。雅歌投壺整以暇，部勒諸將屯輗轒。腰間三尺示不用，纏以鹿皮裹玄纁。降苗如蟻來紛紛，男者面縛女足皸。經略大礮聲砏磤，將軍入辨色闍闍，奈何崐岡玉石焚？遂開軍門受降虜，白虎秋氣化作春氤氲。至今祠廟峙銅柱，辰州苗疆有銅柱，乃馬楚時所立。見吴任臣《十國春秋》。苗民奔走薦苾芬。秋堂傳觀奇寶出，蛟龍白日氣員員。忠仁之心脱光守，匣中夜吼聲不聞。從來名將不黷武，必有哲嗣光斯文。將軍文孫今昌黎，泰山北斗士望殷。寶此赤刀作大訓，文章黼黻佐聖君。行看奕世偉鐘鼎，吕虔三公何足云？」陳文杰：「風棱滿堂秋氣來，寶刀出匣驚龍雷。星辰摇摇海水立，白虹一劃青天開。將軍昔日初通籍，入直明光親執戟。腰間三尺青芙蓉，英風顧盼生顔色。詔書命典荆江兵，獞花犵鳥迎雙旌。戰氛欲起白日暗，寶刀夜作蛟龍鳴。苗人鑄刀尺有咫，鵜膏如雪洗龍子。一夜狼烟九谿起，短刀林立三百里。萬夫斫陣聲震天，將軍突出爲衆先。霹靂在手陰風旋，髑髏墮地輕於烟。九谿寇黨南山連，負嵎虎踞崇山巔。縋險轉戰驚飛仙，苗降争拜刀光前。令嚴殺賊不殺民，以殺止殺全窮鱗。寳刀拭浄不復用，戰場花草生青春。畏威戴德苗心死，從此苗人不反矣。甲兵洗盡事春農，匣中刀卧銀河水。淮南學士將軍孫，秋濤三折開龍門。家傳文武世忠孝，手編家乘書前勳。秋夜沈沈月如練，滿堂賓客開文讌。寳刀捧出四筵驚，一片寒光射人面。想當盪決陣雲開，萬馬聲中激飛電。百戰歸來血洗稜，健兒十萬傳觀徧。古來戰績紀紛紛，殺戮成功從未聞。君不見秦國鋭頭白豎子，漢家猿臂李將軍。」）

歙鮑以文廷博居湖州之烏鎮，長往來武林。博極群書，家藏萬卷。雖極隱僻罕見著録者，問之無不知其原委。嘗刻《知不足齋叢書》及《四庫書提要》。有《夕陽》詩盛傳於時，人呼爲「鮑夕陽」。余贈以詩云：「清名即是長生訣，當世應無未見書。何處見君常覓句，小闌干外夕陽疏。」

仁和朱朗齋文藻能詩，留心文獻，好金石。老而貧，居艮山門外清溪前。丁巳戊午間，助余編録兩浙詩數千家。雨久穿屋流，余贈詩云：「雨後清溪繞屋流，藤牀著膝看魚游。先生竟似陶貞白，萬卷圖書不下樓。」

錢塘何夢華元錫博雅嗜古，精審金石，久居曲阜。乾隆乙卯，與余同至杭州，僑居西湖。余嘗贈以詩云：「却因風木常多病，不爲清狂始詠詩。一種閒情誰解得，夕陽林外讀碑時。」夢華昔在曲阜，嘗步行孔林外，得漢孔君碑。黄小松司馬易爲寫《林外得碑圖》。

仁和趙晉齋魏博學，精於隸古，尤嗜金石文字，歐、趙著録不是過也。予試杭州，得其「書牆暗記移花日」一詩，決爲名士。拆卷，果晉齋也。

錢塘陳春渠振鷺年七十，清癯似鶴，楷隸竝得古法。恬然閉户，以詩自娱。蘇公詩云：「神清骨冷無由俗。」斯人頗似逋翁也。鄉人重之，舉孝廉方正。

錢塘何春渚淇，詩翰翛然遠俗，清介自守，老於布衣。余以孝廉方正徵之，春渚以詩却云：「章服榮身孰肯辭，性耽疏放未能移。閒臨遠水荷衣稱，深入雲嵐竹笠宜。薦士孔融真可感，思親毛義不勝悲。此情尚冀垂憐察，况是才非十駕時。」予答詩云：「清聲無奈左雄知，老戀林泉未肯離。若論不求聞達好，此人曾賦却徵詩。」

錢塘朱青湖彭，老詩人也，著有《抱山堂詩集》。杭之學詩者皆宗之。家故貧，甫能雕板，旋燬於火。青湖累被火，至是凡三矣。遷居後，仍近吴山。乞余書抱山堂扁。其舊扁爲丁龍泓所書。余贈詩云：「白髮吟詩獨閉關，著書常被八人删。龍泓未見山人癖，别起書堂又抱山。」（朱青湖《抱山堂詩》。《七夕詞》：「烏鵲過，停金梭。思之子，望銀河。銀河滉瀁流晴雪，半規月上遥山缺。天邊牛女遠相望，不獨人間眷離别。吴姬妝成出畫樓，水晶簾卷涼雲秋。綵縷穿成月半落，花陰漠漠凝雙眸。月影花陰相度處，漸覺熹微天欲曙。天欲曙，黄姑去。淚汍瀾，灑秋雨。」《寒夜對月聽李玉峰彈塞鴻曲》：「天寒夜静孤月明，百衲古琴几上横。霜飈忽向七絃起，滿座都作飛鴻聲。鴻雁銜蘆過塞下，斷續飛鳴自嘔啞。黄沙白草遠連雲，天作穹廬蓋四野。聲聲掩抑風摧毛，風前相失求其曹。如繩不斷戍樓外，一聲直上狼烟高。乍隔狼烟看不見，金軫旋揮調忽變。千仞誰將矰弋施，將軍欲啓頭鵝讌。振翮高飛避罻羅，殺虎城邊競傳箭。瞥然孤影向關來，傷弓更覺鳴聲哀。邊笳亦嗚咽，邊馬皆徘徊。

龍沙回首一南望，明妃愁上單于臺。愁對斜行乍明滅，交河日暮行人絶。隴外漫漫去路長，側耳遥聽尚凄切。此時流響不在絃，月光滿地寒如雪。玉峰子，舍爾琴，爾琴漫作邊關音。水仙一操移人意，與爾還從海上尋。」《疊浪崖歌》：「攝山之高百餘丈，中有危崖屹相向。纍纍碎石千萬重，游屐來觀疑疊浪。上有撑空如纖之高峰，下有六朝不彫之古松。此崖迴合入樵徑，浪花都帶嵐烟濃。蒼茫仿佛春江瀉，長風欲把濤頭駕。乘興堪爲汗漫遊，石帆高挂從天下。定有琴高控鯉魚，山前招手遥相迓。我疑五丁力獨神，鑿石散作波粼粼。又疑天吴移海水，一夕忽變青嶙峋。造物茫茫不可測，諧談未許憑胸臆。且自支笻厓畔過，芒鞵踏浪看山色。」《月夜訪孫楚酒樓遺址過城西聞笛作》：「一醉下高樓，揚舲向石頭。伊人渺難即，異代迥含愁。風月自千古，江山又九秋。城西誰擫笛，閒步亦清游。」《登妙高臺》：「長江遠自岷峨來，金鼇昂首高崔巍。樓閣千尋白浪湧，山川四望青天開。林烟匝岸見歸鳥，雲氣盪胸無點埃。誰留坡仙看落日，浩然獨棹輕舟回。」《垂虹橋秋望》：「楓葉蘆花徧遠灘，蕭蕭風露作新寒。秋光三萬六千頃，獨向垂虹橋上看。」）

山陰邵夢餘無恙詩學極深，各體皆善。標格稍遜吴澹川，而性靈才調過之，真勁敵也。佳句五言如《陶然亭》云：「秋聲千樹盡，雪意萬山來。」《宿舊縣》云：「霜樹寒生野，天河静對門。」《清涼山》云：「泉聲松頂落，花片竹陰飛。」《吼山》云：「石隨雲過水，樹對屋飛泉。」《夜發秣陵》云：「水門沈夜月，山影上秋河。」《渡太湖》云：「雲懶眠孤嶺，湖平立遠帆。」《自吴門旋白下》云：「古岸生春水，長江擁夜雲。」《棲霞》云：「山花眠麝暖，池月照魚涼。」七言如《燕臺》云：「雲覆黄沙吞朔塞，河流白日下燕山。」《北固山看雪》云：「雲痕四合沈諸島，雪色中開見大江。」《永濟寺》云：「莎草緑盈三月雨，桃花紅入六朝山。」《姑蘇》云：「四時花月吴趨曲，兩國兵戎越絶書。」《晚泊石城》云：「荒壘齊梁猶上月，大江吴楚自分星。」《禹陵》云：「風雨鬼神趨古殿，鶯花士女拜春山。」《蕺山》云：「婦女同仇兵氣合，山川重秀霸圖開。」《九日登通州城樓》云：「霜下邊聲來朔塞，日斜河色上城樓。」又云：「地夾關河三輔合，天無風雨萬山開。」《燕子磯暮望》云：「霜中草樹聲難静，月下江山影倍寒。揚子暮潮空自落，秣陵秋色幾回看。」《雨泊三塔灣有懷》云：「大江殘夜生新水，微雨扁舟夢故人。」《晚過揚州留別》云：「烟際白帆浮甓社，雪中紅樹認揚州。」《渡江》云：「丹徒城郭烟中度，白下江山雪後看。」《栖霞放舟》云：「青山入夢曾知己，明月同舟當故人。」《蘇堤曉步》云：「一湖静卧群峰影，小雨香生萬樹花。」《秋夜》云：「鶴影倦依凉月立，雁聲寒帶夜霜飛。」皆清新俊逸，雅近自然。夢餘原名騉，曾官江南越中。商寶意後，僅見此君。（邵夢餘《蕉雪齋詩》。《京江晚渡》：「遠海淡無色，微風夜潮長。陰霞江面生，新月渡頭上。放舟出瓜步，衝波時盪槳。大江無静流，浪打石城響。」《鳳凰山對月》：「離離雙梧樹，泠泠流素輝。朗月令人曠，興言上翠微。崇厓緣古堞，面面層巒圍。中横萬里江，烟水空霏霏。東指棲霞嶺，西望采石磯。夜山如殘畫，淺碧痕依稀。席地群呼飲，金波漾餘輝。長嘯拍洪厓，清妙暢天機。空谷答遥響，籟息聲漸希。醉卧仰明月，四空星滿衣。俯視松頂雲，却在舄下飛。皛皛玉宇闊，竟御天風歸。」《發龍潭至白門作》：「捨舟踏亂山，一路入空碧。村墟方曉霽，屋帶斷雲濕。虚谷多回風，松響滿孤石。暗水流廢畦，初陽照蒼壁。空野見微緑，中有早春色。一峰稜稜明，認是棲霞雪。十載江南游，層巒多所歷。行客與青山，相見如舊識。林岫雖故蹊，烟景自新得。譬彼清泉流，涓涓無滯迹。人行元化中，奚用感今昔？歲去不可留，百年皆過客。且酌白門酒，勞此髮未白。今宵照梅花，已非昨夜月。」《題望雲思親圖》：「朔風無寧日，老樹無寧枝。枝繁根乃枯，成兹憔悴姿。親年不滿百，百年有窮期。子知養親日，已非親壯時。事親日苦短，況乃長别離。白雲東南來，招摇西北馳。親舍隔萬里，眠食何由知？朝得父母書，長跪讀書詞。得歸慎莫留，不歸慎莫思。煢煢父母心，淚下如綆縻。仰視南歸雲，猶在天一涯。」《送章芝厓出塞》：「男兒既不能脅肩濫吹王門竽，又不能赤脚歸荷南山鋤。短衣揖客上馬去，北游直踏醫無閭。我聞路出飛狐道，北方健兒身手好。箭血秋紅幕下麞，鬼燐夜碧原頭草。古來戰壘長城多，花開塞下歌邊歌。已報將軍營鐵嶺，不須甲士枕琱戈。陸海自昔稱不毛，十年生聚成腴膏。如花女兒十五六，晝騎橐駝夜炰羔。送君曉度居庸口，夕陽繫馬關前柳。一夜新霜篳篥寒，行人爛醉邊城酒。城上黄雲如水流，松山白月挂城頭。西風吹起遼東雁，無限關山望越州。」《道出白溝河書初白先生夾馬營詩後》：「平沙颯颯來陰風，萬木脱盡飛蒿蓬。白溝自昔界遼宋，百年戎馬曾交攻。黄袍聖人真英雄，鼎定洛邑開岐豐。玉斧劃河棄勿有，豁達大度誰能同？五季殺戮禍已亟，拓疆忍復興兵戎？兒孫孱弱成南渡，安可追咎祖若宗？錢王入夢索舊土，中有天意非夢夢。汴京破壞宫闕毁，藝祖寧不悲塵蒙？燕雲十六州作賂，事由石晉難爲功。若云割界太示弱，亡宋況復非遼東。我聞德至四裔守，無德焉用争提封？君不見秦滅六國吞寰中，長城萬里防邊烽，楚人一炬咸陽空。」《游焦山飲梅花樹下贈楊明府》：「一山如斷雲，四圍海氣白。中有千蘂萬蘂梅，江流倒漾花光碧。楊侯邀我酌梅花。拂衣便坐花陰石。夕陽沈沈不到地，交柯密蔭榦若鐵，幽根半埋霹靂厓，寒枝高壓虬龍宅。一度花開一歲春，孤清不鬥江南雪。試問梅花爾誰植，昔年曾否焦仙識？碧海風迴有異香，空山雪滿無行跡。我疑古梅花，即是高士魄。一客爲橫琴，一客爲吹笛。玉管朱絲調未終，緑英飛下流霞席。我抱梅花醉欲眠，一身都化青天月。」《題唐陶山仲冕岱覽圖》：「赤日躍海危巒紅，九土色破青濛濛。活雲如虬踏雙足，嘯聲吹墮松風中。碧天飛下雙白鶴，化爲緑髮青玉童。爲言洪厓在絶頂，方攜雲笈還崆峒。名山五千禹域内，茲嶽如海稱朝宗。獅蹲虎伏不可數，牛眠鵲起多幽宮。山川圖經久廢蝕，幾人筆力開鴻濛。廿年冥想結崇巘，君夢所見將毋同？豁然頓悟振衣處，即此萬仞高穹窿。三十六盤重復重，天門浩浩來天風。一枝七尺披雲筇，一兩不借踏雪樱。凌雲醉拂日觀峰，袖間攜滿青芙蓉。釋山自號陶山子，況近先隴悲楸松。君母厝于陶山，即岱山支麓也，遂著《岱覽》三十卷，自號「陶山子」。著書聊述倚廬志，作圖尚感前游蹤。惜我五嶽未登一，正思開拓層雲胸。名山入手如可從，徑欲吹竹騎蒼龍。乞君奇書秦樹東，手披或有仙人逢。」《望岱》：「陡擁層雲起，蒼然見嶽形。勢盤平野闊，色聚萬峰青。草樹浮春氣，烟霞降帝靈。東封七十二，時有翠華經。」《出都》：「此去猶爲客，何嘗是故鄉。獨憐霜雪盛，其奈道途長。雲氣屯空塞，河聲響夕陽。迴瞻關路晚，烟樹極蒼蒼。」《登長干塔》：「聳身窺萬仞，一鳥上雲來。日月摩空得，江山劃地開。松藏靈谷寺，草歇雨花臺。滿目南朝迹，憑誰話劫灰？」《泊棲霞》：「不到棲霞麓，蒼茫已八年。一帆涼月下，重泊寺門前。高樹横秋漢，空山響夜泉。幽居聞最勝，應探碧峰巔。」《履海》：「一片東溟土，狂濤盪四邊。雲横成列嶂，潮白失青成。戍屋懸魚網，沙田藝木棉。太平寧廢武，横海盛樓船。」《登香罏峰大雪折從西嶺而下》：「到此天如握，雲低千萬重。層陰生海角，大雪下罏峰。乍喜過危石，偶然來遠鐘。野僧歸荷篠，多在半山逢。」《送李雪帆之楚》：「萬木變秋聲，西風滿帝城。高樓一夜雨，曉送故人行。杖策游燕願，狂歌入楚情。獨憐關北雁，辛苦共長征。」《逢婁鑑塘》：「北風吹雨雪，深夜故人來。酌酒聊相勸，孤懷且暫開。烟霞同抱癖，山水獨憐才。遲爾西泠去，輕舠訪野梅。」《錢唐懷古》：「鐵騎長嘶薄建康，議和議戰總淪亡。鸛鵝春散將軍壘，蟋蟀秋開宰相堂。海上孤兒沈趙氏，夢中故土索錢王。須知天意成南渡，艮嶽山先號鳳凰。」《天后廟》：「闕下銀濤萬里來，霞宫遠對紫溟開。月高旌旆排雲出，風定魚龍拜浪回。千炬神鐙飛遠艦，百花香樹擁層臺。明禋願獻安瀾頌，秋雨秋潮静九垓。」《曉過故關》：「朝暉遠射嶺烟開，鳥壘高盤漢將臺。山勢劃天分岸立，河聲驅石過關來。戍樓雲擁旌竿滿，戰地風迴畫角哀。今日時清仍設險，少年誰是棄繻才？」《渡滹沱河》：「燕臺畫角動邊歌，木末平原見大河。皁帽烏裘歸上黨，黄沙雪浪渡滹沱。荒村日淡收蘆荻，空磧風寒飯駱駝。獲鹿城頭西指去，暮雲紅處亂峰多。」《次龍安驛》：「白雲深處見棲霞，古戍樓明夕照斜。馳道四圍開碧嶂，宫門一路近桃花。江山自古稱佳麗，野老逢人説翠華。曾讀去年蠲賦詔，帝心深念野人家。」《重過金山題寺壁兼示龔春林》：「四年浮宦江南路，往返揚州十六回。昨歲春風二三月，醉吟一上妙高臺。載邀良友扁舟去，又見名山古刹開。好語遠公莫相笑，過門原是昔人來。」《永濟寺題壁》：「人語近江樹，犬吠出叢薄。夜聞柝杙聲，知有孤舟泊。」「客夢破孤磬，漸聞啼曉鴉。一夜山風歇，僧掃門前花。」《萬松嶺》：「種松三萬株，翠滿亂峰頂。夜半山月生，一松一月影。」《舟行》：「紅杏花開客放舟，春風日日泛春流。一帆明月投淮浦，兩岸青山出兗州。」「遠戍空濛接呂城，微風料峭半帆行。一江春雨絲絲暮，卧聽吴孃轉柁聲。」《出白門》：「杏花如雪柳絲輕，渡口濛濛細雨生。惆悵行人過江去，十三樓畔正清明。」《蕙》：「百畝風光轉漸和，幽芳也入楚臣歌。從來香草如君子，但得花開不厭多。」）

錢塘宋茗香大樽官國子助教，嘗裹糧爲天台之游。所爲詩飄然淩雲，有謫仙之意。其子咸熙通經學，嘗注《夏小正》。

嘉慶元年，詔舉孝廉方正之士，浙江舉者十二人：仁和邵右菴志純、翁蓮叔名濂，錢塘陳禮門振鷺，海寧陳仲魚鱣、楊純一秉初，嘉興莊韶九鳳苞、李中玉穀，海鹽張芑堂燕昌，鄞縣袁陶軒鈞，慈谿鄭簡香勳，定海李申三巽占，義烏樓萃千錫裘。辭不就：錢唐何春渚淇、奚鐵生岡、朱青湖彭，鄞蔣樗菴學鏞。

山陰陳默齋騎尉廣寧，以難蔭官。有孝行，敦氣節，甚具才略。精審金石，兼工詩翰，所著有《壽雪山房詩》。余題之云：「古人原不厭粗官，只恐新詩遇賞難。誰似憐才李文靖，馬前識得夏金壇。」余欲以孝廉方正薦之，辭不就。

海寧陳仲魚鱣於經史百家靡不綜覽，嘗輯鄭司農《論語注》諸書而考證之。浙西諸生中經學最深者也。舉孝廉方正。江南陳方伯奉茲嘗謂所舉孝廉方正，江蘇錢可廬大昭、安徽胡雒君虔、浙江陳仲魚三人可概其餘。余謂方伯之言誠能識拔宿儒，然安徽當以程易田瑶田爲第一，而胡君亞之。

海寧錢馥，布衣也。精於六書小學，年四十矣。余欲以弟子員屈之，不就試。旋卒。其友邵右菴志純拾其餘論爲書一卷。右菴，余所舉孝廉方正士也，古文有法。秦小峴觀察深於古文，於右菴有深契焉。

海鹽張芑堂燕昌舉孝廉方正，入省，有胥吏弄文阻之，欲其來解也。芑堂拂袖去，云：「吾若與猾胥接一言，有負辟薦矣。」予聞之，即徵來省，特列薦章中。芑堂本王韓城師所舉優行生，名望素符，真士無虚聲也。尤嗜金石，嘗自摹吉金貞石文字爲《金石契》，又嘗登范氏天一閣，摹北宋石鼓文，勒石于家。余借其本，合明初拓本，重模十石，嵌置杭州府學明倫堂兩壁。竝贈芑堂詩云：「銘鑄鼎彝款象犧，每看一字百摩挲。却因好古生偏晚，不見蘇頲韓獵碣多。」

陳雲伯《擬曹堯賓小游仙》詩有云：「曾向紅雲侍玉皇，羽衣長染御爐香。海棠萬樹愁春雨，夜夜通明問緑章。」此意非堯賓所及。堯賓身肥重，岳陽守云：「余初得堯賓詩，以爲可驂鸞鶴。今見之，牛不能載。」錢塘梁眉子祖恩云：「百首仙詩破曉寒，羽衣來謁岳陽官。千年重見堯賓過，不跨青牛跨彩鸞。」

游仙詩佳者甚多。俞雲莊寶華云：「夢入仙宫賦曉寒，黄金爲屋玉爲欄。衍波牋上唐人韵，記得銜名署彩鸞。」方蘭塍懋嗣云：「朱鳥窗深户半扃，月明間愛鶴梳翎。紫雲一曲彈神雪，多少仙人花下聽。」龔素山𪫋云：「猶憶當年舊謫居，詩巢花護未攤書。有人獨折芙蓉立，多少神仙總不如。」姜怡亭寧云：「司香内史劇娉婷，菡萏衣垂九子鈴。閬苑無風門不閉，萬花堆裏誦《黄庭》。」

春草詩佳者，陳雲伯云：「南朝烟雨重三節，北里鶯花第五家。小院空階迷蛺蝶，荒陵春水問蝦蟆。」又云：「客路有時愁細雨，天涯何處不斜陽。玉關消息知何似，緑徧前朝舊戰場。」陳曼生云：「梅花夢後春纔到，燕子歸時客未還。」陳瀛芝云：「屐痕淺淡連宵雨，簾影凄迷一片山。」許柯云：「青袍欲借階前地，緑鬢愁生鏡裏顔。堳埒生春皆礙馬，蘼蕪望遠莫登山。」孫夢麟云：「緑楊細雨清明路，紅杏春風上巳山。」吴清漣云：「美人若贈同瑶珮，燕子如歸正落花。」

春草詩多清麗芊眠之作。陳壽蘇文湛詩云：「雁塞龍堆道路長，客愁如海正茫茫。烟濃古戍思盤馬，落日平原好牧羊。萬里秦關春似繡，千秋漢冢上猶香。遥知紅袖刀鐶夢，歌到蘼蕪已斷腸。」可謂淋漓悲壯矣。

余以《海塘賦》試杭士，陳文杰、許柯、胡敬、陳傳經，文皆壯闊。胡敬《水仙花賦》僅三百字，孤絃冷韵，一時傳誦。又有《闌干賦》，亦佳。（胡敬《水仙花賦》：「爾乃冰堅曲沼，雪積閒庭，凡卉雕景，仙葩吐馨。藉玉盤之瑩潔，貯金屋之娉婷。芳心綻黄，稠葉披緑。艷質纏金，幽姿琢玉。揚秣陵之素華，展凌波之芳躅。含脈脈之深情，隔盈盈之一曲。顧影裴回，將開未開。移春有檻，避風無臺。若妃逢洛浦，曳輕裾而乍來。日暄烟藹，搓酥洗黛。珠璣綴裳，瓊瑶結佩。若神來洞庭，迷綽約而多態。碧沙文石，淺步無塵。閉門獨笑，幽懷泥人。恍如神女逢交甫于漢濱，冷艷涵虚，澄波微瀁，神光陸離，芳悰恍悦。又如湘靈鼓雲和而來往，羌窈窕兮纏綿，濯寒波兮色鮮。暎玉壺而莫辨，照銀魄以增妍。羅襪凌風，銖衣疊雪。與畹蘭兮比貞，同庭梅兮表潔。洵含芳兮足嘉，亦餐英兮可悦。伴歲寒于吾廬兮，對形影之清絶。」胡敬《闌干賦》：「玉階迢遞，金鏁葳蕤。微雨宵霽，和風曉吹。户暗虚掩，簾長正垂。望遠情怯，憑虚境危。何緣徙倚，得暢追隨。則有十二闌干，横斜位次，疏不遮風，長還竟地。亭畔横陳，池邊低置。礙竹斜通，妨梅巧避。苔點香浮，露含光膩。倚偏迴廊，寒生半臂。爾其碧玉珍奇，迴文形勢。石氏新様，楊家奢製。七寶裝成，百花繁綴。掩映璇閨，周遭瓊砌。盡態極妍，增華崇麗。南朝隋帝之樓，西漢王根之第。窈窕瓏玲，際檐傍檽。值物賦象，任地班形。接芙蓉之行障，連翡翠之迴屏。春老則飛絮如雪，人去則涼蟾滿庭。至如鬥草閒娃，吹簫侍妾，戲罷秋千，慵移步屧。院古苔新，逕回林接。小立花陰，低垂星靨。同凭如玉之春纖，微露留仙之裙褶。若乃巡檐索笑，負手吟詩，茶烟漾際，雨花散時。黄絹千首，紅藤一枝。繞百匝而未厭，愛四圍之竝施。屈曲扶偏，欹斜步遲。況復層巖翠滴，飛閣丹明；虹霓迴帶，井榦峥嶸。夾翠磴以直上，亘丹霄而乍横。盤空陡豎，倒景孤生。眩轉難定，攀躋屢驚。與夫鬥鴨聲喧，流螢光炯，點綴紅橋，迴環金井，藥茁烟叢，石涵秋影，莫不采錯熒煌，雕搜完整。護金谷之穠華，助玉津之芳景。沈香亭北倚多時，無限春光心已領。」）

《闌干賦》，陳雲伯句云：「宛轉迴文，玲瓏卍字。花片分紅，苔痕引翠。畫閣三重，迴廊十二。晝静無人，月來有影。芳草閒階，梧桐古井。鸚鵡籠低，鴛鴦瓦冷。愁看花落，笑指雲生。烟波白舫，神仙碧城。簫韵一窗，琴心三叠。荷葉搴珠，桃根繫楫。銅鐶屈戌，玉篆罘罳。移來花影，罥住柳絲，小作勾留，此日間凭之處。最堪惆悵，昨宵敲遍之時。」陳荔峰復亨句云：「桐陰徑轉，花影窗移。蝦鬚簾押，麂眼笆籬。地勢横斜，天然位置。雅稱名園，亦宜蕭寺。院静晝長，廊迴路接。吟聳詩肩，步傳響屧。虚堂敞處，涼夜深時。蛩語欲碎，漏聲轉遲。曲連畫檻，平接雕楹。樓空月上，亭古苔生，皆有神韻。」復亭，今改名嵩慶。

杭州諸生能以明人法律爲時文者，湯畫人錫藩爲最，根柢亦深。

錢塘有王仁，仁和有王立仁，海寧有王有壬，其詩文工力亦相近也。

嘉興李穀有孝行，嘗割股以救親。鄉人稱之。余曰：「毀傷肢體，非孝也。然以親故爲之，則凡可以愛其親者無不爲矣。且吾知其若仕，必能致身於君矣。」時舉孝廉方正，予特徵之，列薦章中。

試嘉興時，兼以繪事。有老諸生周封者，山水蒼秀，於風簷中寫《秋山聽瀑圖》，即前一日試士詩題也。此外有錢善揚，乃蘀石翁之孫，花卉極有家法。陳球、吕鈐、沈瀚之山水，虞光祖之花卉，皆録之。

杭州試畫，錢塘朱壬山水、花卉、翎毛皆有法。壬即青湖子也。徐鉽之山水，梁學、姚榕之梅花，張國裕、陳國觀之花卉，皆録之。

嘉興有三李，超孫、富孫、遇孫，皆秋錦先生良年後人，克繼家學。

嘉興吴侃叔東發，老諸生也。博古能文，識古文奇字。嘗爲《石鼓文章句》，謂石鼓文中有次章即用首章之前半重叠，讀之如《毛詩》之例，徒因刻石簡省，不重書刻之耳。所言頗爲前人所未發。

嘉興有二吴，吴澹川可謂登高能賦，吴侃叔可謂鑄器能銘。

嘉興張叔未廷濟詩文斐然，留心金石。於海上得漢晉甎八，曰「萬歲不敗」、曰「蜀師」、曰「太康二年」、曰「永寧二年」、曰「元康二年」，其不全者曰「吴氏」、曰「儒墓」、曰「萬因」。以八甎顔其齋，予爲書「八甎精舍」額，平湖朱椒堂爲弼賦九言長歌贈之。（朱爲弼《八甎精舍歌贈張叔未》：「周家塼埴之工不可見，最古惟數西京五鳳甎。炎精入地字帶土花紫，建武建初俱載洪氏編。古鹽官地近接蛟蜃窟，潮落寶氣騰出黄沙邊。此氣非金非銀非瓊玉，文人慧眼下燭窮九淵。赤脚入冰水退四五尺，手持鐵網網得珊瑚鮮。萬歲不敗篆追冰斯古，文同吉陽利善祈延年。蜀師例與景師蜀夫合，良工合土功致名乃傳。其餘太康永寧元康作，隸法寶鼎天監相後先。滄桑劫餘僅存二三字，缺月隱霧斷虹凌秋烟。拊掌大笑攜歸嵌齋壁，常伴一枝檇李春秋前。精舍前有檇李。歐陽衡文兼精金石學，要收爨下桐木柯亭椽。恭王翁仲銘識君能釋，知君碑版鐘鼎皆精研。君攜繭紙命我作長句，謂我曾讀《急就》、《凡將》篇。并出脱本贈我凡五紙，一十四字字字珠璣連。丹甑銀甕已見地寶出，方今聖人稽古真同天。夫君著作韓碑兼柳雅，他時蘭臺粉署稱神仙。一語贈君君宜銘座右，莫學八甎學士耽高眠。」）

嘉興楊蟠父謙嘗注暴書亭詩，父子竝深朱氏掌故，余命之修《竹垞小志》。蟠尤長於詞。嘗試《花影吹笙圖》詞，擅場。（楊蟠《疏影題花影吹笙圖》：「生綃瑩浄，看幾番皴出，烟色初暝。柳外惺忪，簾額羅疏，微黄淡月相映。翛然坐到深宵好，奈料峭、春寒猶凝。對冰蟾、半臂添來，壓住滿身花影。猶愛玲瓏石畔，玉笙細弄處，清韵堪聽。冷浸丹唇，響轉銀簧，度出林梢花頂。笛家琴調吹簫譜，把一一、新聲重訂。算生來、不是神仙，怎得者般清興？」）

余試嘉興詞人，偶憶范石湖「花影吹笙，滿地淡黃月」詞意，以《花影吹笙圖》爲題，調《疏影》。佳者凡五六闋。既乃屬石門方蘭士薰、錢唐顧西梅洛補二圖，吴江郭頻伽、錢唐陳雲伯皆有詞。（《疏影題花影吹笙圖》。郭麐：「空庭潑水，正玲瓏瀉月，簾影垂地。悵望銀河，閒弄參差，箇儂知是誰思？橫枝清瘦疏花活，漸篩滿、薄羅衫子。只枝頭、翠羽雙棲，窺見那時情事。　難忘黃昏院落，畫闌十二曲，曲曲同倚。半攏春纖，半度脂香，炙暖一行銀字。年來白石風情減，有自作、新詞誰記？但每逢、花月嬋娟，便想畫中雙髻。」陳文杰：「苔階露溼，正晚風料峭，輕涼時節。小院無人，閒理瑤笙，香唇定然寒徹。南朝玉塞關山遠，訴別恨、聲聲嗚咽。漸滿身、花影玲瓏，吹醒一天明月。　猶憶小樓清夜，箇儂在月下，鸞管徐歇。倚遍闌干，羅袖微揎，纖手映來如雪。繡囊銀字都零落，空夢斷、餘音清越。料祇應、花外銀蟾，照見斷紅雙靨。」）

暴書亭久廢爲桑田，南北垞種桑皆滿，亭址無片甓。而荷鋤犯此地者，其人輒病，豈文人真有靈魄耶？余就其址重建暴書亭，石階石柱，可久不廢。

暴書亭扁爲嚴太史繩孫所書。亭圮而扁未毀，仍懸亭中。舊有楹帖，爲吾鄉汪檢討楫書竹垞集杜句，云：「會須上番看成竹，何處老翁來賦詩？」聯木久無，余重書刻于石柱間。（阮元《暴書亭》：「久與垞南訂舊銘，江湖蹤跡髮星星。六旬歸築三間屋，萬卷修成一部經。繡野灘頭秋芋熟，落帆亭畔古槐青。笛漁早死雙孫老，誰暴遺書向此亭？」）

檢討後人藏有《竹垞圖》，海陵曹秋厓岳所畫。余屬周采巖、方蘭士摹之，竝和檢討《百字令》詞，和者三十餘人，載《竹坨小志》。（《百字令和朱檢討自題竹坨圖原韵》。阮元：「先生歸矣。記江南春雨，扁舟初泊。自種坨南千箇竹，老讓嬾雲閒託。繭綫牽魚，弓枝射鴨，足伴填詞樂。畫圖長在，肯教蹤跡零落？　今日水淺荷荒，巖低桂蠹，殘址難斟酌。何處牆邊樓影小，曾展秋窗風模。儒老乾坤，書懸日月，莫漫悲亭壑。重摹橫卷，遠山還染三角。」王昶：「南湖放櫂，正春殘兩岸，楊花漂泊。一卷生綃重畫取，仿佛前賢棲託。茆屋灣環，蓮漪澮沱，負此幽居樂。潞河羈旅，潮生還看潮落。　料是投老歸來，書亭甌舫，昔雨同絃酌。記向竹西頻話舊，悽絶苔荒井幙。耆碩凋零，雲礽衰謝，重見開丘壑。丁丑、戊寅間，余與稼翁同寓邗溝，又與伯承同官陝右，語及南北坨蕪廢，悵惘久之。今稼翁早歸道山，伯承亦下世，而芸臺學使將修復之，是可喜也。他時過訪，叢筠應滿籬角。」吴錫麒：「二分竹外，記江湖載酒，歸來曾泊。老盡篔簹人不見，往蹟畫圖重託。菱葉波長，藕絲鄉闊，讓與閒鷗樂。寥寥琴趣，翠聲天半吹落。　誰復黄雀風中，鬥雞缸滿，相對斜陽酌。秋水藉架橋口路，遮護幾層雲幙。危石能扶，虚亭更葺，高致傳巖壑。明年筍候，一尖還迸紅角。」錢楷：「五湖三畝，歎斯人仙去，落荒蓬泊。一片研經心事在，研經室，學使齋名。賸向畫圖尋託。流水門前，綠楊牆外，買斷坨中樂。竹猶無恙，幾番青復吹落？　擬向梅里停橈，小樓添處，整頓還商酌。學使有重修暴書亭意。且覓丹青傳粉本，依樣圖書簾幙。舊句重翻，新詞競唱，別又成丘壑。攜歸日下，填詞聲價爭角。」張若采：「長蘆秋老，有乘槎仙使，荒灣初泊。悵觸研經心一片，多少古懷難託。看竹敲笻，披圖岸幘，更印林泉樂。礬綃撫取，翠雲千片飛落。　還憶歷下移碑，鄭鄉表墓，到處羞清酌。試展畫圖仙館似，學使有《琅嬛仙館圖》。清影斜飛簾幙。亭廢重修，書殘更暴，對畫成林壑。圍牆栽竹，游人遥識亭角。」朱文藻：「柳邊竹外，後百年星使，畫船重泊。亭北垞南遺址在，韵事丹青堪託。萬卷藏書，雙周甲子，藝苑談資樂。舊圖作于康熙甲寅，今圖作于嘉慶丙辰，相距百二十三年矣。烟雲新染，免教名蹟流落。憶昔景仰宗風，手編年譜，系述勞斟酌。文藻曾編《竹垞年譜》一卷。繡水横塘曾盪槳，何處春風柔幙？褦襶詩窮，鬅鬙鬢改，歲序蛇奔壑。江鄉歸老，敝廬同此牆角。」阮元《修暴書亭落成重題一闋》：「南垞荒矣，問書船潞水，何人停泊？經卷詩篇零落後，魂夢向誰棲託？把酒能招，披圖相慰，畢竟歸來樂。結成亭子，我今重爲君落。才見五馬行春，雙凫漾水，攜畫同斟酌。尚有孫枝桐葉在，護爾秋風簾幙。叠石栽花，引牆圍竹，依舊分林壑。者番題柱，夕陽休礪牛角。」）

余以《養蠶詞》試杭州詩士，得絶句四十餘首。錢塘江鑑云：「美人莫惱秋羅薄，一箔紅蠶兩鬢絲。」仁和諸嘉樂云：「蠶孃若肯拚荒歲，金屋新妝頓減來。」著意相反，便覺新警。他若陳甫之「記得前溪寫簾箔，鳩聲梯影畫江南」，沈毓蓀之「流水瀠洄桑不斷，東風吹出翦刀聲」，徐鉽之「誰家少婦看花去，猶恨羅裙繡未成」，陳復亨之「葉價怕昂絲怕賤，蠶孃心事費評量」，皆能自出機杼。嘉興以《鴛鴦湖詠鴛鴦》命題，亦得絶句數十首。張霖云：「阿儂生小湖邊住，見慣雙飛雙宿時。」丁子復反之云：「阿儂生小湖邊住，不見鴛鴦相對飛。但見鴛鴦湖畔水，雙流相合不相違。」曹言純詩云：「湖邊盡種連枝樹，好讓鴛鴦到處棲。」沈大成反之云：「知他水鳥成雙宿，開得芙蓉自竝頭。」楊蟠云：「曾記數來三十六，果然十八對成行。」吴曾貫云：「度却金鍼還倦繡，有人斜倚畫闌看。」亦佳。

偶閲《韓江雅集》，有陳授衣章《養蠶》句云「蠶孃養蠶如養兒」，用意甚佳。金匱錢梅谿泳有《養蠶贈内》絶句云：「支持兒女眠初穩，十萬生靈正待餐。」又云：「經綸吐盡爲人用，留取輕身一對飛。」皆吐屬不凡。余答梅谿詩云：「蠶利蠶工賴長官，蠶多葉少養蠶難。梅谿更有驚人句，十萬生靈正待餐。」梅谿工於八法，尤精隸古，與山左桂未谷馥齊名。欲以八分寫十三經，復鴻都舊觀。

余試嘉興，既限《鴛鴦湖詠鴛鴦》，復限《射雕》七律，戲謂幕中友人曰：「既歌石帚暗香疏影，不可不唱東坡大江東去也。」嘉興吴書城詩云：「日落邊城耀錦袍，將軍射獵試烏號。雕盤峭嶺千尋出，帛裂秋雲一箭高。記取平蕪灑殷血，定知清塞失霜毛。歸來解帶應酣飲，猶有腥風出繡弢。」可謂興酣落筆。丁子復有句云：「自有將軍能絶塞，莫看都尉獨過橋。」用北齊斛律光事對李廣事，亦典雅可誦。

嘉興試《銀河篇》，佳者頗多。惟丁子復「烏雲一抹起銀浦，灑作承平洗兵雨」二句，最洽余意。余亦有《擬古銀河篇》，蔣山謂頗似唐人。（《銀河篇》。阮元：「七月銀河秋露涼，八月銀河絡角長。九月銀河終夜轉，曉天殘月已飛霜。儂家生小長安住，漢家轉戰輪臺戍。儂在黄姑渡口行，郎向銀河最西處。銀河夜夜入高樓，樓上風清易覺秋。更有高樓在城北，樓中想亦有人愁。鳳城砧杵停中夜，珊珊疑聽河聲瀉。河聲若肯向東流，乘槎會見征人下。可惜華年若逝波，年年清露入秋多。宫中百丈銅仙老，爲問紅顔更若何？紅顔半在鴛鴦殿，多少秋風落紈扇。不見昭陽日影紅，惟有銀河鎮相見。安能三五月常盈，掩住銀河不得明。又恐流光千萬户，愁人别有一般情。」丁子復：「秋河伴月案户牖，蒼龍掉尾連箕斗。白雲飛盡夜未曉，金波無聲瀉空杳。仙槎徑渡水清淺，癡牛服箱車輪轉。白練橫斜冷不收，宵寒織室機聲秋。靈誰飛來濡兩翼，鈎星耿耿秋繩直。欃槍掃落摧寒芒，西流向曙迴清光。烏雲一抹起銀浦，灑作承平洗兵雨。」金衍宗：「秋羅雲薄涼蟾入，金井梧桐珠露溼。銀河案户聲西流，夜深烏鵲南飛急。練痕遥挂暮天長，新月如鈎欲讓光。十二樓中簾盡捲，不知隔斷是紅牆。盈盈一水橫銀浦，城上烏啼聞戍鼓。刀鐶望斷玉關秋，砧杵敲殘雲渡古。此時别殿晚風天，紈扇西風又一年。秋屏銀燭涼初透，玉枕薰籠悄未眠。況復高樓愁永夜，天街一片金波瀉。羅帶風飄下玉階，流蘇月冷臨芳樹。别殿高樓共幾時，仙槎何事獨歸遲？人間悵望銀灣畔，碧海青天那得知？」金光烈：「井梧葉落秋風起，碧天夜静涼如水。箕南斗北火西流，耿耿銀河千萬里。仰視流光照女牛，羽車雲輦幾經秋。素影遥連鳷鵲觀，清輝先入鳳凰樓。鳳樓鵲觀夜還曙，一水盈盈不可渡。縹緲如聞玉宇笙，高寒下滴金盤露。誰家機杼動離情，天漢無聲似有聲。蟋蟀階前霜乍冷，芙蓉塘外月還明。關山萬里同今夕，惆悵河梁終歲隔。天上虚傳織錦梭，人間那得支機石？奉使尋源憶漢家，客星遠訪徧天涯。若從井絡西邊去，試泛張騫八月槎。」）

桐鄉金以報有詩才。幼孤，賴其長嫂節婦王氏教育成之。余書其《貞壽圖》後云：「昔宋興宗幼立風概，謹事寡嫂，南齊韓靈敏事節嫂如母，竝重于史。」官以報，其益敦品力學，以副之。

余在吴興試《蘋花詩》，佳句如歸安孫五封云：「五字風流在，江南日暮春。」武康徐熊飛云：「小朵最宜涼雨後，清芬無奈晚風時。」孝豐施應心云：「幾點輕鷗閒似爾，一秋涼水淡於前。」歸安芮寅云：「細雨清香通欸乃，晚烟深影聚蜻蜓。」烏程馮潮云：「八月疏香依水木，一年好景記汀洲。」安吉郎遂鋒云：「八月涼波何澹沱，六朝清韵重徘徊。江南花事日應晚，湘水故人應未來。」

余於丙辰秋按試吴興，中秋日試詩士，以詠東坡丙辰中秋作《水調歌頭》事命題。烏程張秋水鑑詩云：「離合悲歡十二時，一番圓缺一番思。前身本是來天上，除却君王總不知。」可謂得詩人敦厚之旨矣。

張鑑《菱花》詩云：「漁婦曉來皆對鏡，鄰舟歸去便成歌。」用典雅切。

德清許積卿宗彦績學甚深，於天文尤能會中西之通。徐養原乃西灊編修天柱之子，天算之功頗精，自言學之二十年矣。

歸安楊鳳苞，予初見其《西湖秋柳詩》，以爲才士也。繼至吴興，鳳苞以經解入試，于先儒之説剖析原委，甚爲精核，尤深于音韵之學。謝藴山方伯聘之入幕，以侍老母疾，辭不就。

孝豐施小憨應心，年未及冠，詩學漢魏六朝，以近體作《鐃歌》、《横吹》諸題，舊錦新裁，甚爲奪目。（施小憨《今樂府》。《上之回》：「萬乘向回中，蕭關野燒紅。樓臺望行月，笳鼓警邊風。西極來天馬，前軍拂彗虹。甘泉故宫在，落葉滿秋空。」《將進酒》：「終日勸君醉，良工未可觀。江河杯酌盡，天地酒人寬。對月金尊滿，圍風繡幕寒。放歌心所作，得意且爲歡。」《石留》：「流黄擣錦石，石上水曾經。南浦春波緑，西洲蓮子青。寒沙明遠渚，涼雨散繁星。載酒何人過，蘭橈不暫停。」《隴頭》：「隴頭流水去天涯，隴上征人苦憶家。寒雁自憐蘇屬國，驕驄不戀李輕車。秦川萬里開冰彩，嶺樹千年著雪花。嗚咽數聲驚別夢，朔風何處動清笳。」《洛陽道》：「長秋寒夜幾聞鐘，大道春光是處濃。遥憶層城見楊柳，相看雙闕似芙蓉。龍銜寶帳三千所，鳳卸珠簾十二重。蕩子更工蘇合彈，五花驄馬好游從。」《紫騮馬》：「黄雲海樹隱邊笳，滿路烽烟滿磧沙。老去秋風移苜蓿，羞看夜月映桃花。獨棲聊謝紅梁燕，共飲難將白鼻騧。錦作連錢珠作絡，馳歸應是日初斜。」）

老豐吴蘅皋應奎，余兩試其文，均置高等，不知其能詩。試畢自呈其《讀書樓初稿》，苦吟綺思，絶似長吉樂府，歌行尤佳。始知錦囊佳句，不受風簷迫促也。設非吴生自呈其稿，則吾失此人矣。然則吾所未見之才亦多矣，爲之憮然。（吴蘅皋《讀書樓詩》。《古艷曲》：「秋來明月照高樓，少婦當窗黯欲愁。驄馬長年驅遠道，芙蓉别浦隔空洲。重重芳樹浮雲合，穆穆金波亂水流。書札不堪頻目斷，天邊莫問大刀頭。」「熟知絲布澀難逢，莫唱吴聲最懊儂。不分房空棲病鵲，誰憐骨出比飛龍？長檣鐵鹿三千里，大道朱樓十二重。浪語移湖安屋裏，繞牀那得種芙蓉？」「十重樓閣九重牆，本是盧家舊畫堂。院院東風紅芍藥，池池春水紫鴛鴦。柔桑婀娜嬰蘭婦，檜馬瑯琊大道王。相望含情不相見，祇憑飛夢越河梁。」「油壁青驄記舊遊，團團初日正當樓。齋房芝草皆連理，露井桃華總竝頭。巫峽巫山真是夢，江南江北别經秋。文通才盡西洲曲，錯道君愁我亦愁。」「思翁辛苦唱妃稀，日暮增城怨落暉。西北牽牛長獨處，東南孔雀任孤飛。秋風嫋嫋欺團扇，明月盈盈鑒薄帷。多事定情繁主簿，愁悲也道結中衣。」「機聲啞軋隔窗聞，每想鷄鳴到夕曛。合匹不成三葛斷，流黄初染色絲棼。寒更銀燭紆紅淚，春晝梨花入夢雲。織得迴文無可寄，空箱伴叠石榴裙。」「香印成灰玉化烟，開經壬子正今年。神山别有三珠樹，雲路休看七寳鞭。洛浦巫峰原是夢，清塵濁水罷相憐。笙歌何處繁華會，乍著青裙尚惘然。」）

武康徐雪廬熊飛，幼客平湖，備受孤寒之苦。勵志于學，詩有才力，尤工駢體文。嘗有啓投余，云：「春風未至，先欣桃李之心；時雨將來，已動蘭苕之色。」是能不失唐人風範者。（徐雪廬《風鷗詩鈔》。《登支硎山曠然亭》：「遠山來自天目峰，元氣盤結蒼精龍。龍行一曲一城郭，地脈騰躍皆趨東。觀音山頭萬丈壁，上有磴道凌烟空。湖光山色抱三郡，氣勢收納亭之中。我昔倒拖青玉笻，登高手摩竹柏桐。繁露既降山骨露，木葉掩映斜陽紅。浮雲出山風轉蓬，今日又到空王宫。吴郎石子存舊約，桃花落盡重相逢。連山草木吐萌甲，春雨一洗争葱蘢。紛紅駭緑森滿眼，洪濤鼓蕩千芙蓉。飛流濯足興未窮，飄飄更倚巖前松。扶輿靈秀莽奔放，下方一片青濛濛。人生何事戀榮辱，白髮容易摧春容。掉頭竟泛五湖去，豁然天地翔孤鴻。」《登穹窿山》：「我昔手攜赤藤杖，紅樹林中躡星上。丹霞滿山風裂破，天雞不斷空中響。二十年來孤往客，芒鞵又踏山邊石。入林恍惚失來徑，四面崇巒插天碧。山頭雪瀑挂千仞，溪上桃花深一尺。花間磴道苔蘚斑，玉清洞府非人間。眼前突兀耀金碧，靈真出没松風寒。森然動魄翠微裏，七十二峰生足底。鬼神驅使洞門雲，遮斷微茫太湖水。上山下山一片白，呼吸雲華生羽翼。古臺嶕嶢臨不測，我忽登之亦奇絶。空山萬古春茫茫，放眼一氣同青蒼。征帆過雨去不息，遠山多處吾家鄉。田園半荒歸未得，夢寐長在天一方。赤松仙人倘可遇，此身願學張子房。」《焦山尋瘞鶴銘》：「仙人御風行，控鶴如控馬。何年委靈骨，遺跡荒山下。長江湛春容，月共寒潮瀉。幽竹碧濛濛，廊陰雨飄瓦。殘碑叢古苔，林樾映清灑。瑶池失清唳，露白仙音寡。天末三層樓，吹笙懷隱者。」《與京口諸子重登蒜山春波閣》：「倉然淮楚到尊前，勝侣重逢啓别筵。高樹濤聲過白晝，大江帆影落青天。驚心風雨登臨日，回首英雄戰鬥年。十萬長刀殲寇地，那堪海道尚烽烟。」）

徐雪廬《蓮花莊懷趙子昂》詩云：「花時鶴徑仍芳草，門外鷗波易夕陽。」施小憨《歸雲菴懷孫太初》詩云：「菴前漁唱晚來起，月下鶴聲秋裏聞。」俱饒神韵。

董思翁最喜趙吴興《鵲華秋色圖》，所模不止一本。余藏其癸卯年所臨畫幅，帶水長林，浮烟遠岫，草窗松雪，風韵雙清。吴興山水以清遠移人。然濟南據岱麓之北，七十二泉隨地湧出，匯爲明湖。水木明瑟，萬荷競發。流出城北，瀠洄華不注前。每當秋霖初晴，横雲斷麓，真如圖畫中矣。余兩年歷下，復至吴興。思翁此幀，常懸行館，自題長句，且命多士題之。（《吴興試院題董文敏摹趙松雪鵲華秋色圖》。阮元：「思翁本是江南客，老與吴興鬥風格。一卷分從舊墨林，自染青山上生帛。歷下青山有鵲華，山前元是草窗家。吴興清遠家何處，碧浪秋蘋自作花。道人同住鷗波裏，爲畫齊州好山水。秋色山光尺幅中，西風鄉思千餘里。我曾兩載按齊州，萬朵荷花百尺樓。七十二泉流不盡，青烟雨點鵲華秋。鵲華山色真奇絶，畫意詩情不能説。螺黛濃開邢尹眉，劍鋒碧削昆吾鐵。白雲如帶樹千株，雲外單椒翠影孤。若愁難到雙峰下，試看華亭此幅圖。華亭妙筆朝朝見，壁上雙峰壓吴練。我今攜畫到吴興，空見秋山大如弁。弁山南畔小詞場，秋士題詩千百行。好山到處看不足，又上何山山名望弁陽。」蔣徵蔚：「明湖秋水明如練，我在江南不能見。鵲華山色鬱蒼寒，我向吴興畫裏看。此圖本是鷗波筆，點染生綃誇第一。癸辛街破草窗寒，流傳更到香光室。香光妙筆擬鷗波，平遠青山擁髻螺。無端描出單椒影，想見豪端秋氣多。雙峰秀澤横雲表，暮靄朝嵐青未了。練帶頻將踔注瀰，天容畫出眉痕小。有時著意作深秋，樹杪千尋紫翠浮。雨點空蒼留不得，風烟早已徧齊州。三間屋近依山住，本是齊州棲隱處。可憐泗水老潛夫，苦憶當年山下路。作圖聊復慰思鄉，一段風流未可量。只今讀畫多生趣，想見丹青各擅場。朅來我訪鷗波屋，菡萏霜清殘竹木。雒華深惜不親游，欲乞弁陽成小築。」徐熊飛：「秋山卓立秋波清，古香觸手烟霞生。單椒秀澤忽在眼，林巒婉嫿明秋晴。香光主人足天趣，簪紱不淡山林情。幽花開老畫禪室，染筆欲與鷗波并。螺峰兩角落縑素，絮雲一抹横輕清。點綴生青塗活碧，嵐光澄淡波無聲。昔聞公謹溯苕霅，弁山深處開柴荆。王孫特爲寫鄉思，雒華青峭當軒楹。雲烟過眼入檇李，幾時尺幅歸華亭？華亭所摹非一本，今觀此本尤爲精。華不注山岱麓北，明湖倒浸青蓮莖。霜風凄緊木葉脱，秋氣白若銀河傾。吴興山水但清遠，安能瘦削由天成？想當林卧契巖谷，粉黓墨黰勞經營。古來妙手兩文敏，每借山水通仙靈。試來展讀白蘋館，齊烟千里飛空青。」）

烏程陳無軒學博焯勤學修節，能詩工書。鄉黨以孝廉方正薦之。以有官之人，未能合例，中止。道場山歸雲庵有孫太初墨蹟手卷，并明人字畫極多。陳無軒彙裝爲三卷。余在湖州，以官帖向山僧取觀，留帖爲券。閱畢，仍以卷易帖，以防胥吏竊匿，且爲後來長官取卷之例。（阮元《題孫太初墨蹟卷後》：「山人化作秋雲飛，吴山松冷雲初歸。草菴白塔不能至，惟見白雲明夕暉。去年道場山上去，杖策直叩枯禪扉。聽詩頗有古錦版，侑茶不用黄金徽。今秋移文入山去，直取朵雲來棘闈。滿堂賓客共翦燭，把卷群歎所見稀。山人詩翰清似鶴，華陽真逸猶嫌肥。後來過客五百載，縑楮半爲山人揮。蒼烟過眼月露溼，疑有雲氣沾人衣。此卷不可染塵俗，送爾以詩歸翠微。」）

以元人《十臺懷古》詩及序試湖州，詩各有佳什，序文尤多沈博絶麗之作。武康徐熊飛云：「瀟湘過雨，雲夢生烟。章華之鸞珮璆然，朝陽之蛾眉宛若。彭城水落，項王有戲馬之鄉；督亢霜高，燕昭築求賢之館。亭長歸來，已爲天子；泉鳩謚後，空怨僉人。歌風則雲氣連天，望思之苔華滿地。雲擁愁來，波浪恨去。山圍故國，鶯啼三楚之花；火入荒陵，鴛化六朝之瓦。」烏程張鑑云：「浮雲南北，憐舊曲於銅鞮；溝水東西，惜商歌於玉樹。皋盤細馬，徒呼劉表之鷹；夜冷蚖膏，不下武王之鴨。金仙已去，聽漳水而無聲；玉馬徒留，寫昭陵之遺影。臺邊鴛瓦，虚覆寶衣；帳上銅溝，愁窺鵲鏡。」烏程周聯奎云：「鹿游茂苑，三層少碧玉之階；蓮落梧宫，滿地有紅心之草。笑當塗之鑄雀，二喬已嫁英雄；誦賦筆之凌雲，七子獨推貴介。歊凌暑避，如迎北牖之風；鳳去臺空，漫鎖南朝之月。銅仙已别，淚灑秋香；鐵馬頻來，露飄夜月。」歸安姚樟云：「重踏乾谿之雪，來攀鶴市之花。花谿茂苑，懷春之蘿苧猶香；翠被玉鞭，問鼎之英雄安在？殘山賸水，偏歌金縷聲聲；衰柳斜陽，吹落碧雲片片。冀北山川，遥通朔氣；九州人物，盡自東來。鄴下之霸圖已歇，漳水東流；金陵之王氣全收，雲山北向。香分履賣，憶春朝寒食之期；燕冷烏棲，正白下西風之候。歌殘金鳳，路指銅臺；聲怨紅鵑，洲寒白鷺。桂宫星暗，依稀愛子之來歸；玉碱塵生，仿佛麗人之入夢。三千年，一萬里，歌臺舞榭，盡平沙落日之中；前三國，後六朝，蘭殿珠宫，生春草秋風之感。」（徐養原《姑蘇臺》：「風冷梧宫怨若何，越來兵燹等閒過。捧心士女愁麋鹿，嘗膽英雄枕甲戈。香徑平烟迷夕照，寒村浣石冷秋蘿。生憎枹鼓親援日，消得高臺幾度歌。」周聯奎《章華臺》：「度材巀嶭氣憑陵，誰信三休到未能？驕志曾隨長鬣相，雄風偏愛細腰登。投龜肆詬真同戲，當璧争端曷可憑？却笑乾谿終走死，渚宫荒冢野花凝。」温純《黄金臺》：「歎息昭王尚有臺，英雄於此劇憐才。春歸黍谷思鄒衍，秋掃苔基問郭隗。濟上論功昌國最，薊門長望霸圖開。誰言天下無奇士，不爲黄金不肯來。」胡澍蒼《朝陽臺》：「巫山雲雨本荒唐，一夢千秋枉斷腸。譎諫何曾原宋玉，微辭從此感襄王。須知神女心無玷，其奈文人筆太狂。暮暮朝朝空想像，楚天極目但青蒼。」姚樟《歌風臺》：「大風雲起古臺平，莽莽河流泗水聲。帝業已歸三尺劍，長陵不與一杯羹。祖龍歲月先奔逝，逐鹿山河幾戰争。知道他時王諸吕，九原猛士泣韓彭。」邵保初《戲馬臺》：「虞歌騅逝總消沈，百尺高臺自古今。竟有浮雲齊沛水，苦無王氣壓淮陰。彭城九日空秋草，垓下千年有壯心。輪與尚書臺上客，百僚祖餞發高吟。」唐晉錫《望思臺》：「嫡孽稱戈且莫論，繡衣持節最驚魂。求仙下策成巫蠱，開塞荒兵到子孫。突出銅人原可怪，遽頒金玦豈無冤。傷心不待壺關請，未上高臺已淚痕。」鈕芳春《銅爵臺》：「清漳流水繞荒墳，猶見三臺倚夕曛。文獻鄴中傳七子，英雄天下竟三分。名香綺履埋荒草，古瓦殘觚落暮雲。太息當塗貽祚短，墓門誰表漢將軍？」孫姚桂《鳳凰臺》：「振衣直上鳳皇臺，鳳去千年竟不迴。三國遺風空寂寞，六朝舊事重徘徊。依依飛鳥望中没，葉葉征帆天際來。莫負崔家黄鶴句，較量終遜謫仙才。」施應心《凌歊臺》：「宋主凌歊遠擅名，當年于此會群英。揮戈遂使群姦戢，伐荻從知霸業成。百里湘潭摇翠堞，三千歌舞住雕甍。可憐丁卯橋邊客，雪水雲烟動古情。」）

歸安嚴元照沈潛經史小學，淡於時名。余於録遺識之。所著《娱親小言》頗精覈。吴興風土宜蠶，桑田之多，與稻相半。丁巳八月下旬，按部至此。西風落葉，騷騷然有深秋意矣。因成四律，以邀和者，且以課郡中詩士。時江浙和者數十家，惟錢唐陳雲伯「獨有扶桑倚東海，一枝仙椹四時紅」二句，意境闊大，得未曾有。（《秋桑》。阮元：「扁舟衣袖乍驚寒，下若桑林緑意殘。初響天風知半落，未逢夜雪已先乾。樓前有日蒼涼出，陌上無箏錯雜彈。若使秋胡今始到，黄金一色樹頭看。」「西河古社重徘徊，木葉應知庾子才。淇水秋期貧婦怨，晉廷九月餓人來。采菱纖手空成妒，舞柘輕腰不共迴。偏是吴儂感蕉萃，十年牆下記親栽。」「疏陰十畝間青黄，誰向花前唤索郎。釀秫時光宜薄醉，調絃情緒動清商。但教天下輕緜暖，何惜林間墜葉涼？試種東坡三百尺，芟來終比暮春長。」「漁陽八月已空枝，還是吴興霜露遲。飛鳥雨晴猶護羽，野蠶風定尚懸絲。遠揚試伐深秋後，光景能收落照時。料有苕溪老桑苧，垂虹秋色滿新詩。」伊湯安：「秋老桑畦落葉填，野人籬落興悠然。鷄鳴隔巷增涼意，鴉亂疏林淡夕烟。陌上風高懷静女，隆中樹古想名賢。祝他比户皆輕暖，繪入《豳》詩第幾篇？」「花間戴勝記新陰，啼鵙聲中思不禁。剩有風枝掃茅屋，尚留霜葉襯楓林。明年春繭須如甕，薄暮秋胡莫贈金。好待樹頭紅葚熟，勸農時節重相尋。」蔣徵蔚：《秋桑用王阮亭秋柳詩韵》。「阿儺何處黯秋魂，放棹重來過石門。五畝小牆凋沃影，一林寒露認柔痕。當時筐執吴孃手，此日杯傾筈下村。擬種原蠶知未得，金鈎輕翦更休論。」「猗猗本是不經霜，枯盡天風到野塘。看處莫教連柘館，折來猶記覆蠶箔。塵乾東海愁仙客，寒重西虞記穆王。更乞成都栽八百，醜條從此老閒坊。」「愁絕秋人正授衣，紅閨禁忌事全非。緑梯踏罷路猶在，黄日照將枝漸稀。少女年華憐欲老，寒禽牖户不禁飛。幸他未化機絲去，憔悴深知節序違。」「如荑滿箔劇堪憐，疏榦而今只聚烟。無奈林中難戀宿，有人樓上欲裝綿。交交黄鳥空三月，采采青裙又一年。爲語羅敷休悵望，來春證取緑雲邊。」江振鷗：「收盡原蠶樹半空，疏枝揺曳暮秋中。休將怨緑題餘夢，却爲知寒耐晚風。篷户樞機吟索莫，玉人爪甲膩玲瓏。輸他綺繡先春去，賺得丹黄對錦楓。」「零葉猶堪飽夜霜，西風又送馬頭孃。略留閒畝春陰在，空使歌臺舞袖長。牙尺才分人冷暖，筠筐休説價低昂。羅敷本是貧家女，誰壓江南黄竹箱？」「蕭條白日上牆陰，墜葉陳根春事沈。半載雨晴誰料理，一園霜露最侵尋。唐梯仄徑無人到，柘館寒川落影深。祇有野蠶僵不得，又成寒蝶入荒林。」「千樹平圍碧浪湖，客懷銷落一株株。使君五馬來何晚，寒士單衣望未孤。漫使銀尊翻鑿落，先看筠管響蒲盧。閒吟且勿傷遲暮，老繭抽絲紡得無？」陸繼輅：「獨客禁寒待寄衣，吴興秋色太離披。一林風冷初傾釀，幾葉春殘未化絲。秦女攜筐歸緩緩，陳王讀曲記枝枝。我來偏動流年感，小字空傳未嫁時。」「秋閨閒挂桂枝鈎，日出東南不下樓。敗葉有時棲蜕蝶，空林無復聽鳴鳩。織成虚訂黄姑約，落盡非關青女收。何必陌頭衰柳色，短牆一步動離憂。」「鬢影衣香似隔生，漁陽歌歇事頻更。乍抛春女悲秋淚，訝聽涼宵食葉聲。似爾飄零真不負，幾人刀尺未催成。爲他八百孤寒望，早發春芽慰别情。」「天風枯盡正愁予，且喜猶傳汜勝書。寒甚轉依斜照裏，感深尤在嫩涼初。相君老去思荒宅，處士秋來戀敝廬。衣被功成休更問，閒閒十畝未全墟。」端木國瑚：「桑落西風郭外稠，枝頭誰復挂金鈎？雞豚影散村陰寂，秫稻風寒社事秋。無藉烟花連杜曲，任教菱葉采汀洲。征人未返羅敷老，五馬重來爲爾愁。」「曾記桑陰緑過牆，半年閒煞馬頭孃。晞風葉剩并刀影，覆露枝空野繭香。春好也曾彈陌上，夜寒猶自夢漁陽。最憐賣盡新絲後，却共天寒翠袖涼。」「更補《豳風》畫裏看，分明村景見闌珊。柴門客話夕陽落，柘館人稀秋雨殘。月冷機聲繅露寂，鳥空梯影踏烟寒。世間若有冰蠶種，緑老霜前尚未乾。」「萬家衣被一春償，自耐閒閒十畝涼。蠒種蝶魂迷古陌，絲團蟲影挂斜陽。鶯花郡宅誰供圃，雞黍田家獨面場。晚乞使君桃李課，也將餘蔭問江鄉。」童槐：「天風昨夜到枝頭，無復當時繞指柔。帝女緣空辭晚歲，秦娥夢杳隔深秋。黄綿人散村前社，紅葉聲多陌上樓。我亦清寒依十畝，絲絲不斷憶春愁。」「矮林疏禿乍經霜，動影餘暉戀女牆。旅語新尊話重九，邯鄲舊曲怨清商。幽禽心事營巢户，處士秋情仰屋梁。留得雙蛾憐已老，前身依約認空桑。」「已教羅綺徧南州，獨忍荒涼奈爾愁。遠道夢殘鶯促織，故園秋老賦鳲鳩。烟埋亂葉提籠徑，影斷斜梯削桂鈎。豈有紅顔來采采，惟聞菱唱隔蘋洲。」「記得深閨蠶事忙，馬前濃緑見攜筐。重經上箬霜初白，錯認東坡樹本黄。千户侯門殊冷煖，一時仙侣説滄桑。秋風病骨南陽思，舊日琴絲亦漸荒。」徐熊飛：「雁信先催下若寒，叢條偏野雨初殘。田家客到酒方熟，樹杪雞鳴露未乾。柘屐任教乘興去，銀箏還記盡情彈。近來不厭多黄落，雜樹柴扉畫裏看。」「征途何處動低徊，木落漁陽想漢才。木末已無蠶妾隱，林間誰訪索郎來？白蘗帶露村村曉，黄蝶從風故故迴。滿耳蕭騷鳴碎葉，陽春曾向陌頭栽。」

「蕭晨極目葉垂黄，林外郊居是沈郎。綺日光寒剛八蔺，天風聲歇已三商。枌榆古道秋烟晚，槐柳荒村霽色涼。三宿匆匆感栽植，寸心還與水流長。」「斷垣高下映烟枝，無那江南雁信遲。落日叢條淒碧野，濃春桂籠繫青絲。西風古驛蟬嘶後，涼露東皋雉狎時。潲筆爲圖憶松雪，盡收黄落入《豳》詩。」張鑑：「翻翻落葉下柔枝，舊部争傳樂府詞。才見使君來遠道，不堪女伴阻前期。黄雲戍上西風緊，紅粉樓頭暮雨遲。嬾向曲腰問消息，湖池遥望已離披。」「蘆簾紙箔滿比鄰，三月深閨少婦情。玉勒再來成舊夢，金環重探認前身。垂垂寒蝶迷空社，格格鳴鳩過別津。比似吴門仙蹟斷，滄田東海又揚塵。」「閒却金籠更玉鈎，山蟬嘶罷忽當秋。竹根夜冷傾紅友，城窟霜乾踏紫騮。虚憶美人空北部，幾時高士話南州？祇應寡女絲猶在，彈作清商上陌頭。」「神仙丹甚本虚無，凋盡成都八百株。斜日螵蛸懸老樹，晚寒鑿落倒新罏。于今拈葉悲秋士，向後攀條屬小姑。秃樹只應同白髮，誰栽黄竹到句吴？」陳鴻壽：「下若鷩迴淅瀝風，緑雲吹起碧湖中。攀條別意遲青女，療眼奇方覓宛童。桑落酒傾陶令宅，柘枝舞散楚王宫。野人不解愁摇落，祇喜斜陽到檻紅。」「彎彎涼月唱初三，折與兒童當篠驂。刀尺聲中人似舊，牛羊牧去路偏諳。寒雞向暖飛枝北，野叟尋秋過屋南。虚説星精能駐歲，不如託命是紅蠶。」「柴門仍借遠山遮，烏柏丹楓艷歲華。著作林疏望歸雁，文章樹老待棲鴉。寒濤碧海仙人地，野火殘烟帝女家。莫怪機絲虚夜月，一時散蔺尚騰花。」「驚心女伴促裝綿，話到漁陽思悄然。秋陌春閨渾似夢，三榆五棗互生烟。年豐早賽雞豚社，風緊初開鵰鶚天。羅綺叢堆誰省識，憑渠衣被總年年。」陳文杰：「寒林葉葉響天風，秋在疏烟細雨中。牆外空條仍嫋嫋，陌頭圓影尚童童。三更冷露迷梁苑，二月春風憶鄴宮。獨有榑桑倚東海，一枝仙椹四時紅。」「指點疏林蔭緑潭，夕陽惆悵使君驂。書編淮海春非昔，圖展《豳風》景尚諳。憶我曾經歌陌上，有人對此話江南。莫教蟲食清陰减，留飼吴儂八月蠶。」「春郊曾憶緑雲遮，蕭瑟江鄉换歲華。五畝新涼飛野雉，四衢殘照隱歸鴉。箏彈秋月羅敷宅，琴譜西風漢相家。檢點寒袍感衣被，論功壓盡洛陽花。」「家家妝閣熨吴緜，話到三春事惘然。繞宅清陰流曉露，連村疏樹瘦寒烟。西河舊夢紅蠶月，南陌新愁白雁天。寄語吴孃莫惆悵，鳩聲梯影待來年。」陳文湛：「指點寒林傍野塘，西風蕭瑟冷啼螿。隔牆娟娟陰猶緑，繞屋疏疏葉漸黄。女伴春游懷陌上，美人秋夢到漁陽。丁寧纖手休輕折，玉露宵來分外涼。」「一片疏黄隱遠畛，柔桑無復媚三春。連宵涼露鳴鳩斷，十畝清陰野雉馴。紅雨筠籃迷舊跡，緑雲刀翦憶前因。使君五馬躊躇過，目斷當時採葉人。」胡敬：「微黄比似鞠衣痕，幾樹蕭疏蔭蓽門。材美早需當世用，價高留待異時論。禦寒祇爲蒼生計，歷久空餘直幹存。多少綺羅叢裏客，可曾根本與酬恩？」「西郊昨夜有霜侵，减却茆檐一片陰。但使陽和調晚節，幾曾經緯負初心。春閨自昔相須急，寒士于今得庇深。菊秀蘭芳休把玩，直垂青眼到疏林。」龔㢘：「兩度攀條意最長，憐他東海舊栽桑。百年偏易逢秋夕，一樹曾經捧太陽。重遇使君紅叱撥，已抛天女緑衣裳。吴孃嫁後工相憶，憶到青青也斷腸。」「轉眼離披照影微，横梯落翦事都非。盤中絲盡春蠶老，陌上車回涼葉飛。兒女生涯渾似夢，田園風景不如歸。城西柘館依稀認，冷雨寒風又打扉。」江鏐：「普利真成色相空，息心名義誤從同。天興寺裏蕭疏雨，願會堂前淅瀝風。僧錫未妨三宿戀，佛華虛借一枝紅。衲衣若復求絲縷，忍向春時憶折蔆？」）

錢唐方芷齋夫人芳佩，汪芍陂中丞新之室也。幼工吟詠，曾問字於杭堇浦、翁霽堂兩先生，著《在璞堂詩集》，於閨秀中卓然稱大家。亦有《秋桑》和章。時楚北用兵，中丞督師籌餉，戮力王事，夫人歸里省墓，故第二章結句云然。（方芳佩《秋桑和作》：「閑閑十畝淡烟遮，寒日疏林噪晚鴉。葉落漁陽愁篳篥，枝空鄰院冷琵琶。陌頭重訪人如夢，苕水初波客憶家。祇有珠江風景好，依然紅徧佛桑花。」「雜樹丹黄隱四衢，仙山寒重説西虞。樓頭雪箔人今昔，海上冰絲事有無？偶檢蠶書懷帝女，因吟樂府話羅敷。烽烟未靖征車老，閒却成都八百株。」「閒同女伴話前游，無復唐梯與桂鈎。蓋影尚留天子氣，箏聲如訴美人愁。涼波瑟瑟湖池曲，疏樹依依陌上樓。惆悵垂虹橋畔路，重來已是白蘋秋。」「酒香時節晚陰寒，此際農家亦閉關。黄蝶飛來梯影寂，紅蠶夢斷翦刀閒。吟殘柘館西風裏，畫向柴門夕照間。聞説使君詩第一，大裘心事似香山。」）

鄞縣蔣孝廉學鏞，乃全謝山高足弟子。老年閉户，於學無所不窺。甬上萬氏得藜洲之傳，史學冠天下。萬氏没，謝山得其傳。謝山没，學鏞得其傳。縣令郭文鈜以孝廉方正徵之，辭曰：「余老且病，安能遠至杭州，折節於諸大吏之門耶？」卒不就。余益以是高之。兩至鄞，不得一見。

范氏天一閣，自明至今數百年，海内藏書之家，惟此巋然獨存。余兩登此閣。閣不甚大，地頗卑溼，而書籍乾燥，無蟲蝕，是可異也。閱其書目，龐雜無次序，因手訂體例，遴范氏子弟能文者六七人，分日登樓，編成書目，屬知鄞縣事張許給以筆札。閣中舊版書極多，因修録其序跋及收藏家題識印記，以資考證焉。

天一閣金石目録，乃錢辛楣宫詹大昕修《鄞縣志》時所編。

鄞縣袁陶軒鈞工詩，能古文，專治鄭康成一家之學。余因《擬岑南陽江上春歎》詩識之。陶軒於甬東耆舊詩文事蹟尤多掌録，故余録兩浙詩，於甬東最詳。（袁鈞《擬岑南陽江上春歎》：「寂寞嘉州客，春風又一年。江花空自發，江柳更誰憐？飄落雲波闊，枯榮歲序遷。閒愁誰共遣，芳草暗遥天。」）

定海李巽占有孝行，嘗授徒於某姓，不食其晚餐。蓋家甚貧，歸侍其母，同食番薯，不忍在館獨御稻肉也。又嘗受富家課子之聘，既而知友人挾權力謀奪，乃固辭之，終就其館穀之儉者。其他行類此。余曰：「此真士也。」以孝廉方正薦之。焦里堂有《番薯吟》一章紀其事。（焦循《番薯行》：「母食米，兒食薯，母心不豫。母食薯，兒食米，兒能不泣涕？海水洶洶浪拍天，中有斯人行獨賢。使君與金謝不受，無名得此身之咎。使君曰：汝勿却，姑買市中珍，歸爲賢母樂。李生叩首納金去，兩眼紛紛淚如雨。」）

慈谿鄭簡香勳，乃曉行太守梁之玄孫，以曉行詩得名。朱竹垞檢討常贈以詩，簡香以墨蹟示余。余和之，有云：「别擬建堂尊二老，竹垞經義曉行詩。」簡香因建堂祀兩先生，余爲書二老堂額，秦小峴觀察爲文記之。簡香又畫《二老重逢圖》，取竹垞「别久重逢轉傾倒」詩意。

鄞縣童蕚君槐刻意爲文，詩賦亦皆名雋。余試《甬上雜詩》，最愛其「桃花風細魚苗賤，幅幅漁蓑入畫圖」二句，饒有畫意。

余於山陰童試，得吴傑《越海風潮》詩，灑然異之。及唱名，乃十二齡童子也。因以《登卧龍山望會稽禹陵》詩面試之，曰：「爾知此題難乎？」對曰：「難在兩地成一事耳。」其首句云「卧龍不化梅梁飛」，余拔之，竝字之曰「梅梁」。（吴傑《越海風潮》：「秋波不合積飛雪，怪底鼉鼉眼前掣。一綫潮來天地青，奔騰獨駕東風烈。排山倒海雪花吐，海若前驅馮夷舞。聲摇赭嶺翻雲車，勢汩龕山震雷鼓。素車白馬空恨吞，錢唐折向蕭山奔。控弩將軍不敢發，掣鯨學士驚詩魂。桐廬江上銷風雨，輕帆平處痕如縷。飛濤雄壯能幾時，何事怒心亘千古？君不見銀河之水静無波，洗盡兵甲滋嘉禾。」《登卧龍山望會稽禹陵》：「卧龍不化梅梁飛，瓌瓏佳氣騰翠微。風雲萬里護名鎮，百神朝罷迴靈旗。蒼松翠柏儼成列，玉書金簡精光結。宛委山頭雷雨開，窆碑亭下龍蛇掣。岣嶁石氣涵餘青，玉帛千重會大廷。回首蓬萊舊城闕，鷓鴣啼破雲冥冥。越王宫殿銷歌舞，衰草荒烟自終古。瑯琊北徙争中原，一朝金玉藏黄土。豈如不封不樹明德馨，馭下九龍卧風雨。」）

蕭山王進士宗炎，越中第一學人也。其弟紹蘭，文學竝茂，爲朱石君師所賞，其學實出於宗炎。宗炎子端履頗傳家學，熟於經疏，有詩才。嘗作《乞巧》絶句，有云：「願得巧如荷上露，一回分散一回圓。」又試《金銅仙人辭漢歌》，奇麗頗似長吉。（王端履《擬李長吉金銅仙人辭漢歌》：「漢家宫樹啼鴉急，瓦當苔繡鴛鴦溼。通天高闕日曈曨，銅人獨背西風立。西風吹老萬年枝，猶憶銅人初鑄時。望氣迎來汾水鼎，通爟拜罷竹宫祠。上陵霍霍磨刀吏，豈有神仙妖妄耳。吉雲寶甕起狼烟，銅人淚滴金盤水。許昌宫殿漳河船，授禪碑前露溢田。願爲黄鵠三千歲，移得金莖五百年。氈裹駝裝辭漢始，躍入河流牽不起。没髻還揚砥柱波，題胸羞勒當塗字。河上行人説未央，摩挲故物總凄涼。他年銅雀風吹折，空有三臺對夕陽。」）

蕭山徐北溟鯤深於小學，精審不苟。王少寇昶、段大令玉裁皆深重之。

蕭山傅學灝，老諸生也。頗能數典，文亦有法。

余在紹興作《焚香夜坐》詩，蓋别有所託也。次日以此題試士。餘姚吴大本云：「一簾花影不宜夢，半榻鬢絲閒似禪。」顧廷綸云：「絳帳即今聞衆妙，幽齋誰與識清嚴？」可謂各極機杼。（顧廷綸《焚香夜坐》：「宵分何事下疏簾，愛護濃薰故故添。絳帳即今聞衆妙，幽齋誰與識清嚴？閒依榻枕看茶鼎，自撥爐灰數漏籤。萬籟無聲人悄悄，半窗明月映棊奩。」）

試《擬陸劍南芳草曲》，余最賞山陰謝照二句云：「一道裙腰雙屐齒，和烟和雨踏青來。」會稽車同軌作亦多風調。同軌後改名雲龍。照又有《題姚允在仙山樓閣圖》七古一篇，極凌雲御風之致。（《擬陸劍南芳草曲》。謝照：「天涯無處無芳草，芳草争如故鄉好？春風幾日到湖頭，定知綠徧方千島。湖波蕩漾浄無塵，畫舫輕摇載酒人。柳姑祠外虹橋畔，幾叠青衫映繡茵。此際詩情近寒食，萬里懷歸歸未得。惟有緜州古驛詩，礙馬有情舊相識。何時鑑水重徘徊，柳絮含烟桃蘂開。一道群腰雙屐齒，和烟和雨踏青來。」車同軌：「鏡湖湖上草萋萋，三月黄鶯恰恰啼。兩岸春風梅墅外，一堤濃露畫橋西。清明時節千絲雨，嫩綠初翻鳴杜宇。胡蝶雙飛踏馬蹄，綠波碧色傷南浦。鬥草歸來日已斜，踏青南陌輾香車。裙腰一道湖南路，片片飛來有落花。放翁五十猶豪縱，錦城一覺繁華夢。鏡湖春色在誰家，舊游欲説無人共。快閣書巢鏡水邊，滿湖芳草發年年。酒旗淺落春波影，詩卷遥收劍閣天。美人已去空傷碧，浣紗賸有溪頭石。東風抹地燕齊飛，湖上三山務觀宅。」《題姚允在畫仙山樓閣圖》。謝照：「爛熳朱霞接天起，皓鶴垂翎啄秋水。方壺縹緲見樓臺，雲構瓊瓏碧空裏。露壇月館仙所都，丹砂爲牀玉作鋪。青鸞背滑控不得，夢游要倩仙風扶。十二層城耀金碧，斜嚑半挂紗窗格。松花滿地石泉香，如聽敲碁簾影隔。瑶島春風吹不盡，此中合貫仙槎影。流霞飽嚼挹天漿，愛煞仙山樓閣静。圖成簡叔妙烟巒，濯魄冰壺絹素寒。試向蓬萊尋舊侣，彩雲盤屈作闌干。」顧廷綸：「瓊樓十二紅闌干，蓬萊水淺生微瀾。罘罳屈曲界棊局，珠簾不捲凝曉寒。彈指雲烟麗金碧，軟風吹放星榆白。芙蓉城闕仙官居，廣寒宫殿嫦娥宅。月地雲階宛轉通，銅鐶魚鑰啓玲瓏。青鳥掌書鶴守户，下界但見雲濛濛。虹橋影落黄姑渡，銀浦無聲瀉珠露。玉笙一曲隔花聽，天雞叫醒扶桑樹。偶從瀛海泛枯槎，知是仙山第幾家？松陰滿地無人到，但有雙鬟掃落花。」）

蕭山蔡應襄方干《别墅》云：「暮雨題詩客，孤雲下第人。」絶似三拜風調。

山陰何起瀛長於駢儷之文，鏁院試《擬顔延年三月三日曲水詩序》及《擬賀平苗表》，皆沈博絶麗，於風簷寸晷得之，尤爲能事。（何起瀛《擬顔延年三月三日曲水詩序》：「臣聞周公成洛，流觴之典肇興；秦王制西，捧劍之神斯出。昔摯虞之對，非令節攸關；緊束晳所言，乃良辰由昉。風俗相傳，其來舊矣。我大宋高祖武皇帝誕受天命，撫有函夏。度邑静鹿丘之歎，遷鼎息大坰之慙。宫鄰昭泰，荒憬敉寧。東漸日域，西被月鼬，南暨朱崖，北訖天墟，莫不樹領蛾伏，稽首來王。我皇纘承丕緒，潤色鴻業。興禮制樂，登三咸五。偃革辭軒，銷金罷刃。尚廉舉孝，惇周官之典；養老引年，循王制之舊。

協律總章之司，序倫正俗；崇文成均之職，道德齊禮。挈壺宣夜，辨氣朔於靈臺；書笏珥彤，紀事言於仙室。肺石無窮獨之民，棘林少争訟之衆。百辟師濟，庶績其凝。流大宋之愷悌，盪亡晉之毒螫。是以耇年興衢壤之謡，稚齒有含哺之樂。侮食來庭，左言入侍。髽首椎髻之邦，重舌貫胸之國，鞮譯而至，請受纓縻。文鉞碧砮之琛，奇幹善芳之貢，紈牛露犬之玩，乘黄兹白之駟，盈衍外府，充牣郊虞。而況天瑞降，地符生，澤馬來，山車出。植華平於春圃，豐朱草於中唐。雲潤星暉，風揚月至。江海呈象，龜龍載文。淵乎鑠哉，功既成矣，可以順時應令、作樂崇德也歟！維莫之春，粤上斯巳，桐華鼠化，萍生虹見。采蘭殷鄭國之士，求桑勤幽人之女。禊飲之日在兹，風舞之情咸暢。皇帝乃登玉輅，乘時龍，鳳蓋棽麗，和鸞雍容，七萃連鑣，九斿齊軌，魚甲烟聚，貝胄星羅，虎賁趨蹌，翠華旖旎，臨幸乎樂遊之苑。葆佾陳階，金匏在席。召鳴鳥於弇州，追伶倫於嶰谷。發參差於王子，傳歌舞於帝江。正樂既闋，羽觴斯進。臨水祓除，與民同樂。上有如天之福，下獻南山之壽。有詔曰：『今日嘉會，且餞二王。凡屬有位，咸可賦詩。』竝命小臣作序。爰拜手稽首以誌其事云。元嘉十一年三月三日，太子中庶子臣顔延年奉詔謹撰。」）

會稽陶綬年四十，與童子試，苦吟《越舟六詠》。屬稿畢而真本未完，日暮投卷出矣。余以此六詩爲擅場，招之再試，則已廢然歸村居。越日始至，稿項黄馘，不類其詩之韶秀也。（陶綬《越舟六詠》：「買道山陰入會稽，畫圖行處櫓聲齊。劃驚錦鬣翻萍出，撥訝晴虹飲練低。兩岸柔風來翡翠，半溪花影浸玻瓈。笑他欸乃清湘曲，日暮烟沈泊大堤。畫櫓」「教篛編成當短篷，濃雲淡墨潑來工。螺痕浸處微分碧，漁火明時忽露紅。客去岸邊鴉點點，人來港口雨濛濛。最憐烏柏村前路，泊盡斜陽又曉風。烏篛」「竹竿籊籊纂頭施，施釘於竿首，謂之「鑽頭」，越音讀若「纂」。小泊當隄仗汝持。弄影不隨流水逝，安眠方羨此君宜。一篙魚浪難勝處，三月春流正穩時。莫訝南人船似馬，臨波垂策莫狂飈。竹碇」「波急灘懸路正遥，海椶綯索曳條條。曉霜貼岸幾人影，春水一肩何處潮。宛轉客心縈錦纜，滯淫鄉思繫蘭橈。自經戰雨摇風後，蓑影䋫聲共汝描。椶纜」「春波淼淼影徐徐，尺布縫將錦不如。山好忽驚遮欲斷，雲低偏信挂還虚。潮平隔岸輕懸候，風急危檣半落初。安穩行人定無恙，來朝應報過江書。布帆」「遮莫舟簾爲雨裁，晴湖春泛一窗開。波光倒碧涵詩篋，山色飛青落酒盃。過眼忽驚雲似馬，倚人宜聽笛番梅。莫嫌所見非空闊，漏得斜陽入牖來。蓬窗」

《越舟六詠》佳句甚多，《畫櫓》則山陰沈王臣之「最宜三月浪，不礙半江秋」、諸暨周桐之「紋開新緑水，聲隔小紅橋」、新昌陳承然之「花氣一奩摇曉鏡，練痕雙綬落春波」；《烏篛》則有沈王臣之「浴争鴉背浄，糝受柳花輕」；《竹碇》則有會稽胡佳之「常教客夢通宵穩，量取山光隔岸齊」；《椶纜》則沈王臣之「拖殘晨岸月，界破晚湖烟」；《布帆》則有蕭山陳應坡之「不知春雨重，但見遠山移」、周桐之「三分花月夜，一幅水雲秋」；《蓬窗》則有沈王臣之「暗移春岸過，虚受夕陽來」。

蕭山教諭俞超，海寧人。擬作《椶纜》詩云：「每值横風日，猶思戰雨時。」諸人皆遜此渾脱。

臨海洪頤煊、震煊兄弟，篤學士也。余嘗謂台郡能讀書者惟此二人。台郡自齊次風侍郎之後，能學者甚寡。頤煊、震煊文采詞翰或未足，而精研經訓，熟習天算，貫串子史，實有過於侍郎之處。台人聞之以爲詫。《淮南子》云：「以篙測江，篙終而以水爲測，惑矣。」

余於天文算法中求士，如臨海洪頤煊、震煊，歸安丁傳經、授經，錢唐范景福，海鹽陳春華等，皆有造詣，然以臨海周治平爲最深。治平拙於時藝，久屈於童子試。余至台州，治平握算就試，特拔入學。治平精於西人算術，通授時憲諸法，明於儀器。余有詩云：「中法原居西法先，何人能測九重天？誰知處士巾山下，獨閉空齋畫大圜。」

處州山川險阻，人物樸陋，掄才者至此，鮮不廢然矣。余試《青田畫虎賦》，得端木子彝國瑚，才調斬新，得六朝真意。歸語秦小峴觀察曰：「此青田鶴也。」檄之來杭州，讀書敷文書院。貧不能自給，以《鶴訴篇》陳觀察。余乃命之居西園，使得壹志於學，學日益進。《天台》、《雁蕩》諸詩尤極奇麗。武進陸邵聞逼耀于時賢罕所折服，獨於子彝心折焉。余有句云：「誰是齊梁作賦才，定香亭上碧蓮開。括州酒監秦淮海，招得青田白鶴來。」（端木國瑚《鶴訴篇》：「仙人下太清，種芝香滿閣。鸞鳳已成群，遠招青田鶴。翩然鶴西來，羽毛何蕭索。處之玉池頭，雲水隨所託。萍花晚不生，菱葉秋更落。蒼苔入夢寒，白雪憐影薄。奇氣鬱青霞，瘦立驚非昨。翹頂問仙人，敢訂餐霞約？丹還玉帳深，慨想爐中藥。」）

秦小峴觀察試敷文書院《木棉花》詩，國瑚有句云：「詩人菴老吟何苦，游子衣寒綻可憐。」最爲雅切。

試紹興，以《雲漢賦》命題，少厭心之作。因命鄞縣童萼君槐、青田端木子彝國瑚撰之，竝極壯麗。

槐有云：「何日倒傾滄海，匯爲天上文瀾；有時瀉落青霄，流作人間璧水。」國瑚有云：「秋泛一槎耿耿，聞仙家耕織如常；春涵雙劍沈沈，知武庫兵戈不玩。」

金華土田沃衍，民俗淳樸。士雖未文，然亦不陋。讀書負耒，尚有四先生遺風。其士之佳者，則有東陽盧炳濤、永康潘國詔、東陽徐大酉、浦江張汝房。盧炳濤《擬題崔白健翮鏖風圖》詩云：「高秋試向雪壁懸，直似秦兵能苦戰。」張汝房云：「平蕪搏擊灑毛血，直以六翮爲六軍。」潘國詔云：「畫風得勢先畫木，萬竅刁調皆怒號。收縮遠勢歸咫尺，匹練有似蒼天高。」徐大酉《自公堂後雙古柏》詩云：「參天倚地榦如鐵，崛然孝子忠臣節。雪花已試歲寒心，獨飽風霜看横絶。」（阮元《金華試院宋自公堂後雙古柏》：「自公堂後雙古柏，六百餘年老宋客。蟠根想已透重泉，生氣勃然出堂脊。一株轇轕紋節轉，一株皮厚腹中塴。等閒鶯燕不敢來，絶頂花雕刷寒翮。瓦溝殘日落青子，蒼鼠奮鬣啖其液。此堂支柱多古礎，乾道七年魏王宅。湯陰惡檜刳不盡，鞏洛松楸種何益？此柏幸栽節度家，頗有清香凝畫戟。徒恨苔身長百尺，未與冬青樹争碧。堂陰誰可話疇昔，六碑首問熙寧石。堂後有石碑六，皆兩宋物。」）

開化山邑荒陋，然地接婺源，頗有實學之士。戴金溪太史敦元少負神童之目。此後有張立本者，叩以《説苑》、《列女傳》、《白虎通》、《釋名》諸書，皆貫穿而發明之。年未及冠，所至似未可限量。

黄巖施彬，經史皆能背誦。余嘗試以《列代臨雍考》，於二十一史中舉行典禮，徵引極爲詳贍。

浙東西兄弟皆才者，二洪之外，則有丁小雅杰之二子授經、傳經，博學多聞，有父風。邵二雲學士之二子秉衡、秉華，竝傳家法，兼通經史。歸安邵保初及弟保和，少年能文，竝通經術。烏程周中孚博聞强記，而文筆甚拙；其弟聯奎能詩文，而疏於經術，然亦可謂二難矣。

平湖朱椒堂爲弼通經學，兼長詞翰。成童喪父，其祖含叔以兄事牽累，羈成都獄待質，三十餘年始歸，旋卒。椒堂事祖母高、母吴，克盡孝養；撫諸弟讀書，皆成立。方蘭士爲寫《慈竹居圖》，余題之云：「册載玉關淚，飲冰寒自知。艱難貞苦節，突兀見孫枝。不盡報劉意，猶憐説項遲。春陰覆慈竹，爲詠少陵詩。」

定香亭筆談卷三

揚州阮元記　仁和錢福林録

西湖群山以靈隱爲最。飛來峰、冷泉亭諸勝境，使至者頓忘塵慮。由此至韜光，山徑迂折，真如行緑雲海中，尤爲幽絶。余至浙始得游之，並以此題課士。錢塘王仁云：「嵐翠下侵苔磴濕，竹光深擁寺門圓。」林成棟云：「靈泉百道飛涼雨，古磴千盤入亂雲。」項棣云：「巖垂溜影半飛雪，逕繞竹陰全上衣。」會稽顧廷綸云：「穿林窈窕雲生袂，酌澗清涼雪滿瓢。」謝肇漁云：「四面湖山當檻合，六時鐘磬入雲深。」蕭山汪繼培云：「門擁白雲分樹色，泉穿寒澗落峰陰。」陸棻云：「修篁千个雪圍檻，清磬一聲雲抱樓。」新昌余天欚云：「鷲嶺飛雲當檻入，蛟門湧雪截江來。」皆極模山範水之妙。余有句云：「泉竹石分雙寺地，江湖海共一僧窗。」紀其實也。

丙辰九日，同徐惕菴農部大榕、陳古華太守廷慶、孔幼髯國博廣林、陳無軒學博焯、何夢華上舍元錫登靈隱西峰。古華賦九言長歌，同人皆和之。（陳廷慶：「我從檇李喜睹阮仲容，約我九日登臨湖上峰。波寬碧浪開舟去浩渺，雲停弁山韜節開蒙茸。好景收拾詩囊與畫卷，奇文奄有秋實兼春穠。蘋花菱花水境有真賞，蘇堤白堤風雨欣重逢。堂堂使君先躡篁嶺屩，飄飄仙侶又攜石筍筇。仿之竹林七賢君少姪，奚啻赤壁二客公之從？昨憐果下駊騀溪路迴，今遣輕篢接引沙江衝。妙因難證僧出繙經葉，妙因閣藏有宋貝葉經並丁龍泓詩。形勝再入仙握朝京蓉。數日前曾游形勝，山寺中芙蓉未開，今始放數朵。將翔未翔巒翠烟籠竹，欲落不落竿籟風摇松。直欲攜琴同訪隱君館，安能作謌獨繼天隨蹤？北嶺歸雲舒卷明復晦，西湖新月粧抹淡且濃。陪遊徐陵何遜與北海，元方洎我豪氣追元龍。」阮元：「城中風雨騷屑不我容，相約來登湖上之高峰。江山湖海向我共磊落，安能苦吟寒菊花蒙茸？前輩豪興較我更十倍，先使研中硬語除纖穠。近來塵疴不藥而自愈，惟覺高秋爽氣來相逢。憶昔策馬秋過華不注，徐君與我健足皆無筇。直穿百丈石壁龍洞出，岩下餘客瑟縮不敢從。又曾登岱題字摩崖下，籃輿出入動與雲霞衝。其時亦值九月上弦後，足底羅列萬朵青芙蓉。即今石筍峰前樹奇絶，焉比對松巖外之長松？諸君有未游者有游者，終當繼此禽向雙高蹤。歸舟狂興入詩亦入酒，西山峰影競落深杯濃。回看白雲横斷共登處，高樓百尺合卧陳元龍。」何元錫：「湖山九日雨後開新容，岧嶤同上白衲菴前峰。籃輿雜沓一逕入幽邃，巖花澗草到處呈纖茸。飄飄淩虚共有出世想，秋光寥泬澂浄殊春穠。初從鷲嶺轉東復迤北，徑路拗折時與猿猱逢。在昔祖公無擇政閑頻過此，蘇黄秦趙相繼聯吟筇。即今峰底層層縱遐矚，奇石林立勢欲來追從。捫蘿覓字荒渺不可得，雲根雲葉倒捲寒飈衝。江湖一綫隱約出樹杪，摩穹朵朵高插青芙蓉。三叢兩叢對此蔽門竹，百尺千尺試問何年松？良辰雅集幸預群公末，此時心跡直溯前賢蹤。歸舟向晚雙堤夾明鏡，回指北岫一抹蒼烟濃。鐙紅酒緑促坐興轉劇，争看健筆揮洒如游龍。」《戊午五月二十六日靈鷲峰銷夏聯句》：「出郭緬澂波，奉賢陳廷慶古華沿隄快新霽。緑罨千樹濃，安邑宋葆淳芝山紅擎萬荷麗。筍輿先後來，婁縣楊之灝簣山松磴兩三憩。叠足山巃嵸，錢塘何元錫夢華撲眼石淩厲。泉喧橋影圓，儀徵阮元芸臺亭敞茶烟細。呼猨已無聲，古華飛鷲頗有勢。張翼障日高，芝山垂咮啄雲鋭。迦陵遠流音，篔山圓澤近同諦。結夏慧理巖，夢華論古咸和歲。開山自晉咸和始。蠟屐穿玲瓏，芸臺藤杖閲迢遰。一泒瀉龍浤，古華千盤擁螺髻。具相嵌莊嚴，芝山題名雜分隸。洞窺一綫天，篔山臺譯千佛偈。登頓竟忘疲，夢華脱略了無繫。高軒尋補梅，芸臺。靈隱東軒有老梅，已枯。余屬僧補栽之，爲題補梅軒額。層椒遲訪桂。往迹追白蘇，古華忘形到支惠。佳荈浸清寒，芝山伊蒲出新脆。解衣任劇譚，篔山臨池更游藝。畫法尚夏圭，夢華。時芝山作畫數幅。硯懷抱劉蜕。余藏晉咸和甎硯及唐劉蜕研。竹陰午夢清，芸臺槐院晚蟬嘒。歸思趁吟鞭，古華涼風襲行袂。出山尚聞鐘，芝山臨湖重鼓枻。回指翠微間，篔山却語烟波際。此游殊耐吟，夢華後會良可繼。暑歊翻避人，芸臺我東日西逝。古華」）

丁巳秋七月，校士之暇，適吴穀人侍讀錫麒在杭，因招同人，爲西湖月夜之遊。時上弦初過，月輪漸滿，涼露曖空，明河案户，同人皆有詩紀事。余囑方蘭士寫《湖心夜月圖》，侍讀作文紀之。（吴錫麒《西湖泛月圖記》：「丁巳之秋，七月三日，芸臺學使招同秦小峴觀察、陳桂堂太守，集於湖上。薄醉方適，豐澍已臻。披披遠青，響合萬葉；淰淰斜白，氣彌半湖。延林潡之鮮娛，薦雲烟之綽態。奇賞標於物外，勝情溢於目前。余因徵杭諺云此所謂『晴湖不如遊雨湖』也。學使欣然續之曰：『然則雨湖不如游月湖乎？』乃申前約，訂後游，期於月之十有二日，將謀卜夜之歡焉。夫秉燭有述於古人，夜飲無愆於小雅。是以永夕之契，罄陶陶於尹班；申旦之談，滋款款於袁謝。矧吾黨心均竹柏，贄洽弦韋。翹思則葭水引懷，展覿則苓風入抱。際此歸塵乍析，殘暑新蠲，有眷幽遐，藉抒結轖，則謭索郎之酒，羹宋嫂之魚，銷金之鍋用諮風露，浮梅之檻兼設琴尊，豈必怵斜照於鯨鐘，警重闉於魚鑰乎？是日也，輿從不喧，逑偶相召，並承夙戒，臨乎水涯。而沈霧浸淫，陰霞韜晦，慮負駕言之願，翻重有滰之嗟。主人媵斝酬賓，扣舷發唱，度還雲之曲，詠明月之篇。俄而游氣褰輕颸扇，群岫洗頭而媚夕，一鷗矯翅而嬉晴。當此之時，喜可知已。於是扶橈送緩，候景迎徐，塔迥光回，橋長嚮入，遂掠三潭而北放於湖心而休焉。渌水中央，紅亭四面。溜穿苔而細迸，雲脱樹而争歸。味得幽多，空真碧極。未幾冲魄流照，高輝躍華，孕朧朧於始波，表皛皛於餘泫。狂呼樹底，驚孤鶻之先飛；招手天邊，快老蟾之可語。時則山沈黛細，林隱青微，幽火飄螢，澄波出鯉，乃有傍隄美女、隔浦蓮童，歌采采其猶稽，唱彎彎而未已。月移花而瘦度，花愛月而濃遮。霞放玲瓏，開如十丈；烟無邊際，盪此一珠。清到滿身，轉無香之可嗅；掬之盈手，訝非水而能涼。莫不影卧微瀾，目飛明鏡，折秋杯而疏酌，答風笛以輕謡。渺渺乎不覺零露之沐首、斜漢之挂簷也。是知時地有遷，崇眺靡盡；風物如積，冥會不同。雖游歷至恒要，求届乎所適，精感緣應，人欲天從。鬱蒸之煩而曲澤行建，霖潦之患而圓景倏呈。乃悟宇宙之大陶，信遭遇之一致，甄其所覡，豈山水而已哉？日月逝矣，光音幸留。在水一方，永言君子之慕；别路千里，不隔美人之思。爰假毫端，各述心曲。吟詠既集，眷焉記之。是日會者五人。其未與前游者，程也園吏部也。」阮元《邀同人西湖晚泊湖心亭看月》：「湖心有客夜停船，白露如烟月滿弦。風裏雲霞無定色，水中星斗落高天。直愁銀漢浮身去，惟見金波著地圓。亭是月中山樹影，四圍虚湛玉輪全。」「座中仙侣認瀛洲，一片清光共舉頭。極浦荷花騰夜氣，出懷詞筆破涼秋。人因地勝方能聚，景是天開恐易收。來有微雲歸遇雨，三更霽色爲君留。」張若采：「紅衣瑟瑟白衣涼，并做秋宵一段香。

摇動綠雲風萬柄，潑翻荷露洗鴛鴦。」「星期過後夜愔愔，桂魄團欒貼滿襟。手摘驪珠三萬斛，白雲堆裏和龍吟。」「添酒迴燈客緒開，江城畫角莫催哀。青天盡變芙蓉色，可有飛仙踏月來？」陸繼輅：「扁舟劃破碧琉璃，水面輕寒上葛衣。如此湖山如此月，醉來欲化白雲飛。」「欸乃隨波去復回，嫩涼天氣合銜杯。采菱艇子輕於葉，也趁清光入畫來。」「采采波光剪剪秋，露華香動藕花洲。愁心豪氣都銷盡，一片空明瀹不收。」何孫錦：「閑心一片狎輕鳧，粘綠三篙入畫圖。山作屏風湖劃界，雲含宿雨月如珠。乍疑涼鬢驚秋早，轉問飛仙似我無？人籟蕭疎天籟寂，此身位置有冰壺。」「露荷香氣襲羅衣，載酒人來槳似飛。醉後詩情同月湧，夜闌涼夢約雲歸。題名可借山千叠，倚曲誰攀柳十圍？憐煞烏篷三尺浪，仙風太緊客星微。」程邦憲：「一片輕羅貼水流，琉璃界裏放扁舟。山如約我看殘照，客盡能詩賦近游。樹影連雲低雨脚，波光湧月上峰頭。何當直挾飛仙去，共餞西湖不夜秋。」「湖心亭子曲闌紅，剪剪涼生水面風。散葉林光疑月碎，濕衣烟翠覺山空。芰荷香淡秋將老，鷗鷺情閑夢與通。一點虛明在何許，此身著處總玲瓏。」）

無錫華秋槎瑞潢博聞能詩。爲臨海令，落職，僑寓西湖斷橋之德生菴十餘年。舟子、寺僧、酒媪、牧豎皆能識之。柳洲二賢祠、龍井秦淮海祠、孤山蘇公祠，皆其所監修者。

青浦陳花南韶詩才清妙，爲王蘭泉司寇昶所賞。以通判攝湖州同知，旋告病，寓西溪慶忌塔下，地名桃花港，即韓蘄王宅舊址也。依水成園，顔曰「梅莊」。冬梅夏荷，足供孤賞。塵市中人，夢不到此也。

南屏僧主雲際祥工畫，習董北苑皴法。予常贈以句云：「南屏秋色歸詩版，北苑春山證畫禪。」

南屏萬峰山房僧小顛嗜酒，能詩。自其祖至小顛七代，皆能詩。予爲題「七代詩僧精舍」扁。又《秋日過萬峰山房》詩云：「淡雲斜日作深秋，况是山房最上頭。行盡竹林風正起，一番凉雨客登樓。」（小顛《雲臺學使贈七代詩僧扁賦謝》：「七代傳衣翰墨緣，新標齋榜竹林賢。文如北斗尊韓子，集少紅樓愧廣宣。渌漲拍隄初過雨，妙香浮檻乍開蓮。萬峰深處山光好，不讓題梁玉局仙。參寥智果寺梁爲東坡題字。」）

出杭州艮山門，未至半山，有甘墩村。春日桃花數千樹，紅雨絳雲，摇眩心目。戊午春，予兩次放舟與蔣蔣山、陸邵聞、陸祁生諸君來遊，皆年未三十而詩筆老成。故予詩云：「詩裏情懷畫裏春，坐中慘緑盡詞人。若非才子樽前筆，辜負臨平二月春。」（阮元《邀同人遊臯亭山看桃花》：「臯亭山下多春風，千樹萬樹桃花紅。江城愁雨二十日，放晴小舸來花中。三篙新漲紅到底，一片絳雲飛不起。仙子霞裳住赤城，麗人靚服臨春水。蘭槳摇摇行復回，横塘香霧轉輕雷。薄寒小雨燕支濕，留住濃酣緩緩開。兩年我爲行春去，每到花時不相遇。崔護重來似去年，劉郎又到成前度。詩裏情懷畫裏身，坐中慘緑盡詞人。若非才子樽前筆，辜負臨平二月春。」陸繼輅《阮雲臺閣學師招遊臯亭看桃花因病不赴》：「西陵春色慵如許，衙齋一月聽春雨。雙棲燕子亦無聊，盡日雕梁作蠻語。花朝五日是清明，一樣簫聲唤賣餳。金鴨香銷留麝篆，玉鈎風悄下簾旌。仙官曉策探春騎，賞花不減憐才意。一路流鶯引出城，萬樹紅圍一峰翠。此時山中雲正晴，此時客緒如中酲。桃花識我倘相憶，不見花面知花情。

故園亦有春如繡，花光紅染羅衣透。趙女工調錦瑟絃，慈親笑酌蘭陵酎。作客平生第一春，感公清讌慰酸辛。他時雅集應圖畫，添我花前小病身。」《奉陪阮雲臺學使臯亭看桃花》。陸耀遹：「臯亭春水疑天上，縠影半篙生細浪。紅襟燕子掠波來，小語呼人上銀舫。緣隄芳草緑無涯，曲曲青溪響柁牙。是處仙源知有路，等閒弄水見浮花。花深路轉春陰護，蘸影空濛若初曙。赤城玉女偶相逢，步障圍綃暗香霧。東風吹雨裛芳洲，十里紅酣住客舟。岸上踏歌調別曲，尊前流水動離愁。一半陰霾壓溪重，濕翠閣雲雲不動。瀰天花雨泛紅潮，春氣濃薰欲成夢。共惜芳菲倚畫橈，載香艇子去迢迢。舊山幾日花如霰，寂寂春寒掩綺寮。」蔣徵蔚：「朝烟霏微將作雨，一朶白雲向空吐。弄晴嬌鳥唤行人，水汎花光花滿塢。昨宵卧病諱言愁，早共花心入畫樓。旅舍鐙殘初中酒，歸裝寒峭尚披裘。今朝共策花前騎，誰憐酒醒花猶睡？芳草連天色更青，曉山漬雨嵐多翠。此時花氣襲人衣，萬片紅雲香四圍。興酣長嘯入雲際，落花滿空停不飛。琅嬛仙使文章伯，首唱清詞兼屬客。元龍豪氣二陸才，花前跌宕揮金戟。相逢載酒共看山，只是新愁未許删。洞口桃花人易別，西湖楊柳不勝攀。玉簫自倚春風裏，此去仙源知幾里。惆悵尋春春易歸，眼見華年送流水。勸君莫更催雙蛾，我憐花謝花前歌。吴山越水別春去，其若楊花似雪何？」）

戊午六月既望，予與泰州宫芸欄詔、元和張渌卿詡爲月夜之遊。自金沙港策騎，過十里松濤，月色浩潔，深林無人，夜鳥相應。至冷泉亭，將二更矣。泉聲泠然，塔影自直。宿補梅軒，聽揚州偶然上人彈琴，接榻小夢。東方達曙而歸。渌卿填《步月》一闋以記之。（張詡《步月》：「碧巘雕雲，玉壺卷暑。

老蟾夢醒瑶闕。露華潑翠，濺廣寒冰屑。俯流泉、一掬秋心，移晚鏡、滿林晴雪。松陰静、蝌眼乍翻，素瓷凝滑。朱絲清弄發。疑唤起姮娥，環珮葉葉。璚田萬頃，更新涼萬疊。問裝就、七寶樓臺，記留我、桂叢香窟。徜徉處、休𣈆醉鄉倦蝶。」）

歲寒厓在孤山俞公祠後，石壁間横刻正書「歲寒厓」三字，逕一尺四寸，下刻「郭令公歷中書二十四考，廣成子居空同萬八千年」隸書，二行分列，字徑七寸。《西湖遊覽志》皆以爲出東坡手筆。隸法尤古勁，惜無名款可考。今厓下左側爲秦小峴觀察建蘇公祠。

西湖竝無蘇文忠公專祠。嘉慶戊午，秦小峴觀察始得地於平湖秋月范公祠後，專設栗主祀蘇公，屬余書扁，竝爲楹語。余作聯句云：「願共水仙薦秋菊，長留學士住西湖。」蓋宋時杭人呼公爲學士，不稱姓也。謝蘇潭方伯有詩紀事，云：「杭人思公七百載，築祠乃在嘉慶年。」

蘇公祠西堂無扁。余在山左曾拓得熙寧十年坡公爲張龍圖掞所書「讀書堂」三字碑，因即雙鈎其字爲扁。公之祠扁，得公自書，一時稱快。（阮元《嘉慶三年西湖始建蘇公祠誌事》：「蘇公一生凡九遷，笠屐兩到西湖前。十六年中夢遊徧，況今寥落七百年。西湖之景甲天下，惟公能識西湖全。公才若用及四海，德壽不駐湖山邊。區區明聖一掌耳，易補缺陷開塞填。長隄十里老葑捲，北峰頓與南峰連。雨雲雪月入吟袖，裝抹濃淡皆鮮妍。水枕競與山俯仰，百吏散後登風船。可憐紗縠歸不得，欲歸陽羨愁無田。江頭班白説學士，碑在口上無勞鐫。三百六十寺興廢，竟無一屋祠公焉。前載我飾書院像，聊以山水娱四賢。柏堂竹閣今尚在，一祠究竟公當專。淮海秦公世交後，謂小峴觀察。辦此釀出清俸錢。歲寒巖下百弓地，宅有花樹池多蓮。讀書堂字公手蹟，一扁横占屋十椽。吁嗟乎！公神之來如水仙，靈風拂拂雲娟娟。樓臺明滅衣蹁躚，萬珠跳雨生白烟。琉璃十頃清光圓，水樂驚起魚龍眠。我歌公詩冰絲絃，薦秋菊以孤山泉。神歸來兮心超然，望湖樓下湖連天。」）

嘉慶戊午九月二日，予乘筍輿過保叔塔後山，沿西溪秦亭山入河渚，泛小舟至茭蘆菴。數十里中，松竹梢槮，桑麻黄落，豆花瓜蔓，映帶秋水，風景迴與西湖不同。庵内古梅二株，枝榦横斜，高出簷際。老僧梅嶼震山無俗韵，詩亦清遠，與此庵相稱。董香光書庵榜爲「茭蘆」。予謂《楞嚴經》云：「中間無實性，是若交蘆。」此禪家謂性虚妄若交蘆耳。書「交」爲「茭」，失其旨矣。梅嶼手繙經證予言而悦之，且言其師太虚能詩，以「交蘆」對「舉葉」。「舉葉」者，張得天書《維摩經義》以名其堂也。庵之西里許爲秋雪庵，北高峰正當其南。蘆田千畝，白英初生。此地荒寒，有隱趣，人罕至者。歸舟書此，紀遊且貽梅嶼。

余嘗以八月既望觀潮於海寧。浙潮，海寧爲大，至錢塘已減半矣。故予詩云：「錢塘江潮秋最巨，未抵鹽官十之五。」海潮之説自來不一，海寧俞思謙有《海潮輯説》，於盈縮消長之理頗多發明。余爲序之。（阮元《海潮輯説序》：「海寧俞子思謙老于海濱，邃于經。余初至浙，即於片言間識之。俞子出所撰《海潮輯説》以質於余，觀其引據浩博，辨論詳晰，可謂賅備矣。竊謂人知潮汛之應乎月，而未知其所以應月之理也。人知潮汛之盛於朔望前、衰於朔望後，而未知其所以盛衰之理也。人知月當正南北子午位而潮汛生，而不知其所以生于子午之理也。所以應月者，何也？月生水，日生火。火本燥，及其炎上也必苦。水雖淡，及其潤燥也必鹹。故鹹訓『大苦』。海水有火。蜀中火井、鹽井同其淺深，鹹苦每相因也。日光爍地，積熱成燥，得水即鹹，故以水沃灰必有鹹鹵，其明驗也。是以日燥大地，地中有火，水歸於地，海所以鹹，鹹者重而下沈，沈則無潮汛矣。然而月生水，月之水淡，淡入於鹹，鹹者必輕而浮矣。海以水類從乎月，氣騰若沸，亦必輕而浮矣。故海雲作雨，雨水必淡，月水入海，海水必輕，輕則必浮，浮所以有潮汛也，此潮汛應月之理也。所以盛於朔望前、衰於朔望後者，何也？日月合朔相距最近，月行之天最附於地，日行之天更遠于月。月近而日遠，燥氣不敵濕氣，濕氣盛而陰水入海，則潮汛生。若生明之後，日月漸相差，以至相距至一象限，則日燥乎月，而潮汛衰矣。至望又盛，日月相望，相距最遠，遠則日不燥月，而月之濕陰又盛。若生霸之後，日月漸相近，以至相距一象限，則日又燥乎月，而潮汛衰矣。朔望後二三日，潮汛尤盛於朔望者，譬之寒水在釜，薪火方盛，當火之盛驗水之沸，既而火雖稍衰，水轉大沸，火大衰矣，水乃不沸，此朔望盛衰之理也。所以生於子午位者，何也？水性就下止者，必平。平者其性横，横則當卯酉位。以月行卯酉位，是在水之側，不能使之升降，故潮汛未生，惟行至南北之中，在天當午，在地當子，水凖地平爲横，月正地心爲縱，其氣全以相感，月之水精入於海，海之水氣應乎月，此潮汛生於月當子午位之理也。至於一年之中，月與潮并盛於八月者，四、五、六月日光太燥，月之陰濕不能敵之，至秋日燥减而月濕生，以濕沃燥而地味鹹，以濕入鹹而水氣升，所以盛也。譬之初熄之灰，以水沃之，其味與氣烈于寒灰遠矣。所以冬日之潮，反不及秋中也。海外諸書紀潮生之候，一日之内或有遲早里差故也，至於朔望盛衰則天下同之。唐宋説部性理諸書，惟高陳其理而未實驗其事。西洋天學諸書略能於事求理，而未抉其微。余觀古人之書，兼采泰西之説，妄爲扣槃捫燭之論，惟期其理明事實而已。嘉慶二年八月十八日，元至海寧觀海塘且候大潮，舟次書此，以諗諸俞子，俞子以爲然否耶？」阮元《八月望後至海寧觀潮》：「錢塘江潮秋最巨，未抵鹽官十之五。我來鹽官塘上立，月初生霸日蹉午。江水忽凝不敢東，海口哆張反西吐。夜潮流去晝流回，順水能文逆能武。吴道子畫有文武水。潮不推行直上飛，水不平流自僵豎。海若馮陵日再怒，地中回振千雷鼓。馬銜高坐蛟鼉舞，拔箭倒發錢王弩。須臾直撼塘根去，摇動千人萬人股。如捲黑雲旋風雨，如騁陣馬鬭貔虎。如陰陽炭海底煮，如決瓠子不能禦。三千水擊徙滄溟，十二城隳倒天柱。氣欲平吞於越天，勢將一洗餘杭土。吁嗟乎！地缺難得媧皇補，大功未畢悲神禹。此是東南不足處，豈爲當年文與伍？滄海桑田隔一隄，魚龍黎首相鄰處。我皇功德及環瀛，親築長防俾安堵。全用金錢疊作塘，不使蒼生沐鹹鹵。邇來鼋赭漲横沙，却指尖山作門户。雁齒長椿十萬行，魚鱗巨石三層礎。觀其揚汩擢拔形，枚乘以後少奇語。吁嗟乎！此塘此潮共千古，詞人心樂帝心苦。」蔣徵蔚《奉陪阮雲臺學使海塘觀潮》：「疾雷怒走三神山，海水倒卷迴洪瀾。歊氣出雲以自閒，忽然一綫罡風還。吹出天地青無邊，當其沆溉衝閶閭。沈沈拯盧何沈湲，揚汩四際清瀾安。紛紜流折成驚湍，滂濞潭漠兼瀰涎。儻俶懭悢微眂睍，虚煩中怠意且孱。出日入月心神捐，翩然白鷺飛萬千。白龍下墜蛟螭淵，頃刻密雨鋭頭怒突峭函關，浩如匹練飄長天。穚若駿馬相騰騫，須臾帷蓋何緜聯。珠回旋。壯士大呼三軍前，曲隊列伍行重蜎。鐵騎旁作摩戈鋋，交綏忽又迴旌旃。霹靂應手飛弓絃，柱矢萬道殷如蠓。絡繹迸作宜僚丸，訇磤輘軥轔填填。大白麾掣生長烟，雌霓皓潔才連蜷。雷泯電激漂八埏，少進便覺乾坤顛。此時壁壘援中權，金輦山立從玉轘。重門密蕭常完堅，上有旆旍下纓繁。左有戚戉右弭弸，前有鬱律後豹韅。迴擊肆硉神曼曼，巨靈擘破雙厓端。夸娥暴出萬劍攢，短兵隘接心胸刓。耽耳厥痍血兩肩，憂心挾怒不可痌。忽又滅没潛重川，空中樓閣十二環。璇璣玉衡色闌玕，十十百百自相連。一一五五相嬋蜎，江妃窈窕翔蹁躚。體生光華氣香蘭，蒼錦雲衣舞龍蟠。朝霞骨采仙乎仙，明瑺玉羽珊乎珊。飛行六合風雲軿，芬芳邑布羅蓀荃。呼吸靈氣入丹田，菲猗微沫零露漙。羽服一舉屢變遷，海若蓄憤意未闌。此時合戰龍鬼撣，千鉦合擊張空拳。萬馬蹴沓膺不完，赤岸直彗扶桑巔。溟池九萬鯤鵬搏，捷霆倏曶追神姦。惡蜃拏攫椎兇頑，閃屍喻喻吹鴻漣。焰焰陰火疑潛燃。崩壞虧覆扶傷殘，餘怒猶欲窮九泉。嗚呼潮汛真大觀，海鰌出入秋不眠。冰池焦釜然不然，神龍變化元復元。高卑天運移星躔，圓靈晦魄舒兩弦。大地嘘吸血脈偏，鴻鈞鼓鑄一氣盤。天水外應生虚員，歸墟升降無關鍵。五行不在陰陽先，晝夜只使雙丸擲。子午自結盈虧緣，二十九度妙洄沿。合朔辰會遲速愆，左旋右旋理不傳。卯辰應位誰復詮，陽葢陰盛常自全。銀濤渺渺靈巫潛，前胥後種思誰賢？祖龍血石何由鞭，東游入海真堪憐。銀山動地神魚擐，令人空憶錢王年。鐵幢萬弩潮痕穿，我來觀罷神猶寒。金堤千古堅如磐，一吞渤澥何其寬。」）

丁巳秋七月，將按試浙東。十五夜，舟泊蕭山湖内。張農聞爲作《蕭山泊月圖》，同人題之。余最愛張子白「無數彩雲闌客住，一杯先酹苧蘿秋」二句。（《蕭山泊月》。阮元：「纖雲卷盡早涼天，越水清泠夜泊船。猶恐中秋無好月，今宵先借一回圓。」「西湖其奈鏡湖何，百里遥天瀉玉波。看到三更齊轉首，清光到底浙西多。」陸繼輅：「一峰秀色留吟舫，百斛秋光瀉酒杯。珍重臨平湖畔月，也隨仙節度江來。」張若采：「柁樓晚飯放扁舟，却趁涼宵載月遊。無數彩雲攔客住，一杯先酹苧蘿秋。」「齊拓蓬窗話寂寥，侍郎雅興盡三蕉。笑他壬戌秋宵客，苦爲飛仙怨洞簫。」「山光月色兩徘徊，曾見千絲越網來。此是浣紗人去路，柔波猶膩好青苔。」「遥憐雲子芙蓉色，獨倚玻璃憶鑑湖。那得夜涼騎白鳳，同尋仙夢抱冰壺？」）

丁巳秋，至山陰邀同人修禊蘭亭。高旻蕭爽，林泉共清，一時逸興，不減永和上巳。同人賦《秋禊詩》，奚鐵生爲之補圖，余作序記之。（阮元《蘭亭秋禊詩序》：「在昔典午中移，啓江東之雲岫；瑯琊南徙，持吴會之風流。山林之祕競呈，觴詠之情咸盛。雖悟《老》、《易》之旨，猶切彭殤之悲。豈非神州不復，易興陸沈之歎；中年已往，莫釋哀樂之懷。鍾情既深，發筆斯暢。是以林表孤亭，結山陰之幽契；定武片石，傳永和之逸軌矣。元以嘉慶二年八月上巳，按部於越，嘉賓在坐，簿領既徹，游情共馳，再揚曲水之波，展脩秋禊之禮。浴沂溯典，本無間于春風；采蘭賦詩，實有異于溱水。是時清風未戒，白雲午晴，幽谷屢轉，重山争峻。發崇巖之桂氣，起秀麓之松嵐。迴谿接步，緬陳迹于古人；爽籟入懷，屬高情于天表。夫倦心既往者，撫韶景而亦悲；撰志詠歸者，臨蕭節而彌適。況今朝野殷闐，敬修名教。吾輩遊歷，皆在壯年。白駒未縶，動空谷之雕輪；旅雁群飛，集江湖之素羽。振翰無采，雖愧元長之才；侍晏承恩，曾效廣微之對。良會已洽，清吟紛來，内録賓客戚黨之詩，外納僚屬生徒所詠。凡有作者，皆著于篇。」）

余至會稽謁大禹陵，作詩有云：「子玄誕妄太白陋，亂引汲竹疑重瞳。夏家天下子亦聖，曷爲薄葬於越東？」蓋古人死陵葬陵、死澤葬澤，故舜葬蒼梧，禹葬會稽。自《竹書紀年》妄言舜爲禹遷死蒼梧，劉知幾《史通》因之，遂以魏晉禪奪，上疑三代。太白詩言堯幽囚、舜野死，皆毁經蔑聖之尤者。試思禹傳子，子亦聖人，曷爲野死乎？此可破千古之疑矣。（阮元《謁會稽大禹陵》：「會稽巨鎮東南雄，宛委巒嶂摩青空。文命之陵據吕墨，朝衣九拜揚春風。典謨有字遷有紀，豈假弱筆陳豐功？惟思禹德在於儉，無間再歎世折衷。山川主名遍天下，此山不載《禹貢》中。揚州域廣漸海表，刊定未紀夷與戎。東教躬勞遂道死，參耕壟畝封葛桐。陵者葬陵澤葬澤，蒼梧之野將毋同。豈如後人詭且侈，沙丘還至咸陽宫。子玄誕妄太白陋，亂引汲竹疑重瞳。夏家天下子亦聖，曷爲薄葬於越東？試以吾言問二子，無稽之説將立窮。我拜既畢題窆石，白雲滿穴春陽紅。帝之瑞應氣郁郁，神所出入光熊熊。重黎受命地天絶，惟有陵鎮猶相通。」《游山陰水石洞》：「飛夢下天姥，餘情入吴越。鏡湖波逼山，石簣水搜窟。飛梁駕重門，立柱抗高闕。冷壁悟禪面，瘦峰露仙骨。定役靈匠心，莫謝天機伐。削成夏圭斧，奇拜米顛笏。清風漱玲瓏，澄潭倒嵌崒。紅樓四月寒，烏舫一篙滑。藤枝青已長，蘋花香未歇。勝境豈在多，覽古興超越。緬想山阿人，沿流弄明月。」）

由山陰至上虞，渡曹娥江，經梁湖，山深水曲，林木蔚然，遠勝七里灘。（阮元《渡曹娥江》：「雨歇雲意嬾，霽色動孤岫。曉渡餘薄寒，初陽出春晝。重山既清深，衆松亦喬秀。叢祠扃幽闥，破碣不可讀。登舟幽抱愜，澂江浄無溜。緬懷東山人，清望著華胄。委懷山水間，風鶴已奔走。孤情每自揆，所蓄諒非厚。行矣及中田，良苗正華茂。」焦循：「西望錢塘百里遥，曹娥江口夜停橈。青松鵠立白雲起，鐵弩不鳴秋不潮。」阮元《梁湖道中》：「屈曲梁湖水，舟行屢過橋。山深皆有路，浪静不通潮。暮色浮松頂，清香動麥苗。謝公吟賞處，蹤跡祇漁樵。」《過謝氏東山》：「雲水東山春放船，謝公裙屐憶當年。蒼生寄托傷温浩，青史功名冠石元。捫蝨有人知唳鶴，圍棋無暇笑投鞭。始寧殘墅今何處，惟聽風泉似管絃。」蔣徵蔚：「早卧東山養重名，從教出處繫蒼生。瑯琊一代風流相，絲竹中年哀樂情。破敵軍書方絡繹，賭棋別墅正縱横。誰知坐鎮當機事，捫蝨原知草木兵。」阮元《上虞縣》：「曲水平穿岸，長林緑壓垣。石橋多似路，山縣小於園。白舫依官渡，紅梯倚戍墩。劇憐谿谷裏，考績尚稱繁。」）

戊午上巳日，過桐江，風日清美，江山佳麗。同張子白、陸邵聞諸君，把酒臨江，賦詩終日，挂帆連舫，直至釣臺。（《上巳桐江修禊》。阮元：「去年秋禊到蘭亭，今日春江倚畫舲。上巳風光晴更遠，富陽山色晚逾青。要將觴詠臨流水，須向綸竿拜客星。濯遍塵纓何處好，釣魚臺下碧泠泠。」陸耀遹：「春到重三愴客心，篷窗同倚對遥岑。一江晴浪桃花煖，百斛香醪竹葉深。昨日便須支上巳，子白游大慈山，詩有「預支芳節約湔帬」句。此間原不讓山陰。清游佳語傳修禊，應繪仙查到碧潯。」「春愁如水水如天，篷底潮生覺晝眠。惜別遠山低曉黛，斷魂垂柳化晴烟。忽驚客路逢三月，負此芳辰已二年。去年今日，余在皖江道中。衣上征塵衫上淚，可堪還向此中湔？」《桐江夜泊次芸臺先生修禊詩韵》：「桐君山下見離亭，共卸征帆繫小舲。日莫歸雲千樹碧，天涯芳草數峰青。螺烟接水浮新月，漁火沿江出遠星。客路滄波信無極，此流已不到西泠。」）

浙中山水，游者但見武林、嚴瀨，罕有遍歷浙東者。惟學使者能於三年中再游之。予初由富春至嚴瀨，已覺山重水複，出人意想。次至蘭溪、金華以上，過永康、縉雲，溪壑幽秀，松石清蒼，似非塵世。及過桃花嶺，縋深陟險，出于雲雨之上。栝蒼山色遠在天表，境更勝於前矣。過麗水，放舟入甌江，觀青田、石門瀑布，下永嘉，登江心寺，巖泉清閟，江山平朗，此境又變。渡甌江至樂清，宿芙蓉村，登四十九盤嶺，入雁宕山，窮極大龍湫、靈巖、靈峰諸勝，奇險怪僻，此境又勝於前。經黄巖、臨海諸山嶺，數百里中處處有嚴瀨之勝，而樹色泉聲過之。及至天台、赤城，由國清登山，遍觀石梁瀑布、華頂、萬年嶺諸勝，下天姥，入南明，二百里中出世凌虚，飄飄然有仙意矣。

過富春數十里，未至桐廬，有九里洲。丁巳春，余侍家大人至此，值梅花盛開，青山隱天，瀠江東瀉。居民種梅花爲業，花滿九里，約三萬株。家大人云：「余足迹半天下，從未見如此香海。」（阮元《九里洲侍家大人觀梅》：「梅花三萬樹，一色縣九里。上接戴山松，下照桐江水。目力所難到，花勢殊未已。雪光晴不落，香海浩無底。詩人誇鄧尉，較此百一耳。卸帆登中洲，漸入深林裏。十圍合抱圓，數仞拔地起。拂帽更礙路，眩轉聊徙倚。疑別有山川，不知何甲子。滿身花影來，一笑親顔喜。」陳文杰《題九里洲觀梅詩册》：「春水緑春洲，春風上柁樓。梅花三萬樹，香入大江流。有客看山去，因之載鶴游。詩情同浩蕩，三十六閒鷗。」阮元《金華夜泊即事》：「百里春風滿，群帆暮色横。遠山連野色，淡月下灘聲。塔影自孤直，津頭將二更。千家尚鐙火，遲我婺州城。」《冒雨由縉雲趨麗水道出桃花交青黄龍諸嶺得詩四首》：「春城晚逾暖，四山雲氣蒸。曉發縉雲南，雨勢方奔騰。延緣起修磴，巖壑紛填膺。眼前快磊落，足底愁凌兢。傅壁凛傾澗，接石升高陵。路窮嶺直立，一一衝雲登。雲深不見路，叱馭將毋能？」「涉險有竦志，探奇多曠情。松篁易成響，况以風雨聲。雜花滿四山，紅白垂繁英。上有千仞峰，蒼翠流餘清。下有百道泉，亂石交喧鳴。足底山徑滑，白雲横庚庚。」「嶺上多桃花，花落初生葉。芳草何芊眠，染濕緑蝴蝶。不知升愈高，轉覺平易躡。迷漫十步外，白雲飛貼貼。浮嵐青數痕，中有峰千疊。若令廓清霽，飛鳥去猶慴。」「青巖亦已轉，陵緬山之陽。林壑正懷烟，花澗猶屯香。降隨猛泉落，升共高雲翔。翔雲扶我行，冷逼春衣裳。欲招青田鶴，矯翼來低昂。仙都在何許，雲海空茫茫。」阮元《栝蒼山雨示端木國瑚諸生》：「括蒼之山應天符，粤惟群仙之所都。軒皇既遠洞天閉，何處尚有仙人間。我來芰嶺疊足望，但見青峰萬丈矗立東南隅。是時仲春日已炙，陰巖起蟄蛟龍蘇。盤厓百里直到郡，觸石已見雲合膚。一日二日雷車驅，三日四日雨始濡。春城夜聽溜滂沛，青天晝看烟模糊。遥知風門天井響，飛瀑濺起萬斛光明珠。穿林度樾散成霧，濕氣沍結松千株。棠溪管溪流並急，箭栝不受山縈紆。陽開陰閉復幾日，此時真有群靈趍。仙臺福地不能到，誰來示我經與圖？却喜甌江水新漲，石門山色迎川途。我行寫此示國瑚，有山不吟毋乃爲腐儒？」端木國瑚：「天入栝蒼天欲低，翠微直上雲與齊。盤空觸破雲中壁，萬丈芙蓉散馬蹄。軒皇已去空烟霧，靈異獨叱真龍護。蒼然鱗甲不可攖，蟄雷震起蟠髯怒。勢薄光景寒欲森，濕氣沍結千林素。倒吸銀河作雨飛，珠璣噴薄光無數。陰陽開闔盪層冥，奇變雜沓來仙靈。丹氣冲虹鼎火赤，劍光躍電罏烟青。嵐疏翠密競欲滴，高空洗出山容醒。忽開霽景數峰外，丹霞一道凌紫庭。行人路出桃源中，衣上雨點桃花紅。足下走雲如走馬，撲面爽氣涵青空。山靈有意弄譎奇，窅然深翠開鴻濛。清光颯颯雨際出，不數劖刻詩神工。千載高風揖隱吏，烟雲飽眼心如醉。只疑此境隔人間，誰識仙山在平地？」陸耀遹《曉發縉雲登桃花嶺》：「羈魂警遥夕，離燭耀未盡。檐聲斷疏雨，緒風尚凄緊。既晨感群動，裒遠駕征靷。宿霧紛漠漠，初陽辨隱隱。崖傾雲構發，路轉峰勢引。長林或妨幘，仄巘但容軫。盤紆得少憩，徒侶亦勞憫。穿雲石疑走，投烟鳥如隕。回壑鳴潨潺，連山失崇蘊。勢挾海潮動，聲與天漢近。延賞景屢遷，窮躋步多窘。覽物各有愜，超興固無本。仙都結遐想，高騫謝塵坋。」阮元《春盡日阻風青田和張子白原韵》：「又放甌江黄篾船，餘寒料峭透輕緜。山來一一重相見，春去堂堂不受憐。枯嶺清流千百轉，秣陵秋雨十三年。今宵良話應無夢，泊近西堂對榻眠。」「恐是芙蓉海上城，仙都坐見月初生。宵來料有胎仙過，春去應無杜宇聲。屐齒溪山閒後想，燈花詩句客中情。請聽一夜船頭浪，已覺東風暗裏更。」《游古永嘉石門觀瀑布用歐蘇禁體》：「永嘉謝守弄奇譎，康樂《石門詩》在江西，以青田當之，自太白始。手擘石門山壁裂。侵晨直上青雲梯，一派寒泉迸龍穴。崖頭百丈直如削，逼令泉飛出其缺。當其欲落未落時，衝擊紛披忽三折。坐教破碎飄輕清，不使渾淪成注泄。偶經宿雨更争來，少得迴風便旁掣。横拖雲氣派將亂，影漏初陽眼尤瞥。沾衣濕意詫沈陰，撲面清光仰霏屑。澄潭半頃緑最浄，石柱千年洗真潔。老僧新焙春中茶，燒松煮水快一啜。櫻桃蔗漿漫相勝，誰復此時猶内熱？暑天風日諒不到，寒想冰絲半空結。安得誅茆四時住，坐對天紳自怡悦。出山一步一迴顧，隔斷青林始忍別。試看雁蕩大龍湫，與此相衡孰奇絶？」《自麗水放舟至永嘉》：「桃花楊柳背通津，十里溪山捩舵頻。面壁每驚無去路，望烟始識有居人。怒流不怕千迴折，窮谷應遲半月春。若使客星逃更遠，此間幽瀨好垂綸。」「雲徑歸樵忽有歌，數家小屋倚坡陀。斫松爲圈思擒虎，鑿嶺成田便種禾。岸下停舟妨亂石，磴前躡屐挽修蘿。不知如此荒寒趣，比似銷金地若何？」「夜眠只合在深溪，月黑巖高望已迷。但見峰頭争上下，偶依斗柄認東西。舟人寄碇先尋夢，山鬼驚鐙或暗啼。且挂風帘護紅燭，小瓶春色看棠梨。」「石立雙門向水開，鑿山須有謝公才。廿年細讀雲梯句，今日才看瀑布來。指破晴虹化烟雨，吹迴春谷動風雷。近前不惜沾衣濕，天寶題名半緑苔。」「東甌國在海山邊，十里江城萬井烟。已見颶風傾老屋，唯憑鯨浪駕樓船？三盤島嶼參差出，百粤帆檣雜遝連。那似登州高閣上，碧環千里接遼天。」《江中孤嶼謁文丞相祠》：「獨向江心挽倒流，老臣投死入東甌。側身天地成孤注，滿目河山寄一舟。朱鳥西臺人盡哭，紅羊南海劫初收。可憐此嶼無多土，曾抵杭州與汴州。」陸耀遹：「信國孤忠垂宇宙，乘潮曾度海門邊。江聲夜撼風雲色，塔影秋高日月懸。故國山河無半壁，新亭涕淚此中川。飄零壯志難回首，猶認碑題德祐年。」端木國瑚：「百戰飄零越海東，烟塵滿目寄孤篷。欲回天地波濤上，只剩山河涕淚中。渡雁有聲催宿雪，扶鼇無力墜秋風。此心不逐狂瀾倒，半壁猶懸氣似虹。」「一隅勢已失偏安，馬角崎嶇歲月殘。海外有天移北極，塵中無地著南冠。浮雲孤嶼隨潮變，暮雨荒陵入夢寒。千載斷雲詩可讀，丹心猶似舊時看。」）

浙東諸山，以天台、雁蕩爲最。雁蕩以險怪勝，其奇秀處皆在衆嶺之下。天台以高妙勝，其清虚處皆在萬山之上。天台以孫興公賦始著於世，雁蕩爲謝靈運所不能到。雖相傳有大通年碑，實至宋始顯。山川險阻，游者難至。余兩度游此，有深幸焉。（阮元《將過雁蕩前一日宿扶容村》：「一行分兩戒，其南極雁蕩。重壓沙海頭，險扼東甌吭。永嘉山水滋，康樂尤清放。度嶺惟斤竹，緣溪阻修障。天地惜靈秀，不易使人創。及其終難祕，疏鑿任靈匠。已勒大通碑，更示詎那相？坡公游山分，生平頗自仗。惟以詩酬圖，未足供跌宕。龍湫百二峰，吾耳久知狀。竊疑形容者，奇幻言或妄。今年渡甌江，温台落掌上。瑶嶺據海澨，風潮午初漲。筳輿厲石梁，足底走鹹浪。晚程猶未歇，兹山已入望。情隨嵐氣清，心與飛雲壯。且投村屋宿，行李聊摒擋。吾徒侈清遊，一飯若轉餉。損之又損之，勞費已莫償。惟願明朝晴，風谷動清曠。同行若歸雁，斜向峰頭掠。懸知今夜夢，先受山靈貺。」陸耀遹《宿芙蓉村》：「雲裏疑無路，山中别有村。暗風通野氣，初月淡烟痕。薤葉展宵簟，松花香客尊。清游待明發，仙夢擷芳蓀。」端木國瑚《曉發芙蓉村》：「飛翠失空山，游夢兀然醒。人語夜堂深，簾曉燈猶熒。寒暖戒衣裝，共取芙蓉徑。緑樹脱蒼烟，遠媚溪光静。鳩啼雨後聲，山認雲邊影。村仰緑陰高，蹵度香風冰。雁峰落何處，四十九盤嶺。」阮元《曉過四十九盤嶺至能仁寺》：「曉程將何之，四十九盤嶺。嶺高盤愈仄，曲折緣修綆。肩輿未及上，相顧色已警。陵緬惑回棧，心怯息尤屏。平生磊落懷，到此不敢騁。既登丹嶂高，坐見海天永。白雲湧潮聲，初陽生樹影。越嶺下西谷，倏忽闢靈境。奇變出恒情，震蕩不自省。行行至招提，幽籟泛虚静。中慄既已平，嵐重衣裳冷。」《大龍湫歌用禁體》：「山迴路斷谿谷窮，靈湫陰閟龍所宫。眼前無石不卓立，天上有水皆飛空。飛空直落一千尺，鬼神不任疏鑿功。絶壁古色劃爾破，山腹元氣沖然通。涓涓静注絶不動，羲輪下照神和融。有時飛舞漸作態，已知圓嶂生微風。一甌春茗啜已盡，水花猶復摇玲瓏。颯然乘飈更揮霍，隨意所向無西東。不向尋常落處落，或五十步百步皆濛濛。豈料仙境在人世，誰作妙戲惟天公。雲烟雨雪銀河虹，玉塵冰縠珠簾櫳。世間變幻那足比，若涉擬議皆非工。石門飛瀑已奇絶，到此始歎無能同。惟有天柱矗立龍湫中，突兀萬古争雌雄。」《常雲峰》：「怪石立孱顔，濃雲常在山。翻疑碧峰走，出没白雲間。雲氣無時盡，此峰終古閒。遥知滄海上，認取挂帆還。」《寄雁蕩》：「我聞雁蕩波連頃，卻在最高峰上頭。雲裏龍鱗接烟水，泥中鴻爪識春秋。欲攀危磴千層去，難向深山一日留。要有經行古尊者，擲詩應使逆波流。」《馬鞍嶺》：「林薄無疏景，川谷莽回互。崖轉得新蹊，境深忠舊路。延緣入東谷，修嶺詎可度？盤磴引高情，飛泉入危步。沈雲散靈風，萬石盡豁露。停策聊憩息，於焉蔭嘉樹。宿心既申寫，景物相昭遇。徘徊下層巒，嶺脊雖久住。」端木國瑚：「磴道苦紆迴，突兀復此嶺。行色滯前旌，峭絶無由騁。梯空踏斷壁，踵觸後人頂。斗上復垂下，勢不憩一頃。懸路失欹扶，足到目先警。高風落庢壑，鳥墜空無影。危步較分寸，餘力借榛梗。有奇不暇賞，出險即云幸。山林且崎嶇，投迹能無省？」阮元《靈巖寺小憩觀西内谷諸峰及小龍湫龍鼻水用唐人陸渾山火詩韵》：「靈巖真氣常渾渾，莫測其巔窮其源。惟天敢壓海敢吞，安禪洞口雲舉軒。如岱封中柴烟燔，覆鐘撞恐驚九原。萬鈞銑隧載厚坤，霞屏連嶂丹無垠。東嶤魏闕環高垣，響巖互答聲在門。虧蔽高春藏朝暾，石室破漏啼清猿。白雨潭暖泳小黿，上方禪殿銘翔鶤。拾級汗出勞于奔，挈瓶荷錫神朗尊。太平興國開祇園，廣嚴興廢碑石繁。我來宴坐息衆喧，水樂松吹調篴塤。游心自動慚風旛，騎從直誚花下褌。以水盥手石坐臀，還顧險塞臨轘轅。帶圍廓落若脱鞬，衆賓健足皆辭轓。展旗峰澗飛雲帉，温泉水熱雞燖膰。雙鸞西棲争騫屯，玉女櫛頭無洗盆。小龍湫瀉傾天罇，丹墉翠壁流言言。劍鋒水激向上翻，衝擊石案誰能反？天柱千仞目難暖，不及見末徒見根。一比衆碣皆兒孫，老僧跽石屈膝跟。獨秀不受攀附恩，眼前惜無酈道元。金藏玉簡襍遝援，山經細與罷精論。更有石龍謫九天，蜿蜒夾入蒼山痕。緣洞上見驚心魂，鼻涕一尺如言冤。奇想妙契心存存，目飽志饜忘朝餐。遊獄不待畢嫁婚，況禽與向吾友昆，矍然豹擲而龍蹲。翩然風舉而雲騫，足繭踵決不敢怨。一丘一壑亮遜鯤，但不能罙玉崑崙。陽烏飛轡景匆昏，幽谷莫遺松明焚。谷口候者實已煩，臨行石壁三回捫。」《即事》：「毛竹清陰日影遲，亂飛鸜鵒拂晴絲。杜鵑花落松花老，正是山田刈麥時。」《净名寺蔬飯》：「石色峰峰變，溪聲步步斜。椶櫚圍野屋，杉竹隱疏花。入寺聽詩板，穿林斸笋芽。鐵盂香稻飯，匙上有雲霞。」《試雁蕩山茶》：「嫩晴時候焙茶天，來試龍湫雁蕩泉。十里午風添暖渴，一甌春色鬥清圓。最宜蔬筍香廚後，況是松篁細石邊。玉茗遺編須記取，我家多種此山田。湯顯祖云雁蕩山種茶人多姓阮。」《登靈峰望五老靈芝諸峰》：「雲外日已頹，遊者殊未倦。複谷窅以深，群峰闖然見。參差各離立，戍削盡成片。敻岫忽中空，直罅裂如綫。凌厲出林表，蟠逕將升甗。三休始及上，九折石猶旋。當門飛冷泉，入腹抗高殿。奇觀意已驚，靈迹情彌戀。靈芝若可採，吾將問佺羡。」《度謝公嶺望老僧巖》：「謝公慧業早生天，屐齒曾經到嶺前。峰上丈人猶化石，不知成佛更何年。」《遊石梁洞洞深可容千人石梁亘其外》：「古洞空山腹，飛梁駕洞門。横空規日影，分罅洩雲根。仰險危將墜，探深響易奔。操蛇神鬱律，應有夜光屯。」《石門潭》：「蕩陰雙閣水，齊向石門東。淺瀨生清浪，澄潭受遠風。晚潮東海緑，落日半山紅。回首三重嶺，皆藏雲氣中。」《出山宿大荆營》：「堠旗遥見大荆營，麥隴茶田取次平。斤竹澗通新驛路，石門潭抱小方城。沙邊細石籃輿穩，渡口迴風畫角清。今日郵籤促塵鞅，何時重與細經行？」陸耀遹《游雁蕩山自四十九盤嶺至大龍湫登馬鞍嶺經靈巖靈峰石梁諸勝達大荆城紀事一首》：「出谷復入谷，下上窮烟霏。遥見群峰劃天碧，石骨瘦削雲膚肥。回崖愈轉愈不及，振勢百折難停機。舍輿攀行苦奔峭，屝屨側滑青藤支。龍湫飛泉灑絶頂，萬絲下浣天孫機。山光到流瀉蒼翠，潭影激射寒玻璃。窮躋盤盤達山脊，絶巘無級旁無依。一百二峰入全覽，名以象命存依稀。非仙非鬼竟何物，羅列呵問艱噉辭。雙鸞矯羽不得控，玉女下顧神頎頎。衆中一柱特離立，以頂觸天端不欹。平生夢想忽到眼，金簡所狀心猶疑。東南海水繞如帶，蜃氣漠漠天風吹。靈巖靈峰竝奇絶，石腹側裂青冥低。入門清嘯衆山荅，蘿穴一鶻驚人飛。危龕老僧鬢眉緑，屏息枯坐扃玄扉。横空石梁盼虹景，瑶草下覆無炎曦。重巒叠嶂各異態，飛磴歷歷忘神疲。傍山何人結茅屋，累石爲壁爲門畿。瓠尊薦茗解煩渴，石門潭水甘如飴。牆陰蓺蘭發紅蘂，采擷細瑣來相貽。山人貽紅蘭數十本。爲言十里到荆驛，行徑漸平山漸稀。山中氣候異昏旦，曾陰閣日殘陽微。冥花如霰翠欲滴，巖氣雨香薰客衣。歸雲亭亭與争道，林壑斂暝窮回晞。」阮元《由臨海至天台》：「驟暖蒸涼雨，新晴得快風。揭來清澗上，細繞碧山中。淺痕連村麥，高陰滿路桐。赤城知不遠，遲客晚霞紅。」）

台州試院在城北龍顧山之麓，有樓巍然，高出林表，虚窗四敞，雲山相圍。余置榻其上，留連浹旬。昔山左濟南試院有四照樓，爲施愚山所題。余極愛登眺，遂復以名此樓，書牓懸之。（阮元《題天台試院四照樓》：「靈江通海汐，雲霞圍一城。孟夏方陶陶，林薄含餘清。林中有高樓，神撫群山平。風光泛疏牖，嵐氣通環甍。興言懷謝公，爲此登樓情。」「衆峰不同青，一雨浄萬緑。啼鳥悦初曙，晴雲翳深木。朝陽未出城，人烟猶隱屋。曉起自神清，復此豁遥目。隱囊風氣涼，臨窗一晞沐。」「山多雲氣聚，少暖即成雨。翔風海上來，颯然破微暑。輕涼潤笙簟，清氣生玉麈。喬林接繁柯，森森繞窗户。情賞在無言，列岫静可數。」「西嶺鬱崔巍，夕日早銜光。谿壑起輕陰，穆然何清蒼。歸鳥入林小，樵徑盤雲長。暝色漸近人，樓外浮昏黄。豈能無世慮，及兹澹欲忘。」「兹樓四無礙，下視未十仞。地憑山已高，天垂月尤近。清霸生明弦，流雲散華暈。燈火遥樓青，笙歌夜風順。誰知捲幔坐，吾方攬幽藴。」「傑構臨湖山，兩載居齊州。兹來章安郡，夢與愚公遊。連楹既窈窕，遠嶺尤清遒。龍顧頗宜夏，鵲華空復秋。願得施宣城，卧吟百尺樓。」《天台國清寺》：「朱閣瓊臺未及攀，長松纖草叩雲關。六朝山色禪光定，雙澗泉聲客性閒。止觀有人參智者，題詩何處問寒山。袖中攜得興公賦，試講三幡看翠鬘。」陸耀遹：「十里晴山不辨青，滿空飛翠晝冥冥。金松影覆銜芝鹿，琪樹香棲搗藥禽。谷口烟霞如送客，雲中樓閣是藏經。華嚴浄域宸題在，爲禮旃檀敂玉扃。」《高明寺飯罷出圓通洞》：「松篁一徑入高明，冷飯僧厨款客情。燕筍煮茶春味老，馬蘭充膳蔬香清。山當亭午圓無影，水到分丁瀉有聲。游興正賒難久憩，不須石屋更題名。」阮元《華頂茅篷》：「華頂茅篷底，枯僧忘世情。披雲采春茗，斸雪得黄精。虎跡穿林見，龍腥帶雨生。此中五百輩，疑有應真名。茅篷最小，皆苦行僧棲止處。幽岩窮谷，計一百五十餘所。」陸耀遹《華頂》：「我尋芳草不尋仙，飛度曾梯萬八千。題壁有人凌絶頂，亂山迎客不齊肩。雲根石路行如織，草背天風響似絃。手把玉笙吹一曲，下方鸞鶴影蹁躚。」《華頂茅篷》：「茅庵一百五，華頂入雲行。剖竹禪關小，編蒲梵宇清。山茶烹紫莢，仙藥采黄精。小憩斜陽裏，看山滯客程。」《白雲》：「白雲流不盡，山影動如潮。我欲乘風去，吹笙到碧霄。長歌招李白，仙路揖王喬。明月生東海，方壺不計遥。」端木國瑚《尋華頂憩僧茅篷》：「蓮花千朵破雲飛，峰頭乃爲天壓低。我尋仙路未及到，日午已鳴空中雞。天風駕雲疾于鶩，瑶草春香振巖谷。吹盡紅塵衣上輕，緑蘿被我神仙服。高披閶闔臨曾溟，雲如海水山如萍。爐峰歕日烟光赤，千霞一氣凌紫庭。下方晴翠浮空濕，影露茅檐低覆笠。花氣深深霧欲冥，不知初徑何從入。采藥行參自在禪，蒲團且借僧龕眠。香茗浮甌點素雪，黄精入竈炊紫烟。生願作仙不作佛，鸞鶴清霄望髣髴。仙臺只在月明中，香林欲暮能留不？」阮元《薄暮重過石梁》：「獨倚長松自詠詩，曇花亭下白虹垂。飛流縱向人間去，莫忘石梁清激時。」《夜宿上方廣寺藏經樓》：「雲構飛流上，高眠近太清。星辰低北户，鐘鼓發初明。塵土十年夢，風泉一夜聲。卻嫌人采藥，翻重世間情。」陸耀遹《自華頂至石橋觀瀑宿上方廣寺》：「仙人示我天台圖，石梁竹木雲模糊。水聲山影畫難到，到此始知人世無。我從華頂來，西行達深麓。重崖何處辨仙源？百道争鳴聽寒玉。玉龍夭矯當雲關，驪珠萬顆噴晴瀾。原泉勢決不擇地，下激澗底高林端。夕陽孤飛下曾島，濕翠滿空吹不了。巖花倚暝霧成塵，隱隱清光雪山倒。經行草路多沾衣，玉杖夜擊巖僧扉。歸雲駕風落如鳥，白影下繞經樓飛。曇華亭上題詩客，舊夢頻過記仙迹。一夜天壇風雨聲，起來殘月當山白。」《夜中作》：「梵王宫闕碧雲端，殘月遲遲度嶺難。骨冷魂清誰有夢，瓊樓玉宇不勝寒。天雞舞影風初起，野鶴驚宵露已漙。夜半佛龕燈火在，深堂覓句寫烏闌。」端木國瑚《宿石染方廣寺夜雨》：「華頂袖來雲一朵，擲向懸崖深不鎖。夜半驚起蝙蝠飛，夜游石梁下，見蝙蝠大如箕。黑雲壓斷蒼藤枝。石梁拏空作龍立，怒勢噴薄千珠璣。一雨空山積涼翠，蒼茫誰識神靈意？滑洗莓苔十丈秋，芒鞋恐踏鱗鬣碎。佛龕燈静光流螢，銅塔夜雨風中鈴。蘿月藏烟碧悄悄，巖花落霰寒冥冥。游仙人在經壇宿，一夜風泉響寒玉。香林漠漠露華流，屐齒朝來潤如沐。曇花亭外嵐光堆，石梁疑失蒼山隈。瀑聲瀌瀌濺巖壑，長虹仍挂空中雷。」阮元《萬年寺題僧達本壁》：「寺門高引八峰低，老樹新篁緑影齊。試與豐干入林去，緩扶籐杖聽黄鸝。林間黄鸝最多。」陸耀遹《萬年寺贈曉雲上人達本》：「小坐幽棲地，逢僧采藥還。經聲千佛號，山翠八峰環。過雨龍歸鉢，看雲鶴守關。已公茅屋好，無事憶人間。」端木國瑚《雨中發石梁憩萬年寺》：「連壑走鳴鼉，飛泉轉輕轂。一徑滑蒼苔，濛濛傍巖曲。積雨摇空林，冷翠落疏瀑。人影石蘿中，縹緲衣帶緑。白雲身上流，攬之忽盈掬。杳靄不知遥，僧寮露林麓。沙羅浮輕陰，辛夷藴殘馥。八峰寫遠青，佛頭浄如沐。愛爾山中人，烟霞媚幽獨。」《雨霽發萬年寺路望天姥峰達清涼寺》：「疏雨歇空林，山意颯然醒。石路上莓苔，翠逼衣裳冷。平巒叠遠波，浩浩緑千頃。崖雲蕩晝陰，海霧走風影。明滅眺烟鬟，遠碧空無頂。飄緲懷李白，仙夢一何迥。石磬忽一聲，路入香嚴境。」阮元《天台山紀遊》：「天台一萬八千丈，我來迥出群峰上。碧山如海不能平，天風足底催高浪。山下白雲凝不流，浪花卷出青鼇頭。惟有經臺立天際，不與元氣同沈浮。飄飄直過八重嶺，百尺飛流石梁頂。龍門鑿破走崑源，銀漢扶回瀉天影。金庭雙闕不可攀，玉沙瑶草非人間。曾記桃花古仙客，夜騎玄鶴吹笙還。《七籤》空説子微悔，《雲笈七籤》：「司馬悔山爲李明仙人十六福地。」李明柏碩今安在？多爲遊人乏仙骨，割盡胡麻蹈東海。昔登海閣望蓬萊，赤城又見霞標開。羽人雖去洞天在，白日照耀金銀臺。害馬騁轡不肯住，今夜月明宿何處？揮手一抹群峰平，彩雲填滿千盤路。若非清夢落天姥，定繞仙壇轉飛去。」《天台藤杖歌》：「福庭本是群仙囿，漢代桃源尚如舊。仙人手種祁婆藤，擲與人間賽靈壽。敲破鐵簧捫櫛栗，擎起蛟身看清瘦。我來天台親見之，萬年嶺上垂金枝。猿狖引臂弄光澤，筋纏石骨堅無皮。鹿樵偶向夢中得，七尺珊瑚淡紅色。豈須芝草始長生，著手已能助仙力。石梁雨滑生蒼苔，聽笙看月登瓊臺。恐隨飛瀑化龍去，直撥白雲尋鶴來。持歸拂拭奉堂上，要脚輕便不汝杖。躍馬才從靈隱回，横膝聊爲壽者相。庭前倚仗聽兒詩，如策長藤到台宕。」陸耀遹：「紅藤七尺珊瑚枝，仙人贈我遊仙支。仙梯四萬八千丈，持此撥雲雲倒飛。山中采藥頻來往，崛彊雲根一株長。不是蒼松亦作鱗，横甲摇風夜深響。曾厓猨臂相句連，叱日下擲羲和鞭。蟠柯瘦舞石痕裂，古蘚翠剥銅皮堅。探奇人入天台道，腋底風生疾于鳥。已知仙骨不須扶，但挂長瓢劚芳草。踏月瓊臺曳有聲，還從花底敂玄扃。蕊珠宫裏人初覺，一曲霓裳彩仗迎。步檐同倚看牛斗，白雲親舍遥回首。仙藤莫化赤龍飛，我欲攜歸壽王母。」端木國瑚：「仙人手種蒼龍根，上蔭金景下瓊源。鍊雲作膚石作骨，瘦于鐵樹春無痕。蟄雷震起蒼皮蜕，力拔空山裂巖翠。勢欲蜿蜒拂袖飛，鱗鬌一抹烟霞碎。珊瑚光奪鮫人宫，一枝影縮晴天虹。松苓劚雨寒瑟瑟，蓮花倚翠香濛濛。此物人間竟何有，天留靈種壽人壽。榆柳能回若木春，尋常豈落塵埃手。我侍仙人叩玉扉，仙人贈我琅玕枝。琪花瑶草看彫落，靈光獨閲娥與羲。白日持此搜靈窟，真宰若聞驚咄咄。仙液深探玉柱雲，寶華碎擊瓊臺月。我家白鶴不須招，嬉風浴景浮清霄。玉骨珊珊自輕舉，攜此毋乃徒煩勞。收拾烟霞歸杖裏，持壽高堂顔色喜。不辭清夢到天台，萬八仙梯平似几。」阮元《竹兜詞》：「越嶺登山雙竹君，平安日日我須聞。何人支起西窗坐，只隔斜陽不隔雲。」「著我天台雁宕間，青琅玕繫碧連環。昨從惆悵溪頭過，軟似詩情穩似山。」陸耀遹：「劈碎湘雲作翠闌，也同仙骨鬬珊珊。恰如小艇嫌妨幘，暫擬安車許挂冠。兜中縣小竹鈎，以便脱帽。」「半規斜月曙光分，同認芳題小篆文。兜上同人以題箋别之。綽約緑筠眠最穩，軟扶殘夢過仙雲。」「行肩兀兀度玄關，小坐渾疑斗帳慳。翠幕四圍窗四卷，不遮風日怕遮山。」「曾攜藥籠上坡陀，阮客祠邊織似梭。莫訝輿丁肩不得，後車仙草載香多。」《天台襍詩》：「赤藤扶我上天台，萬朵仙雲手撥開。洞裏桃花長不落，何因流出碧溪來？」「溪上珍禽不計年，覆巖芳草緑芊芊。曾陪阮客胡麻飯，分到菁香骨亦仙。」「一徑叢篁曉氣清，環山蒼翠未分明。雨香雲膩藍橋路，十里飛泉尚有聲。」「雲外晴山山外雲，曉風不斷氣絪緼。赤城彩女來相送，飛過青天鶴一群。」）

近時仁和宋茗香大樽有《游天台詩》。茗香詩宗法青蓮，意境超妙。置之瓊臺石梁間，尤覺飄飄欲仙也。（宋茗香《天台遊草》。《天台道中見梅花》：「一石一高峰，飛流入萬松。中藏太古雪，香冷青芙蓉。有客何年隱，攜樽欲往從。言尋明月去，其奈白雲封。」《月夜石梁觀瀑》：「我欲持北斗，酌泉獻高穹。道人但摇手，其上横蒼龍。須臾玉女鏡，已挂瓊臺東。照見水晶簾，空明千萬重。天風莫吹捲，夜護神仙宫。仙樂奏何時，千春猶未終。寒生五銖衣，去去莫留蹤。願言觀日出，騰身華頂峰。」《珠簾泉》：「香爐峰頂生紫烟，玉京朝罷歸群仙。群仙咳唾不直錢，隨風抛珠落澗邊。是珠是簾泉非泉，空濛長挂青山間。清風明月入簾去，簾中似有人翩翩。招之不出，欲入無緣。桃花含笑而未語，白石無情而誰憐。簾兮簾兮如不捲，吾將坐待三千年。」《自華頂至桐柏觀就宿》：「萬山皆水聲，水接天空明。昨對月中酒，誰吹花下笙？龍湫大風起，雲海亂峰平。樓閣疑飛去，飄飄到玉京。」《過仙人拍手崖》：「天仙大笑來人間，可憐天上無青山。白榆如錢落我手，安得瓊樓亦賣酒？青山把酒樂如何，不比仙官禮法多。時乎，時乎！仙亦不可以蹉跎。」）

申笏山早歲久客浙江衢州西安縣。余讀其稾，有《題明衢州瞿太守趙姬墓》詩。因命人訪其地，在城西三里許鹿鳴山麓。破碑半蝕，尚有「廣陵趙氏」字。太守蜀人。姬廣陵人，妙解音律，尤精琵琶。隨守之任，見江水清見底，命侍兒挹於槃以自照。年十八而亡，守哀之，葬於此。國朝武林趙吉士天羽有詩吊其墓。趙之門人鹿祐於康熙庚午宰西安，和其詩，并刻石置山麓東岳廟屋側壁門。繼而和者十人，笏山其一也。笏山有「難留塞北花，易盡江南雪。我本廣陵人，飄零正愁絕」之句。余于嘉慶二年閲武，出衢州西門，曾過其地，欲爲表之，徒以古人亡姬非貞烈可比，恐士庶傳言，未可爲法而止。然其事甚韵也，故記之。

余以秋日校士嘉湖，山水平遠，風日清美，有舟檝之安，無輿馬之勞。以較台宕之游，意境又變。

賓朋贈答，即事成詠，亦不似前此之刻劃巉巖矣。（阮元《七夕》：「碧霄雲浄露華清，靈匹迎涼渡已成。河絡漸從西角轉，月弓將近上弦明。農桑本是人間事，兒女猶關天上情。茆屋夜深珠户曉，一般秋影看縱横。」《桂蘂》：「叢桂將花又一年，淮南同是早涼天。小山露白人初隱，群木秋高月未圓。濃意半生含雨後，清陰都在試香前。阿誰金粟林中坐，未到開時已悟禪。」《金井秋梧歌》：「老鳳夜啄青琅玕，露華飛濕金井闌。美人倚瑟愁不彈，碧紗如水生夜寒。夜寒缺月下金井，玉繩斜繞銀牀冷。井波無聲澀修綆，秋風摇動梧桐影。館娃酒醒扶頭歸，促坐繁筝燭十圍。却下繡簾遮不住，棲鴉啼向隔林飛。」陸繼輅：「天風飄落丹山巔，丹山幺鳳愁不眠。華陽絲成元雨霽，吴宫花草生荒烟。倚樹仙人仙夢短，明月飛來夜光滿。秋情一片入人間，古井無波那堪浣？清宵撫瑟唤奈何，衆靈襍沓湘妃過。霓裳小駐月如羅，中郎中郎聽我歌。」蔣徵蔚：「一丸素月流雲端，流雲碾出玻璃寒。美人清淚啼冰紈，風中片葉飛井欄。瑶琴欲彈殊未彈，銀牀玉甃無波瀾。忽然珠瀑成回湍，秋梧間作商音繁。此時涼露零未闌，似有襍珮鳴珊珊。戛然而止聞微歎，仙蟾下樹摇團欒。玉階自起敲琅玕，纖纖修綆絙交韓。雙蛾蹙黛愁影單，秋心恍惚騎飛鸞。」阮元《吴興雜詩》：「白雲紅樹擁經臺，十里平湖玉鏡開。兩度道場山下過，一番歸去一番來。」「蟹舍漁莊路欲迷，何人打槳向城西。分明認得東流水，半是苕溪半箬溪。」「單椒秀澤古齊州，我似潛夫憶舊游。四載詩情分兩地，弁陽秋與鵲華秋。」「交流四水抱城斜，散作千溪徧萬家。深處種菱淺種稻，不深不淺種荷花。」「我有湖莊近水涯，烟波最喜似吾家。無端閉却虚堂坐，不看蘋花看桂花。」）

余於乙卯年冬自山左移任浙江。過揚州，諸友人同餞余於虹橋浄香園。是日寒雨滿湖，未及平山而返。次日渡江。故余留别詩有「舊雨今宵聯舫聽，暮雲明日隔江飛」之句。奚鐵生爲作《虹橋話舊圖》。

虹橋話舊者，爲黄秋平文暘、林庚泉道源、鍾菽崖懷、徐心仲復、汪晉蕃光曦、掌廷光烜、方月槎上杰、黄春谷承吉、焦里堂循、方菊人士夔、汪味芸澍、李濱石鍾泗、濮朝衡士銓、翼符士鈐、子耕士鈐、李艾堂斗、江鄭堂藩、周采岩瓚、鄭雲洲兆珩、何夢華元錫。（阮元《題虹橋話舊圖》：「九載京塵染素衣，虹橋喜得故人歸。誰栽新竹連僧院，曾記春波繞釣磯。舊雨今宵聯舫聽，暮雲明日隔江飛。圖中若寫清吟處，十丈闌干萬柳圍。」）

甘泉鍾菽崖懷博聞强識，日以經史自娱，清介遠俗，著述甚富。所居在廣儲門蔬圃間，頗有城市山林之趣。其門聯云：「古槐榆柳頗娱野性，高山流水自有知音。」亦可想見其爲人矣。

甘泉老儒胡西棽森，年逾八十而精神强固，爲里中諸老之最。余八歲時初能詩，有「霧重疑山遠，潮平覺岸低」之句，先生亟賞之，即以《文選》授余，因以成誦。先生且練習吏事，于政刑諸大端皆具精識。余自幼所習聞而默識者爲尤多。嘉慶元年春，先生來浙江，教射于西園中，飲酒賦詩，領袖群哲，皆相慶焉。

嘉善謝少宰金圃先生墉，兩次督學于江蘇。乾隆乙巳元應科試，少宰拔元爲解經第一人，復以詩文冠一邑。少宰曰：「余前任督學得汪中，此任得阮元，皆學人也。」少宰之取士也，其學識高深，足以涵蓋諸生。故諸生之所長，少宰皆能知之。知即拔之，無少遺。如興化顧文子、儀徵江秋史、高郵李成裕、山陽汪瑟菴、嘉定錢溉亭諸子，皆學深而不易測者。少宰悉識之，好學愛才，至今通人名士有餘慕焉。江都焦里堂嘗撰少宰遺事一篇，言乾隆丁酉值選拔歲，所拔如汪容甫中、顧文子九苞、陳理堂夔、程中之贊和、郭職民均、江秋史德量、劉又徐玉麟、宋首端綿初，皆一時通經能文之士。時謗容甫者甚多，少宰違衆論，特拔之。容甫惡聞礮，每來謁，則戒司礮者俟其行遠而後發聲。又嘗薦容甫于鹺使者。時值季考安定書院，容甫未與考，鹺使者詢之，容甫艴然去。明日，鹺使者以告少宰。少宰曰：「吾之上容甫，爵也。如以學，則予于容甫且北面矣。何敢令容甫試？」其不惜自貶以成人名如此。容甫聞之，爲流涕也。

定香亭筆談卷四

揚州阮元記　錢塘陳文杰録

經非詁不明，有詁訓而後有義理。許氏《説文》以字解經，字學即經學也。余在浙，招諸生之通經者三十餘人，編輯《經籍籑詁》一百六卷，並延武進臧鏞堂及弟禮堂總理其事。以字爲經，以韵爲緯，取漢至唐説經之書八十六種，條分而縷析之。俾讀經者有所資焉。《説文》、《廣韵》等書不録，以其爲本有部分之書，不勝録，且學者所易檢也。三十餘人者，仁和趙坦、孫同元、宋咸熙、金廷棟、趙春沂、諸嘉樂，錢塘吴文健、梁祖恩、嚴杰、吴克勤、陸堯春、潘學敏，海寧陳鱣、倪綬，嘉興丁子復，嘉善孫鳳起，平湖朱爲弼，海鹽吴東發，烏程周中孚、張鑑，歸安丁授經、丁傳經、邵保初、楊鳳苞，山陰何蘭汀，會稽顧廷綸、劉九華，蕭山徐鯤、王端履、陶定山、傅學灝、黄巖、施彬，臨海洪頤煊、洪震煊、沈河斗，開化張立本，收掌則仁和湯燧、宋咸熙，總校則歙縣方起謙、錢塘何元錫也。

修書與著書不同。余在京奉勅修《石渠寶笈》，校《太學石經》，又常纂修《國史》及《萬壽盛典》諸書。自持節山左、浙江以來，復自纂《山左金石志》、《浙西金石志》、《經籍籑詁》、《淮海英靈集》、《兩浙輶軒録》、《疇人傳》、《康熙己未詞科摭録》、《竹垞小志》、《山左詩課》、《浙江詩課》諸書，皆修也，非著也。學臣校士，頗多清暇。余無狗馬、絲竹之好，又不能飲，惟日與書史相近。手披筆抹，雖似繁劇，終不似著書之沈思殫精。嘗寓書蘇州周采巖瓚作《修書圖》。采巖用宋子京故事，刻意白描修飾，風鬟霧鬢，非余本意。故謝蘇潭前輩題云：「作賦擬張衡，才華薄子京。」（《題阮芸臺閣學士修書圖》。王昶：「嫏嬛仙館對芳叢，奉敕修書小宋同。蘂榜聲華超冀北，綺年譽望滿江東。丰裁世擬鳴岡鳳，才藻群驚戲海鴻。演贊淵源宗許慎，方言訓詁采揚雄。淹中墜簡資裒萃，棘下遺編待發蒙。副墨旁搜窮渤海，撰《山左金石志》。箋詩別證步圓穹。辨《鄭箋》「閟褒」之誤，推辛卯日食定之。星迴華蓋精芒焕，地接文昌眷顧隆。振珮恒依青瑣闥，鳴鑣長覲翠微宫。含豪潤挹三清露，授簡明分一等釭。碑攷堂谿追軼略，石疑元度究昏瞢。謂修《石經》。退朝黼黻香猶漬，下直罘罳日尚融。訶殿初聞停騎卒，掃門已見走蠻童。槿樊宛轉無塵到，苔石崟岈有徑通。涼吹微生蕉颯爽，莫雲將合柳溟濛。烏皮似試龍賓膩，繭紙徐題虎僕工。錦罽半遮花匼匝，香厨恰對碧玲瓏。大羅天迴烟霞麗，小酉山深卷軸充。勝侶自應稱玉女，用歐陽公事。仙曹端合媲金童。朝雲况本從坡老，樊素由來侍白公。祕檢分擕穿緑薜，鈿函互捧傍青桐。竹罏騾響名茶熟，瓷盌高擎賜膳豐。占取風情洵不少，流傳圖畫更何窮。絲綸夙炳重宵上，旌斾新移兩浙中。尺爲量才鐫水玉，鑑能照物浄山銅。文章軏茁隨時改，俊彦駢闐入顧空。杞梓全新涵化雨，菁莪共喜樂從風。溪山到處歸游屐，絃酌隨宜具酒筒。譚藝人多絳帳啓，留題句富碧紗籠。清標君已齊思曠，羸老吾真媿濬冲。想得薄寒生半臂，長檠更照蠟鐙紅。」錢楷：「幾輩登黄閣，如君最妙年。聖朝重經術，才子有神仙。圖籍漢天禄，山池唐集賢。祕文多藻鑑，名蹟漫雲烟。寶笈籤初啓，鴻都石又鐫。臨軒僚乃簡，正字職斯專。叔重無雙士，高堂十七篇。師承推馬鄭，俗謬訂烏焉。兩事程兼促，群公任獨先。明光班更立，曲讌句還聯。特地壺移箭，常時院撤蓮。旬休歸珮蚤，夙退檢書便。丘屋城南近，文窗硯北連。竹籬茅舍是，黄卷夜燈然。侍女搴簾閤，涼秋掃葉天。頹雲渲墨鬢，翠袠韡吟肩。指弱披番穩，眸明照字偏。應知通德婢，不礙及門宣。篆爇官芸細，茶温賜餅煎。紬皆東觀本，講勝邇英筵。握此生花筆，成如下水船。文章誠報國，檢校勒分牋。奏御邀宸賞，陳風動使旃。諸生臚岱畎，美俗化湖壖。樸學菑畬正，清衡月鏡圓。公餘仍矻矻，才調自翩翩。著録都金石，裒潯逮澗泉。拔尤人十五，搜篋句三千。淮海英靈集，輶軒甲乙編。稍因疏侍從，曾不廢丹鉛。舊夢登瀛侶，方春出谷遷。詞臣奇玉局，史館總班堅。翰墨南齋裏，絲綸北斗邊。青雲蒙不隔，絳帳會高懸。聽鼓陪晨直，簪豪憶冗緣。多輸稽古力，敢附簒書員。畫幅能風雅，經帷想練研。玄風昭縟緯，翠琬入陶埏。世叔五行下，尚書半臂傳。也應讓頭地，文治贊無前。」）

予校刻錢溉亭、孔顨軒、汪容甫三君文成，各爲《序録》，云：「錢塘，字岳原，號溉亭，江南嘉定縣人。乾隆庚子進士，江寧府教授。博涉經史，實事求是，精心朗識，超軼群倫。所學九經、小學、天文、地理，靡不綜核，尤精樂律。蔡邕、荀勖，庶其近之。録《述古録》一卷。」「孔廣森，字衆仲，號顨軒。孔子七十代孫，居曲阜。乾隆辛卯進士，官翰林院檢討。聰穎特達，曠代逸才。經史小學，沈覽妙解。所學在《大戴禮記》、《公羊春秋》，尤善屬文。沈約、蕭統，可與共論。録《儀鄭堂文》二卷。」「汪中，字容甫，江南江都人。乾隆丁酉科拔貢生。孤秀獨出，凌轢一時。心貫九流，口敝萬卷。鴻文崇論，上擬漢唐。劉焯、劉炫，略同其概。録《述學》二卷。」

蕭山毛西河、德清胡朏明書籍，予作序推重之，坊間多流傳者。又蘇州書賈云：「蘇州許氏《説文》販脱，皆向浙江去矣。」余謂幕中友人曰：「此好消息也。」山陰胡稚威天游《石笥山房詩文集》十卷，余試紹興，求得其稿，梓而行之。

薛尚功《鐘鼎款識》，宋時爲石刻本，故有法帖之名。明萬曆間硃印刊本，訛舛最多，跋語亦删節不全。惟崇禎間朱謀垔所刻尚功原本，較爲可據。然板本并佚，傳寫滋誤。余據吴門袁氏影鈔舊本及家藏舊鈔宋時石刻本，互相校勘，更就文瀾閣寫本補正之，以還薛氏舊觀。錢塘吴壽朋文健明于小學，審定文字，以付梓人。陳秋堂豫鍾精篆刻，爲摹款識。高爽泉塏善書，爲録釋跋。皆一時之能事也。

日本國人山井鼎所輯《七經孟子考文》及物觀《補遺》，向無刻本。余借揚州江氏隨月讀書樓所藏日本國原本刻之。所引各本，頗足正字句之譌。（阮元《刻七經孟子考文并補遺序》：「《四庫全書》新收日本人山井鼎所撰《七經孟子考文》并物觀《補遺》，共二百卷。元在京師，僅見寫本。及奉使浙江，見揚州江氏隨月讀書樓所藏，乃日本元板菭紙印本。攜至杭州，校閲群經，頗多同異。山井鼎所稱宋本，往往與漢晉古籍及釋文别本、岳珂諸本合；所稱古本及足利本，以校諸本，竟爲唐以前别行之本。物茂卿序所稱唐以前王、段、吉備諸氏所齎來古博士之書，誠非妄語。故經文之存於今者，唐《開成石經》、陸元朗《釋文》、孔沖遠《正義》三本爲最古，此本經雖不全，實可備唐本之遺。即如《周易·文言傳》『可與幾』也，古本、足利本『幾』上有『言』字，與李鼎祚《集解》及《孔疏》合。《疏》中『共論』二字，正釋『言』字也。《尚書·堯典》『敬授人時』，古本、足利本作『民時』，此唐以前未避諱之驗。而《洪範》

『無偏無陂』，『陂』仍作『頗』，亦在未經詔改以前。《召誥》『錫周公，曰：拜手稽首』，『曰』下有『敦』字，『敦』乃篆文『敔』字之譌。『比介于我有周御事』，『介』作『迩』，『迩』爲『邇』字古文，所由誤爲『介』字。皆與傳疏所解相合。此漢晉以來僅存古字也。《毛詩・殷其靁》，古本、足利本二章作『莫敢或遑息』，三章作『莫敢或遑處』，此承首章，加『息』、『處』二字，爲韵極合。而淺人于二章删『或』字、三章删『敢』字，以成四言，古人之文不若是纖巧矣。又《椒聊》兩『遠條且』，古本皆作『遠脩』。今案：兩『條』固非，兩『脩』亦誤。蓋首章爲『脩』，次章爲『條』。脩、條，皆古韵也。古《毛傳》離經單行，首章《傳》曰：『脩，長也。』次章《傳》曰：『言聲段若膺大令云「馨」字之訛。之遠聞也。』若兩章『脩』、『條』無别，毛不應次『遠聞』一訓于『匊』、『篤』二訓之後。故『脩之爲長』一訓已明，『條』爲條鬯義，須再訓。詩人就椒之在升在匊者，言其香之遠聞，非謂樹之枝條遠揚也。《前漢書・禮樂志》曰：「聲氣遠條。」此即漢人襲用《詩》次章語意。《周禮・春官・鬯人》後鄭注：「鬯，芬香條鬯于上下也。」即毛公訓「遠條」之意。又案：「椒聊」二字，舊訓爲語助，謬矣。《毛傳》云：「椒聊，椒也。」「也」字上必脱「捄」字。鄭箋云「一捄之實」，意實承傳而述言之，緣傳已專訓，不必再爲「聊，捄也」之訓矣。《爾雅》云：「椒、椴，醜菉。」菉，即捄也。又曰：「朻者，聊朻。」亦即捄也。詩之「兕觥其觩」，「觩」每作「觓」，「丩」、「求」通也。是《爾雅》此句專爲《唐風》而釋，毛、鄭皆知，而郭璞未詳。陸璣妄爲語助之説，然則斯義自魏晉以後皆昧之矣。《禮記・檀弓》『宫中無相以爲沽也』，古本、足利本『相』下有『君子』二字，乃成文。『司徒旅歸四布』，作『司徒敬子使旅歸四方布』。案：《正義》中屢言敬子，猶是皇侃、熊安生舊語。設經中無此，則疏豈空言？《喪服小記》『齊衰，惡笄以終喪』，『笄』下有『帶』字，乃與注疏合。《雜記》『其介在其東南，北面西上，西于門」，古本疊「西上」二字。案：此古本「西上西于門」五字，乃鄭氏注文，古本已誤爲經。淺人以文不類經，復删疊字。經注相淆久矣。《春秋經・文公十五年》「齊人侵我西鄙」，足利本「齊」上有「秋」字，《昭公元年》「公子比出奔晉」，「公」上有「楚」字，義竝長。《左氏傳・哀公十一年》「公孫務人」，「孫」作「叔」，與《檀弓》合。「務」、「禺」乃異同，「孫」字直誤耳。《二十六年》「乃睦於子矣。衛師侵外州」，「矣」字下多杜注「民睦」二字，傳文無「衛」字。案：此義長。蓋越師非衛師也。《論語》異同，多出皇侃《義疏》，洵爲六朝真本。《孟子》趙岐章指亦勝俗本邵武僞《疏》。惟《孝經》多據僞孔安國本，爲無足取。《僞孔序》自稱逮從伏論古文《尚書》，而《史記》稱安國早卒。記安國當生于文帝末年，卒于武帝太初以前，安能逮事伏生而書《僞孔序》？又稱及見巫蠱，作僞者進退兩無足據矣。凡以上經文略爲舉證，皆非《唐石經》以下所有，誠古本也。《傳注》、《釋文》、《正義》三者所校，更爲繁細，助語多寡，偏旁增減，或不足爲重，然精核可采者，亦復不少。至于《書・大誥》「肆哉爾庶邦君」，古本、足利本皆作「肆告」，似亦可從。然《漢書・翟方進傳》王莽擬《大誥》，此節正作「肆哉」，則作「告」乃形近之譌。若斯之類，宜審辨焉。山井鼎等惟能詳紀同異，未敢決擇是非，皆爲才力所限。然積勤三年，成疾幾死，有功聖經，亦可嘉矣。我國家文教振興，遠邁千載。七閣所儲書籍，甲于漢唐。海外軼書，亦加甄録，此書其一也。元督學兩浙，偶于清暑之暇，命工寫刊小板，以便舟車。印成卷帙，諗于同志，用校經疏，可供采擇。至于去非從是，仍在吾徒耳。日本序文、凡例，皆依文瀾閣寫本刊列卷首。書中字句盡依元板，有明知其僞者，亦仍之，别爲訂譌數行于每卷之後，示不誣也。助元校字者，爲吴縣友人江鏐、仁和廩生趙魏、錢塘廩生陳文杰。」）

烏程孫春圃先生梅，官太平司馬，元丙午鄉試房師也。品醇學邃，卓然楷模。尤深於駢儷之文，輯《四六叢話》一書，於古今源流、各家得失，梳櫛詳明，洵詞林之寶筏，學者所必讀也。（阮元《四六叢話序》：「昔《考工》有言：『青與白謂之文，赤與白謂之章。』良以言必齊偕，事歸鏤繪。天經錯以地緯，陰偶繼夫陽奇。故虞廷采色，臣鄰施其璪火；文王壽考，詩人美其追琢。以質雜文，尚曰彬彬；以文被質，乃稱彧彧。文之與質，從可分矣。懿夫人文大著，肇始六經。《典》、《墳》、《丘》、《索》，無非體要之辭；《禮》、《樂》、《詩》、《書》，悉著立誠之訓。商瞿觀象於文言，丘明振藻於簡策，莫不訓辭爾雅，音韵相諧。至於命成潤色，禮舉多文，仰止尼山，益知宗旨。使其文章正體，質實無華，是犬羊虎豹，翻追棘子之談；黼黻青黄，見斥莊生之論也。周末諸子奮興，百家竝騖，老、莊傳清浄之旨，孟、荀析善惡之端，商、韓刑名，吕、劉雜體，若斯之類，派别子家，所謂以立意爲宗，不以能文爲本者也。至於縱横極於戰國，春秋紀於楚漢，馬、班創體，陳、范希踪，是爲史家，重於序事，所謂傳之簡牘，而事異篇章者也。夫以子若彼，以史若此，方之篇翰，實有不同。是惟楚國多才，靈均特起，賦繼孫卿之後，詞開宋玉之先，隱耀深華，驚采絶艷。故聖經賢傳，六藝於此分途，而文苑詞林，萬世咸歸圍範者矣。洎夫賈生、枚叔，並轡漢初；相如、子雲，聯鑣西蜀。中興以後，文雅尤多。孟堅、季長之倫，平子、敬通之輩，綜兩京文賦。諸家莫不洞穴經史，鑽研六書，耀采騰文，駢音麗字。彼繡帨雕蟲之悔，乃擬經者自改脩塗，而風雲月露之形，非變本者執爲笑柄者也。建安七子，才調輩興。二祖、陳王，亦儲盛藻。握徑寸之靈珠，享千金於荆玉。至於三張、二陸、太沖、景純之徒，派雖弱於當塗，音尚聞夫正始焉。文通、希範，并具才思；彦升、休文，肇開聲韵。輕重之和，擬諸金石；短長之節，雜以《咸》、《韶》。蓋時會使然，故元音盡泄也。孝穆振采於江南，子山遷聲於河北。昭明勒《選》，六代範此規模；彦和著書，千古傳兹科律。迄於陳、隋，或傷靡敝。天監、大業之間，亦斯文升降之會哉。唐初四傑，竝駕一時。式江、薛之靡音，追庾、徐之健筆。若夫燕、許之宏裁，常、楊之巨製，《會昌一品》之集，元白《長慶》之編，莫不竝掞龍文，聯登鳳閣。至於宣公《翰苑》之集，篤摯曲暢，國事賴之，又加一等矣。義山、飛卿以繁縟相高，柯古、昭諫以新博領異，駢儷之文，於斯稱極致焉。趙宋初造，鼎臣、大年，猶沿唐舊；歐、蘇、王、宋，始脱恒蹊。以氣行則機杼大變，驅成語則光景一新。然而衣辭錦繡，布帛或致無華；工謝雕幾，簴業又傷樸鑿。南渡以還，浮溪首倡。《野處》、《西山》，亦稱名集；渭南、北海，竝號高文。雖新格别成，而古意寖失。元之袁、揭，冕弁一世，則又南宋之餘波，非復三唐之雅調也。載稽往古，統論斯文，日月以對待曜采，草木以錯比成華。玉十瑴而皆雙，錦百兩而名匹。明堂斧藻，視畫繢以成文；階戺笙鏞，聽鏗鋐而應節。自周以來，體格有殊。而文章無異也。若夫昌黎作而皇、李從風，歐陽興而蘇、王繼軌，體既變而異今，文乃尊而稱古。綜其議論之作，已升荀、孟之堂；核其敘事之辭，獨步馬、班之室。拙目妄譏其紕繆，儉腹徒襲爲空疏。要之子史之正流，亦復文章之别軌也。考夫魏文《典論》，士衡賦文，摯虞析其流别，任昉溯其原起，莫不謹嚴體製，品騭才華，豈知古調已遥，斯風日變，讀真氏之《正宗》久矣。大乖名實，起彦和於今日，固將别論《文心》也。惟我師烏程孫司馬綜覽萬篇，博稽千古，文人之能事，已攬其全；才士之用心，深窺其祕。王銍選《話》，惟紀兩宋；謝伋《談麈》，略有萬言。雖創體裁，未臻美備。況夫學如滄海，必沿委以討原；詞比瓊林，在揣本而達末。百家之雜編别集，盡得遺珠；七閣之祕笈奇書，更吹藜火。凡此評文之語，勒成講藝之書。四駢六儷，觀其會通；七曜五雲，考其沈博。而且體分十八，已括蕭、劉；序首二篇，特標《騷》、《選》。比青麗白，卿雲增繡黼之輝；刻羽流商，天籟遏笙簧之響。使非胸羅萬卷，安能具此襟期？即令下筆千言，未許臻兹醞釀也。元才囿陋質，心好麗文，幸得師承，側聞緒論，妄執丹管而西行，願附驥尾而千里。固知盧、王出於今時，流江河而不廢；子雲生於後世，懸日月而不刊者矣。」）

余蒐輯國朝浙人之詩二千餘家，爲《輶軒録》。有全篇稍弱而佳句不能割愛者，倣摘句圖之例存之。梅里王邁人方伯庭詩，如《念别》云「秋不堪人别，寒將去路長」，《疏林》云「濕鳥乍隨風去重，殘花自怪蝶來稀」，《在我山園》云「十畝垂陰新種樹，千年立石老爲山」，《過鄭州河》云「柳葉千條分雨緑，堤沙十里走風黄」，《舟行》云「過雨洗山緑，落花然澗紅」，《殳山》云「愛從溪叟櫂，閒喫野僧茶」，《臨洺道中》云「茅屋人家千畝雪，板橋行跡一溪冰」，《潼關》云「代更千載少，勢在一夫多」，《嚴江東關》云「一艇獨歸雨，千山相對雲」，《小隱和介人》云「支離病得風塵少，放浪身隨天地多」，《寄懷庾清》云「身閒暫得開書帙，歲晏能無急稻粱」等句，皆如餐諫果，如啗荔枝，别有風味。

朱近修一是倏然高蹈，與同里陸冰修俱以志節終。余最喜近修句「野泥初坼未抽筍，溪雨欲流將盡花」，自在流出。冰修句云：「三間茅屋晝常扃，好客偏能浹夕停。但數舊人如落葉，即看我輩亦晨星。」讀之令人彌深縞紵之好。

彭羨門少宰孫遹《未央宮瓦歌》云：「猶是阿房三月泥，燒作未央千片瓦。」奇句未經人道。若《陳白沙草書歌》、《西洋琥珀酒船歌》、《張都尉畫馬歌》諸篇，皆骯髒瑰偉，自立旗鼓。世競稱其《竹枝》艷體及應制諸作擅場，淺之乎論少宰矣。

宗正菴誼《子規》詩云：「曾爲越旅與吳栖，惆悵春風怕汝啼。今日老歸茅屋下，要啼啼到日初西。」客中人覽此，當爲破顏。

黄梨洲先生宗羲，孝義著於前朝，經史冠乎昭代，詩特其餘事耳。集中《不寐作》云：「年少雞鳴方就枕，老年枕上待雞鳴。轉頭三十餘年事，不道消磨只數聲。」語極曠達，蓋無意求工而詩愈工也。

彭仲謀孫貽七言律詩效放翁，如「社中人少宜添燕，春半花多總讓梅」，「插槿預爲蘭定界，補泥還與燕移家」，「却病雲烟爲藥物，忘憂姬妾是名花。山林送客猶司户，村落無官柳放衙」，皆新句也。其《虔臺寒食怨》古風一首，感劉生之義，弔太僕之忠，實抱先人隱痛焉。

唐人「遠帆疑不動」句，蘇子由「水枕能令山俯仰，風船解與月徘徊」句，傳誦千古。本朝徐方虎少宗伯《舟中》絶句云：「雪後微風捲浪遲，緩摇柔櫓怕鷗知。舟中倦客閒憑几，不見舟移見岸移。」風格正同，而體物逾妙。

朱錫鬯《曝書亭集·送李符遊滇詩》其一云：「畫裏分明廬嶽僧，雲峰有約十年登。江湖到處勾留住，看爾入山能不能？」其二云：「桃鄉一望水挼藍，擬結鄰居共釣潭。休信碧雞狂道士，閒抛老屋在花南。」初意「花南」字不過點綴趁韵耳，後考分虎詩詞曰《花南老屋集》，彌歎詩家用字親切如此。

毛西河檢討詩，咀含六朝三唐之勝，沈博絶麗，幻渺情深。其七言律句如「三月暮春行海畔，兩年寒食渡江東」，又「歲暮他鄉還作客，春來何處不思君」，天然湊泊，唐人最近李頎。

陳青崖至言弱冠負詩名，其五七言律體雄秀深蔚，有酷似毛西河者。如《登大尖山》云「萬壑收江雨，千花護佛燈」，《馬將軍移鎮羊城》云「漁陽都護新持節，横海將軍早受降」，《晚泊蘭谿縣》云「沙邨白舫横官渡，瓦閣紅燈出女牆」，《邊詞》云「沙苑馬肥青苜蓿，涼州人醉緑蒲桃」等句，宜西河亟賞之也。

朱亦純樟七言古風縋險鑿空，五丁開山手也。若《猛虎行》、《催租行》諸篇，並有少陵、昌黎、東坡、劍南之魄力神髓，鬼神嗚嗚泣紙上矣。

沈厚餘樹本編修《磨盤山》詩寫物象形，逼真坡老。若《吴興竹枝詞》「儂家自有樊川約，判守春風十四年」，則詩人忠厚之意也。

嚴海珊遂成司馬詩具兩種筆意，如「骨堆石勒漚麻嶺，血浴高歡避暑宫」，「盧龍已買防秋塞，上谷虚傳突騎名」，「弓懸屋角秋防虎，旗閃城頭夜舉烽」，「雕盤大漠寒無影，冰裂長河夜有聲」，造句雄奇。《咏桃花》云：「怪他去後花如許，記得來時路有無？」《蓮花莊》云：「無數垂楊遮不住，好風吹出讀書聲。」則又言情旖旎矣。

歙凌次仲廷堪與余以學訂交二十年。次仲於學無所不窺，九經三史，過目成誦。尤精三禮，辨晰古今得失，識解超妙。爲文沈博絶麗。兩榜俱受知於朱石君師。官寧國教授，奉母修潔白之養。石君師用昌黎《薦士》詩韵題其《校禮圖》。圖寄至浙，余亦用韓韵題之。次仲復用此韵見答，比於韓門籍、湜焉。（朱珪《題校禮圖用昌黎薦士詩韵爲凌次仲進士作》：「《儀禮》十七篇，姬孔所教誥。聖人柔萬物，節性義精到。損益兼夏殷，名物辨詔號。執肄非空文，緜蕝在師導。雜服體斯安，相瞽縵可操。蘭陵學久廢，高密傳亦耗。慶哲雖分門，彥植誰窺奧？昌黎掇奇辭，鸞鎩欣鳩噪。豆籩失司存，珠玉毀儒盜。凌君起江南，便腹擇履蹈。鉤玄有湛深，解紛無慢暴。璇璣擁九重，華離擘四墺。自求照水犀，不取簫雲鶩。句股捷心能，均律悟雅好。鑿空恥説騫，障瀾勇逾奡。源流會朝宗，疏瀹先溝潦。治禮著釋名，尊觶析酬報。衍雅七又五，盆瓶逮饎竈。左圖而右書，經緯了不眊。窮年校毫芒，内心平矜躁。示我如望羊，學落智已耄。神往緇帷林，服器誰敢冒？君才北海若，大量挹不傲。忝我一日知，拔尤初進造。遠利就冷官，童冠資育燾。自甘蘭華養，肯發虀鹽悼？修耕即菑畬，椎髻樂綦縞。君方束圭璋，特達待上告。鸛鱓翩來庭，卮酒花映帽。履泰際光輪，敭薦敢慭嫪。殊科需董孫，間笙歌湘芼。君才富江慎修永、戴東原震，沃壤挾滕郜。實學兼華文，群玉詘珽瑁。同時數金殿撰榜、程孝廉瑶田，三舍避鼓鼛。丹書東面榮，簪紱北斗禱。何況禮爲羅，不見鳳輝菴。桃潭暫迴翔，蓬海易轉漕。虎觀定異同，鹿角走驚懊。璧雍石經森，公鄉牢禮犒。展圖重什襲，長言當勸勞。」阮元《題凌次仲學博廷堪校禮圖即依卷中朱石君師所用昌黎薦士詩韵》：「周儀治天下，厥功逾誓誥。揖讓升降中，精意靡不到。吾友凌經師，無雙齊許號。緜蕝容臺上，不受介紹導。既有戴聖學，且持高密操。志氣堅不撼，精力滿無耗。弱冠我同遊，許我入堂奧。嚶嚶兩鳥鳴，頗異凡咮噪。實事必求是，虚聲共耻盜。君之入京師，以禮爲履蹈。始知士相見，盡化頑與暴。北海一席間，鷩譽馳四墺。惟知抱一經，不願駕雙驁。宣城冷官舍，校禮志雅好。昌黎所苦讀，而君實排奡。經文溯江河，疏義析潢潦。得閒發一難，皇慶賈公彦不敢報。餘情述周髀，知天若裨竈。重輪引虚綫，測視了無眊。淺儒襲漢學，心力每浮躁。豈知后與慶，家法傳衰髦。凌君發禮例，楊復李如圭不屑冒。金輔之程易田及劉端臨盧召弓，相見互不慠。邇來文更雄，魏晉力能造。始嘆才之奇，實惟天所燾。吾師極重才，愈奇愈憐悼。新詩榮于褒，華衮被單縞。制科儻三舉，會見交章告。翹然貢弓車，豈徒離席帽。平生學何事，許國敢恪嫪？辟雍仰天藻，詎止泮芹芼？吾才陋且小，地褊若滕郜。與君素投分，又若瑞與瑁。同在文公門，籍湜各樹纛。親老修天爵，斯言昔所禱。癸卯年，元贈詩有云：「親老家復貧，及此修天爵。」君今潔白養，恩勤慰乎菢。已勝飢驅時，負米比轉漕。手此十七篇，怡然志無懊。天將厚其後，兹特先韋犒。所以吾師詩，披圖深勤勞。」凌廷堪《石君師用昌黎薦士詩韵題校禮圖見贈五言古一章敬次元韵報謝兼答阮伯元閣學王儕嶠編修》：「昌黎薦士詩，詰屈發周誥。千秋愛才念，情與文竝到。豈同浮薄流，標榜立名號。文章真卻窾，一一爲批導。寒齋静諷誦，如見古人操。吾師今韓公，論材辨豐耗。衣被滿天下，幾人列窔奥？鳴鳳翔丹穴，迥異百鳥噪。樹木必樹嘉，飲泉不飲盜。敦行龍頭選，持躬虎尾蹈。涯岸鮮矜張，門户禁侵暴。明敭歷中外，稱譽偏穹墺。實大聲必宏，如聞奏祴驁。黄裳占自吉，緇衣素所好。匪獨守鄒魯，兼可化羿奡。賤子抱禮經，尺蠖困行潦。匍匐光範門，上書屢不報。公時持玉衡，餘丹分鼎竈。釋褐登公堂，耳目發瞶眊。學識方虞淺，升進詎敢躁？三復《白華》篇，親年將耋耄。懼乏百里才，利祿忍輕冒？投牒乞一氈，循陔志毋慠。適公撫江左，講帷喜重造。學禮質疑義，良楛悉蒙燾。貽詩極獎掖，感深反成悼。同門荷諸賢，酬和逾紵縞。伯元我石交，心曲奚待告？弱冠聚邗上，塵埃共席帽。綢繆風雨夕，切磋兩弗嫪。譬之羊在鍘，唯苦始能芼。儕嶠本霸才，彈丸小箕郜。流黃舊織綺，結綠新琢瑁。同歲舉南宮，翰林先拔纛。輕肥漫欣羨，事功庶祈禱。自憐飯不足，鰕卵寧望葅？修塗通都驛，書倉大河漕。但令吾道存，莫作儂歌懊。闌干苜蓿盤，遠勝牛酒犒。何當端章甫，贈賄溯郊勞。」）

焦里堂循，江都人。樸厚篤學，邃於經義，尤精于天文步算。與李尚之鋭、凌次仲廷堪爲談天三友。秦道古、李欒城之書久無習者，里堂與尚之特講明天元一、大衍求一之術。所著有《群經宮室圖》、《里堂學算記》、《毛詩傳箋異同釋》、《草木鳥獸蟲魚釋》、《毛詩釋地》、《乘方釋例》、《孫子算經注》，皆能爬梳抉摘，多前人所未發。餘事爲詩詞，亦皆老成。（阮元《里堂學算記序》：「數爲六藝之一，而廣其用，則天地之綱紀、群倫之統系也。天與星辰之高遠，非數無以效其靈；地域之廣輪，非數無以步其極；世事之糾紛繁賾，非數無以提其要。通天地人之道曰『儒』，孰謂儒者而可以不知數乎？自漢以來，如許商、劉歆、鄭康成、賈逵、何休、韋昭、杜預、虞喜、劉焯、劉炫之徒，或步天路而有驗於時，或著算術而傳之於後，凡在儒林，類能爲算。後之學者喜空談而不務實學，薄藝事而不爲，其學始衰。降及明代，寖以益微。間有一二士大夫留心此事，而言測圓者不知天元，習回回法者不知最高，謬誤相仍，莫能是正。步算之道，或幾乎息矣。我國家稽古右文，昌明數學。聖祖仁皇帝御製《數理精藴》，高宗純皇帝欽定《儀象考成》諸編，研極理數，綜貫天人，鴻文寶典，日月昭垂，固度越乎軒轅隸首而上之，以故海内爲學之士，甄明度數、洞曉幾何者後先輩出，專門名家則有若吴江王昰闇錫闡、淄川薛儀甫鳳祚、宣城梅徵君文鼎，儒者兼長則有若吴縣惠學士士奇、婺源江慎修永、休寧戴庶常震，莫不各有譔述，流佈人間。蓋我朝算學之盛，實往古所未有也。江都焦君里堂與元同居北湖之濱，少同遊，長同學。里堂湛深經學，長於三《禮》，而於推步數術尤獨有心得。比輯其所著《加減乘除釋》八卷、《天元一釋》二卷、《釋弧》三卷、《釋橢》一卷，總而録之，名《里堂學算記》。書成，而屬元序之。元思天文算學至今日而大備，而談西學者輒詆古法爲粗疏不足道，于是中西兩家遂多異同之論。然元嘗稽攷算氏之遺文，泛覽歐邏之述作，而知夫中之與西，枝條雖分，而本榦則一也。如西法三率比例即古之今有術，重測即古之重今有，借衰即衰分之列衰，叠借即盈不足之假令，今之三角即句股，借根方即立天元一。至於地爲圓體，則《曾子》十八篇已言之；七政各有本天，與郄萌日月不附天體之説相合；月食入於地景，與張衡蔽於地之説不别；熊三拔簡平儀説寓渾於平，而崔靈恩已立義以渾，蓋爲一矣；的谷四方行測創蒙氣反光之差，而安岌已云地有游氣蒙蒙四合矣。其它若天周三百六十度，則邵康節亦嘗言之；日周九十六刻，則梁天監中嘗行之。以此證彼，若符節之合。然則中之與西不同者其名，而同者其實。乃彊生畛域，安所習而毁所不見，何其陋歟！里堂會通兩家之長，不主一偏之見，於古法穿穴六十經、研求三數，而折中乎劉氏徽之注《九章》，西法隨事立説，闡其隱祕。而日月五星之果有小輪，與夫日月五星本天之果爲橢圓與不，則存而不論。昔蔡中郎撰《十意》未竟，上言欲思惟精意，扶以文義，潤以道術，著成篇章。今里堂之説算，不屑屑舉夫數，而數之精意無不包，簡而不遺，典而有則，所謂扶以文義、潤以道術者非邪？然則里堂是記，固將以爲儒流之典要，備六藝之篇籍者矣。元少略涉斯學，心鈍不能入深，且以供職中外，斯事遂廢。今見里堂成此書，敬且樂焉。吾鄉通天文算學者，國朝以來惟泰州陳編修厚耀最精，今里堂之學似有過之無不及也。」）

里堂子廷琥讀書頗具慧心，能傳家學。年十四，隨里堂來杭。隨衆賦詩，動有佳句。如《天竺道中》云：「半里百重樹，一樓三面山。」《西園讀書》云：「遶户書聲花外遠，隔牆山影雪中明。」時校浙士以天文算學別爲一科，里堂佐余閲卷。廷琥知平圓三角之法，嘗令其步籌推算，以驗得數，百不失一。

甘泉江鄭堂藩淹貫經史，博通群籍，旁及九流二氏之書，無不綜覽。所爲詩古文詞豪邁雄俊，卓然可觀。嘗作《河賦》以匹景純、玄虚《江》、《海》二賦。元和惠徵君定宇棟經學冠天下，鄭堂受業於惠氏弟子余君仲林，盡得其傳。所著《周易述補》、《爾雅正字》諸書，皆有發明。爲人權奇倜儻，能走馬奪槊。豪飲好客，至貧其家。偏游齊、晉、燕、趙、閩、粤、江、浙，王韓城師極重之。

天長林庾泉道源，至性人也，慷慨豪邁，足跡幾遍天下。居西園一年。與余爲甬東之游，途次酬唱頗多，如《將至越州》云：「雲山順逆看俱好，烟水蒼茫畫不成。」《春日》云：「誰能遣此燕頻語，那得如斯花笑人？」《明州》云：「菜花壓野天如洗，楊柳眠堤水泊空。」《偶成》云：「曝背天宜文字飲，素心人似歲寒花。」皆即景成詠，不假雕飾，絶似宋人。然不存稿，自云得一二句附驥，使後之覽者有吉光片羽之稱，足矣。即此可想見其達。（林庚泉《一無所知齋剩稿》。《客齋》：「冬月白如霜，粲粲客齋地。相對默無言，遥聞鄰犬吠。四壁飽鼾聲，空堂竄鼠墜。燭花一寸長，照我千古淚。横胸萬斛愁，飢寒直兒戲。持此問古人，古人亦如睡。翦燭笑抛書，顧壁與影媚。」《懷聞石生明府吴星橋點刑防盜浦子口》：「花縣仁聲滿，琴堂廢墜修。辛官心是佛，寮佐韵如秋。身撼江關警，民歌父母謀。懷君此良夜，有客獨登樓。」《登鳳陽城》：「嵐光面面撲絺衣，有客登臨望落暉。萬樹籠烟環郭立，片雲將雨度城飛。眠弓水勢如纏束，勒馬山容似打圍。策杖裹糧明日計，擬穿深翠扣禪扉。」《寧波試院與蔣蔣山夜話賦贈》：「難窮傾倒發爲歌，斷却聲聞省障魔。入道倘除名更好，達心猶覺累還多。新詩脱口誰能敵，舊事横胸暗自摩。似此不傳吾不信，古人如在復如何？」《書魏野堂詩後》：「才高遇蹇總休談，味遍琳琅似酒酣。詩竟如斯官未稱，公猶若此我何堪？空除野馬澄銀海，擬并牟尼供雪龕。前度漁洋亦司李，動人惆悵最江南。」《見錢魯思伯坰書聯及小幅感而懷之》：「錫山春樹石梁雲，廿載何堪雁影分。白首空嗟同薄命，緇塵無計可聯群。花間病鶴如逢我，座右名書倍憶君。何日買舟入吴會，一樽風雨細論文。」《同唐耘五石卿陳耳莽夏冠周集唐軼亭三友齋》：「安步何勞問字車，忘形爾汝是君家。難兄好客開幽室，介弟憐才啓絳紗。曝背天宜文字飲，素心人似歲寒花。他時寫向屏風裏，五客三人鬢有華。」）

虞夏商古籍詞氣簡少，至周始有「也」、「矣」等字。然「也」字始見于《毛詩》，「其後也悔」，猶爲轉聲，及中葉始爲句末收聲。故凡詞氣中有發聲，有轉聲，有收聲。經傳子史體例非一，且有誤讀實字爲虚字、虚字爲實字者。《説文》中如「粤」、「乎」、「爰」、「乃」等爲本字，「也」、「焉」、「雖」、「然」等爲借字，當博采經傳而疏證之。故元欲仿《東萊博議》卷末之例，作《釋詞》一書，惜未暇成也。

《儀禮・喪服傳》曰：「謂弟之妻婦者，是嫂亦可謂之母乎？」元繹《傳》意，蓋謂弟妻爲「婦」，乃婦人之通稱，所以疏遠之。而當時學人或誤爲子婦之婦，若謂弟妻爲子婦，則嫂亦可謂之母乎？故下曰：「名者，人治之大者也，可無慎乎？」《傳》義本如此。《禮記・大傳》義同。鄭注《大傳》曰：「言不可也。言不可混婦人之通稱于子婦也。」乃賈公彦不得其解，疏曰：「謂之婦者，使下同子妻，假作此號，遠於淫亂。」此已誤解婦人之婦爲子婦。至孔穎達作《大傳正義》，直謂弟小于己，妻必幼穉，故可謂之婦，則大誤矣。《喪服傳》、《大傳》猶爲男子謂弟婦之稱，若《爾雅・釋親》明曰：「女子謂兄之妻爲嫂，弟之妻爲婦。」女子與弟婦何必假號遠淫？賈、孔疏經，其疏謬處有如此者。

孟子曰：「帝之妻舜而不告，何也？」《堯典》曰：「女于時。」鄭氏《書注》曰：「不言妻者，不告其父，不序其正。」據此則帝女下嫁，皆當言妻矣。《説文》：「㚔，古文『妻』字，从肖女。」肖，古文「貴」字，从貴之義，即下嫁之義。此必經傳中古文之僅存者。後世之妻公主者皆曰「尚」，尚者，㚔之訛也。俗儒不知古文，遂讀爲尊尚之尚。此隸變之誤也。然則《孟子》「舜尚見帝」，即言既㚔之後見帝也。其字當讀爲「妻」，不當讀爲「尚」矣。

余試浙江，《解經録》擬作《論語》「鄉人飲酒」解。引《禮記・鄉飲酒義》「鄉人士君子尊于房户之間」鄭康成注「鄉人，鄉大夫也」爲據，此「鄉人飲酒」即《儀禮》之「三年大比」鄉飲酒，立説似確；而於

「鄉人儺」之鄉人，未經疏證。余友鍾菽崖懷恐滋無識者之疑，爲之申其説曰：「鄭康成《論語注》『十二月，命方相氏索室中驅疫鬼』，即《月令》『季冬之月，命有司大儺旁磔，出土牛，以送寒氣』是也。凡儺有三：季春，國儺，畢春氣，諸侯以下不得儺。仲秋，天子儺，達秋氣，天子以下不得儺。惟季冬儺，貴賤皆得爲，故謂之『大』。《周禮》序官，方相氏止曰『狂夫四人』，不名其職，要亦胥徒之屬。其曰『命有司』者，大儺通於天下，必有董其事者。鄉大夫之職，各掌其鄉之政教禁令，此儺亦其一事，如今時郡守出土牛是也。特古禮以大儺出土牛爲一令，今禮以出土牛迎春于東郊爲一令，微有不同。《郊特牲》字或从禓，文異義同。謂之存室神者，方相氏索室毆疫，比户爲之；至孔子家，則孔子行朝服立阼階之禮，故謂之存室神。皇侃《疏》以儺爲季春之儺，失之。馬融注謂恐驚先祖，與《郊特牲》合。」

《爾雅》「坎律」即《説文》「欥」、「聿」之舛。鄞縣柯孝達解之曰：「《爾雅》：『坎律，詮也。』『坎』當爲『欥』，形相近而譌。《説文》：『欥，詮詞也。』詮之解爲具，詞之解爲發聲也。班固《幽通賦》：『欥中龢爲庶幾矣。』顔師古注云：『欥，古「律」字也。』《文選》『欥』作『聿』，蓋欥即曰之異文。故叔重于『曰』字亦訓爲『詞』。古『曰』字通作『聿』。《豳風》『曰爲改歲』，《漢書・食貨志》作『聿爲』；《小雅》『見晛曰消』，《韓詩》作『聿消』；《大雅》『予曰有奔走』二句，王逸《楚詞章句》引作『聿』是也。律者有詮具之義。《中庸》『上律天時』，鄭注：『律，述也。述天時，謂編年，四時具也。』古『聿』字或作『遹』。《釋詁》：『遹，循也。』孫炎曰：『遹，古「述」字。』《説文》：『聿，所以書也。楚謂之「聿」，吴謂之「不律」，燕謂之「弗」。』《釋器》：『不律謂之「筆」。』郭注：『蜀人呼筆爲「不律」也。語之變轉。』攷『聿』一名『不律』者，『不』爲發聲，當讀如『夷上洒下不漘』之『不』。『律』即『聿』也。『遹』即『述』也。故鄭於《禮記》訓爲『述』，郭景純以《坎卦》法律爲解，殆未知其字有舛譌爾。」

仁和諸嘉樂説經有毛西河之風，其解《論語》「宗廟會同」云：「宗廟之事，乃諸侯祭祀之事。會同，則諸侯朝於天子之事。公西華願爲相，相諸侯也。相天子之宗廟者，乃大宗伯之職，小宗伯佐之，於諸侯何與？相天子之會同，亦大宗伯爲之擯，至末擯，司空之屬嗇夫爲之，見覲禮又於諸侯何與？夫子云：『非諸侯而何？』明言宗廟會同，非諸侯之事而何，竝未言相宗廟會同者非諸侯而何也。其謂相天子之宗廟爲諸侯者，或因詩有『相維辟公』之語，不知此與『肅雝顯相』、『相予肆祀』皆謂助祭者爲相，而非詔禮者之相。或又謂諸侯有廟而無宗，有邦交而無會同，則宗廟自古通稱，亦無天子稱宗廟、諸侯稱廟之説。《鄉黨》記子在宗廟朝廷，其爲天子之宗廟歟？抑諸侯之宗廟歟？會同既爲諸侯朝天子之禮，亦可謂之諸侯之事。蓋朝覲之禮，君臣交擯。賈《疏》曰：『北面陳介，從南鄉北，此諸侯之相也。』邢昺《論語疏》亦曰：『此云願爲小相者，謙不敢爲上擯、上介之卿，願爲承擯、紹擯、次介、末介之大夫士，則其爲相諸侯，而非爲諸侯也。』可知蓋所謂『如或知爾』者，乃是諸侯徵聘之及，而三子亦可以自信從政爲大夫，故欲于兵、農、禮樂各効一官，豈有昧然欲爲諸侯之理哉？」

予以《論語》「鄉人飲酒」解，試湖州諸生，且自解之云：《論語》之「鄉人飲酒」，即《儀禮》之三年大比鄉飲酒。朱子《注》豪無異辭。乃呂大臨、艾南英、方棨如輩創爲空論，曰鄉人偶然聚會，不在鄉飲四事之內。今天下士靡然從之，竟以孔子身爲大夫，與興賢之大典，解爲村農醵錢共飲之事，毀聖誣經，莫大于此。揆其意，第爲「鄉人」二字所惑，别無確據也。余試山左、浙江，兩出此題，無正之者。獨不見《禮記・鄉飲酒義》乎？《記》曰：「鄉人士君子尊于房户之間。」鄭康成注云：「鄉人，鄉大夫也。」又《儀禮》記曰：「鄉朝服。」鄭又注曰：「鄉，鄉人，謂鄉大夫也。」此可不煩言而解，其餘謬説不足辯矣。

蕭山陶定山明於聲音訓故之學，其解《穀梁傳》「邡公也」云：「范氏《集解》謂『邡』爲『訪』。案：『訪』字从方，與『丙』同部。《隱公五年》『歸祊』，《穀梁》作『邴』。《爾雅》：『怲怲，憂也。』《莊子》：『邴邴乎其似喜乎？』邴雖似喜，其實爲憂，故《公羊》于此經傳云：『憂内也。』明宋元憂慮魯難，是以勤行，與《穀梁》合。竊以『邡』當作『邴』，解爲憂公，于傳稍協。」又解《爾雅》云：「《釋言》：『艾，歷、相也。』艾、嬖通字。《書・君奭》：『巫咸嬖王家。』而《史記・封禪書》云：『伊陟贊巫咸。』『贊』訓爲『相』，則『嬖』亦得訓『相』。而或引《方言》謂裔、艾，聲之轉，尚未發其義也。又《釋詁》：『綝，善也。』或訓作『繕』，不引《廣雅》而引《類篇》。案：唐王方慶名綝，見本傳。慶，訓爲『善』，唐人猶知古義。是亦可存備一解者也。」

蕭山徐鯤解《爾雅》云：「郭注《爾雅》所未詳、未聞者，百四十二科。邢《疏》補其十。近儒鉤稽幽滯，補所未備，過求詳核，轉滋附會。引《離騷》『蹇修』釋徒鼓鐘謂之『修』，徒鼓磬謂之『蹇』，是以良媒爲樂節。引《方言》『絲作者謂之履』釋『經履』，是以『扉屨』爲草名。至『蒐懷羊』，謂『蒐』即芋魁，『蒐』與『魁』同，『羊』乃『芋』字之譌，幾類『蹲鴟爲羊』矣。」會稽章華紱云：「《爾雅》郭注間有未確。訓『郵，過也」，謂郵亭道路所經過，不知《晉語》『郵而效之』，『郵』，古通『尤』也。近儒補郭未備，可云詳盡。然如《釋詁》『孟，勉也』，引班固《幽通賦》『盍孟晉以迨群兮』。然《洛誥》『汝乃是不蘉』，《釋文》引馬融注：『蘉，爲「勉」。「孟」即「蘉」之轉音。』因聲得誼，爲更確矣。毖、神，慎也。引鄭《箋》訓『閟』爲『神』。《説文》訓『祕』爲『神』，謂神、祕轉訓。不如引《説文》『天神引出萬物』解『神』，爲引《檀弓》『其慎也』注『慎』當，爲引從漢儒舊讀之爲確也。」

歸安丁傳經解《左氏傳》云：「趙盾之事，孔子據事直書，竝無曲筆。左氏、公羊欲《春秋》之行，非托孔子『越境乃免』之言，則幾爲崔浩之前車。此或逼於時勢使然，非聖經旨也。」間嘗論晉之諸臣，屠岸賈實靈之忠臣，趙盾實靈之賊臣。趙穿不過閻樂、成濟之徒耳，非爲首者也。厥後卒分晉國，爭長七雄，而《春秋》之傳不致毁滅者，始亦二氏權辭之力歟？説雖似創，而頗得《春秋》之旨。

杭州翟晴江灝著《爾雅補郭》。余謂景純宜補者固多，宜糾者亦復不少。餘姚邵二雲學士晉涵作《正義》，謹守郭説，亦未肯有所糾正也。

晴江所補未盡確者，如引用張得天「鴻昏於顯」之説，直似明人陋語。余謂《釋木》「樸樕，心」即專爲《凱風》「棘心」而釋，「朻者，聊」即專爲《椒聊》而釋，而晉以來皆昧其義。此等引證難與迂拘者言，佐證亦不可與穿鑿者滋傅會也。

張皋聞惠言《周易》專主虞氏一家之學，極爲精瞻，有家法。漢人之《易》，孟、費諸家各有師承，勢不能合而爲一。惠氏《周易述》雖發明漢學，雜取諸家，不成體製。要之康成之學，斷非仲翔之《易》比而一之，多龐雜矣。

荀子《性惡篇》：「人之性惡，其善者譌也。」「譌」當讀如「平秩南訛」之「訛」。訛，化也。《老子》：「夫佳兵者，不祥之器。」「佳」字，古「惟」字。「夫惟」二字乃引出之詞，今讀爲「佳」字，且習用之，誤矣。

予試紹興，經解以《説文》「吹」、「聿」詞辭證《爾雅》「坎律，銓也」字訛，當爲「吹聿，詮也」。錢辛楣宮詹以爲蠶叢肇闢也。《覲禮》、《大行人》儀節相補而成。歸安楊鳳苞解之云：「《儀禮》十七篇，《覲禮》文字獨簡。其儀節比諸他禮，殊爲未備，注疏每以《大行人》補之。如『四享束帛加璧』，鄭注引諸侯廟中將幣皆三享，則四爲三之譌也。『王使人勞侯氏』，賈《疏》引三勞、再勞、一勞，則所使之人，大行人也。《覲禮》不言饔餼，《大行人》所詳九牢、七牢、五牢是也。不特此也，『使大夫戒』可補以『掌訝之往詔』，『嗇夫承命』可補以《小行人》之爲承擯，『爲宮方三百步』可補以『司儀之爲壇三成』，是皆相補而成者。」

天下樂石以岐陽石鼓文爲最古。石鼓文脱本以浙東天一閣所藏松雪齋北宋本爲最古。海鹽張芑堂燕昌曾雙鈎刻石於家。余細審天一閣本，並參以明初諸本，屬芑堂以油素書丹，被之十碣，命海鹽吴厚生刻之。至於刀鑿所施，運以意匠，精神形蹟，渾而愈全，則揚州江墨君德地所爲也。刻既成，置之杭州郡庠明倫堂壁間，使諸生究心史籀古文者有所法焉。（陳鴻壽《阮芸臺閣學師重摹石鼓歌用東坡韻》：「我後坡公幾辛丑，集古不見六一叟。石鼓又經七百年，點黐欲化長虹走。湧盄渫淼既聱牙，趩遽貑蜀詎適口？何如吉癸字無多，疇滋疑案壇山後。前年天藻重編排，抉剔文義還什九。其朙孔庶纝㚇㚇，亦有鱮鯉橐楊柳。收縮元氣歸豪芒，轉動天樞燦星斗。從臣才藝簡選精，珍宜珙璧懸臂肘。連江僞刻何足論，若粟去秕苗去莠。琅嬛仙人一代宗，龍文健筆蘇韓友。金石借證經史譌，斤權丞殹悟觳觳。天一流傳祕本希，三百餘字襲蝌斗。緬思蘇李張竇徐，歐褚虞杜皆前耇。品評墨妙群推崇，獦碣潛驅犬羊嗾。諸侯劍佩騁雄俊，錫以彤弓及秬卣。大書深刻理則那，昭示日月振矇瞍。陳倉鳳翔蹤跡奇，不將荒幻等岣嶁。日炙雨淋致漫漶，要其氣體彌深厚。重摹安置郡學中，參訂同觀誌某某。十三經版各輝映，鳳翥鸞翔屬誰有？由來作人邦家基，南山頌栲北山杻。竟擬兼金耀虓虎，肯比朱絲約芻狗？愛古端資汲綆深，如公真與頡籀偶。惜早沈沙更嵌金，遂令讀者徒搔首。歲年甲乙從缺略，毋怪亭林事攻捂。我聞神異靖康時，濟河風大重莫取。至今璧合珠亦聯，圜橋左右離塵垢。文武成康流澤長，中興遺跡蛟龍守。貞珉況復樹東南，文物聲名長不朽。吴山峩峩浙水深，猗歟休哉萬年壽。」朱壬：「三代石刻傳已僅，惟有石鼓衆説乎。李唐以前罕有述，譬彼寶劍埋泥塗。韋公好事始傳播，一唱百和人人殊。昌黎考古真特識，一言論定非拘墟。周宣中興理可信，明堂朝賀言非誣。龍蛇蟠舞篆奇絶，諒非史籀無能書。吉甫作詩風肆好，高文典册皁相如。年深月久石易泐，苔蘚剥蝕文模糊。當年陳倉十失一，此日太學書連圖。朝廟規橅有碩彦，昕夕講解勤生徒。陋儒未至辟雍地，那得指畫親形模？即如武林一郡士，思觀獵碣空嗟吁。豈無拓本偶傳示，揣摩終覺神踟躕。琅嬛仙人用意厚，硬黄一卷工臨摹。命工刻石傳永久，釵痕漏脚毫髮俱。行見十鼓置廊廡，直以宋經爲郭郛。郡庠多士盡環列，駢填觀者如鴻都。縱無率更三日卧，我已朝起忘西晡。行間鸞鳳勢軒舉，腕底蝌蚪形盤紆。勁如金垂鼎足立，婉若玉潤鈎頭舒。奥義推敲盡佶屈，古文參讀尤齟齬。韓蘇大作千劫在，典模鉅手祛榛蕪。我聞李斯精小篆，作頌勒碑嶧山隅。當年祖龍誇功德，自謂予聖黔首愚。那知野火不相恕，縱有棗木徒增汙。豈若石鼓創周代，宣王典物尤堪娱。湯盤孔鼎不可得，寶貴此意徒區區。自兹重鐫惠來學，頓令篆法同古初。鳥革深藏得位置，蟬翼細榻忘勤劬。歐陽積古精攷核，後先相望懸冰壺。」）

杭州唐人石刻存者，惟城内祥符寺開成二年胡季良所書陀羅尼經幢，及吴山青衣洞開成五年錢唐縣令錢華等題名。他若靈隱、天竺各刻，皆於乾隆庚子歲爲某太守所毁。近年仁和趙晉齋魏、海寧周松靄春各得唐墓志一，又陳默齋騎尉訪碑至定山得唐元和間題名四種，皆昔賢所遺，足補志乘也。

杭州府學石經，今存《周易》二石、《尚書》七石、《毛詩》十石、《中庸》一石、《春秋左傳》四十八石、《論語》七石、《孟子》十一石，凡八十六石。凡《禮記》中《儒行》、《大學》、《經解》、《學記》四篇已亡，《周易》自《離》九三以下皆無之，較《書》、《詩》等所缺特甚。《書》、《詩》、《左傳》、《論》、《孟》卷末皆有秦檜題跋。思陵小楷，秀整有晉人法度，《論》、《孟》字體稍縱。葉紹翁《四朝聞見録》云：「高宗御書六經。上親御翰墨，稍倦即命憲聖續書。人莫能辨。」其中避諱字皆本字闕筆，惟《論》、《孟》則多改字。如改「敬」作「欽」、改「殷」作「商」、改「恒」作「常」、改「桓」作「威」等，皆是經文異同。雖不多，頗足校正今本之誤。如《毛詩》「予尾翛翛」，今作「翛翛」，爲譌字。《左傳》「不闕秦焉取之」，今「不」上有「若」、「焉」上有「將」，爲衍文。「禮吾所未見者有六焉」，今無「所」字，爲脱文。皆與唐石經同。《孟子》無唐以前石刻，此碑「文王事混夷」亦較今本爲善。攷古者宜知寶貴矣。

《咸淳臨安志》云：「太學首善閣，高宗皇帝御書三扁，各有石刻。又有累朝御札、御製，並刻寘閣下。」今仁和學大門内墻隅有高宗御書「大成之殿」、「大成殿門」二刻，字逕一尺四寸，中有「復古殿」三小字。仁和校官署存不全草書一石，云：「暮口沙上雁，海門斜去兩三行。」字逕五寸，每行二字，側有「皇二十三」四小字，乃碑石記數。又仁宗飛白書一石，云：「天下昇平四民清。」字逕五寸。横列上方，刻小楷年月二行，云：「慶曆八年四月二十八日。」下有三璽，中惟「御」字可辨。側記「皇三十九」四字，與前石同。按：南宋太學，即今按察使署，爲岳武穆故第。武穆被禍後，第爲太學。元改爲西湖書院。明洪武十二年，即書院建仁和學。至天順三年，復改建縣學於今所。古碑悉徙以從，致多殘闕耳。

表忠觀碑，自明人重刻本外，舊刻僅存二石。每石兩面，下半已殘闕。近年重修湧金門外錢王祠，始自郡庠移立祠内。此二石相傳是宋時原刻。案：樓《攻媿集》謂坡公有與趙清獻公帖，示表忠觀碑額可用張子野之孫名有者書之。今世傳本從無及此，豈當時四石並立，不復刊額邪？又此碑尚有小字行書，本亦舊刻，現存郡庠，惜未同時移出。

何夢華寓葛嶺時，曾於嶺西半山中搜得賈似道賜家廟第宅題記，云：「景定三年正月八日，賈似道蒙上恩賜家廟第宅于行都，辭勿獲，因集芳園鄰舊居，就賜給緡錢使營葺焉。用謹欽承，子子孫孫其毋忘忠報。」隸書凡八行，字逕八寸。《西湖志》於秋壑石刻槩從删例，然金籠舊事、玉枕新鐫，猶有傳者録之，可當《風詩》之鄭、衛。

兩浙金石，吴越刻雖有二十餘種，獨未見天寶、寶大、寶正之刻，頗以爲憾。嘉慶元年七月，何夢華訪碑至臨安海會寺，得寶大元年陀羅尼經幢二，嗣於武康縣治續得寶正元年風山靈德廟碑，爲從來著録家所未見。夢華又於臨安功臣山下桑畦中得吴越普光大師塔銘。普光爲武肅第十九子，自幼出家，授吴越僧統。皆可補紀載之闕者。

吴越千官塔在西湖烟霞洞，乃就崖石鑿成，高二丈餘，凡七層。鐫刻工細，門柱間皆題諸臣銜名。塔旁兩壁又列數百人，衣冠整肅，作禮塔狀。每人肩側亦紀姓名，惜皆無攷。惟塔上題字有都指揮使吴延爽，爲吴越文穆恭懿夫人之弟。洞内石羅漢側尚有延爽題名三行，云：「吴越都指揮使銀青光禄下闕右僕射□海縣開國男食下闕吴延爽，捨三十千，造此羅漢。下闕」《西湖志》載石像造於吴越間，而未及延爽名，是其疏略。至以塔上人名，攷爲南宋諸臣，則謬之甚者。《武林梵志》云：「吴越相吴延爽，開寶中建崇壽院，内有九級浮圖，名應天塔，即今保叔塔。」塔後有落星石，武肅時封爲壽星寶石山。仁和趙生坦嘗於山間拾得片石，存三十五字，有云「爽爲覩此山上承角亢」云云。角亢，壽星也，出《爾雅》。則此爲延爽造塔殘記無疑矣。

予徵收富陽縣古刻，百無一存。錢唐嚴厚民杰新得唐孫夫人墓志，持以眎予。云頃歲親見富陽人掊土得之，知爲古墓，手拓四五本，仍令掩埋原處。文云「夫人吴大皇帝十九代孫孫德之女也。笄年歸於陸氏。以大中四年遇疾，即是歲仲夏月三日而終。於其年季秋月末旬八日，安厝富陽縣西廿里上黄山墓」云云。其後空處别題「唐大中四年九月廿八日記」，字體較大。此例他碑未見，亦博古者所宜知也。

南屏小有天園石壁，有司馬公摩崖隸書，以此試士。錢唐吴載和一詩指陳真切，可與論古。書乃南渡後所勒，或以爲侍父判杭州時所書，非也。海寧俞寶華詩云：「公侍親闈判府事，總宜一棹曾杭州。趙庭縱目尚年少，那遽石墨垂山陬？」所論最確。寶華性疏略，筆札甚惡，不可寓目，而詩才清放。其父名思謙，淵雅工詩，蓋家學也。（《游南屏觀司馬公摩崖隸書》。吴載和：「朝相司馬公，四海慶無事。公治何能爾，公識治平義。我來南屏下，見此摩厓字。俛仰溯千載，公意怳我示。緬昔元祐年，公荷股肱寄。出處素位行，聖經仰而企。宫中女堯舜，亦識利貞意。當安不忘危，楮墨露真誼。不見蔡平章，俗書逞姿媚。夤緣入政府，國事隨意置。一反公所爲，柄政如兒戲。忠佞不兩立，黨禍滋猜忌。大書千佛名，深文亂真僞。釀成靖康變，一敗乃塗地。圖治我公難，僨事若輩易。當時朝中人，公書誰省記？經綸貫千古，餘事極高致。熹平中郎書，視此猶當愧。陵谷幾變遷，金石多失墜。此書終不磨，鬼神護蒼翠。」俞寶華：「南屏洞天春雲稠，尋碑客向丹崖游。蛟龍蟠拏波磔老，健筆直與東京侔。嚮搨悔失攜竹膜，但覺眼底驚清遒。草窗著論異吴棻，款題涑水知誰留？公侍親闈判府事，總宜一棹曾杭州。趙庭縱目尚年少，那遽石墨垂山陬。中興宜刻事或有，秘府清玩光堯搜。長編資治已進御，法書五卷重雕鎪。石經太學兩輝映，自謂文治光魯鄒。豈知金繒索歲例，偷安半壁非良謀。惜哉和議信長脚，浙臉符夢忘同仇。三經之文試進講，致堂經幄應含羞。摩厓誰人有深意，戛戛珍並琳瑯璆。南度宰輔得公侶，中原未必終沉浮。讀碑如見公忠義，凛凛生氣來雙眸。程蔡梁鍾古能手，精神魄力難公儔。一字一拜心一況，直欲變化如潛虬。長逐雲峰滃不散，爪痕攫石懸崖秋。」）

金華試院爲宋乾道時皇子魏王故第，今自公堂壁間，尚存孝宗敕皇子愷詔書。時愷以魏王判寧國府，知雄武保寧軍節度使。保寧即婺州軍號也。又宋徽宗御書吏治手詔、高宗御書藉田手詔，皆真跡。又慶曆六年婺州知州題名記，書法顔平原，亦妙。又陳舜俞騎牛、留槎二圖，刻於熙寧癸巳。案：舜俞騎牛事在廬山，留槎詩又寄題歐川者，皆與婺州無涉。不知何故刻此也。

洞霄宫古碑皆燬于火，今惟宋理宗御書「洞天福地」扁額木刻尚存，字徑一尺二寸，正書。中鈐二璽，磨滅不可辨。按：圖志以爲淳祐七年賜書。宫之西北即大滌洞，内多宋人題名。

徑山諸碑最古者，宋孝宗御書萬壽禪寺額、樓攻媿《重建萬壽禪寺記》二種。餘如蘇東坡三詩、蔡君謨游記，皆元人重刻。

青田石門洞有天寶八載諸暨縣令郭密之詩刻二首，皆正書。一題《石門山詩》，一題《永嘉懷古詩》。《縣志》郭密之有傳，而此二詩獨遺之。洞前後尚多宋元題名。予既題名鐫詩石上，復拓諸題名而歸。

浙西碑石無漢晉古刻，惟甎文獨多。予得西漢五鳳五年甎一、東漢永康元年甎一、西晉建興四年甎二、東晉咸和二年甎一、興寧二年甎一，皆製爲研。又有奉華堂硯，南宋宫中物也。（翁方綱《五鳳五年甎記并詩》：「漢甎一，就其側有字處，以建初尺度之，長七寸弱、厚二寸弱，蓋稍有磨去也。餘三面皆經琢研時磨平矣。面背僅闊三寸四分，則非甎之原制也。研左側四周複邊，中作陽文『五鳳五年』四字，字皆一寸許。下『五』字視上『五』字稍長，『年』字下直似極長而磨殺也。研右側下有小隸，書『竹房琢』三字。近時張芑堂以小楷書錢獐石銘并序於研四圍，『竹房琢』三字幾爲所壓。獐石家澉浦，芑堂家海鹽，皆與吾子行居相近。而二君皆若不知有吾竹房者，何也？阮雲臺侍郎自浙江得之，攜來京師以示予，爲記之。曰：薛尚功稱漢器，必謹其歲月，即《記》所謂物勒工名之遺意也。周秦以前尚矣。漢武帝始有年號宣之，五鳳距建元纔八十年，此以年紀器之最古者。而曲阜五鳳二年石則字在正面，其文陰。此則陶瓬所成，故字在側，其文陽。其文陽則模型所成也。文陽而居器之側者，未有先於此者也。班史謂孝宣之世工匠器械咸精其能，故此一甎也，可以見工度焉。漢五鳳僅四年，何以云五年也？曰五鳳之四年，其明年爲甘露元年。李善《西都賦》注引《漢書·宣紀》甘露元年詔曰：『乃者鳳皇至、甘露降，故以名元年。』攷此詔乃甘露二年撮敘之詞，不言甘露降在何時，而元年夏特書曰『黄龍見新豐』。據詔詞，甘露瑞在黄龍之前。而五鳳之改元，於前冬書其事，此甘露之改元，則前一年不書其事，而本年夏特書『黄龍見』？此則班氏文章詳略閒伏之妙，使人知甘露降在次年春也。則甘露之改元在其春三月間，而浙滸之地去陝闊遠，則此春三月仍稱五鳳五年，何疑乎？故此一甎也，可以見史法焉。此側四字其上『五』字中間二畫，直交用隸勢，而下『五』字中間彎交用篆勢，是爲西漢隸古去篆未遠，是篆初變隸之確證。嘗於曲阜石刻已詳言之。而此下『五』字中畫，視曲阜石刻更顯。故此一甎也，可以見書藝焉。昔歐陽集古以未見西漢字爲憾，而今於五鳳時既見曲阜之石，又見海鹽此甎，宜乎吾竹房琢之，而阮侍郎寶之，亟宜表其文於金石著録者也。爲記其槩，而附系以詩。漢紀五鳳無五年，五年字以斯甎傳。斯甎斯字制何昉，尚在未改甘露前。甘露之降月未紀，是春陶旊浙海堧。拊埒方厚無薜暴，樹膞繩引齊中縣。工度技能比衡律，綜核所以推孝宣。時距建元年未百，初勒年紀於側邊。庚庚横直鬱起立，如器參綱規方圓。其文陽仰未磨蝕，是受模範非雕鐫。大小二篆初變隸，旁無波沸岌不騫。何讓甘泉未央瓦，甍標翥舉騰星躔。昔魯靈光殿基石，紀年款與漢史愆。豈時吾友共論此，史表之例奚拘牽。錢辛楣疑五鳳二年不當云魯三十四年。予謂史表書魯安王光嗣四十年薨，是以元朔元年爲安王元年。以征和四年爲孝王元年，則三十四年不誤也。曼卿記又百年後，洞簫道士神翩然。百四十宫列錢壁，三十五舉珍珠船。墨雲飛起石塘夢，篆脚一瞥西泠烟。侍郎得此壓裝褚，書銘如對張與錢。擇石銘，芑堂書。二子家居近太末，未及良佑搜遺篇。莫輕區區一方璞，多少寶刻難齊肩。試拓百本廣著録，西京隸古争流涎。欲爲竹垞解嘲否，五鳳此刻方真甎。竹垞以曲阜五鳳二年石目爲甎。」

《琅嬛仙館觀所藏南宋奉華堂硯歌》。朱文藻：「澄泥宋硯製作奇，其縱六寸廣半之。面寬中凹受墨處，細刻雲氣蟠夔螭。分明左右提兩耳，圓口恰作受水池。是尊是罍置弗論，側有三字爲銘詞。曰奉華堂楷格整，其秀在骨腴在肌。攷昔臨安宋駐蹕，夫人劉氏顔堂楣。工書善畫筆娟秀，往往印記堂名垂。奉華春華或互異，圖繪寶鑑訛傳疑。曾聞石經代御筆，想見研腹流隃麋。研材貴石乃後起，從前多尚澄泥爲。相州虢州與絳縣，研史遺法猶可追。此研不知出何郡，但愛緑色流春漪。陳文惠家收蜀硯，鳳凰臺字争氊椎。今觀此硯亦三字，後先皆足供談資。邗上世族衍先澤，寶此佳研同尊彝。使君報國擅文采，筆花染墨敷芳蕤。六百餘年硯得所，物以人重傳自兹。朝寒伻使踏雪至，持示拓本兼索詩。題詩不顧手皸瘃，火爇破研看流澌。」陳文杰：「紫雲一片浮元液，古硯摩挲珍尺璧。稜稜玉質土花斑，紹興題款猶堪識。憶昔光堯在位年，三千宮女盡嬋娟。大劉妃子尤明艷，德壽宮中第一仙。頭銜先署紅霞帔，温存獨得君王意。御翰朝書緑玉章，内批夜録珍珠字。掌管宸書待内廷，澄心堂紙寫蘭亭。金鐶不羨中宮貴，晶枕都欽妃子名。丹青別署臣希進，圖成補衮思垂訓。筆壓松風馬遠圖，色分紅沫楊娃印。小妹風流更軼常，羽衣新學道家粧。玉笙吹徹千花發，竝蒂芙蓉侍玉皇。湖山佳處起樓臺，留得君王更不歸。合向南朝誇粉黛，空勞北地譽胭脂。此硯當年雕石髓，深宮長伴烏皮几。閲盡繁華七百年，一雙鸜眼清如水。報恩高建梵王宮，樓閣參差倚斷虹。鸞輿鳳𪂛人何在，留得孤墳夕照中。鳳皇泉畔青山曲，尚有梅花浸寒玉。閉關頌酒印空傳，春來芳草年年緑。紅羊小劫付滄桑，指點題銘感倍長。半壁江山留片石，至今猶説奉華堂。」

甘泉林季修述曾亦有《奉華堂硯》詩，云：「大劉妃子奉華堂，宮禁留傳硯一方。清淚流珠咽鸜鵒，高臺殘瓦憶鴛鴦。代書玉詔頒諸將，閒寫蘭亭侍上皇。南渡江山空半壁，墨池天水自滄桑。」又有《落葉》句云：「秋影至今無可瘦，春情到此也應銷。」寄託深遠，工於賦物。

余見岳氏廟祀銅爵上鑄「精忠報國」四字，蓋岳珂所鑄。又見宋高宗趣戰手敕墨紙，黖黮劇，真蹟也。此敕志在恢復，生氣凛然。卒乃神州陸沈，長城頓壞，誰之咎與？

予藏古鏡一，黝然無光，背銘「太平元年五月丙午時造」；古銅艾虎書鎮一，背銘「延祐二年」四字；琥珀松虎筆筒一，底有「宣和内府」四篆字，嘗於五日邀客賦之。古以太平紀元者，自唐以前凡四：一爲吴廢帝，一爲北燕王馮跋，一爲梁敬帝，一爲楚帝林士弘。余以爲此鏡文字如六朝，定爲梁鏡。繼思梁太平改元在九月，此云五月，則又非矣。（《丙辰五月五日琅嬛仙館賦梁太平元年五月丙午時鏡》。陳文杰：「玉匣沉沉秋水冷，芙蓉欲睡青鸞醒。菱花黯淡暈苔痕，墨雲蝕盡涼蟾影。帝子風流建業城，太平年號紀昇平。摩挲鏡背迴環字，知是蕭梁舊鑄成。五月五日良工巧，洪爐百鍊規模好。一片寒光耀玉臺，江心不數唐天寶。瓊膏拂拭壁輪新，寫翠傳紅嬌上春。留得六朝明月在，曉粧仍照六朝人。」徐鉽：「寒光滿眼生突兀，何人摘取瑶臺月？誰云一例張肝膽，早覺千人動毛髮。鵲影雙蟠玳瑁奩，菱花交映芙蓉闕。不須膽水浸鐵成，範出壽光已咄咄。蕭梁太平年月鐫，逆數已過千餘年。流傳欲並敬元穎，神物護衛形完全。想當鑄此天地會，午日午時窮精研。蒼龍下視萬靈集，素書擲置洪爐邊。飛精百鍊得所授，山魈野魅不敢前。岐陽之鼓篆斑駁，延陵之劍質精堅。水土未經免剥蝕，眉目入照分媸妍。閲人已多傳世古，寶物啓匣來歘然。吁嗟古鑑知興替，人鑑分明得失勵。梁家末造二鑑亡，終日昏昏在雲翳。鑄鏡猶識梁天中，設鏡將毋陳世系？六朝遺跡俱成塵，此物蒼涼存古制。於今什襲同珍珠，晶瑩上燭北斗樞。秋毫無遁開藻鑑，惟不設形能中孚。攜來何用聽響卜，赤靈同綰當胸符。」胡敬：「唐開元間水心鏡，李太所進今銷磨。制金以火實仿此，較恐不及終無過。想當鑄此經百鍊，傾市走看肩相摩。雷公鼓橐帝下炭，精金躍出龍騰梭。軒轅仁壽失光彩，曉日照耀扶桑柯。寒飈吹沼結冰骨，皓魄呈海開金波。蕭梁末造恣兵燹，爾時埋没隨銅駝。鬼神呵護免剥蝕，吁嗟嗜古誰收羅？塵封埃積土花繡，閲世已是千年多。雖微光彩質愈古，未要元錫加煩挼。背銘三十有九字，其七漫漶同臼窠。紀年而下篆多反，篆體不類籀與科。惟文反正則爲乏，此豈取義符止戈？太平紀年古來衆，定以梁器非唯阿。法真小字有明證，據諱斷代明非它。似淵作泉丙作景，異録爲禄犧爲莎。能於所忽特舉示，如此辯口真懸河。或疑元改是年末，此云五月理則那？黄初元年無二月，雒陽古鼎遭詆訶。斯言考訂亦近是，試更于史窮切磋。法真在位僅二載，備藩齊室罹坎軻。紀元乙亥及丙子，紹泰太平名不劘。太平元年春正月，于追溯例原非訛。史臣編年忌複出，如貞元後稱元和。其間永貞置不録，恐垂久遠成蹉跎。鏡當鑄自改元後，故與追溯同其科。先生鑒古具卓識，豈肯摭拾遺羲娥。區區一得思自效，捫燭究于日體何？流觀跋語識顛末，恍若古質親摩挲。賞奇析疑意無盡，放筆遂爾成高歌。」周雲熾《宋宣和内府琥珀松虎筆筒》：「何來寶物大如斗，罽賓所貢無其偶。含精結魄曾需時，玉人鏤作文房友。佩阿隱隱相依持，贈爾邑爲湯沐守。摩挲知是瑿珀形，松肪入地應千齡。或云桃膠感氣漸凝結，或云楓脂日久能精靈。良工小技巧欲試，飾爲筆具文瓏玲。純乎古氣幾莫辨，匠石目奪青熒熒。墨華輝發狸毫紫，翠羽文犀書亥豕。案頭相伴銅蟾蜍，染翰朝朝陪玉珥。詢求此物來何從，云出汴梁故宋宮。當年玉盞示臣下，瑰奇不厭搜羅窮。凝精耀彩炫一室，欲以寄詩非詩筒。更兼松虎勢圍繞，血痕剥蝕凝殷紅。我思道君御國年，公相媪相齊張權。延訪書畫極奇巧，侈談土木窮雕鐫。蘇杭建有造作局，舳艫相繼江淮邊。艮嶽諸峰何縹緲，宣和事蹟誰能道？留此戔戔畀後人，曩時内府充珍好。珊瑚筆格耀縑緗，翡翠新裝孝穆牀。陋取湘江斑竹梗，裘鍾只合伴王郎。」《元延祐銅艾虎書鎮》。陳文杰：「丁巳五月日在卯，海榴窺户蒲生池。雪羅風葛順時令，縛艾作虎嬰衮師。夫子遣人招我至，示我古器光陸離。就中書鎮物尤妙，巧匠製出形模奇。似艾非艾虎非虎，置之几案形彲彲。觸之以手響徐歇，知是銅質無蔽虧。土古水古傳世古，媿非特識難措辭。但覺苔痕剥蝕土花碧，把玩直使人忘疲。細觀廼有延祐二年字，如泥印印沙劃錐。我聞鎮書器，古人多有之。薛道祖詩詠金虎，考槃餘事紀玉螭。金天彔廼趙宋物，青鳳子是楊家遺。小連城與千鈞史，歐陽文具尤無訾。今之所見或此類，勁骨屈曲光葳蕤。在昔仁宗建國號，皇慶改元用以延洪禧。劈正在朝玉斧耀，興隆有管鸞笙吹。其時初開國史館，誰與作者揭傒斯。左右兩榜舉賢俊，多士濟濟盈丹墀。大學衍義資治鑑，譯以國語森昭垂。在帝左右書萬軸，得此作鎮尤相宜。我師文章今燕許，濡染大筆何淋漓。藏書充棟手自校，金題玉躞紅琉璃。此鎮長作著書伴，典重不讓古鼎彝。況復厥象取威猛，辟邪之義同葰葵。虎氣騰上發光怪，午夜照耀驚妖魑。摩挲古物作斯頌，彤庭指日躋皋夔。虎拜稽首祝萬壽，再譜盛世賡颺詩。」胡敬：「於菟鑄出態崛奇，藉以艾葉何襹褷。勇猛氣慴千熊羆，狒胃漫説甘如飴。疏簾清簟明朝曦，書帶之草階前披。爐香不斷噴狻猊，此中位置寧非宜？問年遠自延祐遺，什襲不啻古鼎彝。縱二十黍高半之，廣倍縱可布指知。厥重三鋝還少虧，真書四字銘昭垂。製取艾虎夫何爲，月日雖闕理可推。鑄此所以禳癘疵，當在律中蕤賓時。我觀范志詳禮儀，五色之印朱索縻。葦茭螺首花陸離，彌牟樸蠱誕足疑。下沿荆楚盛娱嬉，釵符百索争餽貽。纏臂合歡長命絲，祓除更用桃茢枝。是鎮無乃同于斯，使君嶽嶽鸞鶴姿。插架玉軸金裝池，紂紅許緑勘訛辭。萬卷藉汝牢護持，辟邪辟蠹功兼資，蟫魚之技安所施？」）

余遴秦漢印佳者凡十，貯以王晉卿鏤金小字鐵匣，作文記之。海鹽吴侃叔東發博古能文，識古文奇字。予試嘉興，以《秦漢十印歌》命題，語幕中人曰：「此題吴生必擅場。」已而果然。别以漢印一與之，曰：「以此獎實學。」余又藏古戈頭五，亦有文記之。（阮元《秦漢十印記》：「余藏秦漢官私印數十鈕，擇私印之佳者十鈕，以宋王晉卿鏤金絲銘小鐵匣貯之，且爲疏記之。一曰『陽官馬』，二曰『李疾』，三曰『某女』，其右字不可識，皆瓦鈕，小秦印，篆法古秀。四曰『王賀之印』，瓦鈕。賀，前漢人，字翁孺，武帝時爲繡衣御史。五曰『竇武印』，龜鈕。大將軍聞喜侯，以外戚冠清流，名節震朝野。二千年後摩挲遺範，凛然猶有生氣。六曰『觟陽充』，瓦鈕。《後漢書·儒林傳》：『中山觟陽鴻，字孟孫，章懷太守。』注：『姓觟陽，名鴻。』鴻之外，惟此人印存。篆文『觟』從角甚明，可正鄭樵《通志》及《廣韻》作『鮭』之謬。七曰『容護私印』，龜鈕。《廣韻》『容字姓』引《禮記》『徐大夫容居』爲證，此其裔也。以上四漢印皆無爛蝕，章法方正。八曰『孫林』，九曰『臣登』，並龜鈕。十曰『采禁』，瓦鈕。孫林不見於史。登，其吾郡漢賢太守陳登耶？藉曰非是，吾亦以此屬之，以誌二千年堰湖之德。采禁亦不見於史。『采』字見《説文》，即今『穗』字，姓書失收。上三印亦皆漢物也。」《秦漢十印歌》。吴東發：「石但有鼓金鼎彝，剥泐銷蝕稀留遺。詛楚傳刻不足信，遑論大禹岣嶁碑。小篆以後變繆篆，秦漢銅印稱神奇。平生蓄眼罕所見，今觀十印神欣怡。摩抄三復讀疏記，如髮得梳翳逢鎞。秦印一曰陽官馬，官字筆跡亦似宜。陽官陽宜殆雙姓，氏族譜漏難諏咨。古人命名不以疾，疾與去疾真同時。某女仿佛是臨女，臨，古文或作「臨」，此作「臨」，疑省文。上帝臨女義取詩。筆勢古勁復秀逸，篆法直逼丞相斯。秦印止三漢印七，孫林容護史失之。著者繡衣御史賀，武乃外戚侯聞熹。聞喜，漢碑作「聞熹」。當時清節重朝野，越二千年名不澌。惜哉登也不繫姓，非賢太守陳其誰？匽湖之德不可泯，從來德立名斯垂。鮭陽作鮭鄭樵誤，穗本作采許慎師。乃知寶此非甈物，十印不數千金持。其小足以證筆畫，其大用寄明德思。吁嗟！自來凡物皆有遇，一遇拂拭增光儀。小琅嬛館今福地，印兮羨女長追隨。」丁子復：「奎章重積古，嗜古金石積。上下三千年，藝林討遺跡。厥有秦漢印，磊落滿几席。鑒賞必精到，選十棄千百。陽官古族姓，篆籀從刻畫。李疾豈斯族，字體妙新格。其一女字存，半面月含魄。七印傳卯金，時代東西隔。考據索《倉》《雅》，奥義抉史册。聞喜漢將軍，清名炳竹帛。鑄金重摩挲，遺型仰精白。鮭陽從角圭，族著儒林籍。嗤彼鄭漁仲，誤魚失辨覈。容居徐大夫，厥後散荒僻。彼護豈苗裔，私印留剖析。采禁者誰氏，姓纂失採摘。説文乃作穗，氏族可增益。李登著聲類，陳登留政績。堰湖功猶偉，拂拭想遺澤。孫林與王賀，或傳或滅没。瓦龜獸作紐，鐫鑄異煮石。晉卿鐵匣古，金絲鏤明𧇾。子孫永貴銘，愛護肯輕擲？用以藏十印，光采互映發。土花照老紅，銅繡生活碧。晴窗坐研經，古硯手自滌。墨花瀉金壺，冰心映玉尺。纍纍硯山傍，光輝射東壁。」阮元《周五戈記》：「金藏周銅戈五，一曰衛公孫吕之告戈，内與援通，長建初尺九寸五分，内上一孔正圜胡，與援皆甚寬博。按：《春秋左氏傳》衛公族以公孫爲氏者五人，公孫彌牟、公孫見餘、公孫無地、公孫臣、公孫丁，而無公孫吕，得此可補三傳之所未載。『告』即『造』字之省，與艁舟之『艁』相同。二曰子永之作用，子永亦無考。内與援通，長七寸六分，銅多爛蝕，而色質更古。三曰高陽左，内與援通，長一尺八分，胡末微折，堅瘦有眉棱。按：高陽乃作戈人之氏，其言左者，程氏易田曰：凡款識于戈體者，刻在背，于内則刻在面，以内爲戈之餘事，其面猶戈體之背也。今不刻于内之面，而反在其背者，右手之背即左手之面。斯言諒矣。至其銘文曰『左』者，元謂古者諸侯行，必有二人執戈先之。又《士喪禮》曰：『小臣二人執戈先。』《春秋左傳・昭公元年》：『楚公子圍設服離衛。叔孫穆叔曰：「楚公子美矣，君哉！」鄭子皮曰：「二執戈者前矣。」』此亦國君當有二戈在前之證。杜預注『離衛』云：『離陳也。』此非丘明著書本義。凡兩物相並爲麗，麗與離同。《易・象傳》云：『離，麗也。』《曲禮》曰：『離坐離立。』鄭注云：『離，兩也。』此云『離衛』，正指二人執戈，分左右爲衛也。然則此戈云『高陽左』者，必是氏高陽之諸侯，左右二戈中之一戈也。弟四戈内與援通，長一尺一寸二分，無銘字。内上有雙鈎華文，不可識。芒刃不頓，若新發于硎。弟五戈内與援通，長七寸二分，無銘字。其垂胡已折其半。凡此五戈，鑄款作銘，皆三代物，君卿大夫之所用，周之文與周之武，可摩挲想像而得之。」）

元潘昂霄《金石例》惟拘守昌黎一家之學。明王行《墓銘舉例》雖兼取韓愈、李翱以下十五家，亦不過中唐以後體製，其於兩漢、南北朝製體修詞之道，槩未之聞也。余收獲兩漢、六朝碑版甚多，思成一書，以復古式。

余於嘉慶三年秋九月十日去浙後，定香亭亦旋圮。四年，同年友劉佩循閣部鐶之來浙督學，愛才取士，與余若畫一。余亦於是冬奉命來撫浙。五年，閣部重葺此亭，水花林木皆如舊時，因屬端木子彝爲《定香亭後賦》，而陳雲伯編《定香亭筆談》適成，雪泥鴻爪於無意自相印合，因于卷末記之。（端木國瑚《定香亭後賦》：「竹裏留嵇，花間住杜。梨趁香山，梅招水部。芳心易孤，勝事誰數？安石寄閒，歐陽愛古。明月共壺，清風接麈。既翰墨之有緣，豈烟霞之無主？亭有定香，署名已早。風月依然，林泉恰好。竹瘦椽疏，松新瓦老。秋暖蟲宜，春寒花惱。雨到綠生，風來紅掃。人夢湘雲，客吟池草。睹光景之泥人，忽芳馨之盈抱。于是修階碱、開幔亭，高低酌檻，疏密添櫺。斧痕借月，石影分星。春梁待燕，秋案留螢。闌書碧亞，簾寫紅丁。鶴迎秋而已悵，蟾入夜而何扃？屏冷則雲窺雙白，簷虛則天抱四青。水鑿玻璃，翠通窈窕。冰上敲菱，鏡中刈蓼。流杯分池，浴研添沼。航比鷗輕，磯共鵠小。花氣醉魚，沙痕篆鳥。雨白荷秋，烟黄竹曉。縮圓嶠于座中，拓仇池于塵表。塘圍錦砌，橋匝芳隄。星填漢淺，虹卧秋低。花垂雲曲，柳搭烟齊。闌扶黑醉，柱試紅題。響來木屐，影隔花梯。吟綠波兮天上，餞紅日兮亭西。爲竹添山，緣花布石。岫雲吐青，峰月窺白。蕉額纔方，松身只尺。翠點盆秋，香生瓶夕。鏡前之湘草春紅，壺畔之石蓮夜碧。安排春事，調護芳時。花連蝶徙，樹帶禽移。竹量笛料，桐酌琴規。藤長于格，菊瘦似籬。買猿守果，呼鶴種芝。紅飛蕉鼠，綠放荷龜。圖《離騷》之麗句，搜花才之新辭。故當紅影初晨，綠光正午，蜂拈碧香，蟲墜青縷，選荔應圖，寫蘭入譜。池容鷺漁，林借鶯乳。蝴蝶黄兮春風，蜻蜓綠兮秋雨。吟芳草則兩字鷓鴣，悵落花則一聲杜宇。更選佳客，共此秋光。園吟蟋蟀，谷寫篔簹，評琴似潁，説劍如莊。黄花四屋，紅葉一牀。槐青雨冷，藕白風涼。鴛影秋而人憶苕霅，雁聲夕而客夢瀟湘。坐久移時，重來憶昔。碑記舊摹，牓看新畫。鴨緑添罏，㲈青留舄。帖試鈎雙，韵探珠百。橘露千頭，茶風兩腋。畫憐顧癡，香愛荀癖。喜舊友之同岑，愛主人之如客。懷瀛洲之池亭，共天台之仙藉。又何殊乎瑯琊海岱之間、蘿月松風之宅？」）

（姚蓉、張晨晨點校）